COLLECTION « BEST-SELLERS »

ELIOT PATTISON

# LE TUEUR DU LAC DE PIERRE

*Traduit de l'américain par Freddy Michalski*

ROBERT LAFFONT

Titre original : WATER TOUCHING STONE


ISBN 2-221-09602-9
(édition originale : ISBN 0-312-20612-7 St. Martin's Minotaur, New York)

*À Barbara*

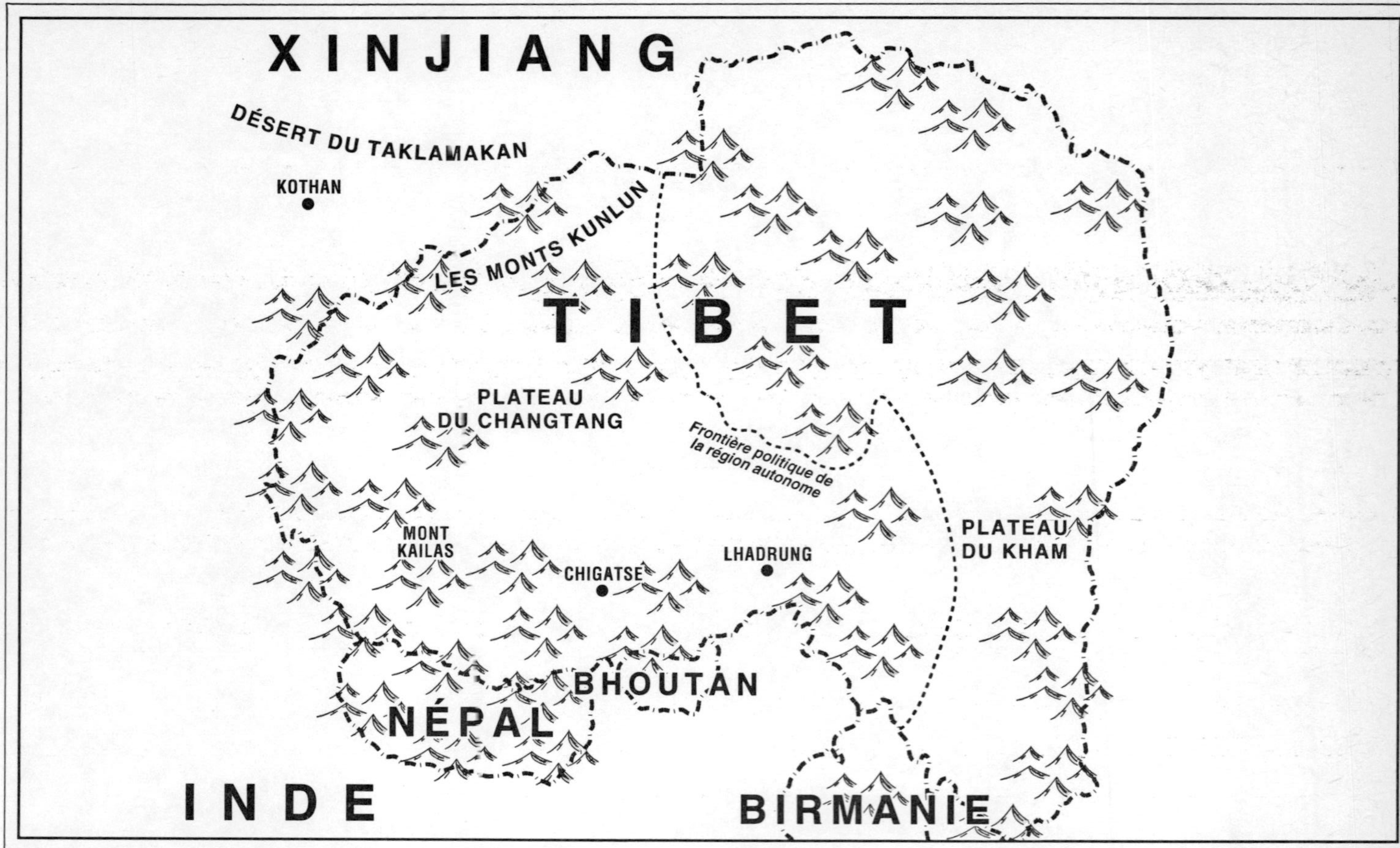
XINJIANG
DÉSERT DU TAKLAMAKAN
KOTHAN
LES MONTS KUNLUN
TIBET
PLATEAU
DU CHANGTANG
Frontière politique de
la région autonome
MONT
KAILAS
CHIGATSE
LHADRUNG
PLATEAU
DU KHAM
BHOUTAN
NÉPAL
INDE
BIRMANIE

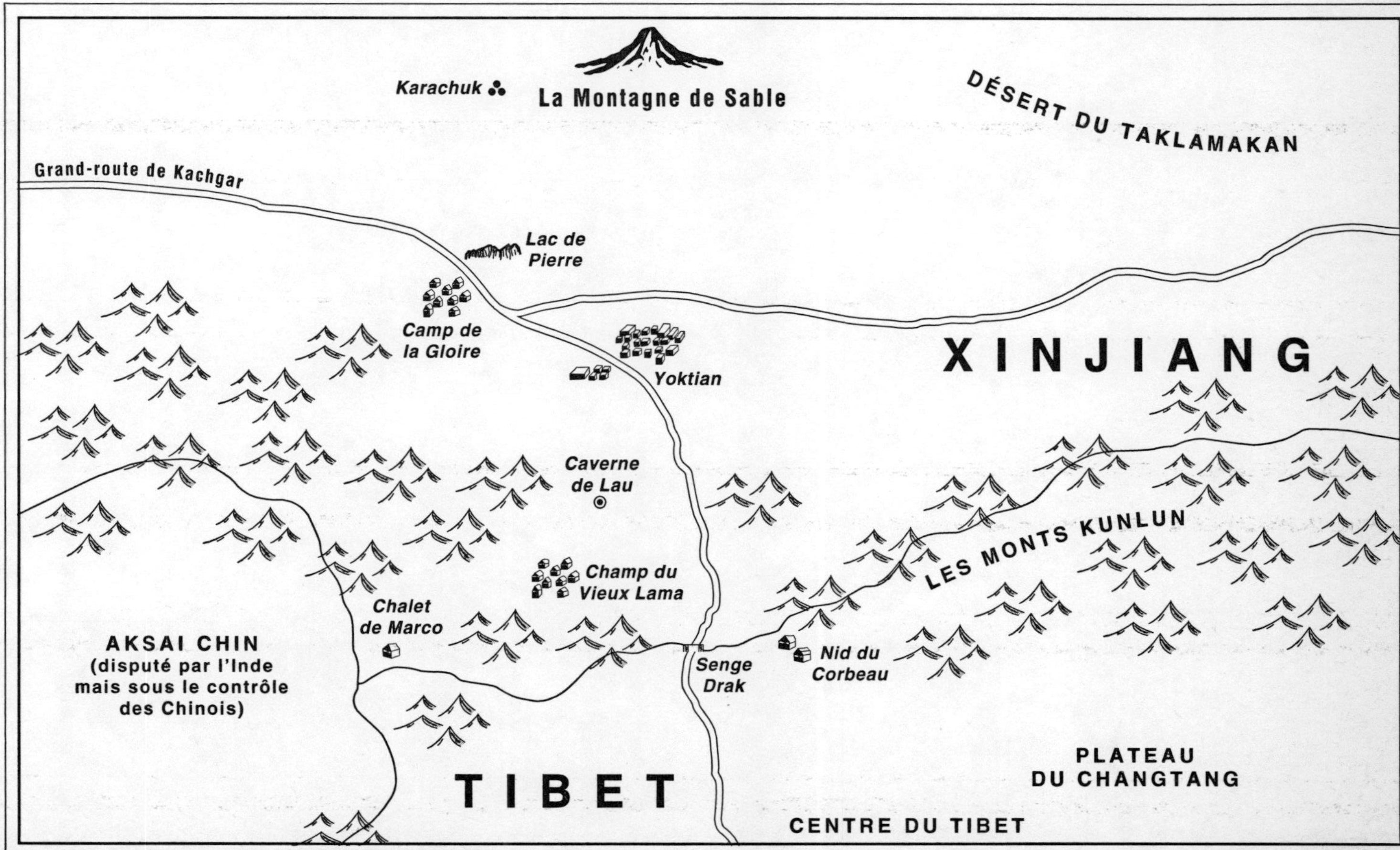
Karachuk
La Montagne de Sable
DÉSERT DU TAKLAMAKAN
Grand-route de Kachgar
Lac de Pierre
Camp de la Gloire
Yoktian
XINJIANG
Caverne de Lau
LES MONTS KUNLUN
Champ du Vieux Lama
Chalet de Marco
AKSAI CHIN
(disputé par l'Inde mais sous le contrôle des Chinois)
Senge Drak
Nid du Corbeau
PLATEAU DU CHANGTANG
TIBET
CENTRE DU TIBET

# 1.

Au Tibet, tout commence par le vent. C'est le vent qui fait aux cieux l'offrande des drapeaux de prières, le vent qui apporte à la terre le froid, la chaleur et l'eau source de vie, le vent qui fait se mouvoir les montagnes lorsqu'il envoie les nuages dévaler les pics et les crêtes. Depuis son promontoire sur une corniche d'altitude, Shan Tao Yun se rappela ce qu'un lama lui avait suggéré : c'est au Tibet que l'âme humaine avait, pour la toute première fois, pris conscience d'elle-même, parce que dans ce pays le vent ne cesse jamais de pousser contre ses habitants et qu'une âme ne se définit bien qu'en bataillant pour pousser le monde en retour. Après presque quatre années passées ici, Shan en était convaincu. Comme si ce lieu, au plus haut de toute terre, était l'endroit où la planète, le souffle court, geignant et gémissant, avait entamé sa rotation, l'endroit où elle avait appris à se mouvoir, l'endroit où il était aux hommes le plus difficile de s'y accrocher.

Afin d'atteindre à une plus grande illumination, les lamas lui avaient enseigné un exercice de méditation : courir avec le vent. Étirer sa conscience lucide jusque dans les airs pour s'y laisser flotter, devenir attentif au monde qu'ils transportent et en absorber les leçons.

Comme ses compagnons et lui disposaient de longues heures avant la tombée de la nuit, avant qu'ils puissent à nouveau reprendre la route sans danger, Shan s'assit, jambes croisées, sur son haut perchoir, et s'abandonna à la méditation. Il perçut la bruyère qui se desséchait. Un faucon en surplomb, en plein essor, bien au-dessus de la vallée. La senteur âcre et doucereuse des genévriers, mêlée à la froideur des neiges. Les babils lointains des écureuils terrestres sur les pentes semées de rochers. Et soudain, juste devant un panache de poussière qui montait à l'horizon, au nord, un cavalier solitaire et désespéré.

Shan se protégeait les yeux d'une main en visière pour détailler la silhouette de l'intrus lorsque claqua une syllabe d'avertissement sèche comme un coup de fouet. Il se retourna. Jowa, son guide tibétain, pointait le doigt vers un vieil homme coiffé d'un chapeau brun à large bord qui s'avançait vers la limite de la corniche, le regard dirigé vers les hauteurs de la vallée.

— Lokesh ! s'écria Shan, en bondissant pour saisir son vieil ami.

Celui-ci ne parut pas remarquer que Shan l'avait agrippé par le bras. Il clignait des paupières et secouait la tête, les yeux rivés sur le cavalier qui approchait à l'autre bout de la vallée.

— Est-il bien réel ? demanda Lokesh d'une voix hésitante, comme si ses sens le trompaient.

La veille, il avait vu au sommet d'une colline une tortue géante, signe de bonne fortune. Il avait insisté pour qu'ils aillent tous lui présenter une offrande, avant de s'excuser parce que la tortue s'était changée en rocher lorsqu'ils l'avaient atteinte.

— Il est bien de ce monde, confirma Shan.

— Il est effrayé, dit Jowa dans leur dos. Il n'arrête pas de regarder derrière lui.

Le guide tibétain, sec comme un coup de trique, examinait le nouvel arrivant à travers leur vieille paire de jumelles déglinguée.

— Ce cheval est mort s'il continue à le mener à ce rythme... Il est poursuivi, ajouta-t-il d'une voix soucieuse en tendant les jumelles à Shan.

Le cavalier était vêtu d'un *chuba* sombre, le lourd manteau long en peau de mouton qui avait la faveur des *dropkas,* les nomades dont les vastes plateaux de l'ouest du Tibet étaient le territoire. Derrière le cheval du dropka, la poussière était d'une densité telle que Shan fut incapable de distinguer s'il avait le moindre poursuivant sur les talons. Les pics encapuchonnés de neige venaient mordre le ciel de cobalt pur pour se dresser telles des tours de garde au-dessus des collines herbeuses aux rocs déchiquetés qui s'étageaient sur le versant opposé de la vallée. Hormis le cavalier solitaire, on ne voyait âme qui vive sur la longue plaine brune, aux herbes desséchées par l'automne, pas plus que sur l'étroit chemin de terre dont ils s'étaient écartés au lever du jour.

Maintenant, Shan distinguait les bras de l'homme qui fouettait de ses rênes l'encolure de sa monture. Il pointa ses jumelles sur leur vieux camion Jiefang qui avait connu des jours meilleurs, caché en contrebas derrière un grand promontoire pierreux à trente mètres du chemin, avant de les rendre à Jowa et de courir se réfugier dans l'ombre du rocher sous lequel ils s'étaient abrités après leur trajet nocturne.

Au bout de trois mètres, là où l'ombre était la plus dense, Shan tomba à genoux. Près des cendres du petit feu sur lequel ils avaient fait cuire la farine d'orge qui constituait leur unique repas chaud de la journée, un bâtonnet d'encens solitaire avait été enfoncé au milieu d'un minuscule cairn de pierres. Une couverture en peau de yack avait été pliée et déposée sur le sol, et sur la couverture, silencieux, les jambes croisées en position du lotus, était assis un homme en robe bordeaux. À voir ses cheveux gris coupés ras et ses traits émaciés, nombre de personnes l'auraient qualifié de vieillard, mais Shan ne pensait jamais à Gendun comme à un vieil homme, de la même façon qu'il ne considérait jamais les montagnes comme vieilles.

Le lama avait presque toujours les yeux fermés, en un semblant de ce qu'il tenait pour sommeil. Il refusait de se reposer pendant leurs trajets nocturnes dans le vieux camion, et ne s'allongeait pas durant les heures de jour, lors des périodes de repos que prenaient ses trois compagnons : il se contentait de partir ainsi à la dérive, après que Lokesh se fut assuré qu'il avait mangé.

— Rinpoché, murmura Shan, usant du terme réservé aux professeurs révérés. Il est possible que nous soyons obligés de partir. Il y a un problème.

Gendun ne donna aucun signe qu'il l'avait entendu.

Shan se tourna vers Jowa, en train d'inspecter aux jumelles le paysage au-delà du cavalier, puis revint vers Gendun. Les doigts du lama étaient disposés en forme de *mudra*, ces positions de mains destinées à focaliser la méditation, et, dans le même temps, symboles de révérence à l'égard du Bouddha. Les poignets étaient en croix, paumes ouvertes vers l'extérieur, tandis que les auriculaires se nouaient à l'image des maillons d'une chaîne. Shan étudia les mains du lama de plus près. Le mudra était inhabituel, et Shan n'avait jamais vu Gendun l'exécuter. On l'appelait le Frein de l'Esprit. Shan en eut un frisson et poussa un soupir puis, avec un salut de la tête, il se releva et rejoignit Jowa.

Le jeune Tibétain examinait le haut de la pente qui se dressait devant eux, comme s'il cherchait un moyen de franchir la montagne. Les deux hommes savaient que, selon toute vraisemblance, il n'existait qu'une seule et unique raison susceptible d'expliquer l'effroi du cavalier. Shan se retourna une nouvelle fois vers le camion : leur vieux tas de ferraille devait passer inaperçu, c'était leur seul espoir. Ce serait une bien mauvaise fin que d'être arrêtés ici, sur ce plateau éloigné. Non pas simplement à cause des souffrances qu'il leur faudrait endurer entre les mains du Bureau de la Sécurité publique, mais parce qu'ils auraient manqué à tous leurs engagements envers Gendun et les moines qui les avaient envoyés.

— Je pensais que cela prendrait plus longtemps, dit Lokesh après un soupir, en touchant les grains du chapelet accroché à sa ceinture. Cette femme, ajouta-t-il d'un air absent, il faut encore lui faire retrouver le repos.

*Retrouver le repos.* À l'énoncé de ces paroles, Shan songea à la diversité des membres de leur troupe, à la perception si différente que chacun avait de l'étrange mission qu'on leur avait affectée. Gendun se trouvait en compagnie des lamas qui avaient convoqué Shan, obligeant ce dernier à quitter sa cellule de méditation dans leur ermitage de la montagne. Cet après-midi-là, tous étaient assis sur des coussins autour d'un mandala de deux mètres quarante qui venait d'être terminé. Quatre moines avaient œuvré six mois durant à cette roue de l'existence, raffinée et délicate, composée de centaines de silhouettes complexes et imbriquées créées à partir de sables colorés. Des bâtonnets de genévrier odoriférant brûlaient dans un brasero, et des dizaines de lampes à beurre illuminaient la salle. Un grondement sourd, pareil à un tonnerre lointain, montait d'une salle au niveau inférieur : le bruit d'un énorme moulin à prières dont la rotation exigeait deux moines musclés. Pendant un quart d'heure, ils avaient contemplé le mandala dans un silence révérencieux, avant que Gendun, le lama supérieur et principal professeur de Shan, prenne la parole.

— On a besoin de toi dans le Nord. Une femme du nom de Lau a été tuée. Une enseignante. Et un lama est porté disparu.

Rien de plus. Les lamas n'osaient guère toucher la réalité de trop près : ils savaient qu'il fallait se montrer prudent devant les faits. Gendun lui avait appris la vérité essentielle de l'événement. Pour lui comme pour les autres moines, le reste n'était que rumeur. Ils lui avaient signifié que ce lama et cette femme décédée au nom chinois leur étaient vitaux. À Shan revenait la tâche de découvrir les autres vérités entourant le meurtre afin de les traduire en termes intelligibles dans leur monde à eux, le monde des lamas.

Shan n'avait pas su jusqu'où ils allaient devoir voyager, et lorsqu'il s'était présenté, selon les instructions, à la porte cachée qui ouvrait sur le monde extérieur, il avait présumé que son itinéraire le mènerait à l'extrémité nord de la vallée de Lhadrung, jusqu'au village le plus proche de l'ermitage. Il n'avait pas non plus compris que Gendun devait l'accompagner : lorsque ce dernier était apparu à la porte, Shan, convaincu que le lama n'était là que pour lui souhaiter bon voyage ou lui apporter des précisions sur sa destination, pensa que le sac de vivres en toile que tenait le vieux moine lui était destiné. Avant de voir les pieds de Gendun : le lama avait ôté les sandales qu'il portait toujours sous sa robe et les avait remplacées par de lourds brodequins lacés.

Au lever du jour, ils avaient retrouvé Lokesh à l'antique pont himalayen en cordage qui enjambait la gorge séparant l'ermitage du reste du monde. Lokesh et Shan s'étaient donné l'accolade comme de vieux amis – ce qu'ils étaient effectivement devenus lors de leur séjour au camp de travaux forcés de Lhadrung. Les trois hommes avaient marché une heure encore avant qu'un camion s'arrête pour les prendre. Shan avait cru qu'il ne s'agissait que d'une coïncidence, un service que leur rendait le chauffeur. Mais c'était Jowa qui était au volant. Gendun n'avait jamais approché d'aussi près une machine moderne. Les yeux écarquillés d'émerveillement, il avait examiné le véhicule et béni d'abord le camion, puis Jowa, avant de grimper à bord. Après avoir passé Shan en revue, d'un œil inquisiteur plein de ressentiment, Jowa avait démarré et conduit douze heures d'affilée. Depuis, il s'était écoulé six jours.

Chaque matin, Shan avait attendu de la bouche de Gendun des précisions qui n'étaient jamais venues. En revanche, pas un instant Lokesh n'avait paru douter de la finalité de leur entreprise. À ses yeux, ils étaient chargés de faire retrouver le repos à la morte : ils devaient interpeller son âme et s'assurer qu'elle était en parfait équilibre, prête à renaître. Pour Lokesh, la femme devait se réinstaller dans sa mort de la même manière que les vivants, à l'issue d'un changement violent, devaient se réinstaller dans leur vie. Non, pas sa mort, à vrai dire, car pour Lokesh comme pour Gendun, la mort n'était que le pendant exact de la naissance, les deux faces de la même médaille. Mais une mort à laquelle on n'était pas convenablement préparé, une mort violente et soudaine, pouvait rendre la renaissance difficile. Quand, dans leur prison, un moine avait péri de manière imprévue sous un éboulement de rochers, Lokesh avait conduit une veillée dix jours durant afin d'aider l'esprit non préparé pendant la période où celui-ci allait découvrir qu'il lui fallait chercher à renaître.

Shan se tourna à nouveau vers le fond de la vallée. Le cavalier poursuivait son avance, à bride abattue, au risque de se rompre le cou, penché sur l'encolure de son cheval, comme s'il étudiait le sol.

Shan contempla ses compagnons d'un œil sévère, la frustration au cœur. Il s'adressa à Jowa :

— Peut-être s'agit-il d'un de vos amis.

Jadis, Jowa avait été moine. Mais le Bureau des Affaires religieuses avait refusé de lui accorder la licence qui lui aurait permis de poursuivre ses études monacales, et le moine qui restait en lui était aujourd'hui caché sous une épaisse coque dure. Il ne se souciait pas de redonner le repos à une âme. Un professeur avait été tué, et un lama était porté disparu... C'était ce que les Chinois infligeaient aux Tibétains, et Jowa avait simplement compris qu'on les envoyait affronter un ennemi. Il frottait, sans en avoir conscience, la profonde cicatrice qui courait depuis son œil gauche jusqu'à la base du maxillaire. Des hommes comme celui-là, Shan en avait connu beaucoup au cours de ses années au Tibet. Il reconnaissait cette dureté familière dans le regard, cette manière qu'ils avaient de détourner la tête en croisant un Chinois dans la rue. Il reconnaissait les cicatrices que laissaient les troupes de la Sécurité publique — les nœuds : ceux-ci tiraient grand plaisir à jouer du fouet à lanières de fil de fer barbelé contre les protestataires. La brigade de travaux forcés de laquelle Shan avait été libéré quatre mois auparavant avait plus que son content d'hommes comme Jowa.

Cependant, après moins d'une journée de route depuis Lhadrung, Shan avait compris que l'essence de la vérité concernant Jowa était d'une autre nature. Lorsque l'ancien moine avait discrètement échangé les mots de passe convenus avec les cavaliers qui les avaient emmenés loin de la grand-route conduisant à Lhassa, Shan avait saisi que Jowa était un *purba* — un membre de la résistance secrète tibétaine, dont le nom venait de la dague de cérémonie du rituel bouddhiste. Il avait remplacé son vœu monastique par un tout autre serment : consacrer le restant de son incarnation à combattre pour la préservation du Tibet.

— Non, ce n'est pas l'un des nôtres, répliqua sèchement Jowa. Pas comme ça. Si c'est des soldats, précisa-t-il d'une voix basse pressée par l'urgence, je prendrai le camion et je les obligerai à se lancer à ma poursuite vers le sud. Gendun et Lokesh sont incapables d'avancer suffisamment vite. Alors contentez-vous de monter en altitude et de vous cacher.

— Non, répondit Shan, sans quitter le cavalier des yeux. Nous restons ensemble.

Lokesh, assis près du bord de la corniche, s'étira, comme si la menace qui s'approchait l'avait, d'une certaine façon, décontracté.

Il sortit son *mala,* son rosaire, et ses doigts, d'un geste réflexe, commencèrent à l'égrener.

— Vous deux, vous avez de la force, dit-il. Gendun a besoin de vous, il a besoin de vous deux. C'est moi qui resterai près du camion. Je dirai aux soldats que je suis contrebandier et je me rendrai.

— Non, répéta Shan. Nous restons ensemble.

Autant il avait besoin de Jowa pour sa connaissance avisée du monde de la vraie vie, celui des postes de contrôle des nœuds et des patrouilles de l'armée, autant Lokesh lui était indispensable pour sa connaissance avisée du monde de l'autre vie, celui des lamas : il leur fallait en effet traverser le monde de Jowa pour atteindre le lieu de mort, mais, une fois arrivé, c'est dans le monde des lamas que Shan chercherait ses réponses. Lokesh aurait été lama si, dans un passé aujourd'hui bien éloigné, avant même l'invasion chinoise, on ne l'avait sorti du monastère où il était novice pour l'obliger à servir le gouvernement du Dalaï lama.

Jowa ôta le sac en toile accroché à son épaule ainsi que son épais gilet en laine pour empoigner le pommeau de la courte lame suspendue à sa ceinture. Jowa refusait de parler du prêtre qui était en lui, cependant, autour du feu de camp, il lui était arrivé de retracer avec fierté la lignée dont il descendait et qui remontait jusqu'aux *khampas,* les clans de nomades qui s'occupaient des troupeaux dans l'est du Tibet, un peuple connu depuis des siècles pour ses guerriers imperméables à la peur.

Jowa ne surveillait plus le cavalier, mais le nuage de poussière qu'il soulevait sur ses talons. Les soldats auraient des mitraillettes, néanmoins, pareil en cela à des milliers de Tibétains, Jowa les chargerait, au besoin armé de sa seule dague, s'il lui fallait en arriver à cette extrémité pour rester fidèle à lui-même.

— La route ! s'exclama soudain Shan. Pourquoi reste-t-il sur la route ?

Jowa s'approcha à son côté et hocha lentement la tête, perplexe.

— Vous avez raison. Quand un nomade est poursuivi, la première chose qu'il fait, c'est de quitter la route.

Il accompagna ses paroles d'un large geste qui embrassa les étendues sauvages et désertiques au-delà de la piste en terre grossièrement empierrée. Ils se trouvaient au beau milieu du Changtang, vaste plateau non domestiqué, battu par les vents et refuge des dropkas depuis des siècles, qui s'étirait sur des centaines de kilomètres au centre et à l'ouest du Tibet.

Lokesh se tourna vers l'extrémité sud de la vallée.

— Il ne fuit rien ni personne. Il est pressé de *rejoindre* quelqu'un.

Ils suivirent l'avancée du cavalier qui filait au galop le long de l'affleurement rocheux sous lequel ils avaient dissimulé leur camion. Ils le virent réapparaître et tirer brutalement sur ses rênes. Le cheval virevolta lentement sur lui-même tandis que le dropka examinait la route.

— Je croyais que vous aviez effacé les marques de pneus, dit Shan à Jowa.

— C'est ce que j'ai fait... Au regard d'un Chinois.

Le cavalier mit pied à terre, laissant sa monture se diriger vers l'affleurement rocheux, avant de s'avancer à son tour près du camion vide. Il attacha son cheval à un pare-chocs, fit prudemment le tour du véhicule, puis grimpa sur le bord du plateau arrière en se tractant d'une main à une ridelle métallique destinée à soutenir la bâche en toile protégeant la cargaison. Il monta et souleva les couvercles des barriques posées là, puis il sauta au sol et examina la pente en surplomb. Le flanc de la montagne était couvert d'éboulis et de fragments de roches dégringolés de la corniche d'altitude. Un sentier chevrier s'étirait en zigzag au milieu des pierres, celui-là même qu'ils avaient emprunté après avoir abandonné leur véhicule au lever du jour.

— Parfois, les soldats ont des éclaireurs tibétains, rappela Jowa.

Il toucha Shan à l'épaule, lui signifiant ainsi de s'enfoncer dans l'ombre épaisse sous le promontoire rocheux.

Lorsque le dropka se mit à remonter le sentier au trot, Shan résista à la tentation de réveiller Gendun, d'escalader la crête et de disparaître avec lui. Les autres arriveraient à s'expliquer : ils disposaient de papiers d'identité. Mais personne ne parviendrait à justifier la présence de Shan ou de Gendun. Le vieux lama, qui avait vécu tellement caché du monde que Shan avait été le premier Chinois qu'il eût jamais vu, n'avait aucune identité officielle. Shan, en revanche, avait bien trop souffert des excès de zèle inquisiteur des autorités. Ancien enquêteur du gouvernement chinois, il avait été expédié en exil dans un camp de travaux forcés au Tibet et sa libération n'était qu'officieuse. S'il était capturé à l'extérieur de Lhadrung, il serait considéré comme fugitif. Jowa repoussa Shan sous le rocher, là où les ombres étaient les plus denses, tout à côté de Gendun, et il se posta devant les deux hommes, la main posée sur le pommeau de sa dague.

L'inconnu atteignit la corniche sous laquelle ils se cachaient, fit quelques pas dans la direction opposée, puis pivota sur les talons pour se diriger droit sur eux. Arrivé au rocher, il s'avança dans l'ombre en mettant une main en visière au-dessus de ses yeux pour scruter les ténèbres.

— Vous êtes là ? cria-t-il, la voix tendue par l'effroi.

Il était frêle, vêtu d'une chemise rouge sous son chuba, avec, sur une tignasse de cheveux noirs, un bonnet en fourrure sale. Il tordit le cou, plissant les yeux, incertain quant à ce qui était tapi dans la pénombre. Les prédateurs faisaient leur tanière de lieux comme celui-ci, de même que les démons embusqués dans les montagnes. Il se retourna vers le nord de la route, paraissant y chercher quelque chose, avant de presser les paumes l'une contre l'autre en un geste de supplique, pour finalement s'enfoncer dans les ténèbres du dévers.

— Nous avons dit des prières pour vous, s'écria-t-il, toujours de la même voix effrayée.

Il s'immobilisa avec un soupir de soulagement en voyant Lokesh avancer. Sa bouche se tordit en un semblant de grimace que Shan prit d'abord pour un sourire avant de comprendre que l'homme étouffait un sanglot.

— Pour que votre voyage se déroule sans encombre.

Lokesh était le Tibétain le plus émotif que Shan eût jamais vu, et il arborait ses émotions comme d'autres portent des vêtements, au vu et au su du monde entier, sans fard ni masque, n'essayant jamais de les dissimuler. Dans les casernements de la prison que Shan avait partagés en sa compagnie, un des lamas avait déclaré que Lokesh portait en lui des braises qui, tout à coup, se réenflammaient, attisées par une vague d'émotion ou une prise de conscience inattendue. Lorsque les braises reprenaient vie, des bribes de sons menus s'échappaient de Lokesh, coassements, gémissements, couinements. Le son qui jaillissait maintenant de son for intérieur était un geignement haut perché, comme s'il était effrayé par ce qu'il avait entrevu chez le nouvel arrivant. Sentant la plainte s'échapper d'entre ses lèvres, il se mit à secouer la main devant sa poitrine, en signe de dénégation.

Jowa se posta au côté de Lokesh.

— Que veux-tu ? demanda-t-il d'une voix forte, sans se préoccuper de masquer les soupçons que lui inspirait l'inconnu.

Personne n'était censé savoir qu'ils accomplissaient ce voyage.

L'homme se tourna vers le purba, hésitant, avant de faire un pas en avant. Mais Lokesh s'écarta et il se retrouva soudain face à Shan, posté devant Gendun, ainsi masqué à la vue du dropka.

— Un Chinois ! lâcha ce dernier, la gorge nouée, pris au dépourvu.

Jowa sortit de l'ombre pour se poster en plein soleil en inspectant les deux côtés de la vallée d'un œil soupçonneux.

— Qu'est-ce que tu veux ? répéta-t-il.

Le berger suivit Shan et Lokesh hors de leur abri, puis, lentement, prudemment, il se mit à tourner autour de Shan. D'un ton accusateur, il lâcha à l'adresse de Jowa :

— C'est un Chinois que vous emmenez avec vous pour aider notre peuple ?

Lokesh posa la main sur l'épaule de Shan.

— Shan Tao Yun a fait de la prison, dit-il d'un ton joyeux, comme s'il s'agissait là de l'exploit suprême de Shan.

La colère qui embrasait le regard du berger céda place au désespoir.

— Quelqu'un était en route, ont-ils dit. Quelqu'un venait pour nous sauver.

— Mais c'est bien ce que fait notre Shan, répondit aussitôt Lokesh. Il sauve les gens.

L'homme haussa les épaules, sans cacher sa déception. Il releva les yeux vers la vallée, la main droite serrant une chaîne de grains en plastique accrochée à sa large ceinture en toile rouge.

— Jadis, quand il y avait des problèmes, chuchota-t-il d'une voix lointaine comme s'il ne voyait plus les trois hommes, nous savions comment trouver un prêtre.

Il se choisit un nuage d'un blanc lumineux et décida de s'adresser à lui.

— Nous avons eu un vrai prêtre dans le temps, dit-il au nuage, mais les Chinois l'ont emmené.

L'expression qu'il affichait était familière à Shan. Il l'avait vue, à maintes et maintes reprises, sur bien des visages depuis son arrivée au Tibet : cette tristesse perplexe devant ce que les intrus avaient infligé à leur monde, cette impuissance à laquelle l'esprit tibétain, fier et indépendant, était si mal préparé. Shan suivit le regard du dropka quand il tourna la tête pour contempler à nouveau la vallée.

Un cavalier émergeait du nuage de poussière. Sa monture avançait d'un pas vacillant et inégal, abrutie de fatigue, presque sur le point de s'effondrer.

Le berger s'adressa directement à Lokesh, une urgence toute nouvelle dans la voix :

— Quand j'étais jeune, il y avait un chaman qui était capable de prendre la force de vie d'un individu pour la donner à un autre. Les vieux faisaient ça parfois, pour sauver un enfant malade.

Il contempla avec désespoir l'approche du cavalier.

— Je donnerais volontiers la mienne, sans hésiter, pour le sauver. Est-ce que vous pouvez faire ça ? demanda-t-il en se rapprochant de Lokesh pour examiner son visage avec soin. Vous avez les yeux d'un prêtre.

— Pourquoi es-tu venu ? demanda Jowa à nouveau, mais sa voix avait perdu sa dureté.

L'homme glissa la main à l'intérieur de sa chemise et en sortit un cordon en poil de yack auquel était suspendu un *gau* en argent — une petite boîte contenant une prière qui se portait au plus près du cœur. Il verrouilla les deux mains à l'entour du gau et se tourna une fois encore vers la vallée. Il ne regardait plus le cavalier mais les lointaines chaînes de montagnes encapuchonnées de neige.

— Ils ont emmené mon père en prison et il est mort. Ils ont placé ma mère dans une ville mais ils ne lui ont pas donné de coupons de nourriture et elle aussi est morte. De faim.

Il s'exprimait lentement, les yeux allant et venant des montagnes au sol entre ses pieds.

— Ils ont dit que nos enfants ne recevraient pas de soins médicaux si on ne les amenait pas à leur clinique. Alors j'ai amené ma fille qui avait la fièvre, mais ils ont dit que les médicaments étaient d'abord réservés aux malades chinois, et elle est morte. Ensuite on a trouvé un garçon, un petit qui n'avait plus personne, et nous, on n'avait plus personne non plus, alors on l'a appelé notre fils.

Une larme roula sur son visage.

— Tout ce qu'on voulait, c'est vivre en paix avec notre fils, ajouta-t-il, d'une voix à peine audible dans le bruit du vent. Mais notre vieux prêtre, il disait toujours que c'était un péché de vouloir quelque chose avec trop de force.

Il pivota vers le second cavalier qui approchait, le visage sec et vide.

— Ils ont dit que vous arriviez, pour sauver les enfants.

Un frisson d'effroi glissa sur l'échine de Shan lorsqu'il entendit ces paroles. Il se tourna vers Lokesh, le visage exsangue, vidé de ses couleurs, plus secoué encore qu'il ne l'était lui-même par ce qu'il venait d'apprendre.

— Nous sommes en route à cause d'une femme du nom de Lau, répondit doucement Shan.

— Non, rétorqua le dropka, avec une assurance troublante. C'est à cause des enfants, pour empêcher tous les enfants de mourir.

Sur la route en contrebas, une centaine de mètres avant

l'affleurement rocheux, le second cheval s'immobilisa. Son cavalier, enveloppé d'une épaisse couverture de peau, s'affala sur sa selle avant de dégringoler au sol, comme au ralenti.

Le berger lâcha un cri qui n'était ni un gémissement ni un simple cri d'effroi : c'était le son d'une souffrance brute et animale.

Shan partit au pas de course.

Il prit au plus court en direction du cavalier au sol, se précipitant vers l'endroit où le sentier recoupait la crête, avant de sauter et de trébucher sur la pente d'éboulis. Il tomba par deux fois en se cognant douloureusement les genoux aux pierres, pour finir par atterrir à quatre pattes dans les herbes grossières, là où commençait le fond de la vallée. Il se redressa et regarda derrière lui : personne ne le suivait.

Le cheval épuisé ne bougeait pas, frissonnant des pieds à la tête, les naseaux bordés d'une écume sanguinolente touchant presque le sol à côté d'un monticule de cuir de yack noir. Shan souleva lentement un coin de la couverture et vit des dizaines de tresses, avec une perle à leur extrémité : une coiffure de femme pieuse remontant aux temps anciens — cent huit tresses, cent huit perles, le nombre de grains d'un chapelet mala. La femme respirait à bouffées courtes, le visage sali par la poussière et les larmes. Ses yeux, comme ceux de sa monture, affichaient un tel épuisement qu'ils paraissaient ne pas avoir remarqué la présence de Shan. À l'intérieur de la couverture qu'elle avait utilisée comme manteau s'en trouvait une seconde qui enveloppait un long paquet posé sur ses jambes.

Jowa et Lokesh descendaient lentement le sentier, Jowa tenant le berger par la main pour le guider, Lokesh trente pas derrière eux, menant Gendun, comme si les deux hommes étaient aveugles.

Shan souleva la seconde couverture. Il se figea devant un petit garçon au visage tellement malmené et meurtri qu'une de ses paupières était complètement fermée. Il tira lentement la toile et eut un haut-le-cœur : il y avait du sang partout, qui détrempait la chemise et le pantalon du petit, ainsi que l'intérieur de la lourde peau de cuir.

Il essaya bien de soulever l'enfant toujours enveloppé, pour soulager au moins la femme de ce poids, mais la couverture s'était emmêlée aux rênes. En tentant de les dégager, il s'aperçut qu'elles étaient attachées à la cavalière, nouées au-dessus du poignet. La main de la femme pendait, inerte, sous un angle incongru, et le poignet était d'une couleur violette détestable.

Laissant la couverture en place, Shan souleva le garçon et le déposa sur l'herbe sèche. La bouche du gamin se tordit en grimace, mais aucun son ne franchit ses lèvres. L'enfant n'avait guère plus de dix ans. Il avait été sauvagement agressé, battu, tailladé sur les épaules, à travers sa chemise. Il était conscient, et, alors même qu'il devait souffrir atrocement, il restait allongé, immobile et silencieux, son œil valide surveillant Shan pendant que ce dernier l'examinait. L'œil n'affichait pas le moindre signe de crainte, de colère, de douleur. Rien que de la tristesse — et une incertitude perplexe, comme le visage du berger.

Le garçon s'était défendu. Il avait les paumes profondément entaillées, le genre de blessures qui ne pouvait s'expliquer que d'une manière : il avait empoigné à pleines mains l'arme qui le poignardait. La chemise avait été déchirée au cou, ses boutons arrachés. Shan serra les mâchoires tellement fort qu'il en eut mal. On avait poignardé le petit garçon plus bas sur le corps, un coup de lame qui avait pénétré sous les côtes en laissant dans les chairs une longue gouttière d'où suintait un sang foncé. Le pantalon lui aussi avait été déchiré dans la bataille, un long accroc derrière le genou gauche. Il manquait une chaussure au jeune blessé.

Le regard de Shan accrocha l'œil solitaire qui l'observait sans ciller au milieu du visage démoli, mais les mots lui manquèrent. Il contempla ses propres mains, couvertes du sang de l'enfant. Envahi par un sentiment d'impuissance absolue, il suivit un instant des yeux les gouttelettes rouges qui tombaient du bout de ses doigts sur les feuilles d'herbe brune.

Lokesh apparut à son côté, chargé d'un des sacs à tirette qui contenait leurs provisions. Le vieux Tibétain en sortit une bouteille d'eau en plastique qu'il porta aux lèvres du petit garçon tout en entamant une longue psalmodie mélodieuse, une succession de syllabes inconnues de Shan. Avant qu'on l'arrache à son gompa, son monastère, pour aller servir le Dalaï lama, Lokesh se destinait à des études de médecine. Il avait été apprenti auprès d'un lama guérisseur avant d'être appelé à Lhassa, puis il avait poursuivi sa formation des décennies durant auprès des prisonniers, apprenant tout ce qu'il pouvait de la bouche et des mains des vieux guérisseurs qu'on jetait parfois derrière les barreaux et les barbelés pour avoir encouragé leurs concitoyens à rester fidèles à la tradition.

Le vieux Tibétain hochait la tête vers la femme tout en psalmodiant. Petit à petit, ses paroles parurent la faire revenir à elle. Lorsqu'elle parvint à focaliser son regard, elle lui offrit un petit sourire douloureux. Lokesh se pencha vers Shan.

— Son poignet est fracturé, expliqua-t-il de sa voix paisible de moine. Il lui faut du thé.

Lokesh s'assit auprès du garçon, Jowa installa Gendun dans l'herbe à côté du camion, puis apporta un pot couvert de suie et un carré de toile bourré de bouses de yack séchées pour allumer un feu. Une fois le pot mis en place sur les flammes basses et bleues, Lokesh releva les yeux avec espoir. Jowa fit signe à Shan de l'aider. Ils dégagèrent la couverture, libérant la femme qui s'en était emmitouflée. Shan, suivant l'exemple de Jowa, maintint la couverture au sol avec ses pieds de manière à en faire un coupe-vent, les deux hommes tenant les deux coins supérieurs du long rectangle de feutre. Car Lokesh avait besoin d'un air immobile pour rendre son diagnostic.

Dès que la couverture fut tendue, il interrompit son mantra de guérison et leva l'avant-bras gauche du garçon. Il posa les trois doigts du milieu de sa longue main osseuse le long du poignet et ferma les yeux. Il écouta pendant plus d'une minute, puis abaissa le bras et répéta le processus sur le membre droit, pour tenter de localiser les douze pouls sur lesquels se fonde le diagnostic en médecine tibétaine. Il conclut son examen en saisissant les lobes des oreilles de l'enfant entre ses doigts. Il ferma à nouveau les yeux, puis hocha lentement la tête.

Le garçon se contentait de l'observer avec attention, sans ciller, sans donner voix à la douleur qui devait le déchirer par tout le corps. Le berger s'était agenouillé silencieusement à son côté, les mains toujours serrées autour de son gau, les larmes coulant sur ses joues tannées comme un cuir.

Lokesh fixa l'enfant d'un air désespéré. Puis, comme s'il y réfléchissait à deux fois, doucement, d'un geste raide, il leva le tissu déchiré de la jambe de pantalon pour examiner la peau. Le coup de lame avait apparemment entaillé le tissu sans rien entamer de la chair qui se trouvait dessous.

— On ne peut pas rester à découvert, les prévint Jowa, avec des regards inquiets à la route.

— On aurait tous pu être tués, dit le dropka d'une voix creuse. Cette chose, c'était la mort en marche.

— Vous l'avez vue ? demanda Shan.

— Je ramenais les moutons des pâturages. Ma femme, elle, était en train de monter le campement. Quand je suis arrivé au camp, les chiens aboyaient sur une corniche un peu plus bas. J'ai suivi le bruit, une torche à la main. Un des chiens était mort, la cervelle explosée sur les rochers. C'est alors que je les ai trouvés, tous les deux. J'ai cru qu'eux aussi étaient morts.

La femme ouvrit les yeux lorsque Jowa plaça une chope de thé devant elle. Elle leva la main droite avec une grimace de douleur. Jowa porta la chope à ses lèvres et l'aida à boire.

— *Tujaychay*, murmura la femme d'une voix rauque. *Merci.*

Elle saisit la chope de sa main valide et la vida jusqu'à la dernière goutte.

— Le garçon rapportait de l'eau d'une source près de la route, dit-elle, d'une voix plus forte. Il était en retard. J'ai entendu les moutons qui descendaient de la montagne et il fallait que je me mette à préparer le repas. À ce moment-là les chiens se sont mis à aboyer, comme quand ils voient un loup.

Jowa commença à fabriquer une attelle en toile.

— J'ai couru. J'ai d'abord vu la chose en dessous de moi, depuis une corniche. Elle était en train d'attaquer Alta, debout sur ses pattes de derrière. Elle avait la peau d'un léopard. J'ai couru plus vite. J'ai trébuché et je me suis cogné la tête. J'ai recommencé à courir. La chose s'est retournée quand je suis arrivée sur elle. Au bout de ses pattes de devant, on aurait dit qu'elle avait de grosses mains comme un humain, et l'une d'elles tenait un poignard. Mais elle a laissé tomber son arme pour ramasser un bâton brillant, gros comme le bras d'un homme. Elle a ramassé le bâton et m'a frappée alors que je relevais la main. Je suis tombée, la main me brûlait comme si je l'avais mise dans les flammes d'un feu. J'ai rampé jusqu'au petit et je l'ai couvert de mon corps. La chose est venue sur nous, en agitant son bâton, mais l'éclair l'a rappelée.

— L'éclair ?

— Au nord. Un seul éclair de tonnerre. Un message. C'est comme ça que les démons se parlent entre eux, dit la femme d'une voix effrayée. La chose a regardé l'éclair et a commencé à battre en retraite. Ensuite, je ne me souviens plus de rien. Le grand noir. Quand je me suis réveillée, j'ai cru qu'on était morts tous les deux et qu'on nous avait expédiés dans un des enfers de ténèbres, mais mon mari était là, et il m'a dit simplement que le soleil s'était couché.

— Vous avez vu le visage de la chose ? demanda Shan.

Le regard verrouillé sur le jeune garçon qu'elle avait appelé Alta, la femme secoua la tête.

— La chose n'avait pas de visage.

À ces mots, Lokesh poussa un geignement sourd. Le vieux Tibétain tenait le poignet du gamin en contemplant plein d'effroi l'extrémité de la route, comme s'il s'attendait à voir réapparaître le démon sans visage.

Shan se pencha sur l'enfant.

— Alta, la chose t'a-t-elle parlé ? Est-ce que tu savais ce que c'était ? C'était un homme. Ça devait être un homme.

Le garçon continua à regarder fixement, l'œil pareil à un galet noir et dur. Il ne parut pas avoir entendu Shan.

— Ç'avait la forme d'un léopard, poursuivit la femme dropka d'un ton hanté. Si la chose a besoin d'une forme humaine, elle devient un homme.

— Il existe un démon des anciens temps, dit le berger de sa voix lointaine. Hariti, le mangeur d'enfants. Parfois, ajouta-t-il d'une voix de plus en plus faible comme s'il perdait soudain toute force, il est juste affamé. Mais une fois qu'il a tué, il ne peut plus s'arrêter.

Shan savait que Hariti était un démon de l'ancien Tibet, auquel les moines, jadis, réservaient une petite portion de leur nourriture quotidienne pour apaiser sa faim de petits enfants.

Lokesh veillait toujours le garçonnet. Il posa un instant la main sur le crâne du blessé, puis la plongea dans son sac en toile et en sortit une blague en cuir, à l'intérieur de laquelle se trouvaient plusieurs blagues plus petites. Il en ouvrit trois, plaça une pincée de poudre extraite de chacune d'elles dans sa main, qu'il vida alors dans le pot fumant.

— Contre la douleur. Il éprouve de grandes douleurs.

Il regarda Shan d'un air malheureux avant de se tourner vers la femme et d'annoncer d'une voix brisée :

— Il y a des paroles qui doivent être prononcées.

L'annonce parut frapper les deux dropkas comme un coup de massue. La femme gémit et se plia en deux, en se tenant le ventre. Le berger laissa tomber la tête entre ses mains. « Il y a des paroles qui doivent être prononcées. » Lokesh voulait parler des rituels pour la transition de l'âme.

Soudain, la femme étouffa un cri d'effroi. Shan la vit qui fixait quelque chose derrière lui. C'était Gendun, son sourire de Bouddha sur le visage. Le berger lâcha une exclamation de surprise avant de s'agenouiller en collant le front sur l'herbe aux pieds du lama.

Shan se rendit compte qu'à aucun instant le berger et son épouse n'avaient remarqué la présence du vieil homme. Ils auraient pu tout aussi bien croire qu'il s'agissait là d'une apparition, ou d'un esprit invoqué par Lokesh qui prenait forme devant eux. Le lama posa la main sur la tête du berger et offrit une prière au Bouddha de la Compassion, avant de faire de même pour la femme, dont les yeux, noyés de tristesse, retrouvèrent leur calme.

*Nous avons eu jadis un vrai prêtre,* avait dit l'homme. *Mais les Chinois l'ont emmené.*

Gendun s'agenouilla au côté du petit garçon et lui prit la main. Lokesh vint s'asseoir près de lui. Gendun posa alors sa main libre sur la tête de Lokesh pour bénir le guérisseur qui vivait en lui. Le lama fixa le garçonnet en silence tandis que Shan lavait les plaies du blessé.

— Je n'ai pas de prières pour le dieu de cet enfant, dit-il à la femme d'une voix douce, en s'excusant.

Celle-ci jeta un œil inquiet à son mari.

— Nous lui enseignons nos manières. Il a son mala.

Avec un effort de toute évidence douloureux, elle se pencha pour remonter la manche du petit garçon et découvrit, stupéfaite, le poignet nu.

— Il ne l'a plus ! Le démon a pris son rosaire !

Elle baissa les yeux devant Gendun, comme sous le coup d'une honte soudaine.

— Il avait souhaité faire siennes les manières de Bouddha.

— Mais continue-t-il toujours à prier vers le soleil couchant ? demanda Gendun.

La femme resta nuque baissée, les yeux au sol, comme si la conversation la plongeait dans l'effroi, avant de hocher la tête lentement.

— Il a dit que ce dieu-là avait laissé mourir son clan.

Shan se tourna vers Gendun, les idées confuses. L'enfant était musulman. Mais comment Gendun s'en était-il aperçu ?

Au lieu de toucher la tête du petit garçon, Gendun leva délicatement la main du jeune blessé pour en coller le dos contre sa propre joue.

— Je vais dire une prière afin que le dieu, quel qu'il soit, qui réside dans le cœur de cet enfant lui donne la force de lutter contre la douleur qu'il connaît, la douleur de cet instant comme la douleur du passé. Qu'il lui donne aussi la lucidité nécessaire pour le chemin qu'il doit maintenant suivre.

Dans le silence, un corbeau croassa, tout proche. Ils se tournèrent pour voir l'oiseau, au sommet de l'affleurement rocheux, qui les scrutait intensément. Le dropka fit un pas en avant comme pour s'adresser à l'oiseau, puis il se retourna vers Gendun en silence, craignant peut-être la réprobation du vieux lama.

— Il faut qu'on parte, dit Jowa d'une voix hésitante. Vers le nord. Dans les monts du Kunlun, ajouta-t-il avec un coup d'œil peu assuré à l'adresse du berger.

— Ces gens ont besoin d'aide ! protesta Shan.

— Allez vers le nord, approuva le berger avec vigueur. On a entendu parler des meurtres, c'est pour ça qu'on a fui à travers les montagnes. Ils ont dit que c'est là-bas que vous alliez, pour sauver les enfants.

La patience de Jowa semblait à bout quand il regarda le berger : dans ce coin reculé du Tibet, les dropkas vivaient dans un univers de superstitions guère éloigné de l'époque pré-bouddhiste, lorsque les chamans tenaient le pays sous leur férule. Il était arrivé une chose abominable au petit garçon, mais pour ces gens-là, une pierre qui dégringolait pouvait très bien être un démon en colère, et une forme humaine vêtue d'une fourrure passait aisément pour un loup ou un léopard.

— Nous allons là-bas pour la femme, répondit Jowa.

— Lau, dit le berger en hochant la tête. Notre Alta, c'est l'un de ses élèves.

Lokesh, souffle coupé, se tourna vers Gendun.

— Lau était l'enseignante de ce petit garçon ? demanda le lama.

— Il faisait partie de la *zheli*, confirma le berger avec un signe de tête. C'est Lau qui nous a présentés quand on a dit qu'on voulait aider les enfants, poursuivit-il sans quitter le petit garçon des yeux.

— La zheli ? demanda Shan.

Ce n'était pas un mot tibétain, alors que le berger parlait dans cette langue. Ce n'était pas non plus du chinois.

L'homme ne parut pas avoir entendu sa question. Lokesh soupira et aida le jeune blessé à boire son thé, puis ils emportèrent le garçonnet sous le dévers du rocher, à l'abri de vent, dans un carré de soleil. Lokesh l'ausculta une nouvelle fois, écoutant son cœur, son épaule, son cou, avant de secouer la tête et de contempler, les yeux emplis de larmes, l'enfant qui gisait, inerte.

Ils restèrent assis là, sans parler, impuissants, tandis que la lumière disparaissait progressivement du regard du petit garçon. L'espace d'un instant abominable, ils virent l'œil s'emplir de terreur, comme si, soudain, l'enfant comprenait le sort qui l'attendait. Un bruit s'échappa de ses lèvres, une syllabe, puis plus rien. Ç'aurait pu être le commencement d'une question, ou une prière. Ç'aurait pu être l'expression de sa douleur. Mais il n'y eut plus rien, comme si cet effort avait sapé ses dernières forces. La femme en pleurs porta la main de l'enfant à sa joue.

Shan s'agenouilla près d'Alta et se pencha en avant, cherchant avec force à trouver des paroles de réconfort. Après un instant, il se laissa retomber sur les talons, incapable de prononcer un mot, le corps et l'esprit engourdis par son impuissance et la cruauté du châtiment infligé à la petite victime.

Un silence dur enveloppa telle une ombre le dropka, qui ne cessait d'ouvrir et de fermer la bouche comme s'il cherchait à parler alors que la douleur et le chagrin lui avaient figé la langue. Finalement, lorsque l'œil de l'enfant croisa le regard du berger, celui-ci retrouva la voix. Doucement, il raconta comment ils allaient partir vers les pâturages de printemps, trouver les fleurs et les jeunes oiseaux sur les versants sud. Il continua à parler de tout et de rien, contant des souvenirs agréables de la vie de dropka. L'enfant recouvra sa sérénité, son visage s'apaisa à mesure qu'il écoutait.

Jowa, le visage hâve et creusé par le chagrin, les abandonna pour monter la garde sur les rochers. Gendun et Lokesh offrirent des prières. Le berger, toujours penché au-dessus de l'enfant, poursuivit ses récits d'une voix douce, presque un murmure. Une heure plus tard, sur un geignement discret, le petit garçon prénommé Alta mourut.

Personne ne dit mot pendant un long moment, puis, finalement, la femme essuya le visage du garçonnet et tira la couverture sur lui.

— La coutume de son peuple, dit lentement Shan, sans trop savoir comment le dropka allait réagir, voudrait qu'on l'enterre avant le coucher du soleil.

Le dropka acquiesça. Shan sortit une pelle du camion. Tandis qu'il creusait la terre, la femme ramassait des pierres pour en faire un cairn destiné à marquer l'emplacement de la tombe. Lorsqu'on étendit l'enfant dans sa couverture, Gendun récita une prière bouddhiste pour les morts.

Le dropka resta debout, immobile, cinq minutes durant, guère plus, avant de lâcher un profond soupir. Puis il alla récupérer les chevaux.

Shan aida la femme à entasser les pierres à la tête du petit monticule.

— C'est un monde kazakh, lui dit-elle quand ils en eurent terminé, se référant en cela à l'un des peuples musulmans qui vivaient sur les flancs septentrionaux de la chaîne des Kunlun. Une zheli, c'est une corde que l'on tend entre deux arbres, ou deux pieux, et à laquelle on attache une rangée de jeunes animaux. C'est ainsi que les plus jeunes apprennent à se connaître les uns les autres, et à connaître le monde. Lau se servait de ce mot-là pour parler de ses classes d'orphelins, ses enfants spéciaux. Sa laisse pour les orphelins.

— Votre mari a dit que nous étions en route pour sauver les enfants. Est-ce qu'il parlait de la zheli ?

La femme acquiesça.

— Quand cet autre garçon est mort, nous avons compris qu'il fallait fuir. Mais nous n'avons pas fui assez vite, ajouta-t-elle, les yeux sur la tombe.

Un gémissement monta tout près de Shan, et Lokesh se pencha en avant.

— Un autre garçon ? interrogea-t-il d'une voix pressante. Un autre des garçons de Lau ?

— D'abord Lau. Puis un garçon kazakh près de la ville de Yoktian.

— Vous rappelez-vous son nom ? demanda à nouveau Lokesh, de la même voix pressante.

Shan se tourna vers son ami, perplexe. Lokesh paraissait s'intéresser à un enfant précis. Un garçon. Un seul.

La femme dropka secoua la tête.

— Il y a vingt, peut-être vingt-cinq enfants dans la zheli. Des Kazakhs, des Tibétains. Et des Ouighours, précisa-t-elle, en se référant aux plus importantes minorités chinoises.

Elle se tourna pour hocher la tête en direction de son mari qui amenait leurs deux montures dessellées. L'homme regardait vers le nord, vers les capuchons de neige des Kunlun.

— Notre Alta était kazakh.

— Un lama, dit Shan. Avez-vous entendu parler d'un lama qui aurait disparu ?

Le dropka fit signe que non de la tête, les yeux fixés sur les montagnes, ne comprenant pas, de toute évidence, la question de Shan.

— Les lamas ont disparu de cette région depuis bien des années. Vous devez faire vite, ajouta-t-il brutalement, d'une voix rauque et pressante. La mort est en route. Le démon a trouvé le chemin qui mène à la zheli et il ne cessera pas de tuer.

Shan le fixa en silence.

— L'âme d'Alta est en danger, poursuivit le dropka de la même voix triste et désespérée. Un garçon comme ça, sans avoir été préparé.

Une bourrasque de vent les balaya tous deux, donnant l'impression de dérober les paroles que l'homme venait de prononcer. Il cessa de parler pour simplement se tourner vers Gendun. Il voulait dire que l'âme du jeune garçon allait errer, perdue, sans l'ancrage d'une famille ou d'une foi, petite proie facile pour les choses qui dévorent les âmes.

Gendun, un instant, lui retourna son regard, puis il s'adressa à Jowa, qui lui apporta un morceau de toile et un moignon de crayon cassé dont l'extrémité avait été calcinée dans les flammes. Le lama se réfugia derrière le rocher, où il entama un mantra tout en travaillant de son crayon noirci. Jowa écouta sans en perdre une miette, puis sortit, de l'arrière du camion, un vieux balai tout usé dont il coinça la tête sous une roue pour en casser le manche.

À son retour, Gendun posa le morceau de tissu au sol en face des bergers. L'homme poussa un gémissement de surprise et, tandis que Jowa nouait la toile au manche à balai cassé, il releva la tête de son épouse afin que celle-ci vît ce que le lama leur avait apporté : un charme. Un charme très ancien, rarement utilisé, le dessin d'un scorpion crachant une flamme. Sur les épaules du scorpion se trouvaient des têtes de démons, accompagnées de mots en marge. Un charme contre les démons, un charme auquel les paroles d'un lama avaient donné toute sa puissance.

L'homme se leva et inclina solennellement la tête.

— Nous rançonnerons une chèvre, Rinpoché. Notre vieux prêtre, il nous dirait de rançonner une chèvre.

Enlever un animal du nombre de ceux qui étaient prêts à être abattus, habituellement en le marquant d'un ruban autour de l'oreille, était une manière d'apaiser les divinités prédatrices des bouddhistes du Tibet.

— Alors, n'hésitez pas, dit Gendun d'une voix sombre, rançonnez une chèvre.

Pendant que Jowa préparait leur véhicule, redonnant vie au vieux moteur à coups de manivelle avant de placer le camion sur la route, Gendun retourna derrière le rocher. Shan le trouva assis dans l'herbe, le visage tourné vers le sud, vers le centre du Tibet et l'ermitage dans lequel il avait passé pratiquement toute son existence.

— Je crains qu'il n'ait déjà commencé, dit le lama avec un geste à l'adresse de Shan pour que celui-ci s'installe à côté de lui. Nous l'avons pénétrée, mais nous arrivons en retard.

— Pénétré quoi, Rinpoché ?

Le lama soupira, d'une voix pareille à un sable mouvant :

— Ça n'a pas de nom. La demeure des démons qui chercheraient à tuer des enfants.

Le lama ne parlait pas d'un lieu physique et concret, cela, Shan le savait, mais d'un état d'esprit, d'un lieu dans une âme pleine de haine, d'un lieu qu'un homme tel que Gendun ne pourrait jamais comprendre.

— C'est une terre de solitude, poursuivit Gendun en laissant filer le regard sur le plateau balayé par les vents. J'y suis né.

— Ici ? Dans le Changtang ?

De tous les coins sauvages et reculés du Tibet, le plateau du Changtang était le plus sauvage et le plus reculé.

Gendun fit signe que oui.

— Dans l'ombre des monts Kunlun. Mais quand j'étais jeune, Xiao Shan, mes parents m'ont donné aux moines parce que la guerre s'est déclarée, et les moines m'ont emmené à Lhadrung.

Xiao Shan. Gendun avait utilisé l'ancienne formule chinoise pour s'adresser à un individu plus jeune, de la manière dont son père ou un oncle auraient pu l'appeler. Petit Shan. Le lama contempla un nuage noir qui se déplaçait le long des pentes, peut-être une bourrasque de neige.

— Je me souviens d'un lieu plus heureux. Aujourd'hui — le lama désigna la piste du geste —, aujourd'hui, je pense que cette route va nous conduire à un endroit où tu ne devrais pas être, Xiao Shan.

Il prononça ces mots avec un ton d'excuse. Ce qu'il essayait de dire, c'est qu'un nombre aussi important de meurtres signifiait que le gouvernement était impliqué.

— Je sais comment c'est, entre toi et les autres Chinois, ajouta-t-il.

Trois jours auparavant, Shan s'en revenait chargé de combustible pour le feu de camp et il était arrivé juste à temps pour entendre Jowa supplier Gendun de renvoyer Shan d'où il venait.

— Il n'a jamais été officiellement libéré, on lui a simplement donné la permission d'être en liberté dans le comté de Lhadrung, expliquait le purba au lama. À l'extérieur de Lhadrung, il reste un criminel, un évadé. Ça peut se vérifier.

Voyant que Gendun ne réagissait pas, Jowa avait élevé la voix :

— Ils l'emmèneront derrière leur prison ! Ils lui colleront une balle dans la tête ! Et nous autres, nous serons coupables d'avoir donné asile à un évadé.

— Voudrais-tu nous emprisonner tous par la peur, en ce cas ? avait alors doucement demandé Gendun à Jowa, avant de hocher la tête en voyant Shan approcher, les bras pleins de bouses de yack séchées.

— C'est simplement la manière qu'a choisie le gouvernement de m'honorer, avait fait remarquer Shan, un sourire forcé aux lèvres, en songeant aux lamas et aux moines du camp de travaux forcés qui parfois remerciaient leurs geôliers de leur offrir un moyen de mettre leur foi à l'épreuve en un lieu aussi implacable que la prison.

La conversation en était restée là, et Shan avait abandonné toute idée de demander à Jowa de raccompagner Gendun à leur point de départ. Shan ne se faisait pas d'illusions sur la façon dont le gouvernement le traiterait s'il était capturé. Mais il savait tout aussi bien ce qu'il adviendrait de Gendun, qui non seulement ne pouvait justifier d'une identité officielle, mais continuait à exercer comme prêtre hors-la-loi. Pour des individus tels que lui, il existait des lieux spéciaux, des lieux sans chauffage ni lumière, des lieux où l'on pratiquait parfois des expérimentations médicales, des lieux où les psychiatres du Parti testaient les dernières techniques destinées à modeler les prêtres réactionnaires en nouveaux prolétaires.

*Je sais comment c'est, entre toi et les autres Chinois.* Gendun ne faisait pas simplement état du danger physique que courait Shan. Ce dernier se souvenait de leur dernière leçon ensemble, alors qu'ils étaient assis sur un rocher à l'extérieur de l'ermitage. Quatre mois durant, Gendun lui avait parlé de la manière dont la libération, après un séjour en prison, n'était que relative, de la manière dont trois années de travaux forcés avaient laissé sur l'âme de Shan des cicatrices qui ne se refermeraient jamais complètement. Gendun lui avait expliqué que le plus grand danger serait pour lui de se comporter comme un évadé. Car un évadé n'était rien de plus qu'un prisonnier sans cellule. Lorsque le lama avait suggéré, à contrecœur, que la façon la plus rapide de se retrouver soi-même serait pour lui de quitter la Chine, d'aller dans un nouveau pays, Shan lui avait divulgué un secret : une lettre des Nations unies, vieille de deux mois, offrant de lui servir de garant afin de lui permettre d'obtenir l'asile politique à l'Ouest s'il acceptait de témoigner en public sur les camps d'esclaves et la destruction systématique par Pékin de tous les objets culturels. Si Shan parvenait à quitter le territoire de la Chine... Ils réussiraient peut-être à lui trouver une porte de sortie, mais cela demanderait un an, peut-être deux, avait dit le purba qui lui avait apporté la lettre en secret.

Shan tendit la main, toujours tachée par le sang du petit garçon. C'était ainsi que Gendun et lui conversaient souvent, non pas avec des mots, mais par gestes et symboles. Des enfants sont en train de mourir, disait-il, et Gendun acquiesça, plein de tristesse : si Shan s'en allait maintenant, jamais, aussi loin qu'il pût fuir, il ne parviendrait à échapper à l'image obsédante du garçonnet agonisant, qui le fixait en silence, l'esprit dans une confusion terrifiante.

— Le cheminement qui s'enseigne n'est pas le cheminement constant, énonça Gendun.

Les mots étaient devenus un semblant de mantra personnel entre les deux hommes depuis les tout premiers jours qu'ils avaient passés ensemble, lorsqu'ils avaient découvert que les mots ne se trouvaient pas seulement dans les enseignements bouddhistes de la vie de Gendun, mais également dans les leçons taoïstes de l'enfance de Shan. Ensemble, ils avaient reconnu que le chemin de Shan était loin du cheminement constant de quiconque, que l'esprit desséché qu'il avait rapporté de Chine s'était désormais trouvé de nouvelles racines au Tibet. Mais une fois les morceaux morts élagués restaient quelques-unes des anciennes racines, tout emmêlées autour des nouvelles. « Le cheminement qui s'enseigne n'est pas le cheminement constant. » Gendun l'avait également bien perçu lorsqu'il s'était assis auprès du jeune garçon musulman. Ils suivaient tous un chemin qui ne se trouvait sur aucune carte.

Jowa actionna l'avertisseur du camion. Gendun parut ne rien entendre. Shan vit que le vieux lama serrait les mains, les paumes en coupe comme s'il y nichait quelque secret.

Le lama étendit les mains. Shan offrit sa propre paume ouverte. Gendun y déposa quelque chose : une plume. Une plume longue de cinq centimètres, au délicat motif de brun et de noir à sa base, d'une blancheur de neige sur sa moitié supérieure, avec l'extrémité faiblement mouchetée de taches noires, comme si on l'avait délicatement aspergée d'encre. Gendun contemplait, fasciné, le petit objet qui dérivait au creux de la paume de Shan, puis il se remit debout et avança jusqu'au camion.

Jowa conduisait le vieux véhicule sans un instant de relâche, comme s'il était poursuivi, rebondissant sur les ornières, glissant au long des profondes ravines, s'arrêtant avec un tremblement soudain quand de petits rochers ronds, libérés des hauteurs de la pente, apparaissaient à leurs regards dans la lumière des feux de position. Jowa ne voulait pas se servir de ses phares : il arrivait que les soldats patrouillent les montagnes la nuit.

Shan avait glissé la plume dans le gau qu'il portait autour du cou, et tandis que le camion avançait de bonds en sursauts à travers la nuit, il était là, assis, la main autour du gau, s'interrogeant : s'agissait-il d'un indice ? Un signe de bonne fortune ? Pendant qu'il revoyait en esprit l'enfant agonisant, il se rendit compte que non. Peut-être était-ce, qui sait, un gage de beauté qu'il lui fallait emporter avec lui à mesure qu'il approchait de la laideur du meurtre ?

Des heures plus tard, alors que Shan et Lokesh grimpaient à l'arrière du camion après avoir dégagé un autre roc de la voie, Jowa les rejoignit. Il inspecta les barriques attachées au plateau métallique du véhicule. La plupart étaient remplies de sel, un article vital dans les relations marchandes, qu'on tirait des lits salants du plateau central, lieu privilégié du commerce de la région depuis des siècles. Directement derrière la cabine, sous une pile de toiles tachées d'huile, se trouvaient deux barriques vides, celles dans lesquelles Shan et Gendun se cacheraient s'il advenait qu'une patrouille arrête le véhicule. Ils en étaient à leur troisième camion : à deux reprises ils avaient dû franchir des chaînes montagneuses à dos de cheval, menés par des guides qui n'adressaient la parole qu'à Jowa. Chacun de ces camions avait contenu des barriques semblables pleines de sel et deux barriques vides, habilement équipées d'un double fond et d'un second couvercle, recouvert lui aussi d'une épaisseur de sept bons centimètres de sel. Lokesh et Jowa se faisaient passer pour marchands de sel et leur alibi pourrait se révéler suffisant, car ils disposaient de papiers.

Jowa aida Lokesh à s'envelopper dans une couverture. Il avait beau y avoir de la place à l'avant, le vieux Tibétain avait choisi de rester sur le plateau arrière en compagnie de Shan pour la majeure partie du trajet. Lorsque Lokesh fut bien installé, dos à la cabine, Jowa resta un instant debout à l'arrière du véhicule, la main en appui contre une des ridelles du plateau, avant de descendre.

— Avant le lever du soleil, annonça-t-il dans la pénombre, quelqu'un viendra nous retrouver.

— Qui ça ? questionna Shan.

— Quelqu'un qui nous conduira là-bas, répondit Jowa de ce ton distant, presque contraint et marqué de ressentiment qu'il utilisait toujours pour s'adresser à Shan.

— Où cela ?

— Là où nous devons aller.

— Vous êtes toujours convaincu que ma place n'est pas ici, soupira Shan.

— Ils m'ont dit de vous conduire. Alors je vous conduis.

— Pourquoi ?

Jowa laissa échapper un rire creux empli d'amertume.

— Vous les connaissez, peut-être mieux que moi. Avec les vieux lamas, il n'existe pas de pourquoi. C'était le destin de cette femme que d'être tuée. Comme c'était votre destin que de partir là-bas.

— Non, ce n'est pas ce que je veux dire. Pourquoi vous ? Vous auriez pu refuser.

— Je connais cette région. Il y a des années de cela, j'ai participé à la surveillance des troupes armées dans les montagnes.

— Vous auriez pu refuser, répéta Shan.

Cette fois, Jowa mit plus longtemps à répondre. Il s'adressa à Shan d'une voix plus douce. Sans aménité, mais sans ressentiment particulier.

— Les lamas vieillissent et je ne sais pas ce que le Tibet deviendra sans eux. Dans vingt ou trente ans, qui ira se retirer dans une cellule d'ermite ? Qui ira vivre au cœur de la montagne parce que l'âme de la terre a besoin d'aide ?

— Vous, peut-être.

— Non. Pas moi. Pas ceux de mon espèce. Les Chinois m'ont enseigné de nouvelles manières. Je suis contaminé par la haine, dit-il très naturellement, comme s'il parlait de quelque handicap physique. J'ai tiré avec des armes à feu.

Il contempla la lune, et, pour la première fois, Shan crut lire de la tristesse sur le visage du purba.

— Comment pourrais-je me retirer dans la montagne si j'ai tiré avec une arme à feu ?

De toute évidence, c'était là une question qu'il s'était posée à maintes reprises.

— Et qui reste-t-il ? Quand ils m'ont retiré ma licence de moine, et que j'ai commencé à résister, reprit-il, s'adressant cette fois à la lune, j'ai pensé que tout le problème du Tibet était qu'il ne résistait pas suffisamment. À croire qu'on réussit à éviter tant de batailles à force de palabres et de discussions qu'on n'est plus capables de défendre quoi que ce soit.

Il hocha la tête et détourna les yeux en direction des pics obscurcis.

— Et maintenant..., poursuivit-il en haussant les épaules. En prison, j'ai décidé que nous n'étions plus assez nombreux pour poursuivre la lutte, que tout ce que nous pouvions faire était de nous assurer que les lamas soient protégés, de façon que Pékin ne tue pas toutes les manières d'antan. Mais je n'ai pas pris le temps de réfléchir. Les façons d'antan, ce sont les lamas, et les lamas sont aussi mortels que le reste d'entre nous. Nous pouvons essayer d'arrêter Pékin, mais nous ne pouvons pas arrêter le temps. Si les lamas ne survivent pas, si ce qu'ils font ne survit pas, alors à quoi ça sert ?

À sa manière si particulière, Jowa expliquait les raisons pour lesquelles il escortait l'improbable trio en route pour sa mission énigmatique. Au clair de lune, Shan le vit à nouveau hausser les épaules.

— Ils ne nous demandent pratiquement jamais rien. Il est impossible de refuser.

Cependant Shan savait que Jowa comprenait autre chose — rien de ce que les lamas faisaient n'était dénué de raison : s'ils avaient demandé l'aide de Jowa, ce n'était pas uniquement parce qu'il savait conduire un camion ou qu'il était purba et connaissait la région, mais également parce qu'il était Jowa.

— Le berger et son épouse, dit Shan alors que Jowa tournait les talons en se préparant à partir. Comment savaient-ils, eux ? Tout cela était censé demeurer secret. Je croyais que les purbas avaient transmis l'information à Lhadrung et qu'ils étaient les seuls à savoir que nous arrivions.

— C'est vrai. Les purbas savent garder les secrets.

— Ils ont dit que nous étions en route pour sauver les enfants. Deux garçons sont déjà morts.

— Une vieille femme est morte, et un lama a disparu. C'est tout ce qu'on m'a dit.

Jowa disparut derrière le camion. Quelques instants plus tard, le moteur reprenait vie en grondant.

Shan ramassa un couvre-chef par terre, une casquette de l'armée, capitonnée, garnie de lourdes oreillettes. Il l'enfila et s'installa dos à l'une des barriques de manière à pouvoir regarder la lune. Les purbas avaient transmis le secret de la mort de la vieille femme. Mais un autre secret traçait à présent son chemin plus au sud, parmi les dropkas : un avertissement concernant des enfants, la mort en marche, et des inconnus de Lhadrung qui arrivaient en renfort.

Ils passèrent près d'une chute d'eau qui miroitait telle une cascade de diamants dans la nuit. Un petit ronronnement, pareil à un bruit de gorge, montait tout à côté de Shan : Lokesh dormait. Shan glissa les poings au fond des poches de sa veste, en quête d'un peu de chaleur. Sa main droite se referma sur le petit pot que Gendun lui avait donné cette nuit-là, quand ils avaient entamé leur voyage : le pot de sables consacrés ayant servi à la confection du mandala. Il le serra fort en se plongeant dans le ciel de nuit.

La lune que contemplait Shan n'était pas la même que celle qu'il avait connue au-dessus des terres basses, dans la Chine de sa première vie. Comme tant d'autres choses de sa seconde vie — sa réincarnation tibétaine — la lune était plus absolue que celle qu'il avait connue à Pékin. Au Tibet, elle était d'une telle brillance, d'une telle pureté, et tellement proche qu'on aurait pu croire les vieux récits de jadis selon lesquels les âmes laissées à la dérive venaient parfois se prendre au piège des montagnes.

Certaines nuits il était capable de se perdre dans une telle lune, de se laisser totalement absorber, des heures durant, dans sa beauté. Mais ce soir, l'enfant mort le hantait et l'empêchait de percevoir la beauté qu'il avait devant les yeux. *Vous devez faire vite,* avait dit l'homme. *La mort est en route.* Aux oreilles d'un autre, ces paroles auraient signifié qu'il fallait fuir, partir loin de la mort. Au contraire, Shan avait compris qu'il lui fallait faire vite et aller à sa rencontre. Il se sentit submergé par une vague d'impuissance, et il sut que son visage affichait cette même tristesse pleine de confusion qu'il voyait parfois chez les Tibétains. Même certains lamas arboraient cette expression quand ils l'avaient mis sur la route, sept nuits auparavant. Ils auraient tout aussi bien pu utiliser les mêmes mots que le dropka, vu le peu de ce qu'ils lui avaient confié, vu le peu de ce que Gendun continuait à lui dire. *Vous devez faire vite. La mort est en route.* C'était tout ce que les lamas comprenaient. Le meurtre était pour eux une terre inconnue, et Shan était leur ambassadeur.

## 2.

Après minuit, alors qu'ils s'arrêtaient une fois encore pour dégager les pierres tombées sur la route, Shan entendit un bruit. Un tintement métallique, un ronron mécanique étouffé qui disparut si rapidement qu'il crut avoir été l'objet d'une illusion. À cette altitude, le son se propageait de manière imprévisible dans l'air raréfié. Peut-être un camion sur la route solitaire qui s'étirait droit devant. Ou un hélicoptère derrière eux. Ou un avion au loin. Personne ne prononça un mot, mais une fois les obstacles dégagés, Jowa, lanterne à la main, alla vérifier les deux barriques vides en insistant pour que Gendun change de place avec Lokesh. S'il freinait brutalement à trois reprises, ce serait le signal : Gendun et Shan devraient gagner leur cachette.

Mais le moment venu, le temps manqua. Shan dormait profondément quand il fut réveillé en sursaut par une violente secousse puis l'arrêt brutal du camion, suivi par un cri de colère de Jowa : quelqu'un bloquait la route.

Il se dépêcha d'aider Gendun à se glisser dans sa barrique, referma le couvercle, et jeta un œil par-dessus la cabine lorsque Jowa alluma les phares. Une demi-douzaine d'hommes se tenaient auprès d'un gros camion rouge de la taille du leur, mais beaucoup plus récent. Le capot était ouvert, et sur la route s'étalaient une roue de secours et des objets métalliques, peut-être des pièces de rechange du moteur.

Ce n'était pas des hommes de la Sécurité publique, constata Shan avec soulagement, et ce n'était pas non plus des soldats de l'armée. Jowa discutait avec un grand Chinois han aux larges épaules, en chemise blanche, et pointait le doigt vers le camion rouge et la route, bloquée par la roue de secours et les pièces éparpillées.

Deux des membres de la troupe, en chemise marron clair et pantalon assorti, étaient penchés sur la roue de secours et relevaient fréquemment la tête vers l'homme en chemise blanche. Un troisième contemplait le ciel, le pied posé sur un pare-chocs du véhicule. Deux autres s'étaient placés derrière l'interlocuteur de Jowa. C'était tous des Chinois han, et même s'ils n'affichaient pas la raideur arrogante des soldats, ils en avaient le regard vif de prédateur. Shan aperçut l'emblème sur la portière conducteur : deux bras étirés se rejoignant à leur sommet.

Shan descendit sans bruit et s'avança avec précaution le long du camion, côté caché, à l'abri des regards inquisiteurs. À la portière passager, il se hasarda à jeter un œil par-dessus le capot. Un détail étrange le frappa : ces hommes étaient bien habillés. La même tenue marron pour tous, proprette, à l'exception du gaillard en chemise blanche qui parlait avec Jowa. Pas d'armes visibles, mais trois d'entre eux portaient dans une poche une lourde clé à molette, un quatrième, un marteau à pannes rondes. À l'intérieur de la cabine du camion rouge, sur le siège passager, il distingua une silhouette au visage noyé par la nuit, et le point rouge d'une braise ardente. Un panache de fumée s'échappait de la vitre. Shan se retourna vers le bonhomme qui contemplait le ciel. Le démon avait été rappelé par un éclair, avait déclaré la femme. Et les démons communiquaient entre eux par les éclairs.

Il leur fallait quelques minutes supplémentaires pour terminer les réparations, entendit Shan. Mais, apparemment, personne ne travaillait sur le moteur. Le grand Han demanda à Jowa sa destination. Vers le nord, répondit Jowa, vers le nord, où il vendait son sel. Les deux hommes postés derrière son interlocuteur commencèrent à prendre leurs distances comme s'ils cherchaient à se mettre hors de portée de Jowa, avant de se rabattre de part et d'autre du camion des Tibétains.

— Est-ce qu'on peut vous aider ? demanda Jowa sans quitter des yeux les deux inconnus qui approchaient de sa portière ouverte.

— Au nord, y a rien, fit remarquer Chemise blanche d'un ton accusateur. Y a rien que des bandits.

Quand Lokesh descendit à son tour du camion pour rejoindre Jowa, Chemise blanche l'inspecta des pieds à la tête.

— T'es un bandit, vieil homme ? demanda le Han d'une voix tonitruante avec un sourire sans chaleur. Où tu vas comme ça, à te faufiler au beau milieu de la nuit ? On dirait un voleur.

— Le sel, coassa Lokesh d'une voix sèche.

Shan le vit alors exécuter une série de gestes qu'il avait coutume de faire en prison : il secoua la tête, puis le bras, comme s'il était incapable de se maîtriser et souffrait de quelque maladie de vieillesse.

— Du bon sel tibétain. On va aussi loin qu'il faut pour vendre notre bon sel.

Toujours tremblotant, gémissant, il s'avança vers l'inconnu, qui recula d'un pas, l'air effrayé.

— Tu devrais nous l'acheter. Comme ça, on pourrait faire demi-tour et rentrer à la maison. Ce vieux camion fait mal à mes os de vieillard. Je veux rentrer à la maison.

Le Han fit le tour complet de Lokesh, le soumit à nouveau à une revue de détail, et lâcha un rire creux.

— Faut des papiers pour vendre les choses, vieillard. Je parie que vous n'avez pas de papiers. Et que c'est pour ça que vous voyagez la nuit.

L'esprit de Shan fonctionna à toute vitesse. Si les inconnus étaient des bandits, de quoi les Tibétains disposaient-ils qui serait susceptible d'apaiser leur soif de gain ? Une vieille paire de jumelles. Une semaine de vivres. Peut-être le camion lui-même, et ses barriques de sel. Lui apparut brutalement une vision de cauchemar : les bandits s'éloignant au volant du camion avec Gendun toujours dans sa cachette.

Les deux hommes continuèrent à tourner autour du véhicule, éclairant le plateau à l'aide de lanternes. Chemise blanche jeta un coup d'œil vers la cigarette suspendue dans les ombres du camion rouge.

Tout à coup, Shan fut pris dans la lumière des deux lanternes apparues dans son dos. Tel un animal stupide pétrifié par un faisceau de phares, il se laissa mener, chaque homme le saisissant par le coude, vers l'inconnu à la chemise blanche.

Ce dernier refit son manège et tourna autour de Shan avant de se carrer bien en face de lui. La déception se lisait sur son visage.

— Ne jamais tourner le dos à ces foutues sauterelles, murmura-t-il à l'oreille de Shan. Ils te jetteront des pierres et te diront que c'est une avalanche.

Les sauterelles... Les Chinois réservaient cette épithète aux Tibétains, à cause du ronron monotone de leurs litanies quand ils récitaient leurs mantras. L'homme arbora un large sourire, satisfait de sa recommandation, avant de déclarer face à Jowa, Shan et Lokesh :

— Je ne crois pas qu'on pourra vous laisser poursuivre vers le nord cette nuit.

Les hommes qui feignaient de s'affairer autour de la roue de secours se redressèrent, comme à un signal.

Shan chercha Jowa du regard. Voyant que le purba se crispait, tel un ressort prêt à se détendre, il mit les mains dans les poches et s'avança à petits pas traînants pour se placer devant lui.

— Il le faudra bien, pourtant, dit-il avec bonne humeur.

L'idée parut amuser au plus haut point Chemise blanche, qui alluma une cigarette.

— Et pourquoi donc, camarade ? demanda-t-il, de profil, s'assurant ainsi que son interlocuteur voyait les hommes qu'il avait en renfort.

— Parce que l'Armée populaire de libération est à nos trousses, annonça calmement Shan, comme si c'était là un détail des plus banals.

Le sourire de l'homme s'élargit.

— Vous trois ? s'exclama Chemise blanche avec un large sourire sceptique. Et cette antiquité de camion ?

— Vous connaissez l'armée. Parfois, ils font ça uniquement pour s'entraîner.

Shan affronta sans ciller le grand Han dont le sourire commença à s'éteindre. L'homme fit un signe de tête à l'un de ses acolytes, qui se précipita vers le camion et disparut vers la portière passager. Il examina à nouveau Shan, Lokesh et Jowa, comme pour s'assurer qu'il n'oublierait pas leurs visages, puis, après un bref coup d'œil à la cabine, claqua des doigts.

En moins d'une minute, la voie était dégagée.

— Soyez prudents, camarades, les prévint-il d'une voix glaciale. Il y a des bandits à chaque détour de la route.

Jowa regagna prudemment son poste de chauffeur, le regard méfiant. Shan aida Lokesh à monter et, quelques secondes plus tard, ils reprenaient leur périple.

Quinze minutes durant, ils gravirent les lacets serrés qui menaient jusqu'à une chaîne d'altitude. Une fois le sommet passé, ils s'arrêtèrent pour extraire Gendun de sa barrique. Lokesh sortit de la cabine. Jowa toucha le bras de Shan.

— Je ne sais pas qui ils étaient. J'ai d'abord pensé à des soldats.

Shan comprit que leur guide le priait d'expliquer.

— Nous sommes tout près de l'Inde et de la route du Pakistan. Il y a des contrebandiers. Peut-être ces gens attendaient-ils une livraison.

Jowa sortit à son tour et alla étudier sa carte à la lumière des feux de position. Shan regarda par la lunette arrière. Personne sur le plateau du camion. Dans le rétroviseur extérieur, il aperçut Lokesh, assis en solitaire par terre, sous le clair de lune, en train d'égrener rapidement son rosaire entre ses doigts collés à sa poitrine.

Shan sauta au sol, trottina à l'arrière du véhicule et grimpa sur le plateau : les barriques étaient vides. Gendun n'était plus là.

Il resta debout, le cœur battant la chamade, les mains serrées contre les flancs du tonneau qui servait de cachette au vieux lama. Noué à une planche, flottait un petit carré de tissu blanc. Un *khata*. Un foulard de prière que Shan dénoua. Les idées se bousculaient dans sa tête.

— Où est-il ? s'écria-t-il avec angoisse en se précipitant vers Lokesh, qu'il secoua par l'épaule.

Lokesh releva les yeux au ciel, examinant lentement les étoiles, paraissant croire que ces dernières allaient lui envoyer un signe de Gendun.

— Il est parti, observa-t-il d'une voix inaudible.

Shan remonta la route au pas de course sur une centaine de mètres en appelant Gendun, les doigts entortillés autour du khata. Le bruit de ses cris effaroucha un oiseau qui prit son envol à la face de la lune. Jowa, monté sur le plateau du camion, fixait d'un œil incrédule les barriques vides. Shan fit demi-tour, rejoignit Lokesh au petit trot et s'accroupit à côté de lui.

— Où est Rinpoché ? répéta-t-il, au désespoir. Ces hommes l'ont emmené ?

— Lokesh, vous devez comprendre ! s'écria Jowa dans le dos de Shan. C'est notre...

Sa phrase se perdit dans la nuit. Un vent froid se leva, annonciateur de neige.

— Il a pu se perdre, reprit Shan d'une voix qui se brisait. Il a pu tomber du camion sur la route en lacets.

— Il a dû être enlevé, dit Jowa. Ces salopards avec leur camion rouge. Et nous nous sommes contentés de repartir, comme si de rien n'était.

— Parfois, annonça Lokesh avec un long soupir, il arrive qu'un lama soit rappelé.

Sa voix était calme, mais son regard plein de tristesse. Il vit dans la main de Shan le khata dont l'extrémité battait au vent, et tendit le bras. Shan lâcha la pièce d'étoffe, que le vieux Tibétain posa sur la cuisse. Il se mit à la caresser, un sourire reconnaissant aux lèvres, comme s'il avait besoin d'être rassuré sur le fait que le

Gendun qui avait voyagé en leur compagnie avait bien été en chair et en os. Shan se laissa tomber au sol à côté de Lokesh, le cœur trop lourd pour prier.

Gendun se trouvait entre les mains des inconnus du camion rouge qui s'étaient comportés comme des nœuds — les agents de la Sécurité publique, capables d'avaler et de digérer un homme comme lui en quelques heures si l'envie leur en prenait. Au mieux, le vieux lama se trouvait seul au beau milieu de l'univers sauvage des montagnes. Lui qui, une semaine auparavant, avait peine à concevoir qu'il pût exister un monde extérieur. La douleur au cœur, Shan se rappela la première fois qu'il l'avait rencontré, vivant en reclus dans son ermitage. Le vieillard s'était émerveillé en voyant la montre-bracelet qu'il portait au poignet. Gendun avait écouté son tic-tac puis avait hoché la tête, sidéré par son fonctionnement, mais aussi par le fait que les gens croyaient avoir besoin d'une telle chose.

— Vous autres, Chinois, avait-il dit avec un grand sourire.

Jowa fit faire demi-tour au camion et revint lentement, phares allumés, sur le chemin qu'ils venaient d'emprunter. Shan, debout sur la marche latérale, accroché à la tige du rétroviseur extérieur, criait le nom de Gendun. Ils roulèrent sur un bon kilomètre, avant de s'arrêter. Jowa coupa le moteur et resta au volant, qu'il serrait à toute force, le visage tourmenté. D'où lui venait cette douleur si soudaine ? s'interrogea Shan. Était-ce parce que lui, le guerrier, était incapable de trouver un ennemi, ou simplement la conséquence de ce qu'il avait dit précédemment : si les lamas ne survivent pas, alors à quoi ça sert ?

— Et si ça devait se terminer simplement comme ça ? murmura Jowa. Le dernier des anciens disparaît. Et le monde poursuit son cheminement, vaille que vaille, à l'aveugle, comme un corps sans âme.

Il tourna le regard sur un à-pic qui se dressait vers les cieux, vaste ombre aux ténèbres plus marquées dans un univers de ténèbres.

— Et si c'était lui le dernier ? demanda-t-il aux montagnes, d'une voix si basse que Shan l'entendit à peine.

— Ils ont dit qu'un lama était porté disparu, lui rappela Shan. Lau a été tuée et un lama est porté disparu.

Jowa acquiesça d'un signe de tête sec.

— L'appétit de votre démon croît. Trois meurtres déjà, et deux lamas disparus.

Ils firent lentement demi-tour jusqu'à Lokesh, toujours en prière au bord de la route. Jowa s'assit à côté du vieil homme au clair de lune et alluma un bâtonnet d'encens tandis que Shan montait à l'arrière du camion.

— Qu'est-ce que vous faites ? demanda le purba en voyant Shan réapparaître, chargé du sac en toile dépenaillée qui contenait ses maigres effets.

— Je vais revenir sur nos pas. Je ne continue pas si je ne suis pas certain qu'il est sain et sauf.

— Vous ne pouvez pas.

— Il le faut, répliqua Shan en s'accroupissant à côté de Lokesh qui l'observait, les yeux pleins de douleur.

— Vous ne pouvez pas, parce qu'ils vous ont envoyé ! protesta Jowa. Gendun a dit qu'on avait besoin de vous dans le nord.

— La femme et le petit garçon sont morts. Ils sont morts, mais pas Gendun. Pas encore.

Lokesh, les yeux rivés sur l'extrémité incandescente du bâtonnet d'encens, secoua lentement la tête.

— Il était écrit que ces hommes malfaisants seraient sur la route cette nuit. Tout comme il était écrit que Gendun disparaîtrait cette nuit.

— Et peut-être était-il écrit que je doive moi aussi disparaître ? suggéra Shan.

— Non, répondit Lokesh avec une assurance qui donna à sa voix la clarté de l'airain. Il est écrit que tu dois poursuivre ta route.

Shan posa la main sur l'épaule du vieux Tibétain.

— Lokesh, mon ami. J'ai été tant de fois déchiré en mille morceaux et rapiécé que je ne suis qu'une vieille courtepointe en lambeaux. Il y a encore tellement de fragments de moi qui ne vont pas les uns avec les autres qu'il m'arrive parfois de me demander si mon âme ne vole pas en éclats.

Il était incapable de cacher l'angoisse qui transparaissait dans sa voix.

— Et tu penses qu'il revient à Gendun de remettre les morceaux épars à leur juste place, Xiao Shan ? questionna Lokesh.

— Je ne sais pas.

Shan se tourna vers Jowa, dont le visage tourmenté luttait contre un tourbillon d'émotions.

— Mais je sais que de tout le monde que j'ai pu voir, les lamas sont la meilleure part.

Il se remit debout, tenant les sangles de son sac en toile toujours posé à ses pieds. Il contempla au-delà des montagnes les capuchons de neiges éternelles qui luisaient au clair de lune. Le vent soufflait maintenant, régulier et froid, lui rappelant que Gendun n'avait que sa robe de moine et un carré de toile pour le protéger des éléments. Un animal hurla au lointain.

— Nous attendrons ici le retour de Xiao Shan, dit Lokesh à Jowa.

Il brandit le bâtonnet d'encens dans une main ainsi qu'il l'aurait fait d'une torche.

— Xiao Shan reviendra, poursuivit-il, exactement comme si Shan n'était déjà plus là. Parce que, quelque part, sur une haute montagne, il prendra conscience de quelque chose : nous ne sommes pas responsables de Gendun. C'est Gendun qui est responsable de nous.

Shan se rendit compte qu'il serrait son gau contenant sa prière et sa plume d'oiseau. Gendun avait perçu quelque chose, ce jour-là : il avait insisté sur le fait que leur voyage pourrait prendre fin de manière inattendue. Lentement, presque inconsciemment, Shan se rassit auprès de ses compagnons.

Les trois hommes prièrent jusqu'à ce que le bâtonnet d'encens se consume, puis remontèrent dans le camion. Shan resta à l'arrière, agrippant d'une main farouche les ridelles du plateau, surveillant les montagnes enténébrées.

Il dormit d'un sommeil agité entrecoupé de visions de cauchemar : Gendun en péril, Gendun gisant fracassé au bas d'une falaise, Gendun entre les mains des interrogateurs de la Sécurité publique armés d'aiguillons à bétail électriques. Un instant réveillé quand le camion vira brutalement sur un chemin de terre, il se laissa dériver à nouveau dans l'inconscience, sous un ciel déjà grisé par les premières lueurs de l'aube. Pour finir, il s'endormit profondément.

Ce ne fut pas la lumière du jour qui le réveilla pas plus que l'arrêt du camion, mais un bruit tout proche, étrange et tonitruant : le cri d'un gros animal, tellement explosif qu'il bondit dans son sommeil et se cogna la tête dans une des barriques.

— Fin de la route ! s'écria Jowa depuis l'arrière du camion, avec, à la main, son sac en toile.

Shan descendit d'un pas chancelant, la tête encore douloureuse après le choc, et faillit marcher sur Lokesh en mettant pied à terre. Le vieux Tibétain tendait le cou, juste en coin, à l'arrière du camion, curieux mais peu rassuré. Il salua son ami d'un hochement de tête et reprit son poste d'observation.

Shan se toucha le front, et remarqua d'un air absent que ses doigts étaient légèrement ensanglantés. La lumière chiche du jour levant laissait entrevoir un labyrinthe de gros rochers ronds et d'affleurement pierreux entrecoupé de poches de neige. Non, ce n'était pas de la neige. Mais du sable.

Il contourna le camion et s'immobilisa. À moins de trois mètres de lui se tenait une créature brune de haute taille, au visage allongé, deux grosses bosses sur le dos, avec un harnais de cuir. Un chameau de Bactriane. Lokesh collait prudemment à ses talons, bien à l'abri derrière son dos, et regardait par-dessus son épaule. Le chameau les examina à son tour, renâcla, lâcha un second long cri, puis se secoua en émettant un tintement inattendu. De petites clochettes étaient attachées aux extrémités de son harnais.

Le vieux Tibétain se mit à rire à voix basse, en sifflant comme un asthmatique. Shan savait que ce rire était susceptible de prendre des significations multiples : Lokesh était effrayé, ou bien il ne savait plus où il en était, il pouvait même, en de rares occasions, déborder d'une joie immense.

Dans les ombres derrière eux retentit un ordre bref que le chameau parut reconnaître. Il avança de deux pas et attendit. Shan essaya de deviner d'où la voix avait jailli. Il percevait les lieux un peu plus clairement maintenant, au-delà des gros rochers : une coulée de graviers descendait en pente douce, à travers le fouillis d'affleurements rocheux, vers une série de petites vires et de longs pierriers à la végétation d'un vert grisâtre.

— *Ay yi !* s'exclama Lokesh d'une voix étouffée avant de se rapprocher de Shan comme pour y chercher protection.

Le soleil levant avait donné forme à plusieurs carrés de ténèbres près des rocs. Les plus petits des rochers reprenaient vie. Ils étaient faits de chair, et non de pierre, silhouettes silencieuses et hésitantes à mesure que la chaleur du soleil les tirait de leur hibernation. Lorsque les visages se relevèrent, Shan comprit qu'ils n'étaient pas endormis, mais simplement prudents.

— Jowa ! s'écria un Tibétain, plus jeune que le purba.

Il se redressa en se débarrassant de son manteau, révélant une bande de tissu bordeaux nouée autour de sa manche. C'était un signe de provocation que portaient les moines brisés par le gouvernement, un andain de couleur qui marquait la robe que seul, désormais, légitimait un certificat du Bureau des Affaires religieuses. Le jeune Tibétain se tourna vers un homme plus âgé, de haute taille, vêtu d'un gilet de fourrure et coiffé d'un bonnet brun sur une épaisse tignasse de cheveux noirs mouchetée de gris. À côté de lui, dans la pénombre, se tenait une troisième silhouette, sèche comme un coup de trique, un homme au visage sévère et aux yeux sans cesse en mouvement, vêtu d'un jean et de chaussures de course en toile. Le nez était de travers, comme s'il avait été cassé.

Le jeune Tibétain bondit et donna l'accolade à Jowa. Celui-ci se retourna aussitôt en montrant un point au-delà des sommets des montagnes, dans la direction d'où ils étaient venus. Sortant un moignon de crayon de sa poche, il commença à tracer quelque chose sur une carte que le plus jeune avait sortie de sa poche. Ce dernier hocha la tête et s'installa dans le camion, à la place du chauffeur. Quelques instants plus tard, le moteur crachotait, et, avec un geignement de protestation, le vieux Jiefang se mit à avancer, puis prit de la vitesse sur les lacets de la piste menant sur l'autre versant de la montagne.

— Il ouvrira l'œil pour Gendun, annonça Jowa à Shan d'une voix vide. S'il voit des Tibétains sur la route, il leur demandera également d'ouvrir l'œil.

Une fois le camion disparu, Shan dut lutter contre une vague d'émotion. Ce véhicule était le dernier lien qui le rattachait à Gendun, le dernier maillon encore en place de la nouvelle existence qu'il s'était bâtie dans les hautes chaînes montagneuses du centre du Tibet, la dernière trace des moines devenus sa seule vraie famille depuis que les Gardes rouges avaient assassiné son père plus de trente ans auparavant.

L'heure était venue pour Shan de quitter ses montagnes, lui avait dit un des moines devant le mandala. Pas pour toujours, peut-être, mais pour prendre ses distances un moment. Afin de comprendre celui qu'il était. Shan n'était pas moine, même s'il vivait en leur compagnie. Il n'était plus non plus chinois, il n'était plus un Chinois de Pékin. Vois cela comme un pèlerinage, avait dit un autre moine. Cependant les bouddhistes étaient envoyés vers le pic sacré du mont Kailas ou vers d'autres lieux saints, résidences des esprits des divinités. Le pèlerinage de Shan le conduisait vers la mort et la confusion de l'esprit, vers des lieux où ne résidaient peut-être que chagrin et méfiance.

Leur intention à tous avait été de l'honorer de leur confiance. Néanmoins, en cet instant l'honneur était bien loin, et il n'éprouvait que fatigue et crainte. Crainte pour Gendun. Crainte pour les enfants tués. Crainte qu'on ne l'arrête avant qu'il ait satisfait à la confiance que d'autres avaient placée en lui. Imagine que tu te trouves dans un palais de l'esprit, lui avait un jour dit un de ses professeurs bouddhistes, avec, devant toi, cent portes. Une seule de ces portes est la tienne. Combien de temps te faudra-t-il pour la trouver ? Shan percevait les cent portes qui s'offraient à lui, mais toutes sauf une menaient à l'échec. Il lutta contre la tentation de repartir en courant vers le camion pour remonter dans sa barrique.

Les deux inconnus s'avancèrent. Ils se figèrent aussitôt en entendant des bruits de sabots au galop sur la pente pierreuse en contrebas. Un cavalier apparut, en manteau de feutre et bonnet de laine rouge loqueteux, chevauchant une monture blanche et marron. Il sauta à terre d'un mouvement fluide avant même que le cheval se fût immobilisé. Il resta là, immobile, silencieux, devant l'homme âgé, qu'il salua d'un signe de tête respectueux avant d'ôter son bonnet. C'était une cavalière, une jeune femme aux cheveux noirs noués en deux tresses derrière les oreilles. Le chameau blatéra, puis se précipita vers elle, bousculant au passage Shan et Lokesh, expédiant le vieux Tibétain au sol. La femme offrit au chameau une brève caresse pleine d'affection sur la tête et se dépêcha de trottiner auprès de Lokesh, main tendue pour l'aider à se remettre debout.

— Grand-père, dit-elle en tibétain, usant en cela de la vieille forme en usage, synonyme de respect pour les anciens. Pardonne-lui, s'il te plaît. C'est une *bata,* elle est toute jeune, et elle a encore beaucoup à apprendre.

Sa voix était douce et égale, pleine d'une force tranquille.

Lokesh fut repris du même rire de crécelle asthmatique.

— J'en ai vu un, un jour, sur une peinture, dit-il, le derrière toujours dans la poussière, en secouant la main que lui offrait la jeune femme comme si celle-ci avait l'intention de se présenter à lui. J'ai dit qu'il s'agissait d'une créature mythique, une forme qu'une divinité devait avoir prise dans la vision de quelqu'un.

Son sourire lui mangeait le visage.

— Mon épouse a dit non, c'était juste un cheval au dos brisé.

— Oh non, grand-père, répliqua la jeune femme, des étoiles dans les yeux.

Elle n'avait guère plus de vingt-cinq ans, et, là où le soleil la touchait, sa chevelure semblait teintée de rouge.

— C'est juste un âne qui a mangé deux tortues.

Elle aida gentiment Lokesh à se remettre debout avant de brosser les gravillons restés collés à son dos. Les deux hommes se mirent rapidement en mouvement. Ils firent sortir de derrière les rochers un autre chameau, et plusieurs chevaux de petite taille, trapus et solides. Le plus âgé vérifia les selles de deux montures qu'il mena vers Shan et Lokesh et s'arrêta au côté de la jeune femme.

— Tu ne peux pas rester ici, Jakli. C'est trop dangereux.

La femme prénommée Jakli fit un pas vers lui.

— Elle était mon amie, Akzu, dit-elle sobrement. Elle était mon professeur.

— Tu ne dois rien à cette femme, grimaça l'homme. Regarde ce qu'elle t'a fait.

— Je lui dois beaucoup, en dépit de ce qui est arrivé, répondit Jakli, d'un ton où se mêlaient étrangement défi et souffrance.

Le dénommé Akzu la dévisagea sans ciller un long moment, avant de laisser filer un sourire triste. Puis il ouvrit les bras.

— Viens ici, fille. Qu'ils aillent tous au diable pour t'avoir gardée si loin de nous ! Ça fait trop longtemps.

Lorsque Jakli se serra contre lui, Akzu continua de sourire, mais son visage s'assombrit, comme si la présence de la jeune femme lui rappelait quelque chose qu'il souhaitait oublier.

Shan examina leurs nouveaux guides, pendant qu'Akzu chargeait leurs sacs sur la jeune chamelle. La vue de l'animal avait été un choc pour Shan : il avait sous-estimé les distances parcourues. La terre où ils étaient arrivés était différente, ses habitants étaient différents. Les deux hommes n'avaient pas le faciès de Tibétains. Shan et ses compagnons s'étaient enfoncés tellement loin dans les profondeurs des Kunlun qu'il y avaient rejoint un nouveau peuple.

Comme pour confirmer ce qu'il subodorait, Akzu s'adressa à l'homme au nez tordu dans une langue dont Shan ne saisit pas un traître mot. C'était un dialecte altaïque dérivé du turc parlé par les musulmans dans les régions les plus retirées de la Chine de l'Ouest. Il devait s'agir de Ouighours, ou peut-être de Kazakhs, comme le petit garçon décédé.

Nez tordu se rapprocha, la main sur l'encolure du chameau.

— C'est bien toi, non ? demanda-t-il en mandarin à Jowa. C'est toi qui connais la Sécurité publique ?

Jowa, visiblement mal à l'aise, jeta un coup d'œil à Shan. L'homme insista :

— Ils nous ont dit que tu connaissais les secrets du Bureau de la Sécurité publique.

— La dernière fois que j'ai séjourné en prison, répondit Jowa avec réticence, le front soucieux, mon compagnon de cellule avait travaillé pour la Sécurité publique. À Lhassa — dans le cadre d'une expérience qui visait à recruter des Tibétains. L'expérience a échoué, et il a bien fallu qu'ils le mettent quelque part, ce bonhomme. Il savait qu'il se passerait des années avant qu'il soit libéré, et il avait décidé de partager son savoir avec quelqu'un, de manière que les années passées dans les rangs des nœuds ne soient pas inutiles.

Nez tordu éclata de rire, comme s'il s'agissait là d'une bonne plaisanterie.

— Ils disent que tu as détruit un convoi de camions de la Sécurité publique.

— Il s'est trouvé que les camions étaient garés au mauvais endroit. Il y a eu une avalanche.

— Mais c'est toi qui l'as déclenchée.

— Ce sont les rochers et la neige qui ont causé tous les dégâts. Parfois, il arrive que les esprits de la montagne se mettent en colère.

L'homme éclata de rire de nouveau. Jowa adressa à Shan un regard toujours aussi gêné. C'est dans la douleur que les purbas avaient appris qu'il ne fallait pas tendre d'embuscades ouvertes aux Chinois ni commettre d'actes de sabotage explicites. Les représailles étaient toujours sévères, et s'abattaient presque toujours sur les innocents.

— Ils disent que tu es capable de passer au travers de leurs points de contrôle, poursuivit l'homme en aidant Jowa à mettre son sac sur le dos de la chamelle. Même leurs points de contrôle électroniques.

Le mot parut surprendre Jowa tout autant que Shan. L'homme voyageait vêtu d'une tenue vieille de quatre cents ans et il parlait de la sécurité des logiciels d'ordinateurs du vingt et unième siècle.

— Les systèmes de vérification invisibles ne sont pas très différents des points où l'on contrôle les individus, répondit Jowa d'un ton toujours hésitant. Il suffit de savoir comment les trouver.

Shan, à l'ombre du camion, observait la scène, perplexe. Seuls Jowa et le jeune Tibétain qui était reparti au volant du camion étaient des purbas, cependant, les autres aussi semblaient connaître les secrets purbas.

La chamelle secoua la tête et fit glisser les rênes posées sur son encolure.

— C'est bon pour toi, dit l'homme en allongeant une tape dans le dos de Jowa. Et c'est bon pour nous.

Quand Nez tordu se pencha pour ramasser les rênes tombées au sol, un papier glissa de sa poche. Une carte. Que le vent souleva dans les airs avant de la laisser choir dans le cercle de soleil au centre d'une clairière, à quelques mètres de Shan. Celui-ci s'avança en pleine lumière et la récupéra.

Un silence crispé s'abattit sur les deux musulmans. Pour la première fois, ils parurent remarquer qu'il était chinois. Shan tendit la carte à Nez tordu, qui se contenta de lui jeter un regard furieux. Azku marmonna un juron. Shan fourra alors le papier sous une sangle du harnais de la chamelle et revint à l'endroit où il avait posé son sac. Il n'avait pas fait deux pas que Nez tordu lui bloquait le passage.

— Lui, c'est qui ? demanda-t-il sèchement à Jowa, en gardant Shan en ligne de mire.

D'un geste sec il fit dégringoler le bonnet que Shan avait sur la tête.

— Je m'appelle Shan.

Il récupéra sa coiffe et la reposa sur sa tête. L'homme la refit tomber une seconde fois.

— Tu es chinois !

— Par certains côtés seulement, répondit Shan calmement.

Il ramassa à nouveau sa coiffe. Nez tordu la fit tomber une troisième fois.

— C'est lui que l'on amène, dit Jowa. À cause de la femme Lau.

— Personne n'a prévenu qu'un Chinois allait venir.

— Et jamais je ne me serais attendu à voir un Ouighour, contra Jowa. Ils ont dit que ce serait des Kazakhs qui nous attendraient ici.

Nez tordu fit un geste vers l'homme plus âgé.

— Les Kazakhs et les Ouighours partagent de nombreux intérêts. Et les uns comme les autres, nous partageons de nombreux intérêts avec les purbas.

Akzu s'interposa, ses yeux allant et venant de Shan au Ouighour. Il fit signe à ce dernier de laisser Shan tranquille.

— Nous avons des choses plus importantes en cours pour l'instant.

Apparemment, les deux hommes s'intéressaient surtout à Jowa : celui-ci connaissait les manières de tromper la surveillance des patrouilles de la Sécurité publique.

— Nous pouvons trouver notre chemin nous-mêmes, dit une voix calme.

C'était Lokesh, qui ramassa le bonnet de Shan et le garda dans sa main. Nez tordu pointa le bras vers les contreforts de collines, au nord-ouest

— Parfait. Contentez-vous d'appeler et le spectre de Lau vous trouvera.

Personne ne souffla mot quand Shan et Lokesh, le sac en bandoulière, prirent la direction que l'homme venait d'indiquer. Jowa marmonna entre ses dents et suivit.

La jeune femme trottina jusqu'à Shan.

— Je m'appelle Jakli, dit-elle en prenant le sac de Shan. Je vais vous conduire à Tantine Lau.

— J'ai besoin de comprendre les circonstances de sa mort, dit-il en la remerciant d'un signe de tête.

— La procureur pense qu'elle s'est noyée dans la rivière.

Jakli poursuivit, avec un regard hésitant vers l'homme plus âgé :

— Mais ce n'est pas la vérité. Lau a été abattue d'une balle dans la tête. Comme lors d'une exécution. La procureur se contenterait de raconter des mensonges si elle disposait du cadavre. Alors nous avons caché le corps de Lau. C'est par là qu'il vous faut commencer.

Le Ouighour les doubla au galop et leur bloqua le passage.

— Tu as suffisamment d'ennuis comme ça, Jakli, dit-il à la jeune femme. Tu n'es pas en position de partager des secrets. Ce Chinois, tu ne le connais pas.

— Si les vieux prêtres ont envoyé cet homme, alors, c'est de cet homme que nous avons besoin, répondit-elle, d'une voix aussi affûtée qu'une lame.

— Les vieux prêtres se ramollissent.

Un éclair de colère embrasa les yeux de Jakli.

— Après des décennies passées en prison pour défendre leur foi, ils se seraient ramollis ? Après avoir assisté de leur yeux à la destruction de leurs gompas que les Chinois ont rasés et réduits en poussière, ils se seraient ramollis ? Après qu'on leur a coupé les pouces pour les empêcher d'égrener leur rosaire, ils se seraient ramollis ?

Elle toucha le bras de Lokesh et le regarda droit dans les yeux.

— Grand-père. Tu as été prêtre.

— Pendant un temps, précisa Lokesh en examinant la jeune femme avec un large sourire, toutes dents dehors.

— Combien d'années en prison ?

— Trente, répondit-il, toujours souriant.

Jakli lui prit la main et la serra entre les siennes.

— Ils ne ramollissent pas ! lança-t-elle à Nez tordu d'une voix pleine de défi. Ils gagnent en sagesse. Ils apprennent à voir des choses. Et si nos prêtres disparaissaient, notre sagesse, il nous faudrait l'emprunter.

— Moi, je vois des choses ! répliqua le Ouighour avec aigreur.

— Non. Tu es aveugle !

Elle montra Nez tordu à Shan.

— Cet homme s'appelle Gros Mao. Il croit que ses ennemis

sont les Chinois. Mais nos ennemis, ce sont les meurtriers, les tyrans, les menteurs, quelle que soit leur allure !

La colère froide de la jeune femme, pour inattendue qu'elle fût, ne parut guère surprendre le cavalier. Il fit la grimace, comme s'il reconnaissait le brasier qu'il venait d'enflammer, tira sur ses rênes et recula de quelques pas.

— Shan a des façons bien à lui, déclara Lokesh. Il est capable de discerner la vérité là où les autres ne peuvent rien.

— Magnifique ! répondit Gros Mao, à bonne distance de Jakli. Des gens sont en train de mourir. Les clans sont détruits. Et toi, tu nous amènes un oracle !

— Il s'est servi de la vérité pour libérer cet homme de prison, dit Jowa en désignant Lokesh. Et au printemps dernier, alors qu'un moine allait être exécuté pour meurtre, Shan a découvert la vérité. Grâce à ce qu'il a compris, le moine a été libéré et les véritables meurtriers ont été exécutés.

— Tu veux dire qu'il a fait exécuter d'autres Tibétains.

— Les coupables étaient des Chinois. Des représentants officiels de l'autorité, et des militaires.

Gros Mao fixa Jowa puis Shan, comme s'il n'était pas certain de croire ce qu'il venait d'entendre. Lokesh, de son côté, hochait la tête avec vigueur.

Le vieux Khazakh s'avança à côté de Gros Mao.

— Pourtant, dit-il à Jowa, dans ta voix, il n'y a pas trace de gentillesse pour cet homme.

Laissant pour la première fois parler la souffrance qu'il portait en lui, Jowa répondit, les yeux au sol :

— Les Chinois ont détruit ma famille et tué mon lama. Mais je connais les lamas qui l'ont prié de venir jusqu'ici. S'ils me le demandaient, j'escorterais le Grand Timonier en personne.

— Mais nous ne pouvons pas vous conduire à Lau, soupira le vieil homme. Ce n'est plus important, maintenant. Lau nous pardonnera.

— Je les conduirai, annonça Jakli. Je l'ai dit.

— Je sais ce que tu as dit, ma nièce, mais les choses sont différentes à présent. Nous avons besoin de cet homme, déclara Azku en désignant Jowa d'un signe de tête.

— Je l'ai promis à Tantine Lau, précisa Jakli. Je lui en ai fait le serment après sa mort.

Azku fit la grimace et frotta les naseaux du cheval avec un regard douloureux à la jeune femme. Soudain, Gros Mao poussa un cri d'alarme.

— Des soldats !

Shan entendit immédiatement ce qui l'avait alerté : un battement sourd et rapide dans le ciel, dont le volume s'intensifiait très vite. Akzu se précipita vers les chameaux, qu'il se dépêcha de mener à l'ombre entre les rochers. Jowa et le Ouighour firent de même avec les chevaux. Jakli sauta à bas de sa monture et agrippa la main de Lokesh pour tirer le vieux Tibétain entre deux énormes rocs. Shan entrevit l'appareil en allant rejoindre les autres à l'abri : un hélicoptère gris, aux lignes effilées, de l'Armée populaire de libération. Il volait à basse altitude, suivant les contours des montagnes, et passa à deux cents mètres à peine au-dessus de leurs têtes, blottis qu'ils étaient sous leur promontoire rocheux.

Une fois la machine disparue au-dessus de la crête, personne ne prononça une parole pendant un long moment.

— Les salopards ! finit par gronder Gros Mao. On va prendre le raccourci pour rentrer.

Jakli fixait l'horizon, figée, ses yeux verts plein d'effroi. La jeune femme n'avait pas peur pour elle. Elle craignait pour les autres, ceux qui risquaient d'être repérés dans les montagnes. Akzu posa une main sur son épaule.

— Je suis désolé, ma nièce. Nous avions dit que nous apporterions notre aide quand nous avons étendu Lau pour son grand repos, mais les choses ont changé. Le clan de la Pierre rouge a été trahi.

— Trahi ? demanda-t-elle, sortant de sa léthargie. Trahi, comment ça ?

— Ce porc qui se fait appeler d'un nom d'homme, Bajys. Il a accepté notre hospitalité et il nous a menti. Il a tué le jeune garçon qui était avec lui avant de se dépêcher d'aller rejoindre les Chinois.

Il lança à Gros Mao un regard lourd de sous-entendus.

— Il leur racontera des choses, pour se payer leur protection.

— Un garçon est mort ? demanda Shan, mais personne ne parut l'entendre.

Jakli s'effondra telle une chiffe molle sur un rocher tout proche, livide.

— Il n'était pas de notre clan, poursuivit Akzu. C'était l'un des enfants de Lau. Un bon petit garçon, il s'appelait Khitai, et il n'avait que neuf ans. Les chevaux l'aimaient bien. Bajys l'a tué d'une balle dans la tête.

Lokesh laissa échapper un gémissement plein de souffrance. Il se tenait le ventre, comme s'il avait reçu un coup de pied.

— Le petit Khitai ? Le petit Khitai était avec vous ? demanda-t-il, les jambes coupées, les traits défaits.

Le premier garçon à avoir trouvé la mort se trouvait dans le clan d'Akzu. Lorsque la dropka avait parlé du premier meurtre, Lokesh avait demandé le nom du garçon, sans qu'on lui réponde. Et il venait de le reconnaître dans la bouche d'Akzu. N'était-il venu que pour Khitai ?

— C'était un garçon kazakh, précisa Akzu avec un regard perplexe à Lokesh, qui gémit à nouveau et s'éloigna.

— Je vais vous conduire jusqu'à Lau, répéta Jakli à Shan. Akzu emmènera votre ami Jowa au camp de la Pierre rouge.

Shan se tourna vers Lokesh, agenouillé sur un rocher, face aux pics enneigés, les yeux perdus vers l'horizon. Il savait confusément que Lokesh cherchait Gendun, parce qu'il avait soudainement besoin de lui. Ç'avait déjà commencé, avait dit Gendun. Il devait penser aux meurtres des enfants, comme s'il attendait, ou espérait, que Shan y mît un terme en parvenant à expliquer la mort de Tantine Lau.

Il s'approcha de son vieil ami. Lokesh avait les mains jointes, et Shan crut tout d'abord qu'il s'agissait d'une offrande sous forme de mudra. Mais ce n'était pas un mudra. Le Tibétain se tordait les doigts en silence, plein d'une souffrance indicible que Shan ne comprenait pas. Il posa la main dans le dos du vieil homme et prononça quelques mots de réconfort que Lokesh n'entendit pas.

— Ce petit garçon, dit Shan en se retournant vers Jakli. C'était un membre de la zheli ?

— Oui. C'était un orphelin, il faisait partie de la classe zheli que Lau avait organisée à partir de l'école de Yoktian. Ces enfants sont plus que des orphelins. Non seulement ils n'ont pas de famille, mais il ne leur reste plus de clan. Cependant la zheli ne fait pas officiellement partie de l'école. Ça ressemble plus à un clan de substitution, pour remplacer celui que les enfants ont perdu.

— Tu connaissais ce garçon ? demanda Shan en se tournant vers Lokesh. Gendun connaissait ce garçon ?

Lentement, Lokesh secoua la tête, de droite et de gauche, toujours face aux montagnes, une expression de désespoir absolu sur le visage.

— Khitai, murmura-t-il, désespéré.

Ce cri exprimait plus que de la douleur : le vieil homme cherchait à rappeler l'enfant mort, avec la même angoisse qu'un père appelant un fils perdu.

— Pourquoi un enfant ? demanda Shan à Lokesh d'une voix angoissée. Les enfants sont juste...

Il n'alla pas plus loin. Sa langue refusait de poursuivre.

— Les petits sont tout ce qui reste, lâcha Jakli, pleine de colère.

Les enfants étaient tout ce qui restait après les tourments et les persécutions qui avaient détruit leurs clans.

— Je n'ai jamais cru aux démons, dit une voix crispée.

C'était Akzu. Il contemplait Lokesh avec tristesse, comme s'il reconnaissait quelque chose de familier dans l'allure et la posture du vieux Tibétain.

— Mon grand-père me racontait que les démons dormaient dans la terre, que parfois ils se réveillaient et avaient soif de sang, une soif inextinguible. Il existait des saisons pour les démons et la destruction, de la même manière qu'il existait des saisons pour les fleurs et la création. Et quand leur heure était venue, on ne pouvait pas les arrêter, pas plus qu'on ne pouvait arrêter le lever du soleil : on ne pouvait que souffrir et attendre qu'ils aient satisfait leurs appétits. Je lui ai dit que je ne croyais pas aux démons, qu'il s'agissait juste des mythes des anciens.

» C'est alors que mon grand-père a refusé de déplacer ses troupeaux des pâturages que notre clan utilisait depuis cinq siècles : les fermiers chinois devaient venir avec leurs machines et éventrer la terre. Et j'ai compris ce qu'il voulait dire. Un démon a jeté des grenades dans sa tente pendant qu'il dormait en compagnie de ma grand-mère. Puis le démon a mitraillé tout le troupeau, il a tout tué, même les agneaux.

Jowa et Gros Mao écoutaient, le visage défait.

— C'est moi qui ai découvert les corps, quand je suis arrivé pour chanter des chansons avec mon grand-père. Le sang coulait à travers toute leur vallée. Depuis ce jour-là, je crois aux démons, poursuivit Akzu, d'une voix si calme que Shan fut parcouru d'un frisson glacé. Le démon est lâché, et il veut les orphelins. Il veut terminer ce qu'il a commencé avec leurs parents. Vingt-trois orphelins, c'est ce qu'avait Lau. Il n'en reste que vingt et un.

Akzu ne parlait pas seulement du traître Bajys, parce qu'un homme comme lui comprenait bien qu'il ne s'agissait jamais d'un seul homme. Les démons de la Chine moderne, c'étaient les fièvres politiques irrationnelles, imprévisibles, qui frappaient et infectaient certains individus de haine et d'autres d'une peur telle qu'elle les conduisait à la trahison et au meurtre. Qui sait ? Shan avait été envoyé pour traquer le démon qui avait tué Lau, mais c'était peut-être ce même démon qui aujourd'hui tuait les enfants de l'enseignante. Shan posa la main sur l'épaule de Lokesh et s'adressa à Jowa et Akzu.

— Nous devons aller avec vous dans ce camp. Nous devons nous rendre à l'endroit où ce petit garçon, Khitai, a trouvé la mort.

Akzu lui jeta un regard peu amène.

— Il se peut que ce démon parvienne à les tuer tous, dit-il à Jakli, l'œil féroce. Mais je ne mettrai pas notre clan sur son chemin. Et si vous vous mettez en travers de son chemin, il vous tuera vous aussi, ajouta-t-il à l'adresse de Shan.

# 3.

Shan avait chaud au cœur en songeant qu'il existait encore sur cette terre des lieux comme celui qu'ils traversaient, des lieux qui jamais ne pourraient être domestiqués. Certains disaient que ces lieux-là étaient bons pour la planète, d'autres qu'ils étaient bons pour l'âme. Mais Shan avait rencontré un vieux prêtre, membre d'une secte quasi éteinte, qui avait objecté que de telles distinctions étaient trompeuses, que les âmes ne sauraient prospérer si la terre n'était pas prospère, et que, en ces endroits où les divinités de la terre avaient été mises aux fers, les âmes devenaient grises et creuses. Le lama avait vécu toute sa vie sur les chaînes d'altitude, mais il avait vu la manière dont les Chinois fabriquaient des routes à partir de goudron et de béton. Il avait déclaré avec conviction que l'homme, sans même le savoir, se fabriquait des entraves d'asphalte tout autour de la planète. Lorsque le dernier maillon de la chaîne de routes viendrait compléter la dernière liaison entre les continents, le monde connaîtrait sa fin.

Ils chevauchèrent trois heures durant à l'ombre des parois de pierre, passant au plus vite les cols, là où le soleil les exposait à la vue du monde, contournant une vaste cuvette herbeuse car cet espace à découvert n'offrait aucun refuge aux cavaliers.

En chemin, Shan interrogea Jakli sur Tantine Lau. Lau était professeur, expliqua la jeune femme, et, jusqu'à une époque récente, elle avait été membre du conseil agricole local. Cet organisme, élu par les entreprises de culture et d'élevage du cru, aidait le gouvernement de la région à définir sa politique agricole. Lau, elle-même orpheline, avait peut-être cinquante-cinq ans, et bien que sans famille, c'était « une mère pour tous ».

Jakli poussa sa monture en voyant Akzu pivoter sur sa selle

avec un air de reproche. Répercutés par les falaises rocheuses, les sons portaient loin, et l'inquiétude du vieux Kazakh n'avait pas échappé à Shan.

Un silence pesant s'abattit sur Akzu et Gros Mao lorsqu'ils entamèrent la descente au petit trot. Shan crut d'abord que sa présence continuait à les gêner, mais, à un embranchement, quand Akzu choisit d'emprunter l'itinéraire le moins utilisé, il comprit que c'était par crainte. Même les chevaux paraissaient réticents. Il fallut les tenir d'une main ferme, rênes tendues, pour qu'ils acceptent de s'engager entre les deux gros rochers qui marquaient le début de la piste. Akzu avait mis pied à terre pour sectionner les clochettes du harnais de la chamelle.

— C'est un raccourci, expliqua Jakli, qui chevauchait devant lui.

Mais ses traits exprimaient la même peur que chez son oncle.

Ils avançaient à l'ombre d'une paroi rocheuse d'où Shan put à loisir examiner la longue vallée qu'elle encerclait. Ici, les terres n'étaient pas aussi fertiles qu'au centre du Tibet, mais elles offraient suffisamment de végétation et d'eau pour qu'y survivent les troupeaux des dropkas. En toute logique, il aurait dû y voir des animaux en pâture. Des moutons, des chèvres, des yacks, et même les yourtes basses en feutre de yack d'un campement de bergers. Mais la vallée était vide sur plusieurs kilomètres, sans la moindre trace de vie, comme stérilisée.

Au sommet de la corniche qui délimitait l'extrémité sud de la vallée apparut une petite faille entre les rochers. Akzu fit signe à la colonne de s'arrêter puis, mettant pied à terre, il guida son cheval jusque-là. Il se pressa contre le flanc rocheux de la cheminée de pierre et scruta l'horizon. Visiblement rasséréné, il franchit la faille et fit signe aux autres de l'imiter. Shan se laissa maladroitement glisser au sol et suivit ses compagnons, en s'arrêtant une fois la crevasse franchie.

L'objet de leurs craintes dominait le paysage : un complexe de bâtiments qui, malgré les trois kilomètres qui les en séparaient, était visiblement de proportions énormes. Une longue et haute clôture en grillage, avec miradors à intervalles réguliers, entourait l'ensemble, ses constructions blanches et basses et ses bunkers en béton luisant au soleil.

— Quand j'étais jeune, murmura une voix douce derrière Shan, il y avait un nid de scorpions sur la colline voisine de la nôtre, à notre campement d'été. Mes frères voulaient toujours les tuer.

Shan regarda Jakli sans comprendre, puis revint aux bâtiments. Il savait reconnaître une prison chinoise, et ceci n'avait rien d'une prison. Les miradors gardés étaient en nombre, mais ils étaient trop neufs et trop propres : Pékin avait dépensé trop d'argent à bâtir cet ensemble pour en faire un simple camp de travaux forcés. Cependant, ce qu'il avait devant les yeux ne ressemblait pas à une base de l'armée. Tout était en béton, rien n'évoquait des casernements en bois. Seules quelques petites bâtisses de la taille de cabanes à outils se dressaient à intervalles réguliers derrière le grillage.

— Non, a dit mon père, poursuivit Jakli. Laissez-les vivre. Je ne voudrais pas vous voir arpenter la terre sans peur.

Shan mit la main en visière pour se protéger du soleil au zénith et aperçut au centre du complexe une gigantesque antenne radar en mouvement devant un ensemble de dômes blancs et brillants. Des liaisons satellite. Ce n'était pas des cabanes à outils, mais bien des entrées conduisant à une structure souterraine.

— Nous l'appelons le Bol à Champignons, dit Jakli. Une nuit, je les ai vus faire des essais. La chose est montée haut dans le ciel, comme une étoile filante qui rentrerait chez elle.

Un frisson parcourut Shan. Il fut incapable de regarder plus longtemps. Cette vision lui était insupportable.

— Je suis désolé, dit-il sans savoir pourquoi.

Jakli eut un sourire plein de sagesse.

— C'est juste notre nid de scorpions à nous.

Le Tibet et les zones occidentales de la Chine avaient pour fonction essentielle de servir d'espace tampon, avait un jour entendu Shan de la bouche d'un général haut placé lors d'un banquet à Pékin. C'était une zone de largage de fusées et un bouclier contre la prochaine vague d'agresseurs. Ce qui signifiait, avant toute chose, que ces vastes espaces sauvages servaient de cachettes aux armes les plus vitales du pays. Nombreux étaient les hommes politiques à se vanter dans la capitale du fait que le Tibet recevait de Pékin l'équivalent de millions de dollars. Pratiquement toutes les sommes allouées servaient à creuser les montagnes afin d'y loger des garnisons de soldats et d'y construire des installations de missiles nucléaires secrètes pareilles à celle que Shan avait devant les yeux. Le Bol à Champignons. À cause des dômes blancs qui avaient poussé là après l'invasion de Pékin, et peut-être aussi à cause du spectre des têtes nucléaires des missiles.

Finalement, tout cet espace sauvage avait fini par être domestiqué, songea-t-il. Peut-être le vieux prêtre avait-il raison : lorsqu'une terre sacrée se voyait mettre un harnais de contention de cette taille, cela pouvait signifier la fin du monde. L'Armée populaire de libération avait ses manières à elle, secrètes et bien enfouies sous la terre, de protéger le monde, ou, en tout cas, le monde de Pékin. Sans raison particulière lui revint en mémoire le sourd grondement omniprésent dans leur ermitage de Lhadrung : le bruit d'un moulin à prières géant, que faisaient tourner sans interruption, à toute heure du jour et de la nuit, deux moines, dans une petite salle taillée au cœur d'une montagne sans nom aux confins du Tibet. La manière, elle aussi secrète et bien enfouie sous la terre, choisie par les lamas pour protéger le monde.

Shan comprenait maintenant pourquoi cette vaste étendue herbeuse était vide. Les bases de ce type étaient entourées de zones militaires patrouillées par les commandos de l'APL. À l'époque impériale existaient de nombreux lieux réservés exclusivement à la famille de l'empereur et aux dignitaires de haut rang. Y pénétrer, parfois même y jeter un simple regard, était synonyme d'une mort immédiate pour le manant. La Chine avait toujours ses Cités interdites. Un civil capturé sur cette zone n'aurait pas la moindre excuse.

Shan regrettait d'avoir vu cette base. Car son cœur abritait désormais une partie dure, noire et froide, née de cette simple vision, qui venait s'ajouter aux nombreuses cicatrices qui s'y trouvaient déjà. Après avoir bâti de telles installations, comment la Chine quitterait-elle jamais le Tibet ?

Il détournait les yeux quand il vit un gros rocher peint en rouge sur la pente près de la fissure de la corniche, puis un autre sur le versant à l'extrémité de la vallée en cuvette. C'était une façon traditionnelle de marquer les demeures des divinités vivant à l'intérieur des montagnes, les dieux de la terre locaux. Les Tibétains qui avaient peint ces roches avaient encouru de grands risques, à croire qu'ils voulaient clôturer la base de divinités gardiennes.

— Courir un tel danger, uniquement pour nous faire gagner du temps, murmura Shan à Jakli, comme si le Bol à Champignons jetait son ombre portée à des kilomètres à la ronde.

— Vous avez entendu Akzu. Nous emprunterons autant de raccourcis qu'il le faut, jusqu'à ce que la traîtrise s'arrête. Les patrouilles sont paresseuses. À cette époque-ci de l'année, elles s'intéressent surtout aux animaux.

— Aux animaux ?

— Comme il n'y a pas de bergers par ici, c'est devenu une réserve à gibier géante. Les généraux débarquent de Pékin, pour tirer des bouquetins et des antilopes. Parfois des léopards des neiges.

— Pourtant, si vous êtes découverts...

— Alors, nous devenons le gibier, dit-elle avec un sourire forcé, en plaçant les deux mains ouvertes autour de son cou pour figurer une tête en trophée accrochée à un mur. Et on nous exhibera dans la pièce à thé d'un général quelconque à Pékin. Comme spécimens rares de contre-révolutionnaires capturés en pleine nature.

Shan tenta de saisir quelle était la place de Jakli dans le puzzle complexe du groupe mené par Akzu.

— Akzu est votre oncle. Mais vous ne vivez pas avec votre clan.

— De temps en temps. Pour l'instant, je vis en ville. À Yoktian. Je travaille dans une usine. Je fabrique des chapeaux.

Il l'interrogea sur le clan et sur Akzu. Sa question parut la remplir de tristesse. Il fallut un moment à Jakli pour expliquer que le vieux Kazakh au visage de cuir patiné était le chef, le plus âgé des survivants de la Pierre rouge. Jadis son clan avait été puissant, avec de vastes pâturages au nord. Mais toutes ses terres étaient devenues propriétés du gouvernement, qui en avait dépossédé les habitants. Akzu et le père de Jakli étaient arrivés trente ans auparavant, en compagnie d'une centaine de survivants, et s'étaient installés sur les terres frontières qui longeaient les monts Kunlun, un pays au climat tellement dur que la population était éparse et quasiment oubliée de tous. En ce lieu reculé, ils croyaient pouvoir vivre sans que personne vienne se mêler de leurs affaires. Aujourd'hui, ce qui restait du clan se résumait à un campement et trois familles, qui subsistaient tout juste sur ces terres en limite du désert. Et Tantine Lau n'était la tante de personne, elle n'était pas membre du clan : c'était une Kazakhe qui avait pris la zheli sous son aile, une âme bonne, sage, et aimée de tous.

Pratiquement tous, faillit ajouter Shan.

— J'ai d'abord pensé que vous veniez du Tibet, dit-il.

— Il s'agit d'un territoire frontière, et ce depuis des milliers d'années. Beaucoup de sangs se sont mêlés ici. Mon père était kazakh. Akzu est son frère. Ma mère était tibétaine. Elle est décédée quand j'étais bébé. Mon père a disparu il y a dix ans. Je chevauche avec le clan de mon père quand je le peux. Au printemps, j'aime à me rendre à l'oasis dans le désert pour entraîner les chameaux.

— Vous parlez très bien le tibétain.

— Mon père aimait beaucoup ma mère. Il m'a encouragée à garder en vie ses façons de faire et ses manières d'être. Tantine

Lau m'a été d'une aide précieuse, quand elle a appris, pour ma mère.

— Elle vous a donné un enseignement bouddhiste ?

— Pas vraiment. Elle a dit que la découverte de mon dieu personnel était une tâche que je devais accomplir en privé. Mais elle connaissait des choses du Tibet, de la même manière qu'elle connaissait les choses kazakhes et ouighoures. Elle répétait qu'il est important de comprendre ce que dit le gouvernement sur les façons nouvelles, mais qu'il ne faut pas oublier les façons anciennes.

Était-ce Jakli qui venait de répondre ? s'interrogea Shan. Ou était-ce Lau qui parlait par sa bouche ? Comprendre ce que le gouvernement disait des façons nouvelles ne signifiait pas mettre celles-ci en œuvre.

— Je ne savais pas que des Kazakhs vivaient au Tibet.

Jakli lui sourit de ses beaux yeux verts.

— Je suppose qu'il doit y en avoir.

Elle changea de position sur sa selle et indiqua la ligne de montagnes qu'ils quittaient, la muraille rocheuse qui les séparait désormais de la base de missiles.

— Cette dernière crête est la frontière. Nous nous trouvons maintenant dans la Région autonome du Xinjiang.

Shan arrêta sa monture et étudia le paysage sec et inamical sous le ciel d'un bleu de cobalt brillant. Derrière lui, les pics qui occupaient le centre des Kunlun, avec leurs capuchons de neiges éternelles, reliaient l'est à l'ouest. Par une faille entre ces pics, il avait précédemment entrevu les vastes montagnes du Karakorum qui se dressaient aux extrémités septentrionales de l'Himalaya, créant ainsi une frontière quasiment infranchissable avec l'Inde et le Pakistan. Au nord, une brume marron, qu'il reconnut comme étant le début du vaste désert du Taklamakan, dominait la géographie de tout le sud du Xinjiang.

Quatre années auparavant, on l'avait conduit dans ce même désert. La brume fit renaître en lui des images disparates de sable, de barbelés et de seringues hypodermiques. Dans ce désert, les Kazakhs entraînaient leurs chameaux. Le Bureau de la Sécurité publique, lui, s'en servait à d'autres fins. On l'avait battu, interrogé, bourré de drogues, jusqu'à ne laisser de lui qu'une cosse vide et creuse, rabougrie, plus morte que vive. Puis on avait jeté à l'encan ce qui restait de lui dans un camp de travaux forcés lao gai au fin fond du Tibet.

— Vous avez déjà visité le Xinjiang ? demanda Jakli, comme si elle avait discerné quelque chose sur ses traits.

— Je ne connais pas le Xinjiang, se dépêcha de répondre Shan, en poussant vivement sa monture de l'avant, luttant soudain contre la peur indescriptible et irrationnelle que réapparaissent les hommes qui l'avaient torturé dans la prison du désert.

Alors qu'il se trouvait entre les mains des nœuds, Shan avait, pendant quelques jours, partagé sa cellule avec un autre prisonnier, un évadé des infâmes mines de charbon qui faisaient office de camps de travaux forcés. L'homme avait été rattrapé alors qu'il fuyait dans le désert. Il n'avait pas de papiers, et ses geôliers n'avaient pas pris la peine de remonter sa généalogie, à savoir, dans le jargon des nœuds, la vérification des origines de son tatouage, son immatriculation lao gai, la remontée à la source, l'histoire détaillée de ses infidélités politiques jusqu'au goulag auquel il appartenait. Un des officiers des nœuds l'avait désigné aux nouvelles recrues comme étant un « gratuit », taillable et corvéable à merci. La dernière fois que Shan l'avait vu, l'homme était accroupi dans le coin de sa cellule, couvert de ses propres excréments, en train de se marteler la tête contre le mur.

Deux heures après avoir laissé derrière eux le Bol à Champignons, leurs montures recouvrèrent une énergie nouvelle. Elles accélérèrent le pas en descendant vers une vallée verte délimitée à sa périphérie par des pins et des peupliers. Un chien aboya au loin. Les chevaux et les chameaux partirent au petit trot. À la sortie d'un virage leur apparut le campement du clan de la Pierre rouge.

Trois tentes rondes en feutre lourd occupaient une clairière au fond de la vallée fertile. Au-delà, sur une pente abrupte, les ruines de deux structures en pierre couvertes d'une toile servaient d'abri au bétail. Ce n'était pas le genre de ruines que Shan avait accoutumé de rencontrer au centre du Tibet. Elles n'avaient rien à voir avec les pierres et les briques calcinées grêlées d'impacts de bombes et d'obus tirés par l'Armée populaire de libération. C'étaient les vestiges de bâtiments antiques, sur lesquels seuls le temps et la nature avaient repris leurs droits.

Le premier à apercevoir leur caravane fut un agneau qui gambadait sur la piste, suivi de près par la jeune adolescente lancée à sa poursuite. L'agneau et la fille poussèrent de conserve un bêlement de surprise avant de tourner les talons et de se dépêcher de rejoindre les tentes. Quatre grands chiens, dont un énorme mastiff tibétain noir, se précipitèrent en aboyant au-devant des nouveaux arrivants.

Akzu et Jowa avaient déjà disparu à l'intérieur de la tente centrale quand Shan et Lokesh mirent pied à terre. La fille réapparut, les yeux ronds comme des billes tant elle était excitée. Trois femmes, l'une aux cheveux gris noués sous un foulard à carreaux rouges, et deux autres un peu plus jeunes, levèrent la tête des couvertures étalées au sol, sur lesquelles elles réduisaient en morceaux du fromage tendre afin de le laisser sécher au soleil. La plus âgée des trois eut une exclamation excitée à l'adresse de Jakli, alors qu'une autre se remettait debout d'un bond et se saisissait d'une robe blanche accrochée à une branche d'arbre pour se précipiter à l'intérieur de la yourte centrale. Deux hommes, aux solides visages épais comme des cuirs barrés d'une épaisse moustache noire, apparurent devant l'abattant de la tente du milieu et sourirent à Jakli. Shan, pour sa part, n'eut droit qu'à des regards soupçonneux. Les fils d'Akzu, expliqua Jakli après les avoir salués.

— Jakli ! s'écria un garçon de douze ou treize ans depuis la plus proche des écuries lorsque la jeune femme apparut dans la clairière, menant son cheval par la bride.

Il déposa délicatement le chevreau minuscule qu'il portait en travers des épaules à côté d'une chèvre adulte, puis courut à la rencontre de Jakli et l'enlaça à pleins bras. Jakli le présenta à Shan :

— Mon plus jeune cousin, Malik. Il passe son temps auprès des animaux, c'est pour cela qu'on le surnomme parfois Seksek Ata. L'esprit protecteur des chèvres.

Le sourire du garçon disparut et son visage se crispa lorsqu'il enlaça à nouveau sa cousine. Cette fois, ce n'était plus la joie des retrouvailles. Mais un besoin d'apaisement et de réconfort.

Jakli le tint serré contre elle avant de déposer un baiser sur le sommet de son crâne.

— Khitai était ton ami, murmura-t-elle.

Un cri furieux jaillit de la tente de gauche. Une femme aux yeux farouches, dépenaillée, pointait sur Shan un doigt accusateur en hurlant dans son dialecte turc. Jakli s'interposa comme pour le protéger de la femme hystérique, puis elle le poussa vers les écuries. La femme, toujours criant, s'avança dans la lumière. Shan demanda à Jakli la signification de ses paroles.

— Elle est folle. Quelque chose à propos d'enfants, lui expliqua-t-elle à voix basse. Elle dit que vous voulez toujours les enfants. Elle dit que vous avez tué les enfants.

Mais Shan refusait de s'éloigner. Jakli eut beau le pousser par le bras, il ne bougea pas.

— Il y a des années de cela, elle a été enceinte. Ils lui ont dit qu'elle devait se rendre dans une clinique gouvernementale pour accoucher. Quand elle y est allée, ils lui ont fait une injection qui l'a endormie. À son réveil, le bébé était sorti de son ventre, et il était mort. Par la suite, elle s'est aperçue qu'elle avait été stérilisée.

La femme en colère ramassa des pierres, qu'elle lança sur Shan.

— Ensuite, elle a changé, poursuivit Jakli. L'hiver, elle s'assied avec une couverture roulée en balluchon et elle lui chante un *besik zhyry*.

— Un besik zhyry ? demanda Lokesh en observant la femme.

— Les Kazakhs ont des chansons pour tout. Les mariages, les naissances, les courses de chevaux, la mort d'un ami, la mort d'un cheval. Elle chante des berceuses. Les chants que les femmes kazakhes offrent aux bébés.

Quelques pierres touchèrent Shan à la jambe.

— Chaque fois qu'un bébé meurt, elle croit que c'est le sien.

À la lumière, Shan constata que les vêtements de la femme étaient couverts de poussière, des débris de feuilles séchées s'accrochaient aux tresses qui lui descendaient aux épaules.

Il laissa finalement Jakli le conduire à l'écart lorsqu'une pierre plus grosse que les autres l'atteignit au genou. La jeune femme s'arrêta peu après : Malik les attendait au milieu d'un sentier, sur le versant au-dessus des écuries. Elle se retourna vers la folle, préférant apparemment faire face à la pauvresse que de suivre Malik, puis avec un soupir elle fit signe à Shan d'avancer. Malik tenait à la main un brin de bruyère. Jakli se pencha et en cueillit un pour elle. Shan l'imita.

Ils suivaient le jeune garçon quand une forme sombre les dépassa précipitamment. La colère de la folle paraissait s'être dissipée, pour céder la place à des sanglots qui ressemblaient à des bêlements.

Une procession silencieuse remonta le sentier : la femme sombre aux yeux fous, Malik, Shan et Jakli. Au bout d'une centaine de pas, ils pénétrèrent dans un creux près du sommet de la colline, un endroit abrité fermé au nord par une énorme dalle de pierre, ouvert au sud vers les monts Kunlun, en direction du Tibet. Sur l'arrière, dans l'ombre en contrebas de la dalle, ils aperçurent un monticule long d'un mètre cinquante.

À la gauche de la tombe on distinguait un creux de terre tassée. Shan comprit que la femme aux yeux fous dormait près de la sépulture. Des morceaux d'écorce étaient disposés à la tête du monticule, garnis d'offrandes de nourriture. Deux grandes plumes et des brins de bruyère avaient été enfoncés dans le sol au pied de la tombe. Shan et Jakli suivirent l'exemple de Malik et déposèrent leurs brins de bruyère de la même manière.

La femme s'assit à la tête du tumulus, et commença à se balancer d'avant en arrière, le visage tordu par le chagrin, en chantonnant une chanson douce.

Se sentant impuissant, ne sachant que faire, Shan s'agenouilla. Quelques instants plus tard, Jakli s'agenouillait à son côté pour se mettre à marmonner à mi-voix en kazakh. Malik resta debout derrière sa tante, la main posée sur son épaule. Lokesh, Jowa et Akzu approchèrent.

Lokesh s'assit et posa la paume sur la tombe.

— Khitai, dit-il d'une voix lugubre en fixant la terre fraîchement remuée.

Lokesh sortit son rosaire et, s'installant sur ses talons, entama un mantra à voix basse. Jowa s'assit à côté de lui, sortit son propre rosaire d'un geste hésitant et se joignit au mantra.

La femme à la tête de la tombe cligna des paupières à plusieurs reprises et se frotta les yeux, comme au sortir d'une transe. Elle dévisagea les personnes réunies en cercle, semblant se demander comment tant d'individus étaient venus la rejoindre, s'interrogeant peut-être sur ceux qui étaient mortels et ceux qui lui rendaient visite depuis l'autre monde. Elle parut hypnotisée par les grains des chapelets, celui de Jowa d'abord, puis celui de Lokesh. La lumière revint sur son visage. Elle s'adressa à Akzu dans leur langue natale. Le chef kazakh regarda les deux Tibétains avant de lui répondre, puis il se tourna vers les visiteurs.

— Elle a dit que c'était bien d'avoir finalement un mollah. J'ai répondu que vous n'étiez pas mollahs, que vous étiez bouddhistes, mais vous êtes des hommes saints, malgré tout.

La femme accompagna la réponse d'Akzu de hochements de tête vigoureux, puis elle tapota la terre de la même manière qu'elle aurait câliné un enfant endormi.

— À qui appartenait ce jeune garçon ? interrogea Shan. Il était orphelin, mais où se trouvait le reste de son clan ?

— Disparu. Éteint, probablement. Nous ne connaissons pas le détail de sa naissance. Lui non plus ne le connaissait pas. Il venait de la zheli, dit Akzu, comme si l'explication se suffisait à elle-même.

Shan observa la femme hagarde en silence, puis, prenant appui sur le monticule de terre, il se remit debout au côté d'Akzu.

— Il vivait ici, et Lau était son professeur ?

— Il a vécu ici un petit moment, confirma Akzu. Certains enfants, il faut que tout le monde s'en occupe. Lui ne posait aucun problème. Il arrive souvent qu'un membre de la zheli vienne ici pour un mois ou deux. Lau n'aimait pas que ses élèves restent en ville tout le temps. Dès les premières chaleurs, elle prenait ses dispositions pour qu'ils rejoignent les clans.

— Khitai était un nouveau ?

— Pour nous, oui. Il n'avait encore jamais séjourné dans le clan de la Pierre rouge. Parfois, quand nous emmenions un des orphelins au lieu de rendez-vous de Lau, on le voyait. Il souriait toujours. Il avait plus de chance que la plupart, parce qu'au moins, il avait un compagnon. Cet homme. Bajys.

Il fit la grimace en prononçant ce nom, comme s'il saisissait l'ironie de ses paroles.

— Bajys était orphelin, lui aussi ? demanda Shan.

— Oui. Mais il était plus âgé, il n'allait donc pas à l'école. On racontait que ces deux-là avaient découvert des années auparavant qu'ils étaient originaires du même clan, plus au nord, et qu'ils s'étaient promis de veiller l'un sur l'autre. Bajys enseignait des choses à Khitai.

— Qu'est-il arrivé à leur clan ?

Shan se souvenait des paroles d'Akzu : le démon était peut-être en train de terminer ce qu'il avait entamé bien des années auparavant.

Akzu haussa les épaules et s'écarta de la tombe comme pour repartir, mais il s'arrêta au centre de la clairière et contempla l'horizon lointain au sud, au-delà des collines, en direction du haut plateau du Tibet. Shan le rejoignit.

— Tous les clans ont eu des ennuis depuis que ça a commencé, dit Akzu.

— Vous voulez parler des meurtres.

Akzu eut un sourire amer, comme si Shan venait de faire une mauvaise plaisanterie.

— Bien sûr, les meurtres. Tous les meurtres. Toutes les arrestations. Depuis que je suis petit garçon, quand les chemises vertes ont débarqué.

Akzu parlait de l'Armée populaire de libération et de l'invasion des terres occidentales cinquante années auparavant, lorsque la région avait été annexée par la République du Peuple. Ce récit, Shan l'avait entendu des milliers de fois de la bouche des guerriers capturés qui avaient été ses compagnons de cellule, au point qu'il s'était transformé en une chanson que ceux-ci sifflotaient parfois devant leurs gardiens. L'APL avait pris le Xinjiang ; puis, après s'être entraînés sur les musulmans, les soldats avaient commencé à s'attaquer au Tibet. Il avait fallu un an avant que le Xinjiang rende les armes. Et une décennie entière pour que le Tibet fasse de même.

— Beaucoup de vieux clans ont complètement disparu, poursuivit Akzu. D'autres ont été dispersés, séparés par des lignes sur les cartes chinoises.

Il se tourna face à Shan.

— Les empereurs de Pékin étaient venus au Xinjiang à de nombreuses reprises. Ils voulaient nous acheter nos chevaux ou ils désiraient faire garder leurs propres frontières par des garnisons en avant-postes. Leurs armées restaient quelques années et s'en repartaient au pays. Cela n'affectait en rien les Kazakhs et les Ouighours qui vivaient ici. Mais avec l'Empereur Mao, ç'a été différent. Nous sommes nomades depuis toujours. Les chemises vertes envoyées par Mao ont dessiné des boîtes sur les cartes et elles nous ont donné des papiers qui ne nous autorisaient à vivre que dans ces boîtes. Nous avons ri. De toute évidence, les Chinois ne comprenaient pas les façons des troupeaux, ni de notre peuple. Mais quand nous sommes sortis de leurs boîtes, les chemises vertes nous ont expédiés en prison. Ou pis encore.

— Vous êtes en train de m'expliquer que le jeune garçon avait été déplacé.

— Déplacé ! cracha Akzu. On croirait entendre Pékin par votre bouche !

Il soupira et se tourna vers Jakli, comme s'il se remémorait ainsi qu'il était bien obligé de s'entendre avec Shan.

— Aujourd'hui, les limites aux déplacements ne sont plus appliquées avec la même énergie. Nous avons maintenant des visiteurs, qui arpentent les terres à la recherche de membres de leur famille qu'ils n'ont pas vus depuis vingt ou trente ans, simplement parce qu'on les avait affectés dans des boîtes différentes sur des cartes chinoises. Lau était de ceux-là au départ, mais elle a décidé de rester dans le comté de Yoktian pour aider ceux qui errent sans but précis.

— C'est comme ça que Khitai et Bajys sont arrivés. Ils cherchaient des membres de leur famille ?

— Aujourd'hui, dans la plupart des cas, les orphelins essaient juste de se trouver une place, de se construire une nouvelle vie. Tantine Lau disait que nous devrions apprendre à connaître Khitai. Parce que ce gamin était mieux adapté aux clans plus petits, ceux qui restent dans les hauts pâturages loin de la ville. Nous avons répondu que lui et Bajys pouvaient venir, naturellement. Ces visiteurs sont nombreux à ne jamais retrouver le foyer d'où ils viennent. Tout a tellement changé. On ne permet plus aux enfants d'apprendre les façons anciennes.

Il secoua lentement la tête.

— L'année dernière, j'ai reçu une lettre d'une cousine qui a épousé un homme d'un clan plus au nord. Elle écrivait que la situation s'était tellement améliorée que les Chinois venaient maintenant dans leur campement et qu'ils payaient du bon argent pour dormir dans leurs yourtes et manger de la nourriture cuite au feu de bois. Des touristes. Je lui ai écrit que cela ne signifiait pas que la situation s'améliorait. S'il devient agréable de voir les Chinois débarquer pour nous traiter comme leurs animaux de compagnie, exactement comme dans un spectacle de cirque, alors c'est que nous avons perdu le sens des choses, nous avons oublié ce que signifie être kazakh.

Il haussa les épaules.

— La lettre, je ne l'ai pas postée. De temps à autre, il arrive encore que la Sécurité publique lise le courrier... Mais quand des voyageurs comme Khitai débarquent, nous devons leur faire de la place. Nous avons perdu beaucoup des nôtres au cours de la lutte. Peut-être certains sont-ils encore en vie, ou partis au Kazakhstan — la nation kazakhe indépendante à l'ouest de la Chine. Parfois des clans décimés vont en ville pour démarrer une nouvelle vie, comme Lau. Mais certains se contentent d'errer sans but. Peut-être avons-nous des membres de notre famille qui errent, eux aussi. Nous aimerions bien qu'ils trouvent des amis en chemin.

Jakli avait dit que son père, le frère d'Akzu, avait disparu. Le chef de clan lâcha un profond soupir.

— Nous apprendrons tous bien assez vite ce qu'il en est... Ce qu'il en est d'être orphelin.

Shan fut sur le point de l'interroger sur ce qu'il entendait par là lorsque Jakli s'avança.

— Mon oncle, combien de temps ce petit garçon est-il resté ici ?

— Pratiquement trois semaines. Avant la dernière pleine lune. Khitai était un enfant tranquille. Un bon garçon. Un jour il avait grimpé à un arbre près du campement et il jetait des noisettes à tous ceux qui passaient, en poussant des cris d'écureuil. Il portait toujours un bonnet rouge, sa *dopa*, comme un bon musulman. Il restait avec Bajys, qui travaillait dans les collines, sauf quand il jouait avec Malik. Nous étions heureux de les avoir avec nous pour les corvées d'automne. Nous coupions le foin pour l'hiver.

Il lança un regard amer à Jakli en prononçant ces dernières paroles, comme si le fait de couper du foin pour l'hiver était devenu synonyme de plaisanterie cruelle.

— Comment est mort le garçon ? demanda brutalement Shan.

Akzu soupira de nouveau.

— Une des vieilles familles était venue en visite ce jour-là. Pas un clan, les vestiges d'un clan. On les appelle les clans des ombres. Ils se défient de tout le monde, ils sont aussi méfiants que des animaux sauvages. Ils se tiennent à l'écart des routes chaque fois que c'est possible, et leurs troupeaux comptent juste assez de moutons pour leur assurer leur pitance. Habituellement, ils restent dans les pâturages les plus en altitude, là où personne ne va jamais, près des champs de glace. Quand ils ont besoin de provisions et de fournitures, ils descendent jusqu'à un campement plus bas dans les vallées, comme le nôtre. Pour faire du troc. Certains acceptaient aussi les enfants de Lau. Elle disait que cela aidait les clans des ombres à rester en liaison avec le monde.

» Nous avons déjeuné ensemble, puis ils sont repartis au crépuscule. Malik n'était pas là, et Khitai a joué avec le garçon de l'autre famille, un de ses amis de la zheli. Ils ont joué pratiquement toute la journée dans les collines. L'autre garçon qui venait de la zheli était heureux, m'a-t-il expliqué au cours du repas, parce que sa famille des ombres ne parlait pas si bien le turc, ou le mandarin.

— Ils n'étaient donc pas kazakhs ?

— C'était des dropkas. Des Tibétains. Une des familles de la frontière. Beaucoup des dropkas de ce côté-ci de la frontière travaillaient avec Lau.

Shan ferma les yeux, envahi par une nouvelle vague de chagrin. Se recueillir devant la tombe de deux enfants à deux jours d'intervalle était aussi dur que tout ce qu'il avait dû affronter au goulag.

— Nous avons vu les dropkas, dit Shan après un long silence, tant les mots avaient du mal à sortir de sa bouche. Nous avons enterré leur petit garçon.

Il expliqua ce qui était arrivé sur le Changtang. Jakli poussa un faible geignement, et Akzu baissa les yeux au sol en prononçant dans sa langue quelques mots qui résonnèrent comme une prière.

Shan avait depuis bien longtemps cessé de croire aux coïncidences. Le tueur avait pris pour cibles les deux garçons, et il les avait exécutés, à deux jours d'intervalle.

— Où se trouvait Bajys ce jour-là ? interrogea-t-il. Pourquoi s'en serait-il pris à Khitai de cette manière ? Et pourquoi à Alta, ensuite ?

Akzu adressa à Jakli un regard solennel avant de parler.

— Le jour précédent, Gros Mao se trouvait ici. Il voulait savoir si nous étions d'accord pour offrir notre aide quand arriveraient des gens du Tibet. Ceux-ci venaient à notre rescousse pour nous aider à propos de Lau.

Le regard d'Akzu passa de Lokesh, si vieux, si fragile au bord de la tombe, à Shan, puis finalement à Jowa. Un Tibétain âgé, un exilé chinois, et un guerrier malheureux et renfrogné. Ce n'était pas, subodora Shan, l'aide qu'il avait anticipée.

— Bajys était présent ? Il était au courant de la mort de Lau ?

— Non. Elle avait été gardée secrète. Les membres de la zheli n'étaient pas au courant. Au pire, ils ont pu entendre raconter en ville que Lau avait disparu. Bajys est entré dans la tente et il a fixé Gros Mao. Nous lui avons demandé ce qu'il voulait, mais il est resté là, sans bouger, puis il a tourné les talons et s'est enfui. Il a dû surprendre la conversation, peut-être connaissait-il Gros Mao pour l'avoir vu en ville... C'est le genre de renseignement qui peut changer la vie d'un homme. Pour certains, ce serait comme de trouver de l'or sur une piste. On se rend chez la procureur, on lui parle de la résistance secrète, on lui offre quelques noms. Et on a droit à une récompense, un nouvel emploi quelque part, une nouvelle existence. Je pense que Bajys a expliqué à Khitai ce qu'il allait faire ce jour-là, mais Khitai ne s'est pas laissé convaincre : il a dû répondre qu'il raconterait tout à Gros Mao, qu'il ferait tout pour l'arrêter. Bajys n'avait rien qui pouvait ressembler à une vie. C'était la plus belle occasion qui s'offrirait jamais à lui. Et l'autre petit garçon, lui aussi, il a dû entendre.

— Bajys avait-il une arme à feu ?

— Apparemment. Beaucoup de Kazakhs gardent des armes pour la chasse.

— Où est-ce que ça s'est passé ?

— Ici même, dans cette clairière. Nous avons retrouvé le garçon assis, appuyé contre le rocher, non loin de l'endroit où il a été enterré.

— Qui l'a découvert ?

— En voyant que Khitai n'était pas là pour le petit déjeuner, le lendemain matin, Malik est parti à sa recherche. Le gamin passait la majeure partie de son temps ici. C'est tranquille et c'est l'endroit où il prenait des leçons avec Bajys. Malik a remonté le sentier à l'aube et il est revenu en courant, en poussant des hurlements. J'ai d'abord pensé qu'il s'était produit un accident affreux. Qu'il avait trouvé une arme à feu et avait joué avec elle.

— Mais il n'y avait pas d'arme, déclara Shan.

Akzu secoua lentement la tête.

— Quelqu'un a examiné le corps ?

— Nous n'avions pas d'homme saint tout proche. Pas de mollah. Nous devons enterrer nos morts rapidement, avant le coucher du soleil. Ma femme est montée jusqu'ici, elle a fait la toilette du petit et elle l'a placé dans un linceul. Elle ne connaissait pas très bien Khitai, soupira Akzu. Mais elle sait comment on enterre les enfants. Nous avons chanté des chansons, mais ces chansons-là parlent de la vie du mort et personne ne savait ce qu'il fallait chanter.

Il se tourna vers Jakli, comme pour la rassurer.

— Alors nous avons chanté les chevaux que l'on monte dans les pâturages d'altitude et le vol des aigles... On lui avait tiré une balle au milieu de son front, expliqua-t-il à Shan d'une voix plus basse. Une arme de petit calibre. La balle n'avait pas beaucoup de vitesse de pénétration. Une arme silencieuse. Personne n'a entendu le coup de feu.

On aurait cru que le vieux Kazakh mettait Shan au défi de lui demander comment il possédait un tel savoir des armes à feu.

— Pas de blessure à l'arrière de la tête. La balle n'est pas ressortie, conclut-il.

— Rien d'autre ? Des signes de lutte ?

— Ses vêtements étaient déchirés. Sa chemise arrachée, et une de ses jambes de pantalon était elle aussi déchirée. Il lui manquait une chaussure.

Akzu se détourna vers les collines, la mine soucieuse. Quelque chose devait lui peser. Shan se souvint qu'à l'origine, c'était à Jowa, et à lui seul, que le chef kazakh voulait faire l'honneur de son camp. Parce que Jowa connaissait les pratiques de la Sécurité publique.

— Vous avez dit que Bajys et Khitai étaient de la même famille, les derniers survivants de leur clan. Et qu'ils étaient ensemble depuis très longtemps.

— Bajys n'avait pas toujours un comportement égal. Certains individus sont nerveux en présence d'enfants. Parfois Bajys se comportait comme un oncle vis-à-vis du petit garçon. Quand on mangeait, il rappelait à Khitai la manière de bien se tenir à table. Parfois il agissait comme un professeur. Mais, de temps à autre, on aurait dit qu'il avait peur du gamin.

— Peur ?

Le chef de clan se reprit, le front plissé :

— Non. Pas vraiment peur. Je n'ai pas les mots qu'il faut. On avait parfois l'impression que c'était Khitai le frère aîné. Et que Bajys faisait tout son possible pour le satisfaire.

Akzu leva les yeux vers le ciel et haussa les épaules.

— Quand un poulain grandit sans son troupeau, il reste ombrageux.

— Les orphelins ont bien des raisons d'être ombrageux.

Akzu acquiesça d'un signe de tête.

— Mais les chiens aimaient Bajys, ajouta-t-il sans raison, comme s'il s'agissait là du plus grand de tous les mystères, avant de hausser une nouvelle fois les épaules. Nous le trouverons si jamais il quitte la ville chinoise. Et les clans n'iront pas voir le gouvernement pour régler le problème. Nous exercerons notre propre justice. Mais il sait que nous ne pouvons pas aller en ville pour nous emparer de lui. Il y a bien trop de nœuds là-bas.

— Votre propre justice ?

— Nous connaissons l'assassin, dit le chef de clan d'une voix de glace. Nous finirons par le trouver, et il paiera le prix que paient tous les assassins.

Shan fut surpris par ces paroles. La vengeance n'était pas dans la mentalité bouddhiste. Mais ici il se trouvait en terre musulmane, et les musulmans croyaient au châtiment.

— Que sont devenus les autres enfants de Lau, le reste de la zheli ? Est-ce qu'on les a prévenus ? Jusqu'à ce que le tueur soit retrouvé et que nous comprenions ses mobiles, ils sont tous en danger.

Peut-être le démon va-t-il tous les tuer, avait dit Akzu. Vingt-trois orphelins, et il n'en restait plus que vingt et un.

— Nous avons fait passer le mot, répondit Akzu avec douleur. Nous faisons ce que nous pouvons.

— Ce n'est pas facile, ajouta Jakli. C'est pour cette raison que Lau les appelait sa zheli. Ces enfants sont comme des chevaux sauvages, éparpillés dans les montagnes, toujours à se déplacer, en se méfiant de tout et de tous.

— Mais on sait certainement d'où ils viennent. On connaît leurs familles d'adoption, non ?

Le vieux chef secoua la tête.

— D'où ils viennent ? Leur famille d'adoption ? Ils sont en compagnie de personnes qui voyagent avec leurs troupeaux jusqu'à l'arrivée de l'hiver, et les enfants ne se regroupent que pour les classes de Lau. Parfois les nomades passent prendre du courrier dans une ferme, ou en ville. Les gens connaissent les noms des clans, et ils connaissent peut-être aussi les pâturages coutumiers. Nous savions à quel endroit se trouvaient deux des filles de la zheli, dans une vallée proche d'ici. Elles ne sortent plus de leur tente à présent, et il y a toujours quelqu'un qui monte la garde.

Il se tourna vers les montagnes.

— Depuis qu'elle avait pris sa retraite du Conseil agricole, Lau se rendait seule dans les campements d'altitude. Elle soumettait les enfants à des examens médicaux, elle apportait de la nourriture aux familles les plus pauvres, elle donnait des leçons particulières. Je crois que Lau était la seule à savoir où se trouvaient tous les enfants à un moment précis. C'est peut-être ce secret-là qui les sauvera.

— Lau savait que le clan de la Pierre rouge était ici, à ce campement ?

— Elle savait que nous venions ici à l'automne, confirma Akzu d'un hochement de tête. Elle savait que nous utilisions ce camp comme base de rassemblement des troupeaux pour l'hiver. Mais ce que savait Lau n'a plus d'importance. Bajys était ici.

Il se retourna vers le monticule de terre fraîche.

— Deux enfants ont été tués. Le premier se trouvait au camp de la Pierre rouge, et le second était venu en visite au camp de la Pierre rouge, dit-il d'une voix sombre, avant de reprendre la piste qui menait au camp.

À leur retour, une femme aux cheveux gris apparut devant la tente du milieu dont on avait relevé et attaché l'abattant central. Elle les examina d'un regard fier et dur, et leur fit signe d'entrer. Shan, suivant l'exemple de Jakli et de son oncle, se lava les mains dans une cuvette près de l'abattant avant d'aller s'asseoir sur un coussin posé près du centre de l'épais tapis qui faisait office de revêtement de sol. La femme leur tendit de petites tasses en porcelaine ébréchée remplies d'un liquide fumant.

— C'est jour de cuisson, aujourd'hui, annonça Akzu quand la femme, son épouse, se pencha au-dessus d'un brasero où chantonnait une bouilloire.

À côté du brasero étaient posés un cruchon en terre rempli de yoghourt et, sur une grande pierre plate, une pile de *nan*, ce pain sans levain qui avait la faveur des musulmans chinois.

— Vous allez passer la nuit avec notre clan, dans la tente près des écuries.

La femme sourit d'un air intimidé lorsque Shan la remercia d'un signe de tête en sirotant sa boisson. Ce n'était pas du thé, contrairement à ce qu'il avait cru.

— Du lait de chèvre chaud, expliqua Jakli.

De derrière un tapis suspendu à l'arrière de la tente, Shan entendit des voix. Les deux femmes qu'il avait entrevues à son arrivée osèrent glisser un œil en bordure du tapis, regardant Jakli avec de petits sourires pleins d'espoir pour disparaître presque aussitôt.

Le lait était étonnamment amer, mais il remplit Shan de sa chaleur en se répandant dans son estomac.

— Bajys a-t-il quitté ce campement à un moment ou à un autre ? demanda-t-il.

— Quitté ? interrogea Akzu.

Il vida sa tasse puis tendit le bras dans son dos et présenta un petite outre. Avec un salut discret de la tête, il l'offrit à Shan à deux mains.

— Tantine Lau est morte plus d'une semaine avant l'enfant, dit Shan en prenant l'outre. Bajys aurait-il pu la tuer elle aussi ?

Jakli redressa brusquement la tête, très intéressée soudain : manifestement, elle n'avait pas envisagé cette hypothèse.

— Non, répondit Akzu après un moment de réflexion. Il est resté avec le clan tout le mois dernier. Cet endroit dans le désert où Lau est morte, Karachuk, pour s'y rendre et en revenir, il faudrait plus d'une journée. Bajys n'est jamais resté absent plus de quatre ou cinq heures, quand il partait pour les pâturages d'altitude en compagnie de Khitai. *Kumiss*, ajouta-t-il en montrant l'outre d'un signe de tête. Buvez.

Il existait donc deux tueurs, songea Shan. Et Bajys n'était qu'une partie de la réponse.

— Karachuk ? demanda-t-il. Pourquoi se trouvait-elle là-bas ?

Jakli et Akzu froncèrent les sourcils, le nez dans leur tasse, avec un regard entendu.

— C'est une oasis, rien d'autre, répondit Akzu d'un ton énigmatique.

Il se dépêcha de changer de sujet, abandonnant la question de la mort de Lau et du jeune garçon pour se mettre soudain à converser comme un hôte avec son invité, obéissant ainsi au code de l'hospitalité dont Shan avait fait l'expérience dans les tentes des nomades du Tibet.

Il montra à Shan la manière de dégager d'une torsion la cheville en bois qui faisait office de bouchon avant de lever l'outre pour s'envoyer une giclée dans la gorge. Shan s'exécuta, sans grande assurance, car il n'avait jamais vu de récipient en peau de ce genre au Tibet. Il faillit s'étrangler quand le liquide âcre toucha son palais.

— Du lait de jument fermenté, expliqua Akzu avec un grand sourire.

Il accepta l'outre que lui proposait Shan en retour et s'offrit une longue gorgée de la pâle liqueur blanchâtre. Il poussa un soupir de satisfaction, puis se mit à parler de la manière dont les chevaux se couvraient d'une épaisse fourrure, signe annonciateur d'un hiver rude. Au bout d'un quart d'heure, Jakli se leva et alla à l'arrière de la tente, derrière le tapis qui servait de cloison, déclenchant du même coup un babil excité de voix féminines. Elle réapparut au bout de quelques minutes, les joues empourprées, presque gênée, et se saisit du sac de Shan posé près de l'entrée. Shan offrit ses remerciements et sa gratitude à l'épouse d'Akzu, puis il sortit sur les talons de Jakli en direction de la tente dressée près de l'écurie.

Malik apparut, tenant l'abattant ouvert comme s'il les attendait. Jakli resta à la traîne, le regard tourné de l'autre côté du campement. Elle tendit au garçon le sac de Shan et pénétra dans la troisième tente en silence. Shan hésita, se demandant si Malik allait lui expliquer de quoi il retournait. Le gamin se contenta de hausser les épaules et disparut derrière l'abattant. Shan, lui, suivit Jakli. Devant la troisième tente, il entendit un cliquetis étrange et irrégulier. À son entrée, cinq visages se relevèrent vers lui : Jowa, Jakli, Gros Mao et les deux fils d'Akzu.

Jakli était assise près de Jowa à côté d'un brasero fumant. Gros Mao le Ouighour et les fils d'Akzu le Kazakh étaient agenouillés derrière eux. Le visage brillant d'excitation, ils contemplaient l'écran d'un ordinateur portable posé sur les cuisses de Jowa.

— Près de l'écurie, lui dit Jakli, surprise par son intrusion. Il y a une paillasse pour vous dans la tente que vous partagez avec Lokesh.

Shan s'avança malgré tout. L'un des Kazakhs marmonna un juron. Jowa ne broncha pas, se contentant de lui jeter un œil, et s'affaira à pianoter sur le clavier tout en scrutant l'écran avec une curiosité intense.

Jakli se leva, embarrassée.

— Il ne s'agit que de relevés des unités de production agricole. Jowa nous aide avec l'ordinateur.

Shan se posta au côté de Jowa et examina l'écran pendant que le purba faisait lentement défiler le contenu d'un dossier. Les données étaient en chinois, avec le même en-tête pour chaque page. *Inventaires de Production agricole, comté de Yoktian.* Des subdivisions intitulées coton, laine, orge et froment offraient des données chiffrées. Plus de soixante-dix pour cent de la production globale étaient affectés à la Compagnie de développement et de construction du peuple. D'autres sections, moins substantielles, détaillaient l'ensemble disparate des collectifs et des entreprises familiales correspondant à ce qui restait de l'économie locale.

Jowa figea l'écran correspondant à la production de laine. Un des Kazakhs qui regardait par-dessus son épaule indiqua un intitulé au bas de la colonne. « Pierre rouge ».

— C'est nous, dit l'homme. Entreprise d'ovins de la Pierre rouge. L'entreprise du clan.

Jowa grisa le nom et tapa sur une touche. Apparurent les relevés de production de la Pierre rouge couvrant les cinq années précédentes, avec, en bas de page, un graphique. Les quantités de laine produites par le clan affichaient un déclin constant. Jowa tapa sur une autre touche pour obtenir les relevés comparés des autres unités du comté de Yoktian. Sur les cinq dernières années, la Pierre rouge avait le plus faible taux de productivité et, de loin, le plus petit total cumulé en terme de tonnage de laine produite.

Jakli traduisit ce que disait l'écran. Alors que la plupart des personnes présentes comprenaient clairement le chinois, apparemment rares étaient ceux qui savaient le lire. Lorsqu'elle eut terminé, un des Kazakhs cracha un juron.

— La Brigade ! Elle nous lamine depuis des années, elle nous traite comme des esclaves dans notre propre pays, et elle n'est toujours pas satisfaite.

— On l'appelle la Brigade du Peuple, expliqua Jakli à l'intention de Shan. Ç'a été la première étape de colonisation instaurée par Pékin. Beaucoup des soldats qui ont été expédiés ici comme troupes d'occupation se sont vu offrir des aides économiques afin de rester sur place et de défricher les terres. Pour eux, on a formé une compagnie, et la compagnie a reçu des donations en terrains. Ses membres se sont emparés des meilleurs pâturages. Ils les ont détruits pour les labourer et y cultiver du coton ou d'autres produits. Ils sont devenus de plus en plus importants. Aujourd'hui, la Brigade est pratiquement aussi puissante que le gouvernement. Elle dirige des écoles. Elle dirige les cliniques locales. Elle contrôle même certaines prisons, sous contrat, pour le ministère de la Justice et la Sécurité publique. Avec des milliers d'ouvriers. Des centaines d'entreprises. Jamais nous n'avons été de taille à lutter.

— La Brigade et l'armée, est-ce la même chose ? questionna Shan, qui savait que l'armée chinoise avait une longue tradition d'investissement dans les compagnies commerciales.

— Il y a cinq ans de cela, la Brigade a été privatisée, expliqua Jakli. Mais elle est toujours dirigée comme une structure militaire. Avec à sa tête des Chinois han qui étaient généraux.

— Un vrai royaume, dit une voix amère derrière eux.

Akzu venait d'entrer dans la tente.

— Un royaume séparé à l'intérieur même du pays, soutenu par Pékin.

— Mais qu'est-ce que vous..., commença Shan.

— Ils exigent de nous de meilleurs rendements, poursuivit Akzu. Ils prétendent que les petits clans ne sont plus rentables.

— Rentables ?

— Le Programme d'Éradication de la Pauvreté, ils appellent ça, dit Jakli. Une politique du gouvernement, mise en œuvre par la Brigade.

— Mais qu'est-ce que cela à voir avec votre clan ?

Jowa l'interrompit en fermant l'écran avec un claquement brutal.

— Les plus petits producteurs se font racheter. La Brigade identifie ceux qui ont les plus faibles rendements et elle les intègre dans des unités de production plus efficaces. Meilleure valeur ajoutée, ils appellent ça.

— Vous voulez dire que le clan reçoit de nouvelles terres ?

— Non, dit Akzu. Tout le commerce de notre clan se fait dans le cadre d'une compagnie à actions, un système que le gouvernement a établi il y a plusieurs années. Et aujourd'hui la Brigade rachète toutes les parts.

— Mais si vous n'étiez pas d'accord..., commença Jowa.

— J'ai entendu un terme qu'on employait en ville, intervint Jakli : « OPA hostile ». Tout le monde l'avait aux lèvres, comme si c'était drôle. Du genre de ce qu'on lisait dans les revues américaines.

— Mais le simple fait que ses actions soient rachetées ne devrait pas affecter le clan, objecta Shan.

— Pour eux, grimaça Jakli, nous ne sommes pas un clan, juste de nouveaux employés. La Brigade a déjà des projets en tête concernant la Pierre rouge. Tous ses membres seront affectés dans des villes, des villes différentes, afin de briser le clan. Les parents avec un enfant recevront un appartement. Les autres dormiront dans des dortoirs d'ouvriers.

Son corps tout entier parut pris d'un grand frisson et elle serra sa poitrine comme si elle manquait de souffle.

Akzu, le chef de clan, sortit une enveloppe de son manteau en s'asseyant auprès de ses fils.

— Nous avons reçu une lettre la semaine dernière. Nous devons livrer nos troupeaux, nos chevaux, nos chiens, et même nos tentes à la Brigade d'ici à la fin du mois. Dans dix jours, juste après la grande fête équestre d'automne, notre nadam. Et tous les membres doivent se présenter pour réaffectation.

Il montra du geste une pile de papiers près de l'ordinateur.

— Ils exigent un inventaire complet de nos biens. Jusqu'au

dernier mouton, jusqu'à la dernière marmite et la dernière petite cuillère.

— Le Programme d'Éradication de la Pauvreté, répéta Jowa d'une voix vide. Ces salopards sont en train de liquider le clan.

Dans le silence pesant qui descendit sur la tente, on n'entendit plus que le souffle des chevaux attachés dehors.

— Personne n'avait encore énoncé les choses de cette manière, dit Akzu.

— Mais c'est la vérité, dit Gros Mao en se levant. Le Tibétain dit la vérité. C'est ce qu'ils ont fait aux fermes ouighours. Ils l'ont fait aussi aux Kazakhs du Nord.

Il lança à Shan un regard peu amène, les yeux rétrécis en fentes.

— Le Programme d'Éradication de la Pauvreté ! cracha-t-il en faisant la grimace. Ce n'est pas une question économique. C'est un problème politique. Ce sont les gens de Pékin qui ont tout mis sur pied. Ils veulent qu'il soit impossible à un Ouighour d'être ouighour, à un Kazakh d'être kazakh.

Il laissa filer le regard vers Jowa.

— Les Chinois sont très habiles. Ils étudient un peuple et ils déterminent la chose qui, aux yeux de ce peuple, est plus importante que tout. Ensuite ils se débrouillent pour trouver un moyen de vider cette chose de sa substance. D'abord en lui enlevant tout son pouvoir, pour, finalement, la faire disparaître complètement. Au Tibet, ils prennent vos hommes saints. Dis-moi, l'ami, sans vos hommes saints, un Tibétain peut-il encore être tibétain ?

Jowa croisa le regard de Shan. Leur saint homme, ils l'avaient déjà perdu. Jowa serra les mains avec force sur les coins de l'écran de son ordinateur.

— J'ai grandi dans les terres d'herbages, en compagnie des troupeaux, dit-il soudain.

Tous s'immobilisèrent, surpris par la souffrance contenue dans sa voix.

— C'était comme ça dans la vallée où ma famille vivait. Ils sont arrivés un jour avec des gros camions. Ils ont chargé tout le monde dans deux véhicules, nous étions environ une cinquantaine. Ils ont dit que parce que notre famille possédait des terres, nous étions réactionnaires. Ils ont dit que la terre avait besoin de la technologie chinoise, qu'ils allaient faire venir des tracteurs et planter du blé chinois. Sous nos yeux, ils ont fait le tri de tout ce que contenait le campement. Tout ce qui servait à soigner les troupeaux ou à changer de camp, même les tapis que ma famille utilisait depuis huit générations, ils ont tout mis dans la plus grande des tentes. Ils ont fait tomber toutes les autres et les ont jetées sur la plus grande. Ensuite, ils ont mis le feu.

» Ma mère a hurlé. Un soldat l'a frappée d'un coup de crosse et lui a fait sauter quatre dents. Ma sœur a couru pour aller serrer son poney dans ses bras, alors ils ont abattu le poney. Mon père a récité un mantra au Bouddha de la compassion. Alors ils ont attrapé son rosaire, un rosaire de corail qui remontait au temps du Septième Dalaï lama, et ils l'ont sectionné de sorte que les grains se sont perdus dans les herbes. Ma tante a sauté sur le dos d'un soldat en hurlant et en lui griffant le visage.

La voix de Jowa ne fut plus qu'un murmure qui mourut de lui-même.

— Si ton ennemi ne te laisse que les mains, fit remarquer Akzu d'une voix de glace, alors griffe-le. S'il te prend les mains et ne te laisse que les dents, alors mords-le.

Ses paroles résonnèrent comme un vieux chant de guerre.

— Quelques soldats ont emmené ma tante dans une prairie, poursuivit Jowa. Ils lui ont fait des choses, et elle est morte. Ils ont balancé son cadavre dans le feu. Ensuite ils nous ont emmenés dans leurs camions. En chantant en chemin des chansons à la gloire du Président. Et ils nous ont frappés à coups de crosse jusqu'à ce que nous chantions, nous aussi.

— Ce n'est plus aussi méchant aujourd'hui, dit un des Kazakhs, sans grande conviction néanmoins. Plus aussi violent.

— Aujourd'hui, ils font ça avec des ordinateurs et des bureaucrates, contra Jowa en grondant de colère. Et des entreprises commerciales.

Il se tourna vers Akzu.

— Vous croyez qu'ils vont vous expédier tous ensemble dans le même endroit ? Les mères, les pères et leurs enfants ? Ça ne s'est pas passé comme ça au Tibet. Les familles arrivent dans un nouvel appartement. Le lendemain, un Chinois vient chercher votre petit. Il faut qu'il aille dans une école spéciale, vous dit-il. Un internat, loin de là. Les enfants apprennent à chanter dans un petit livre rouge. Quand ils reviennent, ils ont tous des noms chinois. Et ils tournent en dérision vos anciennes façons d'être et vos manières de vivre.

Akzu donna l'impression d'avoir reçu un coup de pied dans le ventre. Les mains serrées sur l'abdomen, il se releva lentement, comme s'il accomplissait un gros effort. Sans un regard derrière lui, il sortit de la tente.

— Jusqu'à la nuit dernière, dit Shan, nous avions avec nous un saint homme. Il a disparu.

Jowa poussa un lourd soupir. Gros Mao parut se raidir tout entier.

— Qui l'a emmené ?

Shan fut incapable de répondre. Le simple fait d'avoir prononcé ces mots l'avait à nouveau rempli d'effroi. Il éprouva un désir désespéré de s'enfuir à toutes jambes pour rejoindre les montagnes et trouver Gendun. Les lamas n'avaient pas compris, ils attendaient trop de lui. Lui ne connaissait pas les musulmans. Il ne connaissait pas le Xinjiang. Il ne pouvait rien faire pour ces Kazakhs qui se faisaient tuer. Quelqu'un s'était trompé. Rien de tout cela ne concernait les Tibétains.

Jowa expliqua doucement ce qui était arrivé la nuit précédente.

— Des uniformes ? demanda Gros Mao.

— Aucun.

— De quelle couleur était le camion ?

— *Hong*, répondit Jowa. Rouge.

Le Ouighour et Jakli échangèrent un regard inquiet. Gros Mao cracha un autre juron.

— La Brigade, dit lentement Jakli en se tournant vers Shan. Ses membres conduisent des camions rouges. Mais ils ne peuvent pas être au Tibet. Ils n'y sont pas autorisés. Ils ne sont encore jamais allés là-bas.

Elle fit la grimace en s'entendant prononcer ces mots : elle savait pertinemment que la loi et l'autorité officielle ne s'appliquaient guère à la Brigade.

— Si c'est eux qui l'ont emmené, demanda Shan d'un ton pressant, si les hommes du camion rouge ont ramené Gendun Rinpoché au Xinjiang, où se rendraient-ils ? Où le détiendraient-ils ?

Gros Mao mit lentement la main dans sa veste pour en extraire une enveloppe de laquelle il sortit une disquette d'ordinateur.

— En route pour la Gloire, dit-il avec un sourire amer.

Jowa inséra la disquette dans la machine. Sur l'écran apparurent d'énormes caractères chinois qui avaient autrefois été partie intégrante de l'existence quotidienne de Shan, quand il était enquêteur à Pékin. *Nei Lou.* Classé. Pour usage interne uniquement — services du gouvernement. Un feu brûlant sembla grandir dans les yeux de Jowa à mesure qu'il étudiait l'écran.

Gros Mao se pencha en avant et pianota sur le clavier plusieurs fois.

— Gloire au Camp de Rééducation du Peuple, lut Jowa à haute voix lorsque l'affichage changea. Camp lao jiao 947.

Les camps lao jiao étaient des camps de rééducation, des prisons pour petits délinquants dont les crimes ne méritaient pas le goulag, et qui servaient de purgatoire pour les pécheurs politiques mineurs. L'admission dans un camp lao jiao était administrative : des citoyens pouvaient se voir condamnés sur la simple signature d'un unique représentant de l'autorité officielle, sans juge ni procès.

— La Garce de Jade, gronda Gros Mao à voix basse.

Shan releva la tête.

— La procureur du comté de Yoktian, Xu Li, expliqua le Ouighour. Aussi froide et aussi dure que le jade. Le Camp de la Gloire est son donjon personnel. Lâche seulement un pet à son passage et te voilà parti à bouffer du riz pendant quelques mois au Camp de la Gloire.

— Les dossiers des admissions récentes, lut Jowa sur l'écran. Mais c'est trop tôt. La disquette est...

— Dernière remise à jour, dix-huit heures, hier soir, annonça Gros Mao sur un ton de conspirateur.

— Gendun n'a été emmené que hier soir.

— Continue à chercher, dit le Ouighour avec un signe de tête vers l'écran.

— Des dossiers vierges, non affectés, lut Jowa, perplexe.

— Exact. Elle garde toujours dans sa manche quelques dossiers sans affectation pour les autres organismes autorisés à utiliser le camp : les nœuds ; l'armée ; les équipes de la Sécurité publique. Elle est obsédée par l'efficacité. Des dossiers d'incarcération de prisonniers, vierges, déjà ouverts, sans noms, pour des arrestations qui n'ont pas encore eu lieu. Les autorités du camp commandent la nourriture, les draps et les couvertures, et ils affectent le personnel en fonction de ces dossiers. La Brigade peut tout bonnement conduire quelqu'un là-bas et remplir le nom à la grille. Parfois la dame dresse la liste des motifs par anticipation. Gangs de jeunes. Récidivistes culturels.

— Quelques dossiers ? demanda Jowa. Tu veux dire, trente ou quarante.

Le Ouighour se pencha sur l'écran, soudain alarmé.

— *Ta ma de !* cracha-t-il. Nom de Dieu ! Qu'est-ce qu'elle mijote ?

Ils refirent défiler les écrans entre admissions récentes et dossiers vierges. Au bout de quelques minutes, Gros Mao se redressa, furieux.

— Habituellement, Gloire reçoit cinq ou six nouveaux pensionnaires tous les huit jours. Il y a une semaine, la garce a établi quarante dossiers vierges, sans noms affectés. Elle en a donné dix à remplir à la Brigade, dix aux nœuds. Et elle en a gardé vingt pour elle. Trois jours plus tard, la moitié des dossiers sont remplis ! Vingt nouveaux détenus ! Hier, six de plus, puis...

Il s'interrompit au milieu de sa phrase et pointa le doigt à mi-écran.

— Voici une petite nouveauté. Six dossiers supplémentaires ont été créés hier. Affectation : Bureau de la Sécurité publique.

— Mais tu as dit que les nœuds avaient déjà reçu..., intervint Jakli.

— Non. Je voulais parler des nœuds locaux, grommela Gros Mao à voix basse. Ceci, c'est différent. Ça concerne le quartier général de la Sécurité publique. Des brigades spéciales de démolition. Travaillant pour les rois bâtards dans un gouvernement bâtard.

Ses paroles jetèrent un grand froid. Tous contemplèrent l'écran en silence.

— Il n'y a rien sur des moines, chuchota Jowa en aparté, à Shan. Rien qui concerne Gendun ou des Tibétains.

— Le quartier général, répéta Jakli. Ça pourrait signifier le quartier général de la région à Ouroumtsi — la capitale du Xinjiang, mille kilomètres au nord-est. Ou ça pourrait signifier Pékin.

Elle regarda alentour, les yeux pleins d'effroi, comme si elle avait vu un fantôme. Dans un cas comme dans l'autre, cela signifiait que le comté de Yoktian était surveillé depuis les échelons les plus élevés de la hiérarchie. Elle voulut se relever mais semblait avoir perdu toutes ses forces. Elle se rassit lourdement et fixa l'écran.

Shan se remit debout brutalement. Il avait l'impression d'étouffer. Il sortit à l'extérieur de la tente et inhala l'air frais. C'était le quartier général de la Sécurité publique de Pékin qui l'avait expédié au camp de travaux forcés. Il avait présumé que le pire qui pût arriver à Gendun serait d'être capturé par les nœuds du cru. Mais, contrairement aux soldats du coin, les nœuds du quartier général étaient diplômés de l'université et occupaient des positions élevées dans les rangs du Parti. Les brigades de démolition étaient leurs soldats spéciaux, toujours placés sous l'autorité d'un officier politique. Eux verraient Gendun d'un autre œil. Le vieux lama deviendrait un objet d'expérimentation. Ils chercheraient à se servir de lui, après l'avoir brisé à l'aide de technologies auxquelles même l'esprit le plus serein ne saurait résister. C'est ce qu'ils avaient accompli par le passé, à plus d'une reprise. Ils s'étaient même emparés du Panchen lama, le plus haut dignitaire de tous les lamas réincarnés après le Dalaï lama, et l'avaient incarcéré dans une prison à sécurité maximale près de Pékin après qu'il se fut déclaré en faveur de l'indépendance du Tibet. Il en était ressorti complètement différent, marié à une Chinoise han.

À l'intérieur de la tente voisine des écuries, Shan trouva Malik agenouillé près de son sac, en train de lisser un grabat constitué de trois petits tapis empilés. Lokesh était assis en tailleur sur un grabat identique, face à un assortiment d'objets qui gisaient sur un tapis rouge, un tapis de prière musulman. Il tenait un moignon de crayon dans sa paume, les yeux fermés.

Le pied de Shan frôla une boîte en fer-blanc posée en bordure du tapis rouge et contenant des débris de verre. La boîte bascula, avec un tintement qui sortit brutalement Lokesh de sa transe.

— Il ne possédait pas grand-chose, soupira le vieux Tibétain en montrant les objets qu'il avait devant lui.

— Ça appartenait au garçon ?

Lokesh acquiesça et contempla fixement les objets en question. La boîte en fer-blanc et ses babioles de verre. Trois moignons de crayon. Un petit instrument, semblable à un luth, avec seulement deux cordes. Un cordon de lanières en cuir qui apparemment avaient été tressées et détressées à maintes et maintes reprises, comme pour ne pas perdre la main. Une unique boule de jade, de la taille d'une grosse bille à jouer. Cinq morceaux de bois sec et cassant portant des marques noires qui auraient pu être une inscription. Les trésors d'un jeune garçon.

Malik ramassa le luth et en pinça distraitement une corde.

— Un dombra, dit-il tristement. Pour chanter les vieilles chansons du clan.

Shan s'agenouilla et prit un des fragments de bois éclaté.

— On les a trouvés ce jour-là, dit Malik en contemplant les morceaux d'un œil désemparé. On l'avait fracassé, et les débris gisaient autour du corps.

Qu'est-ce qui a été fracassé ? faillit demander Shan, mais en rassemblant les pièces de bois il s'aperçut que l'objet se composait de deux parties. Une ossature plate à la base dans laquelle coulissait une pièce trapézoïdale. Le coin en biseau portait à son extrémité supérieure deux lignes de texte rédigés en petits caractères fluides qui ressemblaient au sanscrit, une langue pratiquement disparue des terres au sud du Tibet. Quand on le relevait, la surface plane qu'il découvrait, intacte à l'exception d'un gros éclat manquant en son milieu, était couverte de la même écriture. Comme une lettre, songea Shan. Avec l'adresse sur le dessus.

Lokesh fixait toujours intensément les quelques objets disparates. Exactement comme un enquêteur. Non, pas exactement. Lokesh étirait lentement la main en passant le bout des doigts, délicatement, à leur surface : le vieux bouddhiste ne voyait pas une simple collection d'objets matériels, la maigre piste d'une jeune vie. Il voyait les vestiges d'une jeune âme, autant de signaux de l'esprit du jeune garçon, les traces de son dieu intérieur. Il semblait d'ailleurs avoir totalement oublié la présence de Shan, à croire que les braises imprévisibles qu'il portait en lui venaient de se réenflammer.

Le vieux Tibétain se pencha lentement sur la bille de jade, comme si celle-ci l'appelait. Shan la ramassa et la lui tendit. Ils se trouvaient au pays du jade. La Chine avait toujours obtenu son jade dans les royaumes du Turkestan, au nord des Kunlun. La Garce de Jade, c'est ainsi que le Ouighour avait appelé la procureur. Shan vit que la bille était finement sculptée de minuscules fleurs de lotus et percée d'un trou central. Un grain de chapelet. Il le laissa tomber au creux de la paume ouverte du vieux Tibétain.

— De quoi s'agit-il, mon vieil ami ? Qui était ce jeune garçon ? Est-ce que tu connaissais Khitai ?

— Pas ce garçon-ci, soupira Lokesh comme s'il existait de multiples Khitai, fixant toujours le petit grain tandis qu'une larme coulait sur sa joue.

La nuit était presque tombée lorsque Shan put retourner à la tombe du jeune garçon, laissant Lokesh aux soins de Malik. Son vieil ami semblait avoir été emporté dans une transe étrange, après plus d'une heure passée à fixer le grain de jade. La femme aux yeux fous, l'air paisible et morose, était venue s'asseoir à son côté. Quand Shan avait quitté la tente, elle tapotait Lokesh dans le dos en lui fredonnant une de ses berceuses, comme à un enfant malade, pendant que Jakli essayait de convaincre le vieux moine de manger un peu de bouillie de blé noir.

Les derniers rayons du soleil délavaient le fond de la clairière et la tombe baignait dans une étrange lumière rosée. À l'intérieur de l'enclos fermé de rochers, l'air était d'une immobilité de mort. Un criquet solitaire lança sa stridulation.

Shan avança lentement le long du périmètre de pierres, puis se laissa tomber à genoux à côté du petit monticule. Il plaça les paumes sur la terre foisonnée et se mit à la caresser, comprenant au bout d'un moment qu'il répétait les gestes de la folle en frottant la tombe de la même manière qu'un parent lisserait la couverture d'un enfant endormi. Il avait un fils quelque part, un fils qu'il n'avait pas vu depuis des années. La douleur au cœur, il se rendit compte qu'il ne savait pas si son enfant était encore en vie, même si jamais il n'avait envisagé l'éventualité de sa mort. Mais les vagues de violence sauvage et irraisonnée qui s'étaient levées par tout le pays ne faisaient pas de distinction entre jeunes et vieux. Les enfants mouraient pour les péchés de leurs parents, parfois très vite, parfois à petit feu parce qu'on les avait abandonnés. Non, ça, c'était de l'histoire ancienne ! protesta une voix dans sa tête. Son fils aurait bénéficié de la protection de sa mère, un cadre haut placé du Parti. Cependant Khitai lui aussi s'était cru protégé au sein du clan de la Pierre rouge. Et des enfants continuaient à mourir.

Mais était-ce la véritable raison de sa présence ici ? Y avait-il dans la mort de Lau une dimension historique, un signe que les vieux lamas avaient perçu et qui marquait le début d'une nouvelle vague de destruction, parce qu'un nouveau démon avait été lâché ?

D'un air absent, Shan ramassa un peu de terre de la tombe, avant de la semer sur le monticule et de l'aplanir. Qu'avait de si particulier ce jeune garçon kazakh sans foyer ? Pourquoi était-il soudain devenu dangereux pour Bajys, au point que celui-ci l'avait abattu d'une balle ? Avait-il réellement tenté d'empêcher Bajys de trahir les clans et les secrets de Gros Mao ? Avait-il volé ? S'agissait-il d'une punition ? Un petit diable qui errait de camp en camp était susceptible d'apprendre bien des choses, d'être tenté par des objets qui, à leur tour, pouvaient tenter Bajys. Mais qu'était-ce ? Les maigres biens de nomades réduits à la misère ? Et qu'avait-il en sa possession que Bajys ne possédait pas lui aussi ? Deux jeunes garçons, Alta et Khitai, avaient joué ensemble avant de se faire tuer à deux jours d'intervalle. Le premier, battu et mis à mort d'une balle dans la tête, l'autre, battu et poignardé. Peut-être les deux enfants savaient-ils quelque chose, avaient-ils découvert un secret si dangereux que leur tueur ne pouvait se permettre de les laisser en vie. Le pays dans lequel ils vivaient était un pays de secrets. Familles secrètes. Dissidents secrets. Bases secrètes de l'armée.

Shan caressait distraitement la terre quand ses doigts effleurèrent un point dur. Il récupéra un morceau de bois incurvé, assez petit pour tenir dans sa paume. L'objet avait été grossièrement façonné en un oiseau en vol. Ç'aurait pu être un des jouets de Khitai. Ou un symbole religieux. Shan enfonça les doigts en râteau dans le sol sableux sur toute la longueur du monticule. Près de la tête de la tombe, sa main toucha un autre objet, un éclat de bois d'une dizaine de centimètres. C'était la partie manquante de la curieuse lettre de bois, avec une unique ligne de texte en ce qui ressemblait à du sanscrit. Qu'est-ce que cela signifiait ? S'agissait-il d'une épitaphe ? Le tueur était-il capable de lire cet étrange texte ? L'inscription contenait-elle un message qui avait causé la mort de l'enfant ?

Shan reposa les deux objets, l'éclat de bois au texte mystérieux et l'oiseau grossièrement taillé. Avaient-ils été enterrés par la même personne ? Peut-être n'était-ce que des offrandes, ou des souvenirs ? Prenaient-ils un sens particulier quand on les mettait côte à côte ?

Il les fixa un long moment, puis creusa deux petits trous et remit respectueusement l'oiseau et l'éclat de bois dans la tombe.

Le criquet stridula une nouvelle fois. Les criquets étaient censés être annonciateurs de bonne fortune, mais ils n'en avaient apporté aucune à Khitai. Pas plus qu'au clan de la Pierre rouge.

Shan se remit debout et arpenta la clairière obscure. Ce n'était pas un lieu de sépulture pour un enfant mort, mais un lieu de tuerie. Bajys aurait pu venir du campement, ou il aurait pu escalader la crête, et franchir les rochers, pour rejoindre la clairière. Il était arrivé à la fin de la journée que Khitai avait passée à jouer avec Alta, le garçon qui accompagnait les dropkas. Il avait tiré un coup de feu, mais personne n'avait entendu la détonation.

Shan se rendit compte que le vent qui courait sur les rochers avait pu étouffer la détonation. Il s'immobilisa, prêtant l'oreille à son sourd gémissement, et sentit monter en lui une froideur de ténèbres. Quand la chose se produisait, il lui fallait s'arrêter pour la combattre. Elle tombait sur lui comme un mal méchant. Elle se manifestait tantôt par un accès de tremblements de tout le corps, tantôt par un point brûlant sur le bras, là où il portait son tatouage de prisonnier lao gai, ou bien le long de l'échine, là où les nœuds s'étaient servis d'aiguillons à bétail électriques. C'était une chose noire et informe, et il ne savait lui donner de nom. Ce n'était pas la peur, ni la haine. C'était juste la chose, survivance de ses années de goulag, des toutes premières semaines, en particulier, dont il se souvenait comme d'un brouillard informe de douleur et de hurlements. Il ferma les yeux et se rappela la première fois qu'il avait croisé la route d'un des lamas prisonniers : il gisait au sol, sous les bottes d'un garde, sur le point de suffoquer, quand le vieux Tibétain avait dégagé son visage de la boue. Puis il avait chevauché son corps pour encaisser à sa place les coups de matraque qui lui étaient destinés. Shan se remémora le sourire serein du lama quand le garde l'avait frappé, et son moment de faiblesse disparut. Il posa la main un instant sur la paroi rocheuse pour se reprendre, puis poursuivit sa ronde dans la clairière.

À l'opposé du départ du sentier, il tomba sur une épaisse dalle de pierre qui avait dégringolé des hauteurs, créant ainsi une petite alcôve. Il s'enfonça dans l'obscurité du réduit et frotta une allumette. Un objet blanc de forme cylindrique, partiellement recouvert de sable, gisait au pied du rocher : un reste de bougie, qu'il eut le temps d'enflammer avant que son allumette s'éteigne.

Protégé du vent par la paroi rocheuse, le sol sableux de l'abri portait encore les marques de deux cuvettes, là où deux personnes s'étaient assises, face à la paroi du fond ornée d'un dessin, un cercle de quarante centimètres de diamètre. Un rond de craie sur la pierre. Rien d'autre. Il aurait pu être fait par des enfants qui jouaient. L'esprit de Shan dériva vers d'autres symboles sur d'autres murs, les murs des prisons : les cercles qu'on y dessinait, symboles du mandala, aidaient l'esprit à se focaliser sur la conscience de son espace intérieur et permettaient ainsi une meilleure concentration de la méditation. Mais ça, c'était au Tibet, pas dans un campement de bergers kazakhs.

Il leva sa bougie et découvrit d'autres inscriptions sur le mur adjacent. Deux lignes horizontales recoupées à angle droit par deux lignes verticales, avec deux 0 et deux X dans les carrés ainsi délimités. C'était un jeu populaire en Occident, auquel Shan jouait avec son père quand il avait l'âge de Khitai. Le cercle faisait probablement partie d'un jeu lui aussi, ou peut-être était-il une simple cible pour deux gamins jetant des pierres.

Il revint au morpion. La partie avait été interrompue. Shan frissonna des pieds à la tête : il voyait en esprit le jeune garçon, occupé à ce jeu innocent, se laissant entraîner par son futur assassin. Alta aurait-il été témoin, assis dans un coin de l'alcôve ? Ou était-ce son partenaire au morpion qui avait assassiné Khitai ? Un meurtrier au cœur assez dur pour tuer un enfant devait être capable de n'importe quoi, même de tromper un gamin pour le conduire à sa perte en acceptant de jouer avec lui. Qu'était-il ? aurait demandé Lokesh. Qu'était-il, ce démon qui avait pris possession de Bajys ? Hariti, avait dit le dropka. Le démon dévoreur d'enfants.

En descendant de la colline, Shan aperçut Malik dans la grisaille du soir, près d'un petit feu non loin des enclos à animaux, le gros mastiff allongé à ses côtés. Il contemplait le ciel et ne sembla pas remarquer Shan quand ce dernier s'assit à côté de lui.

Le ciel était vaste et immobile, dominé par une demi-lune étincelante. Au loin, un animal hurla. De l'autre côté du feu, Shan vit, enfoncé dans le sol, un grand pieu d'où partait une corde qui s'étirait dans les ténèbres. Plusieurs jeunes chevaux étaient attachés à la longe.

À sa libération de prison, il avait passé de nombreuses nuits comme celle-ci, sous les étoiles, dans des lieux de méditation secrets que lui avaient montrés les vieux lamas. Parfois, l'un d'eux, habituellement Gendun, venait s'asseoir à ses côtés, pour tenter, finit-il par comprendre, de vider son âme des tourments qui s'y étaient installés. Les moines avaient reconstruit sa vie année après année, parfois même mois après mois, en le faisant parler au-dessus d'une antique urne en céramique décorée d'un simple dessin au trait du Bouddha de la Compassion.

— Le pot est maintenant plein, avait annoncé Gendun quand ils en avaient eu terminé.

Il avait alors fermé l'urne d'un couvercle en céramique avant de tendre à Shan une pierre et une des clochettes mélodieuses en usage dans le temple. Puis il était reparti sous les étoiles sans explication supplémentaire.

Shan s'était installé sur une vire dégagée, à une altitude telle que le ciel lui paraissait aussi vaste au-dessus de sa tête qu'en contrebas. Il avait essayé de déplacer l'urne, mais elle lui avait paru incroyablement pesante. Après plusieurs heures, au plus noir de la nuit, il l'avait fracassée avec la pierre puis il avait fait tinter la clochette, au son pareil à un cristal pur en train de vibrer, jusqu'au lever du soleil.

Il fit rouler entre ses doigts le minuscule éclat de l'urne qu'il portait toujours sur lui. Deux jours plus tard, il était retourné sur les lieux pour récupérer ce fragment de céramique, car il y avait un morceau de son existence passée qu'il ne pouvait pas laisser derrière lui : son fils.

Lorsque Malik tendit le bras pour lui toucher la jambe, Shan fut tellement surpris qu'il sursauta.

— Est-ce que vous pensez qu'il est allé là-bas ? demanda doucement le garçon. L'année dernière, quand un bébé est décédé, mon oncle a dit qu'il avait rejoint ceux qui se trouvaient dans une belle vallée sur la lune.

Shan contempla à son tour l'astre de nuit, le cœur douloureux en voyant à quel point la mort était déjà pour l'enfant une compagne familière.

— Je ne sais pas, répondit-il. Peut-être. Elle est très belle, cette lune.

— Elle est d'une telle blancheur, murmura Malik. Ça doit être la couleur de leur sable.

Il resta un long moment silencieux avant de demander :

— Où est-ce qu'ils iraient trouver de l'eau, là-bas ?

— Peut-être n'ont-ils pas besoin d'eau.

La réponse de Shan laissa songeur l'enfant. Il se plongea dans la contemplation des flammes.

— Mais l'eau, c'est la vie, finit-il par lâcher, d'une voix pleine de sagesse. C'est comme ça qu'on sait qu'on est mort ? On n'a plus jamais soif ?

Face au mutisme de Shan, Malik se pencha pour ramasser un objet à ses pieds. Un couteau. Et un mince morceau de bois qui s'élargissait en ovale à une extrémité. Il commença à l'amincir en dirigeant les copeaux vers les braises. Les rognures de bois se lovaient sur elles-mêmes au contact de la chaleur avant de s'embraser brutalement en une brève flamme brillante.

— Une cuillère, expliqua Malik. Un cadeau pour Jakli et... ajouta-t-il pour vite s'interrompre. Un cadeau, pour la fête des chevaux.

— J'ai vu l'oiseau que tu lui as donné, annonça Shan en le regardant travailler le bois d'une main experte.

Le garçon n'eut pas l'air surpris.

— Ma mère m'a demandé d'en sculpter un quand le bébé est décédé l'année dernière. Pour l'aider à le guider dans le ciel. Cette fois-ci, personne n'a rien demandé, mais...

Il haussa les épaules.

— Les membres de la zheli sont plus jeunes que moi. Ça m'a rendu très triste de savoir qu'ils avaient grandi comme des fuyards. Khitai, il ne possédait pas de selle *ashamai*, pas de cheval *sundet*.

— Je ne comprends pas.

— Ces orphelins, ils n'ont jamais eu de maison à eux. Ils n'ont jamais eu de foyer. Khitai a dit que quand il était petit, les gens se le repassaient les uns aux autres, pour le protéger. Parfois il était dans les montagnes, parfois dans une ville. Il a même vécu une année entière dans une caverne. Il a dit que c'était mieux avec Bajys et Lau, mais s'il a grandi de cette manière, ça veut dire qu'il ne connaissait pas les vieilles traditions kazakhes. J'étais désolé qu'il ne possède pas de selle.

Il s'interrompit pour se tourner vers Shan.

— Quand un garçon a cinq ans, il a le droit de monter à cheval seul, expliqua-t-il. On lui offre une selle spéciale toute douce, une selle *ashamai*, décorée de plumes et peinte en rouge. Par la suite, quand un mollah le déclare prêt à s'engager sur la route de l'âge adulte, il y a des cérémonies et une grande fête et il reçoit un cheval *sundet*, son premier cheval. Mais Khitai n'a jamais rien eu de tout ça. Pas de selle, pas de cheval. Il a dit que ce n'était pas important, qu'il aimait tous les animaux parce qu'ils lui enseignaient des tas de choses. Un jour il a grimpé à un arbre pour aller voir des oisillons. Il courait après les papillons.

— Vous étiez bons amis ?

— On ne s'est pas connus pendant bien longtemps, et on ne se retrouvait que deux ou trois fois par semaine. Parfois, le soir, il m'aidait à attacher les bêtes à la zheli — il indiqua la file de chevaux le long de la longe. Il passait la majeure partie de son temps avec Bajys, à chercher les moutons sur les hautes pentes, ou alors dans le coin qu'ils s'étaient trouvé au-dessus du campement.

— Qu'est-ce qu'ils faisaient là-bas ?

— Ils parlaient beaucoup. Je crois que Bajys voulait raconter à Khitai tout ce qu'il pouvait se rappeler de leur ancien clan, pour que les souvenirs ne meurent pas eux aussi.

— Pourquoi se retiraient-ils comme ça ?

— Les clans ont des secrets. Il y a des souvenirs qu'on ne peut pas partager avec des inconnus.

Shan se pencha pour placer une baguette dans le feu.

— Toi et Khitai, qu'est-ce que vous faisiez tous les deux ?

— Quand on pouvait, on jouait. Parfois on allait grimper dans les enclos des agneaux et on riait parce que les petits essayaient de nous téter les doigts. Parfois on partait faire de grandes balades en imaginant des choses.

— Quelles sortes de choses ?

— Vous savez. Comme de tirer sur des soldats.

À ces paroles, Shan se tourna vers la yourte où Jowa et Gros Mao étaient toujours assis devant l'ordinateur.

— Est-ce que Gros Mao vient souvent ici ?

— Pas souvent. Lui aussi, c'est un soldat, dit Malik comme s'il comprenait pourquoi Shan avait posé la question. Un sorte de soldat très spécial. *Lung ma,* ajouta-t-il d'une voix pleine de respect.

— Lung ma ?

Ce terme ancien, qui remontait aux anciennes cours royales, signifiait *dragon cheval,* une bête mythique, moitié cheval, moitié dragon, qui protégeait le petit peuple de l'injustice.

— Bien sûr. Comme votre soldat tibétain.

Comme Jowa. Les lung ma étaient le pendant des purbas.

— Ils se font tous appeler Mao. C'est comme une plaisanterie. On connaît ce Mao-ci, ce Mao-là. C'est trop dangereux pour qu'ils gardent leur vrai nom. Parfois, à cause d'eux, il arrive des choses au gouvernement.

— Kitai connaissait-il leur existence ?

— Non. C'est un secret. Gros Mao me l'a fait promettre. Il dit que si je peux garder le secret, peut-être qu'un jour, moi aussi, je serai lung ma.

Shan se sentit triste en entendant ces mots. Lau était-elle au courant des lung ma ? faillit-il demander, avant de comprendre que c'était inutile. Gros Mao avait fait passer le message de la mort de Lau aux purbas. Si elle avait fait partie des lung ma, cela pouvait expliquer qu'on l'ait assassinée, car le boulot des brigades de démolition était de réduire à néant toute résistance. Et de toute la Chine, c'était au Xinjiang que la résistance avait été la plus violente.

— Tu connaissais Lau ?

— Bien sûr. Elle apportait parfois des médicaments pour les animaux.

— Est-ce que tu as entendu dire qu'elle était morte ?

— Pas avant hier. Le secret avait été bien gardé.

— Crois-tu qu'on l'a tuée à cause de ce qu'elle faisait pour les orphelins ?

Malik mit un long moment avant de répondre. Quand il finit par parler, il se tourna vers les jeunes chevaux.

— Elle n'a jamais rien fait de plus pour eux que ce que je fais, moi, pour les animaux de ma zheli, répondit-il d'une voix craintive.

Il adressa quelques mots en turc aux chevaux, des paroles d'apaisement rythmées comme une chanson mélodieuse, puis se tourna soudain vers Shan, le visage douloureux.

— S'ils nous emmènent en ville, nous ne saurons plus qui nous sommes. Nous n'aurons plus de chevaux. Nous n'aurons plus de tentes, peut-être même plus de chiens.

Il resta un long moment silencieux.

— Que se passera-t-il quand je serai vieux ? Il n'y aura plus de clan. Plus personne pour me sculpter un oiseau quand je mourrai.

Shan nicha la main du jeune garçon au creux de la sienne.

— Tu es fort. Un esprit fort trouve toujours le chemin.

Ils restèrent assis sans parler. Combien de temps s'était écoulé depuis sa dernière conversation avec son propre fils ? Des années. Non. Parce que jamais il n'avait pu lui parler de cette manière. L'épouse de Shan, cadre du Parti, soumise et respectueuse, avait élevé leur fils à des centaines de kilomètres de son père en veillant jalousement sur son enfant quand ils se retrouvaient. Lui s'était toujours promis qu'un jour, avec son fils, il en serait ainsi. Mais c'était un mensonge, un parmi tant d'autres qui lui avaient permis de rester en vie durant son incarnation pékinoise.

Une étoile filante flamboya dans le ciel en direction de la

lune. Un autre enfant, peut-être, qui se rendait dans la belle vallée blanche.

— Est-ce que tu te trouvais avec Khitai quand il jouait à ce jeu de lignes qui se croisent sur le rocher ?

— Il nous arrivait d'y jouer. Lui connaissait des jeux que je n'avais encore jamais vus. Mais pas au cours de la dernière journée. Un agneau était né dans un bouquet d'arbres à quatre kilomètres d'ici. C'est mon travail de veiller sur les bébés, sinon ils pourraient mourir. J'ai dû rester avec l'agneau toute la journée. Pour être sûr qu'il allait reconnaître l'odeur de sa mère et qu'il aurait assez de forces pour que je le ramène auprès des autres agneaux.

— Jusqu'à ce fameux soir ?

— Quand je suis revenu au crépuscule, je voulais aller chercher Khitai. Mais un des jeunes mâles s'est pris dans une plante grimpante et s'est entaillé la patte, alors j'ai dû lui mettre de la pommade. Il pleurait, alors je lui ai parlé. *Kochakhan, kochakhan*, c'est ça qu'il faut dire aux agneaux. C'est un mot ancien, pareil qu'un charme. Comme ça, ils savent qu'on les aime, dit le gamin d'une voix de vieil homme avant de soupirer. Il faisait nuit. Je suis resté debout tard, parce qu'à ce moment-là j'ai commencé à expliquer aux bêtes pourquoi nous allions les abandonner. La Brigade prendra bien soin des moutons, j'ai dit. Qu'est-ce que je pouvais dire d'autre ? Tous les agneaux et les chevreaux auraient grandi avec moi dans la montagne. Maintenant, c'est plus possible. Il fallait que je leur laisse un peu d'espoir.

Il regarda Shan d'un œil vide, et secoua la tête.

— Le lendemain matin, j'ai demandé à ma tante où était Khitai. Elle m'a répondu qu'il se trouvait probablement à son coin habituel, dans les rochers.

— Tu peux me décrire comment c'était, quand tu l'as trouvé ?

Malik se tourna vers la lune.

— Le jour n'était pas encore tout à fait levé. Il était assis dans la pénombre, appuyé contre le rocher, près de l'endroit où il est enterré. Il a paru surpris.

— Surpris ?

— J'ai été incapable de le regarder en face après, mais quand je l'ai découvert, j'ai d'abord cru qu'il regardait derrière moi, avec un air surpris, comme si quelqu'un était en train de se faufiler en douce dans mon dos. Je lui ai dit : « T'as un drôle d'air. Et t'as trois yeux. »

Malik baissa la tête vers les braises.

— Mais ses yeux ne voyaient plus rien. J'ai appelé son nom et je me suis enfui.

Shan se répétait les mots prononcés par le garçon quand le chien releva la tête : Lokesh se tenait debout dans la pénombre, aussi frêle d'aspect qu'une poupée de bâtonnets. Le Tibétain s'assit à côté du chien, qui posa immédiatement la tête sur ses cuisses.

— Je ne comprends pas, dit Shan à Malik. Pourquoi as-tu appelé le nom de Khitai ?

Malik fronça le sourcil et reprit son examen de la lune.

— Parce que ce garçon, répondit Lokesh d'une voix tremblante, le garçon qui est enterré dans cette tombe, n'est pas Khitai.

Malik soupira, soulagé, et acquiesça.

Le regard de Shan passa du vieil homme à l'enfant. L'espace d'un instant, il eut l'impression, non plus d'enquêter sur un meurtre, mais d'assister à un cours, assis entre deux lamas lui demandant d'expliquer d'impossibles contradictions.

— J'ai dit à Akzu que ce n'était pas Khitai, lâcha soudain Malik. Tous ces objets dans la tente, le dombra et la perle de jade, ils n'appartenaient pas à Khitai. Celui qui est enterré là, c'est l'autre garçon de la zheli qui nous avait rendu visite ce jour-là. Il s'appelait Suwan et il portait juste la casquette rouge de Khitai. Akzu n'était sûr de rien, tellement le garçon avait le visage meurtri et enflé. Il ne connaissait pas bien Khitai, et il a été souvent absent ces dernières semaines. Il a dit que Khitai était le nom du garçon que Lau avait envoyé, et que c'était Bajys qui l'avait tué. Et si Khitai était parti avec l'autre clan pour échapper à Bajys, alors, que Dieu le protège. Il a dit aussi que je ne devais pas répéter ça aux autres, parce que ça ne ferait qu'ajouter au chagrin de mes tantes. Il a dit que, de toutes les façons, un orphelin avait trouvé la mort. Un bon garçon kazakh avait été enseveli sous la terre, et il n'y avait plus rien à ajouter. Je ne devais pas révéler ce secret.

Mais Lokesh avait pressenti la vérité, et il l'avait énoncée au grand jour, de sorte que Malik pouvait maintenant s'expliquer.

Le chien releva une nouvelle fois la tête en agitant la queue. Shan regarda par-dessus son épaule et vit Jakli auprès des chevaux à leur longe, tout ouïe.

— Est-ce que vous connaissez Khitai ? demanda Malik à Lokesh.

Le vieux Tibétain secoua lentement la tête. Malik le fixa de ses yeux ronds comme des billes, avec la même émotion, comprit Shan, que celle que lui-même éprouvait, ce sentiment confus et impressionnant de quelque magie étrange à l'œuvre chez le Tibétain.

Shan s'était trompé : ce n'était pas Alta qui était venu en visite au campement, mais une autre famille, une famille dropka dont l'enfant se prénommait Suwan. Et Suwan avait apporté ses maigres trésors pour les mettre sous la tente du clan de la Pierre rouge, comme s'il s'installait là à demeure. Khitai avait échangé avec lui sa place et sa position sur la longe de la zheli, parce que la famille d'adoption parlait mal la langue maternelle de Suwan.

— Khitai parlait-il le tibétain ? demanda Shan.

— Non. C'était un Kazakh, répondit un Malik perplexe. Mais il voulait aller plus haut.

— Plus haut ?

— Plus loin dans les montagnes, là où la Pierre rouge ne va pas. La saison est presque terminée, et les familles de bergers vivent plus près de la ville en hiver. Mais la nouvelle est arrivée comme quoi la Brigade cherchait à briser tous les clans. Peut-être que la zheli aussi allait se retrouver dissoute et ses membres envoyés dans des écoles chinoises. Khitai avait très peur des Chinois. Je crois qu'ils avaient fait des choses très méchantes à son peuple quand il était petit. Il disait qu'il voulait s'enfuir loin, jusqu'à la dernière chaîne de montagnes. Là où les monts Kunlun sont les plus élevés, là où vivent les glaciers.

Ils contemplèrent le feu en silence.

— Est-ce toi qui as remis ce morceau de bois dans sa tombe ? finit par demander Shan.

La question parut effrayer Malik, qui pressa la main de Shan avec force, comme pour lui rappeler qu'après tout, il n'avait rien d'un vieil homme sage. Il n'était qu'un enfant qui enterrait d'autres enfants.

— Je l'ai trouvé le lendemain. Ma tante avait ramassé tous les autres débris et les avait mis avec les objets de Khitai. Le morceau de bois, je voulais d'abord le rapporter dans la tente. Mais je ne voulais pas le toucher, alors je l'ai enfoncé dans la tombe avec un bâton.

— Pourquoi ?

— Peut-être que c'est ça qui avait attiré le démon. Le tueur a brisé le texte secret qui était écrit. Peut-être que c'est ça qui avait rendu le tueur tellement furieux.

— Tu veux parler de Bajys ?

— De la chose que Bajys est devenu, a dit mon oncle.

L'enfant resta un long moment silencieux, à observer les flammes qui se mouraient.

— Je sais qu'il existe des divinités protectrices, comme celles qui veillent sur les animaux. Je le sais, parce que j'ai souvent vu des bébés perdus retrouver leur mère à l'autre bout de la montagne. Et s'il y a des divinités protectrices, alors il doit exister l'inverse, dit le garçon d'un ton entendu, comme s'il avait souvent réfléchi à cette éventualité.

Une divinité destructrice, songea Shan. Un démon.

— Et elle est toujours là, en liberté, dit Malik d'une voix hantée. La chose qui tue les enfants.

— Il faut que nous partions aussi vite que possible, annonça soudain Lokesh d'une toute petite voix. Nous devons aller nous entretenir avec Tantine Lau.

Shan adressa à son vieil ami un regard soucieux. Il avait le sentiment que quelque chose était en train de s'effondrer à l'intérieur du vieil homme depuis qu'il avait entendu le nom de Khitai la première fois.

— As-tu entendu parler de lamas par ici ? demanda Shan à Malik. Y en avait-il un qui était l'ami de Lau ? Un lama qui aurait disparu ?

— Des hommes saints ? Non. La procureur Xu, à Yoktian, jamais elle ne le permettrait. Il lui arrive de faire des discours. Elle hait les Tibétains. Elle dit que ce sont tous des traîtres. Mais elle ne les tuerait pas, ajouta-t-il après réflexion, avec une assurance qui glaça Shan. Elle les emmènerait dans un endroit où il est facile pour un homme saint de mourir.

# 4.

Les cavaliers descendaient le versant nord des Kunlun. Les lueurs du soleil levant baignaient les crêtes d'un lavis délicat d'or et de rose. La lumière parut redonner vie à Lokesh, qui se lança dans un chant de voyage louant les divinités gardiennes des montagnes. Akzu et Jowa chevauchaient en tête, hors de portée de voix, en discutant du même ton d'urgence que la veille sous la yourte. À intervalles réguliers, Jowa se dressait sur ses étriers et fouillait l'espace droit devant comme s'il cherchait à repérer quelqu'un. Peut-être Gros Mao, car le Ouighour n'était plus là à leur réveil.

Soudain Akzu leva la main en signe d'avertissement : un bruit de sabots en surplomb, sur la crête de la vire. Apparut un petit cavalier sur une monture grise qui avançait par bonds successifs. Akzu poussa un juron, puis appela le cavalier qui s'immobilisa cinquante mètres au-dessus d'eux. C'était Malik.

— Il faut prévenir la zheli ! cria le jeune garçon à son oncle. Khitai est toujours vivant. La chose qui s'appelle Bajys viendra le prendre lui aussi, et peut-être tous les autres !

— Nous avons besoin de toi, mon garçon. Tu ne sais pas où chercher. Ce n'est pas le moment, rétorqua Akzu avec un regard inquiet à Jakli, avant d'ajouter, d'une voix grosse de colère : Je suis le chef du clan de la Pierre rouge et je te dis non.

Un instant, le jeune Kazakh contempla l'espace au-delà des montagnes, puis il se tourna vers son oncle, à contrecœur. La souffrance se lisait dans son regard.

— Et moi je te dis que je suis fatigué de creuser des tombes ! cria-t-il avant de talonner son cheval pour le lancer au galop.

Le chef de clan suivit le départ de son neveu et sa colère se changea en peur, puis en fierté.

— Que Dieu soit avec toi, mon garçon, dit-il d'une voix douce avant de marmonner un ordre à son cheval et de repartir au trot.

Une demi-heure plus tard, au sommet d'une vire rocheuse, juste avant la descente par une série de lacets serrés et fortement pentus, Jakli montra un ruban gris sur l'horizon, au nord.

— La grand-route. Six cents kilomètres plein ouest jusqu'à Kachgar.

Shan se pencha en avant sur sa selle et indiqua une énorme formation rocheuse à quatre cents mètres vers l'ouest. Elle se dressait comme une sentinelle massive, culminant à cent mètres au-dessus de la vire. À son sommet, noué à un pieu solidement ancré par un cairn de rocs, un grand carré de toile rouge en lambeaux, de deux mètres de côté, battait au vent. Un énorme *lungta*, un drapeau de prière tibétain. Lokesh interrompit son chant et fixa le cairn, les mains en coupe autour des yeux. Reconnaissant le drapeau, il commença à s'agiter à grand renfort de gestes, saluant d'abord Shan, puis le lungta.

La tour rocheuse paraissait impossible à escalader. Quelqu'un pourtant s'était donné cette peine, mettant les Chinois au défi de risquer leur propre vie pour descendre l'oriflamme. Un bouddhiste, de toute évidence. Jakli avait expliqué que dans cette zone frontière vivaient nombre de peuples différents. Malik avait déclaré que la procureur réservait un traitement spécial aux Tibétains. Les habitants de ces territoires aux sangs mêlés avaient peut-être aussi des allégeances mêlées. Comme Lau — cette mystérieuse femme au nom han dont le décès avait tellement remué les lamas, la morte à laquelle Shan allait rendre visite, guidé par Jakli.

— *Lha gyal lo !* s'exclama Lokesh de sa voix la plus forte, au point que Jowa pivota sur sa selle, le regard furieux. *Lha gyal lo !* reprit le vieux moine en ignorant le purba. Que les dieux puissent être victorieux !

— Votre ami, dit Jakli en regardant Lokesh qui saluait à nouveau le drapeau de prière. Est-il fou ? Je suis désolée, mais... est-ce son grand âge ?

— Si être sénile signifie avoir perdu sa lucidité, être égaré et incapable d'établir des liens, alors Lokesh est tout le contraire d'un vieillard sénile. Il en a tellement vu. Tout ce qu'il désirait dans la vie, c'était être moine, moine guérisseur. Mais il excellait à ses leçons à un tel point que son gompa l'a envoyé travailler pour le gouvernement. Ensuite Pékin a débarqué et lui a annoncé qu'il ne pouvait plus être moine. Au bout de quelques mois, il s'est marié, à une nonne qui avait été elle aussi chassée de son ordre. Deux semaines plus tard, on le jetait en prison parce qu'il avait travaillé pour le gouvernement.

— Et il y est resté trente ans, se souvint Jakli.

Shan acquiesça.

— Son épouse était là, chaque jour de visite. Comme on l'autorisait rarement à approcher assez près pour lui parler, ils se contentaient tous les deux de se faire des signes, des heures durant. Rien que des signes. Et deux jours après qu'il a regagné son foyer, sa femme est décédée.

Les yeux de Jakli se mouillèrent de larmes. Elle jeta un œil à Lokesh pour se détourner bien vite, face au vent, et presser sa monture.

Ils chevauchèrent encore une heure, toujours en descente, jusqu'à atteindre la jonction de plusieurs pistes cavalières derrière une longue et étroite construction au départ d'un sentier gravillonné. La bâtisse à trois côtés était montée en parpaings qui commençaient à se déliter. À une extrémité, le mur s'était en partie effondré, créant une flèche marquée dans la toiture de tôle ondulée. Pour éviter un désastre total, de gros rondins de bois avaient été placés en étais contre des panneaux de contreplaqué qu'ils maintenaient contre les murs extérieurs.

Les cavaliers mirent pied à terre et firent le tour de la bâtisse. Shan découvrit à l'ombre une douzaine de camions plus ou moins démontés. Le garage avec son ensemble de véhicules fonctionnait grâce à des subventions du ministère de l'Agriculture, expliqua Akzu, pour les petites entreprises de culture et d'élevage de la région.

À l'extrémité intacte du mur, le coin arrière de la bâtisse offrait un petit cagibi en contreplaqué. Une porte grossière en bois et carton s'ornait d'une affiche aux couleurs passées d'une douzaine de jeunes hommes et femmes représentant quelques-unes des dizaines d'ethnies libérées par Pékin. Vêtus des uniformes bleus du prolétaire, tous brandissaient joyeusement clés à molette et marteau vers les cieux. *Cultivez les richesses des minorités,* proclamait la légende.

Au-delà de la porte étaient assis un chien décharné au poil court et un petit homme à la peau sombre et une barbe de plusieurs jours, les mains salies par le cambouis. Il lisait un journal, installé à un vieux bureau métallique rouillé, et releva les yeux en voyant approcher Akzu, qu'il salua par un grognement en indiquant un panneau en bois planté de cinq clous, auxquels étaient suspendus des trousseaux de clés.

— Dépêche-toi de partir, mon oncle, dit doucement Jakli en arrivant à la porte. Le clan a besoin de toi.

En entendant la voix de la jeune femme, l'homme redressa vivement la tête et l'observa, le front plissé, avant de se tourner vers Akzu.

— Y a des points de contrôle, marmonna-t-il. À six kilomètres sur la route vers Yoktian, et ensuite sur la grand-route, direction ouest.

— Jakli les emmène..., commença Akzu.

L'homme l'interrompit d'une main levée.

— Je ne veux pas savoir où tu vas, mon vieil ami. Y a trop de gens qui posent trop de questions par les temps qui courent. Je suis mécano. Rien de plus.

Il souleva son journal dévoilant un grand registre qu'il referma avec un claquement en se tournant vers le panneau aux clés.

— Prends la tortue, dit-il en montrant la dernière série de clés de la rangée. On ne l'a jamais officiellement achetée, donc elle n'est pas consignée dans les livres. On n'est quand même pas obligé de tout enregistrer.

Akzu balança les clés à Jakli en indiquant le dernier enclos, où était rangé un petit camion trapu rafistolé à partir de pièces de véhicules disparates. Pneus larges, court plateau de transport en bois à peine équarri, réservoir de carburant démesuré qui courait le long du châssis, et une longue cabine, tellement vaste qu'elle acceptait un siège étroit à l'arrière. La coque de la cabine, ronde et pointue, ressemblait effectivement à une tortue.

— Qui ? demanda Akzu à l'homme au journal.

Celui-ci plissa le front à nouveau. Trop de questions, avait-il dit.

— Gris, déclara-t-il d'un ton résigné.

Shan comprit qu'Akzu se renseignait sur l'identité de ceux qui effectuaient les contrôles. Le gris était la couleur des troupes de la Sécurité publique, les nœuds. L'armée s'habillait en vert. La police de la circulation, en bleu.

— Mais la dame n'est pas de la partie. Trop occupée ailleurs. Elle en a chopé quatre hier. Trois le jour d'avant, à ce que j'ai entendu. Des gens de la ville. Des enseignants d'une école. C'est par la coopérative de véhicules que j'ai appris. Un chauffeur a été embarqué.

Jakli, qui venait de faire signe à Shan de la rejoindre près du camion, s'arrêta brutalement à ces mots. Elle revint vers le cagibi.

— Pour quel motif ? demanda-t-elle d'une voix forte.

Shan entrevit un aspect de la personnalité de la fougueuse jeune femme kazakhe. Si Lokesh laissait parfois un peu trop libre cours à son chagrin, Jakli, en revanche, était sujette à des attaques de méfiance. De la même manière imprévisible.

— Au motif que c'est elle la procureur, répondit l'homme en se tournant vers Akzu, comme pour signifier qu'il n'était guère enclin à s'entretenir avec Jakli. Quelqu'un a dit que ça concernait Lau. On les a emmenés pour les interroger à propos de la disparition de cette femme. Lau, vous la connaissiez, non ? Vous aussi, ils pourraient vous embarquer.

— Elle s'est noyée, répliqua Akzu en jetant à Jakli un regard inquiet. Tout le monde raconte qu'elle s'est noyée.

— Mais le corps n'a pas été retrouvé. Les choses devaient sacrément tourner au ralenti en ville.

— Qu'est-ce que vous voulez dire ? demanda Shan.

Le mécanicien se tourna à contrecœur. Shan ne semblait guère lui inspirer plus de confiance que Jakli.

— L'armée abat quelqu'un, c'est de la défense nationale. Les nœuds de la sécurité publique descendent quelqu'un, c'est de la sécurité publique, par définition. Nous descendons un des leurs, c'est de l'assassinat. Simple. Exactement comme de placer des chevilles dans un panneau en bois. Ils ont à leur disposition des formulaires tout prêts, suffit de mettre un nom. Mais pour Lau, cette vieille femme kazakhe qui a disparu, je trouve qu'ils se donnent bien du mal. Un Kazakh ou un Ouighour ici ou là, d'habitude, elle s'en fiche.

— Cette fois, fit remarquer Shan, la procureur installe des barrages et des points de contrôle, et elle embarque des témoins.

— Pas des témoins, rétorqua aussi sec le mécanicien. Les acteurs de sa toute dernière production. La galerie politique.

— La procureur cherche à tirer parti de la mort de Lau, acquiesça Shan avec un signe de tête en examinant le bonhomme de plus près : il le soupçonnait de n'avoir pas toujours été mécano.

L'homme leva la main, une fois encore, comme pour signifier qu'il n'avait plus l'intention de prêter l'oreille à des paroles aussi dangereuses. Akzu poussa doucement Jakli hors du cagibi tandis que le mécanicien retournait à son journal.

Quelques instants plus tard, Jakli attendait près de la portière conducteur tandis qu'Akzu dépliait une carte qu'il avait sortie du pare-soleil. Il indiqua plusieurs lignes en pointillés qui recoupaient le trait sombre représentant la grand-route de Kachgar.

— Ne traîne pas, ma nièce. Ensuite, retour en ville. Ton absence ne passera pas inaperçue à l'usine. Tu prends trop de risques. Souviens-toi de Nikki. Souviens-toi de tes tantes.

Nikki. Shan se rappela Malik, parlant du cadeau qu'il était en train de sculpter. Il y avait eu un autre nom que le jeune garçon avait veillé à ne pas prononcer.

— Toujours, répondit Jakli avec un sourire timide à l'adresse d'Akzu et de Shan. Veille sur Malik, mon oncle. Veille sur les enfants.

Elle serra brièvement Akzu dans ses bras, puis se figea sur place : un camion d'un rouge écarlate dérapa sur le gravier en face du garage et s'immobilisa. Un quatre-quatre que Shan reconnut, produit par une société américaine à capitaux mixtes située à Pékin, une usine dont il avait effectué l'audit lors de son incarnation précédente. La portière du camion s'ornait d'un gros insigne de couleur or, la tête et les épaules d'un homme et d'une femme, bras en croix au-dessus d'un soleil levant, une main tenant un marteau, l'autre une clé à molette. Sous le soleil se trouvaient un derrick à pétrole, un tracteur et un animal, peut-être un mouton. Shan se rendit compte qu'il avait vu ce même logo deux nuits auparavant, sur le camion qui les avait arrêtés dans les Kunlun. La Brigade venait de débarquer.

Akzu se dépêcha de sortir du garage, et se planta en pleine lumière devant le camion rouge, comme pour en distraire les occupants, au moment où un Chinois han sortait de l'arrière du véhicule. Âgé d'une trentaine d'années, il arborait lunettes de soleil, casquette à visière à l'américaine et blouson en nylon rouge avec, en écusson sur la poitrine, une version miniature du même emblème. Il tapota d'une phalange la vitre de la portière passager en indiquant le cagibi dans l'ombre. Deux hommes descendirent de l'avant : le conducteur, un porte-bloc à la main, et son acolyte, armé d'une calculette. Ils prirent immédiatement la direction du bureau.

Shan sentit qu'on le tirait par la manche. Jakli le faisait reculer derrière le camion-tortue. Il se laissa faire sans protester. Depuis son poste dans la pénombre, il observa une deuxième silhouette s'extirper du siège arrière : un homme maigre, de grande taille, le visage en lame de couteau aux pommettes marquées, vêtu d'une veste de costume marron au moins deux tailles trop petites sur un pantalon de toile bleue d'ouvrier d'usine. Devant l'intérêt soudain de Lokesh, Shan comprit que son vieil ami avait également reconnu les traits caractéristiques de l'individu : c'était un Tibétain.

— Akzu ! s'écria l'homme à la casquette à visière en voyant approcher le chef de clan. Quel plaisir inattendu !

La voix était onctueuse, aussi lisse que le visage, marquée par un accent de l'Est — la voix d'un individu formé par l'université.

— Ko Yonghong, murmura Jakli à l'oreille de Shan. Directeur du comté pour la Brigade.

Akzu accueillit le jeune homme avec affabilité, mais continua à avancer lentement de l'autre côté du camion alors même que Ko lui posait la main sur l'épaule : le Kazakh cherchait à entraîner le nouveau venu loin du garage, loin de Jakli et de ses compagnons.

Une rafale de vent ouvrit la parka de Ko. Il portait une chemise blanche. Shan remarqua alors les deux hommes qui s'étaient dirigés vers le cagibi : eux portaient des chemises marron clair, propres, avec manchettes et col, pareilles à des uniformes, exactement comme les inconnus qui avaient arrêté leur véhicule sur la route d'altitude, dans les Kunlun. Il tenta de distinguer ce qui se cachait derrière les vitres du camion écarlate, peut-être avec l'espoir d'y découvrir Gendun, puis examina soigneusement le directeur de district. Ko Yonghong. Ko À Jamais Rouge. Un nom qui avait la faveur des parents ambitieux, membres du Parti. L'homme qui liquidait le clan de la Pierre rouge.

Soudain, avant que Shan et Jakli aient pu le retenir, Lokesh sortait de la pénombre, la main levée à l'adresse de l'inconnu de grande taille aux traits tibétains, en bleu de travail et veste marron.

— *Tashi delek*, dit-il d'une voix affable. Salut.

Il avait parlé à mi-voix, comme s'il ne voulait pas qu'on l'entende, mais ses deux mots en tibétain avaient suffi pour arrêter Ko Yonghong, à sept ou huit mètres de là. Pivotant sur place, il fixa sur Lokesh un œil soudain très intéressé, alluma une cigarette à l'aide d'un briquet en or et adressa un large sourire à Akzu, comme si ce dernier venait de lui offrir un cadeau inattendu.

— *Ni zao. Ni hao ma*, répondit le Tibétain en mandarin avec un sourire un peu gauche et un coup d'œil en coin à Ko. Bonjour. Comment allez-vous ? Je m'appelle Kaju. Kaju Drogme.

À ces mots, Jakli jaillit de son abri tandis que Ko venait se placer au côté de Kaju, Lokesh toujours en ligne de mire. Il tira une profonde bouffée sur sa cigarette avant de laisser filer son regard sur la rangée de camions du garage, comme s'il cherchait à découvrir d'autres surprises tapies dans les ombres.

Shan savait que Ko n'était pas l'inconnu qui les avait défiés deux nuits auparavant dans le Kunlun. Mais peut-être était-ce lui qui était resté assis sur son siège en fumant sa cigarette dans le noir. Pour quelle raison la Brigade s'engagerait-elle au Tibet ? Pourquoi attendrait-elle sur une route déserte au beau milieu de la nuit ? Qu'avez-vous fait de Gendun ? voulait-il leur crier. Mais pourquoi, se demanda-t-il au même instant, pourquoi ne s'étaient-ils pas simplement contentés de les embarquer tous autant qu'ils étaient, y compris Jowa et Lokesh, si la Brigade s'intéressait tellement aux Tibétains ?

Shan se glissa vers l'avant du camion, en pleine lumière, sentant soudain qu'il lui fallait protéger Lokesh.

— La Pierre rouge n'a pas de véhicules, dit soudain Akzu.

Shan comprit alors ce que faisaient les deux hommes dans le cagibi : un inventaire. Deux jets de fumée jaillirent des narines de Ko. Il passa derrière Kaju et s'avança vers l'avant du camion écarlate, là où il pouvait avoir tout le monde dans son champ de vision.

— Vous serez heureux d'apprendre que le programme d'enrichissement a pris de l'ampleur. Nous privatisons également la coopérative de véhicules.

— Enrichissement ? demanda Akzu d'un ton laconique, très maître de lui-même, essayant de ne pas contrarier le directeur de la Brigade.

— L'Éradication de la Pauvreté est un terme qui paraît tellement péjoratif, dit Ko, bien plus officier politique qu'homme d'affaires. Pensez à toutes les actions dans la compagnie que vous posséderez, camarade. Vous allez être également propriétaire du garage, dorénavant. Nous mettrons bientôt sur le marché des actions cotées en bourse. Des conseillers spéciaux travaillent sur le projet à Pékin. Il y a même des consultants américains.

Soudain, le chauffeur de Ko sortit au pas de course de l'autre bout du garage. Une clé à molette lui frôla la tête, mais Ko feignit de n'en rien voir. L'homme s'arrêta et jeta un regard noir vers la pénombre du cagibi avant de rejoindre leur camion, dont il ouvrit le hayon. Il fouilla dans un grand carton et en sortit une cartouche de cigarettes, avant de se réaventurer à l'intérieur du garage.

— Je suis tellement heureux que vous ayez vous aussi vos propres consultants, camarade, ajouta Ko, les lèvres pincées en mince sourire, en embrassant du geste Shan et ses compagnons.

Shan jaugea le bonhomme qui étudiait leur petit groupe d'un air satisfait très dérangeant. Ko Yonghong, décida-t-il, était le genre d'individu qui cherchait constamment à tirer de tout et de tous un bénéfice personnel. À chaque nouvelle relation qu'il nouait, il ne devait se préoccuper que d'une chose : prendre l'avantage ou trouver un moyen de pression.

Le directeur étendit les bras d'un air paresseux et hocha lentement la tête, à croire qu'il ne s'intéressait nullement à l'identité des nouveaux compagnons d'Akzu. Comme s'il avait d'ores et déjà décidé de leur fonction et de leur importance, et pensait qu'il avait plus à gagner à ne pas éveiller leur antagonisme.

— Vous êtes le nouveau professeur, déclara soudain Jakli à l'adresse de Kaju. Celui qui remplace Tantine Lau.

Le Tibétain parut soulagé.

— Nous sommes en train de développer l'excellent travail qu'elle a effectué, oui, répondit-il d'une voix maigrelette, en jetant à Ko des regards inquiets. La Brigade a apporté sa contribution au financement. Le camarade directeur Ko désire placer les orphelins dans le cadre d'un programme plus formel. Un programme d'intégration culturelle officiel à l'école de la ville. Une classe spéciale.

— Ce qu'elle faisait pour ces enfants, aucune école ne pourrait l'offrir, rétorqua immédiatement Jakli.

Ko se rapprocha et leva les mains en signe de reddition.

— Ce ne sera pas une école traditionnelle. Simplement faire en sorte que les ressources de la Brigade soient mises à leur disposition.

— Ce ne sont pas des ressources de la Brigade dont ils ont besoin, répliqua Jakli, les yeux pleins de flamme.

Ko inclina la tête en examinant Jakli de plus près, puis il se pencha vers elle.

— Vous êtes très jolie, avança-t-il, d'une voix convaincue. Je pourrais vous trouver un travail.

Jakli l'ignora.

— Les Kazakhs et les Ouighours sont parfaitement capables de s'occuper de leurs propres orphelins.

À nouveau, Ko leva les bras au ciel.

— Je vous en prie. Je suis un ami de votre peuple. Nous pourrions organiser des équipes sportives, nous assurer qu'ils subissent les tests indispensables. Les mettre sur les rangs afin qu'ils puissent avoir accès à nos programmes spéciaux pour la jeunesse.

Il donna une tape dans le dos de Kaju.

— Mais tout cela relève de notre nouveau professeur. Nous ne voulons pas les faire fuir comme des moineaux, tous ces petits. Il faut qu'ils se sentent bien. Par-dessus tout, nous devons raisonner en terme de consensus. Au début, ce sera pour eux un véritable traumatisme, quand ils apprendrons la perte que nous avons subie.

— La perte ? Quelle perte ?

— Vous comprenez certainement que Lau était pour nous

tous quelqu'un de valeur. Un trésor. Nous pouvons leur offrir des conseillers spéciaux, s'ils en ont besoin.

— Nous avançons bien avec les classes, je ne veux pas que les élèves ratent une seule session, dit doucement Kaju. Ils ont absolument besoin de progresser, de continuer à apprendre les règles de la nouvelle société. C'est tout ce que Lau aurait voulu.

Jakli parut surprise. Elle aurait aimé piquer une colère pour bien montrer qu'elle n'acceptait pas le remplaçant de Lau. Mais le jeune Tibétain inquiet paraissait sincèrement soucieux du bien-être des enfants.

— Vous êtes arrivé bien vite, dit-elle.

— J'étais déjà sur place.

Le mécano réapparut en pleine lumière, avec sa cartouche de cigarettes. Il ramassa sa clé à molette dans la poussière et s'assit, le dos à un arbre à l'extrémité du bâtiment, avant d'ouvrir l'emballage avec une délectation visible et d'allumer une cigarette.

— Je ne comprends pas, dit Jakli.

— Kaju est diplômé d'un programme universitaire spécial à Chengdu. Dont la finalité est de faciliter les relations interculturelles, expliqua Ko. Nous sommes très fiers de son travail. La voie de l'avenir. Privatisation, intégration, la voie d'une nation forte.

Shan commença à reconnaître en Ko une nouvelle espèce d'individu. Lui-même avait grandi dans un monde hiérarchisé par le Parti, un monde tellement structuré autour de la position politique d'un individu qu'il arrivait parfois que des officiels emportent leur fauteuil de bureau dans les salles de réunion comme moyen d'intimidation. Parce que le mobilier de bureau était attribué en fonction du grade qu'occupait le cadre en question dans la pyramide du Parti. Mais Ko n'appartenait pas au gouvernement. Le rictus glacé et arrogant d'un officiel du Parti avait beau transparaître derrière chacune de ses expressions, c'était avant tout un homme d'affaires.

Akzu gardait les yeux au sol. Il avait expérimenté la voie dont parlait Ko. La liquidation du clan de la Pierre rouge. Shan se souvint de la souffrance sur son visage quand il avait compris qu'on lui prendrait ses enfants pour qu'ils mémorisent les écritures du Parti.

— Vous verrez, camarade. Nous voulons seulement vous aider. Si le programme Pauvreté ne marche pas, prévenez-moi, ajouta Ko.

Il reposa la main sur l'épaule du chef de clan, puis s'avança vers le véhicule au volant duquel Jakli s'était préparée à partir. Il ouvrit la portière et fit signe à Shan de monter.

— Entre-temps, poursuivit-il, en ne s'adressant cette fois qu'à Jakli, vous et vos amis si spéciaux avez sans doute des choses importantes à faire. Ne nous laissez pas vous retarder.

Toujours souriant, Ko arborait un air très satisfait d'avoir surpris Shan, Jowa et Lokesh. Satisfait, mais nullement intéressé par leur arrestation ou leur intimidation. Plus que tout le reste, ce simple détail effrayait Shan.

Jakli et Jowa allèrent se placer côté conducteur, suivis par le professeur tibétain, l'air toujours inquiet.

— Pourquoi êtes-vous ici ? grommela Jowa à son adresse en tibétain.

— Je suis professeur, je vous l'ai dit, répliqua Kaju en mandarin.

— Ici, aujourd'hui, dans ce garage.

— C'est moi qui ai demandé à venir, répondit Kaju, une nouvelle fois en mandarin, refusant d'utiliser la langue dans laquelle Jowa s'adressait à lui. Ici, à l'ombre des Kunlun, il y a des tas de cachettes possibles. Je veux simplement convaincre les gens que se cacher n'aide personne.

Les yeux de Jowa se plissèrent en fentes, ses soupçons ne faisaient que croître.

— Qui se cache ? demanda Jakli en surveillant Ko, appuyé maintenant contre son propre camion, hors de portée de voix, le visage toujours barré de son sourire satisfait.

— Pas se cacher, à proprement parler. Fuir, peut-être. Et vous pourriez nous être utiles.

Jakli insista :

— Mais qui se cache ?

— Les enfants, naturellement. Les orphelins. Les enfants de Lau. Qui sont maintenant les miens. Nous devons leur tendre la main, les aider à comprendre pourquoi ils ont un nouveau professeur, pourquoi ils doivent continuer de l'avant. Être confronté à la mort est une expérience pleine d'enseignement, elle aussi.

Il n'y eut pas à se tromper sur l'éclair de colère qui embrasa le regard de Jakli.

— Je veux les aider, insista Kaju. Nous ne pouvons pas interrompre les classes, sinon nous les perdrons, nous perdrons tout le bénéfice de l'excellent travail de Lau. Seule la moitié des élèves est revenue pour la dernière session après sa disparition. Nous devons tous lutter avec force contre la perte de confiance.

Ko avait évoqué un programme universitaire spécial. Il était clair que Kaju en avait maîtrisé le vocabulaire. Mais Kaju serait-il capable de conduire une conversation sans avoir recours aux slogans politiques ? Pour l'instant, la question était sans réponse.

Jowa poussa Jakli sur le siège du conducteur et referma la portière derrière elle avant de regarder Kaju bien en face.

— Les enfants dont tu parles, espèce de salopard, ils sont en train de se faire tuer, siffla-t-il entre ses dents, en tibétain, d'une voix si basse que Shan l'entendit à peine.

Kaju en resta bouche bée, le visage blafard, planté là comme un piquet, l'air complètement abasourdi, les idées se bousculant dans sa tête. Jowa et Lokesh montèrent à l'arrière du camion. Jakli sortit doucement le véhicule de son emplacement mais, à peine arrivée au milieu de la cour, elle écrasa brutalement les freins : une nouvelle voiture venait d'apparaître derrière les peupliers qui bordaient la route. Une berline noire aux lignes carrées, que Shan reconnut, le cœur dans les talons. Une Hong Qi, une limousine Red Flag, vieille d'une quinzaine d'années, de celles qu'on repassait, après les avoir retirées de la circulation dans l'est du pays, aux représentants officiels du gouvernement en poste dans les coins reculés de la Chine. Jakli poussa un petit cri étranglé. Sa main agrippa la poignée de la portière comme si elle se préparait à prendre la fuite.

La limousine s'arrêta juste en face du camion de la Brigade, comme pour lui bloquer le passage. Un jeune Han musclé bondit du siège conducteur pour ouvrir la portière arrière à une femme en tailleur bleu foncé. Elle avait la quarantaine, les pommettes hautes et le visage large des Chinois du Nord. Les yeux étaient durs, la bouche figée par une expression dédaigneuse qui lui était de toute évidence coutumière, la chevelure nouée en un chignon serré à l'arrière de la tête qui soulignait ses traits sévères.

Ko Yonghong jeta aux nouveaux arrivants un regard peu amène en marmonnant quelques mots à Kaju. Le professeur tibétain disparut aussitôt dans l'ombre du garage. Mais quand la femme se tourna vers lui, Ko laissa filer un sourire glacé en la saluant d'un signe de tête.

Shan se retourna vers Jakli, qui paraissait hypnotisée par la nouvelle arrivée. Nul besoin de faire les présentations : ils avaient devant eux la Garce de Jade, la procureur Xu Li.

— Vous avez dit qu'elle cherchait à tirer parti de la mort de Lau, murmura Jakli. Pourquoi ?

— Elle embarque tous ceux qui connaissaient Lau. Elle installe des points de contrôle. Il s'agit d'une campagne, pas d'une enquête. J'ai connu un membre haut placé dans la hiérarchie du Parti, à Pékin. Il m'a expliqué que le crime ne devait jamais être considéré comme un problème social mais comme une occasion politique. Et que le meurtre était par définition la meilleure des occasions pour n'importe quel représentant de la loi et de l'ordre.

— Une occasion ?

La procureur Xu était toujours debout à côté de sa limousine, l'œil fixé sur Ko Yonghong, attendant que le directeur de la Brigade vienne à elle.

Un troisième personnage descendit de la Red Flag : mince, le visage marqué de petite vérole, il arborait un uniforme gris tiré à quatre épingles, avec quatre poches sur la veste. Un officier du Bureau de la Sécurité publique.

— Sui, dit Jakli d'une voix sifflante. Le lieutenant Sui. De la caserne de Yoktian.

— Il y a des années de cela, s'est produit un meurtre à Pékin, poursuivit Shan sans quitter des yeux l'officier des nœuds. Un jeune homme sans travail a poignardé un camelot des rues, un vieil homme qui vendait des nouilles. Le meurtrier a été arrêté devant l'étal. Il dégustait un bol de nouilles, la chemise ensanglantée, devant le corps du vieux. Mais, à l'issue d'une semaine d'analyses, la Sécurité publique a annoncé que le vendeur était originaire d'une famille de propriétaires terriens, détail qu'il avait omis de citer quand on lui avait demandé des informations sur ses origines familiales pour sa demande de licence. Une enquête politique a été lancée. Elle a conclu que le vendeur des rues avait continué à tromper la société : il avait menti pour obtenir sa licence, et ses tromperies délibérément antisociales avaient irrémédiablement attiré la violence qui s'était abattue sur lui. On a demandé aux citoyens de rectifier les erreurs de leurs formulaires d'enregistrement ou de compléter les détails manquants, ou, mieux encore, d'informer les autorités de l'existence d'anciens propriétaires terriens qui essayaient de cacher leur histoire de classe. De longs essais ont été publiés dans les journaux du Parti, il y a eu des discours à la télévision. Trente ou quarante personnes ont été arrêtées et envoyées en prison.

L'expression peu amène de Ko avait cédé la place à la colère. Il contemplait Sui, l'officier des nœuds, d'un œil furibard plein de ressentiment. Apparemment, Ko n'aimait pas la Sécurité publique, ou, en tout cas, il n'aimait pas le lieutenant Sui.

L'officier resta au côté de Xu un moment, inspectant les lieux d'un œil de prédateur, avant d'entrer dans la pénombre du garage.

— Mais l'assassin a certainement été puni, dit Jakli.

— On l'a envoyé dans un camp de travail pour un an, parce qu'il n'avait pas de permis de résidence.

— Mais ici, c'est différent. La mort de Lau n'a pas été politique.

— Sa mort ? demanda Shan. Selon vous, la procureur ne sait pas avec certitude qu'elle est morte. Tout ce qu'elle a, c'est un rapport signalant sa disparition.

Un mouvement à l'extrémité du garage attira l'attention de Shan : Akzu, tenant son cheval par la bride, faisait le tour du bâtiment, derrière le dos de Xu.

— De quoi Mme la procureur se plaint-elle le plus ? poursuivit-il.

— Des clans de la frontière. Elle prétend que ce sont des irresponsables. Qu'ils fomentent des troubles. Qu'ils sont réactionnaires.

Shan hocha la tête d'un air sinistre.

— Lau était enseignante. Une influence modératrice. Elle essayait de faire rentrer les orphelins des clans dans le bon pli social. Et donc les clans de la frontière la traitaient comme une ennemie.

— Impossible ! C'était l'une d'entre nous. Jamais nous n'avons...

Shan continua sa tentative d'explication du très probable raisonnement de la procureur :

— En ne parvenant pas à s'engager dans la dialectique socialiste, les clans de la frontière se sont coupés d'eux-mêmes de la nourriture morale donnée par l'État. Ils ont ainsi fait naître animosité et irresponsabilité sociale. Xu Li doit avoir l'espoir que Lau soit morte. Preuve, s'il en est, que les clans détruisent la société et qu'ils doivent être éliminés.

Jakli resta muette. Elle se mordait la lèvre, les yeux rivés à Xu.

Ko voulait lui aussi voir disparaître les clans. C'était la finalité du programme d'Éradication de la Pauvreté. Cependant, la procureur et Ko avaient peu de choses en commun : ils désiraient la disparition des clans pour des raisons diamétralement opposées, et peut-être par des moyens totalement différents. Et la manière de la procureur, soupçonna Shan, devait être beaucoup plus absolue que celle de Ko. Peut-être Ko n'était-il finalement qu'un bon soldat dans l'ancienne brigade de l'armée. La procureur, en revanche, avait davantage d'autorité. Ko devait des comptes à un bureau d'entreprise à Ouroumtsi. Xu Li, elle, répondait à Pékin.

Un tapotement soudain à la vitre surprit Jakli. Elle tourna la tête avec un haut-le-corps pour se trouver face au regard noir du lieutenant Sui, le visage aussi dur et mince qu'un fer de hache. Elle tendit le bras pour mettre le verrou, mais Shan la retint. Elle résista un instant, puis se laissa faire et ouvrit la portière tandis que le lieutenant Sui indiquait l'avant du camion.

Quelques instants plus tard, Lokesh, Shan, Jowa et Jakli avaient été rameutés en ligne devant le lieutenant des nœuds. Celui-ci ne leur demanda pas leurs papiers, mais se contenta d'écrire dans son calepin d'un air victorieux, relevant les yeux de temps à autre pour les examiner, comme s'il notait méticuleusement leurs signalements. Shan tourna la tête et vit Akzu avec son cheval, debout à l'extrémité du garage, le visage pâle comme un linge. Le mécano était assis tout près, secouant la tête d'air sinistre.

— La Sécurité publique a amendé le programme Pauvreté, annonça soudain Sui, d'une voix creuse aux inflexions métalliques. Les troupeaux sauvages devront être regroupés. Les chevaux représentent un danger pour la sécurité.

Il les passa tous en revue, froidement, lentement, de cette manière que Shan avait toujours connue chez tous les représentants de la Sécurité publique qu'il avait croisés sur sa route.

— Il va falloir les regrouper et les amener à Yoktian avec le reste de votre bétail.

Il s'attarda un instant sur Shan, l'examinant en détail : les cheveux gris et noirs coupés court, l'extrémité libre de la ceinture effilochée de plusieurs tailles trop grande qui ressortait des étroits passants, finalement les chaussures en vinyle bon marché, fendillées et encroûtées de boue.

— Ces bêtes ne vous appartiennent pas, objecta Jakli d'une voix crispée en scrutant la poitrine de Sui, tentant d'y déceler un cœur. Les chevaux appartiennent aux tribus kazakhes. C'est ainsi depuis l'époque des grands khans.

— Exactement, confirma Sui avec un sourire sans joie, comme si Jakli venait d'apporter de l'eau à son moulin. Nous savons ce que les khans ont infligé à la Chine.

Shan n'en crut pas ses oreilles. Il s'était écoulé un millier d'années depuis l'invasion de la Chine par les khans, pères des Mongols et Kazakhs d'aujourd'hui, et le renversement de la dynastie Song, remplacée par la cour mongole des Yuan. Du coin de l'œil, il perçut un mouvement : Akzu, brûlant de furie, avançait lentement vers le lieutenant des nœuds, son cheval à la bride. Exactement comme s'il avait l'intention de l'attaquer.

— Jamais vous ne trouverez tous nos chevaux, lança-t-il d'un ton venimeux, à trois mètres de distance.

— Avec des hélicoptères, il n'est pas si difficile de les rassembler, ricana Sui, révélant ainsi une rangée de dents jaunes.

— Les Chinois ne connaissent rien aux chevaux ! protesta Akzu en laissant échapper les rênes qui tombèrent au sol, pour se rapprocher encore, les poings serrés.

— La récolte de ressources agricoles non utilisées est une politique établie du gouvernement du peuple, lâcha une voix glaciale dans son dos.

La procureur marcha vers eux, suivie par son chauffeur, qui la dépassait d'une tête.

Les épaules d'Akzu s'affaissèrent et son torse se bomba, comme s'il avait reçu un coup de poignard dans le dos. Il ne se retourna pas, se contentant de rester sur place à contempler la terre à ses pieds.

Le cœur de Shan se mit à battre la chamade. Il sentit Jowa se crisper tout entier, comme s'il se préparait à bondir sur le nœud. Soudain Ko Yonghong passa devant Xu Li et s'interposa, donnant l'impression de vouloir protéger le vieux Kazakh.

— Ces gens sont partie prenante du programme Pauvreté, camarade Procureur, déclara-t-il d'un ton frustré.

Xu ne parut l'entendre. Elle se toucha le front et Sui s'avança. D'un geste vif, il fit successivement tomber les coiffures de Shan et de Lokesh pour reculer ensuite, laissant tout loisir à Xu d'observer les deux hommes.

— Vous voulez parler des Kazakhs, camarade Directeur, dit-elle en avançant d'un pas martial, son escorte sur les talons.

Ses yeux noirs passèrent sur Jakli, incapable de relever la tête pour affronter son regard, puis elle examina Jowa et Lokesh avec aigreur. Xu haïssait les Tibétains, avait déclaré Malik. Pour elle, c'était tous des traîtres. Finalement, elle s'arrêta sur Shan.

Ko battit en retraite, hurlant des ordres aux hommes chargés de l'inventaire, chassant d'un coup de pied une pierre qui atterrit près du mécanicien, toujours assis à fumer une cigarette en affichant un désintérêt manifeste. Akzu, pareil à une statue, observait la procureur en silence.

Xu arpenta le gravier devant la file, les yeux toujours sur Shan, puis elle fit signe à son chauffeur en lui montrant la limousine. Devant la voiture, elle s'entretint avec lui à voix basse. L'homme trottina alors jusqu'à Sui et lui glissa quelques mots à l'oreille. Le nœud fronça le sourcil et recula, surveillant le petit groupe, comme s'il s'attendait à être pris en embuscade.

— Le Gouvernement du Peuple apprécie vos contributions, dit l'escorte de Xu d'un ton mielleux à leur petit groupe, en désignant le camion tortue.

Jakli ramassa les chapeaux tombés au sol et poussa Lokesh

vers la cabine, tandis que Jowa et Shan s'installaient à l'arrière sur le plateau.

Le moteur démarrait avec un rugissement quand Ko s'approcha d'Akzu et lui passa le bras autour des épaules pour le reconduire jusqu'à son cheval. Jakli attendit qu'Akzu eût disparu derrière la bâtisse pour engager la première et s'éloigner le plus rapidement possible entre les peupliers qui marquaient l'entrée du garage. Les bâtiments disparurent dans le rétroviseur. Personne ne les suivait. Shan se sentit pour le moins intrigué : la procureur et la Sécurité publique faisaient du zèle pour remplir le Camp de la Gloire, pourtant, ils les avaient laissés repartir.

Ils roulèrent pendant plus d'une heure, effectuant deux détours par des lits de ruisseaux à sec afin d'éviter les points de contrôle. Devant le panneau qui annonçait *Yoktian, huit kilomètres,* Jakli ralentit, examinant les saules pleureurs qui bordaient la route. Elle faillit s'arrêter, puis, vérifiant qu'il n'y avait pas d'autre véhicule en vue, elle s'engagea sans crier gare dans une trouée entre les arbres. L'itinéraire choisi tenait plus de la piste que de la route. Le petit camion trapu bondissait et retombait au passage des ornières et des nids-de-poule qui auraient bloqué des véhicules au châssis plus bas. Ils parvinrent à un petit ruisseau coulant sud-nord, et le suivirent en direction des montagnes. Les monts Kunlun étaient maintenant parfaitement visibles. Shan aperçut les hauts pics qui marquaient la frontière avec le Tibet.

Jakli immobilisa tout à coup le camion.

— C'est votre lama, n'est-ce pas ? demanda-t-elle. Je peux prendre un autre itinéraire, si vous le souhaitez. Si vous le souhaitez, je vous conduirai aussi près du Tibet que je le pourrai. C'est votre ami. Votre lama. Lau attendra.

Shan eut un sourire reconnaissant.

— Je vais à la rencontre de Lau. C'est la raison pour laquelle mon lama m'a demandé de venir ici.

— Quand j'étais jeune, dit Jakli en se tournant vers les pics enneigés, les gens restaient à l'écart des hautes montagnes. Ils les appelaient les limites de l'au-delà, comme si, de l'autre côté, le monde était totalement différent. Peut-être même croyaient-ils que le monde s'arrêtait là. C'est seulement ensuite que j'ai appris : de l'autre côté, c'était le monde de ma mère. Maintenant...

Elle secoua lentement la tête.

— Le plateau tout là-haut, là où vivent les dropkas, est l'un des derniers endroits libres. Le mal ne peut pas l'atteindre. La vie *au-delà* signifie la vie *en sécurité.* Très souvent, c'est le seul endroit où je veuille être.

Elle se tut à nouveau, puis reprit la route.

— Les limites de l'au-delà, répéta Shan.

Il prononça ces mots comme une prière. C'était vrai. Gendun, comme toujours, se trouvait aux limites de l'au-delà.

Au bout d'un quart d'heure, Jakli lui montra un bouquet d'arbres à un méandre du ruisseau. Elle se pencha sur son volant pour faire doucement avancer le camion et s'arrêta à l'ombre d'un massif de peupliers. Au bord de l'eau, Shan aperçut une minuscule cabane en rondins avec terrasse sous avant-toit, une unique porte en planches et pas de fenêtres.

— Elle servait de hutte aux bergers, l'été, quand les hauts pâturages sont verts, expliqua Jakli tandis qu'ils descendaient du camion. Un des lieux préférés de Tantine Lau.

— Elle habitait là ?

— Parfois. Elle a eu une chambre à Yoktian pendant des années, dans le quartier des professeurs célibataires. Officiellement, c'est là-bas qu'elle vivait. Mais elle restait ici quand il faisait chaud, quand les troupeaux sont devenus si petits qu'on n'a plus eu besoin des pâturages d'altitude. C'était comme une... je ne sais pas. Une retraite. Un sanctuaire. Elle était venue ici il y a des années, pour soigner un troupeau de moutons malades. Et elle y est toujours revenue. Ce n'est pas si loin de la grand-route, c'est accessible en voiture ou en camion, mais c'est assez éloigné de tout pour être tranquille. Pour être un monde à part.

Shan sentit la tendresse avec laquelle Jakli contemplait la cabane et la prairie au-delà, parsemée de bruyère et d'asters parés de brillantes couleurs automnales, entourés de rhododendrons aux feuilles cramoisies. C'était comme une oasis dans les hautes montagnes sèches : la longue pente au-dessus d'eux faisait face au sud de sorte que l'endroit était protégé, emmagasinant plus de chaleur et d'eau que le paysage environnant.

— Pour vous aussi, c'était la même chose, suggéra Shan. Un monde à part.

— Tantine Lau m'a beaucoup appris ici, confirma Jakli.

— Sur les animaux ?

— Sur les animaux. Sur la nature. Sur les remèdes. Sur les gens. Sur les étoiles. Elle était pleine de savoir. Le savoir débordait d'elle, comme un vase trop plein. Je n'ai jamais rencontré quelqu'un comme elle. Tout le monde l'aimait, les Kazakhs et les Ouighours. Elle n'avait pas de famille, mais elle était la tantine de tout le monde. C'est pour ça qu'elle a été élue au conseil agricole.

— Elle amenait sa zheli ici ?

Jakli acquiesça.

— Plusieurs fois par an. Parfois même pour une journée. Pour ce qu'elle appelait une journée de révérence.

— Une journée de révérence ?

— Une sorte de méditation d'un jour, loin de tout et de tous, le genre de tranquillité au sein de laquelle les orphelins se sentaient à l'aise. Certains dessinaient. D'autres écrivaient des lettres. Certains se contentaient de fixer les fleurs.

— Et que faisait Khitai ?

Jakli réfléchit un instant.

— J'étais ici à la fin de la dernière journée de révérence. Je crois qu'il avait remonté la piste et s'était assis au sommet de la colline. Oui. Je me souviens de lui. Il était sur une vire rocheuse, précisa-t-elle en indiquant une dalle de pierre qui ressortait du flanc de la colline. On aurait dit un vieux bouc, à regarder comme il faisait par-delà les montagnes. Mais pas avec fierté. Il était simplement perdu dans toute cette beauté.

Shan releva les yeux vers la dalle. Khitai était-il assis sur une autre pierre, aujourd'hui, en pleine contemplation ? Savait-il qu'un tueur arrivait ? Est-ce que Malik l'avait retrouvé ? Avec un grand frisson, Shan se rendit compte qu'en partant à la recherche des autres membres de la zheli, Malik se mettait lui aussi sur le chemin du tueur.

Jakli monta sur l'étroit perron de la cabane.

— Cet endroit était comme un mausolée quand elle était là.

— Un mausolée ?

— Une mosquée. Un temple. Un lieu de religion. Pour plaire à Lau, on avait envie d'avoir des pensées profondes.

Elle ouvrit un loquet en bois sur la porte et fit entrer Shan.

En effet, l'intérieur était aussi monacal qu'un temple. Une petite table, une chaise, deux bancs et un cadre de lit confectionné à partir de pièces de bois équarries à la main. C'était là le seul mobilier. Les murs étaient en rondins bruts, dont un grand nombre avaient gardé leur écorce. Une cuvette en fer-blanc avec deux tasses était posée sur la chaise et une couverture en feutre pliée sur le lit. Au centre de la table trônait une unique pomme de pin.

Shan examina un morceau de papier grossier punaisé au mur en rondins. Il portait deux idéogrammes chinois élégants, dessinés au pinceau et à l'encre d'un geste coulé, l'un au-dessus de l'autre. Les traits fluides combinaient l'image d'un oiseau s'envolant dans le ciel et le symbole de deux mains luttant pour s'emparer d'un unique objet. Ils signifiaient *Ne lutte pas* et étaient associés au huitième chapitre du *Tao-tö-king*, le plus important des enseignements tao qu'il eût appris enfant. À la vue de ces idéogrammes, le cœur de Shan se serra un instant, car le Huitième avait été le verset favori de son père. Shan connaissait bien ce passage.

*Le plus grand bien est comme l'eau*
*Qui profite à toutes choses*
*Pourtant elle ne lutte pas*
*Elle reste en des endroits que les autres dédaignent*
*En conséquence de quoi, elle est proche de la voie de la vérite*

On utilisait ce verset pour illustrer la manière dont les êtres ayant atteint à l'illumination trouvaient leur satisfaction en ne luttant pas, en résidant en des lieux solitaires et paisibles où la vérité, comme l'eau, était bien plus à même d'être découverte. Parfois les derniers mots du passage se traduisaient comme la voie de la vie. Vérité ou vie. Peut-être que pour Lau la différence était minime.

Il toucha un coin du papier du bout des doigts, avant de vite les retirer, comme s'il venait d'envahir l'espace de la morte.

— Elle était comme ça, lui expliqua Jakli dans son dos.

Il pivota et hocha la tête.

— J'ai besoin de comprendre quelque chose, dit Shan tandis que Jakli se promenait dans la petite pièce et examinait les divers objets qui s'y trouvaient. Hier, quand vous nous avez rejoints, Akzu a dit que vous ne deviez rien à Lau, après ce qu'elle vous avait fait.

— Je n'ai jamais compris. Un malentendu, je pense. J'étais dans un camp de rééducation. Lau a rédigé à la procureur une lettre expliquant que je ne devais pas être libérée à la date prévue et que je devais purger une peine supplémentaire, avec mise à l'épreuve, à l'usine de Yoktian, là où l'on emploie d'anciens prisonniers. L'usine de chapeaux. Quand on m'a appris la raison pour laquelle je n'avais pas le droit de rejoindre mon clan, je n'en ai pas cru mes oreilles. On m'a alors montré la lettre de Lau.

Elle s'assit sur la chaise et mit les deux mains en coupe autour de la pomme de pin.

— Ce n'est pas grave, dit-elle à la pomme, perplexe, comme s'il s'agissait là d'un véhicule lui permettant d'atteindre Lau. C'est une erreur, je sais. Lau était inquiète ces temps derniers.

Shan entendit quelqu'un entrer derrière lui.

— Il n'y a aucun signe d'elle. Rien qui parle de sa présence ici, lança Jowa.

— Peut-être que c'est ça, son signe, dit Shan en regardant le papier sur le mur. La simplicité.

Jakli les conduisit vers une piste à l'autre bout de la prairie et disparut dans les buissons. Lokesh s'immobilisa devant Shan, face à une petite cascade en bordure des bois. Les oiseaux chantaient.

— C'est le genre de lieu où pourrait s'attarder l'âme d'un petit garçon, soupira-t-il.

Puis il appela Shan d'une voix tout excitée, afin qu'il observe un gros scarabée qui traversait le sentier.

Leur petite procession longea le ruisseau au-dessus de la prairie sur près de deux kilomètres, par un sentier de marche qui remontait en lacets au travers de massifs de rhododendrons et de bouquets de résineux. Il ne s'agissait guère plus que d'une sente à gibier, mais, à en juger par les nombreuses plantes et arbustes écrasés et cassés de chaque côté, on l'avait empruntée très récemment.

La sente s'ouvrait sur une clairière fermée à une extrémité par une paroi rocheuse verticale d'une quinzaine de mètres. Accroché aux ramures basses d'un antique pin qui culminait au-dessus de la paroi, un objet fait de main d'homme pendouillait au vent. En forme de losange, il avait été fabriqué à partir de minces baguettes nouées par une ficelle, et des fils aux couleurs brillantes reliaient ses côtés. Un piège à esprits, un talisman utilisé par nombre de cultures nomades et destiné à capturer les diables volant dans les airs.

Jakli s'arrêta au pied de la paroi et fit signe à ses compagnons d'avancer jusqu'au flanc caché du pin. Sous l'arbre, Shan découvrit une épaisse zone d'ombre : un trou dans le rocher, une fissure suffisamment large pour qu'on pût s'y glisser de profil.

Lokesh s'était tourné vers un petit tas de broussailles à côté de la faille. Non, constata Shan, ce n'était pas un tas de broussailles, mais des fleurs, des brassées de fleurs. Des asters surtout, ces fleurs sauvages d'automne qui fleurissaient sur les versants. Certaines paraissaient tellement fraîches qu'elles auraient pu avoir été déposées là une heure auparavant. D'autres étaient sèches et cassantes. Aux fleurs on avait joint une douzaine de formes animales grossières, composées de brindilles nouées de ficelle marron et de tiges de plantes grimpantes. Des créatures aux longues jambes, que Shan prit pour des silhouettes stylisées de chevaux, et des créatures aux pattes courtes, chèvres ou moutons. À côté des objets en brindilles, il découvrit de petites sculptures en argile en forme de pots et de clochettes. Il se pencha pour les examiner de plus près. Tout à coup, un souffle glacé le balaya tout entier, lui faisant dresser les poils sur les bras. L'air froid provenait de la caverne.

Jakli le rejoignit et se plaça dans le souffle glacé, les yeux clos, le visage solennel, comme si elle priait. Shan avait entendu parler de ces cavernes. D'aucuns racontaient que la mort habitait ces lieux de grand froid et qu'un vent comme celui qui soufflait était son haleine. Certains des vieux Tibétains soutenaient que ces lieux étaient des portes vers les huit niveaux des enfers froids tels que les enseignaient les anciennes sectes.

Jakli sortit de sa poche une petite lampe à piles qu'elle tendit à Shan, puis elle fouilla derrière le tas de fleurs et récupéra deux bâtons saturés de résine aux extrémités. Elle les donna à tenir à Jowa, les enflamma et entra dans la caverne, une torche à la main. Shan la suivit de près, la gorge sèche. Ils allaient rendre visite à Tantine Lau.

Après une demi-douzaine de pas, le passage s'élargit jusqu'à trois mètres, mais le plafond tomba si bas qu'ils durent se plier en deux, en tenant les bras écartés du corps. Le vent glacé sembla gagner en intensité, atténuant la luminosité des torches. Ils arrivèrent dans une salle plus vaste, quinze mètres sur cinquante, avec un plafond culminant à sept ou huit mètres. L'air y était plus immobile, mais encore plus glacé. Jowa lâcha un bref cri de surprise en levant la torche au-dessus de sa tête : le plafond miroitait, de longues stalactites de cristal y pendaient. De la glace... Le plafond tout entier était recouvert de glace.

— Il n'y a pas si longtemps que les glaciers ont quitté ces collines, expliqua Jakli à voix basse. Leurs racines se trouvent encore ici.

Elle les conduisit de l'autre côté de la salle, vers une ouverture large d'un mètre cinquante qui donnait sur une pièce plus petite, longue d'environ sept mètres, au plafond aussi élevé.

Tout au fond, dans les ténèbres et le froid, Tantine Lau attendait.

Elle gisait sur une dalle de pierre qui arrivait à hauteur de genou, les mains sur l'estomac, le visage d'une sérénité telle qu'elle donnait l'impression de faire un simple somme.

Jakli s'agenouilla près de la morte et sortit de sa poche un brin de bruyère qu'elle déposa sur la dalle à côté du corps.

— Je l'ai rencontrée alors que je n'étais qu'une petite fille, le premier été où elle est apparue. J'avais huit ou neuf ans. Mon cheval avait mal au ventre. J'avais entendu dire qu'une guérisseuse se trouvait dans un campement de bergers et j'ai conduit mon cheval chez elle. Mais après trois ou quatre heures, mon cheval a refusé d'avancer plus loin. Il a poussé un long hennissement et s'est arrêté, faible et souffrant. Je me suis assise, j'ai allumé un feu, et soudain elle est apparue. Elle a dit qu'elle avait entendu appeler un animal malade. Mais elle n'a pas voulu lui donner de remède, pas tout de suite. Elle a voulu avoir des renseignements sur mon cheval : depuis combien de temps nous nous connaissions tous les deux, où il était né, comment il se comportait sous la pluie. Ensuite, elle a touché ma monture à de nombreux endroits et elle lui a parlé. Elle a fini par préparer un mélange d'herbes et elle m'a recommandé de rester là pendant la nuit et de chanter des chansons à mon cheval. Au matin, il était tellement fort qu'il a voulu galoper pendant tout le chemin du retour.

Lokesh s'assit à côté de la dalle, en offrant à Jakli un petit signe de tête, comme pour l'encourager à poursuivre.

— Quand je l'ai raconté à un de mes cousins, il a dit qu'elle devait être une sorte de sorcière. J'ai répondu qu'elle riait trop pour être une sorcière. Après ça, je l'ai vue de nombreuses fois, souvent de manière inattendue, dans les montagnes, dans le désert, n'importe où. Un jour elle était en train de soigner un petit écureuil qu'une chouette avait laissé tomber. Elle a dit que c'était son devoir de soigner tous les blessés et les malades, mais le plus grand devoir d'un guérisseur était d'abord à l'égard des plus petits et des plus faibles.

— Qu'entendez-vous par « elle est apparue » ?

— Vous savez. Elle était sans foyer. Et sa famille avait disparu. C'était comme une guérisseuse errante. Nous avons eu de la chance quand elle a décidé de rester dans le comté de Yoktian.

La chevelure noire de Lau, striée de quelques mèches grises, avait été coiffée en deux courtes tresses nouées d'un ruban rouge foncé. Elle était vêtue d'une longue robe grise gansée de fleurs brodées, les jambes enveloppées de molletières en laine rouge qui couvraient le haut de deux petites bottes en cuir patiné. Une écharpe rouge, tirée bas sur son front et brodée de fleurs et de cervidés bondissants, lui couvrait la majeure partie de la tête. On l'avait habillée en prévision du grand froid.

— À quelle distance se trouve l'endroit où elle a été tuée ? demanda Shan.

— Karachuk ? Dans le désert, loin dans le désert. Ils ont utilisé son cheval, puis un camion pour ramener son corps. Une demi-journée de voyage.

— C'est vous qui l'avez ramenée ?

Jakli fit signe que oui.

— Depuis la route. Les Maos sont venus et m'ont appris la nouvelle à l'usine. Je les ai retrouvés là où commence la route.

— Les Maos se trouvaient donc à Karachuk quand elle a été tuée ?

— Non. Il y avait d'autres personnes là-bas, qui accompagnent les Maos.

Avec un air déterminé, Jakli soutint froidement le regard de Shan qui ne la lâchait pas : il existait des secrets qu'elle ne révélerait pas.

— Elle vous a dit qu'elle voulait reposer ici ? C'est la tradition kazakhe ?

— Non. Mais elle avait des idées bien à elle. Elle vivait à sa manière. Je pense qu'elle voulait partir à sa manière. Elle avait demandé qu'on la conduise dans cette caverne, au-dessus de sa cabane.

— À qui ? questionna Shan. À qui l'avait-elle demandé ?

— À des amis. Il y a environ trois mois, elle a dit à des amis que c'était ici qu'elle voulait reposer.

Le froid avait conservé la dépouille dans un état de fraîcheur remarquable. Elle pouvait rester ainsi des mois durant, songea Shan. Voire des années.

— C'est beaucoup exiger des amis.

— Ça n'a pas été un problème, lui répondit Jakli avec une expression pleine de chagrin.

— Pourtant, étant donné la manière dont vous parlez d'elle, ce n'était pas le genre de personne à imposer des fardeaux à ses amis.

Jakli plissa le front, comme si elle tentait de comprendre le point de vue de Shan.

— Lau n'allait mourir qu'une fois, dit-elle lentement.

Mais pourquoi cette caverne-ci ? s'interrogea Shan. Avait-elle une signification particulière ? Et si oui, laquelle ? Un lieu où vivaient les démons. Ou peut-être un lieu qu'ils craignaient, justement. Il fit lentement le tour de la dalle de pierre en examinant la morte.

— Si elle était étrangère à cette région, sans papiers justifiant son emploi dans une unité de travail, comment a-t-elle pu être élue au conseil agricole ?

Jakli haussa les épaules.

— Elle a fait l'objet d'une enquête, aucun doute là-dessus. Elle était kazakhe, et les bergers l'aimaient. C'était la tante de tout le monde. Et ce n'était que le conseil agricole. Qui n'a pas vraiment de pouvoir.

— Mais les autorités... Pour être membre d'un conseil, même sans importance, la vérification de ses antécédents aurait été indispensable.

Jakli comprenait l'argument de Shan. La famille de Lau avait pu disparaître de bien des façons, et pour de nombreuses raisons. Si elle avait été emprisonnée, officiellement démantelée, ou exécutée, ses membres, par définition, étaient de mauvais éléments aux yeux de l'État. Et un poste d'élue, même au sein d'un conseil agricole au fin fond d'une province perdue, était une chose qu'on refusait aux mauvais éléments. Shan se rappela la suggestion d'Akzu devant la tombe du garçon enterré par le clan de la Pierre rouge : le démon veut terminer ce qu'il a commencé avec les parents des orphelins de la zheli. Lau elle aussi appartenait à un clan perdu. Le secret qui liait les victimes pouvait remonter à des décennies, lorsque les Kazakhs et les Ouighours subissaient le joug de l'Armée populaire de libération avant d'être assujettis.

— Elle a peut-être été réhabilitée, je ne sais pas. Les gens la voulaient. Et le gouvernement pardonne plus facilement aujourd'hui.

Jakli prononça ces derniers mots sans conviction, en contemplant la couche de glace qui recouvrait la majeure partie de la paroi derrière Tantine Lau.

Shan s'agenouilla près de Lokesh, à la tête de la dépouille. La lumière des torches donnait à la chair exsangue des reflets orangés. Ils avaient l'impression irréelle d'être devant une femme endormie qui, à tout instant, allait se relever et les gronder pour avoir dérangé son repos.

— Nous avons dû laisser croire aux gens qu'il s'agissait d'un accident, dit Jakli. Il fallait leur donner une explication. Nous ne pouvions pas déclarer aux autorités qu'elle avait été assassinée et déclencher une enquête des autorités chinoises.

Shan eut la conviction que Jakli avait délibérément choisi d'attendre pour expliquer les circonstances de la mort de Lau et exposer ses secrets au grand jour.

— Un accident de cheval, poursuivit-elle en regardant la morte. Nous nous sommes arrangés pour que vos...

Elle s'interrompit et prit une profonde inspiration.

— Nous nous sommes arrangés pour qu'on retrouve son cheval au bord de la grand-route qui suit la rivière Yoktian. Le lendemain, un membre de l'école a signalé son absence. Elle avait une veste que lui avait donnée le conseil agricole, avec son nom dessus. Gros Mao est allé la jeter dans la rivière. Une femme l'a retrouvée en aval, près de la ville.

Shan, avec un respect infini, dégagea l'écharpe qui masquait le front de Lau. Un trou, de huit millimètres de diamètre, était visible à la racine des cheveux. Il approcha sa lampe et vit des traces sombres autour de la blessure. Le coup avait été tiré à bout portant, comme pour une exécution.

— Croyez-vous que la couche de glace va continuer à se former ? demanda Jakli en contemplant la paroi. Peut-être va-t-elle gagner et la recouvrir. Comme ça, Lau pourrait être conservée longtemps. Des milliers d'années.

Shan se redressa en saluant respectueusement la défunte. Jowa était resté près de l'entrée, décidé à monter la garde. Ou alors il était effrayé.

Sur le mur qui s'incurvait vers l'entrée, à sa gauche, Shan aperçut des traces plus foncées dans la glace. Il pointa sa torche électrique et vit que c'étaient des marques de mains. Au moins une demi-douzaine. On les avait pressées au creux de la glace, comme autant de saluts d'adieux.

Un tombeau de glace, songea-t-il. Une gardienne des enfers froids. À quoi avait ressemblé l'enfer ultime de Tantine Lau ? On ne l'avait pas tuée au hasard. On était parti à sa recherche. Mais pour quelle raison ?

— Est-ce qu'on aurait pu lui dérober quelque chose ? finit-il par demander à haute voix.

— Elle ne possédait pratiquement rien, répondit Jakli. L'école de la Brigade lui donnait une chambre et un bureau.

Shan s'agenouilla de nouveau à l'extrémité de la plate-forme de pierre.

— Lorsqu'on l'a préparée, avant qu'on la transporte jusqu'ici, est-ce que quelqu'un a vu...

Lentement, laborieusement, il défit les jambières. Il eut la réponse à sa propre question.

— *Ai yi !* lâcha-t-il à mi-voix.

Le dessus des deux pieds portait des bleus et des meurtrissures qui n'avaient pas eu le temps de se résorber. Tantine Lau avait été torturée, on l'avait battue suffisamment longtemps avant de l'abattre pour que les marques des coups restent visibles dans la mort.

— Nous avons vu, nous aussi, dit Jakli, les yeux pleins de larmes. Elle a dû tellement souffrir. Mais elle n'aurait pas parlé. Elle était forte, ajouta-t-elle en portant la main à sa bouche pour se détourner très vite.

Shan hocha la tête, non parce qu'il était d'accord avec Jakli, mais parce qu'il comprenait les interrogatoires. Ou elle aurait parlé dès les premiers coups, ou elle aurait gardé le silence pendant qu'on martelait ses deux jambes. Il se dépêcha de recouvrir les chairs meurtries de Lau avant de remonter lentement la manche droite. Au creux du coude, il vit une autre variété de meurtrissure, autour d'un point rouge minuscule.

— Ça aussi, je l'ai vu, dit Jakli par-dessus son épaule. Ce n'est qu'un petit bleu. Ce n'est rien.

Mais sa voix se brisa sur un sanglot, indiquant à Shan qu'elle savait ce que cela signifiait.

Jowa s'approcha à son tour pour examiner le bras.

— Une injection, déclara-t-il solennellement. On lui a injecté un produit quand on s'est aperçu que le matraquage ne donnait pas de résultats.

Il échangea avec Shan un regard entendu : le tueur de Lau connaissait les techniques d'interrogatoire et leur instrumentation, et il avait accès aux drogues utilisées par les spécialistes en interrogatoires du gouvernement. Finalement, c'était bien pour quelque chose qu'elle avait en sa possession qu'on l'avait tuée : des renseignements... Qu'on l'avait obligée à révéler sous la torture.

Le mystère de Lau s'était encore épaissi. Shan se tourna vers l'entrée, hésita, et avança vers la paroi de gauche. Sur une impulsion, il pressa sa paume dans la glace, près des empreintes des autres mains.

— Pourquoi a-t-elle arrêté ses fonctions au conseil ? demanda-t-il, en sentant ses doigts s'engourdir.

Il ôta sa main et étudia la marque qu'il avait laissée. Elle était plus profonde que ses voisines. Jakli désigna les empreintes :

— Quand nous avons fait ça, Akzu a dit que si la glace ne bouge pas, les empreintes pourraient rester là pendant des siècles. Ce serait la seule preuve que nous ayons jamais existé.

Elle examina la paroi, puis plaça sa main dans l'empreinte centrale, confirmant ainsi qu'il s'agissait bien de la sienne.

— Rien qu'un creux vide dans la glace, au fond d'une caverne d'une montagne oubliée.

Puis elle reprit dans un murmure :

— J'ai lavé Tantine Lau au bord du ruisseau. Je ne cesse de penser aux souffrances qu'elle a endurées avant de mourir.

Elle pressa sa main fermement dans la glace, comme pour y créer un vide encore plus profond.

— D'une certaine façon, Lau n'avait plus les qualifications requises, poursuivit-elle, un peu gênée, comme si Tantine Lau pouvait surprendre ses paroles. Il y a quatre mois, quelqu'un a soutenu qu'elle ne pouvait plus se présenter à l'élection au conseil.

— Quelqu'un ?

— Les règles changent tout le temps. La Brigade a repris à son compte beaucoup des fonctions des anciens conseils.

— Mais quelqu'un a déclaré que Lau ne pouvait plus siéger.

— Je ne sais pas. Je crois. On ne l'a plus vue au conseil, et c'est tout. Quelqu'un d'autre a pris sa place.

— Qui ?

— Ko Yonghong. Le camarade Directeur.

— A-t-on expliqué à Lau la raison pour laquelle elle n'était plus digne de siéger ?

— Si c'est le cas, elle n'en a jamais parlé à personne.

— Le fait que ça arrive juste à ce moment-là, ça ne vous a jamais paru être une étrange coïncidence ?

Jakli secoua la tête. Elle ne comprenait plus.

— Elle a demandé que son corps soit ramené ici peu de temps après son élimination du conseil, lui rappela Shan. Il semble que c'est à partir de cet instant qu'elle a commencé à avoir des inquiétudes. Pourquoi, à votre avis ?

Jakli posa les yeux sur Lau en se mordant les lèvres, exactement comme si c'était à la morte qu'elle voulait poser la question, puis elle finit par hausser les épaules et se retourna vers Shan.

— Elle était sans cesse en contact avec des indésirables.

Shan savait ce qu'elle entendait par là : elle-même, Akzu, les nomades. Voire les Maos.

— Mais qui lui était le plus proche ? Avait-elle une assistante ? Formait-elle quelqu'un ? J'ai besoin de savoir quelle a été sa réaction quand elle a appris qu'elle ne pouvait plus siéger au conseil. A-t-elle été furieuse ? Effrayée ? Soulagée ?

— Elle n'avait personne.

— Personne ? Ou personne que vous voudriez me voir rencontrer ?

Jakli parut réfléchir à sa question en saluant une dernière fois Lau d'un petit signe de tête, puis elle s'engagea dans la grande salle.

— C'est compliqué, dit-elle. Je veux que vous retrouviez son assassin. Mais ce pays est un pays de secrets. Et ce sont les Chinois qui sont responsables de cet état de fait. Il pourrait y avoir du danger à savoir certaines choses.

— Du danger ? Pour qui ?

— Pour moi. Pour vous. Pour d'autres.

— Vous voulez parler de la résistance ? Des lung ma ?

— La résistance ? Il n'existe pas de résistance à proprement parler. Juste de la collecte de renseignements. Comment pourrions-nous résister à l'Armée populaire de libération ou au Bureau de la Sécurité ? Les Tibétains ont bien essayé, en utilisant des fusils à silex et des épées contre des mitrailleuses. Il y a eu un million de morts. Pas de résistance. Un mouvement qui essaie de préserver et de conserver ce qui était, c'est le mieux que nous puissions espérer. C'est ce que Lau a répété des centaines de fois à la zheli. Préservez ce qui est bon pour le jour où le mauvais s'en sera allé.

Une minute plus tard, ils avaient pratiquement regagné l'embouchure du tunnel. Jowa et Lokesh étaient près du vieux pin : ils remettaient en forme les figurines en baguettes déposées en offrande. Shan s'arrêta un instant à l'entrée, sa lampe presque collée à la paroi : il avait raté quelque chose, un dessin à la craie blanche, une série de lignes à l'intérieur d'un cercle de quinze centimètres de diamètre. Au départ il crut y voir un œuf avec, sur le dessus, une petite assiette, coiffé d'une chose qui ressemblait à un bouton sur lequel poussait une fleur. Sous la forme ovoïde, de chaque côté, des lignes courbes s'étiraient, pareilles à une bannière flottant au vent.

Shan reconnut le motif et approcha sa lampe. Le dessin n'était pas très vieux, la craie était encore relativement fraîche.

— Vous savez ce que c'est ? demanda Jakli par-dessus son épaule.

— On appelle ça un *bumpa* en tibétain. Un vase à trésor sacré. L'un des huit symboles bouddhistes sacrés.

— Un vase ?

— Une urne. Un réceptacle sacré, dit-il, le sourcil froncé, l'air de ne plus rien comprendre. Cela signifie trésor caché.

Jakli fixa le dessin un moment, puis elle sortit lentement. Shan resta seul. Une bouffée violente d'air glacé le frappa dans le dos. Le souffle de Lau.

Il rejoignit les autres. Lokesh, agenouillé près du vieux pin, redressait les figurines animales et les disposait en demi-cercle ouvert sur la caverne. Tout occupé à son ouvrage, le vieux Tibétain chantait une de ses vieilles chansons en s'arrêtant de temps à autre pour admirer le travail de la main qui avait fabriqué les silhouettes stylisées.

Jakli se penchait pour aider Lokesh quand Shan lui toucha l'épaule : Jowa, face au sous-bois épais de l'autre côté de la clairière, une main dans le dos, levait un doigt à l'attention de Shan, lui signifiant de ne pas bouger. L'autre main s'apprêtait à saisir son poignard.

Le vent cessa. Shan entendit à son tour ce qui avait alarmé Jowa. Un bruit s'échappait du sous-bois, un feulement sourd d'animal. Non, pas un feulement. Un gémissement, plutôt.

Quelque chose bougea dans l'épais taillis, et Jowa partit au pas de course.

La chose apparut, une fraction de seconde, entre deux

rochers, silhouette basse et sombre qui essayait de s'échapper au-delà de la muraille rocheuse. Jowa disparut au milieu des rhododendrons, suivi par Shan. Jakli le doubla comme une flèche, aussi rapide et discrète qu'un chasseur aguerri.

La créature courait vite. Shan l'aperçut à nouveau tandis qu'elle franchissait tant bien que mal les amas de rochers, dans une flaque de lumière cinquante mètres devant lui. Elle était noire, les deux pattes arrière d'un rouge flamboyant. Le cri qui s'en échappait s'était changé en un hurlement déchirant, comme sous le coup d'une peur toute nouvelle. Shan accéléra, ignorant les branchages qui lui giflaient le visage, trébuchant à deux reprises sur les pierres instables, bondissant par-dessus les lits de mousse, ne s'arrêtant qu'une fois, tout ouïe, avant de repérer Jakli et de filer droit sur elle tandis qu'elle s'enfonçait dans le sous-bois touffu.

Un bruit tout autre déchira alors le silence de la forêt : Jowa avait capturé la créature et les appelait à grands cris.

Le souffle court, Shan arriva dans une clairière. Il y découvrit Jowa et Jakli penchés au-dessus d'une silhouette sombre recroquevillée à leurs pieds. Shan s'interrogeait sur la provenance du grand chuba qui couvrait la créature quand il comprit que c'était leur proie qui en était vêtue.

Soulevant un coin du vêtement en peau de mouton, Jakli découvrit deux pieds d'humain chaussés de baskets d'un rouge flamboyant. Elle eut un haut-le-corps, comme si elle reconnaissait les chaussures, et son regard s'embrasa de colère. Elle tira violemment sur le chuba, dévoilant un petit homme qui tremblait de peur. Les yeux pleins de feu, elle lui bondit sur le dos pour le marteler de ses poings.

Surpris, Shan et Jowa ne réagirent pas immédiatement. Ils la tirèrent en arrière, mais elle ne voulait pas lâcher prise.

— Traître ! hurlait-elle en frappant. Assassin !

Ils finirent par la soulever de force en la prenant chacun sous une épaule. Elle n'en continua pas moins à assener de grands coups de pied sur les bras et les jambes du petit homme.

L'objet de sa furie ne cherchait pas à riposter. Il paraissait ne pas remarquer les coups qu'elle lui portait et gisait, roulé en boule. D'entre ses lèvres sourdait le même gémissement qu'ils avaient entendu dans les taillis près de la caverne.

— Vous ne comprenez donc pas ? s'exclama Jakli avec frustration. C'est Bajys ! Le tueur d'enfants !

Shan fit rouler l'homme sur le dos. Le visage qui se leva vers lui était déformé par la peur. Bajys gardait les mains verrouillées l'une à l'autre, comme s'il cherchait à maintenir un équilibre instable, même couché au sol. Il clignait des paupières pour en chasser les larmes qui roulaient sur ses joues.

Jakli l'invectiva en kazakh. Shan ne comprit pas un traître mot de sa diatribe, mais il n'y avait pas à se méprendre sur le ton accusateur et la violence de la jeune femme. L'homme était complètement perdu. Il leva les yeux vers elle, puis se tourna vers Jowa et se mit à parler.

— Aide-moi. Aide-moi, mon frère, balbutia-t-il entre deux sanglots. Le monstre a été lâché. Il n'y a que mort partout. Le monde est arrivé à sa fin. Je ne peux plus trouver le chemin de la sortie.

Shan, Jakli et Jowa échangèrent des regards désemparés : Bajys s'exprimait en tibétain.

Jakli s'adressa à nouveau à lui, dans la langue de leur clan, sans crier cette fois, mais toujours avec colère. Bajys se contenta de fixer Jowa comme pour le supplier. La furie de Jakli s'évapora pour céder la place à la stupéfaction.

— Ce n'est pas possible, dit-elle à Shan en mandarin. C'est un Kazakh. Il n'a jamais parlé le tibétain.

Elle s'adressa de nouveau dans son dialecte turco-mongol à Bajys, mais celui-ci la contempla d'un œil stupide avant de se tourner vers Jowa.

— Cette femme, je ne la comprends pas, lâcha-t-il d'une voix tremblante. Elle doit me confondre avec un autre. Dis-lui de ne pas perdre son temps en colère. Le temps manque. Il ne reste plus que la prière. Tout ce que nous pouvons faire, c'est prier.

Le visage de Jakli parut s'affaisser, toute tension disparue. Elle pivota vers Shan comme si ce dernier allait pouvoir expliquer, mais il secoua la tête et aida le petit homme à se remettre debout. Ils revinrent sur leurs pas, en procession lente, vers la clairière, Jowa et Shan soutenant Bajys, Jakli fermant la marche, le visage décontenancé.

Lokesh ne manifesta aucune surprise quand il vit arriver le petit homme sous bonne escorte. Il le prit par la main et le conduisit jusqu'à un rondin au centre de la clairière, sous un grand soleil brûlant, avant de s'asseoir à son côté.

— Est-ce que vous êtes prêtre ? geignit Bajys à l'adresse du vieux Tibétain.

Lokesh fit signe à Jowa de venir les rejoindre, puis il plaça son propre rosaire entre les doigts du petit homme effrayé.

— Nous avons été tous les deux formés dans un gompa, répondit-il en montrant Jowa.

Celui-ci ne bougea pas d'un pouce : il n'avait apparemment ni le désir ni la capacité de réconforter Bajys.

— Je les ai vus, soupira Lokesh. Moi aussi, au cours de ma vie, j'ai vu des démons, précisa-t-il d'une voix sereine, comme s'il priait.

— Il n'a pas pu..., intervint Jakli. Il m'arrive de pratiquer mon tibétain, je chante des chants tibétains, et Bajys ne m'a jamais comprise. C'est un Kazakh, un musulman. Il ne parle pas le tibétain.

Sa voix mourut d'elle-même devant le spectacle du petit homme. Celui-ci avait enveloppé le rosaire autour des doigts de sa main gauche qu'il verrouillait de sa main droite, et se balançait d'avant en arrière en murmurant un mantra en tibétain.

Mais Jakli refusa de se laisser prendre à son jeu.

— Où es-tu allé ? interrogea-t-elle, cette fois en tibétain. Pourquoi t'es-tu enfui ? Ils sont tous sûrs que tu as tué l'enfant...

Elle se tut aussi soudainement qu'elle s'était emportée, tourmentée par ses paroles.

— Elle avait coutume de se rendre au vieil endroit dans les sables, murmura soudain le petit homme, en tibétain lui aussi. Quand j'ai vu que Khitai était mort, il fallait absolument que je la retrouve. J'ai vu qu'elle n'était pas dans la cabane, alors je suis parti vers les sables. J'ai marché, toute une journée et une partie de la nuit, et je suis allé jusqu'au lieu du *lhakang*, le lieu du sanctuaire.

Il leva les bras devant lui comme s'il cherchait à se défendre de quelque ennemi invisible aux autres, puis pressa les grains du chapelet contre son front avec une telle force qu'ils creusèrent les chairs.

— Ce n'est pas Khitai qui est mort, dit Jakli. C'est l'autre garçon.

Bajys parut incapable de l'entendre.

— J'ai inspecté les huttes à l'écart du lhakang, poursuivit-il. Mais il n'y avait que des morts. Tout le monde était mort. Comme dans les anciens thangkas, dit-il d'une voix tremblante, se référant aux peintures religieuses ornant souvent les temples tibétains. Là où les démons dévorent les membres des humains.

Il fixa le sol avec des yeux de bête sauvage.

— Les gens étaient en morceaux. Une jambe. Un bras. Des mains mortes.

Tous contemplèrent Bajys avec horreur, mais le petit Tibétain ne semblait pas les voir, pris au piège de sa vision de mort. Impossible que ce soit autre chose qu'une vision, songea Shan. Ça ne pouvait pas être un souvenir.

— Nous allons redescendre, dit doucement Shan à Jowa et à Lokesh. Et nous ferons un feu. Venez nous rejoindre quand vous serez prêt.

Mais Bajys se remit à parler, d'une voix ténue comme un fil.

— Alors je me suis souvenu de cet endroit spécial dans la montagne. Et je suis revenu ici. J'ai senti qu'elle était ici. J'ai crié pour la trouver, l'espoir au cœur. Mais elle n'était pas là. Elle était dans la salle du fond, la salle de glace, et quand je l'ai trouvée, sa voix n'était plus là pour me parler.

Shan bondit, s'empara de la lampe à piles et rejoignit la caverne au pas de course. Quelques instants plus tard, il se tenait à l'entrée de la chambre funéraire de Lau. Lau avait un endroit à elle dans la montagne. Et ce n'était pas la salle où Bajys l'avait trouvée et qui lui servait de sépulcre. « Un endroit spécial »... Shan joua du faisceau de sa torche sur les murs, au niveau du sol. À sa droite, la paroi était d'une pièce et tombait droit, sans failles ni cassures, jusqu'au sol de pierre et d'argile. Il avança le long de la paroi de gauche, dont la base était obscurcie à plusieurs endroits par des dalles de roche qui avaient glissé du plafond. Il les explora une à une, plongeant le faisceau de sa lampe dans les ombres, là où elles gisaient en appui. Au bout d'une quinzaine de mètres, il s'arrêta : il y avait quelque chose dans l'air, une trace des plus subtiles, un parfum d'encens et de beurre brûlé. Un parfum de temple. Dans la poche d'ombre, entre les roches, il ne distingua pas la moindre ouverture, mais l'odeur devint plus perceptible. C'est à l'entour de la plaque de pierre suivante qu'il découvrit, au ras du sol, un trou suffisamment large pour qu'une personne pût s'y glisser. L'argile par terre avait été lissée. Il se mit à quatre pattes et commença à ramper. Après trois mètres, le passage s'élargit, ouvrant sur une pièce légèrement plus vaste que celle de la sépulture de Lau.

Ce n'était pas la première fois que Shan se retrouvait à l'intérieur d'une caverne-mausolée, où l'on déposait au secret reliques et objets du culte bouddhique. Certaines étaient vieilles de plusieurs siècles, et quand la lumière de sa lampe frappa un petit Bouddha d'or, il crut qu'il venait de découvrir l'une d'entre elles. Mais ce n'était pas une salle de trésors bouddhistes qu'il venait de trouver. Le Bouddha, contre le mur opposé, était posé sur un petit autel en bois équarri à la main et chevillé. Autour se trouvaient plusieurs récipients, représentant les sept bols d'offrande traditionnels. Ils n'étaient pas assortis. Certains n'étaient même pas des bols : parmi eux, une tasse à thé ébréchée et une chope de fer-blanc, de celles que Shan avait utilisées en prison. Tous les récipients n'en contenaient pas moins les offrandes du culte. Les premier, deuxième et sixième étaient remplis d'eau, le troisième de fleurs, le quatrième était garni d'encens, le cinquième de beurre, et le dernier, enfin, de morceaux de bois aromatique. L'épaule du Bouddha était drapée d'une écharpe à prière. À côté de la statue haute de trente centimètres, un petit présentoir en céramique, destiné aux bâtonnets d'encens, était à moitié couvert de cendres. À moins de deux mètres devant l'autel était posé un grand coussin presque en lambeaux, avec, un peu plus loin derrière lui, un autre coussin plus petit. Pour permettre à un professeur de s'asseoir en compagnie de son étudiant. Tout à côté du petit coussin était placé un brasero contenant deux morceaux de bois calcinés et les restes d'un feu.

Un rondin avait été enfoncé dans une fissure de la paroi. On y avait suspendu une peinture sur tissu, un thangka tibétain à la trame tellement usée qu'on voyait au travers par endroits. Shan éclaira la peinture pour l'étudier de plus près. Au centre, une image féminine féroce à dos de cheval, ses robes tourbillonnant autour d'elle comme si le vent soufflait. Dans les baraquements de la prison, lorsque les tempêtes d'hiver empêchaient les prisonniers d'aller travailler, les vieux lamas lui avaient enseigné l'existence de ces silhouettes et des gompas perdus qui les avaient vénérées. Il s'agissait d'une déesse protectrice, sous la forme appelée l'Armée aux Armes magiques.

Une autre lumière vacilla dans le dos de Shan. Jakli apparut, la torche à la main. Elle resta plantée là dans un silence engourdi, n'en croyant pas ses yeux, avant que son regard s'emplisse d'émerveillement quand elle s'approcha d'un pas hésitant du petit Bouddha. Elle examina la salle longuement avant de parler.

— Je suis venue des dizaines de fois à la cabane en compagnie de Lau. Un jour nous sommes même allées jusqu'à la caverne, pour voir la glace. Mais je n'ai jamais...

Sa voix se perdit doucement. Elle s'assit sur le coussin de l'élève et ramassa un morceau de craie qui se trouvait posé tout à côté. Elle le fit rouler entre ses doigts, inspectant la salle alentour.

Shan éclaira la paroi du fond. Il distingua une pile de couvertures pliées sur une paillasse et plusieurs pots en céramique à côté d'un tas de petit bois pour le brasero. Plus haut sur la paroi, là où la muraille de pierre présentait une surface plane et unie, il vit des marques à la craie, des mots rédigés dans le bel alphabet tibétain. Shan n'avait pas fini d'apprendre la langue écrite du Tibet, mais il parvint à reconnaître une rangée de plusieurs caractères sur un côté. *Chig, nhi, soom, shi, nga, trook, doon, gyay, gu, ju,* lut-il. Un, deux, trois, quatre, cinq, six, sept, huit, neuf, dix.

— Quand j'étais jeune, dit-il à Jakli, surpris par l'émotion qui l'étreignait, mon père me conduisait dans le placard de notre appartement chaque fois que le Président faisait un discours. Ma mère montait la radio aussi fort que possible, et lui sortait nos livres secrets, les livres des anciens, et il m'enseignait des choses. L'anglais. L'histoire de l'Amérique et de l'Europe. La Déclaration d'Indépendance. Il m'a fait mémoriser la Déclaration américaine de l'Indépendance.

— Il aurait pu aller en prison.

— Il était déjà allé en prison. Il avait été professeur d'histoire occidentale. Un Puant de la Neuvième, dit Shan, se référant ainsi au rang le plus bas des Neuf Mauvais Éléments identifiés comme autant d'ennemis du peuple par le président Mao. Le pire des plus mauvais, dans la mesure où il avait des amis américains. Cela se passait après la prison, après la libération. Même après que notre famille eut été envoyée dans un collectif agricole à des fins de rééducation.

Il soupira et regarda une nouvelle fois autour de lui. Lau enseignait ici. Bajys connaissait cette salle. Ce qui signifiait que Khitai lui aussi la connaissait. Ainsi que d'autres orphelins, peut-être. C'était un lieu illégal. Un lieu bouddhiste.

— Combien y a-t-il de Tibétains parmi les enfants de la zheli ? demanda-t-il.

Il y avait deux coussins : un pour l'enseignant, un pour l'élève. Un seul élève à la fois.

— Parmi les clans des ombres qui apportent leur aide, plusieurs sont tibétains, des familles dropkas. Mais, parmi les enfants, deux ou trois tout au plus. Les membres de la zheli sont kazakhs et ouighours. Il y a peut-être un ou deux Tadjiks.

— Kazakhs comme Bajys ?

Pour seule réponse, Jakli plissa le front. Puis elle fit le tour de la salle en touchant les objets du bout des doigts.

— Une salle secrète, chuchota-t-elle. Pour des bouddhistes secrets.

— Pour des enfants, précisa Shan en contemplant les chiffres rédigés en toutes lettres sur la paroi. Ou un enfant.

— C'est Lau qui m'a enseigné les façons bouddhistes, reprit Jakli, le visage voilé par l'émotion. Discrètement, dans des lieux retirés. Mais pas ici.

— Je pense que ce lieu-ci était différent. Je pense que quelqu'un d'autre venait en cet endroit. Pas Bajys. Peut-être même pas Lau. Mais un autre professeur, qui sait. Un bouddhiste. Je crois que c'est pour cette raison que Lau a demandé à être ramenée ici. Pour une rencontre finale.

— Mais elle était morte, objecta Jakli.

Shan s'arrêta face au Bouddha. Il plaça les paumes sur l'autel improvisé, puis recula jusqu'aux inscriptions à la craie sur la roche. Il reconnut plusieurs autres mots. Il distingua le mantra à six syllabes, *Om mani padme hum,* l'invocation au Bouddha de la Compassion, avec, en dessous, le mantra à douze syllabes, *Om ah hum vajra guru peme siddhi hum,* invocation à la bénédiction du saint professeur Guru Rinpoché. Les lignes d'écriture supérieures avaient été rédigées très haut, plusieurs centimètres au-dessus de la limite de ses propres doigts. Il étira un bras au-dessus de la tête pour s'en convaincre, avant d'inspecter une fois encore la salle du regard.

— Rien sur quoi monter, remarqua-t-il. Pas de tabouret, pas de banc.

— Qu'est-ce que vous voulez dire ? demanda Jakli.

— Lau n'était pas plus grande que moi. Je ne pense pas que ce soit elle qui ait écrit cela.

— En effet, ce n'est pas elle, dit Jakli après avoir examiné l'inscription. Je connais son écriture. Elle m'enseigne — elle m'enseignait l'écriture du tibétain.

Elle regarda Shan, les yeux comme deux billes vertes, paraissant se rendre compte à cet instant précis du sens de ses paroles.

— Quelqu'un d'autre qu'elle est venu ici, murmura-t-elle. Quelqu'un d'autre était le professeur. Pas elle.

Shan acquiesça. Il n'avait pas trouvé le lama porté disparu, mais il avait trouvé la maison du lama. Son foyer, son lieu de résidence. Il s'avança jusqu'à un ensemble resserré de dessins familiers sur le mur adjacent. Par-dessus son épaule, Jakli indiqua la première image du côté gauche, une ligne verticale avec quelque chose qui ressemblait à un chiffre huit bouffi à son sommet.

— Un bâton de moine.

— Un bâton de pèlerin, confirma Shan d'un hochement de tête. Un bâton de mendiant, ajouta-t-il en expliquant que cet ensemble de dessins illustrait les quelques biens matériels qu'il convenait à un moine ordonné de posséder.

Il les montra un à un. Le bâton de pèlerin, qu'on pouvait également secouer d'une manière particulière pour signifier qu'on demandait l'aumône. Un pot à eau et un tamis pour empêcher que se noient des insectes innocents. Un bol à aumône. Une couverture. Trois robes de dessus, deux robes de dessous. Un tapis pour s'asseoir. Des sandales.

Il fixa les dessins, puis revint vers les chiffres et le thangka. La salle était conçue pour un enfant qui n'était pas un enfant. C'était une salle tibétaine, mais remontant à un Tibet très ancien, la salle d'un professeur enraciné dans l'une des plus anciennes sectes bouddhistes. Il avança jusqu'à la paillasse et y trouva une robe bordeaux parfaitement pliée. Il la souleva avec précaution. C'était une robe de moine, très propre, impeccable. Il se retourna vers le tunnel qui menait à la salle. Il ne distingua pas la moindre trace d'argile sur le tissu, la robe ne servait donc que dans cette salle. Là où elle était posée, sur la paillasse, il vit une paire de grandes sandales, plus grandes que celles qu'il pourrait porter, plus grandes que celles qu'aurait pu porter Lau.

Jakli s'assit une nouvelle fois sur le coussin de l'élève. Shan s'agenouilla à côté d'elle, et finit par comprendre qu'ils fixaient tous les deux le coussin plus grand près de l'autel. Celui du professeur manquant. Ils attendaient de recevoir leur leçon, mais il n'y avait personne pour occuper le coussin.

— Des messages, finit-il par dire, donnant voix aux hypothèses qui lui trottaient dans la tête. La piste, ce sont les messages, ajouta-t-il en sentant le regard de Jakli peser sur lui sans pour autant qu'il se détourne du coussin. Le fait que Lau ait demandé à venir ici quand elle serait morte était un message, sa manière à elle d'adresser un avertissement à une personne inconnue de tous. Si elle était tuée, elle voulait que le professeur qui utilisait cette salle soit prévenu qu'il y avait du danger, afin de se mettre à l'abri. Mais elle ne pouvait courir le risque de divulguer le nom de cet homme ou de cette femme, pas même à vous. Même si elle le prenait, ce risque, à qui parlerait-elle ? Le lieu et la date de sa mort étaient par trop aléatoires et imprévisibles.

— Mais elle savait, dit lentement Jakli en scrutant intensément le morceau de craie, comme si elle espérait que ce petit objet allait se mettre à rédiger des réponses aux questions qui l'agitaient. Lau savait qu'elle était en danger, n'est-ce pas ? Elle savait depuis des mois qu'elle courait un danger. Je n'y avais jamais pensé.

— Et elle savait que, quoi qu'il arrive, quels que puissent être le lieu et la date de sa mort, certains amis honoreraient son dernier vœu.

Jakli acquiesça avec un sourire triste.

— Il y a eu d'autres messages, poursuivit Shan. Ce sont les purbas qui ont informé les lamas du sort de Lau. Les Maos connaissaient son existence, ou quelqu'un qui était lié à Lau connaissait les Maos. Le ou la bouddhiste qui enseignait dans cette salle, peut-être. Mais pour quelle raison ?

Il se tourna vers la jeune femme, saisi par une idée soudaine.

— Ou alors, était-ce vous ? Vous connaissez les purbas. Vous connaissez les lung ma.

— Non. Moi, j'étais en ville et je fabriquais des chapeaux. C'est Gros Mao qui m'a envoyé chercher.

Shan hocha la tête en signe d'assentiment. Gros Mao savait. Parce que c'étaient les lung ma qui avaient envoyé le message aux purbas.

— Mais pour quelle raison ? répéta Shan. Ce n'est pas simplement que ce qui se passait dans cette salle était absolument tibétain, ni même que c'était secret. Il y avait autre chose, une chose tellement importante que la nouvelle a été transmise à Lhadrung.

Pourquoi Lhadrung ? Pourquoi Gendun et Lokesh ? Gendun était né dans cette région, mais ce n'était pas une raison suffisante. Même si le vieux lama de Lhadrung était, d'une manière ou d'une autre, impliqué dans ce mystère, même s'il était partie prenante du grand secret.

— Lau, dit Jakli. C'était Lau le secret.

— Non. Elle en était une part, oui. Mais les meurtres ne se sont pas arrêtés avec elle. Il y a autre chose. Un mal qui continue à faire ses œuvres et auquel nous devons mettre un terme. Et qui est lié aux enfants.

Jakli se pencha en avant, arracha quelque chose au bord du coussin et le leva entre les doigts. Une petite touffe de fibres brunes.

— De la laine, dit-elle en la frottant entre les doigts. Pleine de lanoline. Non lavée. Comme pour un gilet de berger. Ou une couverture en peau de mouton.

Ils n'en savaient guère plus, mais l'image s'imposa néanmoins à leurs yeux : celle d'un étudiant sur le coussin, engoncé dans une peau de mouton pour lutter contre le froid, face au professeur en robe assis devant lui.

— Peut-être est-ce le professeur que le tueur recherche, poursuivit Jakli. Le tueur a appris de la bouche de Lau où se trouvaient les élèves, les membres de la zheli. Et donc il attaque les élèves pour découvrir le professeur tibétain qui utilise cette salle.

Shan hocha lentement la tête. Suwan, le jeune garçon musulman, avait été tué le premier. Le suivant avait été Alta, le petit Kazakh élevé par les Tibétains, un enfant auquel on enseignait les manières bouddhistes, un enfant dont le rosaire avait été volé par l'assassin. Ensuite il y avait Khitai, dont Lokesh, d'une certaine façon, connaissait le nom sans le connaître. Shan se remit debout et longea une nouvelle fois la paroi avant de s'arrêter pour contempler le long mantra sur le mur, rédigé de la main du professeur mystérieux.

— Il y a eu un autre message, déclara-t-il. Pas aussi secret que les autres. Après le meurtre au campement de la Pierre rouge, des avertissements ont été lancés. Concernant notre venue. Les dropkas sur la route étaient au courant.

— Ce meurtre-là, beaucoup de gens l'ont appris, confirma Jakli. Les clans ont une manière bien à eux de propager les nouvelles. Les bergers se retrouvent dans des coins retirés. Ils laissent de petits mots accrochés aux arbres. Certains des anciens clans envoient des chiens avec des messages au collier. On a dit aux gens d'ouvrir l'œil et de guetter le tueur.

— Mais il ne s'agissait pas simplement d'un message général destiné à tout le monde.

Il lui apprit ce que les dropkas avaient dit, sur la grand-route à l'entrée des monts Kunlun. Vous êtes en route pour sauver les enfants.

— Lau était morte quand Suwan a été tué à son tour. Alors quelqu'un a décidé que les enfants étaient en danger. Le professeur qui utilisait cette salle. Peut-être a-t-il prévenu l'un des bergers. Cela aurait suffi pour démarrer la chaîne des avertissements, et déclencher la fuite des dropkas.

— Beaucoup de gens étaient au courant pour Lau, comme pour la zheli. Quand une brebis meurt, les agneaux sont toujours en danger. Certains disaient que la zheli avait toujours représenté un danger, et que des membres du gouvernement y étaient opposés.

— Est-ce la raison pour laquelle on a obligé Lau à quitter le conseil ?

— Je ne sais pas. Je ne crois pas. Vous avez entendu Ko, aujourd'hui. Les gens se sont habitués à la zheli. Ils soutiennent son programme.

Les gens, songea Shan. Ce qui signifiaient les Han qui, tranquillement, se bâtissaient un petit royaume dans le comté de Yoktian.

Jakli se leva pour se diriger vers le tunnel.

— Est-ce qu'on a fini par découvrir ce que faisait votre père ? demanda-t-elle, en se pliant en deux près du tunnel. Dans sa salle de classe secrète.

Shan s'arrêta et examina les inscriptions sur le mur. Quel

genre de monde était-ce là ? Ce monde où, pour atteindre à une plus grande lumière, il fallait se cacher ?

— Non, répondit-il d'une voix impassible, les yeux toujours sur le mur. Ils auraient fini par le découvrir mais, un jour, les Gardes rouges sont arrivés, simplement parce qu'il avait été professeur. Ils l'ont battu et lui ont cassé des choses dans le corps. On nous a tenus de force, ma mère et moi, et on nous a obligés à regarder. Il n'est pas mort tout de suite, mais quand il respirait, de petites bulles de sang éclataient à ses lèvres. Les Gardes sont revenus le lendemain. Ils ont allumé un feu de joie dans la rue, avec tous ses livres. Il a regardé depuis une fenêtre parce qu'il avait trop mal pour bouger. Il les a contemplés avec horreur, et moi, je le regardais. Et lentement il a simplement cessé de respirer.

Il resta là, silencieux, les yeux toujours fixés sur les inscriptions secrètes au mur.

— Mais les livres du placard, est-ce qu'ils les ont pris eux aussi ?

Shan se tourna vers elle avec un grand sourire triste en secouant lentement la tête.

— Après cela, je suis allé dans le placard seul, avec une bougie.

Jakli disparut à l'intérieur du tunnel. Après un instant d'hésitation, Shan alla ramasser la craie qu'elle avait laissée sur le banc. Rapidement, en petits idéogrammes chinois, il écrivit près de l'entrée : *Le cheminement qui s'enseigne n'est pas le cheminement constant.*

Son message pour Gendun, qui avait des façons bien à lui de découvrir des messages secrets. L'ermitage de Lhadrung était peuplé d'enseignants secrets. Et cette salle était la résidence d'un enseignant secret, car personne ne connaissait l'existence du professeur qui utilisait ce lieu. Ce qui n'avait pas empêché Gendun de déclarer à Shan que Lau avait été tuée et qu'un lama était porté disparu. La seule chose que les purbas aient su, c'est que Lau était morte, et la manière dont le message avait été transmis était un message en soi. Un message dans le message, signifiant que le lama qui se servait de cette salle d'enseignement n'était plus là et qu'il était dans l'incapacité de communiquer avec Lhadrung directement. D'où la conclusion qu'en avait tirée Gendun, la seconde partie du mystère : on avait enlevé le lama.

Ils passèrent en bordure de la clairière sans adresser un mot à Jowa ni à Lokesh, toujours assis à côté de Bajys qui se balançait inlassablement d'avant en arrière, récitant des mantras en compagnie des deux Tibétains. Arrivés à la cabane, ils allumèrent un feu dans un cercle de pierres.

— Pour ce qui est de Bajys, personne n'en croira ses oreilles, dit Jakli en préparant du thé dans la casserole cabossée qu'elle avait trouvée sous l'avant-toit. Je ne sais pas si je le crois moi-même. Ça n'a pas de sens.

— Vous pensez qu'on continuera à le pourchasser comme tueur ?

— C'est peut-être vrai, finalement... Je connais des personnes qui soutiennent qu'il est possible d'être possédé. Peut-être bien que lorsque Bajys a tué l'enfant, quelque chose le possédait, et que cette chose l'a quitté ensuite.

— Une chose qui lui aurait enseigné à parler tibétain ? Quelque chose qui lui aurait fait réciter des prières bouddhistes ?

— Il aurait malgré tout pu tuer l'enfant.

— L'homme que nous avons trouvé ici n'a rien d'un tueur.

— Il nous a menti. Il n'est pas kazakh.

— A-t-il vraiment menti ? Ou s'est-il tout bonnement contenté de nous taire la vérité ? Vous l'avez déclaré vous-même. Il y a certains secrets qui sont trop dangereux pour qu'on les révèle. Il n'a pas tué le garçon, affirma Shan avec assurance. Il n'a pas tué Tantine Lau.

— Vous pensez qu'il s'agit d'une seule et même personne ? Il n'y aurait donc qu'un seul et unique tueur ? Il faut que Bajys parle, il faut qu'il nous raconte ce qui s'est passé.

— Il se peut qu'il n'en sache rien. C'est peut-être le simple fait d'avoir vu l'enfant mort qui l'a mis dans cet état. Il s'était construit une carapace autour de son moi tibétain. Une carapace kazakhe. La carapace a volé en éclats, perdue à jamais, quand il a vu le cadavre du petit.

— Un vieux chaman m'a parlé un jour des âmes qui tombent en pleine confusion quand la mort est à proximité, dit Jakli. Tout se mélange soudain, elles quittent leur corps d'origine et s'envolent, pour retourner dans un corps qui n'est pas le leur.

— L'âme de qui Bajys aurait-il maintenant en lui ? L'âme du tueur ?

— Je l'ignore. Je sais juste qu'il n'est pas Bajys dans le corps de Bajys, soupira Jakli devant le regard de Shan. Et ils voudront toujours le tuer. Vous ne connaissez pas les anciens clans. Ils exercent leur propre justice. Le gouvernement ne sera d'aucune aide, même si quelqu'un lui demandait d'intervenir. Si les clans sont convaincus que Bajys est le tueur, ils le puniront. Quand j'étais jeune, deux voleurs de chevaux ont été capturés près de notre campement. On les a pendus à deux branches du même arbre.

J'étais partie retrouver des agneaux égarés et je les ai vus. Violacés et bouffis.

À ce souvenir, elle frissonna tout entière.

— Qui était tibétain parmi les amis de Lau ? demanda Shan.

— Personne. C'est moi qui suis ce qui se rapproche le plus d'une Tibétaine. J'avais beau connaître Lau depuis tant d'années, je ne l'ai jamais vue en compagnie d'un Tibétain, à l'exception des dropkas qui surveillaient les enfants, et, habituellement, ils se tiennent bien à l'écart du reste du monde. Ils amenaient les enfants et allaient se cacher jusqu'à ce que Lau en ait terminé avec eux.

— C'était une Kazakhe, objecta Shan, un peu sceptique, et elle avait des amis chinois han et ouighours. Mais elle n'avait pas d'amis tibétains. Malgré tous les bergers tibétains qui arpentent les collines sous les monts Kunlun.

— On ne donne pas de laissez-passer pour le Xinjiang aux Tibétains. Ils sont rares, ceux qui sont classés comme originaires de ce pays. On les traite...

Elle haussa les épaules comme s'il lui était douloureux de terminer sa phrase et s'affaira à préparer le thé. Shan termina la phrase à sa place :

— Très mal.

Jakli hocha la tête en signe d'assentiment.

— Dans les discours de la procureur ou des officiers de la Sécurité publique, on cite toujours les Tibétains en mauvais exemple : celui d'une minorité qui refuse de coopérer. Ce serait la raison pour laquelle l'assimilation du pays a pris si longtemps. À Yoktian, un ami m'a montré sur un ordinateur des images transmises par ligne téléphonique. D'un endroit extérieur à la Chine. Un film qui montrait un drapeau chinois en train de brûler. Un enfant tibétain est apparu et il a enflammé le drapeau. Quand celui-ci a été réduit en cendres, le film s'est répété. Encore et encore. En boucle.

— Vous voulez parler d'amis tibétains qui auraient représenté un danger politique pour Lau ?

Elle acquiesça de nouveau de la tête.

— Alors pour quelle raison a-t-elle appris le tibétain ?

— Je ne sais pas. Elle parlait beaucoup de langues. Le tadjik. Le mandarin du peuple. Le mandarin du Parti. L'anglais.

— L'anglais ? Pourquoi l'anglais ?

Jakli releva la tête, surprise par la question.

— Ici, c'est la Chine. Les gens s'installent dans les placards et ils apprennent des choses. Lau enseignait aux autres ce qu'ils avaient besoin d'apprendre. Il lui arrivait de donner l'enseignement du Bouddha. Mais elle offrait aussi l'enseignement de Mahomet. Si elle avait eu des enfants han dans sa zheli, elle leur aurait parlé de Confucius et de Lao-Tseu. C'est ainsi qu'elle pratiquait.

— Non. Dans la caverne, c'était différent.

— Je ne le pense pas. Pourquoi croyez-vous...

— Parce qu'elle ne vous y a jamais emmenée.

À ses paroles, Jakli laissa échapper un gémissement presque inaudible. Shan avait discerné bien des émotions sur les traits de la jeune femme quand elle était entrée dans la salle de la caverne et était allée s'asseoir, abasourdie, sur le coussin de l'élève. L'émerveillement. Les idées qui se bousculaient. Le respect. La tristesse. Et aussi la douleur.

— Vous étiez une amie, et également son étudiante. Elle vous enseignait le bouddhisme et les pratiques tibétaines. Mais ce lieu, elle vous l'a caché.

— Mais vous avez dit qu'il y avait quelqu'un d'autre. Un autre professeur.

— Un ami tibétain, acquiesça Shan, mais qui n'a pas l'apparence d'un Tibétain. Qui d'autre venait en ce lieu ?

La salle n'était pas uniquement un endroit bouddhiste. Elle était destinée à l'enseignement de la langue tibétaine, des faits et choses du Tibet. Toutes ces choses qui avaient disparu, ou pratiquement disparu, pour les deux générations nées depuis l'invasion chinoise.

Jakli resta un long moment à fixer les flammes du feu.

— Il y a eu des bergers de passage. Un Xibo cinglé qui contemple l'eau. La cinquantaine, je pense. On raconte qu'il est fou.

Les Xibos étaient un peuple de Mandchourie, déracinés de leur terre d'origine près de trois siècles auparavant et expédiés vers l'ouest afin de combattre les musulmans pour la plus grande gloire de l'empereur.

— L'eau ?

— Le conseil agricole offre une petite allocation pour que les cours d'eau soient entretenus et non contaminés. Beaucoup de nos rivières ne coulent qu'au printemps. Et rares sont celles qui ont toujours le même débit. Il y a donc des gens, habituellement des bergers à la retraite, qui surveillent les eaux, qui sortent les animaux morts du courant, qui dégagent les arbres tombés.

— Qui d'autre a pu venir ici ?

— Les chauffeurs de Lau. Et quelques personnes de l'école de Yoktian. Peut-être aussi d'autres membres du conseil agricole.

— Des chauffeurs ?

— Parfois. Elle ne savait pas conduire. Alors, quand elle était chargée d'une mission pour le conseil agricole, elle utilisait les voitures de fonction à sa disposition.

— Mais ce n'était plus vrai depuis qu'elle ne siégeait plus au conseil ?

— Il est parfois arrivé qu'un des chauffeurs continue malgré tout à l'aider. Un Kazakh.

— Aurait-il pu savoir où se trouvait Lau le jour de sa mort ? Ou bien avec qui elle voyageait à ce moment-là ?

— Je ne sais pas. Peut-être.

— Savez-vous où cet homme habite ?

— En ville, très probablement. Mais en ce moment il est au Camp de la Gloire.

— Au Camp de la Gloire ?

— Vous avez entendu Gros Mao. La procureur Xu s'était arrêtée au garage des voitures de fonction à Yoktian.

— Mais elle ne vous a pas embarquée, rétorqua Shan en observant Jakli. Alors même que vous étiez une amie de Lau. Parce que la procureur savait très exactement où vous vous trouviez le jour où Lau a trouvé la mort.

La jeune femme se semblait guère se préoccuper d'être absente de son usine à chapeaux. Pour un travail qui était aussi une mise à l'épreuve sous surveillance des autorités.

— Étiez-vous là-bas, dans votre usine ?

Jakli fit la grimace en hochant la tête, les yeux toujours rivés aux flammes du feu.

— J'ai pris une journée quand nous avons ramené Lau à la caverne. Ensuite je suis partie quand j'ai appris que vous arriviez. Ce sont surtout des Kazakhs et des Ouighours qui travaillent là-bas. J'y ai des amis. Ils me couvrent. La discipline n'est pas bien rigoureuse. La plupart du temps. À condition que les chapeaux continuent de se fabriquer.

— La procureur Xu vous a aperçue aujourd'hui. Est-ce qu'elle vous connaît de vue ?

Elle releva la tête, le front plissé, mais avant qu'elle ait pu répondre, Jowa les appelait depuis la piste. En compagnie de Lokesh, il arrivait dans la clairière. Les deux Tibétains soutenaient Bajys, qui semblait à peine tenir sur ses jambes.

— Il va falloir protéger Bajys, dit Shan.

— Il existe un endroit, dans les fins fonds des Kunlun, répondit Jakli de bon cœur, à croire qu'elle pensait exactement la même chose. Un lieu tibétain. Jowa doit le connaître.

— Vous voulez parler d'un lieu qui sert de cachette aux purbas ?

— Un endroit secret.

— En faites-vous partie ? demanda-t-il brusquement, avant que les trois arrivants puissent l'entendre.

— Si je suis une purba ? Ils défendent une cause : le Tibet.

— Mais ce n'est pas votre cause ?

— Je lutte pour mon peuple. Les Kazakhs. Et pour le Tibet, quand je le peux.

Elle se précipita pour aider Bajys à accéder au perron sous l'avant-toit, puis elle le prit sous son aile comme une mère son enfant, et envoya Shan chercher de l'eau, Jowa, du petit bois pour le feu, Lokesh, des herbes sèches pour en faire une paillasse pour le petit homme dévasté aux vêtements en loques.

Bajys s'assit, mou comme une chiffe, les yeux incapables de se concentrer sur un objet. Jakli lui ôta sa chemise et le lava à l'eau froide de la rivière. Apparemment, Bajys ne remarquait pas la présence de ceux qui l'entouraient.

Ils burent du thé en se partageant les deux tasses trouvées dans la cabane. Puis ils attendirent que Bajys revienne à un semblant de lui-même et paraisse reconnaître l'endroit où il se trouvait.

— C'est moi, Bajys, dit Jakli en tibétain. Du campement d'Akzu.

Il la fixa d'un œil vide. Elle demanda lentement, d'une voix hésitante, comme si la colère l'avait quittée pour céder la place à la crainte.

— Que s'est-il passé, cette nuit-là, dans les rochers ? Est-ce que tu te trouvais en compagnie des garçons ? Il faut absolument que nous comprenions ce qui est arrivé. Sais-tu que l'enfant qui a été tué n'était pas Khitai ?

— Où est-ce qu'il irait ? intervint Lokesh. Où est-ce que Khitai irait se réfugier ?

Bajys tordit le cou d'un côté, puis de l'autre, en s'arrêtant d'abord sur Jakli, puis sur Lokesh.

— J'ai entendu le coup de feu. Je l'ai vu, allongé là, par terre, avec sa casquette rouge, et je me suis enfui en courant. Il était mort.

Le petit Tibétain fixa la porte de la cabane, semblant voir quelque chose d'invisible pour les autres.

— C'était lui, celui que j'aimais, ajouta-t-il d'une voix blanche. C'était lui, celui sur lequel je devais veiller. Il mourra à nouveau. Mais c'était lui, celui que je connaissais.

Shan le jaugea du regard en essayant de trouver une signification à ses étranges paroles.

— Pourquoi es-tu venu ici ? demanda-t-il. Quand le jeune garçon est mort, tu t'es enfui auprès de Lau. Pour quelle raison ?

Les yeux de Bajys allèrent s'égarer alentour avant qu'il pût répondre.

— Parfois, c'est comme ça que ça arrive, comme un nuage sombre. Les gens meurent, tout simplement. On ne peut pas l'empêcher.

Un cliquetis s'échappa du creux de ses cuisses : la main qui tenait le chapelet tremblait. Il reprit soudain d'une toute petite voix frissonnante :

— Wangtu sait. Wangtu me l'a dit. Lau était sous surveillance, il a dit.

Un pli soucieux barra le front de Jakli. Elle intervint brutalement d'un ton chagrin :

— Wangtu ne sait rien du tout ! Tout ce qu'il sait faire, c'est parler.

Bajys se tourna vers elle et secoua la tête.

— Wangtu sait, répéta-t-il d'un ton geignard. Le monde arrive à sa fin.

Il donna l'impression de se rétrécir devant eux, pour devenir de plus en plus petit, se vidant de sa substance à chaque seconde un peu plus. Shan avait déjà vu la chose se produire, même chez des hommes braves, et il frissonna en songeant à toute la laideur qui avait déclenché ce phénomène. Bajys était parti, loin de l'horreur absolue qui s'était emparée de lui face au cadavre du petit garçon, pour aller retrouver la sage et douce Lau. Mais il ne l'avait pas trouvée : il n'avait vu que des membres d'humains éparpillés en un lieu de terreur et de mort.

— Vous connaissez ce Wangtu ? demanda Shan à Jakli.

— Je vous ai déjà parlé de lui. Le chauffeur de Lau. Je le connaissais quand j'étais plus jeune.

— Celui qui se trouve au Camp de la Gloire ?

— Pas pour longtemps. Elle va l'interroger, il lui offrira des réponses sans queue ni tête et il sera relâché.

— Qu'est-ce que vous voulez dire ?

— Vous ne comprenez donc pas ? C'est ça, le jeu qu'elle joue, la Garce de Jade. Elle en colle autant qu'elle peut dans le camp, et elle les laisse mijoter à petit feu, à suer de trouille. Ainsi, ils finiront toujours par dénoncer quelqu'un pour être absous de leurs propres péchés.

— Mais pour combien de temps ? Quand sera-t-il relâché ? Il faut absolument que je lui parle.

En incarcérant Wangtu au Camp de la Gloire, la procureur l'avait peut-être privé du seul témoin susceptible de conférer un sens à la mort de Lau.

— Une semaine, peut-être deux.

— C'est trop long.

Elle se tourna face à lui en soupirant.

— Vous voulez entrer au Camp de la Gloire ? Allez en ville. Et brûlez un exemplaire des discours du Grand Timonier sur la place publique.

— Je ne veux pas d'un aller simple.

— Impossible de voir Wangtu sans aller soi-même derrière les barreaux.

Un frisson remonta le bras de Shan. Sa main droite se serra en étau sur son avant-bras gauche, masquant le numéro qu'il portait là, le numéro tatoué sur sa peau par ses geôliers au Tibet. Le simple fait de parler de prison, même d'une prison à sécurité minimale comme un camp lao jiao, jeta un grand froid sur le groupe. Shan se rapprocha du feu.

Un faucon poussa un cri perçant au-dessus de leurs têtes. Des feuilles rouge et or dansaient à la surface du sol, éparpillées par le vent d'après-midi.

— Ce n'était pas moi qui étais censé y aller, murmura soudain Bajys. C'est le fils aîné qui part. C'est toujours ainsi que ç'a été.

Shan et Lokesh échangèrent un regard. Une tradition tibétaine séculaire, qui avait aujourd'hui volé en éclats, comme tant d'autres traditions touchées par la main de Pékin, voulait que le fils aîné de chaque famille quitte la maison pour suivre une formation de moine.

— J'étais juste un dropka. Ce que je voulais, c'était rester avec les troupeaux. Mais mon frère est revenu après un mois passé dans un gompa, poursuivit Bajys d'une voix plus assurée. Il s'apprêtait à repartir pour six années d'études. On était en train de célébrer Losar, la fête du Nouvel An, et on se disait au revoir en jouant dans la neige ensemble une dernière fois. Il existait un endroit sur le flanc de la montagne avec un torrent qui, l'hiver, se transformait en une longue glissade de glace. On s'asseyait sur la glace, sur une peau de mouton, et on se laissait glisser sur cent, deux cents mètres, jusqu'à la rivière plate et gelée. Mon frère est parti en glissade. Je l'ai suivi des yeux en riant. Mais quand il est arrivé en bas, un grand trou noir s'est ouvert dans la couche de glace. Il s'est précipité droit dans le trou et il a disparu. Nous ne l'avons jamais revu. Il ne s'est pas débattu. Son corps n'était plus là, il n'y a presque pas eu d'éclaboussures. J'ai d'abord cru à une bonne farce et j'ai éclaté de rire. Mais ce n'était pas une farce. Il a disparu, riant avec moi une seconde, et puis plus rien la seconde d'après. Comme s'il n'avait jamais existé. Avant le Bardo, avant que les rites mortuaires soient effectués, on m'a rasé le crâne et on m'a expédié au gompa à sa place.

Son visage se tordit de douleur et il les regarda tour à tour, attendant que quelqu'un lui explique. Mais ils restèrent tous silencieux à contempler les flammes.

Shan examina ses compagnons. Il savait, sans même poser la question, qu'ils étaient tous arrivés à une compréhension mutuelle : il fallait mettre un terme aux activités d'un assassin ; il fallait sauver Khitai et le reste de la zheli ; il fallait retrouver le lama porté disparu. Mais il fallait d'abord et avant tout que Lokesh et Jowa mettent Bajys à l'abri, Lokesh qui pourrait protéger son âme, et Jowa qui pourrait protéger son corps. Ils iraient s'enfoncer dans les profondeurs de la montagne. Et Shan resterait, parce qu'il fallait que Shan retourne en prison.

# 5.

Devant lui, il y avait une montagne, et sur la montagne, un écureuil, et sur l'écureuil, une puce, et sur la puce, un œil qui contemplait le ciel, car la puce rêvait d'avoir des ailes. Shan gardait les yeux sur l'horizon. La montagne était bien là, mais le reste n'était visible que par l'œil de son esprit, en son for intérieur. C'était sa manière à lui de tenir la bride à son angoisse à mesure que le camion avançait vers le fond d'une longue vallée plate engoncée dans le versant nord des Kunlun. Son attention bascula, passant de l'horizon au plancher du camion : il n'osait pas regarder l'énorme ensemble de bâtiments cerclé de barbelés dont ils approchaient.

Il savait qu'il lui fallait absolument s'entretenir avec le chauffeur de Lau, Wangtu, et avec tout autre détenu récemment expédié là par Xu. Mais lorsqu'ils s'étaient engagés dans la vallée aride où se situait le Camp de la Gloire, la chose noire et informe — l'héritage que lui avait laissé le goulag — était venue s'insinuer dans ses tripes une fois encore, et il avait dû batailler contre une envie irraisonnée de bondir hors du camion. Non, il ne s'agit que d'un camp de rééducation, songea-t-il. Rien à voir avec un de ces camps de travaux forcés, où l'on vous entraînait à coups d'électrochocs et de marteaux à panne ronde, là où on expédiait les inadaptés tels que lui afin de leur faire éclater l'âme en esquilles et de les marteler de coups. Pas une vraie prison. Juste un camp de rééducation, se répéta-t-il. Mais il s'aperçut qu'il tremblait. Il posa la main droite sur son avant-bras gauche et serra fort, afin de tenter de maîtriser la réaction de ses chairs. Il remarqua alors l'endroit que couvraient ses doigts et serra encore plus énergiquement.

— Vous avez mal ? demanda Jakli avec un geste de la main qui fit ralentir Gros Mao au volant.

Non, fut tenté de répondre Shan, je n'ai pas mal, je suis d'une faiblesse insigne. S'il était capturé et si on vérifiait les numéros du tatouage, il serait catalogué comme fugitif. On se contenterait de le conduire à l'abri d'un rocher, pour lui tirer une balle dans la tête. Il avait l'impression qu'à tout instant son corps allait échapper à son contrôle et se jeter hors du camion. Mais il se contenta de contempler le plancher. Il y vit un galet, sur le galet, un lichen, et sur le lichen, une mite.

Au départ de la cabane de Lau, Jakli avait pris le volant et s'était dirigée vers un ensemble de bâtisses balayées par les vents sur la grand-route de Kachgar : une cahute devant une série de pompes à essence, un vaste garage entouré de véhicules plus ou moins démontés et, de l'autre côté de la route, un bâtiment carré en parpaings peints en jaune, avec une grande fenêtre vitrée et une enseigne portant, rédigé à la main, ce simple mot : Thé. Elle avait passé une série de coups de fil d'une cabine près des pompes à essence et, une heure plus tard, un camion de livraison en route pour le Camp de la Gloire s'était arrêté. Trois hommes se trouvaient à l'intérieur : Gros Mao au volant, et deux Kazakhs à grosse moustache — les fils d'Akzu. Les Kazakhs étaient sortis s'installer sur les sacs de jute à l'arrière du lourd véhicule à plateau ouvert, afin de faire de la place à Jakli et Shan dans la cabine. Un quatrième homme était descendu du tas de sacs à l'arrière, un gaillard aux larges épaules à l'air renfrogné, le regard froid, une balafre de tissus cicatriciels sur le cou, reste d'une blessure par balle. Jakli l'avait présenté sous le nom de Bœuf Mao. Il était monté en silence dans le camion-tortue en compagnie de Jowa, Lokesh et Bajys.

Jakli posa la paume sur les phalanges toutes blanches de Shan, puis, lentement, elle dégagea ses doigts, un à un. Elle remonta la manche de sa chemise et retraça de l'index la série de chiffres tatoués.

— J'ai d'autres amis qui ont survécu au goulag, dit-elle en lâchant un soupir. Mais cela reste toujours visible sur leur visage. Sur le vôtre, je n'ai jamais rien vu. Vous vous en êtes bien sorti.

— Personne ne s'en sort bien, murmura Shan, les yeux rivés à son tatouage.

Quatre gardes l'avaient maintenu au sol quand il avait voulu résister à l'aiguille. Finalement, ils avaient perdu patience et lui avaient fermé la bouche et les narines jusqu'à ce qu'il sombre dans l'inconscience. À son réveil, les chiffres étaient inscrits dans sa chair, et un officier politique était debout au-dessus de lui, se gaussant :

— Porte-le avec fierté ! avait-il aboyé. Il prouve que l'État se soucie encore de toi.

Jakli parla dans son dialecte turc. Gros Mao mit la main sous le siège et lui tendit une petite trousse de secours. Elle sortit un gros morceau de sparadrap, en arracha la doublure, et le plaça sur le tatouage.

— Voilà, dit-elle, en rabaissant la manche. Vous êtes exactement comme nous, maintenant.

Étrangement, la froideur commença à se dissiper et il se rappela les paroles qu'elle avait prononcées : d'autres amis. Comme si lui aussi était du nombre.

L'unique garde à la guérite près de la grille reconnut le camion et commença à lever la barrière avant même qu'ils atteignent les barbelés extérieurs. Ils passèrent sans s'arrêter, ralentissant juste assez pour que Gros Mao puisse jeter une pomme au soldat. Une bannière aux couleurs passées, aux bords tout effrangés, était pendue entre deux poteaux. *Libérez-vous du féodalisme.*

Un instant, le regard de Shan le prisonnier reprit le dessus. La barrière grillagée de l'entrée n'était pas très bien entretenue, ses gonds mal fixés et rouillés. Les barbelés de la grille comme de la clôture étaient également mangés par la rouille. Le garde lui-même, obèse, n'était plus de première jeunesse, et ne ressemblait en rien aux soldats d'élite de l'Armée populaire de libération ni aux troupes de la Sécurité publique qui assuraient la chiourme des camps de travaux forcés. Sa carabine paraissait en outre plus vieille que le bonhomme.

Wangtu se sera certainement vu attribuer des corvées de prisonnier de confiance, expliqua Gros Mao, dans la mesure où il ne se trouvait en détention qu'à fins d'interrogatoire. Il ne participait pas à la routine du camp, à savoir le déchargement de l'approvisionnement hebdomadaire en nourriture à l'entrepôt de la prison. L'entrepôt en question était une grande bâtisse carrée située entre la clôture extérieure en barbelés et le grillage intérieur qui encerclait les baraquements des prisonniers. Ils longèrent une structure en L qui abritait les bureaux administratifs du camp Gloire au Peuple. Plusieurs individus en chemise et pantalon bruns étaient debout sur les marches et surveillaient leur camion. Cet uniforme brun, Shan avait déjà eu l'occasion de le voir, dans les montagnes, juste avant que Gendun disparaisse.

— Sécurité de la Brigade, expliqua Jakli. Une petite garnison de soldats reste sur place, mais, l'année dernière, la Brigade a assumé l'entière responsabilité de l'administration du camp.

Au-delà de l'entrepôt, Shan aperçut un énorme tas de charbon et une petite chaufferie, surmontée d'une cheminée haute de quinze bons mètres. Il savait qu'il existait des prisons-goulags au Xinjiang, de gigantesques mines de charbon dans lesquelles hommes et femmes menaient des existences de bêtes de somme à extraire la houille au marteau et à la pointerolle, fournissant ainsi en combustible les prisons sœurs, tandis que le reste de la houille était expédié vers les villes de l'Est.

Un peu plus loin se situait le cimetière.

Une fois descendu du véhicule, Shan se retourna sur les longues rangées de planches délavées par le soleil qui faisaient office de pierres tombales : il y avait si longtemps qu'il n'avait pas vu de cimetière. À Pékin, la terre était trop rare pour qu'on la gaspille pour les morts. Seuls les membres les plus importants du Parti ou les gens aisés se voyaient accorder une tombe permanente. D'autres, contre bon argent, pouvaient s'acheter une concession quelques années durant, offrant ainsi l'occasion aux membres de la famille de leur rendre visite, mais lorsque le contrat arrivait à expiration, les corps étaient déterrés et incinérés. Les bouddhistes qu'il avait connus au Tibet continuaient à pratiquer les funérailles de plein ciel en laissant les dépouilles des morts en pâture aux vautours. C'était la manière la plus rapide de rendre le corps au grand cycle de la vie.

Une voix brutale jaillit tout à coup des haut-parleurs accrochés à des poteaux plantés en pourtour du camp. Elle annonça en mandarin que les sessions à la gloire des héros du Parti allaient débuter dans dix minutes. Shan ne perdit pas une miette du spectacle quand les quartiers à l'intérieur de l'enclos grillagé s'animèrent. Des baraquements — la plupart composés de blocs de béton avec toits en tôle, les autres de contreplaqué dont les plis se défaisaient — s'alignaient sur trois faces d'un carré de près de huit cents mètres de côté. La forme en U ainsi délimitée restait ouverte vers le bâtiment de l'administration où le camion était maintenant arrêté. Un second portail d'accès grillagé donnait vers les quartiers des prisonniers, avec deux gardes de faction, dont l'un s'appuyait contre un poteau comme s'il s'était assoupi. La bâtisse la plus proche du portail, aux fenêtres couvertes d'un gros grillage, était gardée par quatre hommes assis sur un banc près de la porte. Shan l'examina avec attention : Gendun pouvait très bien se trouver derrière ses murs.

Au-delà des baraquements, l'enclos intérieur se terminait par des champs vides, à l'exception d'un seul, de bonne taille, planté de choux. Au sud et à l'est, la prison était entourée de collines brunes vallonnées, couvertes d'herbe sur lesquelles paissaient quelques moutons.

La douleur au cœur tant le souvenir était vivace, il regarda les centaines de détenus vêtus de gris trottiner à pas pressés vers les classes d'éducation politique auxquelles ils étaient affectés. Personne ne pouvait se permettre d'être en retard. Un détenu lao jiao ne souffrait pas des privations infligées aux prisonniers d'un goulag, mais la discipline restait stricte. Shan revint sur le cimetière, dont il étudia les longues rangées de planches tombales. Par définition, les détenus lao jiao ne purgeaient que des peines légères, quelques mois ou un an tout au plus. Ceux qui décédaient au cours de leur détention ne pouvaient donc pas être très nombreux.

— Il arrive qu'ils attrapent des maladies contagieuses, expliqua Jakli en suivant son regard. Et il y a deux ans de cela, on a eu une sécheresse. Les habitants de la ville ont eu la priorité pour les allocations de nourriture. Ensuite les entreprises agricoles, puis le bétail. Enfin les détenus. Les prisonniers âgés sont morts de malnutrition. Ils ont mangé leurs ceintures, ils ont mangé leurs chaussures, ils ont mangé des insectes et des vers. Mais ils sont morts quand même. Et c'est ici que la Brigade expédie les prisonniers lao gai trop malades pour travailler. Pour qu'ils y meurent. Elle déteste voir traîner des ouvriers improductifs dans les mines de charbon. Il arrive aussi que les brigades de démolition amènent ici des prisonniers spéciaux, parce que c'est tellement loin de tout, et tellement secret.

Le camion recula en marche arrière jusqu'à un grand bâtiment en planches avec quai de déchargement. Une silhouette en chemise blanche et cravate émergea de l'administration en agitant un porte-bloc à leur adresse. Jakli fit signe à Shan de regagner l'arrière du véhicule.

Ils s'étaient mis d'accord par avance : Shan allait dégager les sacs du dessus, là où il serait le moins visible aux yeux des gardes. Il les ferait passer aux autres jusqu'à ce que Jakli trouve le moyen de communiquer avec Wangtu seule à seul. PRODUIT DE LA PROVINCE DE GUANGDONG, lut Shan sur les sacs de jute en escaladant la cargaison. Encore une autre des cruelles plaisanteries de Pékin. Pour les Tibétains, les Kazakhs, et beaucoup de minorités des régions occidentales de la Chine, orge et froment constituaient l'essentiel de leur régime alimentaire. Mais Pékin s'était débrouillé pour que la plus grosse part de la production locale soit expédiée dans l'Est comme nourriture pour les animaux en échange de riz, l'aliment premier des Chinois han. Des brochures explicatives, rédigées par le gouvernement central, et distribuées aux populations du cru, démontraient que le riz était meilleur pour la santé. C'était le riz, prétendaient même certains, qui rendait le peuple han plus intelligent. Un Américain que Shan avait connu à Pékin s'était un jour moqué de lui parce qu'il avait été choqué par une affiche proclamant que le riz était la nourriture des patriotes. Ce n'était qu'un slogan de marketing, avait-il dit.

Depuis son perchoir au sommet des sacs, Shan examina à nouveau le camp. Il distinguait clairement le cimetière, y compris quelques monticules de terre fraîchement remuée à son extrémité, et calcula rapidement qu'il y avait là au moins deux cents tombes. Entre la chaufferie et le cimetière il aperçut une cahute, peut-être une cabane à outils. Une silhouette apparut au coin. Un frisson glacé le parcourut : le soldat qui venait d'apparaître n'avait rien de commun avec les gardes paresseux et mal équipés de faction devant les barbelés. Même à plus de cinquante mètres, Shan reconnut l'uniforme et l'arrogance de la démarche. L'homme appartenait à la Sécurité publique. C'était un nœud, et l'arme qu'il nichait au creux du bras n'avait rien d'un vieux fusil démodé : c'était une mitraillette compacte.

— Vous êtes malade ? s'écria Jakli pour la seconde fois ce jour-là.

Il se rendit compte qu'il s'était plaqué contre les sacs de riz par simple réflexe : les instincts du prisonnier meurent difficilement.

— Il faut y aller, expliqua-t-elle quand il se redressa en secouant la tête.

Elle lui tendit la main pour l'aider à descendre du camion.

De retour dans la cabine, les doigts de Shan se nouèrent d'eux-mêmes pour former un mudra, mains serrées, majeurs dressés. Le Diamant de l'Esprit. La clarté de l'intention. Souviens-toi du but qui est le tien. Garde ta lucidité. Il releva la tête au moment où le camion franchissait l'enclos intérieur.

— Je croyais qu'on repartait ! lâcha-t-il, la gorge nouée.

— Le quai de déchargement est fermé aujourd'hui, expliqua Jakli. Nous sommes obligés de décharger, moitié directement aux cuisines, l'autre moitié demain matin sur le quai. Nous allons trouver Wangtu, lui assura-t-elle, à un endroit ou à un autre.

Mais Shan ne se souciait plus vraiment de retrouver le chauffeur de Lau. Il avait la langue tellement sèche qu'il était incapable de sortir un mot, sinon il aurait protesté avec véhémence. Parce qu'au bout du compte, on le ramenait bien en prison. Tout cela n'était-il pas une abominable farce que lui jouaient ses anciens geôliers, pour le prendre au piège et le garder derrière les barbelés gouvernementaux quelques années supplémentaires ?

— Que pouvions-nous faire ? interrogea Jakli en posant la main sur son bras. Ç'aurait éveillé les soupçons si nous avions refusé. Vous serez en sécurité, je vous le promets.

Il prit conscience qu'il se laissait glisser tout au fond de son siège, comme si son corps agissait de façon autonome et ne voulait qu'une chose : se cacher. Parce qu'on le ramenait bien en prison. Et, cette fois, il n'y aurait pas de moines bouddhistes pour le soigner quand ses geôliers en auraient fini avec lui.

Jakli lui serra le bras. Son geste le ramena à la réalité.

— C'est uniquement quand on se comporte en prisonnier qu'on devient prisonnier, remarqua-t-elle sans emphase, d'une voix calme.

La sagesse de la jeune femme frappa Shan comme un vent neuf et frais, au point de lui faire honte. Lentement, il se redressa et ne prononça plus une parole jusqu'à ce qu'ils arrivent à proximité du long bâtiment faisant office de cuisine et de réfectoire.

— Je suis désolé, dit-il, en résistant à la tentation de serrer une nouvelle fois son tatouage.

De s'être ainsi excusé à haute voix lui redonna un peu de force, mais sa honte grandit. *Il n'y a rien à craindre derrière les barbelés.* Les mots lui revinrent à l'esprit avec la même évidence que le jour où ils avaient été prononcés à son intention, des années auparavant, par un vieux moine serein qui purgeait sa trente-cinquième année au goulag. *Car aucun geôlier n'a jamais pu emprisonner la vérité.*

Il sortit du camion et observa le baraquement qui servait de quartier spécial de détention, à deux cents mètres de là.

— Les prisonniers enfermés là-dedans sortent-ils pour la promenade ? demanda-t-il à Jakli.

— Non. Ici, on les appelle les invisibles, soupira-t-elle. Des cas spéciaux. Habituellement, ils n'ont rien à voir avec Yoktian.

Shan scruta le bâtiment de tout son être comme si, par simple jeu de sa volonté, il allait parvenir à voir au travers des murs.

— Vous pensez que votre lama se trouve à l'intérieur, n'est-ce pas ? questionna Jakli, comprenant soudain. Venez, dit-elle en le tirant par la manche. Il est dangereux de paraître trop curieux.

Shan lutta contre une nouvelle envie irraisonnée : courir jusqu'aux baraquements fermés à double tour et tambouriner à la porte en appelant Gendun. L'espace d'un instant, rien ne lui parut plus important que d'entendre la voix du vieux lama.

Plusieurs hommes vêtus d'amples tuniques grises sortirent du réfectoire par une porte latérale. Jakli bondit et disparut dans le bâtiment. Le camp était presque vide maintenant que les prisonniers avaient regagné leurs classes respectives. Shan rejoignit la file qui se constituait pour transporter les sacs de riz dans la cuisine, sans quitter des yeux le baraquement aux fenêtres grillagées, en quête d'un signe qui le renseignerait sur l'identité des détenus. Il accepta un des lourds sacs de riz et suivit les autres dans le bâtiment, où il laissa tomber son fardeau sur une pile, sous la surveillance d'une femme à la voix caquetante en robe marron qui agitait une cuillère en bois avec un air de grande autorité. Un homme de haute taille, la joue balafrée, était debout près de l'évier et lavait des marmites. Mais d'une main seulement. Il psalmodiait à mi-voix, sa seconde main à la ceinture décomptant les grains jaunes d'un rosaire en plastique. À ses côtés, un homme plus âgé essuyait les marmites avec des gestes maladroits. Il avait apparemment du mal à les tenir correctement. Pour les sécher, il les maintenait en équilibre sur la paume de sa main, puis les replaçait sur une étagère murale en les attrapant entre les deux petits doigts. Il n'avait plus de pouces. Encore un Tibétain. Shan se souvint qu'il ne se passait pas une semaine au goulag sans que les gardes plaisantent cruellement sur les Tibétains qui se faisaient élaguer. Plusieurs années durant, cette forme de punition avait eu la faveur des officiers des nœuds : ils se servaient de sécateurs de jardinier pour sectionner les pouces, afin d'empêcher les moines de réciter leur rosaire.

Shan jeta un œil par une porte à double battant et balaya les longues rangées de tables vides. Une classe politique s'était réunie à l'extrémité du réfectoire. Une imposante Chinoise han, elle aussi en robe marron, faisait les cent pas à l'intérieur du cercle des prisonniers assis, les mains croisées dans le dos. Un bref instant, elle fit face à la porte. Shan l'entendit s'écrier d'une voix tellement tonitruante que, pendant une seconde qui lui glaça les sangs, il crut qu'elle s'adressait à lui :

— Quel est le grand pourvoyeur du peuple ?

— Le Parti est le grand pourvoyeur du peuple, répondirent les prisonniers en chœur.

La rythmique était familière, comme une chorale. Un des mantras du Grand Timonier.

Shan se retourna vers le Tibétain devant son évier, qui continuait sa litanie silencieuse sans se soucier outre mesure du brouhaha alentour. Un mantra pour le Bouddha de la Compassion.

Il revenait avec un nouveau sac sur les épaules quand il entendit dans son dos une voix qui répétait le slogan de l'instructrice. Mais à chacune des répétitions, les mots changeaient.

— Qui est le grand cordonnier du peuple ? chantonna l'homme. Le Parti est le grand cordonnier du peuple.

La voix était douce mais suffisamment forte pour être entendue par ceux qui l'entouraient.

— Qui est le grand barbier du peuple ? Le Parti est le grand barbier du peuple.

Il y eut quelques éclats de rire. Et aussi des regards inquiets, par crainte d'éventuelles oreilles indiscrètes.

Shan dut s'arrêter devant le perron et attendre que l'homme plus âgé qui le précédait, son sac sur les épaules, gravisse péniblement les marches. Il vit le grand gaillard qui tournait en dérision l'enseignement politique : sous une belle et épaisse moustache bien taillée, il affichait un petit sourire aigrelet.

— Quel est le grand gardien de zoo du peuple ? demanda-t-il avec un signe de tête vers Shan.

Shan resta muet. L'homme répéta sa question.

Cette fois, Shan le salua en retour, du même petit signe de tête, sans ciller ni baisser les yeux.

— Le Parti est le grand gardien de zoo du peuple, répondit-il doucement.

L'homme sourit et regarda par-dessus l'épaule de Shan : Jakli venait d'apparaître en haut des marches.

— Allah soit loué ! lâcha-t-il dans ses moustaches.

Jakli acquiesça et leur fit signe de la rejoindre dans l'ombre, de l'autre côté du camion.

— Ainsi donc, vous vous êtes trouvés, dit-elle en les rejoignant.

— Pas exactement, répondit Shan.

Jakli posa la main sur le bras du moustachu.

— Wangtu, voici Shan. Il est venu pour Lau et les enfants.

Mais Shan était oublié. Wangtu contemplait les doigts de Jakli sur son avant-bras.

— Je croyais que tu étais partie, balbutia-t-il, sans plus rien de l'assurance fanfaronne qu'il avait manifestée. Ils ont raconté que la Garce de Jade t'avait dans le collimateur. Mais tu es libre ? Tu es sortie ?

— Pratiquement.

Quand elle lui expliqua la raison de la présence de Shan, Wangtu haussa les épaules.

— Les enfants, ch'suis pas au courant, affirma-t-il avec conviction, à croire que les enfants n'habitaient pas dans son monde. Quand des enfants meurent, ça regarde leurs parents.

— Ceux dont je te parle n'avaient pas de parents, rétorqua Jakli avec impatience. Les orphelins de Lau. Un d'entre eux vivait avec Bajys. Et Bajys, tu le connais, non ?

— Je pourrais t'avoir des tas de trucs, dit Wangtu. Je pourrais venir te voir. J'habite en ville.

— Pour l'instant, tu habites au Camp de la Gloire.

— Tu veux parler de ça ? lança-t-il avec un geste dédaigneux vers les casernements de prisonniers. Des vacances, oui ! On chante quelques vieux chants, on revoit de vieux amis, ajouta-t-il avec un regard lourd de sous-entendus à Jakli.

— Comment avez-vous fait la connaissance de Bajys ? demanda Shan.

— Lui et ce gamin, soupira Wangtu, de temps en temps, ils donnent un coup de main pour livrer la laine en ville. Pour ce clan-ci ou pour celui-là. Vous comprenez, ils passent d'un clan à l'autre, ils ne restent pas toujours avec le même. Quelques semaines par-ci, quelques semaines par-là. C'était le système de Lau. Je vois des gens, dans des endroits différents. Quand la Brigade n'a pas besoin de moi pour l'école, je conduis des camions pour l'usine de traitement de laine. Là, on nettoie la laine et on la met en balles, et après, moi, je les transporte jusqu'aux usines de tapis à Kothan.

Kothan était la grande ville à deux cents kilomètres à l'ouest, jadis un centre de commerce important sur la Route de la Soie.

— L'école est dirigée par la Brigade ? demanda Shan à Jakli.

— L'école, ce camp, et bientôt le monde tout entier, répondit Wangtu d'un filet de voix.

— Mais tu lui as dit quelque chose, insista Jakli. Tu as bien dit à Bajys que Lau avait des problèmes.

— Ton père, s'enquit Wangtu. Est-ce qu'il est jamais revenu ?

Sa question sembla prendre Jakli totalement au dépourvu. Elle refusa de croiser son regard et s'adressa à Shan.

— Wangtu et moi, expliqua-t-elle, on est allés à l'école ensemble.

Le visage de Wangtu s'illumina d'un grand sourire. La réponse de Jakli lui avait apparemment fait très plaisir.

— Dépêche, Wangtu, insista Jakli en voyant la cargaison presque entièrement déchargée. Pourquoi as-tu prévenu Bajys ?

— C'est pas vraiment ce que j'ai fait. Je lui ai juste dit que Lau marchait avec le loup bleu, expliqua-t-il en jetant un coup d'œil en coin à Jakli.

Le visage de Jakli se figea en masque dur et furieux.

— C'est un *jinni*, précisa-t-elle à Shan, sans quitter Wangtu des yeux. Un loup bleu est un mauvais jinni. Un esprit du mal.

— Pour les Kazakhs, ajouta Wangtu. Pour les vieux Kazakhs, en tout cas.

— Explique-toi, le pressa Jakli, de plus en plus impatiente. Pourquoi as-tu dit qu'elle avait l'ombre d'un loup bleu derrière elle ?

Wangtu donnait l'impression de ne plus écouter et regardait par-dessus l'épaule de la jeune femme.

— Ça, je pourrais te l'avoir, lança-t-il avec un hochement de tête nostalgique vers le grillage.

Jakli pivota pour se figer aussitôt, le visage illuminé de plaisir. Dans un corral clôturé de cordages, entre les périmètres intérieur et extérieur du camp, se trouvait un magnifique cheval blanc.

— Dans le temps, on se promenait ensemble, Jakli, dit Wangtu d'une voix pleine d'une étrange mélancolie. Et je venais chanter des chansons dans ton campement.

Elle ne parut pas avoir entendu et avança d'un pas, comme attirée par cet animal plein de grâce qui caracolait dans son enclos improvisé.

— Je pourrais trouver des chevaux blancs à ton clan, suggéra Wangtu.

— Pourquoi avez-vous dit ça à Bajys ? insista Shan.

La question sortit Jakli de sa transe. Elle vint se réfugier derrière Shan, comme effrayée par l'offre de Wangtu.

— J'entends des choses, d'accord ? soupira Wangtu. J'ai entendu qu'un nouveau professeur devait arriver. Un jour, j'ai entendu le lieutenant Sui dire à la directrice de l'école qu'un professeur avait fait un rapport sur Lau : au cours d'une de ses classes, Lau avait lu une liste de noms du Vingt-Neuf Cinq, et des noms de 1977.

— Ce sont des dissidents, expliqua vite Jakli, un œil sur le camion. Mais Lau n'a pas été arrêtée. Elle a été assassinée.

Wangtu grommela et ouvrit la bouche comme pour éclater de rire.

— Assassinée ? Certainement pas ! Elle a disparu, près de la rivière. Elle pourrait bien réapparaître.

— Elle a disparu, avec une balle en plein front, renchérit Shan. Nous avons vu son cadavre.

Wangtu chercha confirmation auprès de Jakli, qui acquiesça de la tête. Il fit la grimace et examina Shan d'un air soupçonneux.

— Les prêtres, se dépêcha de préciser Jakli, comme si elle

craignait que Shan parle en premier. Ce sont les prêtres qui l'ont prié de venir.

— Les prêtres ? Quels prêtres ? s'étonna Wangtu, complètement perdu. Tu veux dire un mollah ?

— Aucune importance, soupira Jakli, agacée. Il n'y a pas de mauvais prêtres.

— Bien sûr que si. Les prêtres qui dirigent ce camp de prisonniers, rétorqua Wangtu d'une voix creuse, les traits pleins de colère. Qu'est-ce qu'il a dit, le Grand Timonier ? La religion est le poison du peuple. Alors il s'est débarrassé des autres religions avant d'envoyer ses propres prêtres.

Il se tourna alors vers Shan.

— Tout ce que la procureur dit, c'est que Lau a disparu. Xu nous a parlé, elle s'est adressée à tous les détenus du camp. Elle a déclaré que les réactionnaires avaient peut-être fait quelque chose à Lau, qu'ils l'avaient peut-être kidnappée. Ce sont des choses qu'ils font, nous a-t-elle expliqué, dans l'espoir d'échanger la victime de l'enlèvement contre un des leurs qui est emprisonné. Peut-être que l'un d'entre nous aurait des informations qui pourraient l'aider, elle a ajouté.

— J'ai vu Lau, insista Jakli d'une voix glacée. Elle est morte, Wangtu, mais la procureur doit l'ignorer. Ça ne sera d'aucune aide à personne.

— Lau, je l'aimais bien, dit Wangtu.

Il lâcha un sifflement discret entre ses dents en secouant lentement la tête, tourné vers le détenu âgé qui avait eu du mal à monter les marches. Le vieil homme s'appuyait contre le mur, le souffle rauque, en quête d'un peu d'air.

— Il est bien âgé pour transporter des sacs de riz dans une prison, fit remarquer Shan.

Le peuple gaspillait rarement ses ressources : le rééducation était habituellement réservée à ceux de ses citoyens qui avaient encore assez d'énergie pour contribuer à l'effort prolétarien.

Wangtu fronça les sourcils, comme si Shan, ou les Han tous autant qu'ils étaient, était responsable de la présence du vieillard dans ce camp-prison.

— C'est un ancien professeur. Quarante ans dans un village près de Kachgar, et, après ça, on l'a viré en lui disant d'aller dans une maison de retraite pour enseignants pensionnés. Au lieu de quoi il a démarré des cours non officiels parmi les clans. Il se rendait à cheval d'un campement à l'autre, et il se faisait payer en nourriture et une paillasse pour dormir. Il a été dénoncé parce qu'il enseignait l'histoire ancienne.

— L'histoire ancienne ?

— D'avant 1949. La République du Turkestan, les royaumes de la Route de la Soie. À l'époque où ce pays était indépendant. Je lui conseille de s'arrêter. Il est trop vieux. Il en est à sa troisième gamelle.

— Sa troisième gamelle ? Qu'est-ce que c'est ? demanda Shan.

— La troisième peine d'emprisonnement, en lao jiao. Chaque fois qu'on arrive au camp, ils nous donnent une gamelle en fer-blanc, pour la toilette, la nourriture, la boisson, elle sert à tout.

Son regard revint se poser sur le vieil homme de l'escalier.

— Après trois gamelles, c'est les travaux forcés si on est arrêté à nouveau.

— Il ne tiendrait pas un mois au goulag, dit Shan en contemplant le vieux professeur avec tristesse.

Wangtu changea de position et inspecta lentement la longueur de barbelés qui courait sur le côté du camp. Un petit camion aux allures d'antique véhicule blindé, qui aurait pu servir dans la première armée de la Huitième Route, avançait lentement le long de la clôture.

— Il ne durera pas un mois au Camp de la Gloire, pas cette fois. La vie y est devenue bon marché depuis que la Brigade a pris la direction des opérations.

Wangtu ne donnait plus l'impression de s'adresser à eux mais à un interlocuteur lointain près des bureaux de l'administration : il contemplait le cimetière.

— Un Mongol, dit-il. Un adolescent. Il avait une revue avec des photos en couleurs de chevaux. C'était contre le règlement, et puis après ? C'étaient rien que des chevaux. Tous les jours, il admirait ces photos et il disait que, plus tard, il en aurait tout un troupeau. Au cours d'une classe de rééducation, l'instructrice responsable de son baraquement a pris la revue que le jeune Mongol cachait à l'arrière de son pantalon. Cette instructrice, elle a dit qu'elle avait besoin de la revue parce qu'il n'y avait plus de papier dans les latrines. Le jeune Mongol lui a sauté dessus. Elle l'a frappé à la tête d'un coup de pelle. Ça m'a rappelé le bruit d'un rondin pourri quand on marche dessus. Le jeune garçon s'est assis par terre, la tête entre les mains. L'instructrice a commencé à tourner autour de lui en gueulant, comme quoi c'était un malfaisant, et que c'était inadmissible de posséder des biens personnels. Quand elle a fini, elle a hurlé au Mongol de présenter ses excuses à tout le monde. Il n'a pas répondu, alors elle l'a frappé à coups de pied. Il s'est contenté de rouler sur le côté. Il était paralysé. Aujourd'hui, il ne quitte plus sa couchette. L'instructrice a pris sa revue et l'a emportée dans les latrines.

Jakli étouffa un sanglot, la main devant la bouche. Wangtu fit la grimace, paraissant se reprocher d'avoir bouleversé Jakli.

— Mais pour quelle raison avez-vous voulu prévenir Bajys ? demanda Shan. Pourquoi suspectiez-vous que Lau allait avoir des ennuis ? Qui était l'esprit du mal qui suivait Lau ?

— Nous étions amis, Lau et moi. C'était la seule à venir s'asseoir à l'avant avec moi dans la voiture. Elle m'apportait des médicaments, et elle me donnait des tisanes spéciales de plantes qu'elle trouvait dans les montagnes.

Wangtu montra le cheval blanc à Jakli, comme si cette vision allait la réconforter.

— Il lui arrivait des choses bizarres, à Lau. Virée du conseil agricole. Dénoncée à la Sécurité publique. Ce Tibétain. Je lui ai parlé de ce Tibétain. Kaju. Je ne connaissais pas son nom à ce moment-là, mais je lui ai parlé, il y a peut-être trois mois, du Tibétain que le directeur Ko faisait venir pour la zheli. Elle n'était pas au courant. Je lui ai dit que j'avais entendu Ko en discuter un jour en voiture. Je lui ai dit : je crois qu'ils pensent que vous allez partir.

Il y a trois mois, se rappela Shan. C'est à cette période que Lau avait commencé à expliquer à quel endroit elle voulait reposer.

— Comment a réagi Lau ?

— Au début, elle s'est contentée de sourire et m'a tapoté le bras. Ensuite elle a dit, oui, je crois qu'ils en sont convaincus. Elle a soupiré et elle a ajouté qu'elle n'aurait jamais dû se rendre à Ouroumtsi. Elle bavardait toujours beaucoup avec moi, mais, ce jour-là, elle est restée silencieuse jusqu'à la fin du trajet.

— Ouroumtsi ? demanda Shan. Qu'est-ce qu'elle voulait dire ?

— Je ne l'ai jamais su, répondit Wangtu avec un haussement d'épaules. Un voyage jusqu'à la capitale.

— Qu'a-t-elle ajouté ? reprit Jakli.

— Quand elle est partie, ce jour-là, elle a dit qu'elle ne devrait peut-être plus m'apporter de tisanes, parce que, par la suite, les gens allaient répéter que nous étions amis. Nous pourrions rester amis dans nos cœurs, mais elle ne voulait pas me faire d'ennuis. J'ai répondu que je me fichais de ce que les gens pensaient. Mais elle m'a dit qu'il fallait que je m'en préoccupe, parce que nous étions en Chine.

Il se retourna vers le cheval blanc, le regard douloureux.

— Après ça, j'ai eu l'impression qu'elle était tout le temps pressée. Elle n'avait plus le temps de parler. Plus rien. Je n'ai plus beaucoup fait le chauffeur pour elle. Il y a un mois que je ne l'ai pas vue.

Il contempla l'horizon avec une expression songeuse.

— Quand elle est morte, qui était là ? demanda-t-il.

— C'est bien ce que nous cherchons à découvrir, dit Jakli.

— Non. Je veux dire, qui allait-elle voir ? C'est important. Lau ne faisait confiance qu'à un nombre limité de personnes. Elle restait uniquement quand un de ses amis était tout près. Elle se déplaçait en allant de l'un à l'autre, comme si elle passait d'une oasis à une autre. Là où elle est allée, c'est à eux que vous devriez poser la question.

Lau était morte dans ce lieu du désert dont Jakli paraissait peu incline à parler, ce lieu où Bajys avait eu sa vision de cauchemar peuplée de bras et de jambes d'humains démembrés.

— N'oublie pas que la procureur n'est pas au courant, lui rappela Jakli. Il ne faut pas qu'elle l'apprenne.

— Tout ce que je sais, répondit Wangtu avec un sourire forcé, c'est qu'elle ne savait pas nager. Jamais je ne l'aurais révélé à quelqu'un. Mais à toi, je l'ai dit, Jakli.

La jeune femme se tourna vers lui, visiblement mal à l'aise.

— Je vais me marier, Wangtu, annonça-t-elle très vite.

Elle se pencha vers lui et l'embrassa sur la joue, puis s'éloigna en direction d'un autre prisonnier qu'elle semblait avoir reconnu.

Un mariage. En la suivant des yeux, Shan se sentit stupide de n'avoir pas compris plus vite. Les conversations excitées à mi-voix au camp de la Pierre rouge. La robe que les femmes plus âgées s'étaient dépêchées de mettre à l'abri des regards. Le cadeau secret de Malik destiné à Jakli et à une autre personne, dont le jeune garçon n'avait pas voulu parler. Nikki, le nom qu'Akzu avait mentionné quand il avait quitté Jakli au garage. Les autres femmes auraient joyeusement partagé ces bonnes nouvelles. Mais le mariage de Jakli était entouré de mystère, ce que Shan comprenait, car lui aussi avait grandi dans un monde où l'on en révélait le moins possible sur les choses importantes pour soi, de crainte qu'elles ne vous soient enlevées.

Wangtu resta planté sur place, déconfit, tout en suivant des yeux Jakli qui bavardait avec un Han replet de petite taille.

— Il faut que vous la teniez à l'écart. Il faut que vous la teniez à l'écart, répéta-t-il, comme s'il craignait que Shan n'eût pas entendu.

— À l'écart ?

Shan songea que le moment était bien étrange pour se marier, alors que les clans étaient en train d'être démantelés et que des enfants se faisaient tuer. Mais il avait appris des années auparavant combien il était difficile de traduire la langue que parlait le cœur d'autrui.

— À l'écart. Loin du Camp de la Gloire. Loin de la prison. Il y a des gardes qui la détestent parce qu'elle n'hésite pas à leur répondre, elle leur résiste. Elle n'est pas faite pour la cage. Comme le jeune Mongol.

Sa déception semblait avoir cédé la place à l'inquiétude. Il ouvrit la bouche, mais aucun son n'en sortit. Il croisa le regard de Shan et baissa la tête.

— J'aurais volontiers purgé sa peine à sa place si j'avais pu, chuchota-t-il. Sa place est dans les montagnes, sur un cheval.

Il s'éloigna d'un pas lent, comme s'il avait oublié la présence de Shan.

— Camarade Hu, annonça Jakli en amenant le petit Han vers Shan. Directeur du Comité d'éducation pour l'école de Yoktian.

Hu toucha ses lunettes à grosse monture avec un sourire vide.

— Ancien directeur, je dirais.

— Pas nécessairement, intervint Jakli sur un ton rassurant. C'est toujours ainsi que procède la procureur Xu. Pour intimider les témoins.

— Je lui ai dit, pourtant ! Je n'ai été témoin de rien. Lau n'appartenait pas officiellement à notre personnel. Officiellement, elle n'était pas sous notre responsabilité. À une occasion, elle a reçu une petite subvention, mais c'était il y a des années. Nous nous sommes contentés de lui donner un bureau et de lui communiquer nos emplois du temps de manière qu'elle puisse s'intercaler dans les blancs. En la laissant utiliser nos chauffeurs de temps à autre.

— Donc vous avez récemment parlé à Xu ?

— Ce matin même. Elle m'a conseillé de réfléchir, quand je lui ai annoncé que je ne savais rien. Elle m'a aussi rappelé au passage qu'il était difficile de trouver un bon emploi à Yoktian. Elle a consulté mon dossier et m'a fait remarquer que j'avais une famille. Je lui ai répondu qu'il n'y avait pas de secrets à propos de Lau. C'était un livre ouvert. Trop ouvert peut-être. Elle a dû se montrer un peu trop directe avec le mauvais interlocuteur. Il y a des bergers qui ne sont pas faciles, ils s'énervent facilement, certains vivent encore à l'époque des khans, quand il y avait des dissensions sanglantes entre les clans.

Il regarda alentour.

— J'ai proposé à la procureur d'enseigner pendant mon

séjour ici, déclara-t-il, comme s'il soupçonnait Shan d'être un officier politique.

Shan cessa de lui prêter attention : Hu n'était certainement pas le genre d'individu auquel Lau se serait confiée.

Wangtu avait très probablement raison : Lau avait une très grande intuition en ce qui concernait autrui, et elle allait d'une personne de confiance à une autre. Mais que leur laissait-elle à son départ ? Des secrets. Les secrets, c'est ce qu'on révèle à ceux qui ont notre confiance. Lau s'était rendue dans ce lieu dans le désert, ce lieu qui répondait au nom de Karachuck, non pas pour mourir, mais pour partager un secret.

Shan remarqua alors, accroupi dans les ombres contre le mur du réfectoire, face à la cour, un autre individu qui, de temps à autre, jetait un coup d'œil vers Jakli et lui. Il était pratiquement chauve, le visage si décharné que l'ossature du crâne était clairement visible.

Un bref instant, son regard croisa celui de Shan. Ses paupières donnèrent alors l'impression de sombrer. Il toucha le sol des doigts, comme s'il s'était assoupi.

— C'est une perte de temps, déclara Jakli en voyant l'homme qui avait attiré l'attention de Shan. Allez-y si vous voulez, mais ce qu'il vous dira n'a ni queue ni tête.

Shan se tourna vers elle d'un air interrogateur tandis qu'elle poursuivait sa conversation avec Hu.

— Le Xibo, lui dit-elle en aparté. Le gardien des eaux.

— Comment s'appelle-t-il ?

— Je ne sais pas. C'est le gardien des eaux, c'est ce qu'il a toujours été. Il marmonne tout le temps des choses absurdes et il bave. Il ne parle que la langue des clans et l'ancien dialecte xibo.

Shan s'avança vers le chauve.

Le gardien des eaux ne parut pas reconnaître sa présence quand il s'accroupit devant lui. Il se contenta simplement de se décaler sur le côté, comme si Shan lui bouchait le paysage. Shan fit de même, puis il s'assit par terre. Pas une parole ne fut échangée. Shan fixa le gardien des eaux qui, par-dessus son épaule, contemplait l'horizon lointain, en suçotant quelque chose, peut-être une coque de noisette, ou un galet. Un mince filet de bave coulait d'une commissure de ses lèvres.

Shan avait passé son enfance en Mandchourie. Des Xibos, il en avait connu, et l'homme qui lui faisait face n'était pas un Xibo. Il n'avait pas non plus la cinquantaine, comme l'avait dit Jakli. Il était plus vieux, voire très vieux, même si les seules indications de son grand âge se limitaient à des yeux chassieux et des ongles crénelés de corne jaunâtre. Il fixait maintenant le sol à ses pieds. Un sourd grommellement s'échappait de sa gorge — un bruit de vieillard. Mais Shan ne se laissa pas prendre à son jeu : ses yeux absents aux coins tombants, la bave, le marmonnement.

C'étaient les doigts qu'il avait remarqués en premier, alors qu'il se trouvait encore en compagnie de Jakli. Ils ne tombaient pas, comme sous un trop-plein de lassitude. Ils étaient soigneusement alignés, la main gauche à plat sur la cuisse, la droite enveloppant le genou droit, les paumes tournées vers l'intérieur, les doigts dirigés vers le bas, pouces légèrement écartés. C'était un mudra, le Mudra Touchant la Terre, invoquant la divinité terrestre et la prenant à témoin. Entre les doigts de la main droite se trouvait une petite fleur séchée.

Il existait un lien que Jakli avait apparemment laissé échapper. Le gardien des eaux avait été engagé par le conseil agricole. Et Lau avait servi à ce conseil pendant des années.

Shan, à son tour, commença à disposer ses propres doigts avec soin, d'une manière qu'on lui avait enseignée à Lhadrung : les mains en coupe, pressées ensemble, les bouts des doigts en contact, les deux pouces en appui l'un contre l'autre.

Le gardien des eaux laissa filer son regard à la dérive, repassant sur Shan comme s'il n'était pas là. Le dernier des sacs de riz fut déchargé, et les hommes commencèrent à se rassembler près des marches, tête levée vers les haut-parleurs comme s'ils attendaient de nouvelles instructions.

Shan ne bougea pas. Il fixa ses yeux sur ceux du gardien des eaux.

Le vieil homme finit par voir les mains de Shan et sa tête, un bref instant, tremblota, comme si son esprit cillait. Il avait vu ce que les mains de Shan formaient, il avait reconnu le mudra de la Flasque au Trésor, le signe du réceptacle sacré. Et il avait compris que Shan savait qu'il avait vu.

Les deux paupières en capuchons se relevèrent mais les yeux ne bougèrent pas dans leurs orbites. Seule la tête se redressa lentement pour croiser le regard qui la fixait.

— Je me suis rendu dans votre caverne, Rinpoché, murmura Shan en tibétain. Je vais vous aider, je vais aider les enfants.

Le gardien des eaux ne répondit pas, mais après un moment il se saisit des mains de Shan et les serra lentement, avec force.

— Même si tu le trouves, tu ne pourras pas le faire revenir en arrière.

Ses paroles avaient jailli de façon tellement soudaine, en tibétain, un murmure d'une voix si basse que Shan crut un instant qu'il avait rêvé. Mais les yeux humides du vieil homme s'écarquillèrent, et sa bouche remua à nouveau.

— Tu ne pourras que le conduire de l'avant, ajouta-t-il d'une voix rauque.

Puis son regard se reporta vers les montagnes, vers les monts Kunlun et le Tibet.

Shan se sentit envahi par le souvenir des paroles de Bajys. *C'était lui, celui que j'aimais,* avait-il dit de Khitai, comme s'il existait un grand nombre de Khitai. *C'était lui, celui sur lequel je devais veiller.* Bajys n'avait pas compris que Khitai était toujours en vie, ou, s'il l'avait compris, ne s'en était pas soucié. Un secret dont on avait rompu le sceau : c'était cela qui avait brisé Bajys, qui l'avait fait fuir à toutes jambes, gémissant, délirant, vers Lau. Quelqu'un avait découvert un secret énorme, le secret de Bajys, et maintenant que ce secret était dévoilé, le monde de Bajys arrivait à sa fin. Et le professeur, le vieux lama qu'était le gardien des eaux, s'exprimait de la même manière énigmatique. Peut-être qu'après tout, Bajys ne parlait pas d'un garçon, mais d'un objet. *Tu ne pourras pas le faire revenir en arrière. Tu ne pourras que le conduire de l'avant.*

Le moteur du camion revint soudain à la vie dans un rugissement. Le vieil homme se leva, ses yeux reprenant leur lueur somnolente et voilée, comme ceux d'un demeuré. Il s'emmêla les pieds en se dirigeant vers le réfectoire, sous les éclats de rire des prisonniers à la porte.

L'instant d'après, les haut-parleurs se remirent à crachoter. Les hommes se rassemblèrent autour du réfectoire en réajustant leur tunique, puis ils firent mouvement vers le gros des prisonniers qui commençaient à remplir la cour. C'était leur tour de se faire bénir par les prêtres politiques.

Gros Mao fit lentement franchir au camion l'enceinte intérieure. Mais quand ils voulurent sortir du Camp de la Gloire, ils s'aperçurent que la grille principale avait été fermée et verrouillée d'une chaîne cadenassée. Il n'y avait pas de garde alentour. Inquiets, ils attendirent dix minutes, puis Gros Mao avança le véhicule vers le bâtiment de l'administration. Une silhouette apparut : ce n'était pas un garde, mais un employé chinois en chemise blanche effrangée aux manchettes qui se dirigea vers eux.

— On vous a dit ce que vous deviez faire, annonça l'homme d'une voix criarde. Le reste de la cargaison doit être déchargé demain.

— Nous reviendrons donc demain, déclara Gros Mao. À l'aube, si vous le désirez.

Un rictus de mépris s'afficha sur le visage de l'employé. Il déplia un morceau de papier qu'il sortit de sa poche.

— Nous sommes autorisés à recevoir une livraison hebdomadaire, couina-t-il. Vous êtes autorisés à recevoir un paiement pour une livraison hebdomadaire. L'intégralité de la cargaison sera acceptée contre signature à la cuisine.

Il agita le morceau de papier à la figure de Gros Mao.

— Vous croyez peut-être que vous allez revenir demain et être payé pour deux livraisons ? Certainement pas !

— Ne soyez pas ridicule. On n'est payé que pour les livraisons qu'on effectue.

— Exactement, dit l'employé avec un geste victorieux de la main. Et vous vous proposez de ne livrer qu'un demi-camion demain.

Il releva le nez qu'il pointa sur Gros Mao.

— Les campagnes contre la corruption, ça existe.

Le Ouighour serra les mâchoires en essayant de contenir sa colère.

— En ce cas, on va déposer les sacs sur le quai de déchargement. Demain, vous pourrez les rentrer.

— Votre paiement exige que la livraison s'effectue à l'intérieur de l'entrepôt. Tricher sur la main-d'œuvre est une autre forme de corruption, rétorqua l'employé aussi sec.

— Alors, ouvrez l'entrepôt.

— L'entrepôt est fermé sur ordre du commandant Bao de la Sécurité publique. Vous avez été autorisés à utiliser l'atelier de réparation pour cette nuit.

Il indiqua une haute structure au-delà du bureau, un simple toit, posé à bonne hauteur sur quatre poteaux, et équipé d'un établi à une extrémité.

— Mais je vous préviens, ajouta-t-il d'une voix de crécelle, nous disposons d'un inventaire complet de tous les outils.

— Cette nuit, on est censés aller retrouver nos familles ! protesta Gros Mao. Elles nous attendent à Yoktian.

— Nous devons tous faire des sacrifices. C'est cela, l'essence du Camp de la Gloire, répondit joyeusement l'employé.

Apparemment heureux de l'occasion qui lui avait été offerte de dispenser quelques conseils politiques, il tourna les talons et reprit la direction du bâtiment administratif d'un pas martial.

Gros Mao lui lança un regard venimeux, mit en prise et se dirigea vers l'atelier de réparation.

— Des campagnes contre la corruption, marmonna-t-il. Et les campagnes contre la stupidité, ça n'existe pas ?

Shan se souvint du nœud qui montait la garde.

— Il a parlé du commandant Bao, dit-il au Ouighour.

C'était la Brigade qui dirigeait le camp, et la procureur faisait de son mieux pour le garder bien rempli, mais, de toute évidence, les nœuds l'utilisaient à leur convenance.

— Il est à la tête de la Sécurité publique de Yoktian, répondit Gros Mao en faisant la grimace. C'est le patron du lieutenant Sui. Il y a deux personnes qu'il ne faut jamais contrarier dans ce pays : le commandant Bao et la procureur Xu.

Le Ouighour et le Kazakh réarrangèrent les sacs de riz restants sur le plateau du camion pour en faire des lits improvisés et s'allongèrent immédiatement pour la nuit. Shan s'avança vers Jakli, debout près d'un des piliers du toit, qui fixait la cour des prisonniers.

— Jamais je ne me serais attendue à ça. Je suis désolée, déclara-t-elle. À la cabane de Lau, Jowa m'a parlé. Il m'a appris qu'on préparait un moyen pour vous faire sortir de Chine, et qu'il y avait des gens aux Nations unies qui allaient s'occuper de vous une fois que vous auriez passé la frontière. Je n'ai pas réfléchi plus loin que le bout de mon nez. Pour la plupart d'entre nous, ce genre d'occasion n'arrivera jamais. Jamais nous n'aurions dû vous demander de prendre ce genre de risque.

— Ce sont simplement des mots gentils qu'ils m'envoient de temps à autre. C'est juste leur manière à eux de me donner de l'espoir. Cela prendra des années. Plus vraisemblablement, ça n'arrivera jamais.

Il contempla à son tour le réfectoire, là où il avait vu pour la dernière fois le gardien des eaux, puis le baraquement aux fenêtres grillagées réservé aux détenus spéciaux. Il avait oublié de demander au gardien des eaux s'il connaissait Gendun.

— Et personne ne m'a forcé à venir jusqu'ici, ajouta-t-il en se contraignant à sourire.

Jakli s'était maintenant tournée vers le corral en cordages jouxtant la clôture où se trouvait le cheval blanc.

— Jadis, il y avait bien plus de chevaux, murmura-t-elle avec tristesse. Maintenant, ils les emmènent par convois ferroviaires entiers vers l'est, au départ de Kachgar. Là-bas, il y a des usines dont la seule fonction est de les mettre à mort. On tue les chevaux et on met leur viande en boîtes. Ainsi le gouvernement peut s'enorgueillir en montrant combien les gens sont bien nourris. Aujourd'hui, ils veulent rassembler tous les troupeaux, même les troupeaux sauvages.

Jowa avait raison. Le programme Pauvreté n'était qu'un programme de liquidation. Au nom de la liquidation de ressources non rentables, le gouvernement était en train d'éliminer le mode de vie des nomades. Un projet privé, politiquement très correct, pour aboutir à l'étape finale de ce que Pékin avait commencé des décennies auparavant.

— Pourquoi un cheval blanc ? s'enquit Shan.

— Les chevaux blancs sont des cadeaux.

— Des cadeaux de mariage, voulez-vous dire ?

— Pas seulement pour les mariages. Pour les jours où l'enfant reçoit son nom. Ou pour les grandes fêtes. Mais surtout les mariages, ajouta-t-elle avec un sourire timide mais déterminé : elle ne voulait rien révéler de plus sur le sujet.

— Wangtu a parlé de Lau qui avait lu des noms du Vingt-Neuf Cinq et...

— Et de 1977, termina Jakli. Des manifestations politiques. Le Vingt-Neuf Cinq signifie le soulèvement du vingt-neuf mai 1962. Les Kazakhs et les Ouighours se sont battus contre le gouvernement, à Yining. Beaucoup ont été tués. Le gouvernement n'a jamais diffusé les identités des morts. Mais nous connaissons les noms. Et nous les honorons, en les lisant à haute voix lors de réunions de clans. Puis en 1977, il y a eu d'autres combats. L'APL a été appelée. Elle a fait usage de mitrailleuses. Des bombes ont explosé à Ouroumtsi.

— Lau était-elle une dissidente ?

— Une femme qui lit les noms des héros aux enfants est-elle une dissidente ?

— Vous savez très bien ce que je veux dire. A-t-elle été désignée, d'une façon ou d'une autre, comme la cible des critiques du gouvernement ?

— Non.

Il fallut apparemment un gros effort de volonté à Jakli pour se détourner du cheval blanc.

— Sinon, nous ne serions pas ici. Il n'y aurait pas de meurtre sur lequel enquêter. Il a peut-être été fait état d'une remise aux normes politiques. Voire d'un mensonge sur un éventuel transfert de Lau. Simplement, plus de Lau.

Elle sortit une enveloppe pliée en lambeaux de sa poche, puis remonta dans la cabine du camion comme pour en lire le contenu.

Shan se rendit compte qu'en escaladant le restant des sacs sur le plateau arrière, dans la pénombre du toit de l'atelier de réparation, il aurait une vue bien dégagée de l'ensemble des bâtiments de l'administration sans pour autant être visible. Il se nicha sur les sacs de l'étage supérieur et fit ce qu'il savait faire le mieux : il observa.

L'entrepôt, apparemment toujours ouvert, était verrouillé pour une raison inconnue. Trois de ses côtés étaient sans fenêtres, seules les deux portes donnaient sur le quai de déchargement. Le camp était silencieux. Les classes de l'après-midi étaient en cours. Les seuls signes de vie provenaient du bâtiment de la chaufferie, où plusieurs hommes apportaient du charbon qu'ils prenaient sur le grand tas, et de la petite cahute, où le nœud solitaire, de temps à autre, venait faire les cent pas, ou épaulait son arme en alignant mire et guidon sur l'horizon. Le bâtiment de l'administration était paisible, même si un peu de musique s'échappait d'une fenêtre ouverte. Une marche militaire. Mais le disque était rayé, preuve qu'on l'avait passé et repassé.

Shan commença à s'assoupir. Quand il se réveilla, une limousine Red Flag était garée près de l'administration. La musique s'était arrêtée, mais aucun signe d'activité particulière ne semblait accompagner la venue du nouvel arrivant. À l'intérieur du périmètre du second enclos, quelques prisonniers traînaient autour du réfectoire. Une classe s'était installée à l'extérieur, au centre des quartiers des détenus, autour du poteau sur lequel flottait le drapeau rouge de la République du Peuple. La porte de l'entrepôt restait fermée. Les ouvriers de la chaufferie continuaient à alimenter la chaudière en charbon. Mais le nœud était affalé sur une chaise devant la cahute, comme s'il dormait, son arme suspendue au dossier.

Shan descendit lentement de son perchoir. Jakli avait rejoint Gros Mao et ses cousins, et elle dormait, l'enveloppe en lambeaux au creux de ses paumes comme un livre de prières.

Il s'avança vers l'entrepôt, luttant contre l'envie de courir, surveillant la porte près de la limousine vide et, à l'opposé, le garde solitaire qui somnolait. Le bâtiment était effectivement fermé, mais en appuyant sur le loquet, il crut entendre une voix.

— Qui est là ? murmura Shan, d'abord en tibétain, ensuite en mandarin.

Il entendit une réponse, un son étouffé. Mais était-ce un mot ou un gémissement ? Il était incapable de le dire.

Comme il ne pouvait se permettre d'attirer l'attention, il fit le tour du bâtiment, dans l'espoir de trouver une fenêtre à l'autre extrémité. Rien. Il revint face à la chaufferie et, au-delà, le cimetière. Pas un bruit dans la cahute du nœud, silence dans le bâtiment de l'administration, et pas de gardien à la grille. Il se dirigea vers la cahute gardée. Arrivé à dix mètres, assez près pour entendre les ronflements sonores du nœud sur sa chaise, il obliqua vers la chaufferie.

Une petite colonne de fumée graisseuse se levait de la cheminée et dérivait vers les montagnes. Une demi-douzaine d'individus peinaient sur le grand tas de charbon qui jouxtait le bâtiment. Ils remplissaient des brouettes démesurées qu'ils amenaient dans la chaufferie avant de les vider devant la chaudière, dont un autre homme alimentait à la pelle le foyer brûlant.

Les six hommes étaient différents des autres prisonniers. Ils ne portaient pas les uniformes gris grossiers des détenus du Camp de la Gloire, et, malgré la poussière de charbon, la couleur des chemises et des gilets était encore suffisamment éclatante pour les désigner comme nouveaux arrivants. Peut-être des détenus spéciaux de Xu. Mais cela ne suffisait pas. Wangtu et les autres avaient eu droit à des corvées légères. Eux s'étaient vu affecter le travail le plus pénible. On leur avait réservé le sort le moins enviable. Cependant les visages ne montraient pas le moindre signe de défaite, rien de cette résignation amère qui se lisait chez ceux que les officiers politiques avaient fait plier et qui avaient abandonné une part de leur être. Ces hommes n'étaient pas des tendres, ils étaient musclés et durs à l'ouvrage. Aucun n'était han. Ils ne paraissaient pas prendre leur tâche au sérieux, comme s'ils pouvaient être relevés de leur galère, ou même libérés, à tout instant. Mais ils n'attendaient rien de Shan, de toute évidence. Trois d'entre eux lui lancèrent un regard noir. Les autres continuèrent leur ouvrage en silence, le front barré par un pli marqué. Shan se souvint alors de la disquette que Gros Mao leur avait montrée : il existait des enclaves réservées au Camp de la Gloire, aux bons soins de la Brigade et des brigades spéciales de nœuds dont la fonction était de combattre les réactionnaires et les insurgés.

Une fois dans l'ombre sous le toit de l'atelier, Shan regarda derrière lui. Rien n'avait changé. La limousine était toujours devant le bureau. Le nœud dormait toujours. Le bâtiment ne contenait que des machines, la chaudière et la petite turbine, une véritable antiquité, qu'elle entraînait. Pas âme qui vive à l'intérieur, hormis le chauffeur, dont la silhouette se découpait sur fond de brasier et qui interrompit son ouvrage en s'appuyant sur sa pelle quand il remarqua la présence de Shan.

Celui-ci le salua gauchement d'un signe de tête et s'avança timidement. L'homme essuya la suie sur son front. C'était un Blanc. Quand il repoussa sa casquette crasseuse en arrière, apparut une longue tignasse blonde. Voyant Shan se rapprocher, d'un pied chaussé d'un gros brodequin de randonnée à la mode occidentale, il referma la porte de la chaudière, étouffant du même coup le rugissement des flammes du foyer.

— Salut, ton excellence, dit l'Occidental avec ironie, en anglais avec l'accent américain. Viendrais-tu par hasard m'apporter du thé et des petits gâteaux ?

Shan avança encore d'un pas lorsqu'une poigne solide se referma comme un étau douloureux sur son biceps et le tira en arrière avec une violence telle qu'il faillit tomber. Il pivota et se trouva nez à nez avec le grand balèze de la Sécurité publique, maintenant réveillé et d'une humeur de chien. Il portait sa mitraillette à l'épaule, les doigts sur le pontet, tout près de la détente.

— Interdit, nom de dieu ! grogna-t-il en montrant les dents. Personne ici ! À aucun moment ! aboya-t-il en poussant brutalement Shan vers la lumière.

— *Yo !* s'écria l'Occidental de haute taille en guise d'adieu, avec un semblant de salut militaire. On pourrait se faire une bouffe un de ces quatre !

Shan se laissa conduire vers le milieu de la cour, en tendant le cou derrière lui : l'Américain haussa les épaules de manière caricaturale, comme s'il était affreusement déçu, en se tournant vers les hommes sur le tas de houille qui éclatèrent de rire. Il rabaissa sa casquette et se remit à enfourner le charbon à la pelle.

Shan s'était fourré dans un vrai guêpier et il prit peur. Il ne savait toujours pas qui étaient ces nouveaux prisonniers, mais il s'était mis à découvert en se faisant surprendre par un nœud. Et les nœuds ne vous conduisaient jamais là où vous vouliez aller. Ils vous conduisaient là où la Sécurité publique voulait vous voir.

Néanmoins, à mesure qu'ils traversaient la cour vide, la pression du garde s'affaiblit. Il avança à petits pas, de plus en plus petits, et finit par lâcher le bras de son prisonnier. Il se tourna vers la cahute où il était de faction, puis vers le bâtiment de l'administration et, enfin, vers Shan. Avant de redresser brutalement la tête : une silhouette venait d'apparaître sur les marches du bâtiment administratif. Une femme, en tailleur noir. La procureur Xu Li.

De moins en moins convaincu, le garde déclara d'une voix indécise :

— Personne ne doit s'approcher de l'équipe de la chaudière, c'est tout.

Penaud, d'un geste timide, il effleura le tissu râpé de la veste de Shan, et s'en repartit au petit trot vers sa cahute.

La femme ne quittait pas Shan des yeux. Elle attendait. Un

geste, un mot. Elle n'avait nul besoin de garde armé de mitraillette pour le faire venir à elle : son regard était une arme à lui seul.

Personne ne bougeait dans l'atelier de réparation. Aurait-il le temps de dire au revoir à Jakli ? De faire passer un message à Lokesh ? Non. Il ne pouvait rien faire qui risquerait de compromettre Jakli et les autres. Son cerveau travailla à toute vitesse. Il allait devoir déclarer qu'il s'était sciemment servi de Jakli et de Gros Mao, qu'ils ignoraient tout de lui.

Il mit la main sur sa poitrine, autour du gau qu'il portait au cou, avant de prendre une profonde inspiration et, à pas assurés, il alla se rendre à la procureur Xu. Il laissa ses instincts de prisonnier reprendre le dessus, afin de lutter contre la peur glacée qui lui nouait le ventre tel un poing serré. Allaient-ils le reconduire au Tibet ? Allaient-ils le renvoyer dans le centre d'interrogatoire spécial qu'il avait déjà connu, au milieu du désert ? Ou bien décideraient-ils qu'il n'en valait pas la peine et disposeraient-ils de lui une fois pour toutes, ici même, au Camp de la Gloire ? Au moins, lui murmura une voix détachée d'un recoin de son cerveau, tu auras droit à une vraie tombe. Dans un vrai cimetière.

Il étudia le visage maigre et sévère de la femme qui l'attendait sur les marches. Chose surprenante, il n'y vit rien du mépris qu'affiche habituellement le geôlier pour un prisonnier. Pas la moindre trace de soupçon. Rien que de l'impatience.

Il était pratiquement arrivé à l'escalier lorsqu'elle tourna les talons et rentra, laissant la porte ouverte. Il la suivit.

L'intérieur du bâtiment ressemblait à des milliers d'autres bureaux gouvernementaux, pour l'essentiel une grande salle ouverte avec deux rangées de tables métalliques, dont la plupart étaient inoccupées. Une jeune femme, d'origine kazakhe ou ouighoure, les cheveux noués en deux petites couettes, releva le nez d'un terminal d'ordinateur, puis, très vite, détourna ses yeux inquiets. Quelqu'un lâcha un murmure d'avertissement, et Shan vit deux autres employés quitter leur table précipitamment et se diriger vers une autre femme, qui leur fit signe d'entrer dans l'arrière-salle. Tous s'attendaient apparemment à une éruption imminente chez la procureur. Ils en avaient reniflé les signes avant-coureurs.

Xu Li attendait Shan devant la porte d'une salle de réunion et lui indiqua une chaise devant une vaste table en métal. Il s'assit. Elle alla jusqu'à une Thermos, servit deux tasses de thé, en posa une sur la table, presque trop loin pour que Shan pût l'atteindre, et s'assit à son tour, en face de lui.

— Je sais ce que vous faites ici, déclara-t-elle brusquement.

C'était terminé, avant même d'avoir vraiment commencé. Les enfants continuaient à mourir. Gendun était perdu. Le lama gardien des eaux était emprisonné. Et jamais plus Shan n'aurait l'occasion de les aider, ni la possibilité de quitter la Chine. Il verrouilla les deux mains à l'entour de sa chope de thé fumant. Il existait de petites astuces que se jouaient les prisonniers, pour supporter leur sort. Nombre d'entre elles relevaient du simple fait de survivre jusqu'à l'instant suivant, de ne pas penser aux souffrances à venir, de ne se soucier que des souffrances du moment. Ses mains avaient-elles, d'instinct, retrouvé l'une de ces astuces ? En se plaçant tout entières dans la chaleur brûlante de la chope comme elles venaient de le faire, elles obligeaient Shan à se concentrer sur un sens privilégié afin d'esquiver aussi longtemps que possible la vague de douleur qui n'allait pas manquer de venir. Dans les baraques du goulag, les moines lui avaient enseigné qu'une telle concentration n'était pas la meilleure réponse. Il ne devait pas chercher la concentration mais la conscience pleine, afin de diriger son esprit vers un lieu que ses interrogateurs n'occupaient pas. Mais le temps lui manquait pour se préparer, et si cette concentration-là était la seule béquille à sa disposition, il l'utiliserait. Son regard se perdit dans le vague tandis qu'il contemplait l'intérieur de sa chope, songeant d'un air absent qu'il se passerait des années avant qu'il boive à nouveau du thé, du vrai, s'il retournait au camp de travaux forcés. Parfois, quand il avait de l'eau chaude, il y mettait un brin d'herbe, et l'appelait thé.

— Je m'appelle Xu Li, annonça la femme. Du ministère de la Justice. Je suis la procureur de ce comté.

La Garce de Jade. C'est tout juste s'il ne prononça pas les mots à haute voix. Il existait une autre astuce qu'il avait apprise sur les interrogatoires, non pas des moines mais des guerriers khampa qui avaient partagé sa baraque du goulag : anticipe la peur ; anticipe la douleur. S'ils te menacent de quelque chose de terrible, imagine une chose encore plus abominable. S'ils se préparent à te faire mal, essaie de t'infliger une souffrance encore plus grande. Il porta la chope à ses lèvres et avala la moitié du liquide bouillant, faisant naître une longue lame de douleur de sa langue jusqu'à son ventre. Il baissa la chope et fixa la procureur d'un air impassible.

Son geste parut déstabiliser la dame, qui leva sa propre chope pour la reposer aussi vite, après s'être brûlé la langue.

— Je sais que vous venez de Pékin, reprit-elle, le front creusé par un pli soucieux. Je ne connais pas votre vrai nom.

La voix coulait d'elle-même, sans heurts, assurée, une voix depuis longtemps accoutumée à l'autorité absolue.

— Je ne veux pas connaître votre nom.

Cela paraissait impossible. Comment aurait-elle pu, si vite, tout savoir de son passé et de son histoire ? S'était-il donc montré imprudent à ce point ? Tout ce qui était arrivé depuis son entrée au Xinjiang n'était-il qu'un piège sophistiqué ?

— Personne ne m'a demandé si j'étais d'accord avec ce que vous faites. Et personne ne me le demandera. C'est tout Pékin, ça. Je sens Pékin derrière tout ça.

Shan regarda autour de lui. Un tableau noir sur un mur, portant un numéro inscrit près de son sommet. Neuf cent quarante-huit, sans aucun doute le nombre de citoyens en cours de reconditionnement au sein du Camp de la Gloire. Une affiche aux couleurs passées, un collage de visages jeunes, avec pour légende : *Détruisez les quatre anciens.* Il s'agissait d'une des campagnes les plus durables lancée, des années auparavant, par les Gardes rouges. Un autre exemple de la folie furieuse qui avait balayé son père de la surface de cette terre. Détruisez l'ancienne culture, l'ancienne idéologie, les anciennes coutumes, les anciennes habitudes. Et cet accès de folie avait infligé aux Tibétains, aux musulmans et autres minorités une douleur particulièrement intense. Les anciens livres, les vêtements traditionnels, les objets religieux avaient fini en feux de joie. Certains de ces brasiers avaient été dévolus uniquement à des tresses de cheveux, les coiffures de l'ancien temps.

Un feu. S'il déclenchait un incendie ? songea-t-il, en regardant une poubelle débordant de papier. Peut-être que, dans la confusion qui s'ensuivrait, Jakli et les Kazakhs seraient autorisés à quitter le camp sans qu'on les questionne.

— Mais, reprit brusquement Xu Li, c'est toujours moi la procureur.

Pourquoi cette femme lui parlait-elle par énigmes ?

— J'ai vu votre camp, se hasarda-t-il à dire d'une voix hésitante.

— C'est mon sceau qu'on utilise ici. Le Camp de la Gloire est une ressource utilisée par de nombreux comtés du Xinjiang et du Tibet.

À quel jeu jouait-elle ? Le gardait-elle pour la bonne bouche d'un autre ? Était-elle en train de l'appâter avant de lui donner le coup de grâce ?

— Je ne doute pas que vous soyez une gardienne zélée du peuple, camarade Procureur, déclara-t-il en lui retournant son regard sans ciller.

Elle leva sa chope comme pour le saluer, et but une gorgée sans le quitter des yeux.

— Il y a de nombreuses années que je sers les habitants de ce comté. Je n'ai pas honte de ma fonction ni de ce que j'ai fait. J'aurais pu retourner à Pékin quand j'ai terminé mon premier service dans les provinces. Mais j'ai demandé à rester. J'ai reçu de nombreuses récompenses du Parti et du ministère pour les progrès que nous avons accomplis ici.

Shan leva sa propre chope et lui rendit son salut. Comment, exactement, le progrès se mesure-t-il ? Au nombre de citoyens derrière les barbelés ? À la taille du cimetière de la prison ?

— Je crois en l'ordre de la loi, poursuivit Xu. Je sais que vous avez un travail à accomplir. Mais je dois vous prévenir, camarade, je n'ai pas peur de faire le mien. Et je ferai appliquer la loi contre tous ceux qui la transgressent.

Elle lui lança un regard lourd de menaces avant de se lever brusquement de son siège et de quitter la pièce, laissant la porte ouverte.

Shan la suivit des yeux, étourdi. Il existait, dans la mythologie bouddhiste, des esprits que le voyageur était susceptible de croiser sur son chemin. Ils prononçaient d'étranges paroles, parfois même ils montraient les dents, mais s'ils poursuivaient leur route sans dévorer le voyageur, leur rencontre pouvait être considérée comme une bénédiction.

Pas un employé du bureau extérieur ne releva la tête quand il s'avança dans la salle. Pas un garde n'apparut. Pas de docteurs, la seringue à la main. Shan s'arrêta un instant, toujours sous le choc, jusqu'à ce que les visages commencent à se tourner dans sa direction. Alors il se dépêcha de sortir.

Une fois dehors, il vit que la limousine n'était plus là. Jakli et ses cousins dormaient toujours. Il inspecta le compartiment sous le tableau de bord et vérifia qu'il s'y trouvait bien une torche électrique. Il grimpa à l'arrière du camion et se réinstalla sur les sacs de riz, pour sombrer petit à petit dans un sommeil lourd entrecoupé de visions d'enfants morts.

Il faisait nuit quand il se réveilla. Des ampoules électriques de faible puissance fixées sous les haut-parleurs étaient la seule lumière du complexe administratif. Jakli et les autres étaient accroupis auprès d'un petit feu de morceaux de bois de charpente. Ils avaient empalé des pommes sur des tournevis et les rôtissaient aux flammes. Jakli en dégagea une sur un chiffon graisseux et la tendit à Shan.

Il l'accepta et se mit à la balancer d'une main l'autre pour la refroidir.

— Vous ont-ils expliqué pour quelle raison l'entrepôt était fermé ?

— Sur ordre de la Sécurité publique, rien de plus. Parfois, ils procèdent à des désinfections. Par fumigation. Au gaz empoisonné.

— Je crois qu'il y a des gens enfermés là-bas.

— C'est une prison ici, non ? dit Jakli avec un haussement d'épaules.

— Où les hommes sont-ils partis ? questionna Shan en montrant la cheminée d'un signe de la tête. Ceux qui charriaient le charbon.

Il n'y avait plus le moindre signe d'activité dans la chaufferie.

— Partis, répondit Gros Mao. On dormait.

— Pourquoi ont-ils besoin d'un garde de la Sécurité publique ?

— Il y a des nœuds par ici ? demanda Jakli, inquiète. Où ça ?

Effrayée, elle recula le visage dans l'ombre. Ses compagnons relevèrent la tête, soudain en alerte. Ils n'avaient pas besoin qu'on leur fasse un dessin.

— J'en ai vu un, dit Shan avec un geste en direction de la cahute apparemment abandonnée. Près de la chaufferie.

Un panache de fumée s'élevait de la cheminée de la chaufferie. Le charbon avait été mis en tas et le foyer brûlait au ralenti. Les besoins en électricité et en chauffage étaient moindres la nuit. Jakli alla s'appuyer contre un des poteaux de soutien.

— J'ai vu la procureur, dit Shan en s'approchant d'elle.

— Elle a beaucoup à faire ici, rétorqua Jakli sans masquer son amertume.

— Elle m'a parlé, précisa-t-il avant d'expliquer son étrange entrevue avec Xu.

Gros Mao les rejoignit et demanda à Shan de répéter les paroles de Xu Li.

— Elle vous prend pour quelqu'un d'autre, déclara le Ouighour, estomaqué.

— Pour être plus précis, répondit Shan avec un frisson, elle pense que je suis quelqu'un qui fréquente les Kazakhs et les Ouighours. Un Han qui travaille avec des bergers. Un Han que la procureur en personne craint de défier.

— Et qui vient de Pékin, ajouta Jakli à voix basse.

— Il y avait six places réservées, rappela Gros Mao en jurant. Destinées au quartier général des nœuds pour ses arrestations. Et il arrive que le quartier général utilise des espions. Des agents sous couverture.

— Ce qui signifie ? demanda Jakli.

— Je ne sais pas, intervint Shan. Hormis que les clans des terres frontières courent peut-être un bien plus grand danger que nous ne le supposions. Les nœuds n'enverraient pas un espion uniquement pour aider au Programme d'Éradication de la Pauvreté. En quel autre lieu les clans se rassemblent-ils ? Où un inconnu aurait-il l'occasion de s'infiltrer dans leurs rangs ?

— Karachuk, répondit Jakli après un instant de réflexion. Là où Lau est morte.

Shan acquiesça. Lau était partie dans le désert avec ses secrets, et quelqu'un avait infiltré cet endroit qui avait toute sa confiance.

— Expliquez-moi comment m'y rendre.

— Je vous conduirai.

— Non. Vous devez rentrer en ville. Votre mise à l'épreuve.

— J'ai fait un vœu à Lau.

— Lau n'aurait pas voulu vous voir retourner en prison.

— Bien sûr que si, objecta-t-elle d'une voix tendue. Des chapeaux rouge vif avec des perles. Des chapeaux mauves avec des paillettes. Pendant que des enfants meurent et qu'on réduit la Pierre rouge en mille morceaux.

Elle s'éloigna vers le fond de l'atelier et s'appuya à nouveau contre un des poteaux pour contempler les ténèbres.

Mais elle ne regardait pas les bâtiments de la prison. Elle fixait le carré d'ombre au loin où était enfermé le cheval blanc. Shan entendit le bruit des sabots de l'animal qui arpentait son enclos d'un pas nerveux. Il s'approcha de Jakli, qui entama en sourdine un chant dans la langue de son clan. Il y reconnut un mot, *Khochakhan.* Celui qu'on murmure aux animaux pour leur dire qu'on les aime.

— Votre chanson, elle est pour le cheval, n'est-ce pas ? demanda Shan quand elle eut fini.

Elle sursauta, comme si elle ne s'était pas aperçue de sa présence.

— Oui. Ça dit... Ça dit : Tu es fait du vent qui court. Je nouerai des plumes de chouette dans ta crinière, et nous chevaucherons comme une flèche jusque dans les nuages des montagnes. C'est mon grand-oncle qui me l'a apprise. C'était un *synshy* — ça signifie qui connaît les chevaux. Il savait leur parler.

— Pourquoi des plumes de chouette ?

— Elles portent chance. Et donnent de la sagesse.

Shan se rendit compte qu'il serrait la main sur son gau.

— Le jour où j'ai reçu mon nom est né un magnifique poulain blanc et noir. Mon père me l'a promis. Nous avons grandi ensemble, le cheval et moi. Il s'appelait Zharya. Nous avons gagné des courses, beaucoup de courses. Nous sommes montés dans les prairies d'altitude et il écoutait pendant que je jouais de mon dombra.

Ils entendirent un murmure derrière eux : les autres écoutaient eux aussi.

— Il est toujours au camp de la Pierre rouge ?

Jakli reprit sa chanson, qu'elle se contenta de fredonner, cette fois.

— Non, finit-elle par répondre d'une voix crispée, à l'instant où Shan s'était convaincu qu'elle n'avait pas entendu sa question. Un jour, j'ai appris qu'un camion de l'armée devait arriver. Alors Zharya et moi, nous avons traîné un lourd rondin de bois en travers de la route.

Elle s'éloigna dans la nuit avant de poursuivre :

— Nous sommes remontés dans la montagne et nous avons regardé le spectacle depuis une falaise où les soldats ne nous rattraperaient jamais. Nous riions, Zharya et moi, debout côte à côte pendant que les militaires essayaient de dégager le rondin. Puis Zharya a poussé un gémissement et il est tombé. J'ai entendu un claquement qui venait d'en bas. Les soldats avaient abattu mon cheval d'un coup de fusil. Il a agonisé tout l'après-midi avant de mourir. Il est resté allongé là, la tête sur mes cuisses, en me regardant comme si tout ça n'était qu'une mauvaise plaisanterie.

Une rafale de vent transperça le silence de la nuit, un vent froid et sec qui sentait le poussier de charbon.

— Mais vous avez un nouveau cheval, aujourd'hui, finit par dire Shan.

— Celui-là ? C'est juste un cheval du troupeau de la Pierre rouge. Je n'ai plus de vie-cheval, conclut-elle avec une grande tristesse avant de remonter s'allonger sur les sacs de riz.

Shan s'appuya contre le poteau, surveillant les alentours pendant un quart d'heure supplémentaire, avant d'aller rejoindre les autres à l'arrière du camion. Mais il ne dormit pas. Il garda l'œil ouvert.

Le camp était vide, cependant les projecteurs des miradors étaient allumés et les gardes en balayaient de temps à autre, de façon irrégulière, la clôture en barbelés. Il était impossible de se faufiler à travers l'enclos pour trouver le gardien des eaux, impossible de chercher Gendun dans le quartier de détention spéciale. Son esprit revint sur la chaufferie. On se servait encore de courant électrique, quelqu'un allait donc devoir recharger la chaudière en charbon.

Il contempla le lever de la lune et écouta l'hymne national diffusé par les haut-parleurs pour signaler le couvre-feu. En quoi pouvait bien consister un couvre-feu dans un camp lao jiao ? Logiquement, il ne devait pas être aussi sévère que dans son camp de travaux forcés, où l'on ne posait jamais la moindre question. Les prisonniers du goulag surpris par le couvre-feu étaient abattus à vue.

Il comprit qu'il avait dû s'assoupir quand il rouvrit les paupières : la fumée qui s'échappait de la cheminée était beaucoup plus épaisse. Le foyer avait été regarni en combustible, mais il ne vit aucun signe des ouvriers. Il attendit encore un quart d'heure avant de descendre précautionneusement au milieu de ses compagnons endormis et d'aller récupérer la torche électrique dans la cabine. Les piles étaient pratiquement déchargées, et la lumière portait à peine à un mètre. C'était exactement ce qu'il lui fallait.

Le cœur battant la chamade, il traversa lentement l'ensemble de bâtiments pour aller faire le tour de la petite cahute près de la chaufferie. Il aperçut une fenêtre sur l'arrière. Verrouillée. Il colla le visage à la vitre mais ne distingua rien. Depuis le coin du mur de façade, il inspecta les alentours. Un unique véhicule avançait pleins phares le long des barbelés extérieurs, un camion de patrouille.

Il attendit que le véhicule eût parcouru le périmètre avant du camp pour s'engager sur le côté à son opposé. Il tenta d'ouvrir la porte de la cahute. Elle était ouverte. À l'intérieur, deux petites pièces : dans la première, une collection de pelles, de balais, de râteaux, et, sur le sol, un long balluchon enveloppé de toile de jute. Des balluchons comme celui-là, Shan en avait vu par le passé, dans les usines de tapis. Les métiers à tisser du Xinjiang, en particulier aux confins, à l'extrême sud-ouest de la province, là où il se trouvait, fournissaient la Chine et le reste du monde en tapis depuis l'époque de la Route de la Soie.

Il s'avança dans la pièce du fond, plus vaste que la précédente, où s'empilaient, par tas de cinq ou six, des boîtes en carton. La plupart étaient scellées, frais sorties de l'usine, mais à la lumière chiche de sa torche il put lire leurs étiquettes, en anglais et en japonais : radios, magnétophones, caméras vidéo. Environ trente cartons plus petits contenaient des lecteurs de disques compacts. Deux caisses à munitions, en aluminium étanche, étaient pleines de boîtes de produits pharmaceutiques, encore dans l'emballage d'origine de l'usine qui les avait fabriqués. Shan en reconnut certains comme étant des antibiotiques, d'autres avaient des noms commerciaux anglais qui ne signifiaient rien pour lui. Il sortit un petit calepin de sa poche et en établit la liste, avant de noter rapidement en en-tête : *Camp de la Gloire, Inventaire des marchandises de marché noir.*

Pour quelle raison les nœuds gardaient-ils les marchandises ? Protégeaient-ils simplement des pièces à conviction ? Ou leur propre investissement ? Il revint dans la première pièce et s'agenouilla devant le tapis roulé, qui devait faire partie de la même livraison. Sa torche tomba et roula au sol quand il se pencha en avant. Sans se donner la peine de la ramasser, il glissa les doigts à l'intérieur du colis pour sentir la densité du tissage, afin d'avoir une indication sur la valeur du tapis. Il se recula aussi vite, avec horreur, en étouffant un cri.

Haletant, il rampa jusqu'à l'entrée. Entrouvrant la porte, il resta allongé sans bouger, avalant l'air froid de la nuit à grandes goulées afin de retrouver un peu de calme. Il lui fallut plusieurs minutes pour recouvrer suffisamment d'énergie et retourner auprès du balluchon.

Ce n'était pas un tapis. Il retrouva sa torche et déroula l'emballage pour contempler sa macabre découverte. Un jeune homme le contemplait de ses grands yeux, surpris et sans vie. Il avait la peau couverte de suie, les cheveux d'un noir de jais. La mort ne s'était pas installée depuis assez longtemps pour que le corps fût froid. Shan toucha quelque chose de moite et s'approcha de plus près. L'oreille gauche avait été sectionnée. C'était une antique forme de torture, très populaire pendant la Révolution culturelle. Quand un prisonnier refusait de divulguer des informations, on lui coupait l'oreille. Puisque tu ne veux pas partager avec nous ce que tu as entendu, alors à quoi te servent tes oreilles ? hurlaient les interrogateurs gardes rouges. Le visage arborait un reste de rictus. La grande tristesse qui avait envahi Shan s'embrasa d'horreur une nouvelle fois lorsqu'il approcha la faible lumière des yeux restés ouverts. Ils étaient bleus.

D'un coin de la toile de jute, il frotta la peau du crâne. Le tissu grossier se chargea d'un barbouillis noir et graisseux, qu'il porta à ses narines. Du cirage. Il frotta plus fort, révélant des cheveux couleur de paille à balai. Il passa le bout d'un doigt sur l'épaisse couche de suie qui couvrait le visage en y laissant une trace blanche. C'était l'inconnu de la chaufferie, l'Américain qui s'était gaussé de lui devant sa chaudière.

Shan s'installa en position du lotus, éteignit sa torche, laissant la pièce simplement éclairée par les rayons de la demi-lune qui flottait dans le ciel. C'était moins la mort qui pesait avec un tel poids, que le fait qu'elle lui soit aussi familière. Depuis qu'il avait abandonné son incarnation précédente à Pékin, il avait l'impression que la mort était partout. Peut-être était-ce ce qu'avait dit un de ses professeurs : la mort est la mesure ultime de la dimension des âmes. C'était justement cela qui le dérangeait à ce point : la mort semblait amplifier le fait que la plupart des humains étaient encore tellement incomplets, et partant, qu'en se rapprochant de la mort chaque jour un peu plus, il se sentait lui-même de plus en plus incomplet.

Combien de temps resta-t-il là, au clair de lune, en compagnie du jeune homme mort ? Il l'ignorait. Quand il revint à la conscience des choses, il se rendit compte qu'il récitait une prière bouddhiste pour le passage des âmes. Il soupira, ralluma sa torche et commença à déballer le cadavre. Sur la main droite du mort, il vit une trace de peau propre et blanche, là où on avait ôté une bague. La main droite en portait encore une, que Shan fit doucement glisser, un simple anneau d'acier à la surface entaillée par un motif de hachures grossières, qu'on avait laissé en place sans aucun doute à cause de sa valeur négligeable. Shan ouvrit la chemise, dont les poches étaient vides. Une cicatrice courait sur le haut de l'épaule droite. Au-dessus de la hanche gauche, il vit une grosse marque de naissance ovale.

Le pantalon en toile bleue portait une étiquette américaine. Les poches, là aussi, paraissaient vides. Les chaussures de prix qu'il portait, ses brodequins de randonnée, avaient disparu. Shan enfonça les doigts dans les poches et, de la poche-revolver droite, sortit un morceau de papier roulé niché au plus profond qui avait échappé à celui qui avait fouillé le cadavre. S'y trouvait inscrite une série d'abréviations en anglais, sur cinq rangées : FBP, puis SBRF, SSCF, TBLF, et sur la dernière ligne, un C, rien de plus.

Il s'agenouilla auprès de la tête de l'Américain et plongea les yeux dans les yeux vides du jeune homme, comme si, par un simple effet de sa volonté, il allait pouvoir leur redonner vie. Il ne connaissait rien de ce garçon, sauf qu'il avait été fort, jeune et jovial. Et bien loin de tout ce qu'on aurait pu qualifier de foyer.

C'étaient les nœuds qui avaient fait ça. Les nœuds avaient tué un Américain. Qu'avait-il donc commis, ce jeune homme, qui le rendait aussi dangereux ? Même pour les nœuds, le meurtre d'un étranger était loin d'être sans danger. Et quelle était son occupation en ces lieux lointains et oubliés de tous ? Pourquoi avait-il risqué sa vie ? Jakli avait dit que les brigades spéciales amenaient parfois des prisonniers de très loin. Des prisonniers secrets.

Lentement, Shan renveloppa le linceul, puis il se remit debout et avança de deux pas, les mains serrées sur la poitrine, envahi tout entier par un sentiment d'impuissance. Il plongea dans la nuit et se réfugia à l'arrière de la cahute, où il s'appuya contre le mur tant il se sentait faible, avalant l'air frais de la nuit à grandes goulées, en essayant de se purger de cette odeur de mort. Il se laissa glisser à genoux et réentendit la voix obsédante, aussi claire que si le dropka désespéré se tenait derrière lui. *Vous devez faire vite. La mort est en route.*

# 6.

Pareil à une petite barque sur une mer démontée, le camion-tortue avançait par embardées dans le désert, roulant et tanguant au passage des vagues de sable. Ajustant fréquemment l'angle sous lequel attaquer les dunes et évitant les carrés de sable plus clair, Jakli peinait à maintenir le volant dans l'axe pour revenir néanmoins toujours au nord-est, vers le cœur du désert. Elle s'était arrêtée quand ils avaient quitté la route. D'un air grave, elle avait embrassé du geste les étendues de sable sans fin.

— Le Taklamakan. C'est un monde ancien, un monde d'avant l'écriture. Parce que tant de personnes ont trouvé la mort ici. Cela signifie qu'une fois qu'on y est entré, on n'en ressort jamais.

Shan se sentait déjà dans un bourbier, pris au piège d'un lieu sans échappée possible. L'Américain n'était pas sous sa responsabilité, ne cessait-il de se répéter devant ce paysage sans âme qui vive. Ce n'était pas à lui de résoudre ce mystère. Il y avait Lau et Gendun, les garçons morts, et maintenant, le gardien des eaux. Il n'avait pas le dos assez large pour le fardeau de l'Américain mort. C'était un coup de hasard sinistre qui l'avait fait tomber sur son cadavre. L'Américain n'avait rien à voir avec Lau et Khitai.

Peut-être sa mort était-elle partie prenante de l'étrange jeu que se jouaient la procureur et les nœuds. Ou était-elle liée à Ko Yonghong, qui s'était vanté d'employer des consultants américains ? Plus vraisemblablement, il s'agissait du résultat des basses œuvres des brigades spéciales de démolition, qui ramenaient des éléments subversifs de toute la Chine jusqu'à un endroit comme le Camp de la Gloire. Néanmoins, la mort de l'Américain restait en suspens au-dessus de sa tête tel un nuage de ténèbres. Shan commençait à accepter ce que les habitants de ce pays ne cessaient de lui répéter : il se trouvait sur une terre d'ombres oubliée de tous, une terre d'entre les mondes, où les êtres survivaient tels des spectres tapis loin de la lumière, où la vie ne valait pas bien cher.

— Vous semblez voir des choses que je ne vois pas, fit remarquer Shan.

Il ne savait pas si c'était la colère ou une lucidité plus affûtée, tous les sens en éveil, qui embrasait le regard de Jakli.

Quand elle avait accepté de conduire Shan là où Lau était morte, Gros Mao s'y était opposé. Il lui avait conseillé de retourner à la fabrique de chapeaux, le lieu répondant au nom de Karachuk étant trop dangereux pour Shan.

Ils se trouvaient alors au garage, où Gros Mao les avait ramenés et où Akzu attendait en partageant une outre de kumiss avec le mécano renfrogné. Akzu avait pointé le doigt vers les hautes chaînes d'altitude et donné de la voix. Finalement, Jakli lui avait promis de reprendre son travail à l'usine de chapeaux après avoir conduit Shan sain et sauf à Karachuk. Il avait alors enlacé sa nièce et s'était agenouillé vers l'ouest, vers la ville sainte des musulmans.

— En toute justice, ce n'est pas dans un camion que nous devrions nous trouver au milieu de ce désert, dit Jakli après un moment. Mais sur des chameaux. La traversée n'est sûre qu'avec eux. Cependant, même avec des chameaux, ceux qui manquent d'expérience trouvent souvent la mort en route. Heureusement, nous n'avons qu'une courte distance à parcourir. Comme nous sommes proches des montagnes, nous pouvons pratiquement nous contenter de suivre le lit de l'ancienne rivière.

Elle engagea alors leur véhicule dans la pente d'un petit contrefort pour arriver sur un large chenal de sable dur et compact.

— L'essentiel, c'est d'éviter les sols instables où l'on s'enlise.

— Et si nous n'y parvenons pas ?

— Le désert est capable d'engloutir un camion avec la même facilité qu'un homme ou un chameau.

Comme à un signal, un tas d'ossements blanchis par le soleil apparut sur la rive de la rivière morte : un long crâne et une épaisse cage thoracique, pointant vers la direction des montagnes aux neiges éternelles.

— Ç'a toujours été ainsi, depuis les tout débuts de la Route de la Soie. Certains ont fait fortune grâce à ce passage. D'autres sont morts.

Après presque une heure, Shan distingua une ligne d'ombres sur l'horizon. Vastes et irrégulières, elles ressemblaient un instant à des immeubles tordus, l'instant suivant à des formes rocheuses érodées. Pendant un moment, de loin, Shan crut qu'il s'agissait de créatures pliées en deux sous de lourds fardeaux.

À un méandre du lit de la rivière, Jakli accéléra et traversa la rive, droit sur les formations rocheuses. Huit cents mètres plus loin, elle vira à quatre-vingt-dix degrés pour continuer, parallèlement à elles, vers le sud.

— La Route de la Soie, dit-elle soudain, vous y connaissez quelque chose ?

— Ce que j'en ai appris à l'école dans les livres de classe.

Jakli fit la grimace.

— Les livres vous expliqueront que la région a été le champ d'une terrible lutte des classes et d'une grande oppression. Elle aurait été couverte de temples élevés en adoration des richesses accumulées sur le dos des esclaves. Nos livres d'histoire, c'est exactement comme si on étudiait des peintures magnifiques en examinant le dos de la toile. Karachuk la glorieuse. Ignorée par nos professeurs parce qu'elle n'était pas chinoise. Mais c'est grâce à des endroits comme celui-ci que j'ai appris à ne pas maudire le Taklamakan. Ce qui rend le désert plein de traîtrises en a aussi préservé les trésors.

Son visage s'éclaira quand elle engagea le camion vers une vire rocheuse basse et plate. Shan aperçut un mur ancien.

— Karachuk était une oasis sur l'embranchement sud de la Route de la Soie, poursuivit Jakli. À l'époque où les glaciers des montagnes alimentaient encore suffisamment la rivière pour que celle-ci coule toute l'année. Jadis, c'était une grande ville, vantée et louée dans les textes anciens pour sa fertilité et son hospitalité. Des Ouighours vivaient ici, des Kazakhs, des Tibétains. La vie était tellement agréable que les voyageurs étaient nombreux à retarder leur départ pour rester là, des mois, des années, voire le restant de leurs jours. Les vieilles écritures l'évoquaient, mais elles ont été perdues il y a des siècles, dans une gigantesque tempête de sable, un *karaburan*. Puis, il y a dix ans, une autre tempête est arrivée. Elle a balayé les sables et dégagé les sommets des édifices.

Les formes que Shan avait entrevues étaient incontestablement les vestiges de structures bâties de main d'homme. Un mur de terre compactée couleur de sable se dressait par endroits jusqu'à un aplat, à d'autres, il s'était effondré, révélant dans ses vides de petits mamelons de sable dont la disposition parfaitement ordonnée suggérait les restes d'anciens bâtiments. Jakli passa la crête de la dune qui s'étirait plein sud telle une congère de neige géante, et une énorme forme aux traits humains les accueillit. Une statue du Bouddha couché, sept mètres à l'épaule, appuyé sur un coude face aux montagnes du Sud, en direction du Tibet. La majeure partie de la tête avait disparu. Seule la bouche, incurvée en un sourire serein, était visible au-dessus du cou.

— J'avais oublié qu'il y avait eu des bouddhistes ici, dit lentement Shan.

Les bouddhistes. Le garçon musulman qui portait un rosaire. La classe tibétaine secrète dans la caverne de Lau. Le gardien des eaux dans le camp-prison. Un Bouddha sans tête dans le désert.

— Tout cela était bouddhiste, sur des centaines de kilomètres à la ronde. Ensuite sont arrivés les musulmans de l'ouest et les Chinois de l'est, expliqua Jakli. J'ai lu le journal d'un voyageur venu de l'est. Il avait pour nom Xuan Zang. Il a traversé le royaume de Karachuk au cours d'un pèlerinage vers l'Inde, comme envoyé de votre empereur. Il y a douze siècles de cela. Selon les chiffres du recensement royal, vivaient ici cinq mille âmes, dans un luxe et une paix inconnus dans ce qui était alors la Chine. Des grappes de raisin pendaient aux tonnelles au-dessus de chaque entrée. Les maisons offraient des pêchers et des grenadiers en bordure des rues, et le roi avait pris un édit autorisant un passant à cueillir un fruit pour se rafraîchir, mais uniquement un.

Jakli se tourna vers Shan avec un petit sourire désabusé.

— Ça, c'était le communisme des lumières.

Elle pointa le doigt vers le sud, où les sommets des hautes chaînes montagneuses barraient l'horizon.

— Tout ce bien-être et cette richesse, les habitants de Karachuk les devaient aux glaciers des montagnes. Ils alimentaient les rivières et les canaux d'irrigation qui coulaient jusqu'ici. Puis ils ont commencé à reculer et à diminuer. Les gens se sont rapprochés des montagnes à mesure que l'eau disparaissait. Lorsque les tempêtes de sable ont commencé, l'endroit était déjà pratiquement désert. Je me souviens du moment où la tempête a dégagé la ville. Certains ont cru que c'était l'œuvre de Dieu, qui nous rappelait ainsi nos origines et notre identité. D'autres ont prétendu qu'il s'agissait de l'œuvre des esprits du désert, qui nous invitaient à revenir.

Il n'y avait plus qu'une seule dune, plus petite, qui courait en diagonale le long de l'extrémité sud des ruines, devant une trouée dans les anciens murs près du Bouddha. Jakli accéléra sur le monticule peu élevé, les roues avant du camion abandonnèrent le sable et, sur un lourd mouvement de bascule, ils atterrirent dans la cité fantôme de Karachuk.

Dès sa sortie du camion, Shan sentit la magie et l'envoûtement du lieu. Ils se trouvaient dans une petite cour entourée de vagues formes de bâtiments construits à partir de briques de boue cuites au four, d'une couleur et d'une texture tellement proches de celles du sable que le paysage tout entier était une bigarrure de bruns et de gris. Des vestiges d'arbres, tordus et desséchés, ressortaient ci et là des sables. Le sommet d'une voûte était visible dans le sol à dix mètres.

Jakli s'avança vers une ouverture entre le mur extérieur et la plus grosse des bâtisses, la mieux conservée : un rectangle sans toit de blocs de pierre avec de hautes et étroites fenêtres s'ouvrant presque jusqu'au sommet des murs. Un casernement, songea Shan. De courts rondins aussi épais que le bras, cuits et recuits par des siècles de chaleur sèche au point d'être aussi durs qu'une pierre pétrifiée, émergeaient du sable à intervalles réguliers à côté de murs moins hauts, peut-être des vestiges d'habitations individuelles. Jadis avaient poussé là des pêches offertes gratuitement au voyageur.

Ils longeaient la ruine de pierres quand Shan aperçut les restes de poutres en bois qui ressortaient en ligne du mur extérieur. Elles avaient jadis soutenu un toit depuis longtemps disparu. À un endroit, les murs restaient suffisamment hauts pour avoir conservé les poutres dans leur position originelle, donnant ainsi une idée de l'aspect que pouvait présenter la rue huit ou neuf siècles auparavant. Shan avança d'un pas prudent et franchit le seuil de la bâtisse. Il sursauta et bondit en arrière à la vue de deux grands yeux qui le fixaient. Jakli éclata de rire, et il scruta l'intérieur pour apercevoir une fresque murale de la taille d'un homme peinte sur le mur. Elle avait beau être fissurée, avec des pièces manquantes là où le plâtre avait sauté, il en restait suffisamment pour qu'il pût distinguer la silhouette d'un léopard en train de dévorer un petit animal marron. Les couleurs avaient passé pour n'être plus que des ombres teintées, mais l'émotion sauvage qui se dégageait des yeux du félin paraissait aussi vivace que le jour où on les avait peints, des siècles auparavant.

Il reculait, quand lui parvint un son tout proche : le cri d'un animal, ou peut-être simplement le vent qui jouait dans les ruines. Une centaine de pas plus loin, le chemin qu'ils suivaient s'ouvrit sur une cour où plusieurs colonnes en pierre difformes étaient disposées en cercle. En s'approchant, Shan découvrit des visages dans la pierre, une main par-ci, une jambe gracieuse par-là. Un jardin de statues.

Ils gravirent une demi-douzaine de marches conduisant du jardin de ruines au sommet d'un petit monticule, le point culminant entre les murs. Le Bouddha couché dominait la scène derrière lui. Sa silhouette paraissait tellement décontractée, si naturellement partie intégrante du paysage vallonné, qu'on avait l'impression qu'à tout instant la statue allait se mettre debout et se diriger vers les monts Kunlun. À l'extrémité opposée des ruines, vers le nord, à au moins trois cents mètres, d'autres statues s'alignaient dans le sable.

— Des sentinelles, expliqua Jakli. Qui couvraient l'approche nord. Postées au sommet de la muraille de la cité.

Elle se tourna en montrant une forme plus proche, sur la longue dune basse qui couvrait la muraille ouest. La tête casquée d'un guerrier sortait du sable. À côté d'elle, la moitié supérieure d'une main était visible, levée comme en signe d'avertissement.

Cette vision fit naître un sourire inattendu sur le visage de Shan. Il se sentait étrangement apaisé face à tant de beauté et de mystère anciens. Il avait déjà vu des statues de ce type dans d'autres ruines, en Chine et au Tibet. Mais elles avaient toujours été grêlées d'impacts de balles ou calcinées par les explosifs, car l'armée avait un faible pour ce genre de cible quand il s'agissait de s'entraîner au tir. La plupart des murailles des forteresses antiques, symboles de l'impérialisme ou éventuels refuges pour les rebelles, avaient été abattues. Les énormes bibliothèques nationales, certaines pleines de manuscrits remontant à plus de deux mille ans, avaient été détruites par les révolutionnaires. Les temples, et pas uniquement au Tibet, avaient connu le même destin funeste. Lorsqu'il était étudiant, Shan avait été conduit en car jusqu'à l'un des antiques tombeaux impériaux, pour assister au procès criminel, instruit par les Gardes rouges, d'un ancien empereur de la dynastie Ming que l'on avait sorti de terre. L'empereur avait été reconnu coupable d'une longue liste de crimes contre le peuple, et sa dépouille brûlée en place publique en même temps que tous les objets trouvés dans sa tombe.

Mais Karachuk avait échappé au glaive de Pékin en dormant sous les sables. Shan aurait pu contempler cette scène pendant des heures. Voyant le même grand sourire sur le visage de Jakli, il sut qu'elle éprouvait ce même sentiment. Et comprit que les choses qu'il avait le plus appréciées dans son existence étaient apparemment tout ce que la société chinoise moderne avait délibérément négligé pour l'abandonner à l'oubli. Les moines cachés du Tibet. Les anciens textes taoïstes qu'enseignait son père. La main d'un guerrier antique qui se dressait hors des sables.

Ils continuèrent leur chemin en s'écartant de la muraille, descendant graduellement vers une vaste cuvette sous un long affleurement rocheux élevé — la barrière naturelle qui définissait les limites est de la ville. Shan s'arrêta pour examiner les bâtiments en contrebas, une douzaine de petites structures en bien meilleur état que le reste. Elles étaient composées de la même terre compactée et des mêmes briques que les autres bâtisses, mais leurs murs, bien que fissurés, étaient encore intacts, surmontés de toits aux tuiles grises recuites par le soleil et couvertes de sable et de débris de bois pourri. Au-delà de ces cahutes il distingua un bâtiment plus vaste, un enclos carré sur lequel reposait un dôme circulaire, qui lui aussi paraissait avoir survécu aux siècles écoulés sans dégâts majeurs. Ou peut-être que dôme, enclos et cahutes avaient été reconstruits de manière à offrir à l'œil d'un observateur distant ou peu intéressé l'aspect de ruines. Au-delà du dôme, dans un corral constitué de trois murs en pierre perpendiculaires à l'affleurement rocheux, se tenaient plusieurs chevaux à longs poils, petits, trapus et solides, de la même race que ceux qui avaient jadis conduit les soldats des khans à travers deux continents. Shan remarqua également un petit cercle de pierres surmonté de trois poutres patinées par le temps jointes à leur sommet. Un puits.

Jakli s'était postée à l'écart et le contemplait d'un air incertain.

— Je ne sais pas comment ils vont réagir. C'est dangereux ici.

— Mais Lau est morte alors qu'elle était en visite ici ?

Jakli fit signe que oui.

— Ce qui sous-entend qu'elle y avait des amis. Comme l'a dit Wangtu, des personnes en qui elle avait toute confiance.

Nouveau hochement de tête de Jakli.

— Si Lau avait des amis ici, alors, je n'ai pas de crainte, reprit Shan en espérant que sa voix ne trahissait pas ses incertitudes.

Jakli se préparait à lui répondre quand elle redressa brutalement la tête.

Un homme s'éloignait d'un pas vacillant du grand bâtiment en dôme en direction du corral, comme s'il était ivre. Bien à l'ombre du mur, ils l'observèrent qui sellait un cheval et s'en repartait au trot sur un sentier à l'extrémité nord des ruines.

Jakli suivait toujours le cavalier des yeux lorsque Shan s'engagea sur la piste et longea les cahutes jusqu'à la porte en planches du grand bâtiment. Les chevaux le regardèrent en silence. Une faible odeur de fumée restait suspendue dans l'air. Shan s'immobilisa devant la porte, avec un coup d'œil à Jakli : toujours sur la colline, elle surveillait le village avec inquiétude, comme si elle regrettait finalement d'avoir accompagné Shan jusque-là.

Soudain la porte explosa littéralement vers l'extérieur, propulsée par le poids de l'homme qui en jaillit. Il se cogna à Shan et ils atterrirent tous les deux dans le sable. L'inconnu saisit le cou de Shan à deux mains et se mit à serrer. Shan lâcha un faible cri étouffé en essayant de repousser son agresseur. Celui-ci lâcha prise et commença à marteler de ses petits poings durs la poitrine de Shan, qui se tortillait en tous sens pour se libérer.

— Voleur ! cria l'inconnu d'une voix suraiguë.

Deux nouvelles mains apparurent, agrippant l'individu aux épaules. Shan se glissa de côté, hors de portée. Jakli maintint le bonhomme un instant, mais celui-ci, à force de gigoter, parvint à lui échapper et se mit à ramper vers Shan, les yeux en furie, pleins d'une lueur meurtrière.

— Hoof ! s'écria Jakli. Arrête !

Elle lui allongea un coup de pied dans les reins, sans résultat, avant de recommencer, plus fort cette fois. L'homme resta le nez dans le sable sans bouger.

Il reprit ses esprits, se remit à quatre pattes, en regardant alentour, l'air de n'y rien comprendre, puis il se laissa rouler sur le flanc et s'assit, en contemplant Shan et Jakli d'un œil perplexe.

— Ah, c'est toi, marmonna le dénommé Hoof d'une voix morne à l'adresse de Jakli. Je ne t'avais pas vue.

Sa perplexité sembla s'envoler et il prit un air déçu.

Shan sentit une trace humide sur sa main, là où il avait touché son agresseur en essayant de le repousser.

— Vous saignez, dit-il avec un haut-le-corps, craignant soudain d'avoir blessé l'inconnu.

L'homme examina son épaule droite blessée d'un air dégoûté.

— Volé, et roulé dans l'affaire ! rouspéta-t-il de sa voix de crécelle. Y a que du mauvais sort par ici.

Il avait un nez énorme, et des marques sur les joues qui auraient pu être des taches de rousseur. Ses traits étriqués reprirent vie quand il soumit Shan à un examen de détail.

— Personne veut de toi ici ! lança-t-il avec un curieux soupçon d'espoir dans la voix.

— Vous devriez nettoyer cette plaie, dit Shan en cherchant dans ses poches de quoi faire un pansement.

— Il faut que tu partes avant que...

Il fut interrompu net par l'apparition d'une silhouette dans l'embrasure de la porte, un homme de haute taille portant une calotte brodée et une chemise verte brillante dont les manches avaient été arrachées. Il tenait un verre, qu'il essuyait d'un bout de torchon.

— Nom de Dieu, Osman ! couina Hoof. Y a un salaud qui m'a volé ma sacoche.

Comme s'il y réfléchissait à deux fois, il leva alors la main, rouge de son sang.

— Et je me suis fait poignarder. On n'est plus en sécurité nulle part !

Celui qu'il avait appelé Osman grogna. Son visage s'illumina d'un grand sourire quand il découvrit Jakli. Le sourire disparut dès qu'il remarqua la présence de Shan. Il balança son bout de torchon à Hoof et regagna la pénombre de la salle.

— Fils de porcs ! jura Hoof en balançant la lavette sur la porte.

Shan déchira une bande de son maillot de corps et la noua autour de la plaie du bonhomme, dont l'expression s'adoucit.

— Il faut que tu t'en ailles. Je pourrais t'aider, dit-il d'un ton nouveau, plein d'assurance. On m'appelle Hoof. Je suis un bon Tadjik. Je connais le désert. J'ai des amis chinois. Je t'emmènerai en ville. Tu seras en sécurité dans une ville.

— Il est en sécurité là où il est, rétorqua Jakli en s'avançant pour se poster au-dessus de Hoof, toujours assis sur le sable.

— Bien sûr, bien sûr, puisqu'il est avec toi.

Hoof battit en retraite à quatre pattes, à la manière d'un crabe, loin de l'ombre de Jakli, puis se remit debout d'un bond et se réfugia à l'intérieur du bâtiment.

— Il s'appelle Hoof [1] ? demanda Shan en le suivant des yeux.

Jakli soupira, fixant la porte d'un œil soucieux.

— C'est une pratique chez certains des anciens clans de bergers. On donne à un nouveau-né le nom de la première chose que voit la mère le matin qui suit la naissance.

Elle lui fit signe de s'approcher, comme pour le conduire loin de cet endroit.

Mais Shan suivit Hoof.

Il eut l'impression de pénétrer dans une caverne par un couloir non éclairé long de cinq pas, avec, sur les flancs, des marques plus sombres signalant de possibles alcôves. Dans la faible lumière, il avança en examinant le sol sableux, essayant de comprendre ce qui avait pu arriver au Tadjik. Au bout du couloir il se trouva nez à nez avec une paroi de pierre : un mur à spectres. Les mains qui l'avaient bâti avaient été guidées par un géomancien, un des chamans dont l'art, le feng shui, était autrefois, dans les royaumes tra-

1. Sabot, en anglais.

ditionnels de l'Asie du Nord, plus important dans la construction d'un édifice, même une petite étable, que les architectes ou charpentiers. Il y a bien longtemps, un géomancien avait décidé d'ériger ce mur face à la porte d'entrée, parce que les esprits malfaisants ne volaient qu'en ligne droite. Et d'ouvrir l'entrée principale au sud, parce que ces mêmes esprits vivaient au nord.

L'air était chargé d'une odeur de lampe à huile et de cannelle. Shan entendit des rires et une voix forte qui racontait une histoire paillarde en mandarin.

Arrivé au mur, il obliqua sur la gauche, dans un couloir étroit qui se terminait sur une petite voûte. Il se posta sur le seuil et essaya de percer les nuages de fumée de tabac noyant ce qui ressemblait à la salle commune d'une auberge. La pièce était éclairée par une douzaine de grosses chandelles et quatre lampes à kérosène, dont deux étaient suspendues aux poutres en bois au-dessus d'une grande table par des fils qui ressemblaient à des câbles téléphoniques. La table, distante de trois mètres, avait les pieds surélevés par des pierres plates empilées, de sorte qu'elle arrivait à hauteur de taille de l'homme qui avait fait une brève apparition dans l'entrée, le prénommé Osman. Celui-ci était appuyé au comptoir du bar de fortune à côté d'un panier de figues séchées, d'un tas de nan et d'un ensemble de bouteilles pleines de liquide, en divers dégradés de marron. Des verres, dont beaucoup étaient fêlés et crasseux, s'empilaient en équilibre instable au bord de la table. Derrière Osman, un gros chien à la fourrure grise aux longs poils grossiers dormait par terre.

Une douzaine d'hommes occupaient la pièce, assis devant plusieurs gros cageots qui faisaient fonction de tables improvisées. Hoof, le blessé, partageait une bouteille avec un autre homme à l'opposé de l'entrée. Il se tenait le bras, la mine renfrognée, en ronchonnant contre Osman, ce qui fit rire son compagnon. Une petite table inoccupée, joliment ouvragée, occupait le centre de la salle. Elle supportait un échiquier délicat, jouxtée par un énorme fauteuil capitonné et crasseux qui ressemblait à une pelote d'épingles géante à cause de la paille qu'on avait fourrée dans les trous du tissu.

Les voix bruyantes se turent brutalement quand Shan entra dans la salle : il était le seul Han dans la place.

La moitié des regards fixés sur lui, il avança d'un pas hésitant jusqu'à une caisse posée près du comptoir. Quand il s'assit en tendant la main vers les figues, les regards se détournèrent. Les conversations reprirent leur volume normal. Deux hommes se levèrent pour remplir leur verre, en contournant à bonne distance le fauteuil capitonné. Shan vit que la manche de chemise d'un rouge écarlate que portait un des clients paraissait vide, aussi regarda-t-il de plus près. L'homme était manchot, le bras sectionné au-dessous du coude.

À travers la fumée, Shan étudia une fresque peinte sur le mur derrière Osman. Un ensemble de silhouettes aux longs visages barbus et aux traits européens, peut-être perses. Elles chevauchaient des ânes chargés de lourds fardeaux et avançaient vers un homme qui les attendait sous une vigne en tonnelle. Sur l'une des silhouettes, un œil avait été gratté, image familière sur une terre musulmane dont la loi sainte interdit les représentations imagées d'humains. À un clou enfoncé dans le plâtre au-dessus de la fresque était suspendue une petite photographie sous cadre d'un cheval en noir et blanc. Dans une niche à côté d'un rideau accroché à l'autre extrémité du comptoir siégeait un Bouddha de pierre, fissuré, entre les lèvres duquel on avait écrasé un mégot de cigarette. Une affiche rédigée à la main ornait le mur juste au-dessus de la statue, proclamant *Ce bar est nei lou.* Sur le mur au-delà du rideau pendait un drapeau blanc avec un croissant de lune et une étoile.

— Avez-vous du thé ? demanda Shan.

— Vous ne pouvez avoir que ce que vous voyez, répondit le dénommé Osman en levant une outre en peau : kumiss. Bai jin. Mao-tai. Bière. Vodka.

Il parlait d'une voix râpeuse, et ne semblait guère patient.

— Deux yuans, ajouta-t-il.

— Deux yuans ? s'exclama Shan, n'en croyant pas ses oreilles.

Deux yuans suffisaient amplement à nourrir une famille entière en bien des endroits de Chine.

— Notre tarif spécial visiteurs.

— Je prendrai juste de l'eau.

— Trois yuans.

Shan sentit quelqu'un s'arrêter près de son épaule.

— Deux thés, Osman, dit Jakli.

— Il est avec toi ? demanda le barman en plissant le front.

— Avec moi. C'est un ami de Tantine Lau.

— C'est toi qui réponds de lui ?

Jakli le fixa du regard un instant, puis alla jusqu'au mur où elle ôta de la bouche du Bouddha le mégot de cigarette qu'elle jeta par terre.

— Deux thés.

Osman resta silencieux, puis il se pencha et sortit une grande bouteille Thermos noire posée par terre. Il remplit deux verres d'un thé noir fumant.

— Nikki ? interrogea Jakli d'un ton inquiet. Je ne vois pas ses hommes dans la salle.

À la question de la jeune femme, Osman donna l'impression de redevenir lui-même.

— Pas encore. Demain, peut-être. Une dernière caravane. Bientôt, tu peux être sûre. Il va bien, fille. Tu as ma parole. Personne n'attrape Nikki, ajouta-t-il avec sollicitude devant le visage angoissé de la jeune femme. Personne, sauf toi.

Il se servit un thé qu'il leva à ses lèvres en portant un toast, avec un petit sourire qui révéla une dent en argent.

— Aux nuits sombres et aux sentinelles endormies !

Shan se retourna vers le manchot qui revenait à sa place, son verre rempli. Il avait entendu dire en prison que les évadés qui s'échappaient du goulag se sectionnaient parfois le bras au-dessus du tatouage afin de détruire toute preuve de leur généalogie pénitentiaire.

Jakli rapprocha son tabouret de celui de Shan comme pour le protéger. Ils burent leur thé tranquillement pendant qu'Osman essuyait ses verres à l'autre bout du comptoir. Shan laissait filer son regard sur les occupants de la salle pendant que Jakli lui expliquait paisiblement les règles de la communauté : personne ne sortait d'objets des sables, sauf pour les utiliser à Karachuk ; personne ne bâtissait quoi que ce soit qui puisse apparaître comme une construction récente aux caméras de la surveillance aérienne ; personne ne bâtissait quoi que ce soit, point final, sans l'approbation d'Osman ; personne ne brûlait de bois, de peur que la fumée ne parle, afin de préserver ce qui existait là. Shan posa une question sur le drapeau. De la république d'Est-Turkestan, expliqua Jakli, dans laquelle le grand-père d'Osman avait servi comme vice-gouverneur à Yoktian.

— Ici, c'est donc la ville d'Osman ? interrogea Shan à voix basse.

Se rapprochant, Osman intervint d'une voix forte.

— Mes ancêtres vivaient ici, c'est mon droit.

Il défia longuement Shan du regard, puis se tourna vers Jakli.

— Où est Akzu ?

— Avec la Pierre rouge. Le Programme d'Éradication de la Pauvreté. Il reste moins de deux semaines.

— Les salauds ! grimaça Osman. Je l'avais prévenu : amène ton clan ici. C'est ainsi que ça se termine : par des entreprises et des Chinois qui font des discours. Je lui avais dit encore mieux que ça : amène-moi le directeur Ko. On va le faire se sentir vraiment chez lui.

Les hommes de la table la plus proche éclatèrent de rire. Osman les salua par un filet de sourire, avant de se retourner vers Shan.

— Tu es en affaires avec Nikki ? demanda-t-il d'une voix chargée de soupçon. T'as quelque chose de spécial à acheter ?

— Je suis venu ici à cause de Tantine Lau. Elle était...

Mais Osman ne l'écoutait pas. Il avait perçu une ombre en mouvement et pivotait lentement vers les rideaux à l'extrémité du comptoir, la main sous la table, comme pour y saisir quelque chose. Le chien gris se mit brusquement debout en grognant.

Le silence gagna la salle. Un murmure soudain courut parmi les tables. Les clients relevèrent des yeux inquiets vers la tenture du fond. Un doigt, un très gros doigt, apparut en haut du rideau et lentement commença à l'écarter.

Instantanément, Osman se décontracta. Il ressortit la main de sous le comptoir et on entendit des exclamations de bienvenue. Un homme chauve en gilet de peau de mouton se leva et exécuta une courbette exagérée en direction du rideau, d'autres levèrent leur verre. Le chien bondit en remuant la queue.

— Marco ! s'exclama Jakli avec une joie soudaine.

Elle courut se réfugier dans les bras écartés de l'inconnu.

Shan aurait été bien en peine de décrire l'homme qui venait d'entrer dans la pièce. Beaucoup se seraient contentés de dire grand et occidental, mais qualifier le barbu de grand aurait été du même ordre que de dire d'un ours qu'il était grand. Il est un fait qu'il avait le visage, les traits et la stature d'un Occidental, mais le maintien et l'allure n'étaient pas d'Occident. Les yeux étaient bleus. Ils balayaient la pièce avec la même dureté intelligente et prudente que Shan avait constatée chez Akzu et certains membres des clans. Sa peau était du même cuir, creusée des mêmes rides que celle des bergers des clans. Avec cependant une différence flagrante : les pattes-d'oie autour des yeux indiquaient clairement que leur propriétaire ne rechignait pas à sourire.

— Camarades ! gronda l'homme d'une voix tonitruante et caricaturale en relâchant Jakli pour la tirer avec lui vers le comptoir. Votre commissaire du peuple est arrivé ! Je vais vous enseigner la vraie et bonne pensée socialiste ! Je vais vous coller les reins dans un étau pour vous empêcher d'avoir des enfants ! Je vais rationner vos rots, vos bouteilles et vos goulées d'air ! Je vais répertorier dans mes registres votre vermine et je taxerai la pisse de vos chevaux ! Et vous allez adorer ça, jusqu'à la dernière seconde, parce que je le fais pour la bien-aimée République du Peuple.

Il s'exprimait dans un mandarin parfait, et lâcha ses derniers mots comme des coups de canon. Le public répondit par des rires tapageurs.

Un sourire énorme barra le visage du dénommé Marco qui, glissant les mains dans les profondes poches de son monstrueux manteau, en sortit deux bouteilles de vodka aux étiquettes en cyrillique.

— Mais d'abord, on boit !

Les bouteilles étaient bouchées au liège. Marco ouvrait le tire-bouchon d'un couteau suisse de prix quand Osman lui balança un verre.

— Et on fête quoi, aujourd'hui, espèce de vieil ours ?

— Il y a toujours quelque chose à fêter ! Le fait que je suis en vie et que tu es en vie ! Que Jakli est tellement belle et Nikki tellement téméraire. Parce que contre toute attente nous verrons encore les nouvelles moissons. Parce que j'apporte suffisamment de vodka au festival équestre pour rester ivre une semaine durant !

Tous les hommes présents, y compris Hoof le renfrogné et son compagnon, se levèrent pour converger vers le comptoir où Marco remplit leur verre.

— Aux contrebandiers ! lança-t-il en guise de toast quand tous les fonds de verres eurent leurs deux bons centimètres de vodka. *Wan sui !* s'écria-t-il, avec une telle force que les lampes se mirent à trembler. Dix mille années ! Wan sui pour tous les contrebandiers, la plus honorable des professions.

Il contempla un instant son verre.

— Nous ne faisons pas semblant d'obéir à des règles auxquelles nous ne croyons pas, déclara-t-il avec une solennité exagérée. Et nous donnons toujours aux gens ce qu'ils désirent.

Les hommes au comptoir offrirent au grand gaillard des tapes dans le dos en s'étranglant de rire quand il leur fit la nique en les asticotant avec une paire de dés en ivoire.

Finalement, le regard de Marco vint se poser sur Shan.

— Dis-moi, Jakli chérie, c'est qui, cette petite chose en haillons ? demanda-t-il, toujours affable, mais toute lumière ayant disparu de son sourire.

— Il est venu nous aider. À propos des meurtres.

— Par le souffle de Dieu, mon enfant ! grommela Marco à voix basse, les narines palpitantes. Tu n'as quand même pas...

— Il n'appartient pas au gouvernement, le coupa immédiatement la jeune fille. Il vient du Tibet.

Marco fronça le sourcil, et examina Shan en détail d'un œil de maquignon.

— C'est dur de vivre au Tibet.

— En particulier pour les Tibétains, confirma Shan d'un hochement de tête.

Un sourire amer éclaira le visage du grand gaillard, suivi d'un petit signe de tête.

— Où ça, au Tibet ?

— Essentiellement à la 404e Brigade de Construction du Peuple. À Lhadrung.

— Au lao gai, cracha Marco comme si c'était un juron.

Il termina ce qui restait de son verre puis, se postant à côté de Shan, il lui agrippa l'avant-bras de sa main énorme et lui remonta la manche pour examiner son tatouage. Il le pressa, il l'étira, avant de hocher la tête en signe d'approbation, comme s'il était grand connaisseur de ce genre de marques.

— Et avant ça ?

— Pékin.

La réponse de Shan réduisit chacun au silence.

Le grand gaillard se versa une nouvelle dose de vodka, qu'il laissa sur le comptoir en examinant Shan de plus près.

— Une robe de soie ! s'exclama-t-il avec une chaleur factice.

Il faisait référence aux mandarins qui avaient dirigé l'empire pendant les dynasties. La voix était légère, mais il n'y avait pas trace d'amusement sur ses traits. Il haussa les sourcils en parodie d'étonnement.

— Ou peut-être un eunuque de palais ?

Éclats de rire dans la salle.

— Je m'appelle Shan Tao Yun, déclara Shan d'une voix paisible.

— Bienvenue au Palais des Nationalités de Karachuk, camarade Shan, dit Marco en levant son verre.

Lesdits palais étaient les énormes salles vides bâties dans les capitales des provinces à la gloire des cultures multiples du pays. Quelques ricanements discrets s'élevèrent.

— Vous... vous êtes visiteur vous aussi, à ce que je vois, poursuivit Shan avec maladresse, gêné par l'allure occidentale du personnage.

Nouveaux rires dans la salle.

— Par l'esprit du Grand Timonier, mais tu m'insultes ! gronda Marco. Je suis le meilleur de tous les foutus socialistes de ce pays ! Si jamais on me donnait un passeport, ce qui n'arrivera pas, il serait rouge. Avec une grosse étoile jaune et quatre plus petites, comme l'emblème de l'État chinois. Je suis un citoyen d'aussi bonne souche que tout ce qui se trouve au Xinjiang.

— Ce qui ne signifie pas grand-chose, osa Shan.

C'était un jeu dangereux qu'ils jouaient là. D'autant plus que Shan ne comprenait pas les liens unissant Marco et Jakli. Jusqu'où pouvait aller la protection que lui assurait la jeune femme ? Il n'en savait strictement rien.

— Une robe de soie avec le sens de l'humour ! s'exclama Marco avec un sourire, une étincelle dans le regard. Ça doit être vrai, ce qu'on raconte, Osman. Le paradis du travailleur s'améliore de jour en jour.

Il changea de position sur son siège. Son épaisse tunique en laine s'entrouvrit, révélant deux objets qui ne risquaient pas de passer inaperçus : une lourde chaîne en argent, attachée à une grosse montre à gousset, et la plus grosse arme de poing que Shan eût jamais vue, un revolver qui donnait l'impression d'avoir été fabriqué au dix-neuvième siècle.

— Je n'ai pas entendu le reste de votre nom, se hasarda à dire Shan.

Le grand gaillard lui lança un regard peu amène : de toute évidence, il n'avait pas l'habitude de se faire bousculer.

— On me donne des tas de noms. Mais j'ai été baptisé, camarade, railla-t-il, en prenant un plaisir certain au visage désemparé de Shan. Oui, j'ai été baptisé. Par un vieux prêtre qui avait jadis donné la communion au tsar. C'est ma mère qui a choisi mon nom de baptême, pour tous les pays inconnus qu'elle espérait me voir visiter. Marco Polo Alexei Myagov. Membre de l'une des honorables et honorées minorités de notre pays. Le Chinois blanc le plus loyal de ce pays.

Un Eluosi. Shan avait presque oublié qu'ils existaient. La plupart des Russes qui avaient fui les bolcheviks en direction de l'est, et franchi les chaînes du Pamir ou du Tian huit décennies auparavant, avaient rejoint Shanghai avant de finalement émigrer en Europe ou en Amérique. Vingt ou trente mille d'entre eux étaient néanmoins restés au Turkestan, même lorsqu'une nouvelle génération de communistes avait annexé le pays en lui donnant le nom de Xinjiang. Il avait un jour entendu dire qu'une visite à certains villages aux confins nord du Xinjiang ressemblait à un retour dans la Russie tsariste. Quelques milliers d'Eluosis étaient toujours éparpillés parmi la population du Xinjiang et s'étaient même vu accorder des privilèges spéciaux pour la chasse et la pêche sur les terres jadis achetées par leurs ancêtres aux seigneurs de la guerre locaux.

Aux yeux du reste du monde, ils formaient un peuple rayé de la carte.

— Il y a bien des années, je suis prêt à en prendre le pari, qu'un habitant de Chambaluc n'est pas venu en visite à Karachuk, fit remarquer Marco.

Il venait d'utiliser pour parler de Pékin un nom que Shan n'avait pas entendu depuis qu'il était petit garçon. Chambaluc était le nom donné à la ville impériale pendant la dynastie Yuan, à l'époque où les khans, liés par le sang aux populations turques du Xinjiang, contrôlaient toute la Chine. C'était pourtant bien le nom que nombre des habitants originaires de Karachuk auraient utilisé. La voix de Marco était plus chaleureuse, mais l'expression restait soupçonneuse.

— Qu'est-ce que tu faisais là-bas, avant de t'être gagné ton tatouage ?

— Je travaillais au ministère de l'Économie, répondit timidement Shan. J'étais inspecteur.

— Et tu as inspecté ceux qu'il ne fallait pas.

— Apparemment.

Le rire de Marco était trop grand pour la salle, au point de faire tinter les verres du comptoir. Il se versa une autre vodka et indiqua du geste le verre que Shan n'avait pas touché.

— Eh bien, camarade Inspecteur, ici, nous sommes tous des membres anonymes du glorieux prolétariat. *Gan bei*, dit-il en portant un toast et en séchant sa vodka.

Shan fixa son verre avant de le porter à ses narines. En toute conscience, c'était le plus près qu'il s'approcherait jamais d'un alcool fort. Pas par crainte de violer les vœux monastiques, car il n'était pas moine, mais parce que, d'étrange façon, il aurait l'impression de renier ses professeurs toujours enfermés derrière les barbelés de la prison de Lhadrung.

Marco inspecta la pièce en portant un nouveau verre de vodka à ses lèvres. Son geste s'interrompit à mi-course et il cracha un juron, avant de bondir vers la table portant l'échiquier, qu'il rejoignit en deux grandes enjambées. Il lâcha alors un son qui n'était plus un mot mais un rugissement.

— Elle n'est plus là ! aboya-t-il.

Osman trottina jusqu'à la table.

— Impossible. Ton impératrice était encore là hier soir. J'étais ici et je réfléchissais à mon coup suivant.

La tête de Marco oscillait de gauche et de droite comme celle d'un taureau furieux, tout en balayant la salle des yeux.

— Il y a six mois qu'Osman et moi avons entamé cette partie ! déclara-t-il d'une voix de stentor. L'hiver, il m'arrive d'apporter de la nourriture et de quoi me chauffer et j'y reste une semaine, à cette table !

Shan s'avança à côté du grand Russe. Les pièces du jeu d'échecs étaient en bronze ancien. Une armée était rouge, l'autre verte. Chaque pièce était identifiée par de petits rubis et émeraudes enchâssés dans la tête. Les pierres étaient toutes rayées, et Shan n'eut pas besoin d'explication : elles avaient été déterrées des sables du désert.

Le pendant de la reine verte encapuchonnée de rubis du côté d'Osman manquait.

— Mon impératrice ! beugla à nouveau Marco.

Osman se pencha à l'oreille de Marco et parla à voix basse, en désignant Hoof d'un hochement de tête.

— Par la Mère du Christ ! explosa Marco alors que Shan battait en retraite vers Jakli. Deux vols ! Espèce de porcs ! s'écria-t-il à l'adresse de toute la salle. Le corps de Lau à peine froid, et maintenant ça ! Je ne l'accepte pas. Tous autant que vous êtes, je devrais vous expédier à coups de pied dans votre enfer personnel. Ici, nous avons de l'honneur. Des bergers. Des caravaniers. Des contrebandiers. Nous vous traitons comme des fils et des frères. Mais où diable vous croyez-vous ? À Ouroumtsi ? À Yoktian ?

— Le Xibo de Kachgar était ici, proposa Osman dans ses petits souliers. Il venait d'être libéré de prison. Probable que c'est lui. Personne n'a suivi Hoof quand il est sorti. Mais le Xibo est parti cinq minutes avant Hoof. Probable que c'est lui qui a pris la reine, et ensuite il a attaqué Hoof pour lui voler sa sacoche. Il doit être à des kilomètres, maintenant.

— Le voleur est encore ici, dit Shan d'une voix très douce.

Marco ne sembla pas l'entendre. Il alla jusqu'au comptoir et avala une gorgée de vodka directement au goulot de sa bouteille. Puis il se tourna vers Shan en essuyant sur sa manche les gouttelettes d'alcool de sa barbe.

— Répète.

— L'homme qui a fait ça est encore ici, reprit Shan de la même voix basse et timide.

Marco le dévisagea d'un air renfrogné, en silence.

— Inspecteur, as-tu dit. Ainsi donc, comme ça, tout simplement, l'inspecteur sait qui est le criminel, commenta-t-il en balayant du regard les hommes de la salle. Mais ici, ce n'est pas Pékin, sais-tu ? Ici, les gens ne sont pas coupables uniquement par décret.

— Il suffit tout bonnement de bien saisir les faits. Quand les faits sont bien compris, il devient possible à la justice de trouver sa voie

— La justice ? demanda Marco d'un ton incrédule, les sourcils en accent circonflexe. Tu as dit justice ?

Shan se tourna vers Jakli, en quête d'un peu d'aide. Mais elle contemplait Marco d'un air inquiet.

— Voici une étrange créature juste pour toi, Osman, poursuivit Marco, la voix aussi affûtée qu'un rasoir. Une robe de soie qui se préoccupe de justice !

Il enserra la bouteille presque vide de sa grosse paluche avant de se retourner vers la salle.

— Gentilshommes de la cour ! Nous allons nous distraire ! Le célèbre inspecteur Shan Tao Yun, de la Cour de Chambaluc, est sur le point de nous présenter d'extraordinaires exploits dans les domaines de la déduction et du raisonnement ! Il ne fait aucun doute qu'il doit être le descendant du grand juge Dee, magistrat de la dynastie Tang ! aboya-t-il en citant l'enquêteur légendaire dont les exploits étaient le sujet de récits depuis des siècles.

Marco murmura quelque chose à Osman, qui sortit une longue trique de bois noir de sous le comptoir, avant d'aller se poster près du couloir menant à la porte d'entrée.

— Mais je ne peux pas... protesta Shan, en songeant à piquer un sprint vers ladite porte.

— Un nouveau crime a été commis au sein de notre communauté, déclara Marco d'un ton qui signifiait clairement à tout un chacun que la plaisanterie était terminée. Comme si ce qui est arrivé à notre Lau ne suffisait pas. Il va falloir y mettre un terme ! gronda-t-il tel un chien furieux.

Shan n'avait plus le choix. Il recula jusqu'au comptoir, les yeux sur le petit Bouddha. D'un ton hésitant et mal assuré, il demanda :

— J'aimerais une autre tasse de thé.

Osman sourit, comme si le malaise de Shan le réjouissait, puis il quitta son poste près de la porte juste assez longtemps pour servir le thé.

— Je ne voudrais attirer d'ennuis à quiconque, déclara Shan après avoir bu une gorgée de sa tasse.

Il se trouvait au Turkestan, où les représailles précédaient toujours le pardon de quelques coudées.

Marco se contentait de ne pas le quitter des yeux.

— Il s'est passé quelque chose ici, soupira Shan, quelques minutes avant que j'entre dans cette salle. Un signal d'alarme. Une nouvelle arrivée, peut-être.

— Rien du tout, répliqua Osman avec impatience.

— Sophie ! s'écria le chauve en gilet de mouton. J'ai dit que j'avais entendu Sophie.

Marco haussa le sourcil en direction d'Osman.

— Ce n'est pas faux, murmura ce dernier. Mais personne n'a rien entendu. On ne s'attendait pas à te voir.

Shan pensa que l'Eluosi était accompagné de quelqu'un, une personne qui répondait au nom surprenant de Sophie.

— L'éventualité de votre arrivée a fait peur à Hoof, dit-il.

— Pourquoi ? interrogea Marco.

Hoof s'était levé et se rapprochait, son compagnon sur les talons.

— J'ai chevauché avec Nikki, lâcha tout de go le petit Tadjik. J'ai soigné tes animaux. Ce Han m'insulte. Il hait ceux de notre race.

Marco leva la main pour le faire taire et se tourna vers Shan.

— Très bien, *tai tai.*

*Tai tai,* très estimé, était une forme d'adresse réservée aux plus vénérables des mandarins.

— Où Hoof porte-t-il sa sacoche ? demanda Shan à Osman.

Hoof battit en retraite pour se coller le dos au mur, en regardant son compagnon, qui reculait doucement à son tour pour rejoindre leur table.

— Elle était grosse, sa sacoche, répondit Osman. Elle était accrochée à sa ceinture. Au côté gauche.

Shan acquiesça d'un signe de tête.

— Alors voici ce qui s'est peut-être produit. Hoof avait l'impératrice dans sa sacoche. En apprenant l'arrivée de Marco, il a voulu s'en défaire, parce que Marco serait le premier à remarquer que la pièce avait disparu de l'échiquier. S'en défaire, sans s'en défaire. La cacher, de manière à pouvoir la récupérer plus tard. Il a coupé la lanière de sa sacoche, qu'il a cachée dans le couloir. Il m'a vu arriver par la porte entrouverte. Un Han. Il a cru qu'il allait pouvoir rejeter la faute sur moi, il s'est volontairement blessé et il m'a sauté dessus dès que j'ai ouvert la porte.

— Quelqu'un armé d'un couteau aurait pu l'attendre dans le couloir, suggéra Marco. Le Xibo.

— Exactement, dit Hoof avec empressement, sans quitter Marco des yeux. Il était devant moi, et il m'a bousculé.

Shan secoua la tête.

— Le sol de ce couloir est recouvert d'un bon centimètre de sable. S'il y avait eu lutte, il resterait des traces. Mais allez regarder, vous n'en verrez pas. Et il a soufflé les flammes des lampes en avançant, pour faire croire qu'on lui avait tendu une embuscade. Les lampes venaient d'être éteintes quand je suis entré. J'ai senti l'odeur de l'huile.

— C'est vrai, ajouta Osman. Elles ne brûlaient plus quand je suis sorti pour voir qui criait.

— Il ne se serait quand même pas entaillé la peau tout seul ! rétorqua Marco.

— Il ne s'est pas coupé bien méchamment, juste assez pour saigner un peu. L'entaille a été portée en haut du bras droit. Un voleur aurait tenu son couteau en garde basse et sur la gauche de Hoof, afin de sectionner la sangle de la sacoche, certainement pas en hauteur et sur la droite. Hoof a tenu la lame dans la main gauche et il s'est entaillé le bras droit. J'ai regardé les hommes boire dans la salle. Hoof est le seul dans cette pièce à être gaucher.

Osman confirma d'un signe de tête.

— Mauvaise éducation. Un bon musulman est toujours formé à se servir de sa main droite.

— Oui. Et alors ? demanda Marco.

Shan étira index et majeur de la main gauche comme une lame et les abattit tel un couperet sur le haut du bras.

— C'est ainsi qu'il s'est blessé. Un voleur aurait frappé bas, entaillant peut-être le ventre dans son élan, mais pas le haut du bras.

Il se tourna vers la pénombre du couloir.

— Il doit y avoir des étagères ou des niches pour les lampes à huile.

Osman décrocha une lanterne et les conduisit dans le couloir. Les bâtisseurs avaient prévu quatre profondes étagères concaves pour les lampes. Les deux premières étaient presque entièrement fermées par des toiles d'araignée derrière la lampe qui s'y trouvait posée. Dans la troisième, les toiles avaient été détruites tout récemment. Marco y glissa la main et en sortit une sacoche. Avec un grognement furieux, il revint dans la salle d'un pas martial et le nom de Hoof claqua comme un coup de fouet.

Le Tadjik était adossé au mur, seul, abandonné par son ami. Marco lui colla la sacoche sous le nez un instant avant d'y glisser la main et d'en extraire la reine d'émeraude.

Les mains de Hoof se mirent à trembler.

Marco retourna la sacoche sur le comptoir. En dégringolèrent deux objets ronds de la même taille, chacun enveloppé de papier blanc. Marco secoua l'emballage du premier, et en fit tomber une pomme.

— Tu m'as volé ! gronda Marco en montrant la reine verte au

Tadjik. Tu as volé à Karachuk ! Tu as volé alors que nous pleurions notre tante disparue !

Hoof se tourna vers son compagnon, qui le fixa d'un œil impavide.

— Avoue ! tonna Marco. Avoue que tu as volé !

— J'ai v... volé, murmura le Tadjik.

— Pourquoi ?

— L'année dernière, tu m'as frappé. Je suis resté une heure dans les pommes. Et j'ai eu mal à la tête pendant un mois.

— Tu avais insulté mon chameau.

Personne ne rit.

Shan ramassa le second objet rond. Il tira sur le bord du papier d'emballage et une balle en roula, une balle en cuir blanc, de sept bons centimètres de diamètre, aux épaisses coutures d'assemblage rouges. Shan avait beau n'avoir jamais vu d'objet similaire, cette chose lui paraissait vaguement familière. Il la fixait toujours lorsque Osman s'en empara pour la placer sur l'un des verres, avant de balancer le papier chiffonné dans un panier presque rempli de bouteilles vides.

Les hommes présents dans la salle commencèrent à sortir, en essayant de passer inaperçus, détournant la tête comme si l'expression du visage de Marco les effrayait. N'en restaient plus que six quand Marco remarqua ce qui se passait.

— Non ! s'écria-t-il. Restez et soyez témoins.

Le grand Eluosi indiqua le sol devant le comptoir et Hoof avança, sans conviction, les bras à moitié levés comme s'il s'attendait à recevoir un coup.

— Voici ce que tu vas faire, Hoof le voleur, annonça Marco en tournant autour du Tadjik. L'oncle d'Osman a un campement près de la Montagne de l'Ours sauvage, au gué du Torrent aux Eaux fragiles. Tu vas aller là-bas. Tu leur répéteras mes paroles. Ils ont perdu un fils, mort des fièvres ce printemps. Ils vivent à l'extérieur du comté, ils ne relèvent pas du programme Pauvreté. Ce qui signifie qu'ils ne vont pas tarder à rejoindre leur campement d'hiver. Ils vont avoir besoin d'aide pour ramasser le fourrage et traire les chèvres. Si tu t'en vas avant qu'ils ramènent les troupeaux dans les pâturages de printemps, je le saurai. Nous le saurons tous, nous comprendrons alors que tu es effectivement un homme sans honneur. Et tu ne recevras plus aucune protection. Est-ce que tu comprends ?

Hoof baissa les bras et hocha la tête, lentement, puis de plus en plus fort, comme s'il remerciait Marco pour sa mansuétude.

Shan ne comprenait plus. Marco venait de rendre son jugement comme si l'inculpé se trouvait dans une salle de tribunal devant des gardes armés.

À l'entrée du couloir, Osman murmura un mot au compagnon de Hoof, qui acquiesça d'un air mécontent et escorta son ami hors du bâtiment. Shan contempla l'embrasure de porte vide. Ce qu'avait fait le Tadjik était d'une stupidité inconcevable. Avait-il un autre mobile qu'ils n'avaient pas perçu ? Il prit la balle et la fit passer d'une main à l'autre, jusqu'à ce qu'il remarque les mots anglais qui y étaient imprimés.

— « Made in America », dit-il à Jakli en traduisant en mandarin, utilisant le mot chinois traditionnel pour Amérique : *Mei Guo,* Beau Pays.

— Belle balle pour un beau pays, chuchota une voix de basse dans son dos, en anglais.

Shan pivota pour se trouver face à un homme de grande taille, la quarantaine avancée, aux cheveux blond sable virant au gris. Une paire d'yeux bleus le fixaient derrière des lunettes à monture dorée. L'homme leva un gant démesuré dans la main gauche, qu'il frappa d'un coup de son poing droit, avant de présenter le gant à Shan avec une expression pleine de défi.

— Logiquement, ça doit être à moi.

Shan soupesa la balle une fois de plus, se souvenant finalement de quoi il retournait, et la balança dans le gant.

— Base-ball, dit-il en anglais sur un rythme bizarre.

La dernière fois qu'il avait prononcé ce mot remontait à plus de trente ans, alors qu'il se trouvait avec son père. Il croisa le regard de l'inconnu qui le fixait toujours.

— Vous êtes américain.

C'était une remarque, pas une question.

— Bon Dieu, Deacon, marmonna Marco. Tu ne le connais pas, cet homme.

— Il est avec Jakli, répondit l'inconnu. Ça me suffit.

Qu'est-ce que cela signifiait ? s'interrogea Shan. Que l'Américain restait habituellement à l'abri des regards des inconnus. Mais aussi que Jakli était bien plus étroitement liée aux deux inconnus qu'il ne l'avait cru. Shan étudia le dénommé Deacon, songeant qu'on cachait un autre Américain, celui-là à l'intérieur d'un linceul de jute.

— Jacob Deacon, annonça l'Américain en tendant la main à Shan. Mais Deacon suffira. Vous êtes un ami de Nikki ?

Shan serra la main offerte sans trop de conviction tout en se tournant vers Jakli.

— C'est l'ami de certains prêtres tibétains, dit celle-ci.

Deacon eut un petit sourire.

— Okay. Je crois aussi aux prêtres tibétains. Et toi ? demanda-t-il à Marco.

— J'ai connu des prêtres et des mollahs, répondit l'Eluosi, le front soucieux. Et j'ai aussi connu des commissaires du peuple. Il est plus facile de traiter avec les commissaires.

Deacon éclata de rire et allongea une tape sur l'épaule de Marco. Puis il sortit une bouteille d'eau d'un carton derrière le comptoir. Il versa un verre à Shan, avant de se servir.

— Il n'y a que ça de vrai. Et c'est gratuit.

Shan, toujours perplexe, se demanda si l'homme n'avait pas passé tout ce temps dans le couloir du fond à écouter ce qui se disait.

— Quand est-ce que Nikki arrive ?

La question jaillit des lèvres de Jakli avec une telle énergie que Shan se retourna vers elle. Marco haussa les épaules.

— Les caravanes, c'est toujours imprévisible. Peut-être qu'il a décidé de se terrer quelques jours au Ladakh à cause des patrouilles.

Il posa un bref instant une de ses grandes pattes d'ours sur la tête de Jakli, comme un père pourrait le faire à sa fille.

— Il te rapportera une chose qui brille de mille feux. Ou alors une chose toute douce et fragile.

Jakli s'empourpra jusqu'à la racine des cheveux et d'un geste plein de bonne humeur chassa la main de Marco d'une tape.

— Shan a besoin de renseignements sur Tantine Lau. Deux des enfants ont également trouvé la mort à ce jour.

Osman jura. Marco releva la tête avec un grognement. Il reprit tout son sérieux quand Jakli leur expliqua ce qui était arrivé à Suwan et Alta.

— Shan est d'avis que tout a commencé avec Lau. Il a besoin de savoir qui était susceptible de la tuer. Tout ce qui s'est passé avant qu'elle meure.

— C'était quelqu'un de bien, cette femme, déclara Marco avec solennité. Sa mort a été méchante.

— Pourquoi irait-on faire une chose pareille à une femme innocente ? se risqua à demander Shan.

— Innocente ? intervint Marco. C'est plus que je ne saurais dire.

— Vous ne la considérez pas innocente ?

— Bien sûr que non. Tu es innocent, toi ? Moi, il est sûr que je ne le suis pas. Osman non plus. Mes chameaux non plus. Et Jakli a été reconnue non innocente, à trois reprises.

À ces mots, un sourire amer apparut aux lèvres de la jeune femme, et Marco chercha Osman du regard.

— T'as déjà rencontré quelqu'un d'innocent, mon vieil ami ? Pas moi. Bon Dieu, Osman a une nièce de six mois qui tète encore sa mère. Et la petite n'est pas innocente. Elle est kazakhe.

— Croyez-vous que Lau a été tuée parce qu'elle était kazakhe ? demanda Shan.

— Non. Mais peut-être que c'est finalement ça, la raison. Ce qu'elle a fait parce qu'elle était kazakhe. Les salauds.

— Quels salauds ?

— Les salauds en général, marmonna Marco en versant le reste de vodka dans son verre.

Shan se tourna vers le couloir du fond. L'Américain n'était plus là, mais il sentit le regard de Marco peser sur lui.

— Ce serait un signe de sagesse de disparaître toi aussi, observa l'Eluosi d'une voix menaçante en s'essuyant la bouche à sa manche. Ce n'est pas vraiment le bon endroit pour poser des questions.

— Si tu acceptais de lui parler, suggéra Jakli, peut-être qu'il ne serait pas obligé d'en poser autant.

Marco soupira, alla derrière le comptoir et prit trois pains nan. Il en balança deux à Shan et Jakli, puis grimpa sur un tabouret et se mit à mâchonner pensivement la troisième galette pendant qu'Osman ramassait les verres sur les tables.

— Ça s'est passé juste avant que Nikki parte avec la dernière caravane. Il nous fallait trouver des hommes, et Lau est arrivée à dos de cheval ce soir-là, tout excitée.

— Elle était seule ? demanda Shan.

— Seule. Sa monture était tellement épuisée qu'on a craint un moment qu'elle ne meure. Osman est resté auprès de l'animal, il l'a frotté, il l'a fait marcher, et il s'est assuré que la bête s'était bien refroidie avant de lui donner à boire.

— Avec qui Lau a-t-elle parlé ?

— Avec personne. Et avec tout le monde.

Marco fixait la croûte de sa galette de pain sans levain tout en parlant, puis il releva sur eux des yeux pleins d'une tristesse toute nouvelle.

— On raconte qu'elle était guérisseuse, mais nombreux sont ceux qui n'ont pas compris la chose la plus importante qu'elle ait faite. Sa plus importante guérison.

Il s'interrompit pour mordre un morceau de nan.

— Il existe, dans le désert, une petite souris brune, continua-t-il en mastiquant, les yeux dans le vague. Elle amasse les choses, comme les rats qui entassent dans leur nid. Mais là où vit cette souris, les conditions d'existence sont tellement dures qu'habituellement ce qu'elle entasse se résume à des épines, des débris de cristal et des petites dépouilles desséchées d'insectes. Lau était comme ça, avec les problèmes des gens. Ils lui racontaient leurs cauchemars, leurs souvenirs douloureux, ensuite, ils se sentaient mieux, comme si elle avait pris leurs craintes à son compte et les avait entassées à l'intérieur d'elle, pour qu'eux puissent guérir.

— Les gens se confessaient à elle et lui révélaient des choses ?

— C'est la vérité, confirma Jakli avec un hochement de tête. Je n'arrête pas de m'interroger. Et si quelqu'un lui avait raconté un secret qu'elle n'était pas censée connaître ? Et si ce quelqu'un avait changé d'avis par la suite et décidé qu'il fallait la réduire au silence ? Les gens s'enivrent et ils causent. Elle avait la manière pour faire parler son monde.

— Non, intervint Marco. Tu ne l'as pas vue ce soir-là. Tu n'as pas vu ses jambes meurtries par les coups. Si tu veux empêcher une personne de transmettre ton secret, tu l'abats tout simplement d'une balle. Mais si tu veux qu'elle te révèle le secret d'un autre, alors tu la martyrises.

— Vous l'avez vue ? demanda Shan en mordant une bouchée de nan.

— C'est moi qui l'ai trouvée. Moi et Nikki. Nikki le premier, à l'endroit si tranquille où elle aimait se rendre. Il n'y avait qu'elle et Jakli qui allaient là-bas d'habitude. Tu manquais beaucoup à Nikki, dit-il à Jakli. Je crois qu'il s'est rendu là-bas parce que l'endroit lui faisait penser à toi. Mais quand il est entré, il a trouvée Lau ligotée à la vieille statue. Il est revenu me chercher, les larmes aux yeux.

Le grand Eluosi plongea le regard au creux de ses mains.

— Sa mère le lui avait enseigné. Qu'il est parfois bon de pleurer.

Jakli, elle aussi, luttait pour ne pas pleurer.

— J'en ai beaucoup vu, de ces choses-là, jadis, quand les Gardes rouges parcouraient le pays, poursuivit Marco avec amertume. Ils brisaient les os des pieds à l'aide d'un marteau. Quand on fait ça pas trop fort, la peau est tellement douloureuse que c'est une souffrance atroce quand on la touche. Ensuite, ils frappaient les pieds et les tibias avec un bâton. Pas besoin de beaucoup de force pour créer une douleur abominable. Parfois ils se contentaient d'utiliser des baguettes à riz, qui faisaient éclater la peau. Un pied d'abord, puis l'autre si l'individu refusait toujours de parler. Ces pauvres gens, on les voyait ensuite dans les rues. Les nœuds rigolaient et les traitaient de pied d'ivrogne, parce qu'ils ne pouvaient plus marcher droit. Ceux qui résistaient, on leur abîmait les deux pieds. Difficile de marcher, après ça. Celui qui a tué Lau, je ne pense pas qu'il avait l'intention de la laisser repartir vivante.

Jakli les abandonna brutalement sur un sanglot et partit en courant par le couloir du fond, suivie quelques instants plus tard par Osman.

— Peut-être qu'elle n'a pas parlé, suggéra Marco en leur reversant du thé. C'était une dure.

— Elle a parlé, rétorqua Shan, avant d'expliquer à Marco l'hématome que Lau portait au creux du bras, là où on avait inséré une seringue.

— Pourquoi l'avoir battue, en ce cas ? demanda Marco avec un soupir à fendre l'âme.

En croisant le regard de l'Eluosi, Shan sut qu'il n'avait pas à expliquer plus avant. La piqûre signifiait que le tueur était au fait des techniques d'interrogatoire. Et il arrivait que des individus endurcis par leur pratique développent un appétit très particulier pour le spectacle de la souffrance.

Marco resta un long moment silencieux.

— On aurait vu un nœud ou un soldat, dans ce cas, finit-il par déclarer d'une voix basse pleine de colère.

— Pas si l'homme en question a été bien entraîné. Ou s'il était déguisé.

Shan fit alors le récit de sa rencontre au Camp de la Gloire avec la procureur Xu, qui l'avait pris à tort pour un agent des nœuds.

— Par le souffle de Dieu ! s'exclama Marco. Les temps sont méchants.

Il changea de position et se tourna vers les tables comme s'il essayait de graver dans son esprit les visages des hommes qui les avaient occupées.

Shan se demanda si les temps étaient méchants à cause de la traîtrise du meurtre de Lau. Ou étaient-ils méchants parce que mal choisis pour une telle traîtrise, à cause d'une autre raison ?

— Mais pourquoi ici ? interrogea-t-il. Vous étiez là. Avec quelques autres. Cette colonie n'est pas bien importante, il n'est pas facile de s'y cacher. Le tueur a pris un grand risque en tuant Lau ici... Mais il y était obligé, parce que, soudain, c'était devenu urgent. Il ne pouvait plus attendre.

— Rien n'a changé.

— Pas encore. Et si le secret pour lequel elle est morte était votre secret ?

Marco termina son thé d'une longue gorgée et riva son regard à Shan.

— Tu devrais rentrer chez toi, camarade Inspecteur. Je trouverai le salaud.

— À vous entendre, on pourrait croire que vous savez d'ores et déjà qui est l'auteur de ce crime.

— Pas encore. Mais c'est ce que je fais. Les salauds, je les trouve, dit-il d'une voix sèche et obsédante, comme s'il était une menace pour le monde entier. C'est mon passe-temps, ajouta-t-il avec un filet de sourire. Je me souviens. J'observe. Je fais en sorte que les autres n'oublient pas.

Shan réfléchit à l'homme qui venait de parler. Oublié dans une terre oubliée, sans papiers ni de permis de voyage, sans le moindre espoir de jamais obtenir une autorisation officielle. Pas très différent de lui-même, finalement. Peut-être était-ce là aussi ce que Shan s'apprêtait à faire, attraper les salauds, qui qu'ils puissent être. Il se souvint de ce que Marco avait fait à Hoof. Il l'avait attrapé, le salopard. Et lui avait réglé son compte.

Le grand gaillard lui parut tout à coup très fatigué. Il s'étira, souleva son imposante carcasse du tabouret et se dirigea vers le vaste fauteuil au centre de la pièce dans lequel il s'affala. Il ferma les yeux pour s'assoupir bien vite, la respiration basse et lente.

Shan resta assis en silence, essayant de trouver une logique dans le meurtre de Lau, s'obligeant à chasser de son esprit les questions qui l'obsédaient : où était Gendun ? Était-il sain et sauf ? Il récupéra dans le panier le papier chiffonné qui avait enveloppé la balle de base-ball, l'aplatit et esquissa au dos une carte grossière de Karachuk. Il voulait définir le cadre du lieu où Lau avait été tuée, déterminer avec certitude l'endroit que Jakli avait fini par lui montrer.

Lau n'était pas morte dans cette pièce-ci, ni dans les cahutes avoisinantes. Il se rappela les paroles de Bajys. Le petit homme effrayé s'était rendu dans la ville des sables pour trouver Lau dans son lhakang, son sanctuaire, la retraite paisible à laquelle Marco avait fait référence, là où il avait découvert le corps martyrisé de Lau. Mais Bajys était arrivé trop tard. Pas de Lau à Karachuk. Il n'avait trouvé que des membres d'humains. Lau était morte ligotée à une statue dans cette retraite paisible, avait dit Marco. Shan s'assit par terre à côté du comptoir, jambes croisées en position du lotus, et contempla sa carte un moment. Puis il se releva et sortit par le couloir du fond.

Après une courbe, le passage conduisait à une petite porte en planches qui s'ouvrait à l'arrière des bâtiments, sur un large andain sableux au travers duquel se dressaient les affleurements rocheux marquant les limites est de l'antique cité. Le soleil était bas dans le ciel. Une brise fraîche soufflait. Il n'y avait pas le moindre signe de vie, excepté dans le corral, où les chevaux avaient été rejoints par une demi-douzaine de chameaux, dont une énorme créature argentée qui parut suivre les déplacements de Shan.

Celui-ci escalada les rochers jusqu'à mi-pente, s'arrêtant quand il fut juste au-dessus du bâtiment en dôme. Il s'appuya contre la pierre chaude, vidé, physiquement et mentalement. Quelqu'un avait torturé une femme ici, une femme guérisseuse et enseignante. On l'avait tuée pour connaître un secret. Mais pour la trouver, le tueur avait dû percer un autre secret : celui de Karachuk. Lau avait vécu dans bien des mondes différents, semblait-il, de la même manière que Shan avait traversé bien des mondes pour aboutir ici, dans cette cité fantôme du désert, là où cette femme avait connu une fin violente.

Il sortit le papier qu'il avait pris à l'Américain mort et étudia les étranges combinaisons de lettres. La première ligne disait FBP. S'agissait-il d'un codage chiffré, F signifiant six, comme sixième lettre de l'alphabet anglais ? Il calcula rapidement que FBP signifierait alors six, deux et seize. Était-ce une adresse ? Un numéro de téléphone ? Des abréviations géographiques ? FBP pouvait signifier Francfort, Pékin et Paris, ou un millier d'autres combinaisons similaires. Il soupira et l'idée que ce bout de papier ne lui était pas destiné le réconforta quelque peu. Il ne faisait pas partie du mystère qu'il lui revenait de résoudre.

Shan luttait contre la somnolence. Un instant il voyait Karachuk telle qu'elle avait été : il sentait les épices apportées par les caravanes, entendait les couinements des cordes du puits, les rires des enfants morts depuis des siècles. Après tant d'années, c'était toujours une oasis, elle attirait encore des réfugiés fuyant la dureté du monde extérieur. Le fait même que ses habitants actuels soient des parias de la politique et de la technologie signifiait peut-être qu'ils étaient restés très similaires aux citoyens d'origine de la cité. Un chien aboya quelque part, mais il fut incapable de savoir si ce bruit venait de ses rêves du passé ou du présent. Une bourrasque drapa une nappe de poussière autour des épaules d'une sentinelle de pierre postée sur la muraille lointaine, donnant ainsi l'illusion qu'elle portait une cape battant au vent.

Shan contemplait ces ruines avec un sourire triste. Ce n'est pas au mystère de la mort de Lau qu'il était confronté, mais au mystère de la vie. Il ferma les paupières et se laissa imprégner par ce lieu hors du temps. Une bouffée de parfum d'épices parcourut sa cité caravanière imaginaire, pareille au gingembre qu'il sentait toujours à ces rares moments de perfection au cours desquels il parvenait à faire réapparaître une vision de son père. Mais quand il rouvrit les yeux sur un ciel de crépuscule zébré de vermillon, l'odeur fut tellement forte à ses narines qu'il se leva pour déterminer d'où elle provenait. Ce n'était pas des épices, comprit-il au bout d'un moment, mais de l'encens. Et il suivit la piste du parfum jusqu'en haut de l'entassement de rocs.

L'affleurement rocheux était plus large qu'il n'aurait cru, une bonne trentaine de mètres au sommet, et, dans un carré d'ombre près du centre, il découvrit l'escalier qui pénétrait dans une faille de la roche. Il suivit les marches taillées dans le roc, usées et patinées par des siècles d'usage, et il s'enfonçait au cœur de la montagne quand il entendit les pleurs d'une femme.

# 7.

La trouée entre les rochers se referma bien vite pour constituer un passage, mais ce n'était pas une caverne. Il y avait bien longtemps, des mains d'homme avaient monté un toit au-dessus de la faille et équarri les parois au plâtre. Les dix premiers mètres étaient plongés dans l'ombre. Craignant de tomber dans une crevasse cachée, Shan se préparait à revenir sur ses pas quand il arriva à un méandre et vit la petite flaque de lumière que projetait une lampe à huile à la flamme vacillante. Il distingua alors une image mal définie sur le mur, la tête d'un taureau aux yeux furieux, avec, autour du cou, un collier de crânes humains. Une image bouddhiste : Yamakanta, le roi des morts. Shan suivit le couloir éclairé par une succession de lampes à huile, examinant avec une crainte respectueuse les peintures d'animaux sauvages et de paysages qui apparaissaient sur les parois. Après la quatrième lampe, au-delà d'un carré de pierre nue d'où le plâtre s'était détaché, les peintures changèrent de genre. Il vit un cervidé gracieux, le symbole de la demeure du Bouddha aux Indes, une image qui lui était devenue familière au cours de ses visites aux gompas, suivie d'autres scènes de la vie du Bouddha.

Le couloir en méandres s'ouvrit sur une salle large, qu'il reconnut comme étant une cuvette dans l'affleurement rocheux coiffée d'un toit. Une douzaine de lampes nichées dans les murs illuminaient ce qui avait été autrefois une fresque murale magnifique, une longue scène continue d'un voyage à travers une terre antique. À sa gauche, des moutons sous des saules pleureurs, le long d'une route qui faisait le lien entre les différents épisodes représentés. La route s'engageait ensuite au travers d'une série de montagnes basses et boisées, et apparurent des chevaux, montés par des archers. La fresque se perdait ensuite dans les ombres du fond de la salle, pour réapparaître sur la droite de Shan sous la forme d'une caravane de chameaux se dirigeant sur le sable vers des pics encapuchonnés de neige.

Au-delà d'une lourde table au centre de la salle, plusieurs bancs grossiers et quelques coussins étaient disposés sur un vieux tapis. Jakli était assise et fixait une lampe qu'elle tenait entre les mains. Elle ne parut pas remarquer sa présence quand il s'approcha de la table. Celle-ci supportait six longues boîtes rectangulaires en bois de santal, aux assemblages simples mais réalisés d'une main experte. On les appelait pechas, ces livres tibétains aux feuillets de soie ou de parchemin non reliés rassemblés dans un boîtier de bois. L'un d'eux était ouvert, et plusieurs de ses pages avaient été disposées comme pour la lecture. Derrière les livres se dressait une statue en bronze du Bouddha, de trente centimètres de haut, avec, à côté d'elle, plusieurs autres silhouettes plus petites du même Bouddha, en or celles-là, hautes d'à peine dix centimètres. En dessous de la table, une boîte en bois était couverte d'un tissu encroûté de poussière. Shan en tira un coin et vit un fouillis de fuseaux et de cylindres : des pièces des moulins à prières qu'utilisaient les bouddhistes tibétains.

Il s'assit au côté de Jakli.

— C'était ici, n'est-ce pas ?

Jakli pleurait. Ce n'étaient plus les sanglots déchirants qu'il avait entendus du dehors, mais elle fixait la flamme de la lampe et deux larmes coulaient sur ses joues. Elle releva les yeux vers lui sans gêne aucune et indiqua de la tête une paillasse près du mur, dans le recoin le plus sombre de la pièce. Shan saisit une lampe et s'avança vers le grabat, qu'on avait poussé tout contre un objet imposant couvert d'un tissu. Il tira lentement la pièce de toile, exposant un Bouddha de près d'un mètre de haut taillé dans la pierre. Au-dessus de l'épaule gauche du grand Bouddha, le plâtre montrait des fissures en étoile autour d'un unique petit trou. Sur tout le côté gauche de la statue courait jusqu'au sol une tache couleur de rouille.

— Elle a commencé à m'amener ici il y a bien des années, chaque fois que nous nous retrouvions ensemble à Karachuk.

— Elle lisait les livres bouddhistes avec vous ?

— Parfois. Mais, la plupart du temps, nous nous asseyions pour bavarder. C'était un refuge tellement paisible.

Jakli regarda alentour, avec mélancolie et tendresse.

— Dès qu'ils apprenaient l'existence de cet endroit, certains n'avaient de cesse d'y revenir.

Shan comprenait très bien : lui aussi percevait la solennité du lieu. Un lieu où il reviendrait. Jakli reprit sa contemplation de la flamme.

— Parfois elle m'enseignait des manières de guérir. À d'autres moments, quand elle avait assisté aux réunions du conseil, elle me racontait les choses stupides que faisaient les habitants des villes. Dès qu'elle a appris que ma mère était tibétaine, elle m'a aidé à garder sa mémoire vivante.

— Vous vouliez devenir bouddhiste ?

Jakli laissa filer le regard vers la coulure sur la statue.

— Lau ne mettait pas de nom sur ces choses-là. Elle faisait en sorte que je puisse honorer mon dieu intérieur. Ce sont ses mots.

Elle leva la lampe, comme pour mieux voir le visage de Shan.

— Ce n'est pas si mal que d'être bouddhiste.

— Non, en effet, répondit Shan avec un sourire triste devant le coup d'œil de Jakli sur sa main, qui serrait le gau pendu à son cou.

— Vous êtes vous-même bouddhiste ? demanda-t-elle d'un ton perplexe.

— Quand j'étais jeune, mon père m'emmenait dans les vieux temples taoïstes. Puis les temples ont été détruits. Beaucoup plus tard, à l'âge adulte — Shan se souvint, en soupirant, des autels secrets fabriqués à partir de baguettes de bois dans les baraques de la prison, des rosaires de graines et d'ongles, des moulins à prières composés de boîtes à conserve — j'ai reçu l'enseignement de lamas bouddhistes. Mais j'ai gardé vivants en moi les versets taoïstes, pour leur sagesse. Et aussi en mémoire de mon père.

Il se tourna vers la fresque. Et j'ai gardé aussi les versets bouddhistes dans mon cœur, faillit-il ajouter, parce qu'ils m'ont permis de revenir à la vie une fois que j'ai été mort.

— Je crois que je suis comme vous. Un peu de beaucoup de choses.

Il contempla le petit Bouddha. Un jour, dans un casernement de la prison, il avait vu un autel réduit à quelques lignes courbes sur le mur : le contour d'un Bouddha assis.

— Je n'ai jamais été sûre. Je me faisais du souci à l'idée que je pouvais les trahir, je veux parler de mon père ou de ma mère, poursuivit Jakli d'une voix lointaine. Mais en venant ici — c'est Marco qui le premier m'a montré Karachuk, quand Nikki et moi étions encore enfants. On s'asseyait sur un rocher et on attendait l'apparition des fantômes. On n'avait pas peur. Des siècles durant, Karachuk n'a été habitée que par des fantômes. Dans l'ancienne Karachuk, les choses étaient différentes. Regardez...

Elle se leva, la lampe à la main, et s'approcha de la fresque de l'autre côté de la table, près de la scène de la caravane des sables. On y voyait un bâtiment surmonté d'un dôme qui ressemblait à une mosquée, avec, devant sa façade, des hommes vêtus de la robe rouge du clergé bouddhiste qui discutaient apparemment avec des mollahs.

— Ici, les bouddhistes et les musulmans ont appris à vivre ensemble, afin de partager leur sagesse.

Shan se tourna vers la jeune femme qui fixait de tous ses yeux la paillasse sur laquelle Lau était morte.

— Je lui ai raconté tellement de choses, dit-elle, une larme solitaire coulant sur sa joue. Et si Lau était morte à cause de mes secrets ?

— Vos secrets seraient-ils tellement dangereux ? demanda Shan surpris.

— Peut-être.

Il se souvint des paroles de Marco au comptoir. *Et Jakli a été reconnue non innocente. À trois reprises.*

— À cause des raisons qui vous ont condamnée au camp ? interrogea-t-il doucement en examinant le plâtre fissuré au-dessus de la statue.

La balle qui avait tué Lau n'était pas ressortie de la blessure. Son tueur avait tiré une autre balle dans le plâtre au-dessus de sa tête. Pour s'assurer d'elle et faire en sorte qu'elle ne bouge plus tandis qu'il la ligotait au Bouddha.

— Vous savez bien comment ça se passe, dit Jakli. La façon dont les Chinois éradiquent les nuisibles. Il suffit de quelques paroles un peu fortes pour se retrouver derrière le grillage d'un camp lao jiao.

— À trois reprises. Trois gamelles.

— La première fois, j'ai dit à une enseignante chinoise qu'elle se trompait en déclarant que les Kazakhs et les Ouighours descendaient des Chinois. Elle m'a conduite chez le proviseur. Il m'a frappée à l'aide d'un bâton en bambou et je me suis excusée. Mais quand je suis sortie, un groupe d'étudiants musulmans s'était rassemblé dans la cour. Le proviseur a dit que c'était ma faute, que j'avais organisé une manifestation de protestation politique. Onze mois au Camp de la Gloire, à mémoriser les versets du président Mao. Après cela, ils ne m'ont plus jamais reprise à l'école.

— Ça, c'était la première fois.

Les yeux de Jakli se posèrent à nouveau sur la flamme de la lampe.

— Lors d'une réunion de collectif, les inspecteurs du

contrôle des naissances chinois ont annoncé une nouvelle campagne de régulation. Je me suis levée et je leur ai demandé de quel droit. Nous produisons largement de quoi nourrir nos familles. La terre ne manque pas. J'ai dit qu'ils limitaient le nombre des bébés et gardaient tous les bons médecins pour les Han. Que bien plus de bébés meurent chez nous que chez eux. Qu'il s'agissait d'un génocide lent.

— Vous avez dit ça ? demanda un Shan incrédule. Un génocide ?

— Ça m'a valu douze mois de plus, dans un camp du désert. Là-bas, tout était plein de sable. Mais ce que j'ai dit, c'est la vérité.

— Je sais. Mais je n'ai jamais entendu personne le déclarer en public.

— Ensuite, il y a eu une campagne contre les contrebandiers. Dans une tente du campement de notre clan, on a découvert des caisses de médicaments occidentaux et des magnétophones portables. Vous savez, avec de petits écouteurs. Ils n'avaient aucune preuve, ils ne savaient pas à qui appartenait la tente. Je leur ai dit que c'était la mienne.

— Mais vous ne faisiez pas de contrebande.

— Non. Mais c'était la tente de mon oncle, et les marchandises avaient été apportées par Nikki. Je ne pouvais pas leur permettre d'arrêter ces deux-là. Mon oncle devait veiller sur le clan. Et Nikki, ils se seraient montrés très méchants avec lui. Derrière les grilles, il aurait été comme un tigre en cage. Tout ce dont ils pouvaient m'accuser, c'est d'avoir caché des pièces à conviction. J'ai donc eu droit à dix mois de rééducation supplémentaires.

— Mais après trois séjours en prison, c'est les travaux forcés. Le goulag.

Il se rappela l'avertissement d'Akzu quand Jakli était apparue sur la piste. C'est trop dangereux pour toi, avait-il déclaré à sa nièce.

— Mais ça n'arrivera plus. Nikki va me protéger, répondit Jakli en repoussant une mèche de cheveux de son visage.

— Nikki. C'est le fils de Marco.

Elle acquiesça avec un sourire soudain malgré ses yeux mouillés. La mèche de cheveux retomba, et elle l'enroula autour d'un doigt d'un air timide, comme une petite fille.

— Nous allons nous marier — au cours du *nadam*, la grande fête équestre.

Shan se détourna, gêné. Il ne savait comment réagir. Le mariage, et tout ce qu'il impliquait, était tellement éloigné de ses préoccupations qu'il ressemblait à quelque vague concept qu'il aurait pu lire dans un livre ancien. Un long moment, il resta à la regarder en silence.

— Mais Nikki n'est pas là.

— Il est de l'autre côté de la frontière. Un dernier voyage.

Shan comprenait : le fils du contrebandier était lui aussi contrebandier.

— Et Lau était au courant de votre mariage.

Jakli acquiesça, toujours jouant avec sa mèche de cheveux.

— Elle a été remplie de joie quand je lui ai appris la nouvelle. Nikki avait toujours été un de ses préférés.

Jakli allait épouser un jeune Eluosi, le tigre pour lequel elle était allée en prison. Mais plus elle se concentrait sur la flamme de sa lampe, plus son effroi paraissait grandir.

C'est dans cette salle que Lau se trouvait, solitaire, dans la lumière chiche des lampes aux flammes instables, quand Nikki avait découvert son cadavre.

— Qui y avait-il cette nuit-là, à Karachuk ? demanda Shan au Bouddha sali par la traînée de rouille.

Il marcha lentement le long de la paroi, le cœur un instant réchauffé par la beauté simple de la fresque antique, l'instant suivant glacé à l'idée de la mort si violente que Lau avait affrontée dans ce lieu. Lau allait de personne en personne, qui avaient toutes sa confiance, comme d'une oasis à l'autre.

— Marco était ici, soupira Jakli. Et Nikki, et Osman. D'autres, qui buvaient à l'auberge. Quand on a emmené sa dépouille dans la caverne, on a bien sûr posé toutes les questions qui s'imposaient. Pendant des heures, on en a parlé. Aucun étranger à la ville n'était ici. Personne n'avait vu de chameau ou de cheval inconnus. Si quelqu'un était venu en camion, on l'aurait entendu. Osman a dit que c'étaient les fantômes. Tout le monde a ri, mais il ne plaisantait pas.

— Le tueur aurait pu arriver à cheval. Et laisser sa monture de l'autre côté de la muraille, personne ne l'aurait remarqué. Ou alors il aurait pu mettre pied à terre de l'autre côté des rochers, avant de les escalader pour entrer dans la vieille cité.

Jakli confirma, d'un lent hochement de tête.

— Lau est venue sur son cheval. Vous avez entendu ce qu'a dit Marco. Sa monture était complètement épuisée, l'écume aux lèvres, tellement elle l'avait poussée dans le désert.

— Parce qu'elle se précipitait à la rencontre de quelqu'un ?

Shan s'arrêta à la table et baissa les yeux vers la caisse pleine d'objets religieux. Quelque chose brillait à la lumière. Il glissa la main et sortit un cylindre allongé, surmonté d'une aiguille. Une seringue jetable.

— Personne, dit Jakli d'une toute petite voix, ses yeux tristes tout à coup pleins d'effroi en apercevant la seringue. Personne ne savait que Lau était ici.

— Si, le tueur savait.

Lau fuyait, elle était poursuivie. Elle était venue à Karachuk, son sanctuaire. Se retournant vers la grande statue, sous cette lumière terne, Shan eut l'impression que c'était le Bouddha qu'on avait blessé par balle et qu'il avait saigné à mort.

Il contempla la seringue entre ses doigts, avant de la lâcher brutalement, comme si elle allait pouvoir frapper de son propre gré. Elle roula dans la pénombre et il contempla sa main vide avant de se remettre à arpenter la salle, examinant à nouveau la fresque murale : il percevait quelque chose de Lau. Un vieux moine lui avait dit que, parfois, quand les gens mouraient dans une grande douleur, de petits fragments de leur âme s'échappaient pour errer sans but.

— Savez-vous pour quelle raison Lau a écrit cette lettre à la procureur ? demanda-t-il.

— Elle n'était pas sérieuse quand elle a fait ça.

— Que si. Elle était très sérieuse. Son geste était un cadeau pour vous, de la même façon qu'elle a essayé de protéger Wangtu en refusant de lui donner d'autres tisanes. Elle se faisait du souci pour vous. Trois gamelles de lao jiao. Prête à se marier. Elle voulait être sûre que vous seriez protégée. Être incarcérée sous le coup d'une mise à l'épreuve vous empêcherait de vous faire à nouveau arrêter. Cela a dû lui être douloureux, mais elle l'a fait pour vous. Elle aurait sacrifié beaucoup, même vos sentiments à son égard, pour votre sécurité.

Pourtant, en dépit de ce que Lau avait fait, Jakli mettait sa mise à l'épreuve en danger, comme si la chose lui était égale, comme si elle était déjà hors de portée des griffes de la procureur, ou s'y trouverait sous peu. Jakli se mordait la lèvre, les joues à nouveau creusées par les larmes, en fixant la lampe devant elle. Sur un soupir, il s'éloigna.

Les dernières traces de soleil avaient disparu quand il sortit de la caverne, mais le ciel étincelait d'étoiles tremblantes, avec une lune à ses deux quartiers qui se levait. Soufflait un vent glacé, le genre de vent dont les moines disaient qu'il vous rappelait à votre âme tant il rendait l'esprit alerte et circonspect. De l'autre bout du désert lui parvint le hurlement d'un animal de nuit et, beaucoup plus proche, la stridulation d'un criquet.

Il rejoignit son perchoir surplombant Karachuk et remonta son col pour se protéger du froid. Pas la moindre activité, pas le plus petit signe de vie, hormis quelques reflets de lumière vague filtrée par les minces carrés de tissu pendus devant une demi-douzaine de fenêtres. D'un geste distrait, ses doigts plongèrent dans le sable blanc près de sa jambe. Il aspirait à retrouver cette transe rêveuse qu'il avait ressentie lorsqu'il s'était assis sur ces mêmes pierres la première fois, mais la vision de Lau agonisante dans les bras du Bouddha l'avait brûlé au plus profond. Il s'arrêta, lissa le sable et y inscrivit un idéogramme. La partie supérieure représentait une petite croix dont les extrémités s'incurvaient en deux courbes ouvertes sur la droite, avec une longue queue sur la gauche. Elle symbolisait un haut plateau dénudé et évoquait la vacuité. La partie inférieure illustrait deux silhouettes en Y debout sur une courbe, deux humains dos à dos sur un monticule. L'idéogramme signifiait ouverture, et c'était le signe que son père utilisait toujours pour le chapitre onze du *Tao-tö-king*. Il s'intitulait : « Utiliser ce qui n'est pas. »

*Trente rayons convergent au moyeu*
*Ce qui n'est pas là donne son utilité à la roue*
*L'argile est mise en forme pour faire un pot*
*Ce qui n'est pas là donne son utilité au pot*
*Portes et fenêtres sont taillées pour donner sa forme à une pièce*
*Ce qui n'est pas là donne son utilité à la pièce*

Il forma les mots sur ses lèvres, en silence, avant d'entendre les dernières lignes avec la même acuité que de la bouche d'un des prêtres taoïstes de son enfance qui les aurait lues à ses côtés.

*Prends avantage de ce qui n'est pas là*
*En faisant usage de ce qui n'est pas.*

Ce qui n'était pas là, il le savait bien, était le mobile. Le mobile était le lien qui avait entraîné Lau à Karachuk, là où se cachaient les contrebandiers — le lien qui avait conduit le tueur de Lau jusqu'au garçon dénommé Suwan au camp de la Pierre rouge, puis au garçon prénommé Alta dans les hauteurs des Kunlun. Pour aller où ensuite ? Revenir à Karachuk ? Si le mobile était tout bonnement de trouver des bouddhistes secrets, le tueur pourrait bien être sur la piste du gardien des eaux. Si le mobile était de trouver et de tuer certains enfants bien particuliers, alors, la zheli était la piste à suivre, la chaîne qui guidait le tueur, une chaîne dont il allait détruire les maillons à mesure qu'il en remontait la trace. Un travail non terminé, avait suggéré Akzu. L'hypothèse était plausible : il y a longtemps, les clans de l'un ou de plusieurs des enfants de la zheli avaient été pris pour cibles, et le tueur était réapparu, comme après une longue hibernation, pour traquer les derniers survivants. Des années auparavant, les clans kazakhs et ouighours avaient combattu les soldats chinois, avant d'être détruits ou dispersés en punition. Mais ils avaient infligé des pertes substantielles à l'armée. Ainsi, ils avaient déclenché un désir violent de vengeance, qui avait couvé sous les cendres des décennies durant. Pendant ces années terribles, Lau était vivante, mais pas les enfants de la zheli. Quelle soif de sang pouvait bien consumer le tueur pour le conduire à éliminer jusqu'aux descendants de son ennemi ?

Un mouvement en contrebas arracha Shan à sa mauvaise rêverie. Une forme sombre à la masse impressionnante, à peine plus claire que les ombres au sein desquelles elle se mouvait, se faufila sur l'arrière du bâtiment au dôme. Elle ne faisait aucun bruit, et les bêtes dans l'enclos l'ignorèrent, comme si elles étaient incapables de la voir. Les fantômes erraient dans le Taklamakan. Pendant des siècles, Karachuk avait été une cité dont les seuls habitants étaient des fantômes, avait dit Jakli.

Le fantôme se laissait à présent glisser vers les rochers, s'arrêtant à quelques secondes d'intervalle pour prêter l'oreille ou surveiller les alentours. C'est ainsi que le tueur de Lau s'était avancé, invisible dans la nuit. Mais Lau n'avait pas été tuée par un fantôme.

La silhouette était maintenant assez proche, mais Shan n'entendit rien sur le gravier au pied des rochers, hormis le chant des criquets. La chose se pencha à quatre pattes et se rapprocha de l'affleurement rocheux, à quinze mètres à peine de lui. Soudain, un éclair de lumière jaillit, suivi par un cri d'allégresse, et la forme sombre se dépêcha de rejoindre les ruines.

Shan se lança au bas de son perchoir et courut sur le sentier, bondissant sur le sable avant de piquer comme une flèche vers les ombres à l'arrière de l'auberge d'Osman à l'instant où la silhouette disparaissait derrière une cahute à l'autre extrémité du corral.

Les chevaux s'éloignèrent à l'approche de Shan. Le grand chameau, tellement argenté au clair de lune qu'on aurait cru une apparition, lâcha un bruit étrange, un ébrouement qui se termina par un grommellement de fond de gorge, d'abord inquiet puis simplement en colère d'avoir été dérangé.

La cahute n'avait pas de fenêtre. La porte en planches était entrouverte, Shan la poussa de quelques centimètres supplémentaires. Une épaisse carpette avait été suspendue à l'intérieur de l'huisserie, masquant la faible lumière qui venait de l'intérieur. Il se glissa dans la pièce et découvrit, à sa grande surprise, une cloison de planches soigneusement moulurées courant d'une saignée de mur à l'autre à moins d'un mètre de l'entrée. Une étroite porte en planches avec un crochet en guise de loquet était suffisamment entrebâillée pour laisser filtrer en bordure la violente lumière blanche d'une ampoule à incandescence.

Shan attendit dans le silence pendant quelques minutes, puis il posa le doigt sur la porte. Elle s'ouvrit vers l'intérieur de quelques centimètres, juste assez pour qu'il pût apercevoir une table grossièrement assemblée à partir de planches simplement clouées sur laquelle s'entassaient des piles de livres.

— C'est ouvert, dit une voix en mandarin.

Deacon, l'Américain, était debout devant un établi éclairé par une ampoule nue, en train d'examiner quelque chose sous une grosse loupe suspendue à un bras articulé fixé à la table. Sans même se retourner, il montra une bouteille posée à côté des livres.

— Servez-vous de vodka.

Shan inspecta les lieux en silence. La ligne électrique qui partait de l'ampoule rejoignait, au coin de la pièce, une caisse en bois contenant une série de lourdes batteries. Les livres, en anglais, allemand et chinois, traitaient tous, apparemment, d'anthropologie et d'archéologie. À l'autre bout de la table, un autre volume, plus épais que les précédents et ouvert, semblait porter sur un tout autre sujet. Il était maintenu dans cette position par une épaisse pince à ressort et montrait l'image d'un squelette humain.

— Si vous cherchez à vous distinguer, il y a un verre propre sur l'étagère au-dessus de la porte, déclara Deacon avec un regard par-dessus l'épaule.

Il s'interrompit, haussa un sourcil et se remit à son ouvrage, impassible.

— C'est vous. Je m'attendais à voir un Russe.

Shan ne répondit pas immédiatement : il venait de remarquer une étagère suspendue au-dessus de l'établi sur lequel Deacon travaillait. Elle supportait une demi-douzaine de cages, toutes différentes, chacune construite à partir de bois très finement ouvragés. Toutes luisaient d'une patine très ancienne. La plus grande, quinze centimètres de long sur dix de hauteur et de profondeur, était composée de minces lattes de bois de santal. La plus petite semblait avoir été taillée d'une pièce dans un bois fruitier qu'on avait creusé à la gouge avant de la sculpter en forme de temple.

Au goulag, on lui avait volé ses souvenirs. La douleur répétée de tous les interrogatoires subis, à coups de matraque, avec des drogues ou des aiguillons électriques, avait engourdi sa mémoire, et certaines parties de son esprit lui semblaient désormais inaccessibles. Tout cela était partie intégrante du grand plan du Parti, lui avait expliqué un compagnon de cellule : cette cautérisation du cerveau les empêchait de se rappeler des temps meilleurs. Mais à la vue des cages, quelque recoin obscur de l'esprit de Shan était parvenu soudainement à se libérer de ses entraves.

Au moins trois d'entre elles paraissaient occupées.

— Marco se moque de moi, dit Deacon en suivant son regard, mais je lui réponds que chaque ville digne de ce nom a besoin de son orchestre personnel.

Shan comprit soudain.

— C'est vous qui étiez sorti : vous ramassiez des chanteurs.

Deacon contempla les cages avec un grand sourire satisfait.

— J'ai fini par l'attraper. Le Vieux Pattes de fer, on l'appelle. Il chante avec un son rauque, comme si une de ses pattes était en métal. Vous connaissez les criquets ?

Un lent sourire monta aux lèvres de Shan. La question qu'on venait de lui poser lui parut merveilleuse : un souvenir réapparut, qui trouva le chemin de sa langue après être resté enfoui, presque disparu, durant des années.

— Quand j'étais jeune, mon père m'emmenait chez un vieux prêtre taoïste qui était parvenu à éviter toutes les souffrances des villes en s'enfuyant dans les montagnes. Il vivait seul et passait la majeure partie de son temps à tresser des paniers et à méditer sur les écritures taoïstes. La seule chose dont je me souvienne à son sujet, c'est qu'il collectionnait les chanteurs. Il m'a enseigné des tas de choses sur eux.

Quelle chose remarquable, songea-t-il, que de se trouver en plein désert, en compagnie d'un Américain inconnu, sur la trace d'un tueur, pour s'apercevoir soudain qu'une des portes obscurcies de sa mémoire venait de s'ouvrir !

— Lors de mon premier voyage en Chine, dit Deacon en souriant, je me suis rendu sur un marché et j'ai vu un marchand qui vendait des insectes chanteurs. Il en avait bien une cinquantaine. Une Cloche de cheval. Un Poulet de poêle, avec sa grande antenne. Certains des chanteurs noirs, on les appelle des Cloches d'encre. Et la Dame tisseuse...

Quelque part au plus profond de son être Shan sentit monter

une étrange chaleur à l'énoncé de ces noms, des noms qu'il avait entendus pour la première fois en compagnie de son père, des décennies auparavant.

— Je me souviens d'un chanteur qu'on appelait *Cao zhong*, déclara-t-il, surpris que ce nom revienne ainsi à l'improviste, porté par la vague de ses souvenirs. Il était très beau, il chantait fort, mais avec une justesse parfaite. Je ne connais pas son nom en anglais.

— Une Sauterelle des herbes. Seigneur, qu'est-ce que j'adorerais avoir une Sauterelle des herbes ! s'exclama Deacon, les yeux baignés de plaisir à la contemplation de ses cages. Ce marchand ambulant, je suis resté en sa compagnie pendant deux heures. Il m'a expliqué que chaque insecte avait sa propre mélodie, que leur régime alimentaire pouvait affecter leur chant, et que, jadis, les empereurs faisaient fabriquer des pièces de mobilier minuscules pour leurs criquets favoris. Lors de mon voyage suivant, j'ai emmené mon fils Micah pour le revoir. Tout ce que Micah a fait, ç'a été de sourire, le plus grand, le plus beau sourire que j'aie jamais vu sur son visage. Nous étions accros.

Il admira sa collection de cages avec fierté.

— Le marchand nous a dit que c'étaient des porte-bonheur.

— Oui. Parce que leur chant est tellement plein de vie et de joie. Une musique vivante, c'est le nom que leur donnait le vieux prêtre. Parce qu'on ne peut pas les commander. Si un criquet choisit d'apporter sa musique vivante dans votre maison, alors vous êtes béni par la nature.

Shan entrebâilla d'un cran plus loin la porte de sa mémoire.

— Je me souviens d'un criquet du nom de Cloche bleue, d'un autre, le Miroir peint.

Il se dépêcha de lâcher ces paroles, de crainte de perdre les mots revenus de si loin.

— Et aussi d'une Cloche de bambou.

— Avec Pattes de fer, mon orchestre est au complet. C'est un gardien. Un veilleur. *Pang t'ou*, ils l'appellent. La crécelle du veilleur. La pleine lune est dans dix jours. En compagnie de mon fils, je vais les sortir dans l'obscurité à minuit et nous allons écouter leur chœur. Nous contemplerons les cieux en quête d'étoiles filantes. Un des vieux Kazakhs a raconté à mon fils que certains criquets sont capables de ça, ils appellent les étoiles filantes.

— Votre fils ? s'enquit Shan. Votre fils est ici ?

— Pas ici, mais au Xinjiang.

L'espace d'un moment atroce, l'esprit de Shan partit en

pleine course. Non. Deacon ne pouvait pas être assez vieux pour être le père de l'Américain mort du Camp de la Gloire.

— Quel âge a-t-il ?

— Dix ans.

L'Américain repoussa la lentille grossissante et revint à ses cages, comme s'il était pressé de détourner la conversation loin du petit garçon prénommé Micah.

— Ils s'attaquent les uns les autres si on ne les garde pas séparés.

— Le vieux prêtre avait des tas de cages, des pièces d'antiquité, comme les vôtres. Certaines étaient fabriquées à partir de calebasses, se rappela Shan. D'autres à partir de bambous ou de roseaux refendus.

— Ces vieilles cages-là sont très difficiles à trouver. Qu'est-il advenu des siennes ?

Shan sourit tristement quand ce souvenir-là lui revint en mémoire. Son père l'avait laissé une nuit en compagnie du vieil homme, et ils étaient restés debout jusqu'aux petites heures du jour, quand les criquets avaient cessé de chanter.

— Une des rares personnes à connaître son existence était un jeune berger qui lui apportait des gâteaux de riz les jours de fêtes. Mais il a rejoint les rangs des Gardes rouges et il a eu son quota de réactionnaires à arrêter.

— Seigneur ! marmonna Deacon, comme s'il reconnaissait un récit cent fois entendu.

— Un jour, le jeune garçon est arrivé. Il a dit au vieil homme qu'il allait être obligé de révéler son existence à son chef de section, et que les Gardes rouges viendraient le lendemain pour l'emmener.

— Par le Christ ! Qu'a fait le vieil homme au gamin ?

— Il l'a remercié pour avoir fait preuve de respect à son égard. Et cette nuit-là, parce que les cages remontaient à la Chine impériale et qu'il savait que les Gardes les lui démoliraient, il a libéré tous ses chanteurs. Puis il a attendu que la lune se lève et il a brûlé toutes les cages. Je le sais : tous les élèves de ma classe ont été contraints d'assister à son procès. Les Gardes rouges étaient furieux, parce qu'il a refusé de condamner les taoïstes. D'une voix sereine, il s'est contenté de parler de ce moment parfait, lorsque les criquets avaient contemplé le feu et chanté le plus beau chant qu'ils lui aient jamais offert devant les cages qui se consumaient. On nous a obligés à partir, parce que le vieil homme n'avait pas suivi le scénario qu'on attendait de lui.

Il y avait eu un autre procès, se souvint-il, à l'époque où les

Gardes rouges avaient commencé à être à court de victimes toutes désignées. Ils avaient arrêté un marchand de criquets ambulant et les insectes avaient subi un procès pour avoir contribué à la tradition réactionnaire. Finalement, les Gardes avaient fait rôtir les criquets sur de minuscules broches avant d'obliger l'homme à les manger.

L'ordinateur portable émit un bip et l'écran s'éteignit. Deacon fit un pas vers l'établi et ferma le couvercle.

— Je ne savais pas qu'il y avait de l'électricité ici, déclara Shan. Chez Osman, il n'y en avait pas.

— Uniquement dans cette cahute. Avec un système portable de photopiles. De quoi recharger les batteries et permettre quatre à cinq heures d'autonomie.

Photopiles et criquets. Un ordinateur dans une antique cabane sur la Route de la Soie. Un Américain qui se cachait dans un désert chinois, en compagnie d'un renégat russe. Jakli l'avait conduit dans un autre monde, ou même dans plusieurs, dont aucun ne paraissait lié à Lau, Gendun ou les garçons morts.

À l'arrière de la table, là où Deacon travaillait, la loupe grossissante avait été placée au-dessus d'un morceau de tissu, un vieux carré de textile tout passé avec un motif de croisillons en fils de couleur, marron, jaunes et rouges. Deacon s'avança pour les masquer à la vue de Shan.

— Pourquoi êtes-vous ici, monsieur Deacon ? interrogea Shan.

— Deacon. Simplement Deacon. Je vous l'ai dit. Je collectionne les criquets.

— Ici, à Karachuk. Dans le Taklamakan. Au Xinjiang.

Un mince filet de sourire apparut sur les lèvres de Deacon, qui releva les yeux vers ses criquets.

— Peut-être à cause de ce grand sourire sur le visage de mon fils. Difficile à trouver, ce genre de choses, au pays. Ou peut-être pour la même raison que Marco, et Osman, et Jakli, et Nikki.

— Pour vous cacher ?

— Tout au contraire, objecta l'Américain en secouant la tête avec solennité. Nous sommes venus ici pour cesser de nous cacher. Ici, où personne ne peut se cacher.

— Nous ? Votre fils et vous ?

— Mon épouse et moi, rectifia Deacon d'un air soucieux.

— Je croyais que la fonction même de Karachuk était de cacher. Les contrebandiers. Les parias. Ils viennent tous ici pour se cacher.

— En ce cas, c'est que vous ne comprenez pas. Je suis allé partout, sur tous les continents, même en Antarctique. Ici, c'est le seul endroit que je connaisse à la surface de cette terre où vous êtes totalement responsable de vous-même. Pas de police. Pas de soldats. Pas de foutu gouvernement pour vous expliquer ce que vous devez penser ou pour rendre la tâche facile à ceux qui ne veulent pas penser. Ici, il faut que vous soyez quelqu'un. Il faut faire confiance, et qu'on ait confiance en vous.

Shan se rapprocha de la table de travail de Deacon, mais celui-ci lui bloqua le passage. Shan répéta ses propres paroles :

— Il faut faire confiance.

Deacon plissa le front.

— Vous ne m'avez pas raconté ce qui était arrivé au vieux prêtre avec ses criquets.

— Ils l'ont battu à la fin du procès. Ensuite ils ont obligé d'autres prêtres à le battre. Le vieil homme est mort, et ils ont brûlé son corps, tout ça le même jour, le jour où ils l'ont descendu de sa montagne. Mon père a obtenu quelques cendres du feu où son corps avait brûlé. Il m'a conduit jusqu'à l'endroit où le vieux prêtre vivait. Nous avons bâti un petit mausolée secret pour ses cendres. Quand nous sommes repartis au crépuscule, les criquets chantaient pour lui.

L'Américain resta sur place et laissa le passage à Shan.

C'était en effet un morceau de textile ancien que Deacon étudiait, un fragment d'étoffe rouge-brun grossièrement tissée. Celle-ci était enveloppée autour d'un objet cylindrique, couvert à une extrémité par un bout de toile. Sur la droite se trouvait un petit microscope binoculaire.

— Les livres de référence vous expliquent qu'on ne peut teindre que de la laine blanche, la laine qui n'est pas pigmentée naturellement, déclara Deacon par-dessus son épaule. Mais ici, dans le Taklamakan, ils n'ont jamais lu ces livres-là. Ceci est une laine qui provient d'un mouton brun, et dont la plupart des fibres ont été teintes en rouge violacé par un processus que nous ne comprenons pas encore.

Il indiqua le motif en croisillons.

— Ici, ils ont tissé des brins de laine blanche non teinte et de la laine blanche teinte en rouge.

Shan se tourna vers l'Américain : cet homme n'était quand même pas venu depuis l'autre bout du monde pour étudier en secret des bouts de tissu !

Le silence au-dehors fut tout à coup brisé par des éclats de voix. Des voix multiples, tout un tintamarre de cris et de bruits de pas qui couraient. Quelqu'un appela Marco. Deacon se tourna vers la porte, mais il paraissait réticent à laisser Shan seul.

Une voix cria le nom de l'Américain. La porte s'ouvrit brusquement, sans que personne apparaisse. Deacon s'avança et Shan en profita immédiatement pour ôter le bout de toile qui masquait l'extrémité du textile sur son cylindre.

Il n'en crut pas ses yeux, luttant contre une nausée soudaine. Le tissu était une jambe de pantalon. En ressortait un pied humain, petit et rabougri, mais il n'y avait pas à se tromper : c'était bien un pied.

— Merde ! lâcha l'Américain à mi-voix.

Un nouveau cri retentit au-dehors et l'énorme carcasse de Marco apparut dans l'encadrement. Il leur fit signe de sortir et se recula suffisamment pour que Shan aperçoive Akzu derrière lui. tellement épuisé qu'il tenait à peine sur ses jambes. Jakli courait jusqu'à lui, les épaules drapées d'une couverture.

— Quelqu'un a tué un officier de la Sécurité publique, lâcha Akzu dans un souffle. Le lieutenant Sui. D'ici quelques heures, les nœuds vont grouiller dans tout le pays. La loi martiale va être déclarée.

Le vieux Kazakh prononça ces dernières paroles comme une sentence de mort, puis il se tourna vers Shan et l'Américain.

— Il y aura des arrestations, des tonnes d'arrestations. Les soldats vont être partout. Tout le monde doit fuir. Ils vont nous prendre nos familles.

# 8.

À la lumière du petit matin, les sentinelles de pierre de Karachuk semblaient s'être accroupies, prêtes à bondir pour le combat, comme si elles sentaient la proximité de l'ennemi. Les nouvelles apportées par Akzu paraissaient avoir transformé la plupart des habitants de la cité. Les vêtements aux couleurs vives que Shan avait remarqués la veille avaient cédé la place à des teintes de gris et de marron qui se fondaient dans les sables du désert. De longs couteaux étaient apparus aux ceintures et, au grand désespoir de Shan, quelques-uns des Kazakhs avaient des carabines à l'épaule.

Au corral, Akzu et Osman discutaient à mi-voix d'un ton d'urgence.

— Où Sui a-t-il été tué ? demanda Shan. D'habitude, c'est le genre de crimes qui se produisent en ville. Ils ne vont quand même pas soupçonner les bergers.

— Sur la grand-route de Kachgar, soupira Akzu, à trente kilomètres de Yoktian. Personne ne vit là, hormis des éleveurs kazakhs et ouighours. Vous savez ce que les nœuds vont faire : ils vont fouiller tous les campements à la recherche d'indésirables politiques, imposer le couvre-feu. Il y a quatre ans, quand un sergent de l'armée a trouvé la mort, la loi martiale est restée en vigueur pendant six mois. Et les suspects étaient directement expédiés dans les mines de charbon, tandis que leurs familles se retrouvaient au Camp de la Gloire. Les imbéciles qui ont fait ça n'ont pas idée des souffrances qu'ils auront déclenchées.

— Quels imbéciles ? interrogea Shan. Vous savez qui a commis cet acte ?

— Malik est toujours là-bas, dit Akzu, tourné vers les montagnes. Il nous a ramené un garçon avant de repartir. Mes fils sont partis eux aussi, pour rassembler les membres de la zheli qu'on peut encore retrouver.

Il finit par répondre à la question de Shan :

— Les Maos. Voilà ce qu'ils font. Exactement comme il y a quatre ans. Des têtes brûlées. Ils pensent pouvoir changer les choses en l'espace d'une nuit.

— Penser ? intervint une voix tonitruante derrière Shan. Ils ne pensent pas. C'est juste un ramassis de prédateurs arrogants, aussi mauvais que les nœuds parfois. Une cible facile passe à portée de fusil, et bang ! Ils se contentent de satisfaire leurs appétits avant de poursuivre leur chemin. Les petits morveux ! Comment osent-ils nous faire une chose pareille !

Ce n'était pas la peur qui faisait parler Marco, mais la colère. Le meurtre aurait pour conséquence première une pression accrue de la part de la Sécurité publique. Cependant sa furie semblait dirigée contre un objet précis, comme si le meurtre de Sui contrecarrait ses plans.

La furie de l'Eluosi s'étrangla d'elle-même quand il tourna les yeux en direction de l'affleurement rocheux. On n'entendit plus que son souffle puissant dans le silence. Jakli était assise, les bras serrés autour de ses genoux relevés, et surveillait l'horizon à l'ouest.

— Mère de Dieu, chuchota-t-il soudain, d'une voix douce et douloureuse.

— Elle a peur pour son... pour votre fils ? demanda maladroitement Shan.

— Ce n'est pas ça, marmonna Marco. Nikki va très bien. Nikki est invincible.

Il donna un coup de pied dans le mur du bâtiment. Un morceau du vieux torchis de boue tomba par terre.

— Il y a autre chose, expliqua Osman. Si les nœuds se mobilisent, ils vont contrôler tous les indésirables. Jakli est censée travailler dans son usine de chapeaux en ville. Si elle n'y est pas, c'est une violation de sa mise à l'épreuve. Ses amis la couvrent, parce que ses amis savent que c'est pour Tantine Lau. Tantine Lau était aimée de tous. En temps normal, les nœuds ne se donneraient jamais la peine d'aller vérifier là-bas. Mais maintenant, avec la mort de Sui, il y a de fortes chances pour qu'ils fouinent partout. Personne ne pourra la couvrir quand les nœuds viendront la chercher. S'ils l'arrêtent — il s'adressa alors aux montagnes lointaines — elle ne pourra pas assister au festival équestre. Elle ne pourra pas se marier. Ils la conduiront directement dans une mine de charbon. Je suis passé là-bas un jour pour apporter de la nourriture à des Maos. Les prisonniers n'ont que deux outils : un marteau et une pointerolle. Pas de gants. Pas de machines à excaver. La nourriture n'est jamais en quantité suffisante. J'ai vu des hommes dont les mains n'étaient plus que de la peau et des os, comme des squelettes. Elle est si jeune, murmura-t-il. Et si pleine de vie. Quelques mois dans une mine de charbon, et elle sera vieille, et vide. Il n'en restera plus rien.

Le chameau argenté poussa un petit cri. Shan arriva au coin du bâtiment au moment où Osman conduisait deux chevaux derrière la cahute la plus proche, le premier sellé, le second lourdement chargé de caisses enveloppées de toile. Où allait-il ? Prévenir sa famille ? Tenter une percée suicidaire de l'autre côté de la frontière ? Shan observa les autres, pratiquement tous en selle. Ils ressemblaient davantage à une bande de maraudeurs prêts à l'attaque qu'à une troupe de réfugiés.

Un bruit lui arriva, porté par une bourrasque de vent en provenance de l'est. Jakli s'était relevée et faisait des signes. Un cavalier se dirigeait au trot rapide vers le nord des ruines : Deacon, qui s'engageait en solitaire dans le désert sans fin, tenant en laisse le cheval de bât.

Shan se hâta jusqu'à la cahute de l'Américain. Deux hommes pelletaient du sable sur une barrière de planches blanchies par le soleil disposée contre l'entrée, elle-même bloquée par une lourde poutre, placée de manière à laisser croire qu'elle était tombée du toit. On retransformait la cahute en ruine.

Shan fit le tour de la bâtisse. Elle n'avait pas d'autre ouverture, hormis une petite fissure dans le mur au niveau du sol, là où, supposa-t-il, avait été tiré le câble allant des panneaux de photopiles aux batteries. Il contemplait l'orifice en question quand l'un des hommes balança une pelletée de sable pour le recouvrir. Non ! faillit protester Shan, il y a des chanteurs à l'intérieur. Il fallait donner à manger au Vieux Pattes de fer. Mais il comprit au même instant que Deacon avait emporté les criquets avec lui. Au cours des quelques minutes que Shan avait passées avec lui, il avait senti intuitivement qu'il existait peu de choses plus importantes aux yeux de l'Américain que le rendez-vous avec son fils, Micah, ces retrouvailles qui leur permettraient de s'asseoir en compagnie de leurs chanteurs sous la pleine lune.

Mais cette autre chose était-elle restée dans la cahute ? Cet appendice, cette jambe d'humain. Qu'est-ce que l'Américain pouvait bien en faire ? Était-il en train de la disséquer ? Jubilait-il de l'avoir devant les yeux ? À qui cette jambe avait-elle appartenu ? Le membre n'était peut-être pas aussi vieux qu'il l'avait cru de prime abord. Ici, c'était le désert, où tout se desséchait, presque en l'espace d'une nuit. S'agissait-il d'une personne récemment décédée ? Deacon se livrait-il lui aussi à sa propre enquête ? Shan se souvint alors des paroles de Bajys. À Karachuk, il avait trouvé des morceaux d'humains, comme dans les peintures de démons.

Shan s'aperçut que toutes les cahutes du vallon avaient retrouvé un aspect de ruines par l'adjonction de sable et de vieilles planches patinées par le temps. Elles s'étaient fondues dans le reste de Karachuk. Il se sentit une nouvelle fois plein de tristesse : il s'était trompé en pensant être dans un autre monde. C'était bien le même, le monde des nœuds et des Bouddhas tachés de sang.

Il réfléchit aux implications du meurtre de Sui et éprouva un violent sentiment de perte et de défaite. Impossible dorénavant de voyager. Tout le monde, meurtrier compris, allait se terrer dans son trou, et disparaître pendant des semaines, voire des mois.

Shan tourna au coin du bâtiment. Marco se tenait avec sa chamelle devant la porte d'Osman. L'animal ne ressemblait en rien à ceux qu'il avait vus jusque-là dans le Xinjiang. Les yeux de la chamelle brillaient d'intelligence, son poil était luisant, et quand elle le regarda, elle inclina la tête de côté, comme par curiosité. À sa grande surprise, il vit qu'elle avait l'oreille gauche percée et ornée d'un élégant anneau d'argent.

Marco plaça une selle toute simple, sur une ossature en bois, entre les deux bosses de l'animal. La chamelle baissa la tête, étirant le cou, puis poussa les naseaux contre les mains de Shan et se mit à les lui lécher.

— Sophie ! Espèce de dévergondée ! s'écria Marco en la grattant entre les oreilles. Elle ne fait pas ça d'habitude. Elle réserve ça à la famille. Moi et Nikki. Et aussi Jakli.

— Elle est très belle.

— Elle est magnifique, dit Marco en serrant la chamelle contre lui. Comme une femme très belle. L'émir de Boukhara, dit-il en se référant au seigneur de l'une des antiques cités fortifiées d'Asie centrale, avait une écurie de deux cents chameaux de course jusqu'à ce que les bolcheviks mettent le siège devant sa ville. Trois ans durant, l'émir les a combattus. Finalement, les bolcheviks ont construit une foutue voie ferrée jusqu'aux murailles. L'émir a été obligé de donner la plupart de ses chameaux pour nourrir ses soldats. Mais quand les trains de troupes ont commencé à arriver, il a obligé les salopards à accorder un sauf-conduit aux vingt chameaux survivants et à leur valet avant de se rendre. Il a refusé de laisser entrer les envahisseurs tant que ses bêtes n'étaient pas libres. Sophie descend de l'un de ces survivants.

Shan osa poser la main sur le cou de la chamelle, qui se poussa contre lui, comme pour lui demander de la frotter. Ce qu'il fit.

— Je croyais que Karachuk était sûre.

Osman sortit deux grands paniers de bât bourrés de boîtes plus petites et de ballots enveloppés de toile.

— La plus sûre de toutes les places, confirma Marco. Tout à côté de chez moi. C'est la raison pour laquelle nous ne la mettrons pas en danger. Les nœuds ne s'aventurent jamais aussi loin dans les sables. Mais quand ce genre de problème se produit, ils font appel aux hélicoptères. Il suffit qu'ils nous voient ici et... — il haussa les épaules et se tourna vers Osman — et finies les parties d'échecs qui durent une semaine, n'est-ce pas, mon vieil ami ?

Il s'approcha d'un chameau plus petit et aida Osman à sangler les paniers à son bât.

Jakli apparut, l'air épuisé et agité, portant le sac-polochon de Shan.

— Il faut que tu rentres à la maison, Chinois, dit Marco.

— Je n'ai pas de maison.

— Très bien, alors rentre au Tibet.

— Je n'en ai pas terminé.

— Bien sûr que si. Ce sont les nœuds qui terminent le boulot. Le nid de frelons s'est ouvert. Tu ne voudrais quand même pas y fourrer un nouveau coup de bâton.

— Je ne peux pas arrêter, sauf si ceux qui m'ont envoyé ici me rappellent, objecta doucement Shan.

Marco hocha la tête.

— Ils ne connaissent pas cette terre. Et toi non plus. C'est aujourd'hui comme ç'a toujours été. Pareille à une marée sur la grande mer, la bête arrive. Les gens se bâtissent une bonne vie autour d'un troupeau, une oasis, une petite vallée dans la montagne. Et, à quelques années d'intervalle, tout est balayé. Ils le savent. Au point qu'ils s'y attendent. Il y a bien longtemps, quand Karachuk était fertile, des invasions de sauterelles dévoraient toute la verdure sur deux mille kilomètres. Parfois, avant que le désert ne finisse par tout engloutir à jamais, c'était une tempête de sable géante, un karaburan, capable de souffler pendant des jours entiers et de détruire tout ce qui n'avait pas la dureté du roc. Parfois, c'était une armée. Les Mongols ont envahi le pays. Les Chinois l'ont envahi. Les Perses l'ont envahi. On prétend que jadis les

Romains l'ont envahi. À en croire toutes les histoires, il y a même eu une invasion par une armée de tigres montés par des singes.

Il vérifia les nœuds de ses sangles, les tendit une dernière fois et dénoua les rênes que Sophie portait autour du cou.

— Des singes sur des tigres, des nœuds sur des tanks, tout ça, c'est pareil. Si tu veux vivre et garder en vie ceux qui ont de l'importance pour toi, disparais. Deviens invisible. Enterre-toi. Va dans les hautes montagnes. Et ne te mets pas sur le passage de la bête.

Shan connaissait très bien la bête à laquelle Marco faisait référence. Il avait été avalé par elle pour finir dans son ventre, où il était resté trois années durant.

— Il n'est pas indispensable que ce soit toujours la bête qui gagne, répliqua-t-il avec obstination.

Jakli s'impatientait.

— Tout dépend de ce que tu entends par gagner, finit par répondre Marco en fourrant le visage dans l'épaisse toison sur le front de Sophie, comme s'il consultait l'animal. Écoute, camarade Inspecteur, Jakli me dit que tu n'as aucun papier. Laisse-la te ramener à l'abri. Attends une semaine ou deux au moins. Va au camp de la Pierre rouge. Compte les moutons.

Shan ne bougea pas, pas plus qu'il ne baissa les yeux devant Marco.

— La Pierre rouge a déjà son content d'ennuis.

L'Eluosi fronça le sourcil et se tourna vers Jakli.

— Il va falloir que tu te caches, petite. Viens avec moi. Ne te fais pas prendre maintenant, alors que la fête des chevaux est si proche.

— Je reste avec Shan, déclara Jakli d'un air joyeux en embrassant Marco sur la joue. J'ai fait une promesse à Lau.

Mais tu as aussi fait une promesse à Nikki, faillit ajouter Shan. Ce n'était pas simplement du défi. La jeune femme avait fait un vœu à Lau, mais aussi à elle-même. Il fallait qu'elle fasse justice à Lau avant de se marier.

— Nom de Dieu ! marmonna Marco, alors emmène-le à Senge Drak. Shan, c'est leur problème, pas le nôtre.

— Senge Drak ? interrogea Shan.

— Dans les Kunlun, expliqua Marco, avant un temps de silence et un regard entendu à la jeune femme. Celui qui a tué Sui pourrait bien être là-bas lui aussi. Tu veux arrêter la bête ? demanda-t-il à Shan. Alors, livre le tueur aux nœuds.

Un cheval hennit. Le reste des hommes de la cité montèrent en selle et s'éloignèrent en file indienne. Les cavaliers en tête de colonne s'étaient arrêtés et les saluaient.

Comme si elle comprenait ce signal, Sophie s'agenouilla dans le sable pour permettre à Marco de se mettre en selle. Dès qu'il fut monté, elle bondit au trot, accompagnée par le rire tonitruant de l'Eluosi.

— Que le dieu de toutes les créatures veille sur toi, Chinois ! Puisque moi je ne peux pas.

Quelques secondes plus tard, il était en tête de la troupe.

Une émotion étrange s'empara de Shan devant cette colonne de cavaliers qui s'éloignait de la cité en ruine. C'était une vision du passé, comme à l'époque de la Route de la Soie, et de Karachuk telle qu'elle devait être de toute éternité. Une caravane d'aventuriers filant droit vers des dangers connus et inconnus.

Jakli prit le volant et s'éloigna de la cité plein sud, vers les hauts pics qui formaient les murailles du Tibet. En direction des limites de l'au-delà. Au bout d'une heure, elle s'arrêta dans un bouquet de saules et de peupliers en bordure de la grand-route de Kachgar et lui demanda de descendre pour vérifier qu'il n'y avait pas d'autres véhicules en vue. Il lui fit signe de traverser la chaussée, et ils suivirent un ruisseau pendant un bon kilomètre, avant d'escalader la berge et de rejoindre une piste tout juste assez large pour le camion.

— Le Camp de la Gloire n'est pas très loin, dit Shan en étudiant la carte.

Jakli secoua la tête.

— C'est trop risqué de remettre ça. Pas maintenant, avec les nœuds qui surveillent tout. Pas après ce qui s'est passé avec Xu.

— Il y avait des moutons sur les collines au-dessus du camp, dit-il avant d'expliquer ses intentions.

Jakli s'arrêta en soupirant pour étudier la carte à son tour. Une demi-heure plus tard, le camion garé dans un bouquet d'arbres, ils escaladaient une corniche qui courait parallèlement au flanc est du camp-prison. À mi-chemin, Jakli arrêta Shan en posant la main sur son épaule, puis elle siffla avec force. Trente secondes plus tard, un énorme chien apparaissait au-dessus d'eux, suivi par un homme dont le visage ne semblait guère engageant. Il les salua d'un plissement marqué des sourcils, puis se pencha vers le chien en lui commandant à voix basse de s'éloigner.

Le berger prit une paire de puissantes jumelles accrochées à son cou, les tendit à Jakli, puis il tourna les talons et ouvrit la marche sur la piste. Ils passaient sous un gros peuplier près du sommet de la corniche quand l'homme lâcha un mot en dialecte turc. Le même mot lui revint des hauteurs. Un deuxième homme était de garde, haut perché, une paire de jumelles à la main. Ce n'était pas des bergers. C'était des Maos.

Quand apparut le Camp de la Gloire, Jakli tendit les jumelles à Shan et lui fit signe de se placer dans l'ombre d'un gros buisson. Rien d'inhabituel, annonça le Mao. Pas de nouvelles arrivées de détenus. Les prisonniers étaient en classe de rééducation. L'intérieur du camp était vide. Le bloc des cellules de détention paraissait tranquille.

— Rien, répéta l'homme d'un ton impatient au dos de Shan.

Pourtant, si. Il y avait quelque chose. Au centre de la cour, près du poteau porte-drapeau, une forme grise, qu'on aurait pu prendre pour un rocher. Shan pointa le doigt.

— Lui ? demanda le Mao. Il est là depuis ce matin. Vous croyez qu'il souffre ? Non, il ne souffre pas. C'est personne. D'ici, de toute façon, impossible de reconnaître quelqu'un.

Mais Shan reconnut l'homme.

— Les évasions, c'est impossible ! s'écria le Mao d'un ton revêche après quelques pas. Les gens se font tuer quand ils essaient de s'évader.

— Je ne comprends pas, dit Jakli. Vous le connaissez ?

— Vous ne saviez pas qu'il parlait tibétain, n'est-ce pas ? Vous ne saviez pas qu'il utilisait la caverne. Quand il s'est remis debout ce jour-là, avez-vous vu combien il était grand ?

— Le gardien des eaux, lâcha-t-elle dans un souffle, les yeux collés aux jumelles, en se mordant la lèvre inférieure. Toutes les fois où je l'ai croisé... J'aurais pu lui demander de me bénir.

Ils redescendirent en silence et reprirent le camion.

Ils gravissaient les longs versants pierreux qui conduisaient aux montagnes, et l'humeur de Jakli se fit plus enjouée. Elle se mit à évoquer des paysages connus, indiquant les endroits où son clan avait un jour campé, où elle avait secouru un agneau égaré, où Lau lui avait montré un terrier de lièvres. À une occasion, elle arrêta le camion et pointa le doigt, le souffle court, pour indiquer un mouvement sur une colline au loin. Un petit troupeau de chevaux sauvages. Elle descendit et cria quelque chose dans la langue de son clan, des mots qui se perdirent dans le vent. Une prière aux chevaux, expliqua-t-elle avec un sourire timide en revenant au camion. Pour qu'ils échappent à la Brigade.

Elle s'engagea avec prudence sur une autre route, les yeux en éveil, guettant l'arrivée d'un éventuel véhicule, puis entama la montée vers des pics encapuchonnés de neige pendant que Shan somnolait par à-coups. Il s'éveilla quand le camion s'arrêta au pied d'une énorme falaise rocheuse grise, avec, à l'opposé, une prairie couverte d'asters. Jakli était agenouillée sur le bas-côté de la route, les yeux levés vers les arbres au sommet de la falaise, une poignée de fleurs à la main, qu'elle déposa au pied de la paroi rocheuse. À son retour, il feignit de dormir.

Il s'assoupit à nouveau. À son réveil, l'après-midi était bien avancé. Ils roulaient au milieu d'un nouveau paysage, sous un ciel violet qui allait s'obscurcissant. Les montagnes déroulaient leurs plis au creux de hautes et mystérieuses vallées, les rochers escarpés se vrillaient au cœur des nuages comme autant de mains de géants pointant vers les cieux. Il ouvrit sa vitre et goûta l'air froid qui se raréfiait, venu des glaciers d'altitude. Sa mémoire ne se souvenait pas de ce terrain, mais son cœur le reconnaissait.

— Il y a combien de temps que nous sommes au Tibet ?

— La frontière n'est pas bien définie. Peut-être dix, quinze kilomètres.

— Vous devez être épuisée. Laissez-moi prendre le volant.

— Vous ne connaissez pas le chemin. Ce n'est plus très loin.

Au sommet d'une haute crête ils purent admirer le plateau du Changtang qui s'étirait sur quatre-vingts kilomètres. Au lointain, une vaste forme se déplaçait telles des eaux brunes sur les herbages : un troupeau d'animaux sauvages. Peut-être des antilopes, voire des *kiangs*, ces bêtes aux pieds agiles semblables à des mules qui vivaient encore là. Quelques minutes plus tard, Jakli arrêta le camion et descendit sous les bourrasques de vent.

— Il y a quatre ans que je ne suis pas retournée ici, dit-elle. Il n'existe pas de cartes pour cet endroit. Est-ce que vous le voyez ?

— Je ne suis jamais venu ici, répondit Shan, en se tournant vers le nord, saisi soudain par un horrible sentiment de culpabilité : il avait abandonné le gardien des eaux, et les enfants de la zheli, ainsi que Gendun.

— Senge Drak signifie *roc lion,* expliqua Jakli. Il a la forme d'un lion.

Ils remontèrent dans le camion. Jakli s'engagea sur une piste étroite qui rejoignait par une longue et lente montée la crête suivante. Une fois au sommet, elle s'arrêta et tendit le bras : la montagne qu'ils gravissaient se déroulait vers le sud en forme de U étiré. Ils avaient atteint le centre de la crête et faisaient face au bras opposé du U, une longue arête rocheuse qui se terminait par une énorme falaise en forme de gueule, avec, à son sommet, deux affleurements pareils à deux oreilles. Bien plus bas, une petite vire en pierre ressortait perpendiculairement à la base, en donnant l'apparence d'une patte au repos.

La piste s'arrêtait une centaine de mètres plus loin. Jakli gara le camion sous le dévers d'un énorme roc. Ils couvrirent le véhicule d'une toile de bâche grise et sale et s'engagèrent sur un étroit sentier chevrier qui coupait par le travers la pente abrupte. Elle s'arrêta après quelques pas et jeta un caillou dans les ombres d'un autre rocher en surplomb. Un deuxième camion avait été rangé à l'abri des regards en tête de la piste.

À mesure qu'ils s'en rapprochaient, Shan entrevit un motif subtil d'ombres jouant sur la face de la falaise. Ce n'était pas simplement des entailles dans le rocher, certaines correspondaient à des ouvertures, des portails découpés dans l'aplat de la pierre. Le Roc Lion devait être une antique forteresse, une des *dzongs* qui jadis gardaient le Tibet contre les envahisseurs. La dzong avait été bâtie à même le rocher, utilisant les lignes du massif vertigineux pour se fondre dans la montagne, avec une vue imprenable sur le Changtang et le col franchissant les Kunlun.

— Elle était tellement éloignée du cœur du Tibet que le gouvernement ne s'y est pas intéressé, expliqua Jakli. Ou peut-être que, tout bonnement, l'APL n'a pas jugé le lieu digne de son attention. Impossible de la bombarder depuis les airs comme la plupart des autres dzongs. Et elle était abandonnée depuis des siècles. Aucun envahisseur ne viendrait jamais de cette direction. Et il n'était pas possible qu'elle serve de base de départ à quelque résistance armée digne de ce nom. Elle ne s'oppose au passage de rien ni de personne.

Ils arrivèrent au bout du sentier alors que le jour baissait rapidement. Jakli contempla un instant les dernières lueurs cramoisies à l'ouest, comme pour une prière silencieuse, puis elle mena Shan dans un carré d'ombre plus épaisse : l'entrée de la dzong. Des lampes à huile placées à intervalles réguliers éclairaient un couloir qu'ils suivirent jusqu'à une étroite porte lourde et massive faite de bois équarri à la main. Jakli la poussa et les gonds métalliques gémirent bruyamment.

— C'est leur système d'alarme, dit-elle en se pliant en deux.

Ce n'était pas uniquement un système d'alarme. La porte était si basse que les arrivants devaient baisser la tête, exposant ainsi leur cou à l'arme du défenseur, et tellement étroite qu'un seul intrus à la fois pouvait s'y glisser. À une époque où les soldats combattaient à l'épée, à l'arc et aux flèches, il suffisait d'un ou de deux guerriers en armes pour contenir une petite armée. Jakli posa la main sur son bras : ils allaient attendre là.

La salle était vide, large d'une quinzaine de mètres, éclairée à leur opposé par une douzaine de lampes à beurre posées sur une longue table en poutres équarries à la main. Le mur s'infléchissait sur la droite, suivant la courbure naturelle du rocher, comme si on avait simplement agrandi une caverne naturelle. Le mur derrière la table était masqué par de vieux tapis qui bougeaient doucement. Un courant d'air faisait vaciller les flammes des lampes : les tapis devaient couvrir des ouvertures vers l'extérieur, les portails qu'il avait aperçus depuis le sentier.

Il avança lentement le long des tapis suspendus. Ce n'était pas tous des tapis. Il vit des thangkas dépeignant des scènes monastiques. Ceux qu'on avait accrochés devant les portails étaient usés jusqu'à la trame, érodés par les vents. À un endroit, ce n'était qu'une épaisse couverture de feutre noir.

Soudain, Shan sentit se hérisser les poils sur sa nuque : on les surveillait depuis l'autre extrémité de la salle. Ne voyant qu'une ombre, il leva une lampe et s'aventura dans les ténèbres. Pour se figer aussitôt. Deux énormes yeux, à hauteur d'homme, le fixaient sans ciller. La tête sereine était légèrement inclinée sur le côté, comme pour poser une question, et l'une des mains tenait une cloche. C'était un Bouddha assis, taillé de manière à donner l'impression de se dresser au sortir de la pierre vivante. La tête était pratiquement complète, mais le bas de la statue, là où les jambes étaient repliées sous la robe, n'était guère plus qu'un bas-relief. La pierre sur laquelle le Bouddha était assis avait été sculptée en forme d'autel, encadré par d'énormes niches creusées dans le roc et destinées aux offrandes, leur voûte encroûtée par la suie noire des tormas, les silhouettes de beurre qu'on allumait les jours de fête.

Jakli posa une lampe dans une des niches.

— Les soldats qui ont bâti cet endroit remontent à l'empire tibétain. C'étaient des moines guerriers. Parfois ils combattaient sous les ordres des lamas du culte qui les guidaient dans leurs prières. Nous avons retrouvé de vieilles écritures relatant la vie à Senge Drak.

Elle leva la main vers la tête du Bouddha tout en parlant, mais ne la toucha pas, se contentant de suivre des doigts les contours doux et tendres du visage.

— Les moines étaient de fabuleux archers. Mais ils ne s'entraînaient pas comme les autres archers, en tirant sur des oiseaux, des cervidés ou autres créatures vivantes. Ils croyaient au caractère sacré de toute vie. Alors ils se plaçaient devant les portails ouverts et leurs professeurs laissaient tomber dans le vent des oiseaux en papier comme cibles d'exercice.

— Si toutes les armées étaient de cette espèce, ajouta une voix familière, les guerres seraient dépassées.

C'était Lokesh, affichant son grand sourire tordu. Ses yeux brillaient et il s'avança pour embrasser Shan.

— Mais ce ne sont pas toutes les armées qui se contentent de tirer sur des oiseaux en papier, ajouta une autre silhouette sortant de la pénombre.

Jowa. Il parut moins ravi que Lokesh de revoir Shan.

Lokesh fit la grimace, comme s'il était déçu par l'intrusion de Jowa.

— Est-ce qu'ils sont ici ? demanda brutalement Jakli. Est-ce qu'ils sont venus faire la fête pendant que ceux d'en bas paient l'addition ?

Jowa la regarda d'un air perplexe. Il s'apprêtait à lui poser une question lorsqu'une troisième silhouette apparut au sortir des ombres. Gros Mao. Jakli se précipita vers lui et lâcha une longue tirade dans leur dialecte turco-mongol, en martelant l'air devant le Ouighour surpris.

— Sui était un salopard qui travaillait pour un salaud encore plus important, dit Gros Mao en mandarin.

Il se rapprocha de Jowa et de Shan, comme pour se protéger. Il paraissait épuisé, ses vêtements étaient souillés, déchirés par endroits. Lui aussi avait fait du trajet. Était-il en fuite ?

— Il méritait de mourir. Mais ce n'est pas moi qui l'ai tué.

— Ce n'est peut-être pas toi, rétorqua Jakli aussi vite, mais les autres Maos. En choisissant le pire des moments. Vous n'êtes pas des guerriers, vous n'êtes que des prédateurs. Vous tuez et vous prenez la fuite. Et que le reste du monde paie pour votre crime...

Sa voix s'étrangla sous l'émotion.

— Ce n'est pas un Mao qui a fait ça, insista Gros Mao.

— Ça, tu n'en sais rien ! lui renvoya Jakli.

— Si, je le sais ! Si ça se produit dans le comté de Yoktian, je le sais. Nous surveillions Sui chaque fois que c'était possible. Mais personne — aucun d'entre nous — ne l'a tué. Je sais ce que tu penses. Les nœuds vont penser la même chose.

— Sauver le clan de la Pierre rouge. Trouver l'assassin de Lau, l'assassin des enfants... Tout ça, c'est impossible maintenant.

Quelqu'un aurait-il tué Sui afin de distraire les nœuds ? songea Shan. Ou d'empêcher leur petit groupe de mener son enquête sur la disparition de Lau ?

Une frêle silhouette sortit des ténèbres, chargée de bols posés sur une planche.

— *Jah*, annonça-t-elle en tibétain. Le thé.

Bajys. Non plus le petit homme terrifié et délirant, mais un autre Bajys, ou son commencement : le visage était toujours creusé, vidé de sa substance, comme dans la caverne de Lau. En acceptant son bol de thé, Shan remarqua que la main de Bajys ne tremblait plus : le tremblement était passé dans son regard.

Jowa prit un bol et s'assit à la table, à l'écart du groupe. Il sortit un papier de sa poche et se mit à lire, comme si la conversation à venir ne l'intéressait plus.

— Les Maos doivent savoir quelque chose, s'ils surveillaient Sui, dit Shan à Gros Mao.

Il sentit qu'on le tirait par la manche de sa veste : Lokesh cherchait à l'entraîner dans la pénombre d'un air pressé.

— Celui qui a découvert le corps est un conducteur de camion ouighour, expliqua Gros Mao. Il roulait seul en direction de Kachgar, avec un chargement de laine. Le corps de Sui était posé en appui contre un rocher en bordure de la route.

— Le tueur ne s'est pas donné la peine de cacher le cadavre ?

— Apparemment, on a voulu le laisser bien en évidence. Pour que tout le monde le voie. Le chauffeur a cru qu'il était malade ou blessé, et il s'est arrêté. Mais Sui avait été tué. Deux balles dans le cœur. Une mort rapide.

— Et c'est seulement ensuite que le cadavre a été disposé de cette façon ?

— Exactement. Dans le sable à côté du corps, un doigt avait écrit *lung ma.* Impossible que ce soit Sui qui ait fait ça. Il a dû s'effondrer comme une masse.

— Les nœuds l'ont retrouvé dans cette position ?

— Pas exactement. Le chauffeur ne savait pas quoi faire, il ne savait pas qui était Sui.

— Sui était un nœud. Tout le monde connaît l'uniforme.

— Sui n'était pas en uniforme, précisa Gros Mao. Mais il portait un pistolet à sa ceinture. Ensuite, la personne suivante sur la route a donné un coup de main.

— C'était quelqu'un qui connaissait Sui ?

— C'était quelqu'un qui cherchait Sui. Et qui a effacé les mots dans le sable. Un Mao. Il allait cacher le cadavre, mais il n'en a pas eu le temps, à cause des voitures qui arrivaient sur la route. Tout ce qu'il a pu faire a été de camoufler le corps de Sui derrière des rochers.

— Un Mao filait Sui ?

— L'un de nous surveillait Sui, mais il l'a perdu à Yoktian. Sui devait rencontrer la procureur Xu au Camp de la Gloire, donc c'est là que son suiveur est parti.

Xu avait peut-être décidé de retrouver Sui quelque part sur la route, afin de se débarrasser de lui pour une raison ou pour une autre.

— Le pistolet de Sui, demanda Shan. Quel type d'arme était-ce ?

Le nœud était mort le pistolet à la ceinture, comme si son tueur l'avait pris par surprise.

— Ce n'était pas une arme réglementaire. Un petit calibre, comme pour le tir à la cible.

— Le calibre dont on s'est servi sur Lau et Suwan, au camp de la Pierre rouge, soupira Shan. Que s'est-il passé ? Pour quelle raison suiviez-vous Sui ?

— Quand le chauffeur du camion a compris qui était Sui, il n'a plus eu le moindre désir de rester sur les lieux. Il est reparti. Après avoir craché sur le cadavre.

— Merci pour ce précieux détail, murmura Shan.

Gros Mao haussa les épaules.

— On l'avait pris en filature parce que c'est ce qu'on fait, chaque fois que c'est possible. Pour prévenir les gens. Pour apprendre des choses.

Il pressa le bas de la paume contre sa tempe. Il avait mal à la tête. Le mal des montagnes. Il n'était pas habitué à l'altitude.

— Le Programme d'Éradication de la Pauvreté, intervint Jakli. La Sécurité publique y est impliquée, d'une façon ou d'une autre. Sui est venu au garage ce jour-là, quand Ko était présent pour l'inventaire.

— Vous voulez dire que Sui travaillait en collaboration avec la Brigade ? demanda Shan.

Le Ouighour s'assit à la table et laissa tomber la tête entre ses mains. Lokesh avait disparu de la pièce.

— Probablement, répondit Jakli. Peut-être pour s'assurer qu'il n'y ait pas de problème. Que les clans acceptent bien de vider les lieux quand on le leur ordonnerait, et que personne n'échappe au Programme.

— C'est Sui qui avait dit que la Brigade allait se charger de rassembler tous les chevaux sauvages, lui rappela Shan.

— Sui suivait le directeur Ko, annonça Gros Mao.

— Vers le Camp de la Gloire ? interrogea Shan.

— Non. Il l'avait pris en filature. Ces trois dernières semaines, au moins, en tout cas. Comme si Ko avait éveillé les soupçons de la Sécurité publique.

Il pressa à nouveau la main contre sa tempe, puis, changeant de position, s'allongea sur le banc.

Shan regarda alentour. Lokesh n'était pas revenu. Et Bajys

avait disparu. Il discerna les contours d'une embrasure de porte dans la pénombre. Il avança et se retrouva dans un autre tunnel éclairé de petites lampes. Au bout d'une trentaine de pas, il s'arrêta, sous le coup d'une sensation nouvelle. Les idées se brouillaient dans sa tête. C'était moins une sensation que le début d'une perception lucide, les premiers miroitements d'une prise de conscience. Il se stabilisa, une main sur le roc, et ferma les yeux un instant, pour les rouvrir soudain et se mettre à courir.

Au bout d'une trentaine de mètres, le couloir se scindait en deux passages devant un énorme piédestal en bois supportant un moulin à prières haut de près d'un mètre. Sans hésiter une seconde, Shan emprunta le tunnel de gauche et arriva à une porte en bois. Elle s'entrouvrait juste assez pour qu'il aperçoive une chambre d'une dizaine de mètres carrés, éclairée par la douce lumière d'un cercle de lampes à beurre en son centre. La pièce était silencieuse, comme un cocon tendre, entièrement doublée, murs, plafond et sol, par des planches de bois odorant. C'était le genre de salle de temple qu'on réservait à un trésor. Lokesh était assis près des lampes à côté d'un homme en robe de moine dans la position du lotus, les coudes sur les genoux, les doigts écartés soutenant sa tête penchée. Shan lutta pour calmer la chamade qui lui cognait la poitrine. C'était Gendun.

Il rejoignit les deux Tibétains près du cercle de lumière et s'assit en silence, inhalant les senteurs de vieux bois. Il se choisit une flamme et la fixa intensément, cherchant à se concentrer afin de se vider l'esprit pour Gendun. Si l'objet qu'on se choisissait était suffisamment pur, suffisamment absolu, il était possible de s'y plonger tout entier, totalement, et il pouvait devenir un bouclier contre la distraction. Tout pouvait convenir — une boulette de boue, une goutte de sang, une minuscule fleur de bruyère — à condition d'être d'une pureté parfaite.

— Un jour, j'ai rencontré un ermite, dit une voix qui se fraya doucement un chemin jusqu'à sa conscience. Il prétendait être la réincarnation d'un genévrier. Il disait qu'il était capable d'entendre le bois parler.

La voix résonna dans le cœur de Shan et lui réchauffa le corps.

— Il disait que tous, par le passé, nous avions été arbres. J'ai répondu que je n'étais pas d'accord. Que je m'efforçais toujours de devenir cèdre.

Shan cligna des paupières et abandonna la flamme pour relever les yeux face au grand sourire de Gendun.

Le lama pressa les deux paumes de ses mains sur son cœur en

signe de salut, puis il les écarta, les avant-bras en appui sur les genoux allongés devant lui. C'était sa manière à lui de prendre Shan dans ses bras.

— Rinpoché, dit lentement Shan. Nous sommes arrivés bien loin de votre montagne de Lhadrung.

— Tant que j'aurai une montagne au cœur de laquelle m'asseoir, c'est là que sera ma maison.

La voix de Gendun ressemblait à un sable fin tombant sur une pierre lisse. Shan sourit. Gendun avait passé tant d'années en méditation à l'intérieur de son ermitage de pierre que tous ceux qui le connaissaient étaient convaincus qu'il savait percevoir le force de vie des montagnes.

— Comment te portes-tu ? demanda-t-il à Shan.

— Les idées se mélangent dans ma tête.

— Les miennes aussi, répondit Gendun avec un sourire.

Il redevint silencieux, mais son sourire ne disparut pas quand son regard passa de Shan à Lokesh.

— Nous pensions que ces hommes vous avaient emmené cette nuit-là, dit Shan.

— Les montagnes ici, s'étonna Gendun avec émerveillement, elles ont une voix différente. L'avais-tu remarqué ? Mes yeux les voient comme des inconnues, mais, dans mon cœur, je les connais, depuis toutes ces années.

Shan ne put que sourire pour seule réponse.

— Toutes ces journées, vous les avez passées ici, Rinpoché.

— Il a quitté le camion quand la Brigade nous a arrêtés, répondit une voix dans son dos.

C'était Jowa, dans l'encadrement de l'entrée.

— Moi, je suis arrivé deux jours plus tard, dit une autre voix.

C'était le jeune purba qui avait emmené le camion après leur rencontre avec les Kazakhs. Il passa à côté de Jowa et entra dans la pièce, ouvrant de grands yeux devant Gendun.

— Et il est resté assis là, tout seul. Il a refusé de partir.

Jowa restait à l'entrée, comme réticent à s'approcher du lama.

— Quelle distance nous sépare de l'endroit où nous nous sommes arrêtés sur la route ? demanda Shan.

— Vingt-cinq, peut-être trente kilomètres, répondit le jeune Tibétain. Mais Senge Drak est un secret, et lui n'était jamais venu. Il n'y a pas de pistes qui conduisent ici depuis la route.

Gendun ne donna aucun signe d'avoir entendu la conversation. Il s'était déjà expliqué avec Shan. Les montagnes avaient leur propre voix.

Shan se tourna vers Jowa, qui n'avait pas seulement l'air fatigué, mais semblait mal à l'aise, comme intimidé par Gendun, l'un des hommes saints pour lesquels il combattait.

— Il est au courant pour le deuxième garçon, chuchota Lokesh d'une voix sombre. Nous lui avons appris.

Appris quoi ? Comment Lokesh avait-il décrit le meurtre de Suwan ? Une autre jeune âme est passée au-delà du chagrin, peut-être.

C'est alors que Gendun posa une étrange question à Shan.

— As-tu fait du chemin ?

C'est l'impression que j'ai, faillit répondre Shan, en pensant à la tombe de la Pierre rouge, à la caverne de Lau, au camp-prison et à Karachuk. J'ai l'impression d'avoir voyagé une année entière au cours de ces quatre derniers jours.

— J'ai fait la rencontre de Tantine Lau, offrit-il en guise de réponse.

— Et jusqu'ici, elle te plaît bien ? demanda Gendun, de la lumière plein les yeux.

— Je pense qu'elle a honoré tous les mondes qu'elle a habités. Et j'ai fait la rencontre d'un vieux gardien des eaux.

Gendun hocha la tête, en haussant un sourcil. Shan reconnut la question.

— Il est toujours de cette vie. En prison, mais il ne souffre pas. Et je vais le faire libérer.

Son regard quitta Gendun pour se poser sur la flamme de la lampe la plus proche.

Certaines choses n'acquièrent une réalité qu'une fois énoncées à haute voix. Gendun le dévisagea, mais avec bien moins d'intensité que Shan ne se regardait lui-même. Les paroles qu'il venait de prononcer sans même le vouloir résonnèrent telle une cloche d'airain. Comme si une part inconsciente de son être était déjà arrivée à cette conclusion évidente, dans le magma grouillant de personnes et d'événements croisés sur sa route depuis son arrivée au Xinjiang. Il fallut un moment à Shan pour reconnaître sa seule certitude de l'instant : le gardien des eaux, le vieux lama avec lequel il n'avait guère passé plus de deux minutes, devait être libéré de prison. Et il était le seul à pouvoir le faire, car il était le seul à comprendre.

La cloche de son esprit résonna à nouveau. De plus en plus fort. Non, ce n'était pas une cloche, mais le tintement délicat des *tsingha,* les petites cymbales en laiton en usage dans les temples tibétains.

Bajys apparut à la porte, souriant d'un air timide tout en agitant les tsingha deux fois encore, par pur plaisir.

— Il y a de la nourriture, annonça-t-il avant de tourner les talons et de disparaître dans le tunnel.

Ils suivirent le bruit des cymbales dans le couloir jusqu'à une autre vaste pièce taillée dans la roche vive, presque aussi grande que la salle de l'entrée, avec des portails similaires ouvrant vers le ciel. Ils se trouvaient sur le flanc opposé de la falaise, de l'autre côté de la tête du lion. La pièce était brillamment éclairée par des lampes à kérosène et à beurre, et, tout à côté d'une table en bastaings, brûlait un brasero alimenté par de gros morceaux de bouse de yack. Gros Mao et Jakli se trouvaient déjà à table en compagnie d'un autre Tibétain, un gros homme au visage couturé de cicatrices, qui accueillit Jowa et le jeune purba d'un hochement de tête familier. Shan se tourna vers Gros Mao. Celui-ci avait chevauché dur depuis l'annonce de la mort de Sui. Mais il devait disposer de cachettes plus faciles. S'il s'était précipité à Senge Drak, c'était pour voir les purbas.

Bajys attendit que Gendun soit assis au centre de la table pour servir une marmite de bouillie d'orge posée sur le brasero. Personne ne fit les présentations.

Les trois purbas et Gros Mao mangeaient tout en discutant à mi-voix de la mort de Sui. Shan expliqua le meurtre à Gendun.

— Je regrette qu'un homme du gouvernement ait dû mourir. Nous devons garder espoir pour son âme, déclara le lama paisiblement.

Gros Mao réagit aux paroles du vieux lama par une grimace exagérée. Il hocha la tête et le regard qu'il adressa aux purbas signifiait clairement son agacement de voir Gendun parmi eux.

— Nous devrions surtout garder espoir pour tous ceux qui vont maintenant souffrir, intervint-il. Les innocents. Les personnes âgées. Espérer qu'ils pourront tous bien se cacher. Espérer que la bête dévore son content très vite et continue son chemin.

— La douleur sera là, confirma Jowa. C'est pour cela que nous rentrons dans nos foyers. Quand le chacal vient manger la tortue, la tortue doit se réfugier sous sa carapace. Nous devons nous protéger. Nous devons protéger Rinpoché.

— Je ne comprends pas ton mot. Protéger, dit Gendun.

— Nous pouvons faire plus de bien vivants, et libres, à Lhadrung, expliqua Jowa. Le danger passera. Si vous souhaitez revenir quand ce sera à nouveau sûr ici, je vous promets de vous ramener. Dans un mois, peut-être deux.

Jakli poussa son bol vers le centre de la table.

— Un membre des purbas ou des Maos sait ce qui est arrivé à Sui le nœud, déclara-t-elle sans ambages. Ceux qui accepteraient de toucher un homme tel que lui ne sont pas bien nombreux. Les gens changent de trottoir quand ils voient un individu de son engeance. Ils détournent les yeux. Sui et ceux de son espèce sont comme les dragons qui erraient sur cette terre aux âges perdus, ils infligent leurs horreurs au hasard. Les gens ne partent pas à la recherche des dragons. Jadis, il n'y avait que des soldats spéciaux, sanctifiés par des prêtres, qui combattaient les dragons. Des moines guerriers. Eux seuls avaient affaire aux dragons. Et s'ils en tuaient un et réveillaient le nid tout entier, ils continuaient à s'interposer entre les bêtes et les gens.

Un rictus sardonique apparut aux lèvres de Gros Mao.

— Et qui serait assez stupide pour se mettre en travers de la route de ces dragons-ci ? Ce sont les dragons de Pékin. On coupe une tête et il en repousse deux.

— Il n'existe pas d'arme magique, intervint Shan dans le silence qui s'ensuivit. Il n'existe que la vérité. Quel que soit celui qui a tué Sui, il doit accepter la responsabilité de son acte.

— Vous voulez dire, aller dans le nid de dragons et se faire dévorer, rétorqua Gros Mao.

— Si c'est pour protéger les innocents.

Jowa se leva, plein d'aigreur, en faisant signe aux deux autres purbas de le rejoindre.

— Nous partons. Tous autant que nous sommes. Mon travail est de nous garder sains et saufs. Tous autant que nous sommes. Ce qui signifie que nous repartons tous à Lhadrung. Nous n'allons pas mourir pour le combat de quelqu'un d'autre. Je combats pour le Tibet. Je combats pour les Tibétains.

— C'est uniquement le hasard de la naissance qui t'a fait tibétain dans cette vie, répondit Gendun d'un ton hésitant, comme si les paroles du purba le plongeaient dans la perplexité. Il se pourrait bien que tu sois chinois dans la prochaine. Comme il se pourrait tout aussi bien que tu aies été kazakh dans la précédente.

— Garder l'œil ouvert dans la vie qui nous tient me suffit amplement, rétorqua sèchement Jowa, mais dès que ses mots eurent franchi la barrière de ses lèvres, ses yeux les regrettaient déjà, comme s'il avait oublié à qui il s'adressait. Rinpoché, ajouta-t-il maladroitement à voix basse, sa main se portant à la dague qu'il avait à la ceinture, non pas en geste de menace, mais comme par pudeur, comme s'il voulait masquer l'arme.

Gendun fronça les sourcils et un silence tout nouveau descendit sur la pièce. Le lama se leva et remplit les chopes à thé de chacun. Il s'avança jusqu'à Jowa, toujours debout, et, lentement, souleva la main du purba pour la placer, paume ouverte, sur son propre cœur. Shan avait déjà vu ce geste chez les plus orthodoxes des bouddhistes. C'est ainsi que certains lamas transmettaient la vérité à un étudiant.

— Nous ne luttons pas pour le Tibet ou le Xinjiang ou pour d'autres lignes tracées sur une carte. Nous ne luttons pas pour les Tibétains ou les Kazakhs. Nous luttons pour ceux qui aiment leur dieu intérieur et pour ceux qui peuvent apprendre à l'aimer.

Gendun ôta sa main et plongea les yeux dans le regard déterminé de Jowa, puis dans celui de Shan et de Jakli. Il traversa la pièce et se posta près de l'un des portails dont le rideau avait été écarté et noué, face au ciel grand ouvert, tandis que le vent faisait bruisser sa robe.

— Si j'avais tué un homme comme Sui, dit Jowa au dos de Gendun d'un ton de supplique, je ne me cacherais pas. Je leur offrirais ma tête avec fierté. Mais ce n'est pas moi le responsable, et donc je n'offrirai pas ma tête.

Il baissa les yeux au sol, désespéré, puis ses traits reprirent leur dureté convaincue.

— Il faut que nous retournions à Lhadrung. Il y a d'autres combats à mener. Des combats que nous avons une chance de gagner.

D'une main hésitante, il sortit de sa poche le morceau de papier qu'il lisait précédemment. Il s'adressa à Shan d'un ton où se mêlaient fierté et ressentiment :

— Et vous, vous avez été sauvé. Vous avez rendez-vous à la frontière népalaise. Une équipe d'inspecteurs des Nations unies a obtenu la permission de faire une brève visite aux gompas au sud de Lhassa. Nous avons le moyen de vous faire passer avec eux quand ils repartiront, et c'est eux qui vous prendront en charge à partir de là.

Il déplia son papier et le tendit à Shan.

— Vous avez gagné, poursuivit-il, une trace d'amertume dans la voix. Une chance sur un million. Mais nous ne disposons que de huit jours pour vous conduire là-bas. Tout juste le temps de faire le trajet. Ce n'est plus la peine de vous tracasser pour les problèmes des autres.

Shan se tourna vers ses compagnons. Un sourire lumineux éclairait le visage de Jakli et Lokesh hochait la tête.

— C'est exactement tout ce qu'il te fallait, lui dit le vieux Tibétain.

Gendun se contenta de lui sourire.

— Notre camion est à l'entrée de la piste, expliqua Jowa. Il y a des tonneaux à l'arrière, et des couvertures, vous avez l'habitude.

Tout le monde vient, y compris Bajys. Quand la lune se lèvera, nous rejoindrons tous le camion et nous y dormirons cette nuit, pour partir avant l'aube.

Il vida sa tasse de thé et lorgna vers Shan.

— Si on voit des dragons sur la piste, on ne manquera pas de vous réveiller, railla-t-il d'un air sarcastique, qui déclencha le rire chez ses compagnons tandis qu'ils quittaient la salle sur ses talons.

Gendun sortit, suivi quelques instants plus tard par Bajys, pendant que Shan resservait en thé Jakli et Lokesh.

— J'ai eu jadis un professeur, finit par dire Lokesh. Il ne pensait pas que l'incarnation humaine fût particulièrement importante dans la chaîne de l'existence. Il pensait que les humains viennent et s'en repartent en passant leur temps à changer d'enveloppe. L'entière finalité des humains est de garder la vertu vivante, d'être un contenant pour la vertu. Il croyait que si l'on vivait suffisamment d'existences de cette manière, on devenait vertu, et qu'on avait alors une chance d'atteindre à la vraie lumière.

Jakli, Shan et Gros Mao, assis en silence, réfléchissaient à ses paroles. Lokesh avait raison sur un point, songea Shan. C'est vrai que les humains changeaient d'enveloppe sans cesse, car, d'une certaine façon, la vie paraissait encore meilleur marché dans le comté de Yoktian qu'au goulag. Jakli lut le papier, puis le poussa vers Shan, tout excitée. Shan lut à son tour. C'était vrai : quelqu'un lui avait fabriqué une nouvelle existence. Une fois encore, il allait se trouver réincarné. Une communauté d'exilés chinois en Angleterre était prête à l'accueillir à bras ouverts. Il était censé habiter chez un professeur d'histoire chinoise de l'université de Cambridge jusqu'à ce qu'il soit installé. Huit jours. Dont six de trajet difficile pour rejoindre le lieu de rendez-vous près du Népal.

Monta du couloir un grondement sourd que Shan reconnut immédiatement : le moulin à prières.

— C'est Bajys, expliqua Lokesh, les yeux ronds pleins de lumière, à croire qu'il décrivait un miracle. Sa toute première nuit ici, il était encore incohérent et c'est tout juste s'il était capable de mettre un pied devant l'autre. Quand il a vu le moulin à prières, il s'est mis à le faire tourner. Au début, il pleurait, puis il s'est mis à rire, et il a tourné la roue toute la nuit.

Ils écoutèrent le grondement plusieurs minutes durant. Peut-être que, finalement, tout s'arrangerait si Bajys continuait à faire tourner le moulin à prières. Certains des vieux lamas auraient peut-être même pu dire que le travail de Shan était effectivement terminé : il avait trouvé quelqu'un pour tourner un moulin à prières qui était resté sans voix depuis des siècles.

— Je dois préparer les couvertures de Rinpoché pour le camion, finit par déclarer Lokesh en se levant pour sortir par l'entrée du fond.

Shan retrouva Gendun dans la pièce aux boiseries parfumées.

— Il est juste que tu reviennes avec nous, dit le lama. Tout cela était une erreur. Nous n'avions pas compris. Nous irons donc à Lhadrung ensemble. Nous contemplerons la lune depuis le camion, comme avant, et tu pourras partir pour ta nouvelle vie.

— Je viens seulement de commencer ici, répondit Shan avec une obstination maladroite.

Tout allait trop vite. Le lama secoua la tête.

— Même sans la lettre que Jowa t'a donnée, tu aurais dû repartir vers le sud. Cette chose qui habite les profondeurs, c'est comme un nuage qui masquerait une belle lune. Je n'ai pas de mot pour la décrire, hormis la mort. Mais c'est un mot trop simple. Si tu étais perdu, Shan, sans que ton âme soit en équilibre, ce serait pis que de perdre Lau.

— Parce que Lau était préparée ? demanda Shan.

Gendun hocha la tête.

— Elle n'était pas simplement préparée, suggéra Shan. Elle s'y attendait. Elle s'attendait à mourir pour ses secrets.

Gendun tourna la tête comme pour le corriger, mais se tut.

— Pas ses secrets, en fait, poursuivit Shan. Sa foi. Elle était tibétaine, mais pas simplement tibétaine. Je crois qu'elle avait une formation religieuse. Il faut que je sache avec certitude, Rinpoché.

— Il semblerait que tu saches déjà, mon fils.

— C'était une *ani*. Une nonne tibétaine.

Shan entendit derrière lui un murmure d'approbation. Lokesh était revenu, et s'avançait pour s'asseoir avec eux.

— Elle était nonne autrefois, expliqua Gendun avec un sourire triste, mais son couvent a été détruit.

— J'ai connu de nombreux moines dont les gompas avaient été détruits par les bombes chinoises, remarqua Shan. Certains disaient : sans mon gompa, je ne suis plus moine. D'autres déclaraient que le fait d'être moine n'avait rien à voir avec un bâtiment. C'est un vieux moine dans ma prison qui l'a exprimé le plus clairement. Je transporte mon gompa sur le dos, disait-il. Tout en revient toujours à servir le dieu intérieur, et aucune bombe ne pourra jamais détruire le dieu intérieur. Je crois que Lau a trouvé un moyen de servir son dieu intérieur à Yoktian.

Gendun semblait étudier Shan avec attention, comme s'il se passait chez lui une chose importante.

— Elle a vécu une vie kazakhe au cours de toutes ces années

et elle a été enterrée en costume kazakh, poursuivit lentement Shan. Mais elle a demandé à être étendue pour son dernier repos près de la salle d'enseignement du vieux lama qui se fait passer pour le gardien des eaux. Elle a enseigné à Jakli les anciennes coutumes tibétaines. Et elle aidait le lama dans son enseignement secret.

Il perçut un mouvement dans son dos. Il n'eut pas besoin de se retourner quand la silhouette vint s'asseoir auprès de lui. Il savait que c'était Jakli.

— Nous nous retrouvions les jours de grandes fêtes, dit Lokesh d'une voix lointaine. Les moines de notre gompa et ces nonnes. Lau appartenait à une petite secte et venait d'un gompa minuscule bâti près d'un glacier au nord de Chigatse. Nous déroulions un thangka géant sur le flanc de la colline — il avait trente mètres de long. Il y avait des compétitions d'archers, des acrobates qui grimpaient au sommet des énormes poteaux pour en rapporter les prières qui s'y trouvaient épinglées. Les nonnes nous chantaient des chansons, et nous servions un tsampa spécial que nous parfumions à la cardamome.

Il étira sa longue main osseuse marquée de taches de vieillesse vers la lumière. Jakli s'en saisit, comme pour le remercier. Ou peut-être le réconforter.

— Plus tard, des gens sont venus et ont brûlé son gompa, soupira-t-il, en se mettant à fredonner un chant ancien. Elle a fait un bien long chemin pour mourir comme ça dans le désert.

— Un nouveau professeur tibétain est arrivé. Il va la remplacer auprès des enfants, dit Shan.

— Est-ce qu'il n'est pas en danger lui aussi ? demanda Gendun.

Non, fut sur le point de répondre Shan, parce que Kaju travaille pour la Brigade.

— Non, choisit-il de dire, parce que le tueur a déjà trouvé les orphelins.

— Tu veux parler du camp du clan kazakh.

— Et aussi de l'enfant que nous avons enterré en bordure de la route. D'abord Lau, parce qu'elle a été obligée de renseigner le tueur sur les enfants de la zheli. Peut-être que le tueur cherche à éliminer tous les orphelins. Le vieux Kazakh prétend qu'il s'agit d'un tueur de l'ancien temps, revenu pour détruire les enfants de ses ennemis.

Lokesh secoua la tête presque imperceptiblement. Un discret geste de dénégation, qui n'échappa pas à Shan.

— Ou peut-être a-t-il interrogé Lau à propos d'un garçon,

mais le garçon en question ne s'est pas révélé être le bon, suggéra Shan. Le tueur a déchiré la chemise de chaque enfant pour dégager la poitrine. Il a arraché une jambe de pantalon. D'abord chez Suwan, ensuite chez Alta. Il avait décidé de s'attaquer à un garçon du campement de la Pierre rouge, mais le gamin n'avait pas ce qu'il voulait. Le tueur devait chercher quelque chose, une chose qui appartenait peut-être à Lau et que cette dernière aurait confiée à un orphelin. S'il avait trouvé ce qu'il cherchait, pourquoi s'attaquer au deuxième enfant ?

— Il est possible que les enfants aient fait une chose à laquelle Lau, ou son tueur, ne se seraient jamais attendus, dit Lokesh.

— Si c'est vrai, alors on peut penser que le démon n'en veut pas à tous les enfants, intervint Jakli. Mais il cherche, jamais plus loin que le suivant, jusqu'à ce qu'il trouve ce dont il a besoin. Il, ou elle, en fait, précisa-t-elle à l'adresse de Shan.

Ils reprirent leur contemplation des flammes. Un sourd geignement parut monter du ventre de la montagne, comme si celle-ci voulait se faire comprendre.

— Tu as résolu le mystère de Lau, dit Gendun, tourné vers Jakli. Cela suffit peut-être. De révéler l'enseignement secret de Lau.

Jakli prononça le nom de Lau dans un souffle, comme un soupir, et releva les yeux en acquiesçant d'un signe de la tête.

— La voie de Lau a été identifiée, concéda-t-elle. La vérité de Lau peut être révélée à ses proches, afin de refermer le cercle de sa vie. C'était une bouddhiste en secret. Cela devrait suffire de le savoir. Nous savons qui est l'ennemi des bouddhistes secrets. Je pense que cela suffira pour persuader les bergers et les éleveurs de protéger la zheli, de cacher les petits au moins pour la durée de l'hiver.

Pour elle, le démon était le gouvernement. Et personne n'était capable d'arrêter le gouvernement. Elle poursuivit à l'adresse de Shan, en se mordant la lèvre comme sous le coup d'une grande douleur :

— C'est tout ce que nous pouvons faire. Et vous pourrez continuer votre route vers votre nouvelle vie.

Gendun baissa les yeux en prenant l'expression lointaine d'une méditation profonde. Lokesh se mit à égrener son chapelet, en invoquant le Bouddha de la Compassion.

Les deux Tibétains n'entendraient pas Shan, même s'il insistait pour poser les questions qui lui brûlaient la langue. Jakli paraissait elle aussi perdue dans une transe très personnelle, le regard rivé aux deux Tibétains. Elle ne remarqua pas que Shan se levait, prenait une lampe et sortait dans le labyrinthe de couloirs de Senge Drak et leurs ténèbres silencieuses. Il aurait aimé explorer toute la dzong, mais il ne disposait que de quelques heures. Il s'avança le long d'une série de chambres minuscules taillées dans le roc, dont plusieurs étaient fermées de pans de tissu en lambeaux. Des salles de méditation. Il parcourut plus d'une cinquantaine de mètres sans en voir la fin, et s'arrêta, impressionné par leur nombre. Certaines forteresses disposaient de terrains d'entraînement pour leur garnison. Senge Drak avait, elle, des salles de méditation.

Il avança jusqu'à une cellule dont le panneau de tissu était presque intact, se glissa à l'intérieur et s'assit en position du lotus, la lampe à côté de lui. Il ferma les yeux. Il n'était peut-être pas capable de dialoguer avec la montagne, mais il en sentait la puissance sereine. Son esprit était pris dans un tourbillon de soupçons, de craintes et de possibilités. Les idées se brouillaient plus que jamais, car tout manquait de précision et de clarté. Trop de personnes sans rapport les unes avec les autres, trop de forces disparates le tiraillaient dans toutes les directions. Quelqu'un allait le secourir et lui offrir une nouvelle existence. C'était tout ce dont il avait besoin, avait dit Lokesh. Mais ce n'était faire justice ni à Lau ni aux garçons que de s'y abandonner. Qui découvrirait le meurtrier de Lau ? Qui sauverait le gardien des eaux ?

Il plaça les mains en position de mudra, le Diamant de l'Esprit. Il devait expliquer certaines choses à Jakli et aux Maos, des choses qu'il ne comprenait pas lui-même. Il devait aller au plus simple, se concentrer sur des explications dépouillées, car c'était habituellement celles-là les bonnes. La procureur Xu haïssait les Tibétains. Vraisemblablement, elle avait découvert que Lau était une nonne tibétaine et remontait la trace de tous les membres de la zheli ayant des racines tibétaines. Elle ou son exécuteur de basses œuvres s'étaient rendus au campement de la Pierre rouge, et avaient tué le premier garçon, celui qui se trouvait en compagnie de Khitai. Khitai était kazakh, il n'avait apparemment pas de racines tibétaines, mais on avait prétendu la même chose de Bajys. Cependant Khitai était la première cible sur la liste après que Lau eut livré au tueur les renseignements qu'il exigeait. Il possédait peut-être cette chose tibétaine qui préoccupait tant Lokesh et Gendun — ce fameux trésor venant de Lau, cette chose que les orphelins de la zheli se repassaient de l'un à l'autre, avec toujours un cran d'avance sur le tueur.

Lorsqu'il rouvrit les yeux, Shan remarqua, dans le coin, un

morceau de lainage grossièrement tissé qui avait naguère pu recouvrir un coussin de méditation. Il le souleva et sursauta en constatant qu'il masquait un objet de Senge Drak : un arc gracieux, détendu. Il dégagea complètement le morceau de tissu et découvrit une petite boîte en bois de camphre, sculptée de motifs géométriques complexes. Il en ôta le couvercle pour y découvrir, délicatement lovée sur elle-même, une corde à arc, exactement dans la position où le propriétaire l'avait laissée. Quand ? Cent ans auparavant ? Non. Jakli avait précisé que la dzong était abandonnée depuis des siècles. Deux ou trois cents peut-être. Il posa l'arc sur ses cuisses.

Puis il prit la petite boîte découverte, ornée de quatre rangées de motifs répétés, deux en partie supérieure, deux en partie inférieure. Son père et lui avaient passé de nombreuses heures à explorer le *Tao-tö-king* en utilisant des dés ou des baguettes à lancer afin de retrouver des versets de manière aléatoire. Mais leur méthode favorite était de trouver des modèles dans leur environnement immédiat. Des modèles qu'ils lisaient de manière à y déchiffrer des tétragrammes, ces combinaisons à quatre lignes qui, dans les tableaux que mémorisaient tous les étudiants du Tao, faisaient référence à l'un des quatre-vingt-un chapitres du livre.

Shan compta six par six les triangles minuscules de la rangée supérieure. Après la dernière série de six, il resta trois triangles isolés. Dans la base du tétragramme, trois se représentait par une ligne brisée en deux segments. Il traça la ligne du doigt dans la poussière du sol. Ensuite il décompta les fleurs minuscules de la deuxième rangée. Il en resta deux, soit une ligne pleine pour le segment suivant du tétragramme. La troisième rangée offrait un nombre de quatre-vingt-dix-sept tout petits cercles. Ce qui en laissait un, correspondant, dans le système que son père et lui avaient élaboré, à une autre ligne pleine. À l'issue du décompte des petits carrés de la dernière rangée, il resta le chiffre cinq, soit une ligne brisée en tiers.

Le tétragramme dessiné dans la poussière était constitué d'une ligne à trois segments au-dessus d'une ligne pleine, puis une seconde ligne pleine, au-dessus d'une ligne en deux segments. Dans les tableaux du *Tao-tö-king*, le tétragramme correspondait au nombre cinquante-six. Shan eut un sourire triste : le verset se trouvait inscrit sur la porte du temple secret qu'il avait fréquenté à Pékin, pendant les années au cours desquelles le gouvernement avait gardé les temples fermés. Il le récita dans un murmure, de la même manière qu'un moine guerrier dans cette cellule aurait pu réciter son rosaire.

*Ceux qui savent ne parlent pas*
*Ceux qui parlent ne savent pas*
*Bloquer les passages*
*Fermer la porte*
*Émousser les angles*
*Dénouer les enchevêtrements*
*S'harmoniser avec la brillance*
*S'identifier avec la voie du monde.*

Shan contempla l'arc si vieux un long moment. Puis, avec lenteur, les mains agitées d'un tremblement, il déroula l'antique corde et la fixa. Pourquoi n'utilisait-on pas les arcs dans toutes les méditations ? songea-t-il. D'une flexibilité tellement parfaite, d'une tension tellement parfaite, d'une concentration tellement parfaite. Il se souvint d'un jour de blizzard dans sa prison : un lama avait fourni un arc imaginaire à tous les détenus, puis il leur avait fait tirer des flèches imaginaires des heures durant, jusqu'à ce stade où plus personne n'était capable de dire s'il tirait sur l'arc ou si c'était l'arc qui le tirait. Il banda la corde et la tint, en récitant, encore et encore, le chapitre du *Tao.* Il tint l'arc bandé jusqu'à en avoir mal, jusqu'à ce qu'il sache ce qu'il devait faire, et au-delà. Jusqu'à ce que tout danger eût quitté son esprit et qu'il se laissât tirer par l'arc. Puis il ferma les yeux et, en esprit, prit pour cible un oiseau en papier.

# 9.

Le camion à destination du Tibet central prit la route alors que l'aube n'était encore qu'un soupçon de gris sur l'horizon. Un des purbas était installé sur le capot avec une petite torche électrique afin d'éviter l'éclat brutal des phares susceptible de les trahir. Depuis les rochers en surplomb, Shan contempla le véhicule qui descendait en roue libre la longue pente, puis il escalada la corniche suivante et, le sac à l'épaule, disparut dans l'immensité du Changtang.

Aux premières lueurs du matin, il sut que la journée allait être claire et tonique. Il avançait d'un bon pas, ses pieds veillant à suivre le sentier tandis que ses yeux observaient les dernières lueurs des étoiles. L'air murmurait autour de lui, alors même qu'il ne sentait pas un souffle de vent. Un engoulevent lâcha son cri. Un animal déboula dans les pierres devant lui, fuyant dans un bruit de petits sabots.

Il entendait résonner dans son esprit le verset du *Tao*, aussi clairement que le cri de l'oiseau. Ceux qui savent ne parlent pas. Ceux qui parlent ne savent pas. Tantine Lau savait, mais elle ne pouvait plus parler. L'Américain mort avait-il su quelque chose ? Une conspiration plus vaste qui touchait le cœur même de Yoktian ? Les garçons morts ne pouvaient plus parler, mais ils n'avaient pas dû comprendre pourquoi ils mouraient. Les purbas et les Maos, eux, ne craignaient pas de parler, mais leurs paroles, trop souvent, étaient voilées par l'amertume et la haine.

Tout en marchant, le soleil levant sur sa droite, il consulta la carte dessinée en son esprit, celle de l'itinéraire suivi par Jakli dans les montagnes au volant du camion. Une carte tellement restreinte qu'il en était frustré : il avait dormi trop longtemps pendant le trajet. Là où sa carte se terminait, il se contenterait de continuer vers le nord, vers les brouillards du désert.

Il marcha deux heures durant en direction de la grand-route. Il se passa une heure encore avant qu'apparaisse le premier véhicule. Il bondit à l'abri d'un rocher et vit arriver un minibus, les flancs méchamment cabossés, couverts de cicatrices, à croire qu'il avait échappé de justesse à une avalanche. Par les vitres, Shan aperçut des moutons debout sur les sièges des passagers. Une demi-heure plus tard, il contournait une haute paroi rocheuse par une pente abrupte quand retentit l'écho d'un nouveau moteur sur la route. Il se glissa dans une faille et regarda passer une petite voiture dont le moteur crachotait et régurgitait une fumée graisseuse. Il sortit de sa cachette quand elle eut disparu et se retrouva sur le chemin d'un camion dont la voiture avait masqué l'approche. Il reconnut l'étrange forme du véhicule qui s'arrêta devant lui.

Il soupira, s'assit sur une pierre et posa son sac sur ses genoux. Jakli coupa le moteur, descendit et vint s'installer près de lui en silence. Le vent se mit à souffler, chassant quelques nuages brillants comme le coton.

— Parfois, pour des journées spéciales comme celle d'aujourd'hui, dit-elle après un moment, lorsque tout est si clair et si profond qu'on croirait voir un lac dans le ciel, on entend des bruits. Des gémissements, des grondements sourds. Ce sont les sons de la terre. Quand j'étais petite, mon grand-père tibétain m'a expliqué que c'étaient les bruits des montagnes qui grandissaient. Je lui ai répondu que si elles voulaient bien grandir encore un peu, alors le monde nous laisserait peut-être tranquilles.

Un petit oiseau gris vint se poser près d'eux.

— Pourquoi ne nous laissent-ils pas tranquilles ? demanda Jakli à l'oiseau d'une voix aussi lasse que celle d'une vieille femme.

Elle offrit sa bouteille d'eau à Shan. Il but et la lui rendit, observant l'oiseau qui les observait.

— Cette route, reprit-elle en embrassant d'un geste vague la courbe de la chaussée, elle va vers le nord, hors du Tibet. Mais elle ne va pas au Népal, elle revient vers le Xinjiang.

— J'ai huit jours pour atteindre le Népal. Mais je retourne d'abord au Xinjiang, dit-il doucement, car il ne voulait pas effrayer l'oiseau.

— Vous ne disposez que de deux jours, le corrigea Jakli. Après cela, aucun camion ne pourra plus vous conduire là-bas en temps et heure.

— Je ne vais pas bien loin. À Yoktian. Au bureau de la procureur Xu.

Jakli réfléchit longuement avant de soupirer.

— Si vous avouez le meurtre de Sui uniquement pour qu'on rappelle les nœuds, alors je me dresserai sur la place de la ville et je crierai que vous mentez. Que c'est moi qui l'ai tué.

— Je donnerais beaucoup pour que les nœuds restent où ils sont, dit-il avec un petit sourire reconnaissant. Mais je n'abandonnerai pas la voie de la vérité.

De tous ceux qui savaient mais ne parlaient pas, c'était la procureur et ses dossiers qui en savaient le plus, si ce n'est tout.

— Si Xu avait découvert que Lau était une nonne tibétaine, poursuivit-il, cela expliquerait beaucoup de choses. Les raisons pour lesquelles elle a réagi avec autant de sévérité, et effectué autant d'arrestations. Cela impliquerait une campagne non plus contre ses cibles habituelles, mais contre les Tibétains. Et cela signifierait également que Kaju, le nouveau professeur, doit être un des agents travaillant en secret.

— Même dans ce cas, que pourriez-vous faire ?

— Trouver les preuves contre Kaju et l'exposer au grand jour. Avec pour conséquence que, si nous ne pouvons pas trouver tous les enfants, au moins ils se tiendront à l'écart de lui. Parce qu'il devra s'en aller.

Ils observèrent les nuages. Le soleil apparut et illumina le plus proche des pics encapuchonnés de neige, d'une lumière telle qu'elle blessait les yeux.

— Là où vous voulez aller, soupira finalement Jakli en dégageant les cheveux que le vent lui soufflait au visage, je vous conduirai. Nous trouverons le moyen de vous faire partir en deux jours.

— Non. Vous avez un travail, la fabrication de chapeaux. Si vous parvenez à rejoindre l'usine, ce sera pour vous l'endroit le plus sûr.

— C'est un travail de ville. Et je ne l'aime pas. Personne ne m'a demandé si je voulais travailler à la ville. J'ai purgé ma peine derrière les barbelés. Ils ne peuvent pas m'emprisonner en plus dans une ville.

Elle s'étira, en poussant les mains vers le ciel.

— En outre, je retourne bien dans mon usine pour un moment, si les patrouilles ne nous bloquent pas. Je me présente et je fais quelques chapeaux, uniquement pour le plaisir.

— C'est trop dangereux pour vous, insista Shan, prenant conscience qu'Akzu avait utilisé ces mêmes mots en s'adressant à la jeune femme. Je ne veux plus vous voir vous impliquer dans cette histoire. Je vous en prie. Une nouvelle vie vous attend.

Elle parut trouver l'allusion amusante.

— Je pourrais dire la même chose vous concernant, conclut-elle, une étincelle dans le regard, en rejoignant le camion.

Il la suivit à contrecœur et prit place côté passager.

— Si je rédige une lettre, pourriez-vous la faire remettre à Lokesh ? J'ai fourré des sacs sous ma couverture pour donner le change aux purbas. Lui dormait déjà.

— Bien sûr. Écrivez-la et donnez-la-moi.

Shan sortit son calepin et l'ouvrit à une page vierge.

— Il n'a pas d'adresse, ajouta-t-il. Les purbas sauront où il est.

— En fait, non, ils ne le sauront pas. Mais moi, je connais l'adresse. Kerriya Shankou.

— Kerriya Shankou ?

Jakli embrassa de la main le paysage rocailleux balayé par les vents.

— Ce col, là-bas. C'est l'entrée au Xinjiang. Le code postal est sur le siège arrière.

Sans comprendre, Shan se retourna et vit une bâche couvrant la banquette arrière. Il en souleva un coin : elle masquait Lokesh profondément endormi.

— Il a dit qu'il espérait ne pas vous décevoir. Qu'il était désolé de vous jouer ce tour avec ses couvertures. Apparemment, vous avez tous fait une belle farce aux purbas.

— Pourquoi cela ? demanda Shan en regardant son vieil ami avec agacement.

— Ils sont partis dans la nuit, en pensant que vous étiez tous bien au chaud sous vos couvertures, comme ils vous l'avaient recommandé. Mais quand je me suis levée, à l'aube, j'ai entendu quelqu'un dehors qui refermait la lourde porte au sommet de la forteresse. Il y a là-bas une pierre plate qu'on appelle la pierre sentinelle, entre les oreilles du lion. J'y ai trouvé Gendun. Une heure plus tard, apparaissait Bajys. Qui a annoncé qu'il avait sauté du camion parce qu'il s'était aperçu que Gendun n'était plus là.

— Mais Lokesh devrait rester avec Gendun.

— Il a déclaré qu'il devait se rendre à l'école de Yoktian. Au besoin, à pied, précisa-t-elle en souriant. En déclarant qu'il ne voulait plus vous voir impliqué dans toute cette histoire. Il se sentait mieux parce que vous étiez en sécurité, en route pour votre nouvelle vie.

— Mais pourquoi l'école ?

— À cause de Lau. À cause de mon amie, la nonne tibétaine.

Elle articula ces deux derniers mots avec lenteur, comme pour s'habituer à leur sonorité.

Le bureau du ministère de la Justice avait été bâti aux proportions d'un palais. Et c'était effectivement un palais. Du siècle précédent, à en croire le toit et les balcons en tuiles. Shan se rappela le drapeau au croissant de lune dans l'auberge d'Osman. Yoktian avait été une capitale régionale dans la République du Turkestan oriental.

Assis sur un banc de la place centrale, il vit une équipe de travailleurs municipaux avancer le long du mur en stuc qui entourait le bâtiment ministériel. Les trois hommes en salopettes bleues s'attaquaient à une série d'affiches récemment collées aux énormes panneaux accrochés au mur. Non, ce n'était pas une série d'affiches, mais au moins une vingtaine d'exemplaires de la même, représentant une femme aux cheveux roux, à la peau claire et aux grands yeux ronds. Une colonne d'idéogrammes chinois occupait une des marges, et, à son opposé, une ligne lui faisait pendant en alphabet turco-mongol. *Niya Gazuli.* Puis, en dessous : *Niya est notre mère.*

L'équipe arrachait ces affiches. Là où le papier se décollait avec difficulté, ils le recouvraient d'un nouveau panneau proclamant, en idéogrammes chinois bien affirmés : *Un seul cœur, de nombreux corps,* sans équivalent en turc ; puis : *Vers la réussite en construisant le Socialisme aux caractéristiques chinoises.* Un des ouvriers, qui finissait d'encoller une des affiches sur le mur, regarda alentour d'un œil inquiet, comme s'il craignait quelque chose. Ou quelqu'un parmi les passants. Avec un frisson glacé, Shan aperçut deux uniformes gris — des nœuds équipés d'armes automatiques — debout à l'autre extrémité de la place. Ils surveillaient l'équipe d'ouvriers au travail. Ou ils la protégeaient.

Jakli et Shan n'avaient pas encore vu l'ombre d'un nœud. Nulle part. Il n'y avait pas d'arrestations en cours. Pas de barrages routiers à éviter tout en finesse. Pas de descentes dans les campements à la recherche d'indésirables. La réaction au meurtre de Sui, apparemment inévitable, ne s'était pas produite. De toute évidence, le cadavre de Sui n'avait pas été retrouvé. Mais les charognards n'allaient pas manquer d'attirer l'attention sur lui. Sui se rendait chez la procureur, et celle-ci aurait été la première à remarquer son absence. En toute logique, c'était elle qui avait dû retrouver le corps. Mais elle n'avait pas déclenché l'alarme.

Quelqu'un vint s'installer sur le banc et plaça un sac en plastique entre Shan et lui, en se tournant du côté opposé.

— Des chaussures, chuchota la silhouette.

L'homme portait une dopa mauve, sur l'arrière de son épaisse crinière de cheveux noirs, et deux dents en or brillaient dans sa bouche.

— Je m'appelle Mao. La route est libre, ajouta-t-il.

Jakli avait promis de lui faire savoir si la voiture de la procureur était garée dans les environs du bâtiment du ministère.

Elle avait roulé jusqu'aux abords de la ville où elle s'était garée devant un ensemble de constructions de tôle ondulée balayées par les vents. Elle s'y était engouffrée au pas de course, sous une bannière effrangée qui proclamait *Des chapeaux pour le Prolétariat, des chapeaux pour le Monde.* Quelques minutes plus tard, elle en ressortait avec une chemise blanche et un pantalon gris. Shan s'était rapidement changé dans le camion, mais, à leur arrivée à Yoktian, Jakli avait remarqué les chaussures en piteux état qu'il avait aux pieds : elles allaient le trahir. Elle était repartie après l'avoir déposé sur son banc. Vingt minutes plus tard, des chaussures noires neuves faisaient leur apparition. Shan ôta les vieilles, enfila les nouvelles, puis, sans un regard derrière lui, traversa la rue. Il portait une épaisse enveloppe, du genre de celles qu'on utilisait pour archiver un dossier : Jakli la lui avait achetée au bureau de poste avant de la bourrer de papier journal.

Il pénétra dans un vaste hall d'entrée à deux niveaux, dont le haut plafond en voûte était grêlé de trous là où le plâtre était tombé. Un élégant escalier en bois remontait en spirale vers une porte à double battant couronnée par une arche en staff à motifs. De chaque côté du hall, les bas de murs étaient couverts de fresques représentant des prolétariens rayonnants. La peinture était craquelée et s'écaillait en lambeaux, laissant nombre des silhouettes sans visage, certaines sans tête, mais les poings restaient tous intacts, levés en salut vers le drapeau rouge de la République du Peuple. Un scarabée marron se traînait sur la fresque la plus proche.

Les ardeurs révolutionnaires avaient épargné le sol de la salle. La mosaïque complexe remontait à bien des années, avec ses scènes de chevaux, montagnes et archers qui, bien que fissurées par endroits, restaient toujours très belles. Au bas de l'escalier, une table-bureau masquait une paire de jambes. Un homme chauve, entre deux âges, ronflait, allongé par terre, la main posée sur une veste pliée. Ainsi que Shan l'avait espéré, les décrets gouvernementaux visant à briser la sacro-sainte tradition de la sieste d'après déjeuner n'avaient guère de sens si loin de Pékin. C'était le moment le plus ralenti de la journée de travail.

Shan monta l'escalier du pas assuré de l'homme d'affaires, puis il explora le couloir vide avant de passer la large porte en voûte. Deux toilettes. Un placard d'entretien. Deux petites salles de réunion, vides toutes les deux. Une porte donnant sur un escalier arrière.

La porte à double battant ouvrait sur une grande salle carrée, avec quatre bureaux d'employés, répartis deux à deux de part et d'autre d'une allée centrale qui conduisait à une porte en bois sculpté. Il ne vit qu'une jeune femme, assise à la table jouxtant la porte ornementée, et occupée à examiner son reflet dans un miroir à main, un tube de rouge à lèvres près de la bouche. Shan vit très vite ce qu'il cherchait : un petit panneau près de la première porte sur la gauche. Archives.

Il se planta, pieds écartés, entre les deux premiers bureaux, les poings sur les hanches, et attendit que la jeune femme se retourne. Elle l'aperçut tout d'abord dans son miroir et pivota très vite, le rouge aux joues. Elle trottina jusqu'à lui et l'accueillit par une petite inclination de la tête pleine de respect. Elle était han, les cheveux noués en une tresse complexe dans le dos, et vêtue d'un chemisier rouge, apparemment en soie, sur lequel pendait un collier en or. Trois doigts s'ornaient de bagues, elles aussi en or. Des ornements de prix pour une employée de bureau du gouvernement.

— Quelqu'un, dit-il en essayant de retrouver la voix affectée et impatiente des officiels de Pékin, était censé me retrouver ici afin de m'aider. Êtes-vous cette personne ?

Gendun lui avait expliqué que nul humain n'était jamais totalement libéré de ses incarnations précédentes. Il en restait toujours quelques vestiges, tapis de manière invisible en arrière-plan de l'incarnation du moment. Shan se sentit mal à l'aise. La facilité avec laquelle cette voix officielle lui revenait prouvait à l'évidence que celui qu'il avait été jadis était encore proche. Cette forme de vie inférieure qui avait été la sienne et à partir de laquelle il avait évolué.

La femme tourna la tête vers l'une des portes latérales, où d'autres employés devaient, eux aussi, faire la sieste.

— La procureur est sortie, dit la jeune femme timidement.

— Qu'est-ce que cela signifie ? Que les inspecteurs de Pékin doivent se contenter d'attendre son bon plaisir ?

En entendant le nom de Pékin, elle fit de grands yeux.

— Non... Non ! Bien sûr que non, camarade. Je suis désolée. Je ne suis que la secrétaire de la procureur. Je suis sûre qu'elle voudrait que quelqu'un... mais je ne suis pas censée quitter le bureau.

Shan tapota l'enveloppe qu'il tenait à la main d'un geste impatient.

— Je n'ai pas le temps d'attendre. Apportez-moi mon thé dans la salle des archives.

La jeune femme fit la grimace, avant d'incliner respectueusement la tête et de se dépêcher vers un banc dans un coin de la pièce où étaient posées deux grandes bouteilles Thermos.

Shan estima qu'il ne pouvait guère consacrer plus d'un quart d'heure à ses recherches. Il passa les premières minutes à étudier le système d'archivage utilisé dans les classeurs qui s'alignaient sur trois murs de la pièce. L'un d'eux, intitulé « Rapports à Central » et agencé chronologiquement, contenait ce qui paraissait être des rapports mensuels à Ouroumtsi et Pékin remontant à plusieurs années. La plupart des autres tiroirs étaient dévolus à deux catégories : « Dossiers de Citoyens » et « Procédures ».

Aucun dossier sur Khitai. Aucun dossier au nom de Bajys, Alta ou Suwan. Aucun dossier au nom de Kaju Drogme. Pour Lau, il trouva une chemise d'un bon centimètre d'épaisseur dans les Dossiers de Citoyens, le genre d'archive habituelle pour quiconque occupait un poste politique et qui détaillait ses antécédents les plus lointains. Un formulaire standard complété sur la base d'entretiens avec Lau et une douzaine de ses relations, et signé par un responsable de Bureau de la Sécurité publique, avec copie pour le bureau du procureur. Shan nota le nom du responsable dans son calepin, puis lut le détail du dossier. Lau était devenue orpheline pendant ce que le rédacteur du dossier appelait « une période de violente anarchie précédant l'assimilation », c'est-à-dire l'arrivée de l'armée chinoise, puis elle avait été affectée à un collectif agricole du Nord, dans la préfecture de Ili Kazakh. Ses registres de naissance avaient disparu dans les incendies des édifices publics de 1963, durant la « Période d'adaptation ». Le terme attira l'attention de Shan, qui avait entendu nombre d'euphémismes utilisés pour décrire les années sanglantes de la Révolution culturelle, au cours de laquelle lui-même avait perdu son père et ses oncles : c'était la première fois qu'il le voyait employé. Période d'adaptation... Une image lui traversa l'esprit, celle d'une horde d'horlogers violents balayant les campagnes, afin de remplacer les engrenages dans les crânes des gens.

Au bas du formulaire il vit une liste de questions, avec petites cases pour les réponses par oui ou non. Le sujet a-t-il accompli une période de service patriotique dans l'Armée populaire de libération ? Non. Le sujet lit-il régulièrement les publications du Parti communiste afin de rester informé des progrès de la pensée socialiste ? Oui. Le sujet s'est-il fait remarquer par des pratiques de minorités religieuses ? Non. Le sujet a-t-il des membres de sa famille vivant hors du territoire de la République du Peuple ? Non. Identifiez le *cheng fen*, l'historique de classe du sujet. Non vérifiable, bien qu'il n'y ait aucune raison de mettre en doute la déclaration du sujet selon laquelle les membres de sa famille travaillaient comme ouvriers agricoles, était-il écrit. Les ouvriers agricoles étaient les plus respectées des catégories de classes. Lau avait bien compris à qui elle avait affaire. On avait joint au formulaire un bref mémo remontant à trois mois seulement. Rédigé par la procureur Xu, il était destiné au lieutenant Sui du Bureau de la Sécurité publique :

Je n'attache aucune importance à l'absence d'archives détaillées pour la camarade Lau. Comme beaucoup d'entre nous, la camarade Lau souffre tout simplement de la désorganisation de l'administration gouvernementale qui a été une véritable plaie pour le Xinjiang jusqu'à des temps très récents. Ses dossiers pour la décennie écoulée sont complets et ont été vérifiés. Là où il n'existe pas de dossier, nous avons pour pratique depuis longtemps établie de procéder aux vérifications *ad hoc* de la fiabilité politique du citoyen concerné, ce qui a été fait dans le cas de Lau. Des vérifications complémentaires seront menées selon les procédures en usage dans ce bureau. Suggérer qu'elle soit classée comme agitatrice culturelle ne repose sur aucun fondement.

Shan lut le mémo deux fois. Les mots en étaient suffisamment simples et explicites, mais l'important était ce qu'on n'avait pas écrit. Le mémo signifiait que Sui avait mis en doute la fiabilité de la nonne tibétaine, peu de temps après l'annonce faite à cette dernière qu'elle n'appartenait plus au conseil agricole. La Sécurité publique avait reçu une dénonciation dont le contenu pouvait laisser penser que Lau devrait être réexaminée politiquement, voire reclassée comme indésirable : ce n'était pas une criminelle, mais l'accusation suffisait à l'empêcher d'occuper tout poste de confiance. Et Xu avait décidé d'intervenir, pour prendre sa défense. Elle semblait ne nourrir aucun soupçon à l'égard de Lau.

Shan relut le mémo une ultime fois. Sui suggérait que Lau soit soumise à un contre-interrogatoire politique, ce à quoi Xu répondait non. N'avait-elle pas elle-même d'autres desseins concernant la nonne cachée, quelque projet personnel que Sui risquait de contrecarrer ? Aucun dossier ne remontait au-delà des dix ans que Lau avait passés dans le comté de Yoktian. Les garçons assassinés étaient âgés d'une dizaine d'années. L'installation de Lau à Yoktian avait-elle été un plan prévu de longue date, une couverture afin de lui permettre d'élever les orphelins ? Ou au moins certains orphelins bien précis ? Une copie du mémo était destinée à un dénommé Bao Kangmei. Un nom que Shan avait déjà entendu. L'entrepôt du Camp de la Gloire avait été fermé sur les ordres du commandant Bao, qui devait être le supérieur immédiat du lieutenant Sui. Shan relut les deux dernières phrases. Elles sonnaient comme un reproche, comme si Xu réprimandait l'officier des nœuds.

Le dernier feuillet du dossier était une copie d'un autre formulaire, intitulé « Rapport sur Personne Disparue », et signé par la procureur Xu, avec mention d'une autre copie adressée à ce même Bao Kangmei. Shan le parcourut rapidement. Le premier rapport signalant l'absence de Lau était arrivé de l'école, puis, peu de temps après, son cheval avait été retrouvé errant sur la piste longeant la rivière, et sa veste récupérée dans le torrent. Seul le dernier paragraphe fournissait de nouveaux renseignements. Les papiers d'identité de Lau avaient été rapportés par un citoyen au lieutenant Sui, lequel avait en personne vérifié que lesdits papiers avaient bien été ramassés dans la boue sur la berge de la rivière près de la ville. Sui avait mis en doute la fiabilité politique de Lau avant de s'impliquer personnellement dans l'enquête sur sa disparition.

Shan rechercha à nouveau un dossier au nom de Kaju. Rien. Il sortit la chemise de Wangtu. Dix pages, des formulaires de routine. Il fouilla les archives Citoyens et y trouva un dossier intitulé Akzu, plus épais que celui de Lau, et estampillé d'un tampon à l'encre rouge en page de couverture : *Agitateur culturel.* En le parcourant, il y découvrit l'histoire d'un paysan propriétaire de ses terres qui, pareil en cela à des milliers d'autres, s'était vu sorti du lot lors d'une session de critique pour n'être pas parvenu à satisfaire au quota de production de laine estimé pour son clan. Un expert agricole avait même témoigné que l'obstination d'Akzu à vouloir à tout crin en rester à des techniques de production démodées avait privé la société de viande et de laine, précieux pour la communauté. Le tout dernier feuillet, daté du mois précédent, était un mémorandum du quartier général de la Brigade à Ouroumtsi établissant une liste de plus de cinquante noms de Kazakhs que l'on proposait pour un programme spécial d'un an d'éducation politique une fois que le Programme d'Éradication de la Pauvreté serait mis en place. Shan trouva le nom d'Akzu au milieu de la liste.

Il remit le dossier en place et sirota debout le thé que la secrétaire inquiète lui avait apporté. Il avait espéré plus, mais quoi ? Un dossier sur un Américain anonyme exécuté au Camp de la Gloire ? Il ouvrit le tiroir marqué Dossiers de Citoyens et, à sa grande surprise, en trouva un intitulé simplement *Mei guo ren.* Américains. À l'intérieur se trouvaient une demi-douzaine de mémos de la procureur, tous brefs, des autorisations officielles d'itinéraires pour des groupes de touristes américains. Non, pas uniquement des groupes de touristes : l'un d'eux était une délégation scientifique. Deux ans auparavant, un groupe d'anthropologues et archéologues des États-Unis était venu dans la région sous la responsabilité du musée des Antiquités d'Ouroumtsi. Attachée au mémo, il trouva une liste de noms avec références, et une série de photographies. Rien qui puisse être relié au jeune Américain blond qu'il avait vu au Camp de la Gloire. Shan reconnut un nom : Deacon. Mais il s'agissait d'une femme, Abigail Deacon, originaire d'Oklahoma, auteur d'un livre sur les textiles antiques. Les fichiers sur les Américains se terminaient par une date, vieille d'une année. Agrafée à la page de couverture, une note sèche, du Bureau de la Sécurité publique, ordonnait que dorénavant tous rapports sur les Américains soient adressés, sans qu'il en fût fait de copies, à Bao Kangmei.

Shan sortit un nouveau classeur, sous l'intitulé Procédures, pour y rechercher Jakli. La chemise de la jeune femme portait en bordure un morceau d'adhésif jaune de manière à être immédiatement repérable dès l'ouverture du tiroir. D'autres étaient marquées de la même manière, mais elles n'étaient pas très nombreuses. Il en vérifia rapidement plusieurs. L'une correspondait à un homme condamné à la prison à vie pour avoir agressé un inspecteur des naissances et qui s'était évadé l'année précédente. Une autre, à un homme jugé coupable et condamné à dix ans de lao gai pour avoir conduit une cérémonie du souvenir Lui Si — Lui Si, Six Quatre, se référait à la manifestation du 4 juin 1989 de la place Tienanmen. Les adhésifs jaunes signalaient les criminels aux tendances politiques particulièrement dangereuses.

Il revint à la chemise de Jakli. Elle contenait des copies de fiches scolaires signalant des infractions à la discipline. Un long rapport avait été rédigé par un officier politique indiquant qu'elle avait été une élève modèle choisie pour participer à un camp de jeunesse communiste. Mais à l'âge de douze ans, cet état de choses avait changé. À l'âge de douze ans, écrivait l'officier politique, elle était tombée sous l'influence d'adeptes de cultes réactionnaires. Sous-entendu, les bergers kazakhs. Quand Jakli avait douze ans, se souvint Shan, l'armée avait abattu son cheval. L'histoire s'arrêtait deux ans auparavant. Pas de copie de la lettre de Lau à la procureur. Shan regarda à nouveau l'étiquette. Partie une de deux, avait-on gribouillé sur la couverture. Mais la partie deux n'était pas dans le tiroir. Il inspecta la table où quelques dossiers attendaient d'être remis en place, puis les Dossiers Citoyens au cas où il y aurait eu une erreur de classement. Rien. Il n'était pas le seul à s'intéresser au dossier actuel de Jakli.

Rapidement, il rechercha un dernier dossier dans les Registres Citoyens. Marco Myagov. Rien. Quand, au fond du tiroir, il vit une chemise marquée en rouge, simplement intitulée ELUOSI. Six pages étaient dévolues à d'autres que Marco, un formulaire pour chaque homme et chaque femme recensés, tous rejetant des demandes de passeports externes. Le reste de la chemise, presque un centimètre d'épaisseur, concernait Marco. Plusieurs requêtes pour des permis de voyage et de travail internes à la région. Il lut la première, remontant à presque seize ans. Marco avait demandé l'autorisation d'emmener son fils en voyage dans le Nord, à Yining, pour aller voir un oncle mourant. Un gros tampon rouge avait été apposé sur le formulaire. Refusé. Un autre, six mois plus tard, pour assister aux funérailles. Refusé. Un autre encore, afin de lui permettre de trouver une école spéciale pour son fils. Refusé. Demande de permis de travail. Refusé. Une douzaine de requêtes supplémentaires, pour des motifs divers, toutes refusées. La dernière était vieille de plus de dix ans. Tout le reste de la chemise consistait en une série de rapports de la Sécurité publique notifiant que Marco n'était pas fiable sur le plan politique, et allant même jusqu'à suggérer des activités de contrebande. Mais il n'était nulle part mentionné que Marco ait pu être condamné, pas même à un camp de travail agricole, ni qu'il existât des preuves solides à son endroit. Shan consulta la toute dernière fiche, un mémo du lieutenant Sui, avec copie pour la procureur Xu. En se fondant sur des interrogatoires, Sui suggérait que Marco avait été l'organisateur d'une des caravanes qui fournissaient en marchandises les villages d'altitude, sur les hauteurs des Kunlun et, au-delà, à Aksai Chin. Aksai Chin était une zone frontière, un territoire désolé, balayé par les vents, que se disputaient la Chine et l'Inde, et qui était sous contrôle militaire chinois. La caravane de Marco était partie avec huit bêtes de bât, signalait un informateur, et il n'en était revenu que quatre.

Shan se dépêcha de prendre quelques dernières notes et ouvrit la porte. La secrétaire inquiète était assise au bureau le plus proche devant un ordinateur. Plus loin, un jeune homme à l'allure de soldat, alors même qu'il était vêtu d'un costume, lisait une revue. Un homme chauve était debout près du mur, une tasse de thé à la main : c'était lui que Shan avait vu endormi dans le hall d'entrée. Shan hésita, puis il sortit son calepin et rédigea sur une nouvelle page le nom de Kaju Drogme. Il alla jusqu'à l'ordinateur et, se penchant sur l'épaule de la secrétaire, lui indiqua le nom :

— J'ai besoin de savoir pour qui cet homme travaille.

La jeune femme piqua un fard, avec un bref coup d'œil vers l'homme assis au bureau voisin.

— Il est de la Brigade, murmura-t-elle timidement. Ouroumtsi, je crois. Mais ici, c'est à Ko qu'il fait tous ses rapports. Ko Yonghong.

Elle releva la tête, affichant soudain une expression de suffisance toute nouvelle.

— Tout le monde connaît Ko. Il m'emmène parfois dans sa nouvelle voiture rouge, celle qui n'a pas de toit. Vous savez, comme à la télévision américaine.

Soudain les larges portes en voûte s'ouvrirent avec violence et la procureur Xu apparut dans l'embrasure. Shan se pencha en essayant de cacher son visage derrière le moniteur de l'ordinateur.

— Loshi ! s'écria Xu en s'avançant vers la jeune femme. J'ai besoin...

Elle s'interrompit à mi-phrase : elle avait vu Shan.

Qui se redressa lentement. Elle le dévisagea avec froideur, puis se tourna vers le jeune homme au bureau voisin qui avait laissé tomber sa revue, soudain réveillé, et examinait Shan avec des yeux de prédateur. C'était lui qui conduisait la voiture de la procureur à la coopérative de véhicules.

— Merci, mademoiselle Loshi, dit Shan.

Il croisa sans ciller le regard du chauffeur qui devait être en même temps l'exécuteur des basses œuvres de Xu, puis attendit que la procureur s'avance vers le fond de la salle jusqu'à la porte à double battant qu'elle maintint ouverte. Il pénétra d'un pas martial dans le bureau. Xu s'écarta pour le laisser entrer, alla près de Loshi et posa une question que Shan ne put entendre. Loshi leva une feuille de papier à son menton, comme pour s'en protéger, avant de répondre d'un ton inquiet. Xu rejoignit son bureau, dont elle referma la porte derrière elle.

La pièce avait été conçue comme un appartement, avec un coin chambre. La table de travail était posée sur une petite estrade qui s'élargissait en un large rectangle jusqu'au mur du fond lambrissé de bois, exactement de la taille d'un grand lit. Plusieurs chaises étaient disposées en demi-cercle sur l'estrade devant le bureau. Ce n'était pas réellement un bureau, constata Shan, mais une lourde table de bois sombre, aux chants sculptés de fleurs et d'oiseaux en un motif similaire à la mosaïque du sol. Encore un objet du passé, le genre de vestige qui aurait fini dans un grand feu de joie s'il avait été découvert dans les villes de l'est de la Chine. Shan prit place sur la chaise du milieu.

Xu s'assit à sa table et croisa les mains devant elle.

— Même un inspecteur de Pékin n'a aucun droit de se servir de mon bureau sans mon autorisation, grommela-t-elle.

— Votre bureau, camarade Procureur, appartient au ministère de la Justice, répondit Shan, à nouveau surpris par l'aisance avec laquelle les mots lui venaient aux lèvres.

Non, il n'était pas surpris, mais effrayé, que l'ancien Shan, jadis inspecteur général du ministère de l'Économie, soit toujours là, tapi, encore si proche. Il serra les mâchoires et tapota l'enveloppe.

— Les représentants du ministère ont accès de plein droit à tout dès qu'il s'agit de corruption, ou d'abus de pouvoir.

Ses paroles eurent l'effet escompté, et réduisirent Xu au silence. Shan n'avait guère l'espoir de désamorcer la colère de la dame. Mais il pouvait tenter de la détourner, ou de la mettre en suspens, jusqu'à une éventuelle, mais peu probable, possibilité de fuite. Et si la fuite était impossible, il pourrait au moins se servir de l'arrogance de Xu pour qu'elle reconnaisse ce qu'elle savait des meurtres.

Xu retroussa les lèvres comme un chien prêt à mordre, mais ce sont ses mains qu'elle regarda, et non Shan.

— Je n'ai rien à cacher. Je n'ai rien à craindre de la part d'un...

Le fracas de la porte ouverte d'une poussée brutale coupa court à sa phrase. Un homme épais comme un taureau entra en tempêtant dans la pièce.

— Rappelez-les ! s'écria-t-il à l'adresse de Xu. Commandez à vos foutus roquets de laisser tomber, sinon j'appelle Pékin ! Vous mettez mon enquête en danger !

Ses bajoues s'empourpraient de colère et les gouttelettes de salive volaient à mesure qu'il s'emportait.

Au premier coup d'œil, Shan identifia le nouvel arrivant : le Bureau de la Sécurité publique venait de débarquer. Tous ses espoirs de fuite tombaient à l'eau. Il se leva lentement, luttant contre la crampe qui lui serrait l'abdomen. En silence, il tira une chaise disposée sur le côté et se rassit face à l'officier des nœuds, comme s'il appartenait à l'équipe de Xu. La procureur ne parut pas remarquer son geste. Shan s'était momentanément écarté de la ligne de feu entre Xu et le nouvel arrivant, qu'il put examiner à loisir.

L'homme avait les cheveux mouchetés de gris, coupés ras. Son visage affichait les traits larges et plats caractéristiques de la côte sud-est, région célèbre pour ses pêcheurs et ses pirates — et pour la difficulté à différencier ces deux catégories de citoyens. Sa poitrine en barrique se soulevait au rythme de son souffle. Shan entrevit une bosse du côté gauche de l'uniforme, sous l'aisselle : un pistolet sous étui, caché par la tunique.

— Il va falloir que vous vous montriez plus précis, commandant Bao, dit Xu d'une voix de glace.

Commandant Bao. C'était donc lui, l'officier des nœuds qui avait exigé que lui soient adressés tous les rapports concernant les Américains, celui dont on avait parlé au Camp de la Gloire. L'officier commandant du lieutenant Sui. Shan se rappela les propos de Gros Mao : les deux personnes dont il fallait se tenir à l'écart dans ce comté étaient la procureur Xu et le commandant Bao.

— Précis, et puis quoi encore !

— Commandant, vous êtes surmené ! lança Xu, comme si elle était habituée à ses explosions de furie. Asseyez-vous.

Shan étudia ces deux individus d'un œil perplexe. Logiquement, ils auraient dû commencer à assouvir leur frénésie d'ogres amateurs de chair fraîche en disséquant Shan en menus morceaux avant de le digérer. Mais Xu et Bao ne semblaient guère enclins à la coopération. Le lieutenant Sui, qui devait faire ses rapports à Bao, se trouvait en compagnie de Xu à la coopérative de véhicules. Bao Kangmei était également le nom référencé pour copie sur le mémo de Xu relatif à Lau. L'homme avait des mains comme des battoirs, les yeux comme une eau sale et glacée. Bao Kangmei. Bao qui Résiste à l'Amérique. Un nom qui avait eu son heure de gloire pendant la guerre de Corée.

Bao grommela et s'affala sur la chaise que Shan venait de libérer.

— Vos foutus enquêteurs fichent une trouille du diable à tout ce qui bouge, dit-il d'une voix tranchante comme un rasoir. Et tout le monde court se planquer. Les caravanes vont cesser de circuler. Si vous me démolissez mon opération, moi, c'est vous que je démolis.

Ainsi, Bao ne cherchait pas à interrompre les caravanes, il voulait qu'elles continuent à circuler. Shan se remémora les marchandises de marché noir dissimulées au Camp de la Gloire, dans la cahute gardée par le nœud. La cahute où se trouvait le cadavre de l'Américain. Ce ne serait donc que cela ? Bao était-il un simple homme d'affaires engagé dans le marché noir ? L'Américain n'avait-il été qu'un trafiquant malchanceux, venu au Xinjiang pour acheter des tapis de contrebande, voire faire du troc d'articles électroniques ?

Xu soupira comme si elle sympathisait avec les difficultés de Bao, mais elle n'afficha pas la plus petite once de chaleur.

— Mon équipe n'a jamais été plus proche de la résolution du problème. Le Programme d'Éradication de la Pauvreté est exactement ce que nous attendions depuis des années. Je ne vais certainement pas retirer mes hommes d'une affaire bien réelle pour vous permettre de pourchasser des fantômes.

— Pas des fantômes, camarade Procureur. Des ennemis de l'État. Des ennemis de Pékin.

— C'est ce qui vous sert de béquille, n'est-ce pas, commandant ?

Shan fut surpris par les paroles de Xu : jamais personne ne s'adressait à un nœud sur ce ton.

— Vous êtes bien le seul à citer Pékin si souvent. Mais c'est moi qui capture les criminels. Et cela, Pékin le sait.

Bao lui jeta un regard noir.

Le visage de Xu sembla se radoucir, maintenant qu'elle avait marqué un point.

— Ce ne sont tout de même pas quelques vérifications mineures dans les montagnes qui vont mettre en péril une importante opération de la Sécurité publique, camarade Commandant.

Mais Bao ne parut pas avoir entendu. Il tourna sa grosse tête de ruminant bien en chair vers une énorme table collée contre le mur, plus imposante encore que celle qui servait de bureau à Xu. Elle paraissait totalement démesurée dans cette pièce, à croire qu'on allait y tenir banquet ou y déposer un corps, selon le bon vouloir de la procureur.

Une unique boîte en carton était posée au centre. Avec, rédigé au gros feutre noir, un nom : Lau.

Sans prononcer une parole, Bao se leva sous l'œil glacé de la procureur. Elle le rejoignit quand il vida le contenu de la boîte sur la table. Shan se leva à son tour pour mieux voir, en lorgnant vers la porte. Peut-être pourrait-il réussir à se faufiler discrètement et à quitter la pièce sans attirer l'attention des employés de la salle attenante. Mais il voulait savoir ce que contenait la boîte. Trois livres. Un couteau à lame courte, comme une dague. Une boîte en bois de la taille d'un carton à chaussures, mais moitié moins haute. Plusieurs calepins. Une petite statue de cheval en jade. Une boîte métallique blanche, cabossée par des années d'utilisation, incrustée sur le dessus de carrés de corail rose — un plumier d'un modèle fréquent dans les établissements d'enseignement tibétains.

Chose étrange, Bao parut perdre toute son agressivité devant ce maigre étalage, qu'il contempla un instant avant de se tourner vers Xu.

— Vous transmettez tous les résultats de votre enquête à mon bureau, je présume.

— Pour l'instant, camarade, nous n'avons pas de résultats officiels à proprement parler. Uniquement une recherche de personne disparue. Ces objets ne sont rien d'autre que des effets personnels. Au cas où nous parviendrions, on ne sait jamais, à identifier la famille de Lau. Des objets qui viennent de sa chambre, dans le dortoir des enseignantes. La place manque, et il a fallu libérer l'espace pour un autre professeur.

— Malgré tout, répondit Bao d'un ton sarcastique, c'est ici que je retrouve ses effets personnels. Sur la table où vous étalez vos pièces à conviction.

Doucement, Shan se rapprocha. Il resta prudemment hors de portée de Bao, mais suffisamment près pour distinguer les objets clairement. Les livres étaient des recueils de poésie. Shan reconnut les œuvres de Su Tung-po, un dignitaire de la dynastie des Song tombé en disgrâce qui avait écrit de magnifiques poèmes sur l'exil.

Bao s'empara du couteau, qu'il agita dans les airs, comme s'il s'agissait d'un argument supplémentaire.

— Vous êtes bien trop gentille avec elle, même morte.

— C'est un coupe-papier, rétorqua sèchement Xu sans cacher son agacement.

L'énorme paluche du commandant se posa sur la boîte en bois de rose, au pourtour superbement sculpté de fleurs délicates et raffinées. Bao la souleva pour la secouer. On entendit tinter quelque chose à l'intérieur. Il retourna la boîte, cherchant le moyen de l'ouvrir.

— Une boîte à secrets, dit Xu froidement. Dynastie Qing.

Shan constata avec plaisir qu'elle avait raison : c'était bien une œuvre d'art très ancienne, un de ces coffrets à secrets très populaires en Chine deux siècles auparavant. Il n'en existait pas deux modèles identiques, et elles s'ouvraient toutes par pression sur un point précis ou par coulissement d'un nombre donné de pièces dans le bon ordre. À sa grande surprise, il comprit que Xu essayait de la préserver afin d'en découvrir le secret — la bonne combinaison de pressions et de poussées qui la déverrouillerait. Car c'était ainsi qu'il aurait procédé.

— Apparemment, vous ne comprenez pas, n'est-ce pas ? jubila Bao.

Il étudia la procureur avec une étrange expression de plaisir, puis il reposa le coffret sur la table et, d'un poing aussi lourd qu'un coup de massue, le fracassa.

Ignorant le regard furieux de Xu, il farfouilla parmi les éclats de bois. À l'intérieur de la boîte se trouvaient deux morceaux de métal, un trapèze de cinq centimètres en bronze, gravé d'une silhouette d'oiseau en vol, percé d'un trou à chaque extrémité. Et une pièce en or brillant.

Il dégagea la pièce des esquilles de bois et la brandit tel un trophée. C'était un Panda, la pièce en or d'une once frappée par Pékin pour le marché numismatique international. Sur un dernier regard victorieux à Xu, le commandant, la pièce toujours à bout de bras devant lui, retourna à sa chaise. Quand Xu pivota sur les talons pour le suivre, Shan empocha le médaillon de bronze.

Bao laissa mariner la procureur en silence, puis il déposa la pièce devant lui, sur le coin de la table et, lentement, jouissant visiblement du malaise de Xu, il sortit un paquet de cigarettes et en alluma une.

— Peut-être que vous n'attrapez pas toujours les criminels, camarade Procureur, suggéra Bao en soufflant une bouffée de fumée rapide.

— Lau a travaillé dur de nombreuses années, répliqua Xu, pleine de colère rentrée. Une travailleuse modèle. Ce n'est pas un crime que d'économiser une part de son salaire.

Shan se posta à côté de la table, examinant la pièce d'or posée devant Bao. Elle valait plus que ce que certains bergers gagnaient en une année entière.

— Votre travailleuse modèle avait ses secrets. Les bons citoyens n'ont pas de secrets. Un fidèle sincère et convaincu qui croit à l'impératif socialiste ne garde pas de secrets, ajouta-t-il avec un sourire en lame de couteau qui laissa entrevoir des dents jaunies. À Yoktian, il y a des gens qui veulent défaire la trame de la société. Il suffit pour cela de tirer sur quelques fils qui pendent.

— Que voulez-vous dire ? rétorqua Xu. Lau faisait précisément partie de ces gens qui maintiennent le tissu social en place. Et nous avions besoin d'elle.

Bao souffla sa fumée, qui l'enveloppa comme un nuage. Puis son regard se posa sur un objet glissé sous un morceau de papier, sur le bureau de Xu. Il se pencha en avant et s'en empara. Une plaquette en biseau identique à celle que possédait Suwan. Pas exactement la même : celle-ci portait, sur son rebord supérieur, un motif de croisillons. Mais l'écriture ressemblait elle aussi à du sanscrit ancien. Bao fit coulisser la partie supérieure avant de la refermer brutalement et de se lever.

— Où avez-vous trouvé ceci ?

— Dans les affaires de Lau.

La procureur alluma une cigarette, inhala profondément, et souffla un filet de fumée vers Bao. Un vrai duel de dragons, songea Shan en se rapprochant pour étudier de plus près la plaquette.

Bao réexamina les objets étalés sur la table et marmonna quelque chose, à voix basse et méchante, d'un ton tellement étouffé que Shan ne fut pas certain d'avoir bien compris.

— La garce, crut-il avoir entendu. Garce et traîtresse.

Puis, devant l'expression perplexe de Xu, il aboya :

— Vous n'avez prévenu personne ? Le ministère ? L'Institut des antiquités ?

— Ce n'est qu'un jouet en bois, fabriqué par des enfants, répondit Xu, prise au dépourvu.

— Très bien. Continuez à le penser, camarade, cracha Bao, les yeux comme deux fentes. La trahison vous encercle et vous ne voyez que des jouets d'enfant ! Pensez au travail que nous avons accompli, à tous les sacrifices que nous avons faits pour établir la plus glorieuse société sur cette planète. Le gouvernement nous donne tout. Nous lui devons tout. L'idée qu'il pourrait exister dans ce comté des gens qui voudraient faire éclater notre État me rend malade. Vous vous trompez sur Lau, camarade Procureur. Elle n'était pas celle qu'elle prétendait être. Il n'existe pas de forme de vie plus inférieure que celle de ces subversifs qui cherchent à saper les fondements de l'État. Ces insectes. Des asticots, tous autant qu'ils sont ! Et tout particulièrement les Occidentaux qui sont derrière tout cela. Nous les écraserons. Et j'écraserai personnellement ceux qui oseront se mettre en travers de notre chemin.

Il fourra l'objet en bois dans la grosse poche à rabat au bas de sa tunique.

Shan, toujours debout près de la table, se dépêcha de se rasseoir près de Xu.

La procureur, le visage pincé, gardait les yeux rivés à la poche dans laquelle Bao avait fourré la plaquette en bois.

— Je croyais que nous parlions de caravanes, dit-elle.

Avait-elle conscience du terrain mouvant et dangereux vers lequel Bao était en train de la pousser ? Ou réagissait-elle simplement à la furie qu'elle lisait dans le regard du commandant ?

Bao porta la main à une poche de poitrine, d'où il sortit une feuille de papier de riz pliée.

— Vous n'avez jamais vu ceci, je suppose ? demanda-t-il.

Il déplia le feuillet et le tint entre ses mains un instant avant de le retourner. Une simple bandelette de quarante centimètres de long, un poème rédigé d'une main d'enfant, en mandarin d'un côté, en tibétain de l'autre. *Le maître est parti cueillir des fleurs,* disait le premier vers. *Du pollen sur sa drôle de robe.*

— Ceci a été découvert dans les quartiers de Lau. Heureusement que la Sécurité publique l'a intercepté, et non un autre service, ajouta-t-il d'un ton plein de sous-entendus, avant de replier le feuillet et de le remettre dans sa poche.

— Rien que l'imagination d'un enfant, commenta Xu avec raideur, alors même qu'elle paraissait secouée par ces quelques vers.

Le poème concernait le gardien des eaux. Bao soupçonnait l'existence d'un lama illégal, avec lequel Lau avait été en contact.

— Moi aussi, j'ai été à Tourfan, dit Bao, feignant de ne pas avoir entendu la procureur. J'ai écouté les discours. Certaines personnes ont perdu de vue leurs devoirs essentiels. Et lorsqu'on néglige ces devoirs, aussi dur que l'on puisse travailler, on devient un poids mort pour l'État, conclut-il dans un langage codé familier, celui des slogans politiques.

Pour la première fois, son regard se posa sur Shan.

— Connaissez-vous vos devoirs essentiels, camarade ? demanda-t-il avec un sourire sans chaleur. Êtes-vous capable de reconnaître la trahison quand vous la voyez ?

— Je ne cesse jamais d'avoir à l'esprit tout ce que je dois à l'État, répondit un Shan impassible.

Il dut lutter contre une envie presque irrépressible de fuir. L'exécuteur des basses œuvres de Xu était devant la porte, puis l'homme en haut des escaliers, et peut-être d'autres encore qui étaient revenus, leur sieste terminée. Avec un peu de chance, il pourrait leur échapper. Mais Bao n'était pas le genre de personnage à se déplacer sans escorte. D'autres nœuds attendaient au-dehors.

Bao laissa filer sa fumée de cigarette qui vint s'enrouler autour de ses joues.

— Dites à votre procureur de faire de même.

Shan serra si fort les mâchoires qu'il en eut mal aux dents.

— Je ne suis pas son..., intervint Xu.

Shan se tourna vers elle, le visage vide, résigné : son destin était scellé.

— La procureur Xu n'est pas une personne à oublier ses devoirs, dit-il.

Bao se pencha vers Shan, avec un sourire en lame de couteau.

— Il me semblait connaître tous les chiens de meute du coin. Vous êtes nouveau ?

Son incroyable coup de chance venait de l'abandonner. Pendant un moment, il avait eu l'espoir que Xu et Bao allaient terminer leur entretien comme s'il n'existait pas. Désormais, il ne lui restait plus que deux manières de quitter la pièce : avec Xu ou avec Bao. Il ne pouvait pas dire qu'il travaillait pour les nœuds, ainsi que l'avait cru Xu. Il ne pouvait pas prétendre travailler pour Xu : toute dénégation de la part de la procureur entraînerait aussitôt son arrestation par Bao. Sa seule chance était d'offrir quelque chose à Xu, de lui faire son numéro, d'exciter sa curiosité suffisamment pour qu'elle accepte de le protéger.

Bao le fixa avec un regain d'intérêt.

— Je suis nouveau, dit Shan. Je viens de Pékin.

— Qui êtes-vous ? Votre nom.

— Quelqu'un qui se demande pour quelle raison vous paraissez vous soucier bien plus des contrebandiers que du meurtre de l'un de vos officiers.

La lèvre supérieure de Bao se retroussa à une commissure, exposant une grosse dent jaunâtre pareille à une croc. Il se leva et jeta sa cigarette, toujours allumée, sur le bureau de Xu.

— Cela, vous n'en savez rien.

— Sur la grand-route. Il y a deux jours.

— Les accidents, ça arrive sur la grand-route, marmonna-t-il sans quitter Shan des yeux.

— Il s'agit du lieutenant Sui, précisa Shan.

Derrière lui, Xu inspira brutalement à l'énoncé du nom.

— Deux balles dans le cœur. Vous l'avez très certainement signalé. Pékin s'intéresse beaucoup aux attaques contre les officiers de la Sécurité publique.

Xu n'était pas au courant de la mort de Sui ? Comment était-ce possible ?

Bao pâlit. Sa lèvre se retroussa un peu plus. Ce n'était plus un rictus, mais plutôt l'expression d'un animal dégageant ses crocs avant de les enfoncer dans les chairs de sa victime. Shan sentit Xu se raidir, mais son œil ne quitta pas Bao. Le commandant se porta à côté de lui en deux pas rapides, leva la main, paume ouverte, et le gifla violemment.

— Aucun officier n'a été tué, grogna-t-il, toutes dents dehors.

Puis, tout aussitôt, en spécialiste rompu à la logique si particulière des officiers politiques, il demanda :

— Comment le savez-vous ? Il s'agit d'une affaire du seul ressort de la Sécurité publique.

Sa question pleine de furie s'adressait à Shan, mais il regardait Xu. Comme pour ponctuer son intervention, il leva à nouveau sa grosse paluche et gifla Shan une seconde fois.

Shan sentit le sang couler à l'intérieur de sa joue. Il laisserait Bao le gifler toute la journée si besoin était, mais il ne prononcerait plus un mot. Il s'était trouvé un lieu en son être intime, un lieu étrangement serein, une petite pièce qu'il s'était bâtie en prison et qu'il n'avait plus visitée depuis. Certains détenus l'avaient surnommé « Pierre chinoise » parce qu'il n'avait jamais cédé devant les mauvais traitements physiques. Quelques-uns parmi les Tibétains avaient dit que c'était parce que son âme avait suffisamment évolué, de sorte qu'il était toujours prêt à quitter son enveloppe terrestre. Jamais il n'avait pensé qu'ils avaient raison. Il savait seulement qu'il avait suffisamment évolué pour ne jamais s'abaisser devant des individus comme Bao. Même sous la menace de mort. Malgré la douleur. Le monde se souciait peu de savoir que ces gens-là n'obtenaient pas toujours ce qu'ils voulaient par la torture physique. Ils parvenaient toujours à leurs fins grâce aux produits chimiques. Simplement, cela avait de l'importance pour Shan.

Il s'arc-bouta en attente du coup suivant, et se remémora les prisonniers tibétains qui, après les tortures, les privations de nourriture, le froid, les amputations, remerciaient le seigneur Bouddha qui leur donnait ainsi l'occasion de mettre leur foi à l'épreuve.

Au travers d'un brouillard de douleur, Shan entendit Xu repousser sa chaise. Il avait perdu. Elle allait participer à la petite partie de plaisir de Bao.

— Je suis le procureur Xu Li du comté de Yoktian, l'entendit-il dire d'une voix forte et très professionnelle, celle qu'elle devait utiliser devant un tribunal. Au nom du ministère de la Justice, j'exige que le commandant Bao cesse immédiatement.

Bao avait lui aussi trouvé une place en son for intérieur. Non pas un lieu de sérénité. Peut-être le contraire. Lorsqu'il se tourna vers la procureur, il poussa un grognement pareil à un chien prêt à mordre, dégoûté. Shan dut cligner des yeux à plusieurs reprises pour distinguer clairement ce que Xu était en train de faire : elle dirigeait sur Bao une caméra vidéo et le filmait.

Le commandant se saisit d'une chope à thé et la lança, non pas sur Xu, mais sur le mur derrière elle. La procureur ne cessa pas pour autant de filmer quand la chope vola en éclats. Bao attrapa la pièce d'or et sortit de la pièce d'un pas martial, en claquant violemment la porte derrière lui.

S'ensuivit un silence crispé. Un mince filet de fumée s'élevait de la cigarette de Bao, toujours sur la table de Xu. La procureur s'en approcha, puis, se tournant vers Shan, elle ramassa le mégot fumant avec le morceau de papier sur lequel il avait atterri et jeta le tout dans une chope. Elle décrocha alors le téléphone et demanda à Loshi d'apporter deux thés.

Elle fit le tour de sa vaste table, à deux reprises, bras croisés sur la poitrine, gardant le silence jusqu'à l'arrivée du thé.

— Je pourrais vous faire expédier derrière les barbelés du Camp de la Gloire avant la nuit tombée, dit-elle.

— Je connais les camps, répliqua Shan sans s'émouvoir, en croisant le regard de la procureur par-dessus sa chope de thé fumant. Excellent entraînement physique, mais la nourriture n'est pas terrible.

— J'ai cru que vous travailliez pour la Sécurité publique, la première fois que je vous ai rencontré. Un des nouveaux agents qu'on a fait venir ici pour le programme.

— Le Programme d'Éradication de la Pauvreté ?

Xu ne répondit pas.

— Admettons que vous n'apparteniez pas à la Sécurité publique. Admettons que vous n'apparteniez pas au ministère de la Justice, que vous ne soyez pas ici pour une enquête sur la corruption. Mais vous savez que Sui a été tué, alors que le secret est si bien gardé que moi-même je ne suis pas au courant.

Xu n'avait pas un instant mis en doute la nouvelle : la réaction de Bao avait été suffisamment éloquente. Mais Shan s'était trompé : elle ignorait la mort du lieutenant des nœuds. Au contraire de Bao. Les nœuds étaient au courant du meurtre de l'un des leurs, et ils n'agissaient pas.

— Allez donc faire un tour dans un marché, et ouvrez l'oreille pendant vingt minutes. Vous verrez combien de temps un secret reste secret.

Elle continua de l'ignorer.

— En ce cas, admettons que vous fréquentiez de mauvais éléments. Comme des éleveurs animés d'un grand esprit d'indépendance. Voire des fabricantes de chapeaux subversives.

Les paroles de Xu frappèrent Shan bien plus fort que les gifles de Bao. Xu l'avait vu au garage en compagnie de Jakli, elle était peut-être même allée vérifier au Camp de la Gloire si des gardes connaissaient les occupants du camion. Il inspecta au passage le bureau de la procureur, pour essayer d'y apercevoir la seconde moitié du dossier de Jakli, celle qui traitait de ses activités du moment.

— Je ne porte pas de chapeaux, dit-il d'une petite voix.

— Alors peut-être trafiquez-vous avec les contrebandiers. Nous avons tout le temps nécessaire pour décider.

— Je ne fréquente personne.

— Mais vous venez de Pékin. Ça, j'en suis sûre. Votre accent, peut-être. Ou l'arrogance avec laquelle vous vous êtes introduit dans mes bureaux.

— Je suis enquêteur. Je m'appelle Shan. Et je viens de Pékin.

— Mais vous n'enquêtez pas pour Pékin. Vous ne seriez tout de même pas enquêteur indépendant ? S'il vous plaît, camarade... nous ne sommes pas dans un film américain.

— Je suis à la retraite.

— Et vous savez ce qu'est un camp... Vous aurait-on obligé à une retraite forcée ?

Shan leva sa chope.

— Je salue vos talents de déduction.

— Et alors ? Vous enquêtez par distraction ?

— Des amis m'ont demandé de m'occuper d'une petite affaire. Rien qui vous concerne, proposa-t-il sans conviction.

— Sauf que vous vous retrouvez dans l'enceinte du Camp de la Gloire au mépris de toutes les règles de sécurité, et ensuite dans mon bureau, à fouiller dans mes dossiers.

— J'ai des amis intéressants, dit Shan en plongeant le nez dans son thé.

Le visage de Xu laissa transparaître un semblant d'amusement avant de se durcir à nouveau.

— Si je n'étais pas tellement débordée de travail, je pourrais réfléchir à la somme d'inculpations à votre encontre. Entrée sans autorisation dans le Camp de la Gloire, un établissement sécurisé de l'État. Plus violation de la sécurité de mes dossiers. Cela nous fait déjà quelques bonnes années. Mais restons-en au plus simple.

Elle n'avait qu'une chose à faire : lui demander ses papiers, les pièces d'identité obligatoires qu'il ne possédait pas, ou son permis de voyage, tout aussi obligatoire. Ensuite elle lui ordonnerait de remonter ses manches et découvrirait le tatouage sur son bras.

— Je suis ici à cause des enfants, déclara-t-il d'une voix douce en fixant son attention sur un oiseau sculpté sur le chant de la table. Les enfants qui se font tuer. Les enfants de Lau.

Xu le dévisagea en silence. À plusieurs reprises, elle donna l'impression de vouloir parler, sans rien en faire, puis, lentement, elle se leva et alla jusqu'à l'étagère derrière son bureau.

Un frisson glacé parcourut Shan quand il vit la minuscule lampe rouge indiquant que la caméra vidéo, maintenant posée sur l'étagère, fonctionnait encore. Xu enregistrait leur conversation ! Mais elle reprit l'appareil, l'éteignit, et le replaça sur la planche, face au mur. Puis elle s'installa dans le fauteuil en bois à côté de Shan.

— Quels enfants ? demanda-t-elle, la voix toujours dure et soupçonneuse.

— Un garçon prénommé Suwan, âgé de neuf ans, abattu d'une balle dans la tête. Un garçon dans les monts Kunlun, du nom d'Alta, battu et poignardé à mort. Le même âge pour les deux. Et tous deux faisaient partie de la classe de Lau.

— Vous vous raccrochez à n'importe quoi, camarade, dit-elle les sourcils froncés, apparemment décidée à ne pas le croire. Aucun rapport ne signale ces deux meurtres.

— Les enfants se trouvaient dans des familles de nomades.

Le regard de la procureur semblait lui transpercer le crâne. Il rompit le duel de regards et reprit sa contemplation de l'oiseau.

— Impossible. Vous devriez enquêter plus en détail avant de concocter vos histoires à dormir debout. Les orphelins ont un nouveau professeur. Tout se poursuit on ne peut plus normalement. Mais vous savez cela, n'est-ce pas ? Vous avez interrogé ma secrétaire au sujet de Kaju.

— Oui, camarade Procureur. Lau vous préoccupe. Surtout la manière dont elle est morte. Elle a été assassinée. Et maintenant, son meurtrier tue ses enfants.

— Balivernes. Concoctées par les réactionnaires, pour que les gens aient peur des programmes d'assimilation. Lau a trouvé la mort dans un accident malheureux. Cet hiver, lorsque le niveau de la rivière aura baissé, nous trouverons son corps.

Elle ouvrit un tiroir du bureau et en sortit un bloc de papier.

— Rédigez votre déposition, camarade. Vous l'avez fait par le passé, je n'en doute pas. Nous la consulterons lors du rendu de votre sentence. Peut-être avez-vous effectivement cru que les enfants étaient en danger. Écrivez-le donc. Cela pourrait se révéler utile. De mauvais éléments ont mis les enfants en danger. Ils retombent dans les écueils du féodalisme. Méfiance à l'égard de l'autorité. Vendettas. Obsession des icônes de cultures en voie d'extinction, suggéra-t-elle en lui glissant le bloc de papier. Des réactionnaires, tous autant qu'ils sont. Tous ceux qui résistent à nos efforts pour intégrer les peuples.

Shan ne toucha pas le bloc.

— Est-il possible qu'elle ait été une de vos amies ? se hasarda-t-il à demander, car Xu avait rédigé un mémo pour défendre Lau.

Pas de réponse.

— J'ai vu le corps de Lau, insista-t-il. On lui a martelé les tibias. On l'a torturée avant de la droguer et de l'abattre d'une balle. Et les enfants ? Qu'avez-vous l'intention de faire à propos de ses enfants ?

Les paupières de la procureur cillèrent. L'espace d'un bref instant, Shan crut entrevoir un soupçon d'incertitude sur son visage.

— Elle se faisait vieille, rétorqua Xu. Elle avait des problèmes cardiaques.

— Qui vous a raconté cela ?

Elle n'avait toujours pas répondu à la moindre de ses questions.

— Le conseil agricole s'est réuni, après que nous avons décidé qu'elle était morte. Ce détail a été mentionné dans le discours d'éloges qui lui a été consacré.

— Peut-être devriez-vous vous renseigner auprès de votre ami Bao, pour ce qui est des enfants, suggéra Shan.

— Que voulez-vous dire ?

— J'avais un vieil ami à Pékin. Quarante années au service du ministère de la Justice. Il disait que je devais toujours présumer que la Sécurité publique en sait dix fois plus que ce qu'elle révèle au public, cinq fois plus que ce qu'elle transmet à ses collègues des autres services gouvernementaux, et deux fois plus que ce qu'elle apprend au Président en personne.

Xu lui concéda ce point avec un sourire aigre. Puis elle sortit un formulaire d'une pile de papiers sur son bureau et se mit à le remplir à l'aide d'un moignon de crayon.

— Peut-être trouverai-je le temps d'explorer votre imagination plus avant, camarade. Mais pas aujourd'hui. Au Camp de la Gloire. Vous serez placé dans un endroit spécial, seul, de manière à avoir tout le loisir d'envisager la somme d'aveux que vous voudrez bien nous faire.

— J'ai une meilleure idée. Laissez-moi partir.

Xu sourit sans chaleur et continua à remplir l'ordre d'incarcération.

— Shan. C'est un nom courant. Qui ne m'apprend rien.

— Vous savez que Bao vous ment. Simplement, vous ignorez jusqu'à quel point. Vous pensez que vous devriez faire quelque chose à propos de Lau. Et si ce qui est arrivé à Lau avait un rapport avec le meurtre de Sui ? Laissez-moi partir et je trouverai les réponses. Je vous promets de revenir vous voir, très bientôt. Ici même. Vous croyez que vous ne pouvez rien faire parce que Bao appartient à la Sécurité publique. C'est faux. Vous pouvez me laisser poursuivre mon enquête.

Le crayon de Xu cessa de courir sur le papier.

— Peut-être me suis-je trompée sur vous. La Sécurité publique dispose d'un camp lao gai dans le désert. C'est peut-être là que je devrais...

Elle fut interrompue par un hurlement de femme. On entendit des cris à l'extérieur du bureau, et un martèlement de pas de course. Puis un nouveau cri haut perché, puis un autre encore. Xu se leva. Le bureau de la secrétaire était vide. Un autre hurlement retentit. Xu se mit à courir vers le couloir, puis dans l'escalier, en direction des cris. Shan la suivit, s'arrêta et rejoignit l'escalier arrière.

Une minute plus tard, il courait dans une allée qui menait à la rue. Il déboucha à une centaine de mètres du bâtiment du ministère. Il se fraya un passage dans la foule rassemblée et monta sur le marchepied d'un camion abandonné pour mieux voir ce qui se passait.

— Au meurtre ! cria une voix.

La procureur sortit de l'immeuble, suivie par Mlle Loshi et l'homme mince qui occupait le bureau extérieur. Sur les marches, devant Xu, un homme et une femme en vêtements de bergers barraient le passage. L'homme portait un balluchon, une couverture ensanglantée qui enveloppait un jeune garçon. Mais c'était un cadavre qu'il tenait dans ses bras dressés.

# 10.

Quelqu'un lui attrapa le bras et se mit à tirer. Il résista, incapable de se soustraire à la vision macabre du petit balluchon sans vie dans les bras du berger. Un nouvel enfant était mort. La femme se mit à crier à l'adresse de la procureur, puis, faisant volte-face, elle reprit sa diatribe en direction la foule qui s'amassait rapidement. Quelques personnes essayaient de fuir, en se faufilant d'un pas pressé à travers la populace. Des Han. Les Chinois han cherchaient à s'esquiver.

— Niya ! s'écria quelqu'un.

La foule se mit à psalmodier : Niya ! Niya ! — le nom de la jeune femme rousse que Shan avait vue sur les affiches.

Les nœuds, se rappela-t-il soudain. Il y avait des nœuds armés de mitraillettes. Il aperçut les deux uniformes gris sur un balcon, à l'autre bout de la place. Le premier parlait dans une radio émettrice. Le second tenait son arme prête.

Sur les marches de l'immeuble du ministère, le berger, l'enfant mort dans les bras, ne bougeait pas, comme s'il présentait le cadavre du jeune garçon à la procureur. Il pleurait. Les yeux du petit cadavre étaient entrouverts, paupières plissées, comme si l'enfant essayait d'apercevoir quelque objet lointain. Sa chemise était déchirée, maculée de sang. Il avait un trou au milieu du front.

Quelqu'un agrippa à nouveau le bras de Shan, à deux mains cette fois, refusant de lâcher prise. Jakli. Shan se retourna une dernière fois vers l'enfant assassiné, puis il descendit de son marchepied et se laissa entraîner.

Ils marchèrent d'un pas rapide, sans trop accélérer afin de ne pas attirer l'attention. Ils longèrent quatre blocs de bâtiments en terre compressée et parpaings, en plus ou moins bon état — les boutiques, garages, restaurants et sinistres bureaux aux volets de métal gris qui permettaient aux habitants de Yoktian de survivre. Shan demanda qui était l'enfant. Pas de réponse. Qui était Niya. Jakli, les yeux mouillés, étouffa un sanglot en serrant les mâchoires.

Elle le conduisit dans un ensemble de quatre bâtisses en rez-de-chaussée entourées par une clôture grillagée à hauteur de taille. Une allée, au béton tellement boursouflé que Jakli préféra avancer sur la terre en bordure, menait au bâtiment central en terre compactée, flanqué sur trois côtés par des constructions similaires. Shan s'arrêta à l'entrée et observa le panneau en bois au-dessus de l'huisserie. Il n'en subsistait plus qu'une moitié et le slogan qu'on y avait jadis inscrit ne portait plus que les mots *Renforce les enfants.*

Jakli avait déjà parcouru une dizaine de mètres dans le couloir obscur quand elle se rendit compte que Shan s'était arrêté. Elle s'immobilisa à son tour, les mains sur les hanches.

— Le garçon appartenait-il à la zheli ? cria-t-il.

Elle inspecta les deux côtés du couloir avec inquiétude.

— C'était un orphelin, oui, répondit-elle d'une voix crispée par l'émotion. Il s'appelait Kublai. Il se trouvait dans un campement à une trentaine de kilomètres, dans les montagnes. Il devait surveiller les moutons et il n'est pas rentré. Quand les bergers sont partis à sa recherche, ils ont vu son corps sous une falaise, un agneau mort dans les bras. Ils ont cru qu'il était tombé, probablement en essayant de porter secours à l'agneau. Mais quand ils l'ont soulevé, ils se sont aperçus qu'il avait été abattu par balle. L'agneau aussi avait été abattu par balle.

— Qui est Niya ? demanda Shan à nouveau. Qu'a-t-elle à voir avec le garçon ?

— Mes cousins ont réussi à contacter quatre des familles de la zheli et leur ont dit de fuir. Malik a ramené un deuxième garçon pour le cacher à la Pierre rouge. Le gamin s'était attaché à deux grands mastiffs, comme si les chiens allaient pouvoir arrêter le tueur. Quelques Maos sont arrivés au campement d'Akzu, ils gardent les enfants. D'autres sont en train de fouiller les montagnes. Les élèves de la zheli sont tellement difficiles à trouver.

— Les enfants ont-ils un lien avec cette Niya ?

Une fois encore, Jakli parut ne pas l'avoir entendu. Elle s'arrêta à l'extrémité du couloir, devant une porte gardée par un homme assis, le Mao à la dent en or qui avait apporté les chaussures. Elle se pencha pour lui parler et Shan poussa la porte.

Lokesh, installé à une simple table en bois, le salua en silence d'un hochement de tête. La pièce était petite, avec, au sud, une fenêtre donnant sur la cour de l'école, et, au loin, sur les monts Kunlun encapuchonnés de neige. Aux murs s'alignaient des photographies, au moins deux douzaines. Des chevaux. Ainsi que les clichés d'une grande statue de Bouddha, de mosquées, d'une ancienne peinture de Lao-Tseu — le sage du Tao — chevauchant un bœuf. Au-dessus d'un haut rayonnage à livres flottait une série de drapeaux à prière.

Lokesh tenait entre les mains une cloche ancienne, en bronze, dont la poignée se terminait en un sceptre à la forme familière : une cloche dorje qu'on utilisait dans les rituels bouddhistes.

— Elle a oublié sa cloche, déclara Lokesh d'une voix mélancolique, avec un regard lourd de sous-entendus vers Shan.

Le son d'une cloche dorje était censé éloigner le mal. À côté de la cloche, sur la table, était posée une boulette de six à sept centimètres de diamètre, un entrelacs de fils rouges, verts et jaunes. Shan savait que ce n'était pas du fil à proprement parler, mais un emblème sacré qu'utilisaient certains bouddhistes pour en envelopper des objets rituels afin d'invoquer la sagesse. Une des mains de Lokesh quitta la cloche et se mit à caresser la boulette de fil. Un peu plus loin, toujours sur la table, Shan vit un grand livre, un Coran, et une dopa noire, le petit bonnet que portait les musulmans.

— Que cherches-tu, mon ami ? demanda Shan au vieux Tibétain.

Il prononça ces mots en soupirant, toujours sous le coup de l'émotion qui l'avait saisi devant le corps du troisième garçon. Lokesh était descendu de Senge Drak et avait choisi de ne pas regagner le refuge de Lhadrung parce qu'il cherchait quelque chose. Quelque chose qu'il avait espéré trouver dans l'école.

— C'est difficile à expliquer avec des mots, répondit le vieil homme d'une voix rauque.

Il secoua la tête, comme si une force lui interdisait de parler, et serra la cloche à deux mains.

— Sous son émanation physique, il s'agit du panier de jade. Mais il est capable de se transformer, si besoin est, pour la protection.

— La protection de quoi ?

— Des choses extérieures, reprit Lokesh avec difficulté, comme si ses propres paroles lui étaient douloureuses. La dernière fois que quelqu'un l'a vu, il ressemblait à un gau en argent. Ouvre-le, et tu y trouveras un panier de jade finement ciselé, à l'intérieur duquel il y a place pour une prière.

La chemise du dernier garçon tué, Kublai, avait été arrachée. Comme celle des deux précédents, Alta et Suwan.

— C'est pour cette raison que tu es venu ? Pour ce panier de jade ? Est-ce cela que tu dois remporter avec toi ?

Est-ce donc pour cela que Lau est morte ? Pour un objet ? Shan savait qu'il existait des symboles vénérés, des objets de grand pouvoir, pour la protection desquels des bouddhistes fervents sacrifieraient leur vie avec joie. Mourir pour de tels objets ajouterait de grands mérites à leur prochaine incarnation.

— Il est dangereux d'en parler, dit Lokesh. Si tu ne sais pas comment l'approcher, alors, plus tu t'en approches, plus il s'éloigne.

Il leva les yeux vers Shan, luttant de toute évidence douloureusement contre une force intérieure.

— Ne...

Sa voix s'étrangla. Il fixa la cloche avec une expression dolente et perplexe.

— Est-ce que Lau l'avait ? Est-ce la raison pour laquelle tu es venu ici ? insista Shan.

Mais Lokesh, inaccessible, au-delà de toute voix humaine, se contenta de regarder la cloche entre ses mains.

Shan arpenta le bureau. Puis il se posta dans l'embrasure de la porte et l'inspecta à nouveau. Xu était venue ici. La Sécurité publique était venue ici. Le directeur Ko était certainement venu ici. Xu avait emporté ce qui lui paraissait être les effets personnels de Lau. Mais Lokesh en avait retrouvé deux autres : la boulette de fil et la cloche, cachées au vu et au su de tous, camouflées par les manuels de Lau et son matériel d'instruction culturelle.

Dans son dos, le Mao discutait avec Jakli en désignant dans le bureau d'en face un panneau rédigé à la main et fixé à l'adhésif sur la vitre de la porte. En caractères de cinq centimètres de haut, quelqu'un avait écrit un des plus célèbres slogans du Grand Timonier. *La Religion est le poison des masses.* Sur la porte, une plaque de fonction portait un nom : Hu, Président du Comité — le petit professeur replet rencontré au Camp de la Gloire.

Shan retourna dans la salle de Lau, où il ramassa à un bout de la table un morceau de papier. Un tirage. Une liste de noms.

— La zheli, expliqua Jakli par-dessus son épaule. Un tirage ordinateur de tous les orphelins avec lesquels elle avait travaillé, ainsi que l'emploi du temps de la classe zheli.

Elle lui indiqua trois noms sur la liste. Suwan. Alta. Kublai.

— Lau se servait de l'ordinateur ? demanda Shan.

— Non. Elle n'aimait pas les ordinateurs.

— Ou, en tout cas, elle ne leur faisait pas confiance.

— Ce n'est pas elle qui a fait ce tirage, dit Jakli en hochant la tête devant la liste.

— Ça lui facilite les choses, chuchota Shan, en réponse à la question muette de Jakli. Au tueur.

Le tueur avait la liste, disponible sur n'importe quel ordinateur de la Sécurité publique : il lui suffisait donc de retrouver les endroits où se cachaient les membres de la zheli. C'était la raison pour laquelle il avait torturé Lau.

Selon l'emploi du temps, il restait à la zheli deux sessions jusqu'à la fin de l'année scolaire : la première dans une semaine, la seconde cinq jours plus tard. Toutes deux devant se tenir en un lieu dénommé le Lac de Pierre. Shan montra les noms des élèves.

Jakli, pensant au Lac de Pierre, se méprit.

— C'est en bordure du désert. Pour Lau, c'était une tradition : elle terminait toujours la saison d'enseignement par deux sessions là-bas. Pour mieux comprendre le désert. L'été, il y fait trop chaud.

— Non. Les garçons. Lesquels sont des garçons ? Je n'en étais pas sûr jusque-là, mais ça me paraît clair désormais. Le tueur ne s'en prend qu'aux garçons.

Jakli indiqua neuf prénoms de sexe masculin, en se tordant les doigts comme si elle avait vu des fantômes. Ce n'était pas un registre scolaire. C'était une liste de morts.

Au mur se trouvaient épinglés de petits mots arrachés aux cahiers des écoliers. « *Merci, Tantine, de m'avoir montré que le désert était toujours vivant.* » « *Mon oisillon a chanté aujourd'hui* » disait un autre. Deux autres feuillets portaient ce qui ressemblait à des poèmes. « *Pendant que mon cheval s'abreuvait, j'ai vu un vieux fermier, qui dormait si bien qu'une souris lui grignotait la barbe.* » Le second était rédigé d'une main plus mature, à la calligraphie soignée. « *Dans les montagnes, des vieillards attendent, avec la sagesse de la neige.* »

Au-dehors, le sable soufflé par le vent s'accumulait au pied du bâtiment, de l'autre côté de la cour. Au-delà, se trouvaient les monts Kunlun et Senge Drak. Là où Jakli avait laissé Gendun, assis sur la sentinelle de pierre au sommet de la montagne.

Shan perçut un mouvement dans son dos et vit du coin de l'œil une crinière de cheveux sombres. En silence, Jakli détacha du mur le second poème qu'il avait beaucoup admiré, le poème sur les vieux sages. Elle le plia, et le mit dans sa chemise. Prenant une chaise, elle examina de plus près le montage de photographies. Elle arracha une photo du Grand Hall du Peuple à Pékin et lui tendit le cliché avec un sourire triste. La photographie était raide et lourde. Shan découvrit au dos la photo d'un homme en robe rouge à demi chauve et portant lunettes, un sourire serein aux lèvres. Le Dalaï lama. D'un coup d'ongle, Jakli fendit le scotch qui maintenait le cliché interdit, qu'elle glissa dans sa poche.

Soudain, la lumière s'éteignit dans le bureau. Le Mao à la dent d'or était à la porte et montrait la fenêtre : de nouveaux arrivants venaient d'entrer dans la cour et se rangeaient contre le mur du bâtiment opposé. Jakli se colla contre la cloison.

Les nœuds venaient de débarquer et ils rameutaient les enfants sortant de cours. Apparemment, on avait fait quitter la classe à trente ou quarante écoliers, en compagnie de leurs instituteurs qui se tapissaient avec effroi dans les encoignures. On fit aligner les élèves sur un seul rang. Un officier leur criait de se taire, tandis qu'un autre filmait les visages à l'aide d'une caméra vidéo. On renvoyait les plus jeunes, sept ans et moins, auprès de leurs enseignants. Un autre groupe d'écoliers plus âgés, presque des adolescents, fut lui aussi réexpédié en classe. Les nœuds commencèrent à interroger les quinze ou vingt enfants restants : le premier posait les questions, le second enregistrait les réponses avec sa caméra.

— Tout va bien, dit le Mao. Simplement, ne faites pas de bruit.

— Ils savent que la zheli n'est pas ici, déclara Jakli.

— Bien sûr, répondit le Mao. Mais il est possible que, parmi les enfants présents, certains sachent où se trouvent les membres de la zheli. Les nœuds sont en train d'invoquer le Programme d'Éradication de la Pauvreté. Ils prétendent sûrement qu'ils doivent rassembler les orphelins, pour leur plus grand bien. Comme les chevaux sauvages, ajouta-t-il d'un ton amer.

Lokesh contemplait les enfants avec une lueur d'espoir, comme s'il envisageait d'aller les rejoindre. Le Mao lui avait-il appris le meurtre d'un troisième membre de la zheli ? s'interrogea Shan.

Comme si elle lisait en lui à livre ouvert, Jakli s'avança jusqu'à la table et s'assit en face de Lokesh. Elle posa une main sur la sienne et la secoua jusqu'à ce que le vieux Tibétain la regarde.

— Un autre garçon, dit-elle doucement. Un autre garçon a été tué dans les montagnes.

Quand elle eut fini d'expliquer le peu qu'elle savait, Lokesh fixa la cloche dorje, à nouveau perdu dans ses pensées, plus mélancolique que jamais.

— Ce petit garçon, demanda Shan en se penchant vers Jakli. Est-ce qu'il lui manquait une chaussure ?

— Je ne sais pas. C'est important ?

— Les deux autres, il leur manquait à tous les deux une chaussure.

— Quel genre de chaussure ?

— Juste des chaussures.

Il réfléchit un instant, puis il lui parla de la tablette en bois que Bao avait trouvée, et de la réaction qu'elle avait déclenchée.

— Suwan en avait une, ajouta-t-il. Et son tueur l'a fracassée.

Jakli releva la tête, à nouveau inquiète, puis, s'avançant jusqu'au rayonnage, elle prit sur l'étagère supérieure une photographie de cheval encadrée. Ce n'était pas à proprement parler un cadre, mais un rectangle de bois sur laquelle on avait soigneusement collé la photo pour donner l'illusion qu'elle était encadrée. Jakli la retourna pour montrer la pièce en forme de biseau au verso : une autre tablette illustrée d'une écriture ancienne.

— Cette écriture s'appelle *kharochthi*. Du nom du peuple qui vivait ici il y a deux mille ans. On découvre parfois de ces tablettes dans le désert.

Shan décrivit à nouveau la réaction de Bao devant la tablette sur la table de la procureur, en ajoutant que Xu avait en sa possession plusieurs effets personnels de Lau.

— Quoi ? Qu'est-ce qu'elle avait ? voulut soudain savoir Lokesh, la voix crispée et impatiente.

— Pas de gau. Mais des livres. Un petit cheval en jade. Un plumier.

— Un plumier ? demanda Lokesh en se penchant en avant. En cuivre ? Avec des cercles turquoise ?

— Non. En métal blanc. Avec du corail, répondit Shan, perplexe.

Lokesh fit la grimace et reprit sa contemplation de la cloche.

Shan demanda à Jakli, la plaquette de bois toujours dans la main, ce qu'était l'Institut des antiquités.

— C'est l'Institut des antiquités du peuple. Un groupe de savants du gouvernement et d'archéologues qui ont leur carte du Parti.

— Je ne comprends pas. Pourquoi Bao a-t-il déclaré que tout cela avait un rapport avec des Occidentaux ?

— Des Occidentaux ? C'est ça qu'il a dit ? Ce sont les Américains qui ont donné les tablettes à Lau, pour qu'elle les distribue à ses élèves de la zheli. Ces objets l'aidaient à leur faire comprendre qui ils étaient.

— Aux yeux du commandant Bao, c'était un acte de trahison.

Les idées se bousculaient dans sa tête. Il s'était trompé sur Xu. Elle ignorait la mort de Sui, ainsi que le meurtre des deux jeunes garçons. Depuis le début, c'était Bao. Bao et ses brigades spéciales de démolition à la recherche de tous ceux qu'ils considéraient comme traîtres à la Chine. Il devait avoir découvert un lien entre Lau et les Américains et il essayait de retrouver leurs traces grâce à la zheli. Shan se rappela le poème sur le lama et la réaction de Bao devant la tablette sur le bureau de Xu. Preuve évidente de trahison. Pour Bao, il était plus important de démasquer des traîtres que l'assassin de Sui. Pour le moment, en tout cas. À croire qu'il était sur le point de mettre la main sur les félons.

— Il faut prévenir les Américains, lâcha brutalement Jakli d'une voix angoissée. Il leur arrive d'assister aux classes de la zheli.

— Aux classes de la zheli ? s'exclama un Shan incrédule. Mais c'est très dangereux !

— J'étais là avec Gros Mao quand Lau a essayé de les en dissuader. Les Américains ont déclaré qu'ils voulaient parler de leur travail aux enfants. Leur faire comprendre qu'il existait des gens à la surface de cette terre qui s'intéressaient à eux.

Leur travail. Que faisaient donc les Américains qui déclenchait une telle furie chez Bao ? Ils déterraient des tablettes anciennes ? Étudiaient des tissus anciens ?

— Ils ont dit que, si les enfants les écoutaient, le jeu en vaudrait la chandelle, ajouta Jakli.

Shan se rappela les étranges paroles de Deacon. Son épouse et lui étaient venus au Xinjiang pour cesser de se cacher.

— Peut-être devriez-vous rejoindre les Américains, déclara-t-il. Moi, je dois aider les enfants.

Jakli le regarda de ses grands yeux, à mesure que les mots prenaient tout leur sens.

— Si je comprends bien, les Américains sont au centre de tout. Bao cherche à établir un lien entre eux et certains des élèves de Lau. Les enfants se cachent. Vous ne les trouverez jamais. Mais si nous ne pouvons pas les trouver, nous devons partir de l'autre bout de la chaîne et remonter de proche en proche. Trouver les Américains, et reprendre la piste qui mène aux enfants. Couper net celle que suit Bao pour les retrouver. Voilà ce que nous devons faire. Ensuite, nous vous ramenons juste à temps pour vous faire passer au Népal.

Une silhouette apparut soudain dans l'embrasure de la porte, une mince jeune femme en uniforme gris de nœud. Ils se transformèrent tous en statues, à l'exception de Lokesh, qui se leva et agita sa cloche dorje, celle qui chassait les démons. Il avança en la faisant résonner avec force, de manière répétée, bras tendu, et, à chacun de ses pas, la jeune femme battait en retraite. Elle finit par tourner les talons et se précipita dans le couloir. Jakli agrippa Lokesh, qui riait maintenant, et ils s'élancèrent dans la direction opposée.

Devant Karachuk, Shan éprouva cette fois une sensation différente. L'excitation était toujours là, ce sentiment omniprésent de pénétrer dans un siècle perdu, mais s'y mêlait désormais un malaise diffus, presque de la peur. Comme si l'air était lourd de présages. Comme si le vent lui soufflait de sourdes prémonitions.

Jakli semblait partager son appréhension. Pendant la majeure partie du trajet jusqu'à la cité perdue, elle était restée silencieuse, presque maussade. Elle hésita, prudente, quand ils sortirent du couloir de ruines pour se retrouver devant le bâtiment en dôme où Shan avait rencontré Marco. Elle contempla le ciel, étrangement gris et ténébreux en ce milieu d'après-midi, et fronça le sourcil, avant de hocher la tête en direction d'une spirale de poussière, une minuscule tornade qui se précipitait vers le mur derrière eux.

— Il suffit de voir un de ces démons du vent, la nuit, dit-elle, quand la lune brille juste comme il faut. On est sûr d'avoir rencontré un spectre.

Elle eut beau sourire, la tension était toujours là.

Devant eux, Lokesh scrutait la petite tornade, comme s'il essayait de reconnaître quelque chose à l'intérieur.

— Quand j'étais enfant, un vieil homme m'a expliqué que les tourbillons sont l'une des dix mille formes que peuvent prendre les esprits. C'est ainsi que certaines âmes se déplacent. À l'intérieur, brille la graine d'une conscience lumineuse. Ils sont capables d'apparaître soudainement, sans prévenir, comme une idée qui viendrait à l'esprit, ensuite, ils... — la spirale de poussière passa au-dessus de l'affleurement rocheux, puis elle disparut — ... ils passent et ils ne sont plus là la seconde suivante.

Shan étudia l'itinéraire du démon du vent, étrangement à l'image de tout ce qui s'était passé depuis son départ du Tibet. Une lucidité nouvelle venait de croiser son chemin.

Lokesh, au travers de l'étrange tourbillon d'émotions qui s'était emparé de lui, avait compris qu'il y avait urgence. Le tueur était toujours à l'œuvre : il fallait à tout prix retrouver et protéger les survivants de la zheli. Le Mao à la dent en or l'avait compris lui aussi. Dès sa sortie de l'école où il les attendait, il était parti au pas de course vers la ville.

Mais Jakli aussi avait raison : Shan disposait de moins de deux jours et devait absolument se concentrer sur les Américains. Si Bao était le tueur, il ne s'intéressait à la zheli et au panier de jade que dans un seul but : retrouver des éléments subversifs. Son objectif serait toujours le même : mettre la main sur les Américains en situation illégale et sur ceux qui les aidaient. Si Shan ne se trompait pas, les solutions se trouvaient auprès des Américains.

Il n'y avait pas âme qui vive dans les ruines. Ils marchaient tels des voleurs, à pas prudents, l'œil et l'oreille guettant le moindre bruit, le mouvement le plus furtif. De temps à autre ils sursautaient parce que Lokesh manifestait bruyamment son émotion devant le spectacle des ruines.

Jakli conduisit Shan jusqu'à l'auberge d'Osman. Le fauteuil capitonné et les tables étaient toujours là, même l'échiquier était à sa place, mais tous les signes d'une activité récente avaient disparu. On avait versé du sable sur les dessus des tables : si on fouillait les lieux, il serait évident que la pièce avait été occupée plus récemment que le reste de la cité, mais on ne pourrait déterminer si c'était la semaine précédente ou dix ans auparavant.

Personne n'était venu reprendre possession de Karachuk depuis leur exode précipité remontant à quarante-huit heures à peine.

— Du gâchis. Ce voyage n'est qu'un gâchis, déclara une Jakli frustrée quand ils ressortirent de l'auberge. Personne...

Elle s'immobilisa : contre la clôture du corral, Lokesh brandissait une boulette marron foncé, un sourire victorieux sur la figure.

— Toute fraîche ! s'écria-t-il en portant la boulette à son nez. D'aujourd'hui !

C'était une bouse de chameau.

Ils se dépêchaient vers le corral quand Lokesh redressa la tête vers les rochers.

— Cet endroit ! s'exclama-t-il toujours avec le même enthousiasme. C'est merveilleux à quel point il est rempli d'esprits.

Au bout d'un moment Shan parvint à distinguer ce qui retenait l'attention de son vieil ami : dans les ombres près du sommet des rochers, une grosse créature grise ne les quittait pas des yeux.

— Ce n'est pas un esprit, dit Jakli, avec un regain d'énergie dans la voix. C'est le chien d'Osman. Osman n'est pas parti. C'est lui, le protecteur de Karachuk.

Ils trouvèrent le maître du chien dans le temple, allongé sur une paillasse, sous l'autel grossièrement équarri. La pièce n'était éclairée que par deux bougies. Le gros chien, après avoir accueilli Jakli en fourrant son museau au creux de sa main, les avait suivis dans la pièce. Il passa devant eux et poussa Osman du museau.

— Ça va, ça va, marmonna Osman avant de s'asseoir sur son grabat.

Lorsque son regard s'éclaircit, il eut un geste vif vers un objet gisant à son côté, avant de se décontracter en reconnaissant ses visiteurs.

— Désolé de déranger vos rêves, dit Shan.

— Je ne dormais pas vraiment. J'écoutais...

Il parla à voix basse dans l'oreille de son chien. L'animal s'éloigna en trottinant dans le tunnel : il regagnait son poste.

— Vous écoutiez ? demanda Shan.

Osman opina du chef et se tourna vers le couloir chichement éclairé.

— Le vent. Les hélicoptères. Les esprits, répondit-il d'un ton morne, comme s'il attendait quelque événement malfaisant.

— Il y a eu des signes de Nikki ? interrogea doucement Jakli.

— Bien sûr que non, ma fille ! grogna Osman en se frottant le visage. Il est trop intelligent pour sortir des montagnes maintenant. Probable qu'il ira directement à la fête équestre, ajouta-t-il avec un petit sourire rassurant.

Lokesh avança vers l'autel et alluma une des lampes à beurre à l'aide d'une bougie, avant de signifier à Shan de l'imiter, en hommage au Bouddha. Un éclair métallique attira le regard de Shan quand il s'approcha de la paillasse d'Osman : un long couteau à découper était posé au sol, presque aussi long qu'une épée.

— C'est encore trop tôt pour revenir ici, grommela Osman, avec un regard soupçonneux à Shan. Les nœuds pourraient débarquer.

— Nous ne restons pas, répondit Jakli. Nous sommes venus pour savoir comment rejoindre l'Américain. Deacon. Il est parti dans le désert. Quelle oasis ?

— Pas d'oasis.

— Il doit exister une oasis ! Il faut que nous le trouvions, Osman. Ce n'est pas le moment de discuter !

Shan inspecta la pièce, qui s'illuminait à mesure que Lokesh allumait de nouvelles lampes. La statue du Bouddha avait de nouveau été recouverte de sa toile. Des caisse en bois pleines de bouteilles d'alcool, un panier rempli de verres et, dans la pénombre du fond, des cartons. Shan eut le temps de faire trois pas avant qu'Osman l'arrête d'une main levée.

— Se montrer trop curieux peut être dangereux.

Mais Shan en avait vu suffisamment : les cartons étaient identiques à ceux qu'il avait aperçus, neufs et remplis d'appareillage électronique, au Camp de la Gloire. Dans la cahute où il avait retrouvé le cadavre de l'Américain. Sur les caisses était posé un petit émetteur radio portatif de forte puissance.

— Retournez là-bas, dit Osman. Attendez quelques jours. Deacon va revenir ici.

— Nous ne pouvons pas attendre. Le temps manque ! rétorqua Jakli d'une voix plus enflammée. Il se peut que les Américains soient en danger.

— Personne ne vous accueillera à bras ouverts, même si vous trouvez l'endroit. Et si vous ne le trouvez pas, c'est le désert qui vous dévorera. Nikki, il me tuerait bien des fois si je t'envoyais là-bas et s'il t'arrivait quelque chose.

— Raison de plus pour que tu nous donnes les meilleures indications possibles pour nous y rendre.

Marmonnant dans sa barbe, Osman sortit une bouteille de vodka de sous sa paillasse. Il se mit à chercher des verres tout en étudiant l'étrange trio devant lui, changea d'avis, rangea la vodka et sortit une bouteille d'eau. Il remplit trois verres et leur fit signe de s'asseoir par terre.

— Marchez plein est sur seize kilomètres, en gardant votre ombre toujours bien devant vous. Ensuite, très exactement nord-est, franchissez le Puits des Larmes, entre les deux murs. Ensuite plein nord sur cinq kilomètres. On appelle cet endroit la Montagne de Sable.

Il dessina d'un doigt dans le sable, en décrivant les repères géographiques qu'ils rencontreraient. C'était là l'ancienne manière, celle des bergers et des éleveurs qui se transmettaient les renseignements par voie orale, devant tout le monde, de manière qu'à eux tous réunis ils se rappellent le moindre détail.

— Si vous aviez des chevaux, je vous dirais de ne pas partir aujourd'hui. La journée est mauvaise pour le désert. Les odeurs ne collent pas bien. Avec un camion, peut-être, je ne sais pas. Pour un camion, le sable n'est pas des meilleurs.

Il haussa les épaules et secoua la tête.

— Non, vraiment. Attendez ici cette nuit. Demain ce sera mieux.

Jakli échangea un regard avec Shan. Avant de quitter Yoktian, elle avait pris ses dispositions pour qu'un camion mao retrouve Shan sur la route à l'extérieur de la ville dans la soirée du lendemain, afin d'entreprendre le long trajet jusqu'au Népal. Ensuite, Shan pourrait poursuivre le chemin qui le conduisait vers sa nouvelle vie. Osman releva la tête et soupira devant la lueur qui brillait dans le regard de Jakli. Il sortit une vieille boussole de l'un des paniers et la tendit à Shan.

— Faites le trajet en moins de deux heures. Filez comme si vous aviez le diable à vos trousses. Il n'y a aucun abri en chemin.

Le ton sinistre d'Osman ne prit tout son sens que quarante minutes plus tard, tandis que le petit camion progressait péniblement, de sursauts en embardées, dans les sables. Jakli avait ralenti pour consulter d'abord la boussole, puis le rétroviseur afin de vérifier qu'elle naviguait bien en ligne droite, quand elle laissa échapper un petit cri angoissé. Shan suivit son regard. Il manquait un morceau de ciel minuscule à l'horizon : encadré par des nuages sombres, un trou d'un vert noirâtre flottait au-dessus du désert.

— Une tempête ! s'écria Jakli en appuyant sur l'accélérateur. Cette couleur. C'est la graine d'une tempête de mort. Un karaburan !

— Mais elle est bien trop loin. Elle pourrait souffler dans n'importe quelle direction. Nul besoin de...

Shan s'interrompit devant l'expression sinistre et déterminée de la jeune femme. Il accepta en silence la boussole qu'elle lui rendit pour avoir les deux mains libres, qu'elle serra sur le volant.

Quelques minutes plus tard, Lokesh entama une litanie. Pas une prière : il psalmodiait les indications de l'itinéraire vers la Montagne de Sable. Ils trouveraient sur leur route une longue goulée traîtresse, le Puits des Larmes, qu'ils emprunteraient, avant une ligne droite rapide de cinq kilomètres plein nord, jusqu'à ce qu'ils arrivent aux Griffes.

— Comment reconnaîtrons-nous le Puits ? avait demandé Shan.

Osman s'était contenté de rire, comme si la question était un peu bête.

— Ce n'est qu'une tempête, dit Shan sans conviction.

Jamais encore il n'avait vu un tel ciel. Ce n'était plus simplement un trou dans l'horizon. Mais une gueule énorme. Et la gueule se rapprochait, pareille à un prédateur qui aurait senti leur présence.

— C'est pour ça qu'Osman nous a conseillé de nous dépêcher, expliqua Jakli. Il a le sens du désert, comme les anciens. Il a senti quelque chose dans l'air.

Elle serra le volant au point d'en avoir les jointures toutes blanches, en gardant le pied au plancher. L'arrière du véhicule chassait de droite et de gauche quand ils rencontraient des nids de sable mou. Ils passèrent une petite crête. Les pneus avant perdirent toute adhérence, tournoyant en roue libre dans l'air avant de reprendre contact avec le sol dans un bruit nauséeux. Le petit camion trapu hésita, puis repartit sur une embardée. À cette vitesse, ils pouvaient tout aussi bien retomber de guingois et faire un tonneau. Et un camion immobilisé dans le désert serait comme un bateau échoué sur une plage à l'approche d'un typhon : il ne faudrait pas longtemps pour qu'il soit totalement englouti.

— Le Puits ! s'exclama Lokesh depuis le siège arrière.

Sa main jaillit entre Jakli et Shan pour indiquer, droit devant, une longue crête basse qui semblait fendue en deux à son centre. Le vieux moine reprit sa psalmodie, récitant à l'identique les indications d'Osman :

— Plein nord-est, jusqu'au Puits des Larmes. Sortis du Puits, cinq kilomètres au nord comme une flèche.

Le Puits était une ravine entre deux parois de pierre, mais le sol devint plus ferme sous les roues du véhicule à mesure de leur approche. Sauf que les parois paraissaient s'étendre à l'infini, aussi loin que l'horizon. Osman avait-il parlé de leur longueur ? Non. Il avait simplement dit de les franchir.

— La tempête va peut-être virer à l'ouest, loin de nous, avança Shan.

— Peut-être, dit Jakli, sans le moindre espoir dans la voix, de plus en plus pâle.

— Ce canyon, demanda Shan. Il ne peut que nous protéger, non ?

— La tempête arrive du nord-ouest. Elle prend ses forces sous les montagnes de l'Ouest, puis elle augmente en puissance en dévorant la chaleur du désert. De plus en plus forte, de plus en plus rapide. Une caravane peut y échapper si le vent souffle dans la bonne direction. Sinon, la vague de sable se brise sur elle. Le canyon fait fonction de chenal : une ouverture étroite au beau milieu d'une tempête qui soudain se gonfle sous des tonnes d'eau. Un raz de marée. Tout peut se retrouver enterré en l'espace de vingt minutes.

Entre les deux parois, ils ne pouvaient plus voir la tempête. En entrouvrant légèrement sa vitre, Shan entendit un geignement grave et régulier, par-dessus lequel résonnaient les cris et les gémissements d'une multitude de voix.

— *Ay yi !* s'exclama Lokesh. Tout ce malheur !

Ce ne pouvait être, de toute évidence, que le vent qui se levait et jouait au milieu des étranges formes de doigts et de crevasses en grès culminant au-dessus des parois, mais les bruits paraissaient tellement humains que Shan sentit un frisson d'effroi le long de son échine. Le Puits des Larmes.

Jakli se pencha sur son volant, comme si le camion allait avancer plus vite par le simple effet de sa volonté.

— Elles viennent ici, dans le désert. Les âmes perdues au cours des temps. Les âmes faibles, les âmes jeunes, qui ne savent où se diriger, qui n'ont pas en elles la force nécessaire pour les guider jusqu'à leur vie prochaine. Elles se rassemblent ici, poussées par le vent, prises à jamais au piège.

— Vous voulez dire que c'est ce que racontent les anciennes légendes.

Ou l'idée lui avait-elle traversé la tête, à lui aussi ? Shan sentait sa langue s'épaissir étrangement, sa bouche s'assécher au point qu'il ne pouvait plus décoller les lèvres. Jakli n'était pas convaincue qu'il ne s'agisse que d'une légende. Pour Lokesh, en revanche, assis tout au bord de son siège, il n'y avait aucun doute : ce n'était pas une légende.

— Est-ce que vous sentez ? gémit le vieux Tibétain, d'une voix que Shan ne lui avait jamais entendue, une voix de souffrance absolue.

Lokesh commença à égrener son chapelet d'une main, de l'autre pressant contre la vitre, cherchant à atteindre les âmes perdues. Sa mélopée avait changé, son mantra augmenta de volume. Il voulait que le Bouddha de la Compassion perçoive sa voix pardessus le tintamarre, qu'il vienne à la rescousse des âmes échouées, de celles qui s'étaient perdues dans le passé et de celles qui étaient sur le point de l'être dans le présent.

Jakli ne parvenait plus à masquer sa peur. Ses mains tremblaient. Un mince rideau de sable se mit à souffler sur la goulée, créant ainsi un plafond irréel et mouvant à trois mètres au-dessus du camion.

— Tenez-la prête ! insista-t-elle à voix forte pour couvrir le bruit du vent.

Shan la regarda sans comprendre, puis s'aperçut que ses mains, elles, avaient compris : elles tenaient la boussole tout près du tableau de bord. Ils n'auraient droit qu'à une seule chance, un seul sprint à travers le désert jusqu'à la Montagne de Sable. Un endroit qu'ils n'avaient jamais vu, un endroit qu'ils ne reconnaîtraient peut-être même pas, un endroit que la tempête aurait enterré sous des tonnes de sable lorsqu'ils y parviendraient.

La boussole fonctionnerait-elle dans la tempête ? Les parois de pierre seraient-elles des obstacles ? Et si les âmes perdues, à l'affût de la moindre compagnie, dirigeaient l'aiguille dans la mauvaise direction ?

L'aiguille pendulait avec frénésie de gauche et de droite.

Shan finit par en comprendre la raison : ses mains tremblaient comme deux feuilles. Il serra l'instrument avec force. L'aiguille se stabilisa.

Soudain, le rideau de sable en surplomb descendit presque au niveau du toit du camion. Les parois de pierre disparurent. Le camion vibra sous la secousse d'une soudaine bourrasque. Jakli batailla pour aligner leur cap sur le bras de Shan, que celui-ci tendait dans la même direction que l'aiguille. Il jeta un œil au compteur de vitesse. Plus que cinq kilomètres à parcourir. Cinq kilomètres pour battre la tornade de vitesse et éviter la mort.

— Non ! s'écria Shan, en voyant Jakli tourner la tête. Ne regardez pas !

Il ne voulait pas qu'elle vît ce qu'il avait maintenant devant les yeux. Il ne voulait pas la voir saisie par la terreur qui l'avait empoigné, cette poigne d'effroi qui le serrait tel un étau. À l'ouest, le ciel tout entier était englouti par la tempête de sable, et la gueule géante vert et noir s'ouvrait tout grand en arrivant droit sur eux. Non, la tornade ne couvrait pas le ciel. Tout, absolument tout, au-dessus comme au-dessous d'eux, baignait dans la même couleur dérangeante. Plus de ciel, plus de sol. La terre n'existait plus. L'univers entier s'était transformé en un chaos de sable baratté par les vents. Shan se sentait comme un naufragé solitaire face à un raz de marée sur une île minuscule en pleine mer.

Lokesh hurlait son mantra, de plus en plus fort, comme s'il voulait prévenir la tempête de ne pas s'approcher.

Shan regarda le compteur.

— Encore trois kilomètres !

Il avait mal au bras, qu'il tendait toujours dans la direction de l'aiguille. Un larme roula sur la joue de Jakli. Deux kilomètres. Peut-être allaient-ils réussir et battre le monstre de vitesse. Dix-huit cents mètres.

Jakli éclata en sanglots. Shan se rendit compte que le camion n'avançait plus. Le vent créait une illusion de mouvement, mais les grosses roues du véhicule étaient prises dans le sable fraîchement baratté et tournaient, inutiles, en même temps que le compteur. Puis le moteur crachota et s'arrêta.

Une fois les bruits mécaniques disparus, ils n'entendirent plus que le hurlement du vent. Le camion tanguait telle une barque sur la houle de haute mer. Jakli se tourna vers Shan avec un calme étrange.

— Est-ce que je peux vous emprunter votre petit calepin ?

Elle rédigea rapidement quelques mots, arracha la page qu'elle replia dans l'enveloppe dépenaillée qu'elle avait sortie au

Camp de la Gloire, et remit le tout à l'intérieur de sa chemise, contre sa peau.

Shan ne pouvait voir ce qu'elle avait écrit, il ne voulait pas le voir. Mais quand elle lui rendit son calepin avec un sourire triste, il vit qu'elle avait appuyé sur le papier avec une telle force que les creux se lisaient sur la page de dessous.

« Ne reste pas, Nikki. Je serai avec toi dans le beau pays. Je t'aime à jamais », avait-elle écrit en anglais. Shan se sentit honteux d'avoir lu ses mots.

— On pourrait courir, proposa-t-il.

Il se rappela les mots de Jakli. Le Taklamakan. Une fois qu'on y pénètre, on n'en ressort plus jamais.

Le mantra de Lokesh avait perdu de son intensité.

— Il y a des tas de bonnes gens ici, dit Jakli d'une voix creuse, le sourire toujours aux lèvres. Des moines guerriers. Des marchands de la Route de la Soie. Des pèlerins. Jamais je n'aurais cru...

Sa voix mourut d'elle-même. Elle s'enfonça au creux de son siège, pour examiner un petit filet de grains de sable qui avaient commencé à s'insinuer, soufflés par le vent, au travers d'une fissure dans le joint de caoutchouc du pare-brise. Elle se mit à chanter en tibétain. Une vieille, très vieille chanson que Shan avait déjà entendue. Un chant d'épousailles des esprits. Il était destiné aux aimés séparés par la mort.

Il eut le sentiment de s'éloigner de lui-même tandis qu'il contemplait la gueule de la tempête, comme s'il se trouvait ailleurs, simple spectateur de lui-même. Il ouvrit le calepin à une page blanche parmi les dernières du bloc. *Encre déversée dans le ciel,* se vit-il écrire. *Venant pour me noyer.*

Absent, étranger à lui-même, il observa sa main qui saisissait le morceau de papier et le glissait dans sa poche. Jusqu'à ce qu'il sorte de sa transe et se retrouve.

— Non ! s'écria-t-il à l'adresse de la tempête, en mettant de côté cette part de lui qui était prête à mourir.

Il n'allait pas passer l'éternité dans le Puits des Larmes. Sa portière se trouvait à l'abri du vent. Il attacha la cordelette de son sac à son bras, et sortit. Le sable recouvrait presque les passages de roues. Il essaya bien de lire la boussole, mais il était incapable de la tenir sans trembler, aussi décida-t-il de se diriger dans la direction que marquait l'avant du camion. Le vent le fouetta de toutes ses forces après deux pas. Il lui griffait le visage, lui piquait la peau comme un essaim de frelons. Shan avait entendu raconter qu'au cours de certaines tempêtes le vent soufflait avec une telle puissance qu'il arrachait la peau et les chairs des visages des vivants. Il se souvint des statues de Karachuk. Peut-être était-ce ainsi qu'il finirait ? Grignoté peu à peu par le vent et le sable, réduit à une simple esquisse d'humain.

Quelque chose pénétrait dans sa bouche et dans son nez. Un goût de gravier salé. Il comprit qu'il était tombé. Il leva la main jusqu'à sa tête, posée contre le pare-chocs du camion et palpitant de douleur. Sa main revint humide, mouillée de sang. Avec surprise, il découvrit qu'il n'avait plus de jambes. Non, elles n'avaient pas disparu. Elles étaient juste enterrées dans la vague de sable qui enveloppait rapidement le camion. Un demi-tombeau. Existait-il quelque chose qu'on pouvait qualifier de demi-tombeau ? Un bruit pareil au coassement d'une grenouille en train de mourir s'échappa de sa gorge. Il hocha la tête avec violence.

— Non ! s'écria-t-il. Gendun !

Il se traîna le long du camion jusqu'à ce qu'il retrouve la portière, et, avec un effort immense, l'entrouvrit suffisamment pour se glisser à l'intérieur de la cabine.

Lokesh chantait maintenant, en compagnie de Jakli, le chant d'épousailles des esprits. Shan s'affala sur son siège, cherchant un peu d'air, tout ouïe. Juste avant que les autres se taisent bizarrement.

— Les anciens, murmura Lokesh avec respect et sans peur. Ce sont les anciens qui viennent nous chercher, pour nous emmener au Puits.

Il se remit à chanter, d'une voix plus calme.

Le joint en caoutchouc commença à s'effriter, dévoré par le vent. Le sable souffla en tourbillons dans toute la cabine. Mais Shan n'entendait plus le vent. Il percevait un chœur de voix douces qu'il reconnut une à une : celles des lamas qui lui avaient sauvé l'âme. Il n'allait pas avoir de nouvelle vie. Il était en train de revivre des vies anciennes. Une image lui traversa l'esprit comme un rêve. Il se trouvait sur la Route de la Soie, et il était en train de perdre les trésors de l'empereur. Il sentit le gingembre. Son père était tout près.

Un bruit étrange, pareil à un rire, retentit derrière lui. Il cligna des paupières pour en chasser le sable, et vit un sourire dévastateur sur le visage de Lokesh.

— J'avais toujours espéré qu'il en serait ainsi, déclara son vieil ami. Que je pourrais les voir quand ils viendraient me chercher.

Et c'était vrai : dans la gueule de la tempête apparurent deux fantômes, drapés de linceuls noirs, sans visages, bras tendus vers le camion afin d'en recevoir les occupants. Les anciens étaient venus réclamer leurs âmes.

Les Tibétains d'autrefois enseignaient qu'il existait de nombreuses variétés d'enfers, mais que tous possédaient un point commun : ils baignaient dans le noir le plus profond. La minuscule parcelle de conscience, tout ce qui restait de Shan à cet instant, se raccrochait à cette pensée. Il existait de nombreuses variétés d'enfers, de la même manière qu'il existait bien des péchés, mais les pires étaient les enfers froids. Et celui où il se trouvait relégué était certainement le plus froid et le plus noir de tous.

Il n'y avait rien. Rien que froid et ténèbres, et le silence, qui lui permettaient de repenser avec souffrance à ses échecs. Il avait abandonné les enfants, qui allaient mourir. Il avait abandonné Gendun, qui serait capturé et dévoré par les nœuds. Il avait perdu le gardien des eaux, qui allait disparaître parmi les prêtres politiques qui l'avaient capturé.

Ses souffrances allaient et venaient, en flux et reflux, au rythme de ses reprises de conscience. À chaque nouvel accès de lucidité, il ne percevait que douleur. Et quand il essayait de faire apparaître des visages, c'était toujours des visages d'enfants morts.

À un moment, quelque chose de doux toucha sa tête. Il battit des cils, ouvrit les yeux, et vit une flamme toute floue. L'espace d'un instant, il crut voir une femme aux yeux gris pleins de sagesse penchée au-dessus de lui. Son visage, éclairé par la flamme, paraissait de fine porcelaine. Il savait que sa peau crisserait comme une céramique mouillée s'il la touchait. Puis la lumière s'éteignit et il retomba dans son enfer froid.

Après quelque temps — des heures, des jours, des années, il était incapable de le préciser — les visions devinrent très belles, avec des visages de figures sacrées, parfois un des nombreux Bouddhas qu'il avait trouvés au Tibet, parfois Lao Tseu, le sage du *Tao*, qui, des siècles auparavant, avait disparu dans le désert de l'Ouest. Parfois il avait l'impression de se trouver dans un grand entrepôt de la Route de la Soie où il entendait le cri des chameaux et les clameurs de voix excitées, en bien des langues différentes. Puis, parce qu'il avait perdu la caravane de l'empereur, il se voyait conduit et attaché à un poteau pour y mourir tranché par mille lames.

À une occasion, dans une vision, à la riche lumière d'une lanterne, un homme à la peau claire s'assit devant lui et se mit à lire dans un grand livre d'une voix profonde et vibrante. Les mots qu'il lisait étaient en anglais.

— La tente dans laquelle le Grand Khan tient cour est assez vaste pour mille princes. Chaque salle de la tente est soutenue par des colonnes de bois d'épices habilement sculptées, et l'extérieur est couvert de peaux de lion. À l'intérieur, les cloisons sont toutes d'hermine et de zibeline...

Les mots étaient étranges et pourtant familiers — comme s'il les avait entendus par le passé, dans une langue différente, dans une autre vie.

Quelles étaient les étapes du Bardo ? essaya-t-il de se rappeler. Lorsque l'esprit partait à la dérive avant de trouver le chemin de la renaissance. L'ignorance, d'abord. L'illusion que le corps vivait toujours. Puis la prise de conscience que la mort s'était produite — l'étape de la Réalité entrevue, c'est le nom que lui donnaient les lamas, le stade où incertitude et hallucinations des existences passées risquaient encore de faire revenir le mort sur ses pas, retardant ainsi la prise de conscience ultime qu'il n'existait d'autre chemin possible que celui de la renaissance.

Il retomba dans son enfer sombre et silencieux, et, au milieu de ses hallucinations, sentit un parfum de gingembre. Son père marchait devant lui dans les ténèbres, excité parce qu'ils allaient tous deux assister à un lever de soleil dans un vieux temple taoïste. Un vieil Anglais très gentil, que son père lui présenta comme étant un professeur d'histoire chinoise, s'était joint à eux. Un peu plus tard, son père s'arrêta pour lui demander s'il était fatigué et lui caressa la joue. Sa main était humide. Elle était rêche. Elle sentait mauvais.

Il ouvrit les yeux et poussa un cri. La langue d'un chameau argenté lui léchait le visage. Il s'assit sur sa couche, s'éveillant dans son ancien corps. L'animal tordit la tête pour le contempler avec une expression incrédule. Avec un sursaut de plaisir inattendu, Shan se rendit compte qu'il connaissait sans savoir comment le nom de l'animal : Sophie.

Une silhouette apparut à l'entrée de la salle, s'immobilisa, puis sortit au pas de course en poussant des cris excités.

Quelques instants plus tard, Jakli entrait en courant, Lokesh sur ses talons. Son vieil ami s'agenouilla et serra de ses doigts frêles la main de Shan, le visage barré par un immense sourire. Jakli porta une grande louche aux lèvres de Shan et insista à plusieurs reprises pour qu'il boive et reboive.

— Comment ? demanda-t-il, et il se trouva la gorge à vif, comme emplie de poussière, incapable de sortir un son.

Ses deux amis expliquèrent en même temps : ce n'était pas les anciens qu'ils avaient vus, mais Marco et Deacon, enveloppés dans d'épaisses couvertures de feutre, attachés à Sophie, immobile telle une ancre au sommet de la colline la plus proche. C'était un vieux truc des clans du désert. L'ancre devait rester au sommet, là où le vent faisait le plus mal, parce qu'en contrebas, à l'abri des bourrasques les plus violentes, le sable emplissait les vides : c'est là que tout se retrouvait enterré. Marco et l'Américain les avaient collés contre eux, à l'abri de leur couverture, puis ils avaient suivi les cordes qui les reliaient à Sophie. Serrés contre elle, ils avaient attendu trois heures, se servant de la chamelle comme d'un coupe-vent, roulés tous les cinq dans leurs couvertures comme dans un cocon géant. Quand les hurlements du vent avaient cessé, ils étaient ressortis pour se retrouver au beau milieu d'une étendue de sable plate, avec la dune la plus proche à quatre cents mètres. Le camion avait disparu.

— Remercie ton dieu, dit Marco. Ç'a juste été une toute petite tempête.

Jakli versa de l'eau sur un linge qu'elle passa sur le front de Shan.

— Vous vous êtes cogné la tête sur le camion. Contre le pare-chocs.

— Combien de temps ? demanda-t-il, en pleine confusion.

— Presque deux jours... Je suis vraiment désolée.

Il lut la douleur sur ses traits et essaya de saisir la raison de ses excuses, avant de comprendre : ils avaient un jour de retard. Il s'accrocha à elle, les sens engourdis, incapable de parler. Il ne rejoindrait pas le Népal. Il ne démarrerait pas une nouvelle vie. Il ne rencontrerait pas le vieux professeur.

— C'est quoi, cet endroit ?

— La Montagne de Sable. Marco s'y trouvait déjà. Osman l'a appelé par radio et lui a dit d'ouvrir l'œil sur notre arrivée. À cause de la tempête.

— La radio ? coassa Shan, la gorge toujours comme un parchemin malgré l'eau avalée.

Personne ne sembla l'entendre. Tous s'étaient tournés vers l'entrée de la salle, où Marco était apparu en compagnie d'un homme maigre aux cheveux blond-roux. Jacob Deacon.

— Le grand enquêteur est-il prêt à causer ? aboya l'Eluosi à dix mètres.

— Il est trop fatigué ! protesta Jakli.

— Ça va, répondit Shan en tendant la main vers Lokesh.

Mais dès qu'il tenta de se remettre debout, il fut pris de vertige et retomba à genoux.

Marco s'avança jusqu'à son grabat et le contempla de toute sa hauteur en caressant le cou de Sophie.

— Encore quelques heures de repos, dit Jakli. Cet après-midi.

— Si Sophie et Jakli disent d'attendre, j'attends, accepta Marco avec réticence. Mais quelques heures seulement, pas plus.

— Cet après-midi ? s'étonna Shan. Mais c'est la nuit !

— Nous sommes dans une caverne, expliqua Jakli. Un château d'eau. C'était même un monastère, il y a bien longtemps.

— Un château d'eau ?

— Les aqueducs sous le sable. Les karez. Les tunnels qui amenaient l'eau depuis les montagnes à l'époque où il y avait encore de grands glaciers. Les livres anciens, à Pékin, expliquent que ce sont des ingénieurs de Nanjing et de Sian qui les ont bâtis, mais les vieux récits et les murs racontent une autre histoire. Ce sont des hommes venus de Perse qui les ont construits pendant votre dynastie Tang, en échange des pierres précieuses et des fruits de notre terre. Il y a sur les murs des fresques qui les représentent.

Un livre épais, patiné par l'usage, était posé à côté de sa paillasse.

— Quelqu'un me faisait la lecture, dit-il en le ramassant. *Les Voyages de Marco Polo,* en anglais.

— C'était moi, dit Deacon. Une idée de Warp. Elle prétend que ça aide à faire revenir à lui un cerveau meurtri.

— Warp ?

— Il sera toujours temps de vous expliquer, intervint Jakli, un doigt sur les lèvres. Plus tard.

Elle lui présenta la louche et il but. Sa soif semblait inextinguible.

— L'eau continue toujours à couler depuis les montagnes ?

— Rien qu'un filet. Juste assez pour garder la Montagne de sable en vie.

— Mais ça doit remonter à plus de mille ans.

Jakli acquiesça et le repoussa délicatement sur sa paillasse.

— Maintenant, rendormez-vous. Nous ne serons pas loin.

À son réveil, la salle était vide. Prudemment, soucieux de ne pas réveiller la douleur qui accompagnait chaque mouvement brusque, il se saisit de la lampe en terre cuite posée près de son grabat et commença à explorer les lieux.

Une salle de quinze mètres carrés. Deux murs plâtrés, décorés de silhouettes en taille réelle représentant des hommes à l'allure sévère, les yeux bleus, avec de longs cheveux et des barbes rougeâtres taillées au carré. Les visages lui rappelaient la jeune femme sur les affiches, Niya. Les silhouettes d'hommes présentaient des offrandes à d'autres silhouettes debout devant leurs chevaux, des dizaines de chevaux tout petits qui n'étaient pas à l'échelle du reste. Dans le tunnel d'accès, Shan aperçut une douzaine de cellules de méditation. Il jeta un coup d'œil à l'intérieur de l'une d'elles et se recula vivement. Deux silhouettes dormaient sous des couvertures de grossière toile à sac.

Le tunnel se séparait en deux. Sur la droite, il distingua des lumières et entendit plusieurs voix. Il avança vers la gauche et arriva bientôt dans une autre grande salle. Sophie était là, en compagnie de deux autres chameaux. Un peu plus loin, il vit briller sur le sol en sable un carré de lumière réfléchie par un passage au fond de la pièce. Sophie accueillit Shan par un geignement étouffé. Il lui frotta le cou un moment, puis suivit le couloir qui s'incurvait sur sept à huit mètres et se retrouva en plein soleil.

S'abritant les yeux, il avança dans le désert. Le ciel était d'un bleu de cobalt brillant, sans un nuage. Il s'aperçut bien vite que la Montagne de Sable était un long affleurement de grès, bien plus vaste que celui qui supportait le temple à Karachuk, soixante-dix mètres de haut sur plus de huit cents mètres de long. Près du sommet, il vit une ruine, une vieille tour sentinelle en pierres taillées. Il remonta à mi-pente du sentier qui y conduisait et s'assit sur un rocher, où il s'étira en respirant à pleins poumons. L'air était pur et clair, sans plus rien de ces odeurs de mort qu'il transportait avec lui deux jours auparavant. Au loin, vers le sud, une longue ligne de blanc flottait sur l'horizon : les hauteurs des Kunlun, là où Gendun attendait, au cœur de la montagne.

Deux jours, songea-t-il. En deux jours le tueur avait pu trouver un autre enfant.

Quand il rentra dans la montagne par une fissure étroite cachée par l'ombre, Jakli était installée à l'entrée, penchée sur un saladier en bois dans lequel elle frottait des objets à l'aide d'une brosse métallique. Elle le remarqua au dernier moment, quand il s'agenouilla à côté d'elle.

— Je suis désolée, dit-elle en laissant retomber sa brosse. J'aurais dû vous ramener à Senge Drak. Une nouvelle vie vous attendait. C'est ma faute.

Il ne répondit pas immédiatement, et contempla le désert par l'étroite ouverture d'accès.

— Je crois qu'au milieu de la tornade, quand les ténèbres nous ont engloutis, je crois que cette vie-là, j'y ai renoncé.

Elle releva les yeux et opina du chef avec solennité. Elle comprenait parfaitement. C'était là le marché que Shan avait passé avec les divinités du désert, le prix qu'il avait payé pour qu'ils restent tous en vie.

Il indiqua le saladier en bois et elle soupira. Un peu agacée, elle essuya l'objet qu'elle tenait dans la main à l'aide d'un chiffon huilé et le lui tendit pour qu'il l'examine.

— Des médaillons de vertu, expliqua-t-elle. Deacon les a trouvés près de l'un des autels.

Il y avait une douzaine de pièces dans le saladier, certaines encroûtées de boue, d'autres déjà nettoyées qui brillaient avec éclat. Jakli lui montra celle sur laquelle elle travaillait, posée au creux de sa paume : un trapèze de cinq centimètres, en bronze, légèrement incurvé à ses extrémités percées de petits trous, et portant des idéogrammes complexes.

— Pour les moines guerriers. Nous avons retrouvé des références dans les livres anciens. Aujourd'hui, les soldats reçoivent des récompenses pour leur valeur. Mais dans les armées anciennes, valeur et bravoure allaient de soi chez les moines. Ce qui était recherché, c'était la vertu. Si un soldat avait fait un sacrifice pour ses parents, s'il avait dédié sa vie à perfectionner ses talents d'archer, s'il passait ses heures de repos à rédiger les neuf millions de noms de Bouddha, ou encore s'il avait accompli de grands exploits au nom de la vérité, son général le récompensait alors par un médaillon.

— Ils doivent être vieux de plusieurs siècles, dit Shan, impressionné.

— Ils viennent des garnisons tibétaines qui se trouvaient ici il y a onze, douze siècles.

— Leur place est dans un musée.

À ses mots, Jakli serra farouchement le médaillon au creux de sa main.

— Pas avec les communistes ! La vertu ne devrait pas être bouclée à double tour dans un musée.

— Non, admit Shan.

Il s'agenouilla et mit la main dans le saladier, d'où il sortit deux médaillons déjà nettoyés. La moitié de ceux qui s'y trouvaient déjà, propres et brillants, étaient noués deux à deux par une ficelle cirée. Ils se faisaient pendant. Les faces de la paire de rectangles qu'il tenait s'ornaient de dessins de fleurs de lotus. Un autre ensemble était constitué de deux pièces circulaires, un autre de deux chevaux au galop.

— Tantine Lau m'a dit que de tels trésors n'appartiennent à personne. De temps à autre ils sont attribués en usufruit à quelques rares privilégiés dignes de cet honneur, puis ils passent, comme une force de la nature.

Shan se souvint que Lokesh avait usé de mots similaires pour la vertu.

— Mais où vont-ils, ces objets ? demanda-t-il.

Il mit la main à la poche pour y toucher le médaillon qui s'y trouvait. Lau en avait eu un en sa possession, et il voulait le montrer à Jakli.

— C'est aux peuples du désert de décider de la manière de partager les secrets du désert, déclara en anglais une femme, en bordure de la pénombre.

Shan lâcha le médaillon de Lau.

— Warp ! s'exclama Jakli.

Une femme aux longs cheveux noirs noués en une simple tresse venait d'apparaître à la lumière. Plus âgée et plus petite que Jakli, avec d'épaisses lunettes cerclées de noir sur le nez, elle était tellement frêle qu'elle flottait dans son ample blouse verte — le genre de blouse que portaient les médecins ou les travailleurs des laboratoires.

— Et les morts remarcheront, ajouta la femme, avec un sourire réservé à l'adresse de Shan.

Shan se leva. Elle lui tendit la main.

— Nous nous sommes fait beaucoup de souci pour vous, dit-elle dans un mandarin parfait. Abigail Deacon.

— Professeur d'anthropologie culturelle, poursuivit-il en anglais.

Elle avait une poigne ferme et le fixa intensément en lui serrant la main. Sa peau était olivâtre et ses yeux, d'un bleu lumineux, avaient la forme d'une amande, souvenir de quelque héritage asiatique.

— Shan Tao Yun, répliqua l'Américaine. Jadis employé du gouvernement.

Shan acquiesça lentement de la tête, en jetant un coup d'œil rapide à Jakli.

— Bien. Le temps manque pour autre chose que la vérité.

— Il est toujours aussi sérieux ? demanda Abigail Deacon en haussant les sourcils.

Jakli sourit à Shan, qui se tenait entre les deux femmes, gêné.

— Sophie lui lèche le visage, annonça Jakli en guise de réponse.

L'Américaine opina, perdue dans ses réflexions, comme si elle acceptait cette vérité, avant d'essuyer ses verres de lunettes dans sa blouse en soumettant Shan à un examen de détail.

— J'ai appris qu'en venant nous prévenir, vous avez perdu l'occasion d'une nouvelle vie

Shan haussa les épaules

— Tout ce que je sais avec certitude, c'est que j'ai renoncé à une semaine de trajet pénible à l'arrière d'un camion.

— Le moins que nous puissions faire, répliqua l'Américaine en souriant, est de vous inviter à dîner.

Sur ces mots elle tourna les talons et disparut dans la pénombre.

— Dans sa cabane, à Karachuk, Deacon examinait de vieux tissus. C'est aussi ce que fait sa femme ici ?

Il ne posa pas le reste de sa question. Qu'est-ce que Deacon pouvait bien fabriquer avec une jambe d'humain ?

Jakli hocha la tête en brossant son médaillon.

— Abigail est une experte. Elle discerne dans les tissus des choses que personne d'autre n'est capable de voir.

— Pourquoi ici ? Pourquoi tant de secrets ?

— C'est ici que se trouvent ces fameux tissus. Dans le désert. Dans les ruines. Ils ne supportent pas les voyages. Il vaut mieux les étudier sur place.

— Mais il existe des musées pour les antiquités. À Lhassa. À Ouroumtsi.

— Ce qu'elle fait est très spécial.

— Vous voulez dire : politique ?

De toute évidence, les Américains se trouvaient en Chine sans autorisation. Mais ils ne courraient tout de même pas le risque de se faire arrêter par un homme comme Bao à cause de morceaux de vieux tissus !

Jakli continua son nettoyage sans répondre.

— Que peut-il bien y avoir de politique dans des fragments de tissus ? insista-t-il.

Jakli fronça le sourcil sans relever la tête.

— On m'a envoyé sur une piste que je suis depuis les premiers meurtres. La seule et unique manière pour moi d'arriver au bout de cette piste est de comprendre tout ce que je croise en chemin.

Elle lui lança un regard grognon, puis couvrit son saladier d'une vieille serviette et se remit debout, le récipient en équilibre sur une hanche. Elle le conduisit dans le tunnel, sans s'engager dans le couloir qui menait à la salle dans laquelle il avait dormi. Ils écartèrent une lourde couverture de feutre, puis une seconde, plus légère et plus rêche au toucher, comme si sa fonction était d'accrocher la poussière et les insectes volants, et pénétrèrent dans une pièce bien éclairée, mi-laboratoire, mi-bibliothèque. Huit tables — des planches sur des tréteaux — étaient disposées sur deux rangs. L'une d'elles, en appui contre le mur, supportait un empilement de tréteaux et de planches plus petits qui formaient ainsi des étagères à livres. Deux autres tables étaient occupées par deux microscopes binoculaires, identiques à celui dont Jacob Deacon se servait à Karachuk, avec, sur l'une d'elles, un appareil photo de prix. Éparpillées sur les plans de travail, de grandes enveloppes en plastique contenaient des fragments de tissus. Un homme aux cheveux clairsemés, qui ne s'était pas rasé depuis une bonne semaine, était penché sur l'un des microscopes et manipulait un bout de tissu à l'aide de brucelles métalliques. Abigail Deacon était assise devant un ordinateur entouré de pièces de tissu protégées par de longues enveloppes transparentes. Des ampoules à incandescence pendaient à des câbles tirés à la surface du plafond. Shan les suivit jusqu'à une série de batteries, plus grosses que celles qu'il avait vues connectées au système solaire photovoltaïque de Karachuk.

L'homme âgé releva brusquement la tête. Il marmonna quelques syllabes d'un ton inquiet et Abigail Deacon se retourna, le front soucieux. Ce n'était pas de la colère, simplement de l'agacement d'être ainsi interrompue. Elle revint à son ordinateur, appuya sur quelques touches de son clavier, ôta sa disquette et l'inséra dans un boîtier en plastique. Shan vit une douzaine de boîtiers identiques sur la table, tous avec leur disquette. Abigail s'adressa en turco-mongol à l'homme âgé, puis elle fit face à Shan.

— Mon mari m'a prévenue que vous poseriez des questions. Des tas de questions, soupira-t-elle.

Elle se frotta un instant les yeux, puis alla jusqu'à une grande bouteille Thermos et servit trois chopes de thé. Elle en déposa deux près du second microscope.

— Désolée, nous manquons de chaises. Nous venons de loin. Alors, ce qui n'est pas indispensable... Prenez la mienne, dit-elle en désignant le tabouret devant l'ordinateur.

— Vous parlez le mandarin et aussi la langue des clans, remarqua Shan d'un ton interrogateur.

— Ma grand-mère était kazakhe. Elle a épousé un archéologue américain qui explorait la Route de la Soie au début de ce siècle. Elle a tenu à garder ces langues vivantes dans notre famille.

Shan fixait l'enveloppe la plus proche de lui, avec sa bandelette de tissu aux lignes en zigzag éclatantes, rouges, jaunes, bleues et marron, pareilles à des éclairs de tonnerre. Les bords étaient effrangés et il y avait quelques trous dans la trame, mais les couleurs vibraient et le tissu paraissait solide.

— Vous retrouvez d'anciens tissus, madame Deacon, dit Shan d'un ton mal assuré. Vous les analysez, et vous archivez le résultat de vos recherches sur les modèles étudiés.

— Warp, déclara-t-elle en souriant devant la perplexité de Shan. Mon mari est Deacon. Je ne suis pas madame Deacon. Ni le professeur Deacon. Et pas Abigail. Warp, uniquement, comme la chaîne sur un métier à tisser. Un surnom qui remonte à mes années de fac.

Elle agita la main de haut en bas, et Shan comprit qu'elle indiquait le mouvement du fil qu'on tissait dans le métier.

— Warp, répéta-t-il lentement, et l'Américaine sourit.

— Avant que nous commencions à nous intéresser au Taklamakan, expliqua-t-elle, il n'existait sur cette planète qu'un seul endroit susceptible de nous fournir des échantillons valables de tissus très anciens : l'Égypte. Ç'a toujours été un gros problème pour les archéologues, parce que cela implique un énorme vide dans la compréhension des cultures antiques. Les textiles ont toujours joué un rôle très important dans la vie. Ç'a toujours été une industrie essentielle. Par exemple, dans les sociétés antiques, le textile utilisait plus de main-d'œuvre que la production de nourriture, et les tissus ont toujours été un reflet de la religion et de la culture. En Égypte, nous utilisons les tissus pour replacer un individu dans la hiérarchie de la société, déterminer son statut et sa position, son travail, parfois même son hygiène personnelle.

— Mais, en Égypte, les tissus doivent être vieux de deux, peut-être trois mille ans, intervint Shan en fixant l'échantillon. Celui-ci paraît beaucoup plus récent.

Il laissa filer son regard dans le laboratoire, et s'arrêta sur l'étagère à livres supérieure. On l'avait dégagée à une extrémité pour faire place à une demi-douzaine de cages à criquets. Les cages chéries de Deacon. Sur une autre étagère s'empilaient des tablettes en bois taillées en biseau.

— Nous les datons au carbone 14, en nous servant d'objets en bois retrouvés auprès des échantillons. Des épingles à cheveux, des ustensiles. Des bijoux en bois. Des lettres en bois, parfois, dit-elle avec un signe de tête vers les tablettes.

Elle indiqua l'échantillon dans l'enveloppe près de lui.

— Ça, c'est vieux de mille à douze cents ans.

— La dynastie Song ! s'exclama Shan, émerveillé.

— Non. Mille ans avant Jésus-Christ. Votre dynastie Shang.

Shan releva la tête : il n'en croyait pas ses yeux.

— Les sables. La sécheresse. Exactement comme en Égypte, expliqua-t-elle.

Elle poussa un autre morceau de tissu vers Shan, en lui montrant son motif subtil de moutons en plusieurs couleurs. La ganse d'une robe.

— Mais il s'agit d'une découverte exceptionnelle, dit Shan. Jamais je n'ai entendu...

Il s'interrompit, perplexe, devant l'échange de regards tristes entre Jakli et l'Américaine.

— Ces textiles-ci, ainsi que les autres dont nous disposons, couvrent plus de deux millénaires. Ils n'ont rien de commun avec ceux qui se trouvent à l'est de cette région. De nombreux motifs coïncident exactement avec ce qui se fait en Perse, et même en Macédoine. Et ce sergé... — Warp montra un tissu écossais bleu, marron et jaune — correspond directement à des brins de tissu préservés dans les mines de sel de ce qui est aujourd'hui l'Autriche, et fabriqués par les ancêtres des Celtes.

» Le professeur Najan, poursuivit-elle avec un signe de tête vers l'homme chauve à son microscope, est retraité, mais il travaillait au musée d'Ouroumtsi. Il a reconstitué la méthode de tissage de plusieurs fragments et il peut vous expliquer très exactement comment les métiers étaient fabriqués afin de produire de tels tissages. Des métiers très primitifs, d'un modèle utilisé aujourd'hui encore en Turquie et en Afghanistan.

Les yeux de l'Américaine brillaient d'une lueur qui ressemblait à du défi.

— Les preuves sont irréfutables. Lorsque nous publierons, nous aurons de quoi remplir cinq volumes.

Shan savait que la République du Peuple était à elle seule le plus ancien de tous les tissus : un patchwork de peuples, de cultures et d'histoires comme autant de trames et de chaînes, tenues ensemble par la force et la doctrine. Les livres d'Histoire étaient patiemment reconstruits dans les ateliers du Parti afin de valider ce patchwork : l'annexion des vastes terres du Xinjiang et du Tibet avait été politiquement justifiée par le fait, clamé haut et fort, que les ethnies originelles avaient toujours fait partie du peuple chinois. À quelques mois d'intervalle, les grands titres annonçaient de nouvelles recherches financées par le Parti, recherches qui prouveraient que Chinois et Tibétains, ou Chinois et nomades du Xinjiang possédaient des racines communes. Une des directions de recherche préférées des grands pontes du Parti était le projet du chromosome chinois : celui-ci visait à établir la preuve scientifique irréfutable que Tibétains et autres minorités ethniques descendaient tous des Chinois han. Shan savait que ces études existaient, il avait même connu certains des savants de Pékin engagés dans le projet, car c'était parfois les mêmes qui travaillaient dans les équipes de médecine légale et scientifique. D'abord venait la doctrine, et la science avait pour seule et unique finalité de s'adapter à la doctrine. Ce n'était pas très différent du travail dont lui-même avait jadis eu la charge à Pékin : dans le cadre de chacune de ses enquêtes, il s'était vu affecter un mentor politique. Il était la preuve vivante que les enquêteurs défiant la doctrine pouvaient se voir accusés des crimes qu'ils étaient chargés d'élucider.

Abigail Deacon semblait lire dans ses pensées.

— Les savants du Parti ont annoncé en grande pompe que les Tibétains et les Chinois han ont en commun 99,9 pour cent de leur matériau ADN. *Idem* pour les Kazakhs, les Ouighours et les Han. Ce qu'ils ne précisent jamais, c'est que les Chinois han et les Nigérians, les Indiens d'Amazonie ou les habitants des Highlands d'Écosse ont eux aussi en partage 99,9 pour cent du même matériau génétique. Parce que le fait est clairement établi : nous faisons tous partie de la même espèce.

Shan dévisagea en silence Abigail Deacon, Jakli et le professeur Najan, qui le fixaient maintenant d'un air de défi. Puis il leva sa chope de thé en guise de salut. Toutes ces recherches, si pénibles et douloureuses soient-elles, concernaient leur science. Et tout ce qui relevait du secret concernait le mouvement indépendantiste.

— La femme. La femme sur les affiches. Niya.

— Niya Gazuli ? demanda Jakli. Cela signifie la Beauté de Niya. Elle vient des ruines de l'ancienne Niya, où on l'a trouvée. Dans le désert, à moins de trois cents kilomètres d'ici. On a retrouvé ses restes momifiés après qu'une tempête a dégagé un site funéraire. Le professeur Najan a fait partie de l'équipe de fouilles. Niya avait au moins deux mille cinq cents ans. Des cheveux roux. Une robe décorée de silhouettes de chevaux et d'oiseaux. Et pas une goutte de sang chinois en elle. Elle est devenue un symbole, un cri de ralliement. Des affiches sont apparues. Des chansons ont été écrites. Mère Niya, qui nous enseigne que le gouvernement ment. Le gouvernement a étouffé les recherches dès que les premiers bruits ont commencé à courir sur les découvertes. Depuis..., conclut-elle en haussant les épaules.

— Nous connaissons au moins un exemple, poursuivit Najan, où le gouvernement a confisqué des momies pour les détruire. Les recherches sont contrôlées de manière beaucoup plus étroite aujourd'hui. Et les implications d'étrangers sont suspectes.

Quelques savants du Kazakhstan et d'Europe ont donné des conférences et se sont vus condamnés par Pékin comme éléments subversifs qui essayaient de se mêler des affaires internes à la Chine.

Bao avait un nom pour ces savants-là. Les insectes qu'il avait l'intention d'écraser.

— Mais Pékin n'a aucun droit sur ces trésors, intervint Warp. Personne n'est propriétaire de la connaissance. Elle n'appartient pas aux Américains ou aux Européens, ni aux Chinois. Nous prélevons de petits échantillons et nous remettons les spécimens dans le désert, en des endroits que seuls connaissent les Kazakhs et les Ouighours.

Shan pensa à l'anneau d'acier dans sa poche, qu'il conservait depuis cette nuit au Camp de la Gloire.

— Y a-t-il d'autres savants américains au Xinjiang ? interrogea-t-il.

Warp plissa le front.

— Probablement. Nous avons entendu des rumeurs ouighoures, il y a quelques années. Un diplômé allemand a été surpris alors qu'il dirigeait une fouille non autorisée en compagnie d'étudiants. Il a disparu, on n'a plus jamais entendu parler de lui, ici ou en Allemagne. Aujourd'hui, tout est secret et compartimenté pour des raisons de sécurité. Nous ne sommes au courant que de notre projet.

Shan contempla le laboratoire, puis se tourna vers les deux savants, pris de vertige devant l'ampleur de l'effort et les risques encourus. Bao avait reniflé quelque chose. Les Américains ne seraient pas expulsés s'il leur mettait la main dessus. Ils étaient en situation illégale, invisibles aux yeux des autorités officielles : Bao savait que la meilleure solution serait de les faire disparaître. Comme un autre Américain capturé par les nœuds qu'on avait amené au Camp de la Gloire.

Ces gens comprenaient-ils réellement les dangers encourus ? Avec un frisson d'effroi, Shan se rappela que des nœuds, relevant directement du quartier général, avaient été spécialement affectés au comté. Ils n'étaient certainement pas là à cause de petits garçons morts ou d'un professeur manquant à l'appel. Ils avaient pour mission de retrouver des éléments subversifs étrangers et pouvaient débarquer en hélicoptère à tout moment — dans une heure, dans une minute. Cela, les deux scientifiques le comprenaient certainement, mais ils avaient résolument repris leur travail. Jakli comprenait, elle aussi. Si les nœuds arrivaient depuis les airs, ils disposeraient de bombes incendiaires, des bombes spéciales capables d'aspirer tout l'oxygène d'un lieu comme celui-ci. Ils pourraient passer l'endroit au crible et abattre chacun d'eux d'une balle dans la tête. Ou simplement se contenter de sceller la caverne et de les y laisser mourir à petit feu. Les nœuds disposeraient de tout un choix de solutions s'ils découvraient la Montagne de Sable, et aucune ne laissait de place à d'éventuels prisonniers.

— Votre fils est ici, dit Shan, regrettant immédiatement l'inquiétude qui avait transparu dans sa voix.

Abigail Deacon le fixa droit dans les yeux un moment.

— Oui. Et alors ?

— Est-ce qu'il se trouve ici, dans la Montagne de Sable ?

— Il est en sécurité, répondit l'Américaine en coulant un regard à Jakli. Pas ici, mais dans les Kunlun.

— Que voulez-vous dire ?

— Il est avec des nomades, des bergers. C'est Lau qui a arrangé tout ça, comme s'il faisait partie de sa classe d'orphelins. Une famille de la frontière, un clan des ombres. Elle a dit qu'il ne pouvait pas y être plus en sûreté.

— La zheli ? s'écria Jakli, la gorge nouée. Votre fils est avec la zheli ?

Abigail Deacon les dévisageait sans comprendre. Elle n'était pas au courant, comprit Shan avec effroi. Elle avait envoyé son fils en sûreté dans les montagnes. Mais maintenant, le jeune Américain était sur la liste de mort de la zheli.

# 11.

Shan se toucha du doigt la tempe gauche, où une sourde palpitation avait repris. Avant qu'il ait pu ouvrir la bouche, Jakli avait posé la main sur son bras et le tirait pour le reconduire à sa paillasse.

— Il faut qu'ils comprennent. Leur fils est en grand danger, dit-il dans le tunnel, malgré sa douleur.

— Les bergers chez lesquels il se trouve sont prudents comme des léopards. Personne ne les voit s'ils ne veulent pas être vus.

Elle lui redonna de l'eau et alluma la petite lampe près de sa paillasse avant de le laisser dormir.

Il dormit, en effet, en tout cas il crut qu'il avait dormi, mais pas longtemps. Il fut réveillé par des bruits dans le tunnel. Quoique toujours présente, la douleur s'était atténuée. Il prit la lampe en terre cuite posée par terre et se redressa, prêtant l'oreille, avant de la reposer. Des voix d'hommes parlaient dans la langue des bergers. Il ne pouvait en reconnaître les mots, mais il les sentait inquiètes, tourmentées, dans l'urgence, comme si leur tâche ne saurait attendre.

Il s'approcha de l'encoignure où le tunnel ouvrait sur la salle et aperçut deux hommes, vêtus des gilets et bonnets en laine des bergers, qui transportaient un colis dans l'une des cellules de méditation. Un troisième, dans le même accoutrement, tenait une lampe à kérosène. Le balluchon était long et étroit, et les deux hommes progressaient avec délicatesse, comme s'ils craignaient de le briser.

Ils disparurent dans la cellule, pour en ressortir aussi vite, les mains libres, cette fois. Ils reprirent le couloir au petit trot. Shan s'apprêtait à y pénétrer à son tour quand il aperçut une nouvelle lumière. C'était Jacob Deacon, chargé d'une mallette de médecin, accompagné par le professeur Najan, toujours vêtu de sa blouse de laborantin et portant une torche électrique. Les deux nouveaux venus discutaient à voix basse en entrant à leur tour dans la pièce où les bergers venaient de déposer le colis. Shan se rapprocha doucement le long du mur. Deacon était agenouillé devant le balluchon roulé dans sa couverture, une grosse seringue à la main. Il l'injecta dans un orifice du tissu de feutre et la rendit à Najan, qui lui en tendit une seconde. L'Américain répéta l'opération, puis les deux hommes se relevèrent rapidement et ressortirent dans le tunnel sombre.

C'était donc un corps qu'on avait transporté là, un malade qui avait besoin des médicaments de l'Américain. Shan attendit cinq minutes, puis récupéra sa lampe et revint sur ses pas. C'était dans cette même pièce qu'il avait vu deux formes endormies. Étaient-elles malades ? Avaient-elles été blessées, comme lui, pendant le karaburan ? Il entra et vit trois silhouettes indistinctes à même le sol.

Chacune était enroulée dans une épaisse couverture de feutre, avec un petit traversin roulé en guise d'oreiller. Sur le feutre on avait soigneusement étendu une écharpe brodée, bien lissée afin de mettre en valeur les motifs de chevaux bondissants et de grands arbres. Soucieux de ne pas les réveiller, Shan approcha la lampe du premier dormeur et se figea sur place. Ce qu'il avait devant les yeux ne méritait pas le nom de visage : il n'avait pas de nez. D'une main tremblante, il plaça sa lumière juste au-dessus de la figure. Il n'y avait pas non plus d'yeux. Examinant plus en détail les traits desséchés et momifiés, il comprit que l'homme ne voyait plus depuis des siècles. Le sable et la sécheresse préservent, avait dit Abigail Deacon, et lui avait cru qu'elle ne parlait que de tissus. Délicatement, il entrouvrit la couverture qui laissa apparaître une robe en sergé marron : c'était donc ainsi que l'Américaine recevait ses échantillons de textiles. Des fragments de vêtements funéraires, portés par les momies du Taklamakan.

Après la première seconde de frayeur, Shan n'éprouva plus ni crainte ni révulsion. Rapidement, il jeta un œil aux deux autres silhouettes, une femme aux longs cheveux bruns coiffés en double tresse à la manière de Niya Gazuli, et un homme tellement complet, tellement bien conservé, qu'il donnait l'impression de dormir dans cette quasi-obscurité. Il était tout à fait extraordinaire, tel un visiteur d'un monde disparu. Son visage, bien que parcheminé, était clair de peau, et ses longs cheveux sombres et épais avaient incontestablement des reflets roux, tout comme sa barbe. Un cordon tissé de fils multicolores liait ses poignets, plaçant ses longs doigts délicats dans une position solennelle. Il portait une épaisse chemise en lainage avec manchettes, qui rappela à Shan la bandelette de tissu qu'il avait vue dans le laboratoire. Aux pieds il avait des bottes de cuir fin, peut-être de la peau de cervidé, et des jambières en feutre qui montaient aux genoux.

L'intention première de Shan avait été de poursuivre son chemin, afin qu'on ne le surprenne pas sur les lieux et de ne pas déranger les momies plus longtemps. Mais quelque chose le retint. Il tomba à genoux près de la momie barbue et d'un geste lent, hésitant, il frôla le tissu de la manche. Peut-être cet homme était-il l'un des bâtisseurs de Karachuk, songea-t-il, étrangement excité. Peut-être avait-il cueilli un abricot et s'était-il assis dans l'ombre du grand Bouddha couché. Le visage serein dégageait une grande sagesse, une sagesse que le mort paraissait défier Shan de découvrir.

Il aurait été incapable de dire combien de temps il resta assis à contempler les silhouettes. Il finit par percevoir une odeur de fumée de cigarette et releva la tête pour voir le professeur Najan.

— Vous avez rencontré nos partenaires silencieux, fit remarquer Najan d'une voix douce.

— Comment est-ce possible ? Où...

— Les tracés des rivières mortes sont connus. Tous les anciens campements se trouvaient sur les rivières, et c'est toujours là que nous fouillons. Les anciens terrains de sépulture sont facilement identifiables, parce que les funérailles se pratiquaient à l'intérieur d'un cercle de rondins, comme une petite forteresse. Après une grosse tempête, il arrive qu'un cercle de rondins soit exposé à l'air libre. Il reste quelques vieux Kazakhs et Ouighours qui comprennent le désert, et qui n'ont pas peur d'aller y camper la nuit.

— Avec seulement trois momies, vous êtes capables de déterminer autant de choses ?

— Trois ? Celles-ci ne sont que les dernières, exposées après le karaburan. Nous en avons récupéré plus de cinquante. Une trentaine d'autres ont été examinées *in situ*.

— Il y a cinquante momies ici ?

— Nous prélevons nos échantillons, nous prenons des photos et des vidéos, puis nous les rendons à leur sommeil. Si nous avons le sentiment que le site est connu des pillards, nous les enterrons dans un nouveau lieu secret.

Le savant laissa filer le regard sur les trois dépouilles desséchées. Shan y lut une étrange et triste fierté.

— Nous leur lisons des paroles pour nous excuser d'avoir dérangé leur repos, pour leur faire savoir que nous n'avons pas oublié.

— Vous prélevez aussi des échantillons de tissus humains, dit Shan en se souvenant des seringues de Deacon. Pas simplement de textiles.

— Chaque fois que c'est possible. Un échantillon minuscule, que nous expédions aux laboratoires des État-Unis et de Suisse qui nous aident en secret. Nous avons besoin d'une série substantielle de données d'ADN.

Najan s'accroupit et, adossé au mur, il contempla la momie que Shan avait exposée. Lui aussi sentait la magie secrète de cet instant.

— Nous ne pensons pas que cela les dérange. La première fois, un Kazakh est venu ici, un descendant des occupants de Karachuk. Il est entré, seul, avec son grand chien gris qui montait la garde au-dehors. Il a prononcé des paroles aux morts et il leur a expliqué. Il a dit ensuite que les anciens seraient fiers de nous apporter leur aide.

Shan sourit. Il avait rencontré l'homme qui parlait aux morts : Osman.

— Mais c'est terriblement dangereux, ce que vous faites, déclara-t-il après un long silence. On vous qualifierait de traître. On soutiendrait que vous collaborez avec l'étranger pour miner les assises de l'État. Vous n'avez pas de famille ?

Un sourire triste apparut sur le visage du vieux savant.

— Je suis originaire d'un clan ouighour. Quand j'étais jeune, j'avais des oncles, beaucoup d'oncles. J'aimais mes oncles, mes tantes, mes cousines. Mes oncles s'asseyaient autour des feux de camp et ils buvaient du kumiss en faisant les récits du clan depuis l'époque des grands khans. Lors des grandes fêtes on montait des chevaux rapides et on participait à des cérémonies vieilles de mille ans. Ils m'enseignaient les noms des esprits qui veillent sur les animaux et la manière de tenir leurs aigles.

— Des aigles ?

— Des aigles de chasse. Mon clan était célèbre pour ses aigles de chasse. On élevait les oisillons sortis du nid, ils faisaient partie de la famille.

Il tira profondément sur sa cigarette.

— Mais il n'y a plus d'oncles ni de tantes. Je n'ai qu'un seul enfant, parce que le gouvernement l'a exigé. Ma fille sera autorisée par le gouvernement à n'avoir qu'un seul enfant. Sans frères et sœurs, il n'y a plus d'oncles ni de tantes, plus de cousins. Les fêtes ne sont plus pareilles, certaines sont même complètement oubliées. Mes oncles sont morts. Plus d'aigles de chasse. Plus personne ne se souvient des récits anciens. C'est peut-être pour eux que je fais ce que je fais.

Najan tira sur sa cigarette, puis il hocha la tête à l'adresse de la momie barbue.

— Celui-ci, il était l'oncle de quelqu'un.

Ils reprirent le tunnel en sens inverse. Najan montra à Shan une seconde rangée de cellules contenant une douzaine de momies, disposées par âge. Une cellule était réservée à celles qui venaient d'un site funéraire vieux de deux mille ans, une autre pour des momies encore plus anciennes. Ou des morceaux de momies, car la majeure partie du contenu de la pièce consistait en fragments de corps, tout ce qui restait dans les tombes après que les tempêtes, et le temps, eurent fait leur œuvre. La première pièce, celle où Shan et Najan s'étaient assis, contenait des corps provenant d'une ville de garnison tibétaine connue, de la fin du premier millénaire.

— Au début, j'étais effrayé, avoua le Ouighour. Maintenant, il m'arrive de m'asseoir auprès des momies. Je sais que ceux qui gisent là, sous les sables, m'approuveraient.

— Connaissez-vous les tablettes anciennes ? demanda Shan au bout d'un moment.

Najan plaça les paumes de ses mains à l'horizontale et les fit glisser l'une sur l'autre, comme s'il ouvrait une des tablettes.

— Les textes kharochthi ? Bien sûr. Leur première découverte remonte à une centaine d'années, par des archéologues européens qui travaillaient sur les ruines de Niya. Nous en avons trouvé des dizaines ici, dans une cellule de la Montagne de Sable.

— La Sécurité publique est au courant, pour les tablettes.

Le chercheur ouighour haussa les épaules.

— Ce n'était qu'une question de temps.

— Ils cherchent la piste à remonter jusqu'à la source, pour capturer les rebelles qui aident les étrangers. Le commandant Bao pense qu'il a peut-être ainsi trouvé un lien possible par l'intermédiaire de Lau.

— Mais Lau est passée au-delà de toute parole.

Sauf, songea Shan avec amertume, au cours des toutes dernières minutes de son existence, quand elle avait prononcé ses dernières paroles, dans un brouillard de souffrance et de drogues chimiques. Il paraissait désormais absolument certain que c'était bien là le secret convoité par son tueur. Bao était assoiffé de sang, emporté par une furie impitoyable, dans le seul but de dénoncer au grand jour les dissidents et leurs collaborateurs étrangers. Et si c'était le cas, Bao n'en voulait pas à la zheli, mais uniquement aux garçons. Il voulait trouver et tuer les garçons, parce que c'était un garçon de la zheli du nom de Micah qui était le lien avec le savant américain.

— Bao a parlé de l'Institut des antiquités.

Najan lui offrit un sourire amer quand il eut tiré sur la dernière bouffée de sa cigarette.

— À une époque, ils m'ont proposé de travailler pour eux. Ils voulaient que je prouve au monde que l'écriture kharochthi était en réalité une forme de chinois ancien. Ce ne sont pas des savants, mais des agents de propagande, dont la fonction est d'entretenir les mythes. Ils racontent aux journaux que Niya Gazuli est un faux monté de toutes pièces par des éléments subversifs étrangers. Ils essaieraient tout aussi bien de prouver que les hommes des cavernes africains mangeaient avec des baguettes de bambou s'ils pensaient un instant pouvoir être crus.

Il secoua la tête avec tristesse, salua Shan et repartit vers le laboratoire.

La cellule contenant les bouddhistes vieux de mille ans avait un nouveau visiteur quand Shan y revint : Lokesh. Celui-ci avait apporté plusieurs lampes et découvert tous les visages. Shan crut d'abord qu'il récitait un mantra, une prière pour les âmes, avant de voir la joie qui illuminait les traits de son ami. C'était une célébration, un chant de fête, pas une litanie funéraire.

Shan s'assit en face de Lokesh. Une momie les séparait, l'homme à la barbe roux foncé, dont le cou s'ornait d'une chaîne avec un gau posé sur la poitrine, sous un lourd gilet dont la petite poche abritait une coupe fabriquée à partir d'une corne de vache.

Lokesh releva les yeux, le visage mangé par un énorme sourire.

— Il a attendu mille ans que nous fassions sa rencontre.

Lokesh ne rendait pas hommage à des âmes qui avaient pu se réincarner vingt fois depuis qu'elles avaient quitté ces corps frêles. Simplement, ces êtres étaient d'une telle réalité... En cet instant, si l'homme s'était redressé pour s'asseoir sur sa couverture, Shan ne se serait pas enfui. Il aurait voulu lui serrer la main.

— Regarde dans la couverture, Xiao Shan, dit Lokesh d'une voix excitée, en soulevant un coin du feutre qui couvrait la partie inférieure du corps de la momie. Je le connais, cet homme.

Shan contempla son ami d'un œil perplexe.

— Je ne comprends pas.

— C'était quelqu'un qui avait accompli de bonnes choses. Il

avait souffert, mais la souffrance ne l'empêchait pas d'agir. Il comprenait ce que nous comprenons. Regarde.

Il souleva la couverture en feutre. Shan aperçut, autour du poignet momifié, des grains de chapelet. Un rosaire bouddhiste. Lokesh écarta la couverture plus avant et indiqua deux objets épais, rectangulaires, aux sangles de cuir craquelé, placés à côté des hanches de l'homme, là où ses mains pourraient les atteindre s'il étendait les bras. Il s'agissait des couvre-paumes dont se servaient les pèlerins, des blocs de bois lisse avec lanières en cuir dans lesquels le pèlerin glissait les mains pour les protéger lorsqu'il accomplissait ses dix mille prosternations quotidiennes. Shan avait vu des blocs identiques utilisés par les pèlerins le long des routes tibétaines, le long du chemin sacré du Barkhor à Lhassa. Depuis la position debout, ils s'agenouillaient, puis ils plaçaient les mains au sol et se laissaient tomber à plat ventre, tout en récitant un mantra, puis ils se relevaient, avançaient d'un pas, et recommençaient.

— Il y a des choses inscrites sur les blocs, dit Lokesh. En tibétain, dans le style ancien. Je les ai étudiées. Ça raconte son histoire. Cet homme — Lokesh semblait littéralement noyé sous un flot d'émotion — se rendait au Kailas.

Il se référait au plus saint des lieux tibétains, la montagne père en bordure de la chaîne des Himalayas. Les Tibétains la nommaient la « première des montagnes ».

— Il allait abandonner ces blocs sur la montagne après avoir accompli un circuit de prosternations tout autour d'elle, en offrande aux esprits de sa fille, qui avait trouvé la mort en tombant de cheval, et de son épouse, décédée en donnant naissance à sa fille.

Lokesh soupira. Il s'était passé quelque chose, quelque chose avait arrêté cet homme à des centaines de kilomètres de son but.

— Il venait de bien loin, poursuivit Lokesh d'une voix admirative. Son foyer, est-il écrit, était Loulan, une des vieilles cités, disparue aujourd'hui, aux limites orientales du désert. Il avait parcouru pratiquement la moitié du chemin.

Une tempête de sable, ou le froid mordant du désert d'hiver l'avait arrêté. Ou la flèche d'un bandit. Ou encore un soldat chinois.

Ils restèrent assis dans un silence respectueux quelques minutes durant, Lokesh poussant de temps à autre des gémissements pleins d'émotion.

— Est-ce que tu sens, mon ami ? demanda-t-il. Ça fait vivre une partie de moi avec une force intense, comme jamais encore.

Le vieil homme donnait l'impression de batailler pour trouver ses mots.

— C'est comme si, quand on les a mis en terre, tous ces êtres se demandaient si le monde allait survivre, si des gens comme nous continueraient à exister. À cause de toutes les souffrances, les guerres, les famines, les tempêtes de sable, les persécutions. Aujourd'hui, ils sont réapparus pour avoir la réponse à leur question.

Ils refirent silence, dans une étrange communion avec le bouddhiste de mille ans. Soudain, une pensée saisit Lokesh tout entier.

— Si je savais cela, déclara-t-il avec solennité, si je savais que dans mille ans, un autre humain allait tendre le bras et me toucher ainsi, comme un maillon dans la chaîne de bonté entre les âmes, je m'allongerais et je mourrais tout de suite.

Shan se souvint des paroles prononcées par Lokesh à Senge Drak : peut-être que les humains existaient uniquement pour garder la vertu vivante et la repasser à un autre humain.

Ils dînèrent dehors, sous le soleil couchant, près d'un brasero dans lequel Deacon inséra une bonbonne de gaz et qui chauffait comme un poêle. Son épouse prépara des crêpes plates à la farine de sarrasin, puis elle fit frire un assortiment de conserves que Deacon avait exhumées d'un geste flamboyant de son sac à dos. Pousses de bambou, pousses de haricots, et même ananas finirent dans la même poêle, pour être servis sur les crêpes de sarrasin.

Shan avait une faim de loup.

— Ainsi donc, tu as eu une entrevue avec la Garce de Jade, fit remarquer Marco en rejoignant Shan sur un rocher plat.

Il n'y avait pas d'assiettes, de chaises, de tables — rien qui ne pouvait se transporter rapidement dans la montagne si d'aventure un avion s'approchait. Entre deux bouchées, Shan expliqua ce que Xu avait dit, et fait, dans son bureau.

— Pourquoi a-t-elle pensé que vous veniez de Pékin ? demanda Abigail Deacon.

— Écoute cette voix, femme, intervint Marco. Elle a les inflexions de Pékin.

— Cela, concéda Shan, et aussi le fait qu'elle s'attendait à la visite de quelqu'un de Pékin. Du quartier général de la Sécurité publique.

— Les réservations pour la brigade spéciale de démolition. Les blancs-seings pour le Camp de la Gloire..., murmura le professeur Najan.

Shan l'observa en réfléchissant aux implications de ses paroles.

— Des amis veillent sur vous, dit-il. Des amis avec des ordinateurs portables.

— Des amis braves, acquiesça sobrement le Ouighour. Du nom de Mao.

— Xu avait des pièces à conviction dans son bureau, poursuivit Shan. Des objets appartenant à Lau, trouvés à l'école.

— Mais Lau s'est noyée, objecta Marco. C'est ce que croit Xu.

— La procureur connaissait les pièces du dossier, dit Shan. Et elle avait étudié les pièces à conviction. La déposition signalant l'absence de Lau à l'école. Le cheval sur la piste. La veste. Et ses papiers d'identité.

— Des papiers d'identité ? s'exclama Jakli, la voix inquiète. Jamais nous...

— La Sécurité publique a signalé qu'on les lui avait apportés le jour où la veste de Lau a été retrouvée. Ramassés dans la boue sur la berge de la rivière près de Yoktian.

— Qui les a rapportés ?

— Le lieutenant Sui.

— Le tueur ! lâcha Jakli d'une voix étranglée. C'est le tueur de Lau qui a fourni les papiers à Sui, pour boucler la boucle.

— Ou alors c'était Sui, le tueur, déclara Marco d'un ton sinistre. Je l'ai vu sur un cheval. Il était bon cavalier.

— Impossible, le contra Jakli, les nœuds auraient envahi les ruines s'il avait vu quelque chose à Karachuk.

— Pas s'il ne s'agissait que d'un seul et unique nœud en mission spéciale, suggéra Shan. Sui, ou quelqu'un du même acabit. Xu pensait que des nœuds opéraient en secret dans le comté de Yoktian.

— Une mission secrète pour tuer une enseignante ? demanda Deacon.

— Une mission secrète pour tuer une nonne tibétaine, corrigea Shan.

— Une nonne qui devient enseignante, fit remarquer Jakli, ce n'est pas si étrange dans le pays frontière. Il y a plus de Tibétains ici qu'on ne le croit, ils changent d'identité pour être en sécurité. Ils ont de bonnes raisons pour ça.

— Certains peuvent laisser leur passé derrière eux, dit Shan. D'autres pas. Et cela ne concernait pas uniquement le passé de Lau. Peut-être une chose de son passé a-t-elle été le lien, le déclencheur qui a conduit les nœuds à s'intéresser à la zheli, une piste qui pouvait leur fournir le moyen de trouver ce qu'ils cherchaient déjà. Ce que les brigades spéciales de démolition cherchaient.

Pendant un moment personne ne prononça une parole. Personne n'avait besoin d'explications sur ce qui intéressait les brigades de démolition. Ils contemplèrent l'horizon dans son flamboiement cramoisi. Tout ce qui restait du jour vira doucement au rose et or, puis au gris. L'Américaine se leva et s'installa sur le sable devant son mari, qui lui massa les épaules.

— Trois garçons morts, dit gravement Marco.

— Et Micah est là-bas, ajouta Abigail Deacon, la voix chargée d'inquiétude.

— Il va bien, Warp, lui murmura son mari d'un ton rassurant. Il est dans les hautes montagnes. Intouchable. Il n'y a plus très longtemps d'ici à la pleine lune, et nous serons à nouveau ensemble. Pour une nouvelle représentation.

Warp passa un bras autour de la jambe de son mari.

— Toi et tes fichus criquets ! Micah va finir par se retrouver avec une chambre pleine d'insectes quand nous rentrerons chez nous.

— Excellente compagnie. C'est mieux que les poissons. Et ça porte bonheur.

Son épouse éclata d'un rire tendre et communicatif.

— Un été, mon père a ramassé des criquets. Il s'en servait comme appâts pour la pêche.

Deacon, qui semblait avoir déjà entendu l'histoire, masqua le visage de sa femme de ses deux mains, que celle-ci se mit à chasser par jeu.

— Ma mère les détestait, mais elle autorisait mon père à les garder tant qu'il ne les faisait pas entrer dans la maison. Un jour il en a laissé une boîte dans la chambre à coucher pendant qu'il prenait une douche, et il les a oubliés. Quelques jours plus tard, il a pris un caleçon, qui est littéralement tombé en morceaux quand il l'a enfilé. Il était plein de trous, dévoré par les criquets. Il n'a jamais rien dit. Mais, ce jour-là, il s'est débarrassé de tous ses criquets.

— Vous voyez ? s'écria Marco en riant. Ça porte chance. Ç'a porté chance à ta mère.

Ils éclatèrent tous de rire. Même Shan, qui lâcha un son pouvant passer pour un gloussement. Marco raconta l'histoire d'un petit écureuil familier qui avait fait son nid dans la seule robe que sa mère avait conservée de Russie. Nouveaux éclats de rire. Jakli expliqua que Nikki avait un jour capturé pour elle une souris albinos : quand elle était arrivée à son campement, elle avait trouvé cinq souriceaux roses dans sa poche. Le professeur Najan évoqua un petit rongeur qu'ils gardaient dans sa famille et qui passait son temps à ronger les fils d'attache des boutons, qu'il emportait ensuite dans sa boîte comme des trésors.

Shan, tout ouïe, sentit sa gorge se serrer, le cœur noué par un sentiment des plus étranges. Qu'est-ce que ça pouvait être ? Ils étaient tous heureux, et lui était heureux pour eux. Mais ce n'était pas tout. Ce qui se passait devant lui avait touché au plus profond de son être un autre de ses creux et vides, un recoin resté si longtemps inoccupé qu'il en avait oublié la manière de l'ouvrir. Mais ce recoin avait jadis été plein, tellement plein qu'il débordait. C'est avec une émotion douloureuse qu'il finit par reconnaître ce lieu : la famille. Cette manière qu'ils avaient tous de parler sans réserve, de rire si spontanément, cette familiarité avec laquelle Marco, les Américains et même Jakli confessaient les petits événements de la vie, leurs anecdotes personnelles. Il y avait bien longtemps, Shan avait partagé ce sentiment avec son père et sa mère, mais jamais avec son épouse, jamais avec son fils.

— Et toi, inspecteur ? demanda Marco d'une voix joviale. Tu as eu un animal familier ?

Il fallut à Shan un moment avant de comprendre que l'Eluosi s'adressait à lui. Il regarda au loin vers les dunes, mouchetées par les ombres du soir telles des vagues. Il passa un long moment à explorer ce lieu oublié de son être, mais tous attendirent en silence.

— Pas un animal familier, s'entendit-il murmurer. Dans la Chine de mon enfance, il n'y avait jamais assez de nourriture pour avoir le ventre plein. Les petits animaux ne survivaient pas. Mais quand j'étais jeune, j'allais avec mon père jusqu'à la rivière et nous observions le spectacle du monde qui défilait devant nos yeux. À l'automne, les fermiers de l'intérieur des terres apportaient leurs canards au marché. Ils leur taillaient le bout des ailes et ils les descendaient par la rivière. Il y avait des milliers de canards, comme de gigantesques troupeaux de moutons dont les bergers naviguaient en sampans, vêtus de chemises noires, un chapeau de paille sur la tête. Un jour j'ai pleuré parce que j'ai compris que tous ces canards allaient être tués et mangés.

Il soupira et leva les yeux vers les étoiles.

— Mon père m'a dit de ne pas être triste, parce que, pour un canard, c'était une grande aventure que de flotter ainsi sur des centaines de kilomètres pour voir le monde, que les canards auraient choisi la rivière même s'ils avaient connu leur destinée. Puis il a regardé alentour, d'un air très sérieux, pour être sûr que personne n'écoutait, et il m'a révélé un grand secret : parfois, les canards s'échappaient et rejoignaient la mer pour devenir de célèbres canards pirates.

Personne ne parla. Personne ne rit. Shan jeta un œil à Marco, qui hochait la tête en direction de l'horizon, comme s'il savait tout ce qu'il y avait à savoir sur les canards pirates.

— Après cela, poursuivit Shan, chaque fois que nous allions à la rivière, nous prenions du papier, des bâtonnets d'encre et des pinceaux. Parfois nous écrivions des poèmes, sur la grandeur de la rivière et sur l'aspect de la lune quand elle se levait au-dessus des eaux argentées. Parfois je rédigeais juste l'itinéraire à suivre jusqu'à la mer. Ensuite nous pliions nos morceaux de papier pour en faire de petits bateaux et nous les faisions naviguer au milieu des troupeaux de canards.

Ils contemplèrent les étoiles. Au bout de quelques minutes, Marco dessina du doigt le contour des constellations et défia les Américains d'en donner le nom anglais. Le Boisseau septentrional fut immédiatement reconnu comme la Grande Ourse, et le Tigre blanc comme Orion le Chasseur. Le jeu se poursuivit dans la bonne humeur. L'Entrée du Porche était Cassiopée, et le Dragon d'Azur, le Sagittaire.

Lokesh s'éloigna du groupe et s'assit sur le sable à quelques mètres, face aux ténèbres. Shan suivit la direction de son regard et remarqua la position de la petite montagne à côté de laquelle ils étaient assis. Son vieil ami regardait vers le Puits des Larmes, là où il avait entendu les âmes perdues.

— Xu avait un dossier sur les Américains, déclara soudain Shan.

Il ne voulait pas rompre l'harmonie du moment, mais il fallait qu'il les prévienne. Tous se changèrent en statues.

— Une liste de groupes de visiteurs, ajouta-t-il en se tournant vers Abigail Deacon. Elle a votre nom.

L'Américaine haussa les épaules.

— Je faisais partie d'une délégation. Un groupe de professeurs qui visitaient les ruines des villes marchandes de la Route de la Soie. Ils avaient appelé ça le tour Marco Polo.

— Mais un seul nom était cerclé sur la liste. Le vôtre.

Elle le fixa d'un œil perplexe, presque avec rancœur, comme si Shan l'accusait de quelque chose.

— Des raisons, il pourrait y en avoir des dizaines, Warp, dit son mari. Tu as eu des retards dans tes correspondances aériennes.

— Ils ont dû faire venir une voiture spéciale pour te récupérer, confirma le professeur Najan. C'était le jour de notre première rencontre, quand tu nous as rattrapés. Warp voulait toujours faire des choses qui n'étaient pas prévues dans l'itinéraire. Elle a demandé à un guide de l'emmener jusqu'aux vieilles tours de guet sur les montagnes. Elle voulait aussi de la nourriture spéciale.

Il se tourna vers Shan comme pour le gronder.

— Alors ils ont entouré son nom sur une liste. Des tas de raisons peuvent l'expliquer.

— Des tas de raisons, reprit Shan, impassible.

De bonnes et de mauvaises raisons. Dans cet avant-poste, ce groupe vivait tellement éloigné de tout, tellement absorbé dans le grand mystère de la science qui le tenait tout entier, qu'il lui était facile d'oublier les mauvaises raisons. Les raisons de la Sécurité publique. Les raisons du ministère de la Justice.

— Le tueur, dit Marco. Il doit être caché bien loin maintenant. Après le meurtre de Sui, il sait que les nœuds vont grouiller comme un essaim de frelons furieux.

Shan sortit de sa poche la liste de noms que Jakli avait récupérée dans le bureau de Lau.

— Non. Il a tué un troisième garçon. Il a un plan.

Shan tendit le papier à Deacon, qui sortit une minuscule torche électrique. Son épouse maintint la feuille qu'il éclaira tandis que les autres se regroupaient autour d'eux.

— Vingt-trois noms, expliqua Shan. La zheli. La liste vient des registres de l'école. N'importe qui y a accès. On peut l'imprimer à partir d'un ordinateur d'Ouroumtsi, de Lhassa ou de Pékin, si on veut. Onze filles. Douze garçons, dont neuf sont encore en vie. D'abord Suwan – Shan montra le centre de la liste, puis deux autres noms – Alta et Kublai.

— Mais il n'y a aucune logique là-dedans, aucun moyen de savoir ce que le tueur a dans la tête, dit Marco.

— Faux, déclara Shan.

Il sortit un crayon de sa poche et tendit la main vers la feuille, qu'il remit à Jakli avec le crayon.

— Éliminez les filles.

Elle raya rapidement onze noms.

— Ensuite Suwan, dit-il, et elle plaça un X près du prénom. Et le garçon dont les parents étaient dropkas et qui a été tué – Jakli fit une autre marque sur la feuille. Enfin Kublai.

Elle fit une troisième croix et tendit la feuille à l'Américaine.

Le premier X était au centre de la page. Les deux suivants correspondaient aux deux premiers noms sur la liste.

— C'est ça, sa grande logique ? demanda Marco d'un air sceptique, comme si la découverte de Shan ne l'impressionnait guère. Il suit la liste depuis le haut ?

— Il a choisi Suwan pour première cible, et quand il a eu la preuve que Suwan ne possédait pas ce qu'il cherchait, il a repris la liste au début.

Abigail Deacon eut un haut-le-corps et agrippa la jambe de son époux.

— Micah ! s'exclama-t-elle, inquiète, en montrant un nom au milieu de la liste. Le quatrième. Après Kublai venait un dénommé Batu, puis Micah Karachuk.

— Vous ne pouvez pas le rejoindre, prévint Marco en regardant les deux Américains. C'est peut-être justement ce que les nœuds attendent de vous. Ils surveillent tout. Et c'est peut-être aussi la raison pour laquelle ils n'ont pas pris de mesures après le meurtre de Sui. Ils espéraient que vous alliez sortir de votre cachette. Vous êtes bien trop visibles. On vous verrait dans les montagnes, on signalerait votre présence... Et Micah..., ajouta-t-il, Micah a besoin que vous restiez là où vous êtes.

Deacon opina.

— Nous avons inventé le nom.

Les yeux fixés sur la liste, il expliqua les raisons qui les avaient poussés à confier leur enfant à Lau. Peu après leur arrivée dans le désert, il était vite devenu évident que leur caverne dans la Montagne de Sable n'était pas un endroit pour un enfant de dix ans. Le jeune garçon avait rencontré quelques élèves de la zheli, il avait fait la connaissance de Khitai, au cours d'une grande fête équestre au printemps. Micah parlait le mandarin, comme la plupart des enfants, et il avait vite appris suffisamment de rudiments de la langue turco-mongole pour se débrouiller. Il adorait les animaux. La zheli était la solution parfaite. Il serait bien protégé, surveillé par Lau et les nomades.

— En plus, ajouta Deacon en essayant de remonter le moral de son épouse, c'est vraiment un petit animal toujours prêt aux quatre cents coups. La discipline des campements ne peut que lui faire le plus grand bien. Il adore cette vie-là. Il a séjourné dans quatre familles jusqu'ici.

— Lau était au courant ? interrogea Shan.

— C'est elle qui l'a suggéré. Mais en gardant le secret. De sorte que Micah n'était qu'un garçon kazakh venant des confins du Xinjiang. Plusieurs des élèves de la zheli ne parlaient que le mandarin, parce qu'ils avaient grandi dans des écoles du gouvernement, et donc le fait qu'il ne parlait pas la langue de son clan n'avait rien de suspect.

— Aucun des enfants n'était au courant de sa véritable identité ? insista Shan.

— Ils n'étaient pas censés le savoir. Mais vous savez comment sont les gamins de dix ans. Le mois dernier, Lau nous a appris que Micah s'était vanté en parlant de ses parents, et il avait fait passer aux élèves de sa classe, en plein cours, une boîte de beurre de cacahuètes. Nous ignorions qu'il en avait pris une. Et quand je suis allé le voir, il m'a accueilli en compagnie de trois de ses copains. Il m'a fait promettre de venir à quelques cours juste avant notre départ du Xinjiang, pour parler de nos découvertes.

Shan dévisagea un instant Deacon en silence : les Américains avaient l'intention de repartir bientôt. Le tueur d'enfant l'aurait-il appris lui aussi ? Était-il forcé d'agir de manière désespérée parce que le temps lui manquait ?

— Micah s'était fait quelques bons amis, de bien meilleurs amis qu'en Amérique, ajouta Warp. Khitai, tout particulièrement. Micah a demandé si Khitai pouvait venir assister à notre fête de la pleine lune, pour écouter les chanteurs.

Il n'y avait plus trace de peur dans sa voix, ce qui réconforta Shan. Elle avait décidé que son fils était en sécurité.

— Le Lac de Pierre, reprit Deacon. Les deux prochaines classes doivent se tenir au Lac de Pierre. C'est toujours là que Lau emmenait les enfants à l'automne.

— S'il vient, intervint Jakli. On est en train de faire prévenir tout le monde. Il se peut que certains enfants restent cachés dans les montagnes.

Deacon regarda son épouse.

— Les gens avec lesquels il vit en ce moment restent aussi cachés qu'on peut l'être. Ce n'est même pas un clan, il n'y a que deux hommes, une femme, et deux enfants. Pas de terres qui leur soient affectées. Pas de contacts avec la Brigade. Les autres enfants ne savent pas où ils se trouvent. Même Lau ne connaissait pas toutes les cachettes. Ils restent toujours en altitude, jusqu'à l'hiver, ils se cantonnent aux zones juste en dessous des glaciers. Lau a expliqué que nous ne devions pas espérer revoir Micah, ou un autre, sauf pendant les jours de classe.

— Mais les autres enfants, dit Jakli d'une voix mélancolique en lisant les noms suivants sur la liste. Ils sont en danger. Le tueur pourrait être à l'affût. Cette nuit même.

Toute trace de couleur avait disparu du ciel. Un criquet chanta depuis les rochers en surplomb. Lokesh reprit une tasse de thé et s'assit, comme s'il écoutait quelque chose dans les ténèbres. Puis, de sa place en bordure du petit cercle, il parla, de manière inopinée, en contemplant le ciel du désert.

— Le panier de jade peut disparaître, quand le mal approche.

— De quoi parlez-vous, Lokesh ? demanda Jakli.

Il était difficile de savoir si le vieux Tibétain s'était adressé à eux. Ce qui était certain, c'est qu'il ne conversait plus maintenant qu'avec les étoiles.

Shan s'aperçut que Marco n'était plus là. Posté en hauteur, au-dessus de l'entrée, sur un gros rocher rond qui lui servait de perchoir et lui permettait de voir loin dans le désert, il scrutait l'horizon. Il cherchait Nikki, son fils, dont la caravane passait la frontière en fraude, chargée de marchandises de contrebande. Nikki, qui allait à jamais changer l'existence de Jakli. Elle aussi s'était tournée vers l'Eluosi : elle regarda un instant dans la même direction pour revenir très vite vers le groupe.

— Mes cousins et les Maos ne pourront pas les retrouver tous. Il faut que nous soyons là-bas pour les prévenir. Ils sont censés être au Lac de Pierre dans cinq jours. Kaju y sera.

Mais ils ne disposaient plus du moindre véhicule. Ils étaient échoués en plein désert.

— Ce Tibétain ? s'exclama Najan. Il travaille pour Ko. Pour le programme Pauvreté. Peut-on rêver mieux pour prendre la zheli au piège que son propre professeur ?

Ses paroles semblèrent figer l'air ambiant, comme le grand calme qui avait envahi la terre juste avant l'horrible tempête de sable.

— La Brigade ne s'intéresse qu'au commerce, dit Jakli sans conviction. Ça ne peut être que les nœuds. Ou Xu.

— D'une façon comme de l'autre, dit Deacon d'une voix pesante, les autres garçons doivent être protégés. Ils sont en bien plus grand danger que Micah.

— Un gamin dénommé Batu, dit Shan au ciel de nuit. C'est lui le suivant sur la liste.

Marco réapparut, le regard toujours tourné vers le désert. Il se servit une chope de thé, qu'il vida presque d'une gorgée, avant de jeter le reste dans le sable.

— La nuit est claire. Les étoiles sont de sortie et nous pouvons nous orienter. Je pars pour les Kunlun dans trois heures. Sophie et moi, nous vous emmenons jusqu'à la ville. Là-bas, les Maos vous trouveront un camion.

— Alors, je suggère que nous dormions un peu, déclara Jakli.

Elle s'approcha de Lokesh et lui posa une main sur l'épaule. Le vieux Tibétain tourna la tête, le visage toujours aussi distant, puis il se leva et la laissa le guider en silence dans la caverne.

Shan n'avait pas envie de dormir. Il avait eu son content de sommeil deux jours durant. Il aida les autres à ranger les ustensiles dans l'une des cellules transformée en cuisine puis il marcha le long des fresques murales. Lokesh avait raison. Jamais encore, en aucun lieu, il ne s'était trouvé si proche du monde ancien. Ce n'était pas la charge d'histoire qu'il sentait peser sur lui, c'était sans commune mesure avec la distance que créaient les objets en exposition dans un musée. C'était bien plus la perception viscérale d'une continuité directe, celle de la grande chaîne de la vie. Non. Ce qu'il percevait n'était peut-être finalement que la chaîne de la vérité. Ou, plus simplement encore, la conscience juste que les gens avaient toujours réalisé de bonnes choses, et que c'était uniquement les bonnes choses, et non les gens, qui subissaient l'épreuve du temps.

Mais il n'était plus sûr de savoir ce qu'étaient les choses bonnes, ou, à tout le moins, la manière dont lui s'y rattachait. Il allait à la dérive, sans les réponses qui lui auraient permis de sauver les garçons qui mouraient. Ses amis semblaient avoir des secrets qu'ils ne pouvaient partager. Ses ennemis paraissaient être présents partout, et pourtant impossibles à trouver. Et son gouvernement n'aimerait rien tant que de le replacer derrière des murs de prison.

Il trouva une lampe à huile. Dehors, il gravit l'étroite piste qui menait au sommet des rochers. Il s'allongea sur une pierre plate et se fondit avec les étoiles plusieurs minutes durant, avant d'allumer sa petite lampe et de sortir calepin et crayon.

Cher Père, j'ai trouvé un lieu d'un monde différent, où je me suis fait un ami vieux de mille ans.

Il aurait dû se servir d'un bâtonnet d'encre et d'un pinceau et il avait honte de ne disposer que de ce calepin et d'un moignon de crayon.

Je suis maintenant censé fournir des réponses à tous ceux qui m'entourent. Au lieu de quoi, j'ai le sentiment que les tragédies et les chagrins de chacun, maintenant et à venir, jettent une ombre, et que j'attire les chagrins de tous ceux que je croise sur ma route, pour me retrouver dans le seul et unique lieu où toutes ces ombres viennent s'entrecroiser, le lieu le plus sombre de tous les lieux.

Je voyage, mais je n'ai pas de destination. Je n'ai pas de famille. Je n'ai pas de foyer que je pourrais aspirer à retrouver. Je ne peux aspirer qu'à l'aspiration. Ce n'est pas ainsi que je voyais ma vie, Père, quand toi et moi écrivions des poèmes aux canards.

Viens plus près, Père. Aide-moi à contempler les étoiles.

Il relut deux fois son texte, avant de le signer. *Xiao Shan.* Petit Shan, parce que c'est ainsi que son père l'aurait appelé.

Il aurait aimé avoir des morceaux de bambou refendu et du bois de genévrier, pour fabriquer le genre de feu odorant qui attirait les esprits. Mais il ne possédait rien de cela. Aussi entreprit-il de ramasser quelques tiges sèches des buissons noueux qui poussaient sur les rochers avant de les disposer en tas serré. Il prit une feuille de papier vierge et la plia pour s'en faire une enveloppe, y écrivit le nom de son père, et posa le papier sur les brindilles. L'offrande était bien maigrelette. Il aurait dû avoir du papier de riz, il aurait dû passer une heure simplement à pratiquer le rythme des idéogrammes avant de les inscrire à grands traits coulés pleins d'assurance, ainsi que son père lui avait appris. *Pardonne-moi, Père, pour tous ces manquements,* murmura-t-il dans son cœur, puis il mit le feu à l'aide de la petite lampe.

Les cendres flottèrent vers les cieux. L'espace d'un bref instant, elles dérivèrent vers le Boisseau septentrional, avant de disparaître.

Shan regagna l'intérieur de la caverne. Les tunnels étaient silencieux. Même les chameaux dormaient. Sa petite lampe tenue devant lui, il trouva la cellule où reposait l'antique pèlerin et s'assit auprès de la momie, entrouvrant délicatement la couverture de manière à pouvoir voir aux mains et aux genoux les traces d'usure qui étaient les marques du pèlerin. Plus que jamais, l'homme semblait endormi. Parfois, quand la flamme de la lampe vacillait, on aurait cru que sa bouche bougeait. Il avait été exposé au karaburan qui avait failli tuer Shan, et avait rendu impossible son départ vers une nouvelle vie. Les savants allaient prélever des échantillons du pèlerin, qu'on retournerait ensuite à son désert, pour qu'il y soit à nouveau exposé, dans mille ans peut-être. Tel un messager. Ou toujours pèlerin, aurait dit Gendun, revenu d'entre les morts pour visiter des lieux de vertu importants, et réveiller d'autres personnes à une plus grande conscience, à travers les siècles.

— Je m'appelle Shan Tao Yun, dit-il doucement à la silhouette silencieuse. Je suis né dans la province de Liaoning, près de la mer, il y a plus de quatre décennies.

Les mots sortaient de sa bouche sans aucun effort conscient.

— Quand j'étais très petit, nous faisions des gâteaux de riz sucré les jours de grandes fêtes et nous les apportions au temple.

Parfois j'en mangeais un quand mes parents ne regardaient pas. Ils ne s'en sont jamais aperçus.

Shan poursuivit son monologue de souvenirs qu'il croyait avoir perdus jusqu'à cet instant, ses cousins oubliés, la manière dont sa mère chantait des airs d'opéra aux chèvres quand ils avaient tous été envoyés dans un camp de travail. Il souriait tout en parlant, parce que cet homme des temps anciens était revenu et avait déverrouillé en lui de nouvelles portes dans les pièces de son être qu'il ne savait plus comment visiter.

L'homme tenait les mains croisées l'une sur l'autre, comme en prière. Shan s'aperçut qu'elles tenaient quelque chose, bien serré entre les deux paumes, un objet dont une des extrémités était à peine visible. Une tige. Un brin d'herbe, peut-être. Shan se pencha avec sa lampe. Son mouvement lui fit toucher le bras de la momie et la paume supérieure se souleva très légèrement. La gorge nouée, incapable de respirer, Shan reconnut l'objet : une plume. On avait placé une plume entre les paumes de l'homme, un millier d'années auparavant.

Il se laissa retomber sur les talons, le cœur battant la chamade. Puis avec lenteur, très respectueusement, il tira la plume d'entre les mains du pèlerin, juste assez pour l'examiner à la lumière de sa lampe. C'était une plume de chouette, desséchée, son rachis nu sur un quart de la longueur, mais presque identique à celle qu'il portait dans son gau, celle que Gendun lui avait donnée avant qu'ils se séparent. Il la fixa d'un air ébahi, émerveillé. Le temps passa. Il fixait le visage de l'homme, ses longs doigts délicats. Ce n'était pas un berger. Un artiste, peut-être un professeur.

Finalement, avec la conviction pleine et entière que son geste était juste, il sortit la plume de son gau, puis, tirant délicatement celle qui se trouvait entre les paumes du pèlerin, inséra la sienne à la place. Il posa la plume du pèlerin, la plume de mille ans, dans son gau, puis referma doucement les mains de la momie, surpris par la vague d'émotion qui le submergea en cet instant. Ses mains tremblaient. Une fois qu'elles se furent apaisées, il vit qu'elles s'étaient d'elles-mêmes posées sur celles du pèlerin.

Il fit glisser le rosaire le long du poignet pour le placer près des doigts. Puis, sans savoir pourquoi, il se mit à pleurer.

# 12.

Les trois chameaux avançaient vers Yoktian dans la nuit, en file indienne, à vive allure, Marco et Sophie ouvrant la marche. Marco invita Shan à chevaucher à son côté. Après une heure de silence, l'Eluosi se mit à parler de chameaux et de la beauté des hauts plateaux qui étaient son foyer. Juste avant l'aube, alors qu'ils franchissaient la grand-route de Kachgar et que Sophie se mettait au trot pour les derniers kilomètres qui les séparaient de la ville, Marco se mit à chanter à haute voix : de vieilles chansons, des chansons russes, des chansons à boire réservées aux longues soirées d'hiver.

Le soleil s'était installé au-dessus de l'horizon depuis une heure quand ils arrivèrent à un vaste ensemble de corrals et une série de cabanes basses près de la rivière, à l'ombre d'une rangée de peupliers au feuillage doré d'automne. Les corrals étaient pratiquement vides, hormis cinq ou six à leur opposé, remplis de chevaux, à une centaine de mètres : on était en train de rassembler les troupeaux kazakhs. Marco attacha les chameaux à l'ombre de la première cabane, puis conduisit Shan au sommet d'un tumulus. Ils étaient aux abords de Yoktian, à moins de soixante-dix mètres de la route principale qui conduisait à la place centrale de la ville.

Une demi-heure plus tard, Shan, Jakli et Lokesh approchaient des bâtiments bas en argile séchée de l'usine de chapeaux. Les ouvriers étaient assis sur des bancs, ou rassemblés à la grille. Quand ils pénétrèrent dans l'enceinte, quelqu'un appela Jakli. Akzu, assis sur un banc tout proche, fumait une cigarette en compagnie de l'un de ses fils. Ils avaient tous deux les mains violacées.

— Vous fabriquez des chapeaux ? lâcha tout de go Jakli.

— Naturellement. De merveilleux chapeaux, répondit Akzu

en saluant Shan et Lokesh d'un signe de tête. Les meilleurs chapeaux qui soient. J'ai toujours voulu fabriquer des chapeaux, ma nièce, ajouta-t-il sèchement en contemplant ses mains salies par la teinture. Merci de m'en avoir donné l'occasion.

— Mais pourquoi..., commença Jakli, sans terminer sa phrase.

Elle venait de comprendre que les deux hommes couvraient son absence.

— Inutile de prendre des risques indus à quelques jours du nadam, expliqua Akzu en se redressant pour s'étirer. Le directeur de cet usine est kazakh. Il a prévenu qu'il ne couvrirait personne s'il venait à être interrogé, mais si la production est supérieure aux quotas exigés, on ne pose pas beaucoup de questions. Tant que les brigades de démolition ne débarquent pas...

Il regarda la femme qui venait de faire son apparition sur les marches du bâtiment principal, un porte-bloc à la main.

— Il y a des formulaires de présence de l'autre côté de cette porte, ma nièce. Va donc en signer quelques-uns.

— Mais la zheli...

Akzu leva la main pour l'interrompre :

— Le clan est toujours à la recherche des élèves. Et de Malik. On n'arrive pas à trouver Malik. On l'a vu hier galopant sur une grand-route, comme s'il poursuivait quelqu'un. Je retourne dans les montagnes ce soir. Un de tes cousins restera ici jusqu'au nadam.

À ses paroles, un gémissement sourd monta d'un banc proche. Un vieil homme à la longue moustache tombante contemplait le morceau de papier qu'il tenait à la main.

— Ça fait des heures qu'il est comme ça. Il est arrivé ici pour demander au directeur de lui expliquer où se trouvaient ses moutons. Il doit croire qu'il s'agit d'une sorte de carte ou d'itinéraire vers un pâturage.

— Ses moutons ? interrogea Shan.

— Il tient un certificat d'actions dans la compagnie de la Brigade, poursuivit Akzu d'une voix amère. Il a remis ses moutons à la Brigade, et tout ce qu'on lui a donné en échange, c'est ce morceau de papier. Soixante ans avec le même troupeau, et il n'a plus qu'un bout de papier.

Quand Jakli s'avança vers le vieil homme pour le réconforter, Akzu la tira par le bras et la conduisit jusqu'à la grille d'entrée. Pas un instant les yeux de la jeune femme ne quittèrent le vieux berger en deuil de ses bêtes.

Dix minutes plus tard, Shan et Jakli étaient devant l'école. Un balai dépenaillé était posé contre le poteau en béton effrité de la grille d'entrée. Lokesh s'en saisit.

— La propreté est une vertu négligée, déclara-t-il avec un regard pétillant.

Il signifiait par là qu'il ferait le guet à la grille.

Shan et Jakli se tenaient à l'ombre de l'entrée vide, inspectant les environs à la recherche de nœuds. Ils n'en virent aucun. Ils fouillèrent une nouvelle fois le bureau de Lau, en quête de renseignements supplémentaires sur la zheli. Dans son meuble-bureau. Dans l'ordinateur. Sous les tiroirs du meuble. Rien. Un grand nombre de photographies avaient disparu des murs depuis leur dernière visite, certaines arrachées et abandonnées là, pendantes. Quelqu'un était repassé derrière eux. Mais que cherchait-il ? La photo du Dalaï lama que Jakli avait récupérée ?

La jeune femme se dirigea vers les salles de cours, dans l'espoir d'y trouver des enfants qui sauraient quelque chose sur les membres manquants de la zheli. Shan aperçut de la lumière dans le bureau opposé.

Il avança jusqu'à la porte entrouverte, et lut une nouvelle fois la petite affichette rédigée à la main. *La religion est le poison des masses.* Il se retourna : chaque fois que Lau sortait, elle se retrouvait face à cette affichette. Il entendit un échange de voix dans la pièce. Poussant la porte, il vit le petit homme replet qu'il avait rencontré au camp de travail : Hu, le président du Comité, vêtu d'un gros cardigan marron. Assis sur le côté de sa table au fond de son bureau, il discutait d'un ton enthousiaste avec le grand homme maigre qui lui faisait face, appuyé contre l'encadrement de la fenêtre du fond. Kaju Drogme.

Les deux hommes s'interrompirent à l'entrée de Shan. Le Han tenait un objet à la main et en expliquait l'usage à Kaju — un boîtier mince, effilé, de couleur grise, aux coins incurvés sur l'avant et une paire d'écouteurs connectés sur l'arrière. Il haussa les sourcils en apercevant Shan, mais son expression rayonnante ne changea pas pour autant.

— J'inspecte juste le bureau de Lau, encore une fois, dit Shan avec un signe de tête à l'adresse de Hu.

Non seulement Hu ne parut pas surpris, mais il accueillit le commentaire avec joie, comme une invitation.

— Un suicide, je leur ai déclaré, déclara-t-il d'une voix étrangement allègre. De toute évidence, il s'agit d'un suicide. En disgrâce depuis qu'elle avait perdu son poste au conseil. Confrontée à son départ en retraite, sans perspectives d'avenir, sans famille.

Le boîtier était un lecteur de musique. Sur le couvercle, Shan distingua le logo stylisé d'une compagnie japonaise. Un sachet en plastique avec un manuel d'utilisation était posé sur la table.

— Juste la veille du jour où elle a fait ça, le camarade Ko est entré et lui a annoncé qu'elle serait la bienvenue si elle déménageait à Ouroumtsi. Il existe là-bas un ensemble d'immeubles réservé aux citoyens retraités. Un grand nombre de héros de la Révolution y vivent. Toutes les semaines, ils font des discours sur les batailles de la libération. Le camarade Ko partait pour Ouroumtsi et il voulait qu'elle l'accompagne pour voir ce qu'il en était. Aux frais de la Brigade. Mais Lau n'a rien voulu savoir. Elle s'est comportée comme si le directeur Ko l'avait frappée d'un coup de pied. Elle s'est assise, le souffle court. Elle était bien trop à l'ancienne mode. Aucune flexibilité.

Hu baissa la voix et se pencha vers Shan.

— Elle avait cédé à ses penchants pour l'isolement, en se coupant du tissu socialiste. Une réactionnaire latente, précisa-t-il d'un ton entendu. Allez-y, je lui ai dit. Vous ne comprenez pas ce qu'ils vous proposent ? Ils vous offrent votre réhabilitation. Je leur ai dit, au camp, j'ai tout noté par écrit.

Hu était devenu bien bavard, maintenant qu'il avait recouvré sa liberté. Il avait une histoire à raconter, et il avait récupéré son emploi. Lorsque Shan l'avait rencontré au Camp de le Gloire, il avait pourtant déclaré qu'il n'avait rien à dire sur Lau. Mais la procureur Xu l'avait gardé derrière les barbelés, pour qu'il y réfléchisse à deux fois.

— Vous avez trouvé le moyen de sortir du Camp de la Gloire, dit Shan. Ce n'est pas vraiment l'endroit pour un homme comme vous.

— Ça devenait insupportable, confirma Hu en hochant la tête avec force. On aurait cru un asile d'aliénés dont les patients auraient pris le pouvoir.

— Comment ça ?

— Ces hommes, ces cinglés, ont chamboulé le camp. Un de ces fichus imbéciles qui n'ont plus de pouces. Pas vraiment lui, en fait — lui se contentait de traduire.

Shan regarda Kaju, puis Hu, l'air interrogateur.

— Le vieux Xibo sénile parvenait à se faire comprendre de l'homme sans pouces. À trois heures, un matin, on les a trouvés assis en cercle, tous les occupants d'un des baraquements, avec l'homme sans pouces et le Xibo assis en face d'eux, en train de psalmodier les slogans politiques qu'on leur avait enseignés ce jour-là. Quand leur officier a débarqué en tempêtant, le vieux Xibo s'est expliqué par l'intermédiaire de l'autre. Il a déclaré que la voie toute particulière vers l'illumination qu'on enseignait dans ce camp précis ne lui était pas familière, mais qu'il était important de lutter pour atteindre à la perfection dans sa pratique, puisque le but est l'illumination. Après ça, tous les occupants du baraquement ont changé de comportement. Ils sont devenus complètement différents : obéissants, polis, à sourire tout le temps comme des idiots. L'officier politique était furieux, mais les prisonniers ne faisaient rien de mal. À partir de ce jour-là, les gardes ont tenu le Xibo à l'écart, ils l'ont laissé errer tout seul. La majeure partie du temps, il restait assis au chevet d'un garçon mongol qui ne pouvait plus marcher.

Shan soupira. Maintenant que le vieil homme avait retrouvé sa liberté de mouvement, les chances de le sauver de l'emprisonnement étaient meilleures. Shan s'était fait le vœu de retourner au Camp de la Gloire dès que les enfants seraient en sûreté, et de trouver le moyen d'en faire sortir le vieux Tibétain.

— Il y a un lama dans le camp ? demanda Kaju avec perplexité.

Hu éclata de rire.

— Il n'a rien d'un foutu lama ! C'est qu'un Xibo givré.

Kaju se pencha en avant, comme s'il s'apprêtait à corriger Hu, puis il haussa les épaules et baissa le visage vers ses mains.

— Que vouliez-vous dire, demanda Shan à Hu, quand vous avez déclaré que Ko offrait une réhabilitation à Lau ?

— Les gens se méprennent sur Ko. Il a les meilleures intentions du monde. Le camarade directeur Ko exprimait à sa manière le fait que Lau se voyait pardonnée pour tout son enseignement non autorisé, pour toutes ses incorrections. Prenez-le donc, cet appartement de retraite ! je lui ai dit. Il y a des ascenseurs. La télévision.

— Quel genre d'incorrections ?

Kaju, toujours appuyé contre la fenêtre, jetait des coups d'œil hésitants au professeur han.

— Elle utilisait des voitures du ministère de l'Éducation sans autorisation. Elle sortait de l'école le papier et les crayons fournis par le ministère. De la nourriture des cuisines. Sans parler de son enseignement de sujets non approuvés ni de ses encouragements à la pratique religieuse.

— Le président Mao nous a enseigné la vigilance, déclara Shan avec raideur. Il nous a avertis des dangers de la religion.

— Exactement ! confirma Hu en se tournant vers Kaju avec un sourire victorieux.

— Un bon citoyen comme vous ferait tout son possible pour mettre un terme à tout cela.

Hu acquiesça d'un air grave.

— J'ai d'abord essayé de prévenir Lau. Il y a maintenant vingt-cinq ans que j'enseigne. Je suis allé à l'université à Ouroumtsi. Ce n'est pas ainsi que se font les choses, lui ai-je expliqué. Elle n'a jamais reçu de formation d'enseignante. Et elle avait ses manières bien à elle. Mais jamais les choses ne se faisaient comme ça.

— Il existe aujourd'hui de nouvelles méthodes, fit remarquer Shan en regardant l'appareil que Hu tenait à la main.

Les caisses au Camp de la Gloire portaient le même logo. Les caisses que Shan avait vues à côté du cadavre de l'Américain. Et aussi les caisses chez Osman, à Karachuk. Osman les avait-il volées aux nœuds ? Non. Ce n'était pas les nœuds qui donnaient dans le trafic d'appareils, mais la Brigade. Et la Brigade se servait des inventaires des nœuds, même si tout le monde insistait sur le fait que Ko, son directeur, et Bao, commandant de la Sécurité publique, ne coopéraient jamais.

Hu vit ce qui avait attiré l'attention de Shan.

— De la part du directeur Ko ! Cela fait partie du nouveau programme de motivation. Nous n'allons pas nous contenter de punir les mauvais participants, nous allons aussi récompenser les bons comportements.

Kaju avait également un appareil identique, toujours dans son emballage en plastique sur le rebord de la fenêtre. Il s'en saisit.

— Tous les orphelins qui reprendront la classe et qui s'inscriront aux nouveaux programmes auront droit à un lecteur laser. Ils...

Il fut interrompu par un bourdonnement sonore dans les haut-parleurs du couloir. Hu se leva aussitôt en sortant d'un tiroir une casquette avec visière rabattable.

— Mon cours commence. Histoire politique.

Il enfonça la casquette sur sa tête et dévisagea Shan et Kaju comme s'il voulait les prier de partir. Shan le rassura :

— Nous ne resterons plus bien longtemps... L'enquête.

Hu acquiesça d'un air impassible et se dépêcha de quitter la pièce. Kaju Drogme examina l'appareil qu'il tenait avant de hausser les épaules, comme s'il ne comprenait plus rien à rien.

— Ces enfants, c'est tout juste s'ils savent ce qu'est une radio. Peut-être ont-ils vu des magnétophones à cassettes, en ville. Et peut-être que s'ils allaient en ville, un jour, une année, ils pourraient acheter un disque laser.

— S'ils avaient de l'argent.

Kaju eut un faible sourire pour remercier Shan d'avoir compris la plaisanterie.

— J'ai des amis à Chengdu. Peut-être pourraient-ils m'envoyer quelques vieux disques.

Il haussa à nouveau les épaules et se tourna vers Shan.

— Ce jour-là, c'est vous que j'ai vu au garage. Quand le Tibétain a lancé son avertissement au sujet des garçons.

— Pour quelle raison Ko fait-il tout cela pour les orphelins ? Pourquoi tant de précipitation ?

— Pas des orphelins, dit Kaju. Nous avons reçu un mémorandum. Nous devons désormais les appeler les Membres émergeants.

— Membres de quoi ?

Kaju hésita.

— Le mémorandum ne le précisait pas. De l'école. De la société. Du socialisme.

Encore une fois, il haussa les épaules. C'était apparemment un des gestes qui le caractérisaient le mieux.

— Ce que fait Ko, c'est qu'il récompense tout le monde, suite à une nouvelle politique de la Brigade. Ce n'est pas lui qui décide de son propre chef. Les ordres sont venus d'Ouroumtsi. Mais il veut que notre comté soit le fer de lance de l'opération.

Le Tibétain leva les yeux au ciel avec un grand sourire timide.

— Si je parviens à faire revenir tous les enfants sous deux semaines, il me donnera un appartement spécial. Un de ceux qu'on réserve aux directeurs de la Brigade. Et j'aurai accès à la coopérative de véhicules. Et un titre, Directeur de l'Assimilation économique.

— Économique ?

— Il dit que si l'assimilation a échoué, c'est parce qu'on la rendait toujours politique. L'économie rassemble de manière bien plus efficace. Utiliser les thèmes culturels communs pour bâtir des intérêts économiques communs et lier les diverses parties entre elles : c'est ainsi que le directeur Ko définit mon travail. Ko a déclaré que le meilleur exemple en était la Brigade. Une compagnie dont les propriétaires sont han, kazakhs, kirghizes, tadjiks, xibos, huis, et probablement dix autres groupes culturels. Tout le monde travaille la main dans la main, et c'est une réussite. Personne ne parle d'actionnaires han opposés à des actionnaires kazakhs, on ne parle que d'actionnaires.

Kaju tourna le regard vers son appareil laser.

— Les lecteurs laser ne sont pas la bonne récompense, c'est tout. Mais Ko veut tellement tous les aider, les faire entrer dans la nouvelle société. Et son enthousiasme est parfois mal compris. Je vais lui parler. Peut-être de nouvelles selles. Peut-être même des poulains des troupeaux de la Brigade.

Il s'interrompit un instant et hocha la tête pour lui-même.

— Des poulains, ce serait parfait...

— Peut-être pas. Je crois qu'on a déclaré les chevaux réactionnaires. Ils se font arrêter par les nœuds.

Le visage du Tibétain s'assombrit, et il haussa une nouvelle fois les épaules.

— C'est simplement que vous ne comprenez pas Ko. Il veut faire ce qui est juste. Il y a quelques jours, il a démarré un nouveau programme de santé pour les enfants, de son propre chef.

— Un programme de santé ?

Kaju opina avec force.

— Une aide spéciale grâce aux ressources locales de la Brigade à la clinique, pour les nouveau-nés. Ko dit que cela aidera à bâtir la confiance.

Shan se serait-il mépris sur les intentions de Ko ? Après tout, le directeur de la Brigade était une créature de la nouvelle économie, une créature d'une espèce que Shan n'avait jamais croisée.

— Vous avez parlé d'un mémorandum venu d'Ouroumtsi ?

— Bien sûr, à propos des cadeaux. Ko en a laissé une copie aujourd'hui, sur le bureau de tous les professeurs.

Kaju leva les yeux sur Shan, et tout son enthousiasme disparut. Il se tourna vers la porte comme pour avoir confirmation que personne n'écoutait.

— Comment saviez-vous, ce fameux jour, au garage, que les garçons étaient en danger ? Ce Tibétain qui était avec vous a dit qu'ils mouraient l'un après l'autre. Et deux jours plus tard, l'un d'eux est tué.

— Deux autres avaient déjà été tués. Nous venions tout juste d'en enterrer un.

Kaju lui offrit un regard de remontrance, le front plissé.

— Non. Vous vous méprenez. Ce dont vous parlez, c'est d'une vendetta entre des populations locales. Ko l'a bien expliqué lors d'un briefing de la Brigade. Il a parlé à la Sécurité publique. Il arrive que des badauds innocents se trouvent pris dans les échauffourées entre clans rivaux. C'est un vestige des temps anciens. Et cela confirme le fait que les clans doivent être amenés à participer. Il faut absolument qu'ils s'inscrivent dans le Programme d'Éradication de la Pauvreté. S'ils ne le font pas, la Sécurité publique n'aura d'autre solution, au bout du compte, que de les éliminer.

Shan inspecta le couloir, toujours vide et silencieux, et revint sur le Tibétain. Il lui parla très doucement, l'obligeant ainsi à se pencher vers lui.

— Kaju, Lau a été assassinée. Torturée, puis assassinée.

Kaju sembla chercher quelque chose sur le visage de Shan, puis il fronça les sourcils et hocha de nouveau la tête, comme s'il était déçu.

— Ce genre de discours ne sert rien ni personne. Ni les enfants. Ni les clans. Ni l'effort d'assimilation.

Il s'engagea dans le couloir avant de se retourner et de baisser la voix.

— À vous entendre, on croirait un de ces éléments radicaux, un membre des lung ma. Ne laissez personne d'autre...

Il fut interrompu par un carillon à deux tons, dans les haut-parleurs. Il leva les yeux avec reconnaissance.

— J'ai une réunion, dit-il sur un dernier haussement d'épaules.

Il mit le lecteur laser sous son bras et emprunta le couloir à pas pressés, en direction de la porte qui ouvrait sur l'arrière du bâtiment.

Shan le suivit quelques secondes des yeux tandis qu'il se dirigeait vers un des bâtiments de salles de cours, puis il avança silencieusement vers l'entrée principale. À mi-chemin du couloir, il se retourna pour bien s'assurer qu'il n'avait personne sur les talons, et entra dans un bureau vide. Deux feuilles de papier étaient posées sur la table. Un mémo du directeur Ko, attaché à un autre mémorandum en provenance d'Ouroumtsi — du quartier général, Entreprise de Construction et d'Aménagement du Peuple. Ayant trait à l'Assimilation économique. Shan les plia et les glissa dans sa poche.

Jakli se tenait à la porte, et Lokesh balayait toujours à la grille, en chantonnant pour lui-même. Quand le Tibétain les vit, il récupéra un sac en jute posé contre le poteau et le tendit à Jakli.

— Un homme m'a donné ça pour vous. Un Ouighour, je crois. Il a dit qu'il s'appelait Mao.

Jakli accepta le sac d'une main hésitante, mais en l'ouvrant toute prudence disparut de son visage pour se changer en joie. Elle en sortit une bride de cheval, en superbe cuir noir clouté d'argent.

— Nikki ! s'exclama-t-elle, en se précipitant dans la rue.

— J'ai parlé au Mao, dit Lokesh, appuyé sur son balai, en suivant des yeux Jakli, qui disparut en direction des corrals à bestiaux. Le garçon Kublai a été enterré à l'extérieur de la ville. Des gens sont venus, des tas de gens, en psalmodiant le nom de cette femme. Niya.

Il fit signe de la tête vers le mur opposé de la rue, où une affiche identique à celles que Shan avait vues autour de la place avait été collée récemment.

— Le Mao m'a dit qu'il manquait une chaussure au petit garçon. Il a précisé que tu comprendrais.

Mais Shan ne comprit pas. Le tueur en voulait-il aux chaussures des enfants ?

Lokesh se retourna vers l'affiche et s'adressa à la femme aux cheveux roux :

— Des nœuds étaient présents à l'enterrement. Imagine cela ! Des nœuds viennent pour enterrer un garçon !

Ils rattrapèrent Jakli près des cabanes, où la jeune femme dansait la gigue avec Marco, qui agitait la bride au-dessus de sa tête. Ils s'arrêtèrent pour s'enlacer en voyant Shan et Lokesh s'approcher.

— Nikki est de retour ? se hasarda à demander Shan.

— Il n'est pas encore rentré, répondit Marco à grands coups de tête. Mais il n'est plus loin, il a passé la frontière. Les animaux de bât sont lents. Nous avons envoyé quelqu'un au-devant de la caravane.

Il arrêta sa danse et, redevenu soudain très sérieux, se tourna vers Jakli.

— Nous avons du pain sur la planche. Il ne reste plus qu'une semaine.

Il se mit en devoir se resserrer les harnais des chameaux en fredonnant un air de musique. Jakli, le visage rayonnant, caressa le cou de Sophie.

— Tout va bien se passer, maintenant. Nikki saura comment. Nikki...

Les mots s'étranglèrent dans sa gorge : une silhouette était apparue devant la cabane, un jeune garçon tout débraillé aux cheveux noirs en bataille. Sa chemise rouge sale était déchirée en plusieurs endroits et son visage émacié était un masque d'épuisement et de crainte.

— Batu ! s'exclama Jakli.

— Je fais rien que courir, dit le garçon, à bout de souffle. J'ai nulle part où aller. Alors je cours. Je m'arrête et je bois un peu d'eau, et après je continue à courir.

Sa voix tremblait, et il ne cessait de regarder derrière lui tout en parlant.

— Je t'ai vue dans la rue, alors je t'ai suivie.

Jakli bondit et le prit dans ses bras.

— Le clan. Où se trouve ton clan ?

Le jeune garçon étouffa un long sanglot sans larmes.

— J'ai entendu dire que les enfants de la zheli mouraient l'un après l'autre. Et la dernière fois, un agneau a aussi été tué. Si la chose revient me chercher, je veux être loin de mon clan. Parce que les gens du clan ont été bons avec moi. Et je veux être loin des agneaux, ajouta-t-il en regardant Jakli.

Batu. Batu était le troisième sur la liste. Le suivant.

— Je n'ai rien fait, reprit le garçon, la voix brisée par un sanglot. Pourquoi voudraient-ils...

Jakli maintint le jeune garçon à bout de bras pendant qu'il parlait, puis elle l'obligea à se taire en posant un doigt sur ses lèvres. Elle l'enlaça en lui caressant la tête.

— *Kochakhan, kochakhan,* lui chuchota-t-elle — le mot qui servait à apaiser les agneaux.

Elle se tourna vers Marco puis vers Lokesh d'un air déterminé.

— Je dois rejoindre les Maos, les aider à trouver les autres. Je connais des endroits qu'ils ignorent. Ceux où se trouvent les clans des ombres.

Émù, les yeux rivés au jeune garçon, Lokesh déclara presque malgré lui :

— Je viens avec vous. Il faut que je trouve.

Jakli contempla le vieux Tibétain avec des yeux mouillés. Un instant, Shan crut qu'elle allait le serrer dans ses bras en lui murmurant le mot pour les agneaux. Mais elle posa une main sur son épaule pour le pousser doucement vers Shan.

— Non, dit-elle fermement, comme à un enfant.

— Je vais vous donner à manger pour le garçon, proposa Marco en plongeant le bras dans une des fontes.

— Moi, je reste en ville, décida Shan, soudain inquiet pour Lokesh. Je vais dormir ici. Je dois voir la procureur. Je le lui ai promis.

— Impossible ! s'exclama Jakli.

Marco offrit une pomme au jeune garçon affamé qui attaqua le fruit à pleines dents.

— Non, reprit-elle. Pas ici, en tout cas. C'est encore un des pièges de Xu. Demain, dans l'après-midi, en bordure de la grand-route, là où nous avons retrouvé le camion pour le Camp de la Gloire. Nous serons sur notre terrain.

— Il me faut de la nourriture pour les autres, dit Batu d'une voix hésitante.

— Les autres ?

Jakli s'agenouilla près du jeune garçon et posa la main sur son bras.

— Tu sais où se trouvent les autres garçons de la zheli ?

— Oui, répondit le gamin après avoir inspecté les alentours d'un œil prudent. C'est un endroit qui s'appelle le Champ du Vieux Lama. Un lieu sûr, en altitude. C'est là que j'allais. Khitai nous a dit que c'était un endroit protégé par les divinités de la montagne.

Lokesh releva la tête, tous les sens en alerte.

— C'est lui qui vous a conduits jusque-là ? demanda Shan.

— Oui. Il y a des années, quand il n'avait que sept ans. Il n'y était jamais allé encore, mais il a senti que c'était là. Quand il a trouvé l'endroit, il s'est mis à rire, longtemps, comme s'il venait de revoir un vieil ami. Il n'y a que quelques murs en ruine. Mais aussi une très belle peinture. Je crois que Khitai est là-bas, maintenant. Il se peut qu'il parte aux fleurs, c'est le devoir.

— Le devoir ?

— Le dernier devoir que Lau a donné à la zheli. Une collection de fleurs d'automne. Les fleurs étaient belles près du Champ du Vieux Lama. C'est ce qu'elle disait toujours.

Shan se rappela les fleurs près de la caverne de Lau : quelques-uns parmi les enfants de la zheli n'avaient pas oublié leur devoir.

— Khitai sait que l'un des clans des ombres avait des moutons dans les montagnes au-dessus du champ, poursuivit Batu. Il est peut-être allé là après avoir ramassé ses fleurs, pour rejoindre le clan qui veillait sur Suwan.

Lokesh se redressa bien droit, tel un soldat se préparant à l'action. Suwan avait rendu visite au campement de la Pierre rouge, et il avait trouvé la mort. Mais il était possible que son clan, ignorant son destin tragique, soit reparti en compagnie d'un autre enfant : Khitai.

Jakli alla sur l'avant de la cabane et inspecta les environs, comme si elle rassemblait ses esprits.

— Je connais un endroit... Tout près d'un ancien pavillon russe, dit-elle en regardant Marco.

— Et puis quoi encore..., s'exclama l'Eluosi, estomaqué.

— Ils n'ont nulle part où aller, insista Jakli. Vous ne pouvez pas rester ici. La Brigade n'arrête pas d'amener des chevaux.

— Je ne peux pas !

Puis, devant l'expression de Jakli, il relâcha lentement son souffle, comme s'il s'ébrouait, en jetant à Shan un regard exaspéré.

— Autant discuter avec un moucheron qui t'est rentré dans la narine ! râla-t-il.

Sophie se retourna et poussa un ricanement en tirant la langue à Marco.

— Par le souffle de Dieu ! Pas toi aussi.

Jakli prit alors la main du jeune garçon et la plaça dans la main de Shan.

Shan fut tellement secoué par ce geste qu'il faillit retirer son bras. Il resta là, silencieux, incapable de regarder l'enfant, incapable de comprendre le goût âcre et soudain de la peur dans sa bouche ou la vague d'émotion qui montait en lui. Lentement il releva les paupières. Batu le regarda avec un sourire hésitant. Shan connaissait les enfants, il savait leur parler, il avait partagé des secrets avec Malik. Mais ce garçonnet était l'élève de Lau. Autrefois, Shan avait eu un garçon comme lui, un fils, qu'il avait perdu quand il avait l'âge de Batu.

— Je te présente Shan, annonça Jakli. Un ami de Tantine Lau.

Sans savoir comment, Shan se retrouva à genoux devant Batu et nouait ses lacets défaits. Ses mains l'avaient conduit là où son cœur se devait d'être.

À l'aide d'une bride, Jakli attacha le sac à la selle de la chamelle, Marco trouva une chemise marron dans sa fonte et dit à Batu de l'enfiler par-dessus la sienne, puis il se pencha à l'oreille de Sophie. Celle-ci poussa un lent ricanement. Marco se redressa, les sourcils en accent circonflexe exprimant sa surprise.

— Okay, allez, montez. Elle est d'accord. Mais — il pointa le doigt vers Shan — toi, tu as les bottes — et vous, ajouta-t-il en montrant Lokesh — vous avez les sacoches.

Il ignora l'expression d'incompréhension des deux hommes et fit sortir Sophie de la cabane. Une fois en pleine lumière, il se retourna sur eux.

— Une dernière chose. Elle dit que, si l'un d'entre vous souffle un mot de l'endroit où nous allons ou de l'itinéraire pour y arriver, le loup bleu le suivra à la trace et l'avalera tout cru.

Batu hocha la tête avec solennité et contempla Sophie avec des yeux comme des billes.

Jakli serra une nouvelle fois l'enfant contre elle.

— Tu es en sécurité maintenant, chuchota-t-elle en jetant un bref coup d'œil à Marco et Shan. Trois heures demain, leur rappela-t-elle, avant de partir au petit trot vers la ville.

Ils quittèrent les corrals en tenant les chameaux par la bride, et longèrent un cimetière, sur la rive opposée de la rivière. Près de la berge se trouvait une tombe fraîche, à côté de laquelle se tenait un petit cheval blanc et brun, la tête entre les jambes. Ils s'arrêtèrent un instant.

— La plupart des élèves de la zheli ne possédaient pas de cheval, expliqua Batu. L'année dernière, Kublai a chanté pendant un mois quand il a reçu le sien.

Le jeune Kazakh soupira comme un vieillard en contemplant l'animal qui attendait en bordure de la tombe du petit Kublai.

— Et regardez, maintenant. C'est dur, pour un cheval.

Les trois chameaux remontèrent la vallée d'un pas rapide, sur une piste parallèle à la rivière. Ils franchirent ensuite un long escarpement rocheux et entrèrent dans un paysage que Shan reconnut : la vallée où se trouvait la cabane de Lau. Quand ils passèrent devant la bâtisse, Shan garda les yeux fixés sur la pente boisée en surplomb, vers la caverne où gisait Lau, attendant que justice lui soit rendue.

Le soleil avait franchi son zénith quand Marco ralentit l'allure pour s'arrêter devant une mare sous une cascade. Ils s'étaient enfoncés dans les profondeurs des monts Kunlun, et le vent soufflait, pur et frais, au sortir des champs de glace en altitude. Marco ne cessait de surveiller l'horizon.

— S'il arrive quoi que ce soit, faites exactement ce que je fais. Faites-le vite. Ne parlez pas. Écoutez-moi. Écoutez les chameaux.

Sophie ouvrait la marche. Batu chevauchait en croupe derrière Shan, sur le deuxième chameau. Ils suivaient la superbe bête argentée vers le sud-ouest, en direction de longues étendues de désert dans le lointain. Soudain, la piste s'enfonça dans une vallée d'herbe brune et de graviers, au fond de laquelle courait un torrent aux flots rapides. La vallée était d'une largeur surprenante, à croire qu'on l'avait aménagée jadis pour des transports lourds. Batu indiquait des choses que Shan ne voyait pas : un rongeur en train de bourrer ses joues d'herbe qu'il transportait dans son terrier d'hiver ; un aigle en plein essor au-dessus de la vire rocheuse voisine.

Brusquement, Sophie s'arrêta. Shan serra les mâchoires, avant de se décontracter quand il vit que Marco ne fouillait pas les alentours à la recherche de dangers éventuels. Il se trompait : l'Eluosi observait la tête de Sophie. Le chameau argenté redressa le museau et poussa un cri. Marco sauta à bas de sa selle.

— Hélicoptère ! rugit-il, avant de crier quelques mots de russe.

Les chameaux se séparèrent immédiatement alors que leurs cavaliers mettaient à peine pied à terre. Les hommes dégringolèrent au sol tandis que leurs montures ployaient les genoux avant de glisser leurs pattes sous elles en enfonçant la tête entre leurs épaules. Shan entendit Lokesh rire. Par-dessus le flanc du chameau, il aperçut Marco allongé tout contre Sophie, roulé en boule à l'ombre de la bête. Lokesh, toujours riant, la respiration sifflante, l'imita lentement. Les animaux avec leurs cavaliers collés à eux avaient l'aspect de trois gros rochers de plus dans ce paysage gris et marron. C'était la raison pour laquelle Marco avait demandé à Batu de masquer sa chemise rouge. Aux regards d'une équipe de surveillance volant à vive allure, ils pouvaient aisément passer inaperçus.

Un sourd grondement roula depuis l'aval. Shan était terrorisé à l'idée de voir Lokesh et le jeune garçon capturés. C'est de cette manière que l'armée et les nœuds intimidaient les nomades : en apparaissant sans prévenir du ciel, à la recherche d'armes illégales ou de papiers d'identité. Un vieux dropka avait dit à Shan : On ne peut pas se cacher des Chinois. Ils ont des machines avec des armes qui vivent dans les nuages.

Shan observait l'hélicoptère qui passait la crête rocheuse quand quelqu'un lui baissa la tête en la poussant contre le chameau. Batu.

Marco attendit dix minutes après que le barattage des pales se fut éteint, puis il lâcha un mot bref aux chameaux, qui déroulèrent leur tête. Quelques instants plus tard, ils reprenaient la piste à un trot rapide.

Un quart d'heure plus tard, Lokesh se dressa sur sa selle et s'écria, en battant des bras pour attirer l'attention de Shan :

— *Lha gyal lo !*

— Le champ ! s'exclama Batu.

Ils étaient déjà venus au Champ du Vieux Lama, comprit Shan : devant eux, l'énorme drapeau de prière rouge battait au vent sur son monolithe.

Batu les conduisit vers un affleurement rocheux où des monticules de pierre peu élevés délimitaient une structure de quatre pièces bâtie contre le rocher : un endroit pour un ermite.

— De l'autre côté, il y a plus de murs, expliqua Batu d'un ton excité alors qu'ils mettaient pied à terre, et on voit les visages des dieux tibétains.

Il courut vers les ruines, s'arrêtant à quelques secondes d'intervalle pour crier qu'il n'y avait pas de danger, que c'était Batu avec des amis.

Ils rattrapèrent le jeune garçon sur l'arrière, où une vaste salle avait été construite contre l'affleurement rocheux : Batu contemplait le mur d'un air triste. En s'approchant, Shan sentit une odeur de peinture fraîche. Il y avait eu là, incontestablement, une fresque, sans doute très belle, protégée même après l'effondrement des murs extérieurs par le surplomb de pierre. Mais elle n'existait plus. Le mur avait été recouvert de peinture noire à la bombe, sur laquelle deux affiches avaient été placardées récemment. *Échappez aux chaînes de la féodalité,* proclamait l'une. L'autre, en minuscules caractères chinois, était une copie du décret d'État interdisant les pratiques des cultes qui n'avaient pas obtenu l'autorisation du Bureau des affaires religieuses.

— Les rochers, murmura soudain Marco, en montrant Sophie.

Le chameau étirait le cou vers une énorme barre rocheuse sur la pente au-dessus d'eux. L'Eluosi s'y dirigea à pas pressés. Il fit signe à Shan de le suivre tandis qu'il disparaissait dans une ouverture étroite entre deux énormes rocs.

De l'autre côté, Marco se tenait debout sur l'un des rocs, en bordure d'une vaste clairière entourée de plusieurs cairns et des restes d'un long mur constitué de centaines de pierres. Shan reconnut un mur sacré, un mur *mani,* dont chacune des pierres portait gravée une prière bouddhiste. Ils avaient effectivement retrouvé le Champ du Vieux Lama, au centre duquel se tenait, agenouillé près d'un monticule de terre fraîche, un jeune garçon. Il était seul.

C'était Malik, du camp de la Pierre rouge, et il caressait le monticule de terre en parlant à voix basse.

Il se retourna, souffle coupé, en les entendant approcher, puis il s'enfuit d'un bond et courut en direction d'un autre rocher, plus haut sur le versant, où était attaché un cheval gris. Malik avait presque atteint le cheval quand un cri de Batu l'arrêta :

— Seksek Ata !

Shan avait déjà entendu ces deux mots : le nom d'une divinité protectrice des chèvres, le surnom de Malik.

Malik leur fit face sans bouger, ses yeux vitreux, voilés par le chagrin, fixant le monticule de terre.

— Je me suis dépêché de venir, parce que les autres garçons que j'ai ramenés m'ont dit que je risquais de trouver Khitai ici. Mais ils étaient en train de le mettre en terre quand je suis arrivé. Si je l'avais rejoint quelques heures avant, j'aurais pu l'emmener dans un endroit sûr.

Il vacillait sur ses jambes, les mains tremblantes : ce n'était plus que l'ombre du jeune garçon solide rencontré au camp de la Pierre rouge. Cela faisait presque une semaine. Une semaine que

Malik parcourait les collines à cheval, pistant les élèves de la zheli, sachant que la mort se tapissait partout, essayant désespérément de faire ce qui était en son pouvoir pour l'arrêter. Il avait ramené deux garçons au camp de la Pierre rouge, avait dit Jakli. Mais quand il avait fini par en retrouver un troisième, la tombe avait déjà été creusée.

Lokesh avança près du monticule de terre. Sur une pierre, à trois mètres de là, gisait un sac en toile de jute. Lokesh contempla le sac, les yeux écarquillés, pleins d'effroi, avant de s'en approcher à pas minuscules et maniérés. Le vieux Tibétain se pencha, vida le sac sur la pierre. Shan vit le visage de son vieil ami s'effondrer.

Sur la pierre s'étalaient une courte chaîne à maillons métalliques, une longue boîte en cuivre terni incrustée de cercles en turquoise — un plumier —, une tasse en fer-blanc tout cabossée qui contenait plusieurs petits brins de ficelle portant des grains de rosaire, de couleur et de matière différentes, bois et plastique, et un unique grain en jade. Shan examina le plumier : celui-là-même dont Lokesh s'était enquis dans le bureau de Lau.

Shan dégagea un objet qui s'était coincé dans l'ouverture du sac : une pièce de bois taillée en biseau avec un dessus coulissant. Une des lettres kharochthi.

Les braises qui couvaient en Lokesh s'étaient enflammées et semblaient le consumer de l'intérieur. Un bruit montait de sa poitrine — le rythme était celui d'un mantra, mais en un long geignement continu, comme s'il en avait oublié les paroles. Le vieux Tibétain serra la tasse entre ses mains et releva sur Shan des yeux tristes mouillés de larmes. Pour la première fois depuis qu'il le connaissait, Shan discerna autre chose sur le visage de son vieil ami. Une expression qu'il avait déjà vue, chez Bajys, quand ils l'avaient retrouvé dans la caverne de Lau, quand le petit homme avait proclamé que le monde avait touché à sa fin.

— Au début, les bergers ont cru qu'il avait fait une chute, dit Malik. Peut-être qu'il tentait d'escalader le rocher avec le grand drapeau.

Shan se retourna : le jeune Kazakh regardait droit devant, le corps raide, pareil au soldat en train de faire son rapport. Pourtant ses lèvres tremblaient.

— Mais son pantalon était couvert de sang. Parce qu'un couteau lui avait ouvert le ventre, jusqu'au cœur. Son pantalon était déchiré, et il lui manquait une chaussure. Ils ont dit qu'il avait le visage complètement défoncé, comme s'il avait reçu des coups de pied. Je crois qu'il a essayé de se défendre.

Batu s'approcha de Lokesh et tapota le vieil homme dans le dos.

— Qu'est-ce qu'il avait dans ses poches ? demanda Shan. Est-ce qu'il portait quelque chose autour du cou ?

Malik, le visage de pierre, continuait de fixer la tombe.

— Rien. Ses affaires étaient dans ce sac. Parce qu'ils s'apprêtaient tous à repartir.

— Les bergers, mon garçon, dit Marco d'un ton sinistre. Où sont-ils allés ? Qu'est-ce qu'ils ont vu ?

— Ils sont partis, ils ont regagné les ombres. Les dropkas sont venus ici pour la journée parce que Khitai le leur avait demandé, en laissant leurs moutons sous la surveillance de leurs chiens. Tout ce qu'ils ont pu faire a été de prononcer quelques mots devant le corps de Khitai et de se dépêcher de rentrer pour retrouver leur troupeau. Ils ne redescendront pas avant longtemps.

Malik regardait Lokesh tout en parlant. Le vieux Tibétain se balançait d'avant en arrière, en un mouvement de bascule apparemment mis en branle par la main de Batu sur son épaule.

— J'ai posé la question. Ils n'ont rien vu. Ils ont laissé Khitai ici, assis devant la peinture pendant qu'ils allaient inspecter les hauts pâturages au-dessus de nous pour retrouver des bêtes égarées. Mais c'est la femme qui a fait ça, celle qu'on appelle la Garce de Jade. Je l'ai vue par la suite, une fois que les bergers sont repartis. Je leur avais dit que je resterais, parce que Khitai était mon ami, que je voulais lui parler un moment. Je sais les mots qu'il faut dire à un enterrement kazakh, des mots que les dropkas ignoraient peut-être. C'est ce que je faisais quand j'ai vu revenir la femme qui a aveuglé les dieux.

Aveugler les dieux, c'est-à-dire vaporiser de la peinture sur les divinités.

Marco tendit au gamin une bouteille d'eau et un morceau de nan, que celui-ci dévora aussitôt.

— Par le souffle de Dieu ! marmonna l'Eluosi à Shan. Mais ce sont pratiquement des bébés ! La garce les pourchasse comme une charogne

Il posa les mains sur les épaules de Malik.

— Il faut qu'on parte. Elle connaît cet endroit.

Shan replaça en silence les objets personnels de Khitai dans le sac, dégageant de force la tasse d'entre les doigts de Lokesh tandis que Malik et Batu aidaient le vieux Tibétain à se mettre debout. Il resta en arrière auprès de la tombe pendant que la triste procession disparaissait entre les gros rochers.

Quatre garçons étaient morts. Un tiers de la liste de la zheli s'était éteint. Une vague d'impuissance, aussi forte qu'un coup de poing dans le ventre, le frappa de plein fouet. Il tomba à genoux, les mains sur la tombe de l'enfant.

— Je suis désolé, s'entendit-il dire.

Il n'était pas de mots qu'il pût prononcer et offrir au garçon tué. Qu'avait dit Marco ? Plus personne n'était innocent.

— J'aurais donné volontiers ma propre vie, ajouta-t-il d'une voix plus ferme, pour empêcher que d'autres d'entre vous meurent.

Khitai n'avait pas été le suivant sur la liste. Il avait simplement joué de malchance en se trouvant dans le Champ du Vieux Lama quand le tueur était apparu. Ou peut-être, songea Shan en se remémorant la réaction de Lokesh devant la tombe, se trompait-il complètement : les meurtres ne concernaient en rien les Américains. Khitai avait-il été la cible ? Tout se passait comme s'il existait deux mobiles distincts, deux tueurs, deux mystères à l'œuvre.

Il resta à genoux, sans prononcer une parole, jusqu'à ce que Marco l'appelle en contrebas. Il passa alors les doigts en râteau dans la terre meuble. Il trouva un objet familier à la tête de la tombe, un morceau de bois incurvé sculpté en forme d'oiseau – l'objet que Malik fabriquait pour les enfants morts. À quelques centimètres de l'oiseau, ses doigts touchèrent un objet si dur et si froid que son cœur bondit dans sa poitrine. Il sortit un boîtier métallique noir, monté sur charnières. Il l'ouvrit. C'était une boussole, très élégante, remplie d'huile, orné sur le dessus d'une croix rouge, au-dessus des mots *Made in Switzerland*. Un tel objet coûtait plus que le salaire mensuel de la plupart des bergers.

Marco appela une nouvelle fois. Shan enterra l'oiseau et empocha la boussole. Il courut jusqu'au mur mani, choisit une des pierres gravées de prières tibétaines et la posa à la tête de la tombe, avant de rejoindre ses compagnons.

Malik était en train de tirer Marco en direction d'un petit rocher rond près des ruines. On apercevait un trou à sa base.

— Ne t'approche pas de ce nid. Ce rongeur, il a maintenant un démon en lui.

Échangeant un regard perplexe, Marco et Shan s'approchèrent du trou, autour duquel on avait entassé herbes sèches et brindilles. Marco s'agenouilla et jura en essayant de percer la pénombre. Se penchant à son tour, Shan aperçut lui aussi à l'intérieur de la faille un point de lumière rouge pareil à un œil furieux. L'Eluosi sortit d'abord la dépouille d'un écureuil terrestre, puis un petit enregistreur vidéo.

— Se déclenche automatiquement au mouvement, cracha-t-il.

Il dégagea la bande et la balança par-dessus sa tête. Elle atterrit sur un replat rocheux. Il fracassa l'appareil contre le gros rocher.

— Quand ils sont partis, ils ont essayé de faire atterrir l'hélicoptère près du drapeau, expliqua Malik alors qu'ils s'apprêtaient à remonter en selle, mais les divinités du vent l'ont protégé. Alors ils ont tiré sur le drapeau.

En effet, le grand étendard paraissait plus dépenaillé que la première fois que Shan l'avait vu.

— Mais ce n'est pas un problème, leur assura Batu. Bajys, l'ami de Khitai, nous a raconté que des vieillards viennent de temps à autre réparer le drapeau. Ils font ça depuis des centaines d'années. Des vieillards, répéta-t-il avec un hochement de tête plein de sagesse. Ou peut-être des divinités de la montagne.

Ils montèrent en selle, le jeune garçon derrière Lokesh. Après avoir franchi un escarpement peu élevé, ils atteignirent bien vite l'entrée d'une vallée profonde. Marco descendit de sa monture.

— C'est dangereux maintenant. Marchez, et marchez prudemment.

Il vérifia les harnais de chacun des chameaux et noua les rênes aux selles.

— Les chameaux connaissent le chemin.

Il lança une tape sur l'arrière-train de Sophie, qui bondit de l'avant sur une piste latérale conduisant apparemment au pied d'une falaise. Non, ce n'était pas une falaise, comprit Shan dès qu'il vit la bête remonter une étroite sente en lacets. La pente du versant rocheux était raide, avec, à son sommet, bien au-dessus de leurs têtes, une formation de pierre en forme de cheminées.

L'ascension fut pénible et dura presque une heure. Une fois qu'ils eurent passé la crête, Shan resta pétrifié d'émerveillement devant le plateau, invisible du bas de la vallée, qui s'étendait devant lui. D'épais bouquets de conifères entouraient la base d'une formation rocheuse montée de main d'homme : une antique tour de guet. Deux côtés du plateau étaient entourés par des parois de pierre abruptes qui se dressaient jusqu'au sommet d'une montagne, à plus de trois cents mètres au-dessus d'eux. À quatre-vingts mètres sur la face de la paroi, jaillissait une source qui descendait en un long ruban de cristal jusqu'à une mare. Une prairie jonchée d'herbe couvrait les deux tiers du plateau. S'y trouvaient éparpillés une demi-douzaine de chameaux de Bactriane.

Marco rejoignit Shan.

— Les armées de l'empire tibétain ont construit des routes le long des vallées des rivières qui dévalaient des monts Kunlun. Ensuite, elles ont installé des garnisons aux endroits où les routes pouvaient être défendues.

Il indiqua la vieille tour.

— Ce sont des bergers qui l'ont rebâtie. Quand mon père a essayé de faire sortir notre famille de Chine pour rejoindre l'Inde, une patrouille de l'armée l'a poursuivi. Nous nous sommes cachés ici pendant que les soldats fouillaient les environs. Une semaine plus tard, ma mère est tombée malade. Un mois après, les chameaux se sont enfuis. Au bout d'un moment, mon père a commencé à bâtir. « On va rester l'hiver, a-t-il dit, on est en sécurité ici. » « Autant rester l'été, a-t-il dit ensuite, la chasse est bonne dans le coin. »

Marco haussa les épaules.

— Ça fait presque quarante ans. On a simplement continué à bâtir.

Ils menaient les chameaux devant la tour quand leur apparut une vaste bâtisse en rondins. Il était visible qu'elle avait été construite par étapes à partir de la tour. Contre celle-ci prenait appui une grande salle qui conduisait à trois secteurs étagés à différents niveaux. Des parterres de fleurs laissés à l'abandon encadraient une porte en bois de taille démesurée, lourdement décorée de fer forgé. À l'extrémité du bâtiment, sous le plus grand des pins du plateau, une immense croix à double barre se dressait au-dessus de trois tombes.

Marco et Shan ôtèrent les selles des montures tandis que Malik et Batu aidaient Lokesh à gagner une souche, où le vieux Tibétain s'assit, la tête entre les mains. Il n'avait pas prononcé une parole depuis qu'ils avaient laissé la tombe de Khitai. Marco jeta un regard triste au vieil homme, puis il passa un bras autour de chaque garçon et les conduisit devant la porte d'entrée. Il leur fit une révérence accompagnée d'un grand geste de la main pour leur faire signe d'entrer.

— Bienvenue au palais d'été du tsar !

L'Eluosi les escorta dans une pièce chaleureuse et douillette dont les planchers étaient couverts d'épais tapis. Sur le mur de façade, de chaque côté de la porte, étaient accrochées les peaux de plusieurs animaux de bonne taille. Le soleil d'après-midi se reflétait sur un grand samovar en laiton posé sur une table à l'autre extrémité de la salle. Shan s'y dirigeait, admiratif, quand son œil fut attiré par plusieurs photographies, petites, passées, en noir et blanc, suspendues juste au-dessus. Elles représentaient des silhouettes d'un autre monde. Sur une photo jaunie, un vieil homme à lunettes et longue barbe fixait l'objectif ; ses yeux semblaient animés par la colère, ou peut-être la rébellion. Sur la suivante se tenait un homme à la barbe soigneusement taillée à côté d'une belle femme en fourrure aux cheveux clairs. Un buggy à cheval avec cocher attendait derrière eux. La femme avait la bouche entrouverte en un léger sourire, comme si elle annonçait une bonne nouvelle.

L'homme et la femme réapparaissaient sur une autre photographie prise dans un cadre austère de montagnes. Cette fois, ils étaient vêtus de simples tuniques en laine. La barbe de l'homme n'était plus taillée et la femme avait des tresses, à la manière des ouvrières des champs. L'homme portait dans les bras un enfant, un garçon qui arborait un air de défi que les parents semblaient avoir perdu. Insérée au coin du cadre se trouvait une autre photo, également passée, mais plus récente. Celle d'une autre femme, aux traits affirmés et burinés, la chevelure claire nouée sous un fichu.

Batu ressortit et revint quelques instants plus tard avec Lokesh.

— La famille, expliqua Marco d'une voix tendre dans le dos de Shan. Une année meilleure. Près de Yining, dans le Nord.

Il traversa le grand salon douillet jusqu'à une porte entrebâillée qui ouvrait sur une autre pièce aux murs de pierre — la base de l'antique tour de guet.

— C'était l'endroit rêvé pour un Russe oublié de Moscou. Mais, en 1950, un membre d'un quelconque quartier général pourri du Parti à Pékin a ouvert une carte. Il a vu un grand espace vide sur lequel ne flottait pas un nombre suffisant de drapeaux rouges. Pékin a envoyé des troupes au Turkestan. Il a été décidé que les montagnes à l'ouest étaient la frontière logique. Yining était de ce côté. Ils ont donc fait venir quelques milliers de soldats retraités. Comme ça ! fit-il en claquant des doigts. Yining n'était plus une ville libre de Russes blancs, mais une ville chinoise. Les habitants d'origine n'eurent plus qu'un seul droit : partir. Sauf qu'ils n'avaient plus nulle part où aller.

— Ce n'est pas si mal, cet endroit, fit remarquer Shan.

— Bien sûr. Notre petit monde à nous. Des bergers viennent. Mon père troquait des fourrures contre ce que désirait ma mère. Nous avons eu une bonne vie. Puis sont arrivées les fièvres. J'avais quatorze ans. Il n'y avait pas de médecins pour des gens comme nous. Je me suis réveillé une fois ma fièvre tombée, dans mon lit. J'étais seul. Mon père était mort. Il gisait sur un tas de terre fraîchement remuée. J'ai pensé qu'il avait enterré le trésor de la famille. J'ai dégagé la terre. Il avait effectivement enterré le trésor. Il était mort en ensevelissant ma mère.

Marco tourna les talons et disparut dans la tour.

Au coin opposé du salon, Lokesh soulevait une tapisserie suspendue et inspectait un couloir plongé dans l'obscurité. Il s'y engagea. Shan le suivit, laissant Batu et Malik contempler leur reflet dans le samovar.

Dans le couloir, il vit trois portes encadrées de poutres équarries. La première ouvrait sur une vaste salle avec petit poêle en fer et table en planches entourée de chaises désassorties, certaines fabriquées à partir de branches épaisses, d'autres en bois fin sculpté et garnies de coussins en soie salis qui avaient jadis été d'une élégance rare. Un morceau de viande séchée était suspendu au plafond, ainsi que des tresses d'oignons.

Lokesh s'était planté devant la porte de la deuxième pièce, dont il examinait le contenu avec une intense curiosité. Par-dessus son épaule Shan aperçut des murs couverts de photographies arrachées à des revues, des images d'oiseaux et de chevaux, d'acteurs et actrices occidentaux. La plupart des légendes étaient en anglais. Plusieurs peausseries en fourrure pendaient à deux lourdes poutres. Au-dessus d'une étagère encombrée de livres était placardée une affiche d'une vedette de rock de Hong Kong. Près de la porte, un cadre en bois grossier supportait une paillasse. Une rangée de casquettes militaires étaient accrochées à des patères au-dessus du lit. Shan les examina. Indiennes, pakistanaises, et une autre qu'il ne reconnut pas. Sous les casquettes, une unique photographie d'une fille à cheval, qui riait. Jakli. Sur un rondin vertical qui faisait office de table de chevet était posé un lecteur à cassettes, avec un boîtier vide sur le dessus. *Advanced Conversational English.* Leçons de conversations anglaises, niveau avancé. Lokesh s'empara d'une lourde canne de marche appuyée dans un coin près de la porte et la tendit à Shan. Gravé sur la longueur de la tige se trouvait un nom en anglais : Niccolo.

— Ce n'est pas un nom russe, dit Shan. Niccolo. Ni russe, ni kazakh.

— Italien, déclara la voix de basse pleine de fierté de Marco. Marco Polo a visité d'étranges pays, mais, avant lui, son père Niccolo avait emprunté la Route de la Soie. Il avait été le premier à voyager à l'étranger, avant Marco. Niccolo Polo Myagov.

— Ainsi donc, l'histoire se répète, se permit de remarquer Shan en franchissant le seuil.

Ce n'était pas seulement son mariage que Jakli attendait avec impatience, et ce n'était pas seulement le mariage que Lau avait voulu protéger en imposant à la jeune femme une mise à l'épreuve prolongée. Nikki conduisait une dernière caravane, avait dit Osman. Shan n'avait pas compris immédiatement ce que Jakli avait écrit quand le karaburan leur était tombé dessus, parce qu'elle avait écrit en anglais. *Je serai avec toi dans le beau pays.* Beau pays : *Mei Guo* en chinois — l'Amérique.

Marco saisit à son tour l'une des deux autres grosses pièces en bois debout à côté de la canne, et l'examina d'un air absent. Elle était lisse et s'affinait à une extrémité, avec une grosse boule côté étroit. Une batte de base-ball.

— Au début, Nikkli n'était pas sûr. Il lui a fallu d'abord convaincre Jakli. Elle pensait qu'il n'y avait pas de chevaux en Amérique, parce que tous les Américains avaient deux voitures. Mais Deacon lui a appris que les gens avaient des chevaux pour le plaisir. Que lui-même possédait un ranch. Qu'il leur achèterait des chevaux. Et donc maintenant, ils quittent le pays, Dieu en soit loué !

Ils quittent le pays. Pendant un temps, Shan lui aussi quittait le pays, ou, tout au moins, il avait pu feindre de le croire. Le camion pour le Népal était parti. Il avait perdu le compte des jours. Peut-être était-ce aujourd'hui qu'un homme l'attendrait à la frontière, une heure ou deux, voire la journée entière, avant de décider qu'on avait empêché Shan de devenir un homme libre. D'une certaine manière, son échec personnel à rejoindre l'étranger ne faisait que rendre plus important encore le succès de Nikki et Jakli.

Marco soupira et contempla la chambre de son fils en silence, avant de faire signe à ses visiteurs de le suivre.

— L'heure est venue de gagner votre pain.

Il les mena dehors jusqu'à Sophie, debout auprès de Lokesh, ses grands yeux mouillés à cinquante centimètres des yeux du Tibétain, fixant intensément le vieil homme. Marco dégagea un petit crochet en métal d'une souche et le tendit à Shan.

— Les bottes.

Il donna une brosse à Lokesh.

— Les sacoches.

Ces mots parurent réveiller le vieux Tibétain, qui accepta la brosse avec un petit sourire.

Marco montra à Shan comment utiliser le crochet pour nettoyer les sabots du chameau, où des pierres et des brindilles avaient pu se loger. Puis il fit sur Sophie la démonstration de la manière dont Lokesh devait brosser les poils épais sur les bosses de l'animal. Enfin, il sortit une poignée de morceaux de sucre de sa poche et les tendit aux deux garçons, qui s'empressèrent d'offrir les gâteries aux chameaux.

Malik s'éloigna pour offrir le dernier morceau de sucre à son cheval. Shan le suivit.

— J'ai vu ce qui se trouvait dans sa tombe, dit-il dans le dos du garçon.

Celui-ci hocha la tête en caressant la crinière de sa monture.

— Est-ce que c'était la boussole de Khitai ?

— Non, répondit Malik dans un murmure, comme s'il avait peur de parler de l'objet. Ses parents zheli, ils ont dit qu'ils avaient trouvé la boussole à côté de son corps, contre un rocher. Khitai a dû frapper le tueur, qui l'a lâchée, et elle est tombée.

Malik pivota pour faire face à Shan.

— Aux temps anciens, quand un guerrier mourait sur le champ de bataille, il était enterré avec les trophées qu'il avait pris à ses ennemis.

Ils mangèrent un ragoût de légumes préparé par Lokesh sur le petit poêle en fer. Ensuite Shan alla se promener dans la prairie, contemplant le lever des étoiles, écoutant le bruit serein de la cascade, s'immergeant tout entier dans la paix du lieu. Il entrevit une lueur et découvrit Marco avec une lanterne, qui parlait à voix basse à Sophie en lui caressant le dos. Shan s'assit sur un rondin et observa la scène, pensant que l'Eluosi ne l'avait pas vu. Mais, quelques minutes plus tard, Marco lui fit signe de se rapprocher.

— Tu peux lui gratter les oreilles. Elle aime ça, après une journée difficile.

Les deux hommes s'occupèrent en silence de l'animal pendant quelques minutes.

— C'est vraiment une belle bête, déclara Shan.

Marco acquiesça d'un hochement de tête convaincu.

— Et aussi intelligente que deux Chinois.

Il releva la tête, bouche ouverte, comme pour s'excuser, sans pourtant rien en faire.

— Votre fils, dit Shan. Il a ses propres chameaux ?

— Il préfère les chevaux. Il a grandi à dos de cheval dans le clan de la Pierre rouge. Il possède un cheval des montagnes solide, tout noir. Sa mère avait du sang cosaque.

— Est-ce qu'elle voyage, elle aussi ?

— Pas ici, répondit Marco d'un ton qui sous-entendait clairement que Shan était allé trop loin.

Les parents de Marco étaient morts au chalet, se souvint Shan, cependant il y avait trois tombes.

— J'ai un fils, dit-il paisiblement. Il aurait dix-huit ans.

— Aurait ?

— Je ne sais pas. Je ne l'ai pas vu depuis huit ans.

Marco parut reconnaître le fait que Shan avait lui aussi des bribes de vie trop douloureuses pour être explorées.

— Dix-huit ans. Ce n'est plus un gamin, dans ce cas. C'est un homme. Pas beaucoup plus jeune que mon Nikki. Est-ce qu'il avait un cheval quand il était jeune ?

— Non. Pas de chevaux.

— Un chameau, peut-être.

Sophie avait fermé les yeux, mais ses oreilles remuaient comme si elle suivait leur conversation.

— Non.

— Ah ! s'exclama Marco avec sympathie. Tout le monde n'a pas la chance d'avoir une monture, dans cette vie.

Il sortit un peigne en bois, qu'il passa dans les poils sur le dos de Sophie. Au bout d'une minute, il le tendit à Shan et lui montra comment s'en servir, en posant sa main énorme sur la sienne.

— Ma Sophie a une âme plus profonde que la plupart des hommes. Je lui parle. Elle me parle. Elle sent les inconnus à deux montagnes de distance. Comme compagnie, je la préfère à bien du monde.

Il fit le tour de la bête, comme pour une inspection finale, puis se tourna vers Shan avec une expression d'espoir.

— Viens avec moi, monsieur Shan. J'ai quelque chose à te montrer.

Shan leva les yeux, surpris : Marco parlait en anglais.

— Shan. Sh-aann, répéta Marco en jouant avec le nom. Ce n'est pas un nom anglais. En anglais, ce serait John. Oui, ajouta-t-il d'un air satisfait. John. Johnny.

Shan, souriant, répondit dans la même langue :

— Comme dans un film américain.

— Exactement. John Wayne ! s'exclama Marco, avant de revenir au mandarin. Tu le parles mieux que moi.

— Mon père, dit Shan.

Marco hocha la tête, comme s'il n'avait nul besoin d'autre explication.

Ils pénétrèrent dans la pièce en bout de couloir, une vaste chambre aux murs en rondins grossiers, avec un énorme lit monté en rondins refendus, sur lequel s'empilaient couvertures en feutre et fourrures. Des peaux de bêtes pendaient aux chevrons. Une épée était accrochée au mur et deux antiques revolvers avec des barillets énormes aux patères près de la porte. Sur une table proche du lit s'étalaient des revues, en anglais. Bizarrement, toutes traitaient de la pêche en haute mer. Shan prit celle du dessus de la pile.

— Est-ce que tu connais l'océan ? demanda l'Eluosi d'un ton hésitant.

Il semblait réticent à exprimer sa curiosité, mais son expression le trahissait. Un instant, Shan y reconnut l'impatience d'un jeune écolier. Sur le mur derrière Marco, il aperçut une série de calendriers anciens, tous illustrés d'une unique photographie en couleurs d'une plage ou d'une île. La région où habitait Marco était plus éloignée des océans que tout autre lieu de la planète.

— J'ai grandi dans la province de Liaoning, près de la mer. La famille de ma mère était originaire d'un village de pêcheurs.

— Des plages ! s'exclama Marco en anglais. Du sable blanc, comme une neige chaude. De l'eau aussi loin que l'œil peut porter. Et les thons.

Il se tourna vers une des illustrations de calendrier, une ligne de côtes rocheuses couvertes de conifères et un unique chalet en rondins aux volets d'un jaune éclatant.

— Ils peuvent peser plus de cinq cents kilos, poursuivit-il d'une voix égale. Un poisson combattant qui n'est pas fait pour les cœurs délicats ou les mauviettes.

Il revint à ses revues. Shan eut une vision d'un Marco allongé sur ses fourrures, sous la neige qui tombait depuis des jours, mémorisant des passages entiers de ses magazines.

L'un des calendriers offrait une photo d'un homme en chemise d'un blanc éclatant qui tirait sur le pont d'un bateau d'un blanc éclatant un long poisson argenté.

— Aucun homme de ma famille n'a vu un océan depuis cinq générations, déclara Marco de sa voix profonde pleine de regret et d'espérance. L'eau salée. On y trouve du poisson, du poisson délicieux, aussi dense que le mouton, aussi délicat qu'un gâteau au sucre.

Il examina Shan d'un œil sévère et se pencha vers lui, comme s'il s'apprêtait à lui révéler un important secret.

— Il existe un endroit qu'on appelle l'Alaska. On y trouve des montagnes comme ici. Il y a aussi un océan. J'ai vu des photos. Nikki a des livres qui en parlent. Des poissons monstrueux. Qu'on fait frire dans le beurre. Et tu sais pas quoi, Johnny ? demanda Marco, l'œil pétillant de bonheur.

— Je n'y suis jamais allé.

— Il y a des Russes, là-bas. Des émigrés de l'époque du tsar. Des Russes qui parlent anglais. Qui sont libres.

Shan sourit. Cet homme lui plaisait, moins pour la témérité de ses actions que pour la témérité de ses rêves.

Marco tira un gros livre d'une caisse en bois, un album de photos anciennes, et fit signe à Shan de s'installer à côté de lui sur le lit tandis qu'il feuilletait rapidement les pages jusqu'à ce qu'il trouve ce qu'il cherchait : une photo passée, toute cassante, d'un chameau de Bactriane enveloppé dans ce qui ressemblait à une bannière en soie. Un homme chauve avec une épaisse moustache tenait la tête du chameau. De l'autre côté de l'animal, un autre homme, un Européen, portait une lourde *ushanka* en fourrure, la casquette d'hiver qui avait la faveur des Russes. Sur le manteau de l'Européen brillait une médaille en forme d'étoile. Deux gardes sévères munis chacun d'un fusil flanquaient les deux hommes.

— L'arrière-grand-mère de Sophie, déclara fièrement Marco.

— Je vois une certaine ressemblance, dit Shan pour se montrer poli.

Ses paroles réjouirent Marco, qui referma son livre avec un grand sourire. Il indiqua un objet suspendu à une lanière en cuir qui sanglait un pied de lit et le souleva pour le montrer à Shan : la médaille de la photo.

— Offerte à mon arrière-grand-père par le tsar en personne !

C'était une étoile d'or aux bords émaillés de rouge, avec, au centre, l'image d'un cavalier sur sa monture. Marco la contempla avec une satisfaction évidente, puis il regarda le mur, comme s'il consultait une horloge invisible.

— L'heure de monter. Nous montons toujours, annonça-t-il en quittant la pièce à longues enjambées déterminées.

Shan passa voir les deux garçons qui dormaient dans la chambre de Nikki, puis il retrouva Marco en haut de la tour. L'Eluosi inspectait le paysage comme s'il cherchait quelqu'un.

— C'est une chose dangereuse que d'aller voir la Garce de Jade, déclara-t-il d'une voix basse et détachée sans se tourner vers Shan. Tu as entendu ce garçon. Elle a tué Khitai.

— Ça, je n'en sais rien. Malik ne l'a vue que le lendemain. Vous n'avez pas vu le visage de Xu quand on a apporté le corps de Kublai devant sa porte. Elle était horrifiée. Et ce n'était pas de la comédie.

— Le pire que tu puisses faire serait de la sous-estimer.

— Le pire, contra Shan, serait que je me trompe sur son compte.

Marco lui offrit un grognement sceptique pour toute réponse.

— Pour quelle raison se serait-elle rendue à cet endroit à

deux reprises ? Pourquoi ne pas appliquer la peinture le jour où elle a tué Khitai ?

Marco leva les bras au ciel en signe de frustration.

— Elle n'avait pas la peinture. Elle voulait récupérer la caméra.

— Je ne sais pas. Peut-être n'y a-t-il pas un seul et unique tueur, expliqua Shan. Kublai et Suwan ont été abattus par balles. Alta et Khitai ont été battus et poignardés.

— Peut-être qu'il y a quatre tueurs. Quelqu'un a déclaré la chasse ouverte, avec les garçons pour gibier.

— À tous il manquait une chaussure.

Ils contemplèrent la lune en silence. Shan se surprit à écouter les criquets.

— Lorsque vous êtes arrivé ici aujourd'hui, vous pensiez que quelqu'un vous attendait. À cause de la bride d'argent.

Marco hocha la tête au clair de lune.

— Osman. Avec des chevaux.

— La bride d'argent, c'était un signal. Le signal d'un nouveau plan. Un plan plus rapide, pour la prochaine caravane.

Nouvel acquiescement de Marco.

— La bride d'argent était un cadeau pour Jakli. Pour le mariage. Elle signifie juste : Soyez prêts pour la fête équestre, pour le nadam.

Mais Jakli ne faisait pas de préparatifs particuliers pour ses noces. Elle était dans les montagnes, à fuir les nœuds, à essayer de sauver la vie des orphelins. Peut-être, espéra-t-il, allait-elle y retrouver son Nikki. Peut-être celui-ci parviendrait-il à la persuader de se tenir à l'écart du danger.

— Il y a une chose que je ne comprends pas, Marco. Vous êtes un contrebandier, mais vous vivez à plus de cent cinquante kilomètres de la frontière.

— Jamais je ne vivrais plus près, c'est trop dangereux. Ce serait comme de traîner dans le souffle d'un dragon.

Marco bâilla.

— Tu es trop traditionnel, Shan, tu penses trop comme un policier. Il existe des tas de frontières. Au-delà de la prochaine chaîne de montagnes, c'est Aksai Chin, que se disputent deux pays. L'Inde prétend que ça lui appartient. Traditionnellement, ça faisait partie du Ladakh — la zone frontière entre le Pakistan et l'Inde où se formait le bassin supérieur de l'Indus.

— Mais c'est l'Armée populaire de libération qui en a le contrôle, lui rappela Shan. Des soldats partout. Et des villages. Des villages musulmans. Et de vieux villages tibétains.

Il avait traversé cette zone frontière que se disputaient l'Inde et la Chine dans un des véhicules blindés qu'utilisaient les nœuds pour le transport de prisonniers spéciaux. Lors d'un arrêt, quand on les avait autorisés à faire dix minutes d'exercice, il avait vu des drapeaux de prière pour la première fois de sa vie, attachés à un cairn de rochers au loin. Il se rappela avoir pensé, dans un brouillard de drogues, que ce devait être jour de fête.

— J'ai découvert une chose, Johnny, dit Marco d'un ton de conspirateur. Parfois, plus on regarde, moins on en voit.

Les rebords de la lune étaient si lumineux, si nets et si tranchés, qu'on aurait cru un fragment de porcelaine. Dans le lointain miroitaient les champs de neige.

— L'armée dispose de cavernes énormes. Elle a fait venir des milliers d'esclaves du goulag pour creuser des montagnes entières. On raconte que toute la frontière tibétaine n'est qu'une série de montagnes évidées pleines de soldats. Les Chinois y ont collé leurs foutus missiles par milliers, et leurs radars. Si un avion indien ou pakistanais passe la frontière, ils peuvent l'abattre en quelques secondes. Mais si un aigle traverse la frontière, ils ne le voient jamais, parce qu'ils utilisent des machines pour leur surveillance. Ils surveillent et détectent des choses en métal, pas des choses vivantes. Toi et moi, on regarderait le ciel. Mais eux se contentent de rester assis à regarder leurs écrans à l'intérieur des montagnes.

» Si un camion de l'armée ou un tank franchit un des cols, ils les voient sur leurs détecteurs. Mais pas un chameau ou deux. Ailleurs, ils ont des patrouilles, mais à certains endroits stratégiques ils n'utilisent qu'une surveillance électronique. Un petit groupe, s'il est prudent, peut se faufiler sans être remarqué. S'il ne transporte pas de métal. S'il ne fait pas de bruits intempestifs. S'il ne le fait pas trop souvent, s'il utilise des itinéraires différents, des techniques différentes.

Il soupira en désignant une étoile filante.

— On peut prendre toutes les dispositions nécessaires à cent cinquante kilomètres de distance. Parfois un sage peut parvenir à faire de la contrebande sans contrebandiers.

— Je ne comprends pas.

— Prends les camions, par exemple. Il y a un gros marché pour les poids lourds, au Xinjiang. Alors l'année dernière, j'ai fait entrer cinq camions, remplis de teintures indiennes pour les usines de tapis. Les membres de la patrouille des frontières ont fouillé les camions de fond en comble, mais tout était légal. Ils n'ont jamais compris que c'était les camions que je passais en fraude. J'en ai fait sortir, des camions, avec les mêmes papiers ! Ils avaient parfois vingt ans de plus et tombaient en morceaux, ajouta-t-il en gloussant. J'ai même fait ça avec un car.

» J'ai aussi appris autre chose. Quand la contrebande n'est-elle plus de la contrebande ? Quand c'est le gouvernement qui fait entrer les marchandises.

Shan, appuyé à la vieille balustrade en pierre, acquiesça. Au cours de son incarnation pékinoise, son activité essentielle avait été d'enquêter sur la corruption. Un jour, il avait découvert qu'un chargement entier d'équipement avait franchi les douanes les doigts dans le nez parce que les contrebandiers disposaient de papiers certifiant qu'il était la propriété du ministère de l'Industrie pétrolière.

— Quand un membre du gouvernement a sa petite liste de courses toute prête, il ne s'intéresse pas à l'origine des marchandises. Il peut même tourner la tête de côté à un point de contrôle.

— Il vous arrive de travailler pour le gouvernement ?

Marco cracha un juron.

— Jamais ! Mais quand un officier un peu gourmand désire des marchandises occidentales, il lui arrive de passer une commande. Et il lui arrive d'envoyer une patrouille dans la mauvaise direction afin que sa commande parvienne à bon port.

— Et parfois, poursuivit Shan, il arrive que des gens entrent et sortent. Et que les gens sortent pour ne plus revenir. Nikki, lui, entre et sort à sa guise.

— Bien sûr. Une fois de temps en temps, on peut se faufiler en douce entre les silos de missiles. Entre les champs de neige, les hauts cols, il existe des passages qui ne conviennent ni aux camions ni aux soldats chinois. Des endroits connus de quelques chasseurs. Où l'on peut mourir de froid ou du vent aussi facilement que par balle. Nikki les connaît bien. Il a franchi la frontière pour ramener des chevaux. Il connaît un marchand de l'autre côté de la frontière.

— Des chevaux blancs.

— Exact. Pour Jakli.

— Pour les noces. Lors de la fête du nadam.

Marco acquiesça.

— Tous les Kazakhs seront présents, les quelques clans qui restent. Ça démarre dans quatre jours. Le dernier nadam pour les clans du comté de Poktian, ajouta-t-il d'un air sombre.

Shan réfléchit un moment.

— Lau devait y être aussi, n'est-ce pas ?

— Jakli l'a priée de la représenter. Lau lui était aussi proche qu'une mère.

— Mais pourquoi ramener des chevaux alors qu'ils veulent partir ?

— Chez toi, ça n'arrête jamais, pas vrai ? grogna Marco. Les questions...

— Pas tant qu'il y a un meurtrier à l'affût de jeunes garçons.

Marco lâcha un grommellement frustré que Shan prit pour un signe de reddition complète.

— Nikki doit trouver les chevaux. Il faut que tu comprennes une chose concernant les Kazakhs et les chevaux. À cet égard, ils ne ressemblent en rien aux Chinois. Ou aux Russes. Les chevaux sont aussi importants que la famille.

— Comme certains chameaux.

— C'est différent de Sophie et moi. Les anciens racontent que les âmes des chevaux et les âmes des Kazakhs sont étroitement mêlées. Les Kazakhs donnent aux enfants des noms de chevaux, et aux chevaux des noms d'enfants. Le rite de passage pour un Kazakh, c'est le jour où il reçoit sa première selle, ce qui signifie qu'il est assez grand pour chevaucher seul. Ils ont tout un vocabulaire pour les types de chevaux et les types de mouvements des chevaux. Ils racontent des histoires de chevaux qui vivaient il y a cinq siècles. Ils ont de vieux chamans qui parlent aux chevaux. Les vieux Kazakhs n'iraient jamais dans une clinique chinoise pour leur propre santé. Mais si leurs chevaux tombent malades, ils feront n'importe quoi pour eux, même demander l'aide d'un médecin chinois. Nikki savait combien il était important pour Jakli qu'il observe la tradition en offrant au moins un cheval blanc à la famille de la mariée. Pour l'honorer, pour honorer Akzu. Pour honorer le père disparu de Jakli. Dans l'ancien temps, il y aurait eu beaucoup de cadeaux sous forme de chevaux, offerts paı les amis et les cousins. Un jour, j'ai vu un camp nadam avec deux cents chevaux blancs

— Donc Akzu obtient les chevaux, dit Shan. Akzu, dont le clan doit être dissous, et les troupeaux remis au gouvernement. Mais Jakli et Nikki, eux, s'en vont. Ils quittent la Chine. Pour l'Amérique. Est-ce la raison pour laquelle Jakli ne se soucie plus de la procureur Xu ? Elle se contente d'être furieuse contre elle. Mais comment vont-ils faire ? Ils vont sortir par Aksai Chin ?

Marco poussa un nouveau grognement.

— Ne demande pas ce qui ne peut être dit.

— Ceci ne concerne plus Lau. Il s'agit de veiller à la sécurité de Jakli et de Nikki. Des garçons. Du clan de la Pierre rouge.

Marco posa les deux mains sur le parapet et regarda les montagnes au loin sous le clair de lune.

— Okay, soupira-t-il. Un itinéraire spécial. Infaillible. On ne peut s'en servir qu'une fois. Par bateau.

— Mais les rivières ne sont pas navigables, objecta Shan d'un ton perplexe.

— Dans la région des missiles, ils utilisent toujours des ouvriers pour creuser les montagnes. Des prisonniers — Kazakhs, Tibétains, Ouighours, essentiellement. Des bus font la navette deux fois par mois. Un grand projet au bout de la route, à côté de la base principale de Rutog, au Tibet.

Shan était au courant, pour Rutog. À deux cents kilomètres du Xinjiang, près de l'Inde : une zone nucléaire, un centre de commandement de missiles.

— Il y a un village du nom de Ramchang, sur un lac qui fait trente-cinq kilomètres de long. La frontière avec l'Inde, la vraie frontière, passe au milieu du lac.

— En ce cas, l'armée doit le surveiller.

— Bien sûr. Avec ses appareils électroniques. Au cas où l'Inde leur enverrait un navire de guerre. Mais nous connaissons un homme, là-bas, un chasseur tibétain qui a été autorisé à rester sur la frontière parce que sa fille se trouve dans une école spéciale du Parti à Lhassa.

— Une otage.

— Exact. Sauf que Lhassa a oublié de prévenir l'armée que sa fille avait trouvé la mort dans un accident automobile il y a quelques mois. Il veut partir, et il a besoin d'argent.

— Mais même s'il vous fait traverser le lac, l'armée pourrait détecter...

— Il a des bateaux indétectables, rétorqua Marco avec un soupçon d'amusement. Des coracles, fabriqués à partir de branches de saule et de peau de yack. On ne peut pas les repérer sur un radar. Ça marche.

— Vous voulez dire que les purbas s'en servent.

— Un garçon prénommé Mao est parti aussi, avec des spécimens scientifiques. Ils ont leurs propres bateaux. Nous, nous avons les bateaux Panda.

— Les bateaux Panda ?

— C'est le prix que demande le passeur. Quatre personnes par barque. Un Panda d'or par barque.

Shan serra la rambarde de pierre.

— Tantine Lau, murmura-t-il.

— Qu'est-ce que tu dis ?

— Lau partait elle aussi.

— C'était pour Nikki et Jakli. J'ai tout arrangé. Une partie de mon cadeau, pour leur nouvelle existence.

— Mais Nikki et Jakli vont en Amérique.

— Ce n'était pas prévu au départ, avant qu'ils rencontrent les Américains. Warp est devenue une nouvelle tante pour Jakli. Warp devait repartir avec son fils, pour écrire son livre et pour réinscrire le petit dans une école américaine. Les Maos mettaient le projet sur pied. C'est alors que Jakli a parlé à Warp. Warp en a parlé à quelques Maos. Et quelques Maos m'en ont parlé — eux aussi ne vont pas tarder à se prendre une barque Panda. Warp et Deacon ont proposé à Nikki et Jakli de venir vivre avec eux. Nikki veut aller en Alaska construire un chalet pour que je puisse le rejoindre un jour. Mais Warp a insisté pour qu'ils aillent d'abord dans son université. Elle leur donnera de l'argent pour qu'ils aident à la traduction et à l'explication sur leur recherche. Les Maos sont d'accord — Jakli pourra donner des conférences en Amérique sur ce que Pékin fait subir aux habitants du Xinjiang.

Shan apprit à Marco que Lau avait un Panda d'or caché dans sa boîte à secrets.

— L'argent pour une barque. Pour Lau, pour qu'elle parte. Lau et d'autres. Peut-être Bajys et Khitai.

Shan regarda Marco qui fronçait le sourcil à l'adresse de la lune.

— Qu'est-ce que vous avez dit, déjà ? Que je n'arrêtais jamais avec mes questions ? Vous, vous n'arrêtez pas avec vos cachotteries. Lau est venue vous voir à Karachuk, non ? Elle avait peur. Elle savait que Jakli allait partir. Ce soir-là, elle a demandé à partir en même temps parce que, soudain, elle se savait en danger. Mais le tueur l'a suivie jusque là-bas.

Marco ne répliqua pas. Il semblait fouiller la lune pour y trouver une réponse. Shan sortit le médaillon en bronze de sa poche.

— Ceci se trouvait à côté de la pièce d'or. Un élément d'une paire. Je l'ai pris avant que Bao ne mette la main dessus.

La lumière était trop faible pour qu'il en montre les détails, aussi pressa-t-il le médaillon au creux de la paume de Marco.

— Par le souffle de Dieu ! marmonna Marco, avec un profond soupir. Ce n'est pas bien, tant de gens qui parlent de secrets. C'est le ticket de passage. Ce vieux Tibétain avec ses barques, il ne connaît que mon visage. Et moi, je reste. Il disposera du second élément de chaque paire de médaillons. Ce sont des objets uniques, impossibles à voir ailleurs que dans les musées. Jusqu'à ce que Deacon les trouve à la Montagne de Sable. Le Tibétain a reçu de la main des Maos une pièce de chaque paire. On montre le médaillon, on paie le Panda. Impossible que le passeur se fasse avoir.

Le ticket de passage. Lau avait son ticket pour une nouvelle vie, pour la liberté. Et elle l'avait conservé dans son bureau avant de se rendre à Karachuk pour y trouver la mort.

— Où est-ce que Lau se rendait ? En Amérique ?

— Je ne sais pas. Je ne voulais pas le savoir. C'était une nonne tibétaine, as-tu dit. Peut-être Dharmsala. Au départ de l'autre extrémité du lac, ce n'est qu'à trois cents kilomètres.

Dharmsala, sur le flanc sud de l'Himalaya, était la résidence du Dalaï lama, la capitale du Tibet libre.

Shan trouva Lokesh dans la pièce d'entrée, assis sur le parquet, sous le samovar, leurs couvertures déroulées sur le tapis. Le vieux Tibétain psalmodiait son rosaire, fixant un petit paquet de feutre posé devant lui. Shan l'observa un moment, perplexe, puis s'installa à côté de son ami. Le vieux Tibétain ne psalmodiait plus un mantra, mais une prière de pèlerin, une invocation aux divinités protectrices pour qu'elles veillent sur le voyageur. Lentement, en laissant le temps à Lokesh de l'arrêter s'il le désirait, Shan souleva le feutre. Deux blocs de bois gisaient dessous, deux pièces sculptées avec des lanières de cuir desséché et craquelé. Il les reconnut.

— Tu les as apportés ! chuchota-t-il, surpris. Ils sont à lui.

— Oui. Je vais les emporter jusqu'au Kailas. Je vais terminer son pèlerinage autour de la montagne sacrée en me servant de ses blocs, que je laisserai là-bas, comme promis.

Shan sourit devant ce qu'il prenait pour une plaisanterie, avant de percevoir l'étrange excitation qui émanait de Lokesh.

— Tu ne peux pas faire ça ! s'écria-t-il. Même pour un homme jeune, ce serait difficile. L'hiver arrive. Pour faire le tour de la montagne sur les mains et les genoux, il te faudrait des jours et des jours dans la neige et le vent.

Des semaines, peut-être. Il fallait parfois aux pèlerins plusieurs jours pour terminer les cinquante kilomètres du circuit sur leurs deux jambes.

— Je lui en ai fait la promesse, répondit Lokesh avec sérénité.

Shan s'apprêta à protester, mais les mots moururent dans sa gorge. Lokesh avait fait une promesse au pèlerin mort, à la momie vieille de mille ans. Quand sa main serra son gau avec sa plume à l'intérieur, il comprit que lui aussi, d'une certaine façon, avait fait une promesse au mort. Transmettre la vertu. Il resta silencieux et écouta Lokesh poursuivre sa prière.

Au bout de quelques minutes, il alla à la table de la cuisine, et étala les maigres biens terrestres du petit Khitai devant deux bougies. Les cordons de grains de chapelet. La petite longueur de chaîne. Le plumier. La tasse cabossée. Il saisit chaque objet tour à tour. Et si tout n'avait pas commencé avec Lau ou le jeune garçon américain ? Si tout avait commencé avec Khitai ? Lokesh et Gendun étaient venus chercher le panier de jade, qu'on avait confié à Khitai. Pourquoi ? Parce que l'enfant était intelligent, plein de ressources, kazakh et orphelin — la dernière personne qu'un ennemi chercherait ? Ou bien le jeune garçon était-il spécial ?

Shan reprit la chaîne d'un geste distrait. Chacun des maillons portait, incrustée dans le métal, une minuscule fleur de lotus ouverte. Peut-être s'agissait-il d'un trésor ramassé au hasard comme en collectionnent les garçons curieux. Ou d'un objet de culte, pareil aux chaînes dorje à douze maillons parfois dépeintes entre les mains des divinités protectrices du Tibet. Il compta les maillons. Douze.

Il prit les grains de chapelet sur leurs ficelles. Bois, plastique, et un grain en jade. Pourquoi la ficelle était-elle aussi longue à l'extrémité de chaque ensemble ? Quelle était la signification de plusieurs grains jaunes parmi les grains marron ? Pourquoi un des brins était-il composé de dix grains plus petits noués ensemble ? Shan attacha les brins l'un à l'autre et observa le résultat, en essayant de comprendre la logique de ces séquences de couleurs ou de formes différentes. Puis, vivement, il lia les différentes sections ensemble. Il obtint une boucle, à laquelle il attacha le brin portant les dix grains plus petit en le laissant pendre dans le vide. Avec un petit pincement d'excitation, il compta les grains. Les grains de couleur divisaient l'ensemble en quatre sections égales. Les grains plus petits qui pendaient servaient à marquer les dizaines et les centaines. Au total la boucle comprenait cent huit grains. C'était un mala. Khitai, le petit Kazakh qui avait trouvé la mort, possédait une chaîne dorje et un rosaire bouddhiste secrets. Shan avait retrouvé l'élève caché du gardien des eaux.

# 13.

Shan n'eut pas droit au moindre bonjour quand la procureur Xu accepta son appel.

— Habituellement, je ne parle pas aux fugitifs, déclara-t-elle d'une voix tendue par la colère. Les fugitifs concernent la Sécurité publique.

Shan avait contacté le ministère de la Justice depuis le téléphone extérieur du garage de la grand-route, en expliquant à Mlle Loshi que l'ami pékinois de la procureur désirait s'entretenir avec la dame.

— Je vous avais promis que je reviendrais bientôt. Avec plus de preuves à ma disposition.

— Je n'ai jamais donné mon accord. Vous avez émis une suggestion. De mon côté j'ai suggéré que votre place était en prison. Ensuite vous avez échappé à ma surveillance.

— Trois heures aujourd'hui, dit Shan, en lui précisant où se trouvait le garage.

— Il ne s'agit pas de négociation, camarade. Vous pouvez venir vous livrer à mon bureau. Ou je peux détacher un camion d'uniformes qui vous traîneront jusqu'à ce même bureau.

— Camarade madame la Procureur, je vous ai dit que des enfants étaient en train de se faire tuer. Vous ne m'avez pas cru alors. J'ai pensé que vous aviez peut-être reconsidéré mon point de vue.

Après un silence, Xu répondit d'une voix impassible :

— J'ai bien enregistré la teneur si particulière de votre message.

— Bien. Alors peut-être pouvons-nous envisager de travailler l'un et l'autre dans un but commun.

— Vous et moi n'avons rien en commun. J'ai des suspects pour le meurtre du petit garçon.

— Ce qui signifie ?

Marco était à trois mètres de lui, arpentant la route de long en large telle une sentinelle. Jakli avait trouvé une limonade à l'orange pour Batu, qui ne cessait de contempler ses montagnes. Malik avait refusé de quitter les Kunlun et était reparti à cheval pour essayer de retrouver d'autres élèves de la zheli.

— Que le commandant Bao et vous avez passé un marché ? Est-ce cela, la justice, à Yoktian ?

S'ensuivit un long silence. Shan entendait des voix en arrière-plan. La procureur demandait-elle qu'on lui amène sa voiture ? Réclamait-elle des renforts ?

— Très bien, finit-elle par dire. La grand-route. Mais pas à trois heures. Trois heures et demie. Voire quatre. Vous attendrez.

Jakli fronça le sourcil quand Shan lui relata la conversation.

— C'est son genre : tendre un piège, gagner du temps pour que les autres soient sur place les premiers. Placer des espions ou des hommes de main. En déguiser quelques-uns en chauffeurs de camion, pourquoi pas.

Jakli était de toute évidence épuisée : elle avait passé la majeure partie de la nuit à chevaucher avec les Maos, à fouiller les montagnes. Avant l'aube, ils avaient retrouvé, blotti dans une caverne, terrorisé, un autre garçon que les Maos avaient conduit au camp de la Pierre rouge.

— Si loin de la ville, une chausse-trape n'est pas si facile à organiser, objecta Shan.

L'agacement de Jakli céda vite place à la sympathie. Elle regarda Shan un peu comme une mère regarderait son enfant.

— Avec vous, j'ai parfois l'impression que ce qui se raconte sur le Tibet est vrai.

— Et que raconte-t-on ?

— Que le Tibet rajeunit les êtres, qu'il les lave de toute expérience passée. Parfois, j'ai l'impression que vous êtes bien naïf.

Naïf. Le mot résonna aux oreilles de Shan comme une énorme plaisanterie, et il faillit éclater de rire. S'il fallait trouver un nom pour tout ce qui n'était pas naïf sur cette terre, le sien conviendrait à merveille.

Jakli regagna la pénombre entre le garage et le petit bâtiment qui abritait deux vieilles camionnettes, où Marco se tenait en compagnie de Sophie, Batu sur la selle. Elle parla à Marco d'un ton pressé en lui désignant un gros camion derrière les bâtiments, où un homme plaçait de longues planches pour former une rampe d'accès au hayon. Marco adressa une parodie de salut à Shan et se dirigea vers le véhicule. Cinq minutes plus tard, Sophie et les deux autres chameaux qui avaient servi de montures depuis son chalet dans la montagne étaient installés à l'arrière du véhicule. Celui-ci s'éloigna. Batu les salua du geste à la vitre.

Devant le panorama de carcasses démolies, piles de pneus lisses, boutique à thé jaunâtre décrépie, murs du garage fissurés, Shan eut le sentiment que le Xinjiang n'était qu'un ensemble de ruines. Simplement certaines étaient plus récentes que d'autres. Il se sentait très fatigué. Il avait passé la majeure partie de la nuit à relire ses notes et à étudier les maigres biens de Khitai. Ils s'étaient mis en selle avant le lever du soleil, et avaient emprunté une piste différente pour sortir de la vallée. Il disposait d'une bonne heure avant l'arrivée de Xu. Il alla jeter un œil à Lokesh qui dormait sur une couverture derrière le garage, puis il s'assit sur un tas de pneus qu'il trouva étonnamment confortables. S'appuyant contre le mur, il ferma les paupières.

Des images de leur voyage de la matinée lui traversèrent l'esprit. Batu et lui avaient chevauché au côté de Marco pendant des heures en écoutant les histoires de jeunesse du grand Eluosi, des récits de gigantesques rassemblements de clans nomades, au cours desquels des dizaines de chameaux faisaient la course, et des jeunes filles s'affrontaient au tir à l'arc pour gagner des chevaux blancs. Aux premières lueurs précédant l'aurore, Marco avait parlé des étoiles, qu'il connaissait très bien, un savoir acquis au fil de trente années de caravanes de nuit. Shan avait été surpris d'apprendre que Marco avait son âge. L'Eluosi s'était pris à rêvasser sur la différence de leurs existences, à deux extrémités opposées de la République du Peuple. Marco leur avait appris une chanson, une comptine un peu bête sur des chameaux qui volaient comme des oiseaux dans le ciel, et ils l'avaient chantée jusqu'à leur arrivée sur la grand-route.

Quand Shan rouvrit les yeux, il était trois heures passées. L'espace entre les différents bâtiments avait été réorganisé. Deux silhouettes étaient installées à chacune des trois tables — en fait une table et deux caisses retournées — qui avaient fait leur apparition. Ceux qui étaient à la table proprement dite jouaient aux échecs, les autres au mah-jong. Plusieurs véhicules à l'air vaguement familier, que Shan avait vus à la coopérative, étaient garés à l'extérieur. Seul manquait le camion tortue qui avait fini enterré dans le désert. Il remarqua un éclair d'or dans la dentition d'un joueur de mah-jong : c'était le Mao qui lui avait apporté les chaussures. Une femme en longue robe grise et coiffée du capuchon des fidèles du

Coran était assise à côté de lui, et lisait ce qui ressemblait à un livre de prières. Lorsqu'il se leva et étira les bras, la femme se leva à son tour : c'était Jakli.

— La voiture de la procureur est passée il y a quinze minutes. Elle s'est arrêtée et a déposé quelqu'un, signala Jakli avec un signe de tête vers la boutique à thé de l'autre côté de la route.

Shan gagna la boutique à thé. Une femme bien habillée était assise à la seule table occupée, près de la fenêtre en façade. Dans un coin de la salle, un vieil homme à longue barbichette, une coiffe dopa noire sur la tête, dormait, appuyé au mur, à côté d'un petit poêle à gaz. Shan s'installa sur la chaise vide devant Loshi.

— Mademoiselle Loshi, si je ne me trompe. Je m'appelle Shan. Nous nous sommes parlé dans le bureau de la procureur.

La jeune femme, tout entière à sa surveillance des abords du garage, ne l'avait pas vu arriver. Elle sursauta avec un petit cri et, au lieu de répondre à sa question, leva un objet posé sur ses cuisses, petit, de forme oblongue, avec une excroissance de cinq centimètres à une extrémité : un téléphone cellulaire. Elle le tint à deux mains, les poignets sur le rebord de la table, s'en protégeant comme d'un bouclier.

— Dans dix, vingt ans, ils commenceront peut-être à installer des relais de transmission dans la région, fit remarquer Shan avec bonne humeur et naturel. Peut-être plus. La Sécurité publique n'a guère envie de voir ces appareils devenir trop populaires dans le coin.

La jeune femme avait les paupières lourdement fardées, et portait sur son chemisier en soie rouge une chaîne en or de prix. La sécurité de la procureur Xu...

— Je le sais, dit-elle en s'agitant sur sa chaise. Ça ne marche pas non plus en ville. Mais la plupart des gens l'ignorent. Je parlais avec un berger. Ça lui faisait peur. Pour lui, c'était juste un objet que les Han utilisaient pour appeler un autre Han. Il a ajouté qu'il n'avait jamais vu personne excepté un Han avec ce genre d'appareil, sauf les Américains à la télévision. Vous voyez, preuve que ça marche !

— Vous êtes la secrétaire de la procureur. Avait-elle du travail de secrétariat à vous donner pendant le trajet qui vous a conduites ici ?

— Ils marchent à Shanghai, répondit Loshi, toujours rivée à son portable. Et à Hong Kong. Tout le monde en a, à Hong Kong. À Hong Kong, on peut même envoyer des fax avec un téléphone comme ça.

— Ou est-ce parce qu'elle a confiance en vous ?

— Vous n'êtes pas censé me parler. Parlez à la procureur.

— C'est vous qui êtes là. Pas la procureur.

— Je connais des gens, moi aussi. Tout comme la procureur. Moi aussi, je travaille pour le ministère de la Justice.

— Grosse responsabilité.

— J'ai des récompenses spéciales parfois, ajouta-t-elle, comme si elle espérait intimider son interlocuteur. Des récompenses secrètes.

Shan se rappela que Ko Yonghong, de la Brigade, emmenait Mlle Loshi faire des balades dans sa voiture sans toit, comme dans les films américains.

— Est-ce que vous êtes au courant de la mort des garçons, mademoiselle Loshi ?

La jeune femme semblait batailler contre un ennemi invisible. Elle posa le téléphone sur la table et appuya sur les boutons, puis elle le colla à son oreille en une étrange pantomime — un entraînement pour son arrivée dans le monde de la vraie vie.

— J'aimais bien Tantine Lau, dit-elle au micro, comme si elle était en conversation téléphonique. Une fois que je n'étais pas bien et devais me rendre à une réunion du conseil avec la procureur, Tantine Lau m'a donné des herbes et elle m'a guérie.

— Vous ne l'avez vue qu'une fois ?

— Parfois, elle venait en ville. Elle souriait toujours. Elle m'a donné un recueil de poèmes écrits par des soldats retraités. Je crois que je n'ai jamais rencontré quelqu'un qui souriait autant, poursuivit-elle en reposant son portable. Comme une vieille mendiante, elle souriait. Vous voyez.

Comme une vieille mendiante. La jeune femme voulait parler de ces vieilles nonnes et de ces vieux moines qui erraient autrefois dans les rues de la Chine en demandant l'aumône. Toute sa génération se souvenait-elle des religieux de cette façon ? Comme de mendiants ?

Shan inspecta la rue. Jakli était en train de parler aux personnes assises à l'une des tables. Un chariot tiré par des chevaux était maintenant rangé devant le garage, à moitié rempli de foin. Un homme regonflait un des pneus en caoutchouc.

— Vous êtes née ici, mademoiselle Loshi ? Au Xinjiang ?

La secrétaire secoua la tête d'un air absent.

— Nous venons de la côte. L'océan. Au nord de Shanghai. Dans la pratique, je suis née ici, mais nous venons de la province de Shandong. Mon père a été envoyé à Kachgar pour diriger une usine, il y a des années. Un jour j'irai au Shandong. La procureur

Xu dit qu'elle pourrait me faire muter, si nous parvenons à maintenir notre quota d'affaires résolues.

— Vous préféreriez vivre dans l'Est ?

— Au pays ? Bien sûr.

Le pays. Loshi ne s'y était jamais rendue, mais Shandong, c'était son pays. Shan devrait écrire au Président. *Cher Estimé Camarade. Après cinquante années nous disposons maintenant de la preuve irréfutable que l'expérience visant à absorber les territoires occidentaux de la Chine a échoué. Parce que Loshi veut rentrer au pays.*

— Et la procureur ? Elle ne veut pas être mutée elle aussi ?

Avec un sourire espiègle Mlle Loshi ouvrit une mallette en nylon posée sur la table. Elle en sortit un paquet de cigarettes et en alluma une. Elle hésita, puis en offrit une à Shan, qui refusa d'un signe de tête.

— Elle ne va nulle part. La camarade Xu... — elle haussa les épaules et souffla deux jets de fumée par les narines —, le procureur le plus longtemps en poste de tout le Xinjiang. Douze ans. Et à Yoktian, en plus.

Douze années au même poste signifiaient que Xu avait des problèmes de carrière, qu'on l'avait envoyée là, ou qu'elle y était restée, parce qu'elle était tombée en disgrâce. Shan se souvint du ton sur lequel Bao avait rappelé à Xu les commentaires politiques faits lors d'une conférence à Turpan. Si l'on néglige ses devoirs essentiels, peu importe le mal que l'on se donne alors, on n'est plus qu'un poids mort pour l'État. Mais Xu était une zélote, c'était la Garce de Jade. Elle gardait les camps toujours bien remplis. Elle tirait sur les drapeaux à prière depuis des hélicoptères. À quel devoir essentiel Bao faisait-il référence ?

— Elles sont chères, remarqua Shan en désignant le paquet de cigarettes sur la table. Des américaines. *Loto gai* – des Camels.

— Je les ai eues hier, répondit Loshi, apparemment très heureuse qu'il ait remarqué ce détail. C'est un cadeau de Ko. Pour s'excuser à propos de la voiture de sport. Il a été obligé de la donner à ce commandant Bao.

— Il a été obligé de donner sa voiture à Bao ? s'écria Shan d'une voix incrédule.

— Vous savez. La Sécurité publique. Ko m'a dit qu'il allait en avoir une autre bientôt.

Elle respira soudain plus vite en regardant à la fenêtre : une voiture noire, la berline Red Flag de Xu, se rangeait devant le garage.

Pour quelles raisons Ko avait-il donné sa belle voiture de prix à un homme qui n'était pas un ami, mais un rival, à bien des égards ?

— Je vais faire le tour par-derrière, chuchota-t-il sur un ton de conspirateur en se levant. Je ne la préviendrai pas que nous avons bavardé.

Loshi lui offrit un petit sourire inquiet et contrit, mit les mains en coupe autour de son téléphone portable et se retourna vers la fenêtre.

Shan, depuis le mur pignon de la boutique à thé, observa les joueurs d'échecs qui s'éparpillèrent dès que la procureur eut posé le pied hors de sa voiture. Xu inspecta les lieux, les mains aux hanches, puis elle s'assit à la table abandonnée par ses occupants et y posa un petit sac en toile. Quelques instants plus tard, Shan la rejoignait.

— Ce jour-là, il est revenu et il m'a interrogée sur vous, commença immédiatement Xu, la voix déjà pleine de venin. Le commandant Bao. Il était encore en colère. Non, pas simplement en colère. Enragé. Il a dit qu'il aurait dû vous arrêter. Je lui ai demandé pourquoi. Il m'a répondu que vous risquiez de mettre en danger une enquête confidentielle. Il a exigé d'avoir de plus amples renseignements sur vous.

— Que lui avez-vous dit ?

— Que vous étiez un de mes informateurs, répliqua Xu. Mais il a voulu connaître votre nom, votre unité de travail.

La procureur alluma une cigarette, épaisse, sans filtre, de celles que fumaient les ouvriers.

— Je lui ai répondu que ces renseignements étaient susceptibles de mettre en danger une enquête confidentielle.

Un sourire peu engageant aux lèvres, elle fixait Shan d'un air suffisant en laissant la fumée dériver au sortir de ses lèvres.

— J'ai une amie au ministère, à Pékin. Sur le point de prendre sa retraite. Je l'ai appelée. Il y a eu autrefois un inspecteur Shan, m'a-t-elle appris, inspecteur général du ministère de l'Économie. Un enquêteur du genre chien de combat. Le genre que tout le monde déteste.

Elle tira à nouveau sur sa cigarette sans le quitter un instant des yeux.

— Vous savez. Le genre peu commode. Incapable de respecter les priorités de l'ordre socialiste.

La phrase avait un air connu : un des slogans des *tamzing*, les séances de critique au cours desquelles les individus se trouvaient confrontés à leurs manques en tant que citoyens avant de se voir marteler les remèdes, dans le crâne et dans la peau, au sens propre comme au sens figuré.

Les mains de Shan réagirent immédiatement : elles formèrent inconsciemment un mudra, comme si elles essayaient de lui souffler quelque chose. Les doigts étaient serrés, les majeurs dressés. Le Diamant de l'Esprit.

— Respecter les priorités du Parti, respecter les priorités de l'État, respecter les priorités du lieu de travail, récita-t-il, ce refrain également si familier qu'on lui avait crié à plus d'une reprise, directement sorti des recueils de poésie politique. J'ai vu un jour une publicité pour un livre dans une revue occidentale, « Organisez votre bureau en dix leçons ». C'est à peu près la même chose.

Xu eut un sourire glacé.

— Cet inspecteur Shan s'en est pris aux dirigeants du Parti. Il a peut-être même enquêté sur eux. On raconte aussi qu'on l'a fait disparaître.

Elle ouvrit la bouche et la fumée sortit en volutes à l'entour de ses lèvres.

— Il y a un avantage à disparaître : les espérances deviennent dès lors bien moindres, dit Shan en contemplant ses mains. Tous les garçons de la zheli sont en grand danger. Il pourrait y avoir de nouvelles victimes.

— Ce Shan. Mon amie a appelé le ministère de l'Économie. La première réaction à son sujet, c'est : bon débarras. Il rendait la vie de tout le monde difficile. Aussi dur qu'un des vieux pontes du Parti. Mais quand on lui a proposé la carte du Parti, il l'a refusée.

— Le tueur s'attaque aux garçons. Uniquement aux garçons.

Il se retourna vers la boutique à thé, où Loshi surveillait toujours à sa fenêtre. Ko avait donné sa belle voiture neuve au commandant Bao. Ça n'avait aucun sens.

— Un enquêteur est censé trouver des réponses, il est censé faciliter la vie des gens, poursuivit-elle, comme si elle n'avait rien entendu.

Shan se concentra sur le bout de sa cigarette.

— Parfois, tout ce que peut faire un enquêteur, c'est de rappeler aux gens qu'ils ont une conscience.

Xu retroussa les lèvres, comme si le commentaire l'amusait.

— Votre tueur. Il se peut qu'il ait cherché uniquement un garçon précis : Kublai. Peut-être est-ce terminé.

— Ou peut-être qu'il veut les voir tous morts, rétorqua Shan.

— Ne soyez pas ridicule ! grimaça Xu. Personne ne pourrait échapper au sort qu'il mérite après avoir éliminé des groupes entiers...

Elle laissa filer sa phrase en tournant le regard vers l'horizon, avant de secouer la tête.

— Qu'êtes-vous donc en train de me laisser entendre, camarade Procureur ? Que un ou deux garçons, cela n'intéresse personne. Mais que dix ou quinze, ce serait... quoi ? Un pourcentage de pertes inacceptable ? Une gêne politique ? Et que seraient cinq ou six ? Parions que, jusqu'à dix, personne ne le remarquerait vraiment. Après tout, ce ne sont que des orphelins, kazakhs et ouïghours, en plus.

— Certaines personnes voient des conspirations partout.

— La République du Peuple, procureur, se nourrit de conspirations, c'est son moteur vital.

Les yeux de Xu lancèrent un éclair.

— Soyez prudent, camarade. Je connais mes responsabilités envers l'État.

— Merveilleuse nouvelle !

Elle fronça le sourcil d'un air interrogateur.

— Que de savoir que vous prenez votre travail au sérieux. Requérir contre le crime, c'est bien de cela qu'il s'agit, n'est-ce pas ?

Nouveau froncement de sourcils, nouvelle bouffée de cigarette.

— Ce fameux enquêteur pékinois a peut-être découvert la chose la plus importante de toutes : à savoir que travailler pour le gouvernement n'est pas toujours synonyme de travailler pour le peuple.

Xu inspecta l'ensemble de bâtisses. Shan aperçut un autre visage familier parmi les hommes à la table de mah-jong, malgré la casquette de l'armée chinoise, bien trop grande pour lui, qu'il s'était collée sur la tête : Gros Mao.

La charrette à cheval sortit lentement de sous l'auvent du garage.

— J'ai vérifié auprès de tous les bureaux du ministère, d'ici à Kachgar, et jusqu'à deux cents kilomètres à l'est. Aucun rapport ne signale de nouveaux meurtres d'enfants.

Shan fixa Xu droit dans les yeux. Elle ne cilla pas, ne détourna pas la tête.

— Un autre garçon a été tué après celui qu'on vous a délivré à Yoktian, sur les marches du ministère. Le quatrième.

— Non. Je ne le crois pas.

— Vous avez déjà dit non une fois, camarade Procureur, lorsque je vous ai appris que des enfants étaient morts.

Nouveau froncement de sourcils, suivi d'un silence.

— Un prénommé Khitai a été tué près du drapeau à prière géant, dans les montagnes. Ce drapeau, vous le connaissez.

— Je le connais, répliqua-t-elle avec raideur.

— Vous avez été vue là-bas.

Une idée traversa l'esprit de Shan : Batu avait cru que Xu était partie à la recherche des garçons pour les tuer. Mais peut-être suivait-elle quelqu'un. Elle avait laissé la caméra délibérément. Pour surveiller les lieux. Lui avait pensé que l'appareil était destiné à repérer bouddhistes et dissidents. Mais il avait peut-être été placé là pour repérer le tueur.

Les yeux de Xu flamboyèrent de colère.

— Cela signifierait-il qu'une arrestation est proche ? s'enquit Shan en croisant son regard furieux.

— Un petit groupe d'éleveurs avait été aperçu là-bas trois jours auparavant. Nous sommes partis enquêter sur place. Peut-être accompagnaient-ils un des élèves de la zheli de Lau. Ou peut-être leur fallait-il s'inscrire pour le Programme d'Éradication de la Pauvreté.

— Deux jours, objecta Shan. Les éleveurs se trouvaient là-bas il y a deux jours. Le jour où le garçon a trouvé la mort.

— Trois, contra Xu.

Si elle avait raison, songea Shan, alors Batu lui aussi avait raison. Il n'y avait pas qu'un seul garçon à s'être rendu au Champ du Vieux Lama pour satisfaire au dernier projet scolaire du professeur décédé.

— Montrez-moi le corps, déclara Xu avec brusquerie.

— Khitai est enterré. Il a été suffisamment violenté.

— En ce cas, à notre connaissance, il n'y a eu qu'un seul garçon tué. Un garçon tué, ça pourrait être n'importe quoi. Nous avons lancé une enquête officielle. Les examens scientifiques montrent une blessure mortelle par balle de petit calibre. Ç'aurait pu être un accident de chasse. Les clans sont autorisés à avoir des fusils de petit calibre pour la chasse.

— Un accident de chasse ? lâcha-t-il avec surprise, en songeant que, décidément, la procureur Xu était une femme complexe. Vous aviez prétendu qu'il s'agissait d'une vendetta, il me semble, non ?

— Cela démontre sans l'ombre d'un doute l'influence corrosive des anciennes structures de clan. L'irresponsabilité. Les montagnes sont un lieu sans loi. Nous sommes au vingt et unième siècle, camarade. Il faut que cela cesse. Je suis disposée à mettre tout le poids de mes services dans la balance pour aider les victimes de crimes. Mais il faut d'abord qu'elles me le demandent.

Qu'elles remplissent des dépositions si d'autres enfants sont morts. Je me refuse à accepter des rumeurs. Pas au sujet de Lau. Pas au sujet d'autres garçons. Toutes les ressources d'une grande nation sont à leur disposition si elles en font la demande.

— En termes de statistiques, camarade Procureur, combien de rapports de crimes graves recevez-vous des nomades ?

— Quelques-uns par an.

— Et combien des Han qui vivent dans le district ?

— Plus de quatre-vingt-dix pour cent de mes rapports viennent des Han.

— Et quel pourcentage de la population globale les Han représentent-ils ?

— Le redéploiement de population ne s'est pas effectué très rapidement dans cette région éloignée. Trente-deux pour cent est le chiffre officiel.

— Et vous reprochez aux Kazakhs et aux Ouighours de ne pas signaler un plus grand nombre de crimes ?

— C'est déjà difficile de garder unis les habitants d'un aussi vaste pays. Nous devons tous coopérer. Un citoyen qui ne participe pas n'est pas un citoyen digne de ce nom. Il faut enseigner aux gens à venir vers nous.

— Peut-être qu'un tamzing géant... Vous convoquez tous les éleveurs. Et aussi leurs moutons. Surtout ne pas oublier les moutons... Les troupeaux sont tellement désorganisés ! La priorité au Parti, toujours.

Xu contemplait les braises à l'extrémité de sa cigarette. L'amertume transparut sur son visage. C'était donc vrai ? Elle prenait son travail au sérieux ?

— Il existe des enquêtes à la fin desquelles on souhaite qu'aucune plainte n'ait jamais été déposée, avança Shan. À cause de ce qu'il faut inscrire dans le rapport.

— Ne m'apprenez pas comment je dois faire mon travail. Il y a longtemps que je suis procureur, camarade Shan.

— Je sais. Douze ans à Yoktian.

— Je connais la manière de rédiger les rapports.

Il comprit ce qu'elle reconnaissait implicitement : dans la République du Peuple, la rédaction des rapports était une forme d'art des plus élevées. Ils le savaient l'un et l'autre.

— La plupart du temps, dit-il très lentement, il suffit de définir dans le rapport l'identité des criminels. Mais parfois, il existe des affaires où c'est sa propre identité qu'il faut définir.

Xu alluma une nouvelle cigarette au mégot de la première et contempla la table improvisée, un panneau de contreplaqué grossier, comme si le grain du bois l'intéressait soudain au plus haut point.

— Nous avons un dossier sur l'enfant mort. Le directeur Ko a suggéré plusieurs suspects. J'essaie d'en trouver d'autres susceptibles d'avoir des informations. Apparemment, les enfants, les élèves de la zheli, étaient très secrets. Et Lau n'a jamais noté par écrit les endroits où ils se trouvaient. Personne ne semble en savoir beaucoup.

— Pourquoi le directeur Ko ?

— La Brigade connaît les clans mieux que n'importe quelle organisation, répondit Xu, la langue collée à la joue comme si elle mâchonnait quelque chose. Elle est en première ligne pour l'application de nombreuses politiques sociales. Ce qui fait parfois de ses membres des cibles. Pour les résistants.

— Les résistants ?

— Des membres des clans qui s'opposent au programme Pauvreté, par exemple. Hier quelqu'un a saboté un camion de la Brigade.

— Comment cela ?

— On a volé un camion de transport de bétail. Une voiture de la Brigade lui a donné la chasse dans les montagnes. Dans un virage, le camion a fait un tonneau et il a brûlé. Ce sont des Kazakhs ou des Ouighours qui ont fait ça. Une enquête est en cours.

Étaient-ce les Maos qui avaient volé le camion, dans l'espoir de monter une sorte d'embuscade ?

— La Brigade est notre instrument de changement social au Xinjiang, poursuivit la procureur. Et nous devons tous faire en sorte que la machine continue à aller de l'avant, psalmodia-t-elle, sur le ton d'un mantra politique pré-approuvé par le quartier général du Parti.

— Qu'est-ce que fait la Brigade avec les bébés de la clinique ?

Nouveau froncement de sourcils désapprobateur de la procureur.

— On aide ces bébés et vous, vous soupçonnez je ne sais quoi. Vous êtes paranoïaque ! Vous souffrez d'un délire de persécution ! Peut-être vous sentez-vous tellement coupable d'être han que vous haïssez tous les Han ? Je pourrais vous trouver... — elle chercha le mot — des thérapeutes qui vous aideront. Tout le monde sait que le taux de survie des nouveau-nés des minorités est très bas. Ko veut les aider.

Une charrette à cheval vint se placer devant la limousine. Le conducteur détacha le cheval et l'emmena. La charrette bloquait complètement le véhicule officiel. Shan se rappela les paroles de Jakli : Xu avait pu faire venir des renforts, déguisés en chauffeurs de poids lourds.

— Ça, c'est un truc bouddhiste, lança soudain Xu en remarquant le mudra formé par les mains de Shan.

Shan dégagea ses doigts d'un air gêné.

— Est-ce que vous enquêtez sur l'assassinat du lieutenant Sui ?

— Le bureau de Bao nous a prévenus qu'il avait été muté. Une nouvelle affectation en Mandchourie.

— Mais vous n'en avez rien cru.

— Ce n'est pas si simple, dit-elle en tirant une profonde bouffée sur sa cigarette.

— Bien sûr que si. Sui est mort, ou bien Sui a été muté. Avez-vous essayé de vérifier cette prétendue mutation ?

Xu se renfrogna, comme si le sujet lui déplaisait profondément.

— Il y a deux possibilités, poursuivit Shan. La Sécurité publique étouffe l'affaire, sans avertir le ministère de la Justice. Ou alors Bao l'étouffe, sans avertir la Sécurité publique.

Il existait une troisième possibilité, qu'il ne tenait pas à exprimer à haute voix : le meurtre était connu de tous, Bao, Xu, Pékin, mais il n'avait pas encore trouvé sa résolution politique.

— Ce fameux jour, à la coopérative de véhicules, ajouta-t-il, Sui était avec vous, et Kaju était avec Ko. Kaju cherchait les garçons de Lau. Peut-être que Sui les cherchait également.

Cette fois, la procureur lui souffla sa fumée directement en pleine figure.

— Nous avions installé des barrages routiers pour notre enquête sur la disparition de Lau. La Sécurité publique coopérait avec nous. Le ministère et la Sécurité publique travaillent la main dans la main.

— La dernière fois que nous nous sommes vus, répliqua Shan, impassible, la Sécurité publique vous balançait une chope à thé à la tête.

Une seconde, juste une seconde, Shan crut entrevoir une lueur d'amusement sur les traits de la procureur.

— J'ai une autre idée concernant Sui, rétorqua Xu. S'il est bien mort, alors ce sont peut-être des Tibétains qui l'ont tué.

— Nous sommes au Xinjiang, objecta Shan, la gorge sèche, soudain.

— Nous sommes dans un territoire frontière. Ici, c'est partout et nulle part. Lorsque vous êtes reparti dans votre camion, ce jour-là, à la coopérative, Sui a contacté les barrages routiers par radio et il a dit de vous arrêter. Pas vous, précisément. Il a donné des ordres pour intercepter le camion et arrêter le vieux Tibétain qui se trouvait avec vous.

Sui cherchait donc des Tibétains. Était-ce lui qui avait trouvé Lau ? Du coin de l'œil, Shan vit une silhouette grise se diriger lentement vers le coin arrière du garage. Jakli allait rejoindre Lokesh.

— Un vieillard inoffensif.

Xu se tourna vers les Kunlun, une expression douloureuse et étrangement lointaine sur le visage.

— Il y a un mot, un seul, que je n'utiliserais jamais pour parler des Tibétains. C'est celui d'inoffensif. Avec tous les autres, nous pouvons discuter, nous pouvons négocier, nous pouvons faire œuvre éducative, nous pouvons enseigner la sagesse à devenir quelqu'un d'autre.

Sa bouche se tordit en grimace, comme si elle venait de mordre dans un fruit aigre.

— Mais les Tibétains, eux, se contentent de rester tibétains.

— Ce qui expliquerait pourquoi vous vous attaquez à leurs drapeaux de prière ? demanda doucement Shan.

Elle fixa le sol en silence un long moment, puis la table.

— Je sais qu'au moins un garçon a trouvé la mort, dit-elle avec la même douceur. Sui a sous-entendu que des Tibétains étaient impliqués dans une nouvelle conspiration. J'ai demandé à mes enquêteurs d'ouvrir les yeux et les oreilles, et de trouver à quel endroit des montagnes les enfants de la zheli étaient susceptibles de retrouver des Tibétains. Nous avons entendu parler d'une petite famille qui vivait là-bas, et nous sommes allés voir. Et maintenant vous me dites qu'un autre enfant y a trouvé la mort, ajouta-t-elle, comme si l'information apportait de l'eau à son moulin.

Vous êtes allée là-bas pour aveugler les divinités, faillit répliquer Shan.

— Vous vous êtes rendue sur les lieux en compagnie de la Sécurité publique ?

— Non.

— Ce qui signifie ? Que la Sécurité publique ne s'intéresse pas aux garçons, mais vous, oui ?

Pas de réponse.

— Est-ce que vous reconnaissez ceci ? demanda Shan en ouvrant la boussole noire qu'il posa sur la table. Appartenait-elle à votre enquêteur ? À Bao ?

— Elle n'est pas à moi, se défendit-elle, comme si Shan l'avait accusée, avant d'examiner l'instrument. Vous l'avez trouvée là-bas ? Mon enquêteur n'y était jamais allé avant de m'accompagner. Il avait simplement posé des questions, parlé aux pilotes d'hélicoptères. Cet objet n'est pas à lui. Quant à Bao, il faudrait que vous lui posiez la question. Je peux vous arranger une entrevue, proposa-t-elle avec un sourire tranchant comme une lame.

Shan referma la boussole.

— Que se serait-il passé si vous aviez trouvé un jeune garçon là-bas ? Qu'auriez-vous fait ?

— Je l'aurais placé en détention quelques jours, pour sa propre protection. Ensuite je l'aurais remis aux autorités scolaires afin qu'il reprenne le programme.

— Camarade Procureur, pensez-vous que les Tibétains soient coupables uniquement parce que Sui les cherchait ?

— Sui. Et Bao, maintenant. Il fait installer des barrages un peu au hasard à travers tout le comté. Tout individu avec des papiers d'identité tibétains doit être placé en détention pour interrogatoire. Même ceux qui sont nés au Tibet. Il a récupéré ainsi quelques vieillards qui ont été incapables d'expliquer leurs origines de manière satisfaisante.

Le gardien des eaux. Xu n'avait pas mentionné le gardien des eaux. Parce que, espéra Shan, le lama n'avait pas été découvert. Peut-être était-il préférable qu'il soit au Camp de la Gloire, invisible, loin des yeux de Bao. Mais cela risquait de ne pas durer s'il se mêlait des affaires des officiers politiques.

— À cause d'un poème ? s'étonna Shan. Bao a-t-il donc tellement peur de la poésie ?

Nouveau froncement de sourcils.

— Parce qu'il est commandant de la Sécurité publique, rétorqua Xu, signifiant ainsi que Bao pouvait faire ce qu'il voulait, sans rendre de comptes à quiconque, pas même à elle.

Elle parut se délecter ouvertement du malaise qu'elle lut dans le regard douloureux de Shan.

— Votre ami, insista-t-elle. Ce vieux Tibétain qui voyage avec un fugitif connu. Pensez un peu à toutes les histoires qu'il pourra raconter quand Bao lui mettra la main dessus.

Ce n'est qu'un vieillard, faillit répondre Shan, mais une autre question lui mordait la langue.

— Pourquoi Sui a-t-il contacté les barrages par radio ? Pourquoi ne s'est-il pas contenté d'appréhender ce vieux Tibétain sur place, à la coopérative ?

Xu ouvrit la bouche comme pour répondre, mais elle se contenta de se tourner vers les Kunlun.

— Parce qu'il ne voulait pas que Ko soit au courant, proposa Shan.

— Sui était furieux quand les patrouilles n'ont pas retrouvé votre ami. Il leur a demandé de diffuser un signalement, de manière à pouvoir l'arrêter dès que possible.

— Il y a un autre Tibétain dans cette affaire, dit Shan. Le nouveau professeur. Le remplaçant de Lau. Que savez-vous de Kaju Drogme ?

— J'ai eu un entretien avec lui avant qu'il prenne ses fonctions. Il est différent. Un modèle pour toutes les minorités. L'un des rares Tibétains à avoir reconnu le défi qu'il y a à équilibrer les besoins de notre société. Une réunion s'est tenue à son sujet, quand il a été décidé de le faire venir ici. Le ministère de l'Éducation. Le bureau des Affaires religieuses. La Sécurité publique. La Brigade.

— Pourquoi la Brigade ?

— Cela va de soi. Dans ce district, le gouvernement décide et la Brigade exécute. Pour la mise en œuvre de ce programme, elle dispose d'un bureau spécial à Ouroumtsi qui administre cinquante ou soixante professeurs sur tout le territoire du Xinjiang. Tous ont suivi une formation sur l'assimilation culturelle des minorités. Pékin et les directeurs de la Brigade s'y intéressent au premier chef. N'oubliez pas, c'est l'une des plus grandes entreprises chinoises. Néanmoins, ce n'est encore qu'un programme expérimental.

— Vous ne paraissez pas convaincue.

— Ce nouvel enseignant va parfois trop loin. Lau, elle, était équilibrée. Mais ce Kaju – j'ai assisté à un de ses cours. Il montrait comment on utilisait les chapelets de prière tibétains, en demandant si certains de ses élèves avaient eu des rosaires quand ils étaient plus jeunes. J'ai appelé le bureau de la Brigade pour me plaindre. On m'a répondu que cela faisait partie du programme. Afin de valider les racines ethniques. Faire en sorte que les enfants tibétains sachent qu'il est juste de posséder un rosaire, que les musulmans sachent qu'il est juste de se tourner vers leur Mecque de temps en temps. Avant de leur faire comprendre, petit à petit, qu'il s'agit là d'une forme subtile de contrôle des esprits.

La validation des racines ethniques avait toujours été un moyen d'identifier les Tibétains cachés. Mao Tsé-toung, plus de trente ans auparavant, avait lancé une campagne connue sous le nom de programme des Cent Fleurs. Laissez cent fleurs s'épanouir, avait dit le Président, manière d'encourager les gens à exprimer des vues diversifiées, à critiquer le gouvernement en public. Le programme avait été mis en œuvre dans le seul but d'éliminer les dissidents. Au bout de quelques mois, la campagne s'était terminée et ceux qui avaient parlé contre le Président avaient été arrêtés.

Un nouveau véhicule, un lourd camion Diesel, se gara directement derrière la Red Flag, tellement près que la limousine se trouva bloquée entre lui et la charrette. Le moteur continua à tourner lorsque le camion s'arrêta dans un sifflement de freins pneumatiques. Le chauffeur resta à son volant et observa le joueur de mah-jong le plus proche de la procureur. Gros Mao. Comment Marco avait-il qualifié les Maos ? De prédateurs, toujours à l'affût d'une proie facile à tuer.

Shan déplia la feuille de papier qu'il avait prise à l'école et la poussa devant Xu.

— Sont-ils donc tous tellement impatients de faire avouer aux enfants leur religion qu'ils se sentent obligés de proposer des pots-de-vin ?

Xu ne toucha pas le mémo mais le lut là où Shan l'avait posé. Une de ses lèvres se retroussa. Shan comprit que l'air pincé qui lui était coutumier était un élément permanent de sa personnalité : son aigreur était en place depuis si longtemps qu'elle avait fini par devenir une expression naturelle du visage quand il était décontracté. Xu étudia les noms de tous ceux qui avaient reçu copie du mémorandum de Ko annonçant le cadeau des machines à musique. Lui n'en connaissait que deux : Bao Kangmei et Kaju Drogme. Le troisième lui était inconnu : Rongqi, de Ouroumtsi.

Xu plaça le papier dans son sac en toile, en le tenant par les coins, comme s'il était trop fragile.

— Merci. Je vous ai enregistré sur une cassette vidéo. Et maintenant, j'ai vos empreintes, déclara-t-elle avec un air de grande satisfaction. Les agitateurs de l'extérieur font toujours d'excellents candidats.

— Candidats à quoi ?

— À tout ce que vous voulez. Meurtre. Trahison. Excellent pour boucler définitivement un bon dossier. Peut-être même simplement mise en danger de la sécurité publique. Le mémo n'était destiné qu'aux employés du gouvernement. Vous ne travaillez pas pour le gouvernement.

— Pas du gouvernement. De la Brigade.

Elle haussa les épaules, comme si cela ne faisait aucune différence.

— Très bien, arrêtez-moi, en ce cas. La seule chose pour laquelle je sois véritablement doué, camarade Procureur, c'est la survie. J'irai en prison. Je survivrai. Mais alors ils auront gagné.

— Qui ça ?

— Je ne sais pas encore. Bao, peut-être. Kaju. Ce Rongqi à Ouroumtsi, aussi.

Xu alluma une nouvelle cigarette avant de répondre.

— Je ne suis pas obligée de vous impliquer. Vous n'êtes qu'une mauvaise herbe. Votre place n'est pas ici. Par définition, les mauvaises herbes sont coupables. J'ai un programme pour leur élimination. Un coup de fil, et vous êtes au Camp de la Gloire pour un an.

— Rongqi, insista Shan, ignorant ses menaces. Est-ce qu'il connaissait Lau ?

— C'est un général, répondit-elle après un moment d'hésitation. Un ancien général. Il est désormais l'un des hommes forts de la Brigade. Le second. Il a rencontré Lau à Ouroumtsi, et j'étais présente.

— Lau s'est rendue dans la capitale avec vous ?

— Rongqi est celui qui a donné son approbation au nouveau programme d'assimilation. Je pensais que Lau était un modèle pour le genre de personne dont nous avions besoin. Le ministère de la Justice a décidé d'apporter son soutien au programme, en lui offrant ses bases de données. J'ai demandé à Lau d'aller là-bas, à nos frais. Pour qu'elle y soit reconnue à sa juste valeur.

La voix de Xu avait pris une inflexion nouvelle. Incertaine, hésitante.

— Mais il s'est passé quelque chose, dit Shan.

— Rongqi s'est montré cordial. Ils bavardaient quand, d'un coup, Lau s'est glacée. Elle a dit qu'elle ne se sentait pas bien et elle s'est excusée. Sur tout le trajet de retour, elle est restée silencieuse.

— C'était avant qu'elle soit évincée de son poste au conseil agricole ?

La veille de sa mort, avait déclaré Hu, Ko avait tenté de persuader Lau de retourner avec lui à Ouroumtsi.

— C'était deux ou trois semaines avant, répondit Xu, le visage soudain durci. Il n'y a pas de rapport. Je connais les hommes de votre genre, Shan. Pour eux, plus quelqu'un est placé haut dans la hiérarchie, plus il est coupable.

Elle tordit son mégot en l'écrasant sur le dessus de la table.

— J'ai une colle à vous proposer. La première fois qu'on vous a fait disparaître, c'était au camp de travail. La seconde fois, ce sera où, à votre avis ?

Shan soupira et regarda le ciel.

— Je me présenterai à votre bureau dans deux jours. Sur

votre territoire. Arrêtez-moi à ce moment-là, si vous le désirez toujours.

Xu plissa le front, mais ne refusa pas.

— Ce jour-là, à la coopérative de véhicules, je ne pense pas que Sui vous ait accompagnée uniquement à cause de votre enquête sur la disparition de Lau, poursuivit Shan. Pas s'il était à la recherche de Tibétains.

— Il s'occupait des barrages routiers pour moi, et pour une enquête de la Sécurité publique sur des contrebandiers. Des voleurs de jade.

— Des voleurs de jade ?

— Ce jour-là, il m'a demandé si j'avais vu des jades intéressants. Je savais de quoi il parlait. Cette région est la source de tout le jade chinois. Ceux qui l'extraient et l'exploitent reçoivent des licences spéciales. Afin d'en garantir la qualité, des inspecteurs vérificateurs délivrent des certificats spéciaux. Il y a également un contrôle des prix. Parfois les gens essaient de court-circuiter ces procédures en vendant le jade à moindre prix au marché noir. C'est l'une des affectations habituelles des jeunes officiers. Sui a entendu dire que j'allais contrôler les routes et il a pensé qu'il allait profiter de l'occasion pour inspecter les voitures, à la recherche de jade illégal. Des Tibétains avec du jade de contrebande, apparemment.

Non, faillit dire Shan. Sui cherchait les garçons. Sui cherchait le panier de jade. Et il avait été tué. À la suite de quoi Ko avait donné au commandant Bao sa belle voiture de luxe. Pas par amitié. Parce que Ko était d'une certaine façon l'obligé de Bao. Ou par intérêt mutuel.

Xu examina l'ensemble des bâtiments. Son regard passa de la charrette à cheval au gros camion qui bloquaient sa voiture. Un soupçon d'inquiétude ou de nervosité passa sur ses traits, avant qu'elle balaie le mégot fumant de sa cigarette au sol. Elle se redressa, rayonnant d'une telle colère que tous ceux aux alentours détournèrent la tête. Gros Mao fit un geste et le gros camion Diesel recula, pour permettre à la Red Flag de bouger.

— Une dernière chose, dit Shan. Avez-vous demandé à Mlle Loshi de venir ?

— Que me racontez-vous là ?

— Le directeur Ko est son petit ami. C'est elle qui a demandé à vous accompagner ?

— Mon principal enquêteur est dans les montagnes. Cela, elle le savait. Elle m'a proposé de venir avec moi.

— Et d'ouvrir l'œil.

— Et d'ouvrir l'œil, ricana Xu avec un geste du bras vers la boutique à thé.

Quelques instants plus tard, Lohsi faisait son apparition, en tenant le téléphone portable devant elle. Loshi, la protectrice de Xu.

Xu déposa son sac en toile sur le capot de sa voiture. Shan vit d'un œil inquiet Gros Mao se précipiter à l'intérieur du garage pour réapparaître aussi vite avec, à la main, un morceau de papier plié. On entendit un grand cri à l'autre bout des bâtiments et un animal jaillit entre deux camions : un grand bélier, bêlant et courant en tous sens, qui donnait des coups de tête en l'air comme s'il luttait contre un rival invisible. On entendit des éclats de voix et plusieurs hommes coururent vers l'animal. D'autres se réfugièrent dans les bâtiments.

Au milieu de la route, Mlle Loshi s'arrêta. Elle poussa non pas un hurlement, mais un cri d'effroi haut perché. Paralysée, incapable de s'écarter de la trajectoire de l'animal qui la chargeait, elle se couvrit les yeux des deux mains.

Le bélier parut prendre son geste pour un signal. Il fonça sur elle, virant au tout dernier moment de sorte que sa lourde épaule la toucha aux genoux. Elle s'effondra sur la chaussée, les fesses par terre, choquée, tandis que plusieurs hommes encerclaient l'animal. La procureur Xu fit le tour de sa limousine et se précipita pour aider Loshi à se remettre debout. Gros Mao courut vers la voiture, et Shan se tourna vers Xu, qui ramenait Loshi vers la Red Flag.

Les bâtiments du garage débordèrent d'activité dès que la limousine eut disparu. Les hommes assis aux tables se levèrent. Le chauffeur du gros camion coupa le moteur et sortit. Le conducteur de la charrette réinstalla le cheval dans ses harnais.

Jakli réapparut et ôta son capuchon en secouant sa chevelure. Derrière elle suivait Lokesh, un grand sourire sur la figure.

— Ça n'a aucun sens, déclara Jakli. Elle n'a amené personne, à part sa secrétaire inutile.

— Il n'avait jamais été dans ses intentions d'arrêter Shan, dit Gros Mao en s'asseyant à la table à côté de ce dernier. Elle veut d'abord se servir de lui, et l'arrêter ensuite.

Le Mao examina Shan d'un œil plein d'incertitude, avant de lui tendre un morceau de papier. Le mémorandum que Shan avait donné à Xu.

— Je l'ai remplacé par une feuille vierge. La mettre délibérément en colère, vous n'imaginez pas à quel point ça peut être dangereux !

Shan prit le feuillet et le plia dans sa poche.

— La seule chose que je fasse délibérément, répondit-il, c'est de trouver la vérité.

Gros Mao le dévisagea sans ciller d'un air renfrogné.

— Et si le fait de trouver la vérité nous fait courir à tous un plus grand danger ?

— Les seuls qui courent un plus grand danger, ce sont les enfants et les Tibétains.

# 14.

Gros Mao conduisait vite, plus vite qu'il n'était raisonnable sur les routes défoncées. Il n'y avait pas eu à discuter : Shan n'irait pas plus loin tant qu'il ne saurait pas Lokesh en sûreté au Tibet, loin des nœuds. Gros Mao avait fait la grimace, mais il n'avait pas protesté. Il s'était contenté de montrer le plus petit des camions. Lokesh avait haussé les épaules, déçu, et laissé Jakli l'installer dans le véhicule.

Lorsqu'ils s'étaient engagés sur la grand-route, Jakli repartait dans la charrette sur un chemin de terre qui s'enfonçait dans les collines, assise à côté du conducteur qui poussa le cheval au trot rapide. Elle avait refusé d'écouter Shan, qui lui recommandait de retourner à l'usine, où les nœuds n'allaient bientôt pas manquer de remarquer son absence. La zheli devait se trouver dans quatre jours au Lac de Pierre. Le commandant Bao le savait. La procureur Xu le savait. Le directeur Ko le savait. Tout était écrit dans l'ordinateur de la Brigade. Le monde entier savait où les garçons survivants allaient être dans quatre jours.

Le vieux Tibétain appuya la tête contre le siège et se mit à chantonner à voix basse. Ses forces semblaient le lâcher. Depuis qu'ils avaient retrouvé la tombe de Khitai, Shan s'était surpris par moments à contempler son vieil ami avec tristesse et inquiétude : quelque chose se rabougrissait chez Lokesh, comme si quelque élément essentiel abandonnait son être. On aurait cru un méchant ressac à l'œuvre, car, à d'autres moments, il paraissait tonique et plein de force. Cependant, la faiblesse semblait maintenant l'avoir envahi tout entier, telle une mauvaise fièvre, de plus en plus brûlante. Shan s'inquiétait. La tension était trop élevée pour le vieil homme. Il fallait en finir au plus vite. D'ici là, il devait mettre

Lokesh à l'abri à Senge Drak. Mais ce n'était pas la seule raison : il lui fallait aussi résoudre le secret du panier de jade. Et la réponse à ses questions ne se trouvait pas au Xinjiang.

Le soleil était presque couché quand le camion arriva en vue du sentier qui marquait l'ascension finale jusqu'à Senge Drak. Gros Mao ne pouvait aller plus loin, des affaires urgentes l'attendaient dans le monde d'en bas. Il leur recommanda de faire bien attention aux faux pas à cette heure de la journée, entre chien et loup, puis il leur offrit des couvertures en leur indiquant l'emplacement de la petite caverne où ils pourraient attendre le lever du soleil. Mais ni Shan ni Lokesh n'avaient l'intention d'attendre le lendemain. Gros Mao, n'ayant pas de lampe à leur donner, les quitta sur un avertissement :

— Nous ne marchons jamais dans l'obscurité. Vous pourriez tomber, et personne n'en saurait jamais rien. Personne ne viendrait si vous étiez blessés.

Des rafales violentes soufflaient depuis le Changtang. Les extrémités de la couverture roulée qu'ils portaient à l'épaule volaient et battaient au vent. Shan avait les yeux qui se mouillaient parfois de larmes, et il se rappela l'avertissement de Gros Mao. Le Ouighour avait fait montre d'une crainte peu coutumière, comme si Senge Drak était un lieu fantôme qu'on ne pouvait atteindre dans l'obscurité, ou qui, même, n'existait pas dans les ténèbres. Et, en effet, Senge Drak n'existait pas dans le monde habité par le commun des mortels. Dans le monde des communistes et des habitants des terres plates, ces gens à la tête vide qui psalmodiaient les versets du Président. Il existait dans l'univers de Lokesh et de Gendun. Mais les deux Tibétains vivaient coupés du monde d'en bas. C'était là leur faiblesse.

Il observa son vieil ami qui bataillait contre le vent, le visage barré d'un sourire. Lokesh était un de ces Tibétains inoffensifs qui, d'une certaine façon, tracassaient Xu bien plus que tous les autres. Il se rappela la curieuse manière dont elle s'était tournée vers les monts Kunlun, comme devant un souvenir soudain revenu à sa mémoire ou une chose qu'elle était incapable de comprendre. Une question bizarre taraudait Shan. Qu'avait-elle éprouvé en vaporisant de la peinture noire sur les visages des divinités tibétaines ? Une satisfaction insigne ? Ou avait-elle tremblé ?

Au contraire de Lokesh et de Gendun, Shan restait prisonnier entre deux mondes. C'est la raison pour laquelle les prêtres l'avaient choisi : il n'appartenait ni à l'un ni à l'autre. L'équilibre fragile entre ces deux mondes était devenu instable et à cause de cela des personnes mouraient. Shan devait comprendre cette part du monde des prêtres qui les tirait tous vers cette étrange terre si lointaine. C'était la clé du problème. Des éléments de réponse existaient, perdus dans le désert, là où gisaient des pèlerins morts depuis longtemps. D'autres se trouvaient à Senge Drak et à Karachuk, auprès de Jakli et du gardien des eaux. Le panier de jade, malgré le mystère dont on l'entourait, était, lui aussi, un élément de réponse : les Tibétains n'avaient pas de désir de possession des choses, néanmoins ils attachaient une grande importance à la possession de ce gau. Khitai était également un élément du puzzle. Le jeune garçon avait soigneusement caché son rosaire et sa chaîne dorje. Et c'était lui, Shan en avait la certitude, qui s'était assis dans la salle d'enseignement en compagnie du gardien des eaux.

Shan ne disposait que de bribes et de fragments du mystère des Tibétains, et de celui des Américains. Aucun des morceaux ne semblait coller avec les autres. Était-ce parce qu'il les avait mélangés ? Parce que des fragments du mystère américain appartenaient en réalité au mystère des Tibétains ?

Une lumière toute nouvelle illuminait le regard de Lokesh, une nouvelle énergie qui donnait plus d'allant à chacun de ses pas. Le chemin qu'ils suivaient ne remontait pas simplement l'énorme monolithe rocheux qui abritait la dzong, il conduisait à un sanctuaire. Mais Senge Drak était plus qu'un simple sanctuaire. C'était un lieu hors du temps, un lieu de conscience pleine et entière. Tout autant que Lokesh, Shan avait besoin de s'y retrouver lui-même, d'en devenir partie prenante. Il marchait comme dans un rêve, dans les ombres qui masquaient l'étroit sentier, laissant ses pieds retomber au sol comme si chaque pas était un acte de foi. Hors du temps.

Les grands obstacles à la compréhension, lui avait un jour déclaré Gendun, étaient les possessions matérielles, dont la seule finalité était de créer la faim de posséder plus. Et le temps, qui poussait tant d'individus à vivre au pas de course, dans la crainte constante de rater quelque chose s'ils ralentissaient, convaincus que, s'ils étaient assez rapides, ils pourraient changer leur destinée. Assis dans une cellule de méditation ou plongé dans la contemplation d'un ciel de nuit, le temps paraissait de bien peu d'importance. Shan pourrait dériver lui aussi, s'il acceptait de se laisser aller. Alors la momie de mille ans, Lokesh, le cerf de Bouddha sur la fresque murale, les minuscules fleurs d'automne qui s'épanouissaient l'espace de quelques jours seulement avant de faner... tout viendrait fusionner en ce lieu de sérénité qui, faute de mots plus adaptés, était sa force de vie.

Mais se laisser dériver était un luxe qu'il ne pouvait se permettre. Il y avait une personne pour laquelle le temps était important : le tueur d'enfants, qui courait contre la montre pour mettre à mort d'autres garçons.

La vaste falaise et les deux surplombs rocheux à son sommet commencèrent à apparaître. Au bas de la pente, un mince filet d'ombre serpentait sur le flanc du lion de pierre : le chemin qui menait au tunnel. En contrebas, l'énorme ravin plongeait sur des dizaines de mètres vers un empilement de rochers sombres, quelques écailles décrochées de la montagne. Ils s'arrêtèrent un instant au bord de l'abîme, aux toutes dernières lueurs du crépuscule, le visage balayé par les rafales de vent. Un grand oiseau passa. Lokesh releva la tête pour le suivre des yeux : il remonta au-dessus de la montagne et se posa sur un des surplombs, petite marque d'ombre dans l'oreille du lion.

Sans se retourner sur Shan, le vieil homme se mit à avancer vers l'oiseau.

Il marchait d'un pas de plus en plus vif, au point que Shan dut trottiner pour ne pas se laisser distancer. Le temps avait pris une dimension différente pour le vieux Tibétain, comme s'il existait un vieux Lokesh faible et un Lokesh jeune et fort, les deux entités ne répondant pas à un ordre particulier ou prévisible. Finalement c'était peut-être prévisible, songea Shan, en se rappelant combien Lokesh avait retrouvé un regain d'énergie dans l'enceinte de l'ancienne dzong. Lokesh le jeune avançait vers Senge Drak et Guru Rinpoché. Shan devait le convaincre de rester à l'abri, dans les profondeurs cachées de la dzong, ou ailleurs, quelque part au Tibet, la terre de Lokesh le fort. S'il retournait au Xinjiang, lieu de résidence du faible et frêle Lokesh, le vieil homme risquait de ne pas survivre.

Ils trouvèrent la dzong vide. Le brasero dans la grande salle où ils avaient mangé était froid. Un plat de tsampa à moitié entamé était posé sur la table. Ils restèrent là, dans l'embrasure d'un des portails ouverts, à contempler en silence la vaste plaine vide, lorsque Shan prit conscience d'une présence.

Jowa. Mais ce n'était plus le purba fier qu'il avait connu. C'était un Jowa hagard, éteint, à moitié mort de fatigue.

— Vous êtes revenu, dit Shan. Vous n'êtes pas parti avec les purbas.

Il se rappela les fanfaronnades de Jowa au cours de cette dernière nuit qu'ils avaient passée ensemble, cette façon dont le guerrier qui vivait en lui avait osé railler même Gendun. Et aussi le Jowa un peu perdu, lors de la première disparition de Gendun, le

Jowa qui avait dit que le combat était inutile si les lamas ne survivaient pas.

Jowa ne parut pas l'avoir entendu.

— J'en ai déjà vu quand ils sont comme ça, déclara-t-il d'une voix de spectre. Maintenant ça fait trois jours et deux nuits. Il faut que quelqu'un reste avec eux quand ils sont dans cet état. Il pourrait s'envoler par la fenêtre. Son esprit ne comprendrait que trop tard ce que son corps aurait fait.

Shan trouva un bol d'eau sur la table et le tendit à Jowa, qui le vida en énormes goulées pareilles à des sanglots. Il conduisit le purba à une paillasse dans l'une des cellules, où Jowa sombra immédiatement dans l'inconscience.

Lokesh n'était plus dans le couloir à son retour, mais Shan savait où le chercher. Il enjamba le corps endormi de Bajys étalé sur le seuil de la pièce aux bois odorants, et trouva Lokesh assis à côté d'une lampe à huile. En compagnie de Gendun. Le vieux lama s'était ancré en ce monde à l'aide d'une sangle *gomthag*, une bandelette de tissu utilisée par les ermites, qui passait autour des genoux et du dos et empêchait le corps de basculer lorsque l'esprit s'en était allé ailleurs.

Car Gendun n'était plus là.

Shan avait déjà vu des méditations profondes, il avait lui-même médité des heures durant, mais jamais avec cette intensité. Gendun avait les yeux ouverts, mais il ne voyait rien. Il donnait l'impression d'avoir cessé de respirer. Shan se pencha en s'éclairant d'une lampe et observa le poignet du lama. Le pouls avait pratiquement disparu, ne restait plus qu'un frémissement des plus légers à quelques secondes d'intervalle. Il y avait un danger à parler aux montagnes : l'éventualité d'en devenir une soi-même.

Ils attendirent une heure. Lokesh alluma d'autre encens et entama un mantra : *Om gate gate paragate parasamgate bodhih svaha.* On avait enseigné ce mantra à Shan en prison, même s'il ne l'avait jamais entendu dans la pratique. « Disparu, disparu complètement, totalement passé du côté de la lumière », psalmodiait Lokesh. Gendun, comme Shan, cherchait la vérité.

Shan apporta d'autres lampes, sans que Gendun bouge pour autant. Trois jours, avait dit Jowa. Aussi fort que puisse être l'esprit de Gendun, son corps n'était plus jeune. Shan, craignant qu'il ne cède, alla remplir un bol à la citerne d'eau en pierre au bout du couloir desservant les cellules. Mais Gendun avait la bouche fermée, la tête parfaitement perpendiculaire au sol, de sorte que Shan était dans l'incapacité d'y faire tomber l'eau goutte à goutte. Il n'osait pas basculer la tête de Gendun en arrière, il n'osait pas le toucher, car un corps dans cet état avait parfois des peurs bien particulières. Il pouvait réagir au contact le plus léger par des spasmes ou tressauter avec une telle violence qu'il se blesserait. Imagine que celui qui médite se soit transformé en pot de céramique, lui avait dit un jour un moine en parlant d'un ermite plongé dans une profonde méditation, et que ton doigt soit la pointe acérée d'un clou.

Shan laissa le bol dégoutter sur les mains du vieux lama. Au début, celles-ci ne réagirent pas. Puis, lentement, pareilles à de jeunes pousses cherchant une source, les doigts se dénouèrent et, comme animés d'une conscience propre, palpèrent le dos des mains en quête de gouttes supplémentaires. Shan en laissa tomber quelques-unes, les doigts trouvèrent l'eau et la portèrent aux lèvres, qui frémirent au contact du liquide. Les doigts s'abaissèrent. Shan recommença. Les yeux de Gendun ne bougèrent pas. Il laissa goutter le précieux liquide une troisième fois et, finalement, les paupières clignèrent. Lokesh poussa un soupir de soulagement. Shan porta le bol aux lèvres du lama, qui s'ouvrirent. Il offrit un quart du bol, puis retomba sur les talons avec le même soulagement que Lokesh. Il pouvait se passer encore une heure avant que Gendun fasse son retour parmi eux, mais l'eau le ramenait en ce monde, lui rappelait qu'une part de lui était encore attachée à cette terre.

Ils restèrent assis dans la pièce odorante jusqu'à ce que Gendun exhale un bruit sec et audible, semblable à ceux que faisaient souvent les moines formés dans les vieux gompas quand ils se réveillaient d'un profond sommeil. Sa respiration se fit plus ample et il battit des paupières pour y voir plus clair. Son regard s'attarda un instant sur Lokesh et Shan comme s'il ne les reconnaissait pas, avant qu'un sourire serein se dessine sur son visage.

— Vous savez, dit-il très naturellement, d'une voix rauque, comme s'ils n'avaient cessé de bavarder ensemble, j'ai une faim exquise.

Ils trouvèrent des grains d'orge dans un sac, allumèrent le brasero, et firent griller les grains pour préparer le tsampa. Lokesh apporta de l'eau dans une jarre en terre cuite et Bajys, requinqué mais aussi maigre et épuisé que Jowa, trouva un pot de céramique plein de navets au vinaigre. Ils dégustèrent ce simple repas avec délectation tandis qu'une lune au second quartier apparaissait lentement dans l'embrasure du portail ouvert, brillant telle une flamme. À l'autre bout d'une table, là où personne ne s'était assis, Lokesh avait disposé les objets du sac de Khitai. La tasse cabossée. Le plumier, la chaîne métallique, les perles.

Le repas terminé, Shan nettoya la poêle et fit bouillir de l'eau pour le thé. Lokesh découvrit de l'encens dont il enflamma trois bâtonnets tandis que Shan expliquait la mort de Khitai à Gendun.

— C'est tellement difficile pour un enfant de trouver sa voie, soupira le vieux lama, les épaules soudain affaissées.

— Demain, je parlerai à Jowa, Rinpoché, lui dit Shan, en voyant Bajys quitter la pièce.

Le frêle petit Tibétain s'était littéralement changé en statue quand Shan avait expliqué les circonstances de la mort de Khitai. Mais il avait gardé les yeux au sol, sans manifester de chagrin, ni de surprise. Pour lui Khitai était déjà mort au camp de la Pierre rouge, là où il avait trouvé un garçon assassiné. Et son monde avait touché à sa fin.

— Les soldats cherchent des Tibétains, poursuivit Shan. Jowa connaît leur manière de procéder. Vous devez le laisser vous emmener en un lieu sûr.

Il entendit un sourd grondement dans le couloir : Bajys faisait tourner l'antique moulin à prières.

— Vous et Lokesh devez vous enfoncer dans les profondeurs du Tibet, loin de la frontière.

Tellement difficile pour un enfant. Les mots résonnaient dans l'esprit de Shan. Gendun voulait dire qu'il était difficile à un enfant décédé d'accomplir la progression vers sa réincarnation suivante.

Le lama contempla le carré de ciel de nuit visible par le portail ouvert.

— J'ai un jour discuté avec un moine qui avait passé des années dans le monde d'en bas, commença-t-il en parlant du monde situé loin des hautes chaînes montagneuses du Tibet. Il était parti d'un cœur léger pour revenir plein de tristes nouvelles. Il m'a raconté que nombreux étaient ceux à avoir perdu la voie. Ils ignoraient ce qu'ils avaient dans le cœur parce que c'était la voie de la sécurité. Aussi incroyable que cela puisse paraître, il existait dans le monde d'en bas des millions d'êtres qui voulaient simplement vivre pour devenir vieux, comme s'ils étaient les esclaves de leur corps.

Gendun prit un des bâtonnets d'encens et l'agita doucement au-dessus de la table.

— Plutôt que de combattre le mal comme des êtres humains, m'a-t-il expliqué, ils se contentent de dire que c'est aux gouvernements de le faire. Les gouvernements répliquent : il nous faut des armées pour être en sécurité, et donc on lève des armées. Les armées crient : il nous faut des guerres pour être en sécurité, et donc on fait la guerre. Et la guerre tue les enfants et dévore les âmes qui ne sont pas à maturité. Tout cela simplement parce que les gens veulent être vieux, au lieu d'être fidèles à eux-mêmes.

— Ainsi va le monde, soupira Lokesh.

Shan versa le thé dans trois chopes ébréchées et ils burent dans un silence parfait.

— Jamais je n'ai espéré devenir vieux, Rinpoché, finit par dire Shan.

Gendun lâcha un petit rire. Il examina Shan par-dessus la vapeur qui se levait de sa chope, puis releva les yeux vers le portail ouvert.

— Je me demande parfois : ai-je passé toutes ces années à me cacher ? Ai-je choisi la voie facile, alors que tant d'autres ont souffert ?

— Il n'existe pas de voie facile au Tibet, Rinpoché.

La douleur au cœur, pour la première fois depuis qu'il avait rencontré Gendun, Shan perçut une pointe de regret dans la voix du lama.

— Vous ne vous cachiez pas. Vous étiez sincère avec vous-même. Il existe des êtres qui sont des trésors. Des êtres irremplaçables. Vous êtes tellement vital pour nous tous que la chose juste à faire, pour moi comme pour Jowa, et pour beaucoup d'autres, est de vous protéger.

— Je vis dans des cavernes depuis des décennies, répondit Gendun, face au portail ouvert sur le ciel de nuit. Mais jamais encore je n'ai eu comme aujourd'hui le sentiment de me cacher.

Shan, les mains autour de sa chope de thé, se tourna vers le vieux lama.

— Tantine Lau se cachait, et ce qu'elle faisait était juste.

— Mais elle ne fuyait pas, lui rétorqua Gendun bien en face.

— Non. Elle protégeait quelqu'un. Le garçon. Elle le protégeait et elle était son professeur.

Gendun et Lokesh ne répondirent pas immédiatement. Lokesh se leva et resservit du thé.

Shan alla jusqu'au portail et contempla le ciel. Lokesh, la voix rauque, chantonna doucement le vieux chant des épousailles des esprits.

— Le jeune Khitai ignorait qu'elle était morte, dit soudain Gendun. Il est toujours à sa recherche.

Il l'était. Il l'est. Shan se trouvait là pour le jeune garçon mort. Gendun et Lokesh se trouvaient là pour l'esprit qui vivait, ce qui avait survécu à Khitai. L'esprit d'un jeune garçon.

— Le garçon, dit-il en hésitant. Le garçon qui n'était pas un garçon.

Il repensa aux étranges paroles prononcées par Bajys : *C'était lui, celui que j'aimais. C'était lui, celui sur lequel je devais veiller. Il mourra à nouveau. Mais c'était lui, celui que je connaissais.*

Gendun s'approcha à pas lents, un bâtonnet d'encens à la main.

— C'est une manière de le dire, confirma Gendun. Mais les mots de la langue ne sont pas faits pour de telles choses. J'ai cherché, en vain : je n'arrive pas à trouver les mots pour l'expliquer. Tout ce que nous savions, c'est que la mort de Lau était de ce monde-ci. Tout ce que nous voulions, c'était protéger le garçon. Nous pensions que si tu découvrais la vérité sur le tueur de son professeur, la vérité protégerait le petit.

Gendun s'approcha si près du portail qu'il parut un instant en danger de tomber dans le vide.

— Et le reste était..., hésita Shan, bataillant pour trouver ses mots.

Il n'avait jamais été dans les intentions des moines de le tromper sciemment. Et ils ne l'avaient pas trompé. Ils avaient simplement été incapables de traduire en paroles le passage entre les mondes.

— Pas secret. Juste..., soupira Gendun en contemplant une étoile filante. Juste une chose qui n'est pas du monde d'en bas.

Le vent déploya la robe du lama, lui donnant l'apparence d'un gigantesque drapeau à prières déroulant son tissu en vagues successives. Shan posa la main sur l'épaule de Gendun.

— Rinpoché, j'essaie de me préoccuper de l'autre monde. Je dois m'en préoccuper. Parce que la réponse est là où les deux mondes se recoupent.

Gendun contempla la nuit. Une étoile filante fusa sur l'horizon en dessous d'eux.

— C'était mon ami, dit Lokesh d'une voix lointaine, un sourire aux lèvres. J'étais enfant, et un jour il m'a sauvé d'une avalanche de neige. Il m'a tiré et m'a mis à l'abri derrière un gros rocher pendant que la neige dévalait d'une falaise. Ensuite, nous avons marché et trouvé un endroit en altitude où nous avons récité les sutras.

Il tendit le bras et empoigna la tasse bosselée trouvée dans le sac du jeune garçon.

— Il avait sa tasse avec lui, et nous buvions l'eau des sources de la montagne. Nous jouions avec les chiens et nous cherchions des cavernes. Parfois nous retrouvions des objets abandonnés par les ermites.

— Khitai ? interrogea Shan, impuissant, ne comprenant plus.

Lokesh acquiesça et soupira avec une expression étrangement rêveuse.

— Un jour, lors de l'anniversaire du Dalaï lama, nous avons escaladé une montagne et lancé des chevaux en papier dans le ciel.

Il évoquait une antique coutume : on envoyait aux vents des chevaux en papier, qui, une fois retrouvés par les voyageurs en besoin, se transformaient en créatures de chair et de sang. Il revint doucement vers le brasero, dans lequel il laissa tomber quelques bûchettes de genévrier. Puis il ajouta, devant l'incompréhension qui se lisait sur le visage de Shan :

— À l'époque, il ne s'appelait pas Khitai. Mais Tsering. Tsering Raluk.

— Et avant cela ? s'enquit Gendun.

— Avant cela, il était né dans le Kham et répondait au nom de Dorjing.

Lokesh se tourna vers Gendun, qui l'incita à poursuivre d'un signe de tête.

— Le nom qu'il portait lors de son incarnation précédente était Ragda, né à Amdo. Avant cela, mon esprit est dans la brume. Dans un passé très lointain, je me souviens qu'il y avait un garçon au Népal.

Shan parvint à rejoindre la table et s'affala sur un banc.

— Je ne comprends pas. Les incarnations n'ont pas le souvenir de leurs existences précédentes. Elles n'ont aucun contrôle sur les lieux où elles vont réapparaître.

Ses deux amis le fixaient avec des sourires impassibles, comme deux enfants en train d'admirer une merveille.

— *Ai yi !* murmura Shan, saisissant soudain. C'est un *tulku.*

Jamais il ne sentait aussi ignorant qu'à ces moments où la vérité le frappait en pleine figure, ni plus aveugle que lorsque, enfin, il parvenait à voir. Ce n'était pas un garçon qu'ils recherchaient. Jamais ils n'avaient cherché un enfant pareil aux autres.

Il retourna au portail ouvert sur le ciel et se posta à l'endroit où le vent, maintenant glacé, le heurtait avec le plus de force. Il ferma les yeux, les idées se bousculant dans la tête, et laissa le vent accomplir son œuvre, séparer le bon grain de l'ivraie. Un tulku était la réincarnation d'un lama, une âme tellement évoluée qu'elle était capable de diriger sa réincarnation future et de conserver le souvenir de ses incarnations passées.

— Il existait dans les montagnes, à mi-chemin du Kailas et de Chigatse, un gompa qui, des siècles durant, était resté le plus important de tout le Tibet, expliqua Gendun. Le premier père abbé était un tulku, le Yakde lama, le chef d'une des anciennes sectes, une des sectes perdues.

Alors que, traditionnellement, le Tibet avait été dirigé par les Chapeaux jaunes, la secte de Gelupka, de nombreuses autres sectes avaient existé dans le pays, la plupart petites ou presque éteintes, certaines minuscules mais toujours vitales et vivantes des siècles plus tard.

— Ou presque perdues. Le dernier Yadke lama avait une douzaine de gompas, de petite taille, bâtis pour la plupart pendant la vieille période de l'empire. Quand il était enfant, il avait reçu toute sa formation à Chigatse, continua Gendun.

Il faisait référence à l'énorme gompa de Tashilhunpo qui avait jadis dominé la deuxième plus grande ville du Tibet. Seul un petit nombre de lamas réincarnés survivaient au Tibet aujourd'hui. Mais ils étaient l'essence de l'Église, et, pour de nombreux Tibétains, les chefs spirituels les plus importants, ceux auxquels ils se ralliaient.

— Nous ne pouvons pas leur laisser faire ce qu'ils ont fait au Panchen lama, dit une voix derrière eux.

C'était Jowa, l'air toujours aussi hagard, mais le regard brûlant. Shan acquiesça avec tristesse. Le dixième Panchen lama, le lama réincarné le plus important dans la hiérarchie après le Dalaï lama, chef traditionnel du gompa de Tashilhunpo, avait choisi de coopérer avec la Chine dans l'espoir d'éviter un bain de sang. Il avait accepté l'assurance que Pékin préserverait son gompa et les traditions bouddhistes du Tibet. Cependant, dès qu'on l'avait emmené vivre à Pékin, l'armée avait emprisonné les quatre cents moines de son gompa. Après des années d'endoctrinement, le Parti avait estimé que la volonté de résistance du dixième Panchen lama avait été suffisamment étouffée. Il avait alors été autorisé à rentrer au Tibet.

En 1964, lors d'une grande fête, le Panchen lama avait jeté son discours préparé par le Bureau des Affaires religieuses et crié son soutien à l'indépendance du Tibet devant un public de plusieurs milliers de personnes. Pour ce seul et unique acte de défi, on l'avait réexpédié à Pékin, les fers aux pieds. Après sa mort, en des circonstances très suspectes, le Bureau des Affaires religieuses avait annoncé qu'il avait trouvé sa réincarnation dans le fils de deux membres du Parti : l'enfant avait été retiré à ses parents pour recevoir un enseignement spécial. De leur côté, les bouddhistes, avec le soutien du Dalaï lama en Inde et l'aide d'anciennes pratiques divinatoires, avaient identifié un garçon tibétain comme étant le véritable Panchen lama. Mais le garçon avait été enlevé par le gouvernement et on ne l'avait plus revu pendant des années.

— J'ai entendu parler d'un discours à Lhassa, dit Lokesh d'une voix douloureuse. Le gouvernement a déclaré qu'il s'était montré trop tolérant et qu'il ne permettrait plus que soient reconnues de nouvelles incarnations de vieux lamas. Qu'il n'y aurait plus de Dalaï lama après le décès du Quatorzième.

— Khitai a été trouvé quand il avait trois ans, par des anciens de sa secte, soupira Gendun.

Shan savait qu'il existait des procédures spéciales afin d'identifier les lamas réincarnés, toutes différentes suivant les traditions de la secte.

— Le garçon a identifié des objets appartenant aux incarnations précédentes du lama. Le lac aux oracles a offert un signe qui avait la forme des initiales de l'enfant. Celui-ci portait la marque de naissance sur son mollet gauche. Il a été immédiatement décidé qu'il resterait caché jusqu'à ce qu'il puisse pleinement assumer les fonctions de Yakde.

Une marque de naissance... Les garçons morts avaient tous une jambe de pantalon découpée.

— Lau, une nonne de son ordre, avait déjà été envoyée pour installer un lieu destiné à la réincarnation quand celle-ci serait identifiée. Dans le Nord, sur les terres frontières. Quand le moment est arrivé, Bajys a accompagné le jeune garçon, parce qu'il avait été lui-même novice. Il était également originaire d'une famille dropka et connaissait les manières de vivre des éleveurs et des bergers.

Les archives de Lau, se souvint Shan, étaient en ordre pour les dix dernières années. Tout ce qu'elle avait fait, elle l'avait fait pour le garçon lama. Son installation à Yoktian. Son élection au conseil agricole. Sa prise en charge de la zheli, devenue ses enfants adoptifs. Ce n'était pas un simple stratagème, mais une manière très raffinée de créer une cachette tout en restant fidèle à elle-même.

— Mais Lokesh a dit qu'il avait joué avec..

Gendun sourit à l'adresse du vieil homme.

— Ainsi que l'a raconté Lokesh, ils avaient coutume de jouer ensemble. Khitai avait l'âge de la dernière incarnation telle que l'avait connue Lokesh quand il était enfant. En voyant Lokesh, Khitai l'aurait reconnu et aurait compris qu'un ami était arrivé.

Gendun regarda au-dehors par le portail.

— Si les choses en arrivaient au pire, nous rassemblerions ses objets personnels tellement spéciaux.

Shan revit Lokesh devant la tombe de l'enfant, face aux rares possessions de Khitai : le vieux Tibétain les fixait comme si les objets lui parlaient.

— Si Pékin comprenait, ajouta Lokesh avec douleur, il essaierait de s'emparer des objets pour bloquer le processus de sélection.

Shan sentit un frisson glacé le long de son échine.

— Mais tu n'as pas trouvé le panier de jade.

— Non. Nous avons la tasse en argent que mon ami le Neuvième utilisait pour boire l'eau du lac des oracles dans le plus vieux de leurs gompas. Nous avons le plumier. Mais pas le plus important : son gau. Il nous faut le gau. Il est très ancien. Il a toujours appartenu au Yakde lama.

— C'est le tueur qui l'a, maintenant. Il a retrouvé Khitai. Je vais retrouver le tueur et récupérer le gau.

— Vous ne battrez jamais le gouvernement, déclara Jowa.

— C'est ce que vous pensez, qu'ils sont tous unis contre nous ? demanda Shan.

— Bien sûr. C'est ainsi qu'ils travaillent. Toujours sous les directives de Pékin.

— Je ne sais pas, dit Shan. Des choses ont changé.

Jowa fronça les sourcils et hocha lentement la tête.

Lokesh mit les mains au-dessus du brasero, en respirant la fumée odorante de genévrier.

— Nous devons donc partir, annonça-t-il avec une détermination étrange dans la voix.

Gendun se leva de table, et vacilla sur ses jambes.

— Oui. Peut-être vais-je me reposer quelques heures d'abord.

— Vous pouvez être de retour à Lhadrung dans quelques jours, dit Shan avec espoir.

— Je trouverai un camion, opina Jowa à grands coups de tête.

Les deux Tibétains contemplèrent Shan sans rien cacher de leur perplexité.

— Non. Nous ne rentrons pas à Lhadrung. Nous descendons dans le monde d'en bas. C'est là qu'on a besoin de nous.

— Non, Rinpoché ! s'écria Shan. Je vous en prie !

— Khitai est mort. Un esprit de jeune garçon, non développé, non préparé, essaie de comprendre ce qui s'est passé. Il a besoin de notre aide. Personne ne lui lit les rituels Bardo. Il sera en pleine confusion. Même pour un tulku, ce peut être difficile s'il n'est pas parvenu à une conscience pleine et entière lors de sa dernière incarnation. Nous l'aiderons. Un esprit qui est dans l'incertitude peut tenter de retrouver des visages familiers. Nous devons l'aider à atteindre sa future vie. Et tu dois trouver le panier de jade.

— Je vous en prie, supplia Shan au désespoir. Que pourriez-vous faire ? Rien. Les nœuds appartiennent au monde d'en bas. La Brigade appartient au monde d'en bas. La procureur appartient au monde d'en bas. Je ne pourrai trouver le gau que si vous vous mettez à l'abri.

— Un abri ? demanda Gendun, comme si le mot ne lui était guère familier. Nous pouvons nous rendre sur la tombe de l'enfant. Nous pouvons prier et méditer. Ensuite, nous suivrons les signes.

Tu enquêtes dans ton monde, lui signifiait Gendun, et nous, nous enquêterons dans le nôtre.

— Non, insista Shan. L'emplacement de sa tombe est surveillé par la procureur. Vous n'avez aucune protection. Pas de papiers. Vous ne pourrez jamais survivre.

— Nous avons notre foi, répondit Gendun avec un sourire patient. Nous avons le Bouddha de la Compassion.

Shan regarda le vieux moine reclus qui menait une existence fragile dans la caverne de l'ermitage de Lhadrung, qui n'avait jamais voyagé en camion encore deux semaines auparavant, qui ne connaissait ni les armes ni les hélicoptères, encore moins les aiguillons à bétail électriques tellement appréciés par les interrogateurs des nœuds. Il avança jusqu'au brasero au côté de Lokesh.

— Je vous en fais la promesse. Si vous retournez vous mettre en sécurité à Lhadrung, je retrouverai le tueur. Je rapporterai le panier de jade, même si je dois aller à Pékin pour cela. Reposez-vous cette nuit et ensuite retournez à la salle des bois parfumés jusqu'à ce que Jowa vous trouve un camion. Vous pouvez rentrer à la maison.

— Se reposer cette nuit, acquiesça Lokesh avec un signe de tête. La maison, ce serait bien, ajouta-t-il d'un air absent.

Gendun prit la main de Shan et la serra, puis les deux Tibétains se laissèrent conduire jusqu'à deux paillasses dans la cellule de méditation la plus proche.

Au matin, Shan trouva Jowa assis à la table, l'air désespéré. Bajys courait dans les tunnels, en appelant désespérément les deux mêmes noms. Sa voix brisée par le chagrin se répercutait sous la voûte de la grande salle. Gendun et Lokesh restèrent introuvables. Ils étaient partis dans la nuit. Ils étaient descendus dans le monde d'en bas.

# 15.

Shan était assis sur la sentinelle de pierre sous un vent chargé de senteurs de neige qui barattait les airs alentour. En allant s'égarer dans un monde devenu fou, Gendun était perdu, cette fois, et Lokesh avec lui. Shan avait abandonné Jowa à sa contemplation du paysage par un des portails, le visage vide. Bajys marchait, le souffle court, comme s'il sanglotait. Retourne dans ta cellule, s'était répété Shan, assieds-toi auprès de l'ancien arc jusqu'à ce que tu trouves une cible. Mais son esprit était trop embrumé. Il avait grimpé vers l'antique poste de sentinelle tandis que la marée de lumière du matin balayait la vaste plaine ouverte. De temps à autre, il balayait l'horizon, dans l'espoir d'apercevoir deux silhouettes dans le lointain. Le reste du temps, il se contentait de fixer les nuages qui filaient vite dans le ciel dans l'espoir d'y trouver des réponses.

Une bourrasque de neige éclata autour de lui, l'engloutissant dans une furie de blancheur. Il ne bougea pas, ignorant le froid, ignorant les flocons de neige et de glace qui le mordaient au visage. Peut-être ne s'agissait-il pas d'une tempête, après tout. Peut-être contemplait-il tout bonnement le bouillonnement de son esprit. Cette confusion absolue. Un tourbillon de réflexions contradictoires. Suspendu à la dérive entre deux mondes. La froideur de la mort.

Même si Khitai était le dixième Yakde, pourquoi avait-il fallu le tuer d'extrême urgence ? Pourquoi les officiers des nœuds laissaient-ils le meurtre d'un des leurs impuni ? Que faisait donc au Camp de la Gloire l'Américain inconnu ? Pourquoi Sui avait-il voulu arrêter Lokesh, mais seulement une fois le vieux Tibétain loin des regards du directeur Ko ? Le vieux gardien des eaux avait-il été découvert ? Est-ce que le professeur serein du garçon lama se faisait torturer à cette seconde même ?

Un carré de ciel apparut au travers de la neige, puis, aussi vite qu'elle avait éclaté, la bourrasque disparut. Shan se rendit compte qu'il disposait d'au moins une pièce supplémentaire du puzzle. Et il devait agir en fonction d'elle. Tous les indices qu'il avait cherchés jusque-là appartenaient au monde de Lau et des garçons de la zheli. Il lui fallait désormais chercher ses indices dans le monde du Yakde lama.

Dans la salle, Bajys, les mains tremblantes, brossait le manteau de Jowa posé sur la table avec une touffe de crins de cheval. Jowa était plongé dans l'étude d'une carte. Shan s'adressa à Bajys :

— Gendun a dit qu'il existait encore des gompas du Yakde remontant à la période de l'empire, quand cette région était parcourue par des armées. Il voulait sans doute dire que ces gompas s'étaient établis le long des itinéraires de l'empire. À quelle distance se trouve le plus proche ?

Bajys se contenta de secouer la tête.

— Si Khitai avait vécu, insista Shan, sachant que Lau était morte, et que tu avais dû mettre l'enfant à l'abri, où te serais-tu rendu ?

Bajys continua de brosser, observant les portails comme si une oreille indiscrète flottait dans les airs.

— Des endroits secrets. Lau les connaissait. Mais jamais elle n'allait mourir, ajouta-t-il d'une voix vide, avec un regard d'excuses à Shan.

Jowa se tourna vers Bajys avec une expression étrange, pleine d'espoir. Comme s'il voulait parler à ce petit homme désespéré, lui offrir enfin les mots qui pourraient restaurer l'équilibre de son âme tourmentée. Ou tout bonnement le serrer dans ses bras, le réconforter et lui assurer qu'il n'avait rien fait de mal.

— Tu veux parler de lieux qui ne sont pas répertoriés officiellement, dit Shan.

Aucun gompa n'avait le droit d'exister s'il n'était pas reconnu par le Bureau des Affaires religieuses.

— Je suis au courant des gompas du Yakde. J'ai lu des livres sur le sujet, déclara Jowa.

Les purbas conservaient une chronique sans cesse remise à jour des atrocités commises par les Chinois. Un livre dont des copies existaient chez tous les purbas du Tibet.

— Les gompas étaient toujours situés en des lieux très éloignés, poursuivit Jowa. Sans contact avec rien ni personne. Et ce pendant parfois des années. Des endroits où personne n'aurait accepté de vivre, des endroits dont on pourrait croire qu'ils étaient invivables. Ces gompas étaient déjà en voie d'extinction quand le Bureau des Affaires religieuses s'est mis en tête de les retrouver. Certains ont été fermés et leurs moines emprisonnés. Mais d'autres étaient trop loin de tout. Trop minuscules pour que le gouvernement s'en préoccupe. Les forces aériennes se sont entraînées en en bombardant trois ou quatre, sans se soucier des autres. Selon la rumeur, les gompas restants ont été balayés par les maladies et leurs moines tués.

Shan guida le petit homme inquiet jusqu'à son banc.

— Bajys, ils ont dû te le dire. Un lieu où emmener Khitai en cas de problème, ou d'urgence. Un dropka comme toi pourrait trouver ces lieux dans la montagne...

Bajys pressa sa main contre son front, comme s'il avait mal.

— Lau. Je devais rejoindre Lau.

— A-t-elle parlé d'un autre endroit ? Un endroit où elle-même se rendait parfois. Peut-être que le gardien des eaux s'y rendait, lui aussi.

— Un lac de diamant. Tout ce que je sais, c'est qu'elle est allée là-bas une fois, pour y trouver de la force. Un endroit avec un lac de diamant.

— Il existe un lac ! s'exclama Jowa en redressant la tête. Un lac mausolée. Un lac aux oracles, à quelques kilomètres d'ici. Je l'ai aperçu un jour de loin, j'étais avec un vieux chasseur. Il a dit que le lac gelait beaucoup plus tard que les autres, et que les divinités devaient y habiter parce qu'il brillait toujours comme un diamant.

Ils marchèrent en silence des heures durant, dans ce paysage d'altitude désolé, l'oreille aux aguets, se précipitant à couvert quand le vent rugissait soudain un peu fort, de crainte que ce ne soit un avion ou un hélicoptère. Ils suivaient des sentes de chèvres sauvages, avec pour seuls repères des pics au loin que Jowa étudiait en s'arrêtant fréquemment, comme s'il calculait mentalement leur position par triangulation. Le purba leur fit contourner une vallée où courait un petit troupeau d'antilopes, puis ils franchirent un replat rocheux avant d'escalader une longue crête, toujours grimpant, traversant au pas de course les passages sans abri, s'arrêtant à deux reprises pour ajouter des pierres aux cairns dressés sur les points élevés en offrande aux divinités des montagnes. Un corbeau les survola une heure durant en les surveillant de près, revenant sur lui-même de temps à autre pour aller se percher comme s'il les attendait. Bajys, que Shan gardait toujours devant lui, s'arrêtait souvent pour contempler l'oiseau, paraissant le reconnaître.

Ils continuèrent à monter, passèrent un autre col, puis prirent une côte raide en lacets serrés. Shan se surprit à haleter à cause du manque d'oxygène, alors qu'il se croyait acclimaté à l'altitude. Ils trouvèrent un ruisseau d'eau de fonte de glacier, toute bleue, et y burent longuement. Jowa resta accroupi près du torrent.

— Avez-vous dit à Lokesh où se trouvait le gardien des eaux ? demanda-t-il.

— Il a écouté quand je lui en ai parlé.

Devant l'air soucieux de Jowa, Shan comprit : Gendun et Lokesh étaient peut-être partis à la recherche du gardien des eaux, le seul lien qui restait avec le jeune garçon mort. Shan lutta contre l'image qui s'imposa à lui : si le vieux lama décidait que le Camp de la Gloire était l'endroit où il lui fallait être, il avancerait droit sur les barbelés qui entouraient le camp, jusqu'aux nœuds et à la procureur Xu.

Avant leur départ, Bajys avait ramassé une douzaine de pierres et bâti un petit cairn, tribut à la divinité qui vivait dans la montagne qu'ils escaladaient. Pour se gagner du mérite, estima Shan. Pour se faire en partie pardonner d'avoir perdu Khitai. Bajys attaqua le sentier dès qu'il eut terminé, mais Jowa et Shan traînèrent en arrière, ajoutant chacun quelques pierres. Les deux hommes partageaient la même peur silencieuse : Lokesh et Gendun, capturés, emprisonnés au Camp de la Gloire.

Plus ils montaient en altitude, plus Shan avait le sentiment qu'il pénétrait dans un autre monde. Tout comme Bajys. Le petit Tibétain ralentit son rythme, dans le but évident de se laisser dépasser par Shan. Shan ne s'y laissa pas prendre et le pressa de l'avant. Une bourrasque de neige s'abattit sur eux, masquant Jowa presque complètement, mais laissant ses traces délimitées de blanc.

— Si Jowa se trompe, dit Bajys avec une confiance soudaine, nous mourrons tous dans le froid qui habite ces hauteurs.

Ils disposaient d'une unique couverture pour trois, d'un petit sac de tsampa froid à se partager en guise de repas, et ils ne voyaient nulle part de combustible pour allumer un feu.

Brusquement, le ciel s'éclaircit, brillant, bleu de cobalt : ils étaient passés au-dessus de la tempête. En contrebas, la neige ne s'était pas arrêtée.

Ils marchèrent encore une heure et franchirent une nouvelle crête. Jowa les attendait au sommet d'une petite corniche surplombant une vallée extraordinaire. Ils se trouvaient à l'entrée septentrionale d'une vaste étendue de pierriers et d'herbages qui plongeait entre deux longues et massives parois rocheuses. Leur symétrie était tellement parfaite qu'elles ressemblaient à deux gigantesques monolithes qui auraient autrefois surplombé de toute leur hauteur l'extrémité nord de la vallée et qu'on aurait fait basculer afin de la protéger. Au loin brillait un lac, immobile et clair — un morceau de ciel tombé sur terre. Les falaises encadraient le lac comme deux lignes de fuite presque identiques. Chacune des deux arêtes de crête se doublait d'un étage de neige rectiligne, véritable sucre glace déposé là par un géant pâtissier. Détail surprenant, en dépit de l'altitude et du froid, quelques genévriers rabougris poussaient en bordure de l'eau. À l'autre bout de la vallée, il n'y avait que l'espace : le monde disparaissait au-delà de la bande de terre qui en marquait la fin. Au lointain on apercevait bien des montagnes, enveloppées de brumes, mais entre pics et vallée, on ne voyait que le ciel. Shan avait l'impression d'être dans un pays flottant dans les nuages.

— Je pensais pourtant que ce serait ici, dit Jowa, le regard soucieux car ils n'auraient pas le temps de regagner l'abri de Senge Drak avant la nuit.

Shan s'avança au côté de Jowa et examina la corniche en contrebas. Cent mètres en dessous d'eux, au-delà d'une série de vires qui ressortaient de la face de la falaise telles des marches de géant, se trouvait une rangée de pierres. Non, pas une rangée : un mur de pierres.

Le silence fut brisé par un tapotement creux tout près d'eux, si sonore qu'ils sursautèrent. Un corbeau cria comme pour y répondre. Le grand oiseau noir atterrit sur un rocher à dix mètres d'eux. Shan comprit sans trop savoir comment que c'était celui qui les avait suivis tout le long du chemin.

Bajys s'était agenouillé près d'un rocher plat plongé dans les ténèbres. Il rayonnait, émerveillé et étonné, comme Lokesh parfois, lorsque les yeux du vieux Tibétain voyaient entre les mondes. Shan s'avança d'un pas hésitant.

Ce n'était qu'un rocher. Un gros rocher vaguement arrondi posé sur une pierre plate. Mais le rocher souriait.

Ils entendirent le même tapotement, plus fort cette fois. Shan se rapprocha. Le sourire dans la roche s'élargit. Bajys s'inclina avec respect.

Un bras gris jaillit du rocher rond, tenant le bas d'un petit pieu en bois. Lorsque la base du bâton cogna la pierre, retentit à nouveau le même bruit creux. Le corbeau poussa un cri et se rapprocha en quelques bonds.

Shan s'agenouilla, puis Jowa. Sous leurs yeux, le gros rocher rond parut s'avancer, avec un sourire de plus en plus large.

— *Ai yi !* lâcha Bajys, souffle coupé.

Les ténèbres au-dessus du sourire bougèrent. Deux yeux apparurent.

C'était un homme. Un homme des temps anciens enveloppé d'une cape en peau de mouton grise et coiffé d'un chapeau conique de la même matière, d'une forme telle qu'il lui couvrait la nuque et retombait bas sur le front. Les yeux étudièrent les trois arrivants, l'un après l'autre. Ils pétillaient d'énergie. L'homme tapota à nouveau de son bâton.

— Après la neige, mon bâton résonne toujours, dit-il, sidéré, avant de le tapoter à nouveau pour le plaisir.

Il avait la voix rauque d'un homme qui aurait longtemps fait vœu de silence. Sa peau était un parchemin gris, ses doigts longs et rabougris, pareils à de petits galets juxtaposés.

Jowa et Bajys paraissaient littéralement subjugués par le vieillard.

La tête de l'homme se redressa doucement, ses paupières battirent pour se fermer un instant.

— Quand le vent s'arrête, murmura-t-il, écoutez l'eau. Vous l'entendrez qui miroite.

— Nous cherchons le gompa, dit Shan, un frisson dans la voix.

Le vieillard se mit à rire, un rire de gorge qui se termina par des sifflements d'asthmatique. Puis il se dressa sans prévenir, tracté par quelque force invisible. Il s'avança entre Shan et Jowa et s'immobilisa devant le corbeau. L'oiseau pencha la tête vers lui, se tourna vers le lac et disparut, sans prendre son envol, en se laissant tomber dans le vide.

L'homme rit de nouveau, avança dans un coin d'ombre, et, chose incroyable, commença à rétrécir.

Avec un haut-le-corps, Bajys fit un pas un avant comme pour aider l'inconnu. Mais l'homme avait disparu dans le rocher.

— Un sorcier, chuchota-t-il.

— Non, dit Shan. Un escalier.

Dans les ombres ils trouvèrent une étroite volée de marches, taillées à même la pierre et usées en leur centre par des siècles d'utilisation. Bajys fonça le premier et disparut. Jowa et Shan, après un regard peu rassuré, suivirent.

Ce n'était pas une caverne, comme s'y attendait Shan, mais une pièce aux murs de pierre et de mortier bâtis en appui contre la face de la falaise et éclairée par la lumière d'une unique lampe à beurre posée sous un long thangka représentant un Bouddha d'un bleu lumineux. Le Bouddha primordial, tel était le nom qu'on lui donnait — le Bouddha de la Pure Conscience. Un brasero couvert d'une dentelle de toiles d'araignée était posé au pied des marches. À l'extrémité de la pièce, les murs opposés de la paroi rocheuse étaient percés chacun d'une lourde porte en bois à un battant. Shan essaya la plus proche. Elle s'ouvrit lentement, avec un gémissement de ses gonds en fer, sur une chambre éclairée par une fenêtre donnant sur la vallée.

À une tringle enfoncée dans le mortier étaient suspendus les restes d'un vieux sac de jute tombant sur l'encadrement en pierre de la fenêtre. Des coussins étaient alignés contre le mur. Sur l'un d'eux était posé un petit arc, pareil à celui de Senge Drak. Sous la couche de poussière, plusieurs des coussins étaient en soie, richement brodés de formes de conques, de poisson, de fleurs de lotus, et autres symboles sacrés. Shan eut le sentiment de se trouver dans un petit *dukhang*, une salle de réunion monastique, où se déroulaient les enseignements.

Il resta silencieux, immobile, tandis que Jowa s'avançait le long des murs, percevant la solennité dont le lieu était imprégné.

— Je pense que vous l'avez trouvé, dit Shan. Un des gompas du Yakde.

Un petit Bouddha en bronze, d'à peine vingt centimètres de haut, avait été placé sur un tabouret près de la fenêtre, face à la vallée, comme pour lui permettre de voir l'eau qui ressemblait au ciel. Ou peut-être pour monter la garde.

Jowa s'arrêta près du petit Bouddha, lui aussi couvert de poussière. Il sortit le pan de sa chemise et essuya, non le Bouddha, mais le tabouret, comme le ferait un moine nettoyant un autel sans déranger les objets sacrés. Une fois qu'il eut terminé, il leva les yeux vers la porte puis sur Shan : les deux hommes venaient seulement de comprendre que Bajys ne les avait pas rejoints.

Dans la première salle, ils ouvrirent la seconde porte sur un passage sombre. Ils longèrent une demi-douzaine de cellules de méditation, puis descendirent une nouvelle volée de marches très anciennes. En examinant la pierre, Shan comprit que la montagne rejoignait le lac par une série d'énormes vires rocheuses en gradins. Ce qu'il avait vu depuis le sommet était en fait les dalles de pierre qui servaient de toits aux structures bâties sur ces vires.

Au bas de la seconde volée de marches, une porte donnait sur un autre long passage, à la température beaucoup plus clémente, où l'air était chargé de parfums d'encens et de beurre, ainsi que des relents âcres des braseros alimentés par des bouses séchées. Ils longèrent d'autres cellules et se trouvèrent devant une lourde porte en bois ornée de fer forgé. Derrière, la pièce était vaste, et très lumineuse, éclairée par deux fenêtres : l'une fermée par des vitres en verre soufflé, inégales et pleines de bulles, l'autre couverte par un morceau de plastique transparent qui battait au vent.

Une douzaine d'hommes, tous en robes d'un bordeaux passé, étaient assis en cercle autour d'un grand brasero fumant. Plusieurs tenaient les longues feuilles rectangulaires des textes pecha. Apparemment, ils se faisaient la lecture. L'un d'eux, sans coiffe ni manteau, était l'homme qu'ils avaient vu à l'air libre. Bajys, à la grande surprise de Shan, servait le thé, comme s'il était l'hôte des moines, ou un novice du gompa, un familier de la maisonnée.

Des tapis, élimés jusqu'à la trame par endroits, se recouvraient partiellement de manière à masquer totalement le sol en pierre, et les murs étaient lambrissés de panneaux de bois odorant.

Les moines le dévisagèrent, les yeux écarquillés, dévorés par la curiosité. Un chauve, plus âgé que Shan de quelques années, mais visiblement le plus jeune de la troupe, tourna la tête vers le mur du fond où des vêtements étaient accrochés à des patères. Son geste confirma les soupçons de Shan : les moines n'avaient pas de licence gouvernementale. Quand les Chinois arrivaient, ils enfilaient leurs vêtements de paysan.

Jowa avait compris, lui aussi. Le dernier gompa que Shan avait visité offrait aux visiteurs, suspendu au-dessus de sa grille d'entrée, une bannière qui proclamait : *Le bouddhisme doit être en résonance avec le socialisme chinois.* Elle avait été dressée par le comité directeur démocratique du gompa, l'organisme institué par le Bureau des Affaires religieuses qui supervisait les activités du monastère. Les membres dudit comité, soigneusement sélectionnés par les officiers politiques avant d'être nommés par le gouvernement, avaient, entre autres responsabilités, la charge de s'assurer que tous les moines s'engageaient par écrit à ne prendre aucune part à des activités politiques.

La tension qui régnait dans la pièce disparut comme par magie lorsque Bajys s'avança pour offrir le thé à Shan et à Jowa, qui s'installèrent en silence dans le cercle. Ce gompa n'avait pas de comité directeur démocratique, pas de certificat politique, pas de licences d'exercice. S'ils étaient découverts par le gouvernement, les moines seraient arrêtés et condamnés aux travaux forcés. Certains, comme Jowa, avaient quitté leur gompa au lieu de signer des certificats politiques et de demander la permission à Pékin. Shan en connaissait beaucoup qui avaient signé, des professeurs solides et dévoués prétendant avec force qu'un morceau de papier chinois ne faisait aucune différence. D'autres avaient insisté sur le fait qu'aucun moine ne pourrait plus jamais être lui-même après cette signature : l'acte de signer était comme une pierre noire lancée dans les eaux de leur sérénité et ses vagues chercheraient toujours à s'échapper, transformant ainsi à jamais la face de leur dieu intérieur.

Shan eut chaud au cœur quand il passa en revue l'assemblée de moines réunis autour de lui. À leur visage, il comprit que ces hommes — même s'ils avaient été prévenus contre les Chinois et connaissaient l'interdit qui pesait sur leur robe — n'avaient jamais subi de première main l'expérience des demandes de licences ni les interrogatoires des bureaucrates les pressant de dénoncer l'objet des prières de leurs compagnons. Seul le plus jeune avait hésité et tourné le regard vers les vêtements de paysan. Les autres membres du cercle étaient comme les animaux sauvages et non domestiqués du Changtang : purs, et sans tache. Une espèce en voie d'extinction.

Les moines adressaient à leurs visiteurs des sourires radieux.

— Bienvenue au gompa du Nid du Corbeau, déclara le chauve.

Jowa, à la surprise de Shan, prit la parole.

— Nous sommes désolés de cette intrusion. Nous sommes venus au sujet du Yakde lama.

Comme un seul homme, les moines hochèrent la tête en continuant à sourire.

— Il a vécu ici, dit le moine chauve. Il revient.

— Le garçon Khitai ! s'exclama Jowa d'un ton triomphant. Il a vécu ici ?

Les moines se regardèrent avec perplexité.

— Je veux parler du Yakde, répondit le chauve en haussant les épaules, comme s'il ne comprenait pas les questions du purba. Il allait s'asseoir et méditer au milieu des troupeaux d'antilopes sauvages. Il a écrit un texte là-dessus. Nous l'avons, rédigé de sa propre main. C'était le Deuxième. Le Quatrième s'en est souvenu et il est venu l'emprunter, pour l'emporter à Lhassa afin de le montrer au Dalaï lama.

Le Deuxième Yakde, calcula rapidement Shan, aurait vécu au moins trois siècles auparavant.

Jowa n'insista pas. Il se tourna vers le moine chauve et lui offrit un grand sourire, un sourire serein, un sourire de moine.

— Le Neuvième, dit Shan après un moment. Le Neuvième est-il venu ici ?

— Une fois. Il a passé quelques mois ici et il a écrit un enseignement sur ce que nous faisons ici. Il l'a intitulé *Les Âmes des montagnes du Changtang.*

Shan devait les interroger sur Lau, sur le gardien des eaux, mais son cœur avait une autre question à poser :

— Le Yakde est-il parti au sud, au-delà de Lhassa ? Vers un lieu du nom de Lhadrung ?

Le moine chauve acquiesça d'un signe de tête. Ce devait être lui le *kenpo,* le père abbé du Nid du Corbeau.

— Le Troisième a fait cela, et le Cinquième également. Jusqu'à un ermitage, dans les profondeurs des montagnes. La dernière fois qu'une armée est venue, des hommes sont arrivés de Lhassa. Des sages. Ils ont dit : faites partir vos moinillons, qu'ils se cachent. Certains sont allés dans cet ermitage des montagnes. Les dropkas ont apporté des chevaux et certains de leurs enfants. Les dropkas allaient combattre cette armée, et leurs enfants devaient se réfugier quelque part jusqu'à ce que la guerre soit terminée.

L'abbé soupira et sirota son thé.

— L'année suivante, nous avons reçu une lettre d'un de nos moines. Ils avaient chevauché des semaines durant, de nuit uniquement. Près d'une cité, il y a eu de terribles combats, un vrai bain de sang, et les envahisseurs ont bombardé les montagnes au canon, là où se trouvaient les nôtres. Finalement, trois de nos moines ont atteint Lhadrung avec deux des enfants. Un petit garçon et une petite fille.

Qu'avait dit Gendun ? Qu'il avait vu les Kunlun avec les yeux d'un étranger, mais qu'il connaissait ce lieu au fond de son cœur ? Quand il était jeune, ses parents l'avaient remis entre les mains de moines qui l'avaient emmené avec eux.

Une cloche résonna dans un autre couloir. Les moines tendirent leurs feuillets à l'abbé avant de se lever. Jowa s'avança avec empressement vers les étagères, en admirant les pechas, ces rangées de sutras et d'enseignements. L'abbé disposa les feuillets en pile et les glissa sous une couverture en soie, puis il expliqua le détail de la collection d'écrits à Jowa.

Shan alla dans le couloir. Une porte donnant dans une pièce du fond était entrouverte. Bajys y était accroupi devant un grand thangka suspendu sur le mur du fond. La pièce de tissu représentait un homme, de façon très détaillée, mais ce n'était pas un Bouddha, ni même un des nombreux éminents professeurs. Sur le sol était posé un tapis splendide, en excellent état. La pièce tout entière était décorée avec élégance. Une robe aux riches broderies était accrochée à un mur. Une statue de lama en bronze, peut-être l'ancien grand professeur Guru Rinpoché, trônait sur une table près de la porte.

— Qu'est-ce que c'est ? demanda Shan.

Bajys se tourna vers lui en souriant. C'était la première fois que Shan le voyait sourire depuis qu'il l'avait rencontré. Contre le mur du fond se trouvait une plate-forme basse servant de lit. Bajys se pencha pour retendre les couvertures, puis il se saisit d'un dorje en bronze — le petit objet en forme de sceptre appartenant au rituel bouddhiste — posé sur la table à côté du lit et en essuya soigneusement la poussière. Il eut l'air surpris que Shan ne reconnaisse pas ce qui pour lui était évident. Il le prit par le coude et le conduisit à l'endroit où il s'était accroupi en hochant la tête vers le thangka.

C'était la première fois que Bajys venait ici, il ignorait l'existence de ce gompa, pourtant il avait reconnu la silhouette de l'antique peinture sur toile.

— Ses yeux, murmura Bajys, impressionné.

Shan comprit soudain, le souffle coupé : c'était le Yakde. Bajys contemplait le garçon lama dans un corps autre, et il l'avait reconnu.

— C'est sa chambre, dit la voix du moine chauve derrière Shan. La chambre réservée au Yakde quand il vient nous rendre visite.

Bajys observa les deux hommes avec un sourire perplexe, puis le dorje qu'il tenait à la main, comme s'il ne comprenait pas comment il était arrivé là.

— Comment savais-tu que tu devais venir ici ? demanda Shan.

Bajys n'avait pas eu le temps d'explorer le gompa dans son entier. Quelque chose l'avait guidé jusqu'à cette pièce.

— Tu n'es jamais venu ici auparavant. Mais tu savais que c'était sa chambre.

— C'était là que je devais me rendre. Je ne pouvais pas savoir.

Il tourna et retourna le dorje entre ses mains : pour de nombreux bouddhistes, le dorje — qu'ils appelaient le véhicule du diamant — était le symbole de l'ancrage de l'illumination, de la puissance indestructible de la bouddhéité.

— Mes yeux ne savaient pas, reprit Bajys, mais mes pieds savaient.

Il était visiblement peiné par son incapacité à comprendre ce qui s'était passé. Mais son sourire ne le quittait pas.

L'abbé conduisit Shan au bas d'une nouvelle volée de marches, et passa devant une salle servant de réserve, pleine de paniers de grains et de bouses séchées. Shan constata qu'un dixième à peine de l'espace était utilisé. D'énormes rouleaux de cordes lovées s'accrochaient à des chevilles en bois sur un mur. Il se souvint de ce que Batu avait révélé au Champ du Vieux Lama : Khitai lui avait appris que des hommes âgés venaient parfois réparer le drapeau à prière sur l'énorme tour de pierre.

Shan suivit son guide sur une longue terrasse couverte par le surplomb rocheux, mais ouverte sur trois côtés, soutenue par des piliers de pierres maçonnées. Le long du mur intérieur s'alignaient des cylindres de bronze et de bois de la taille de grandes barriques — des moulins à prières. À l'extrémité opposée se trouvait un grand brasero à quatre pieds, pour les offrandes de bois odorants. En contrebas, au fond de la vallée, Shan aperçut le mur de pierre qu'il avait remarqué du sommet, et il reconnut un antique corral. Le Nid du Corbeau était suspendu au-dessus du corral, accroché au flanc de la montagne, séparé du fond de la vallée par un à-pic d'au moins soixante-dix mètres.

— Ce doit être chose bien difficile que d'être l'abbé d'un tel lieu, dit-il.

— Je vous demande pardon ?

— Votre travail. Être responsable...

Le moine s'excusa avec un sourire timide.

— Mais je ne suis pas le père abbé. Je ne suis que l'assistant de l'abbé. Je le remplace dans ses fonctions quand il est absent.

— Absent ?

— De l'autre côté des montagnes.

Shan contempla les eaux brillantes du lac. Elles étaient censées faire naître des visions de vérité. C'était peut-être vrai.

— Il est parti depuis combien de temps ?

— Pas très longtemps. Cinq, peut-être six ans. Mais il est en bonne santé. Une nonne est venue nous donner de ses nouvelles.

— Qu'est-ce qu'elle a fait, très exactement ?

— Elle nous a donné le message. Pas de lettre. Elle a dit qu'une lettre serait dangereuse. Elle a apporté une fleur séchée : c'est comme ça que nous avons su. Rinpoché aimait à méditer sur les fleurs séchées. Elle souriait beaucoup et elle nous a offert de l'encens et des briques de thé, avant de demander à se rendre dans la chambre du Yakde. Elle y a longtemps prié, puis elle est descendue et s'est assise près du lac aux oracles. Elle nous a dit qu'elle avait toujours entendu parler de ce lieu par ses professeurs, et qu'elle était heureuse de le voir enfin avant de mourir. Puis elle a demandé à chacun de nous le message qu'il destinait à l'abbé, et elle a mémorisé nos noms et nos messages. Elle nous a dit qu'elle était venue nous voir surtout parce que l'abbé se préoccupait beaucoup de notre sort.

Lau était venue ici. Lau s'était assise en face du thangka, et il ne faisait pas de doute qu'elle avait reconnu les yeux, tout comme Bajys. Elle s'était assise auprès du lac aux oracles après avoir délivré le message de l'abbé du Nid du Corbeau, le gardien des eaux incarcéré au Camp de la Gloire. Shan revoyait clairement le visage serein du vieux lama et la fleur séchée entre ses doigts.

— Parfois il vous arrive de recevoir d'autres visiteurs, dit-il.

Le moine indiqua la piste étroite qui suivait le flanc gauche de la vallée.

— Des bergers viennent. Ils apportent des céréales et de nouvelles couvertures, de temps en temps. Ce sont les bergers qui ont toujours maintenu le gompa en vie. Ils disent qu'ils ne peuvent plus nous confier la formation de leurs enfants. Mais ils nous apportent de la nourriture.

Il se tourna vers une petite vire rocheuse à quinze mètres de là, où se trouvait un nid, veillé par trois corbeaux qui ne quittaient pas les deux hommes des yeux.

— Sauf qu'un jour les corbeaux ont été très effrayés, et des cavaliers des nuages sont arrivés. Avec un grand bruit de tonnerre.

— Que voulaient ces hommes ?

— Tout en haut, sur son rocher, Rinpoché, notre aîné à tous, se réjouissait. Il a dit qu'il existait des Bouddhas qui volaient comme ça. Mais nous avons tous vu que ce n'étaient que des Chinois.

— Ils sont venus à votre recherche ?

— Pas vraiment. Au début, ils n'ont pas du tout fait attention à nous. Nous les avons observés d'ici, un long moment, pendant qu'ils travaillaient près du lac. Ensuite j'ai enfilé une tenue de berger et je suis descendu dans la vallée. Je les ai rencontrés. Le responsable savait que nous étions des moines illégaux. Il a dit que de mauvais Chinois voulaient nous arrêter, mais qu'eux étaient de bons Chinois et qu'ils étaient nos amis. Ils sont ensuite venus dans notre gompa. Nous leur avons offert du thé, eux nous ont donné des boîtes de biscuits sucrés. Ils nous ont posé des questions sur l'identité de nos dirigeants, sur notre secte.

— C'étaient des savants ? Des professeurs d'université ?

Le moine observait un autre groupe de corbeaux qui volaient en cercles au-dessus du lac comme s'ils se trouvaient engagés dans une sorte de danse aérienne. Shan répéta sa question.

— Pas des savants. Des bâtisseurs.

— Je ne comprends pas.

Le moine se retourna vers Shan, perplexe, en cherchant apparemment ses mots.

— Attendez ici, dit-il.

Il repartit en trottinant vers la porte en le laissant seul.

Shan contempla la vallée avec une satisfaction inattendue. Le Nid du Corbeau était tellement haut, et l'horizon tellement lointain, que les nuages paraissaient se mouvoir à un niveau inférieur à travers l'embouchure de la vallée. Ce lieu était l'essence même de l'éloignement et semblait coupé du reste de la planète : fragment du monde détaché de la terre avant d'être emporté par le vent, il n'était pas plus affecté par le temps que par le monde d'en bas.

L'assistant du père abbé réapparut avec un sourire satisfait. Il tenait un blouson en nylon rouge dont la pochette s'ornait d'un emblème doré : un homme et une femme bras tendus au-dessus d'un derrick, un mouton et un tracteur dans un champ.

Shan eut l'impression de recevoir un coup de pied dans le ventre. Il se détourna un instant, pour juguler l'effarement et la peur, ces deux émotions de la défaite qui l'avaient brutalement envahi tout entier. Le monde avait retrouvé le Nid du Corbeau.

— C'est un habit très solide. Nous en avons tous un, dit le moine d'un ton rassurant, comme s'il essayait de convaincre Shan de ne pas s'en faire. Quand Rinpoché montera au sommet cet hiver, il pourra porter le sien.

— Quand ces gens sont venus, est-ce qu'ils ont donné leurs noms ?

— Je crains que notre mandarin ne soit pas très bon. Le responsable fumait beaucoup de cigarettes, et nous n'avons pas pu voir ses yeux parce qu'il portait des lunettes aux verres très sombres. Il a posé des questions à propos du lac.

— Que voulait-il savoir ? Quel genre de questions ?

— À quelle période le lac gelait. Sa profondeur. Si nous buvions son eau. Où se trouvaient les sources qui l'alimentaient.

— Ces hommes travaillaient près du lac, avant que vous alliez à leur rencontre. Que faisaient-ils ?

— Je ne sais pas. Peut-être qu'ils priaient. Peut-être qu'ils ont bu un peu de son eau. C'est un lac sacré. De mémoire d'homme, il a toujours été sacré, même avant l'arrivée des enseignements du Bouddha.

— Et les questions de cet homme à lunettes, comment y avez-vous répondu ?

— Le lac est toujours plein, parce qu'il n'a pas de fond. Et bien sûr nous buvons son eau, même en hiver quand nous faisons fondre sa glace. Il gèle bien plus tard que d'autres lacs.

— Parce qu'il est abrité, dit Shan. Parce qu'il est exposé au sud, sous la chaleur émise par les énormes parois de pierre.

— Non, rétorqua le moine avec un sourire patient. Parce que les divinités de la montagne s'y baignent.

Shan lui concéda ce point.

— C'est tout ce qu'il a demandé ?

Le moine contempla les cieux.

— Il voulait connaître les variétés d'animaux qu'on trouvait par ici, en altitude. Je lui ai répondu que les terres en contrebas sont pleines d'antilopes et de yacks sauvages, et que, dans les montagnes, on trouve des chèvres sauvages, des lynx et des léopards des neiges. Il voulait savoir combien de personnes pouvaient dormir dans le gompa. Il a dit que des ouvriers pourraient venir nous aider, et qu'ensuite des gens importants seraient susceptibles de séjourner chez nous de temps à autre.

— Vous aider ?

— À bâtir des choses, je pense.

— Sons-ils revenus ?

— Deux fois. Une fois pour emporter des seaux d'eau du lac. Une autre fois pour prendre plein de photographies. Ils nous ont offerts d'autres biscuits sucrés que les anciens aiment beaucoup.

— Est-ce que vous portiez vos robes les deux fois où ils sont revenus ?

— Non. L'homme aux lunettes nous a conseillé de ne pas le faire. Il a dit que ça pouvait être dangereux parce que tous les Chinois n'étaient pas dignes de confiance. Mais il nous a donné de grands espoirs.

— Vous voulez dire parce qu'ils viennent pour...

Pour quoi ? Pour chasser des animaux, sans l'ombre d'un doute, mais pas uniquement. Pas si des ouvriers devaient passer là d'abord.

— ... pour bâtir ?

— Bien sûr que non. Nous ne pourrions le permettre. Mais j'ai parlé aux anciens, dit le moine avec un grand sourire généreux. Je leur ai expliqué qu'un nouveau temps était venu, que nous n'avions plus à avoir peur de tous les Chinois.

— Pour quelle raison ne sauriez-vous les autoriser à bâtir ?

— Nous avons le gompa et la vallée en usufruit. Nous attendons le retour du Yakde lama. Peut-être dans dix ans, peut-être dans vingt.

— Je ne comprends pas.

— Seul le Yakde lama pourrait donner une telle autorisation.

Soudain, les corbeaux sur la rive rocheuse s'élancèrent dans le ciel et se dirigèrent en ligne droite vers ceux qui tournaient au-dessus du lac. Ils se mirent à piailler tellement fort que Shan entendit l'écho de leur babil résonner vers le fond de la vallée.

Le moine étudia un instant les corbeaux en silence, puis il hocha la tête et se tourna vers Shan. L'excitation se lisait sur son visage.

— Vous avez de la chance. Les cavaliers des nuages reviennent.

## 16.

Shan et Jowa trottinaient vers la piste que les moines avaient décrite comme étant l'itinéraire des bergers. L'adjoint de l'abbé avait confirmé que ses visiteurs avaient le temps de fuir, car les corbeaux sentaient toujours l'approche des cavaliers des nuages de très loin, laissant ainsi aux moines le temps de descendre jusqu'au lac et d'accueillir l'appareil à son arrivée. Mais il avait insisté sur le fait que Shan, Jowa et Bajys n'avaient rien à craindre des hommes de l'appareil. En outre, ils n'avaient nulle part où aller. Il ne leur restait que deux heures de jour et dans cette nuit d'automne, sur les hauteurs des monts Kunlun, ils gèleraient sur place. Il arrivait que des voyageurs se ratatinent sous le vent froid et sec, avant d'être soufflés par une bourrasque.

Mais Jowa et Shan savaient que le danger était là. La Brigade connaissait leurs visages, et, s'ils étaient capturés dans l'enceinte du Nid du Corbeau, les moines eux aussi seraient en danger. L'adjoint de l'abbé avait affiché quelque réticence à montrer à ses trois visiteurs l'antique escalier taillé dans la roche, le seul passage qui conduisait au fond de la vallée. À la dernière minute, il avait tendu à Jowa une vieille lanterne à bougie toute cabossée : une petite boîte en fer-blanc avec une poignée en fil de fer et, sur un des flancs, une fenêtre de verre.

Sur la dernière marche, Bajys s'était effondré avec désespoir. Jowa l'avait pressé de se remettre debout mais Shan avait fait signe au purba de continuer son chemin avant de se tourner vers Bajys.

— Le chemin est long et difficile pour remonter là-haut, dit Shan au bout d'un moment en regardant les marches étroites qui conduisaient au Nid du Corbeau.

La Brigade connaissait Shan et Jowa, mais ses hommes

n'avaient jamais vu Bajys. Un Tibétain de plus sans licence d'exercice ne ferait guère de différence aux yeux du directeur Ko.

Bajys releva la tête, le visage clair et serein, une lueur de gratitude toute nouvelle sur le visage.

— Quand nous sommes sortis de la tempête de neige, j'ai eu l'impression que mon monde avait changé.

Shan contempla les moines rassemblés sur la terrasse inférieure. Tous arboraient leur blouson en nylon rouge sur leur robe et les saluaient du geste. Shan offrit sa main à Bajys.

— J'aimerais revenir un jour et t'aider à réparer cette fenêtre.

Bajys lui serra la main, sourit à nouveau, et commença son ascension pour rejoindre les vieux moines.

Shan rattrapa Jowa au lac, dont le bleu était aussi lumineux depuis le rivage que vu du gompa perché sur les rochers. Mais il s'arrêta en voyant son compagnon disparaître derrière la barre rocheuse. Il s'avança, s'agenouilla en bordure des eaux et but, avant de mettre les mains en coupe et de se laver le visage. Le liquide, étrangement sucré, laissait une sensation piquante sur sa langue. L'eau sacrée du Yakde.

Ils trottinaient de conserve dans la descente de l'escarpement massif sur lequel le Nid du Corbeau était bâti quand retentit un bruit de pales barattant les airs. Shan s'allongea au côté de Jowa sur le sentier, tirant la couverture sur leurs deux corps. L'hélicoptère fila au-dessus d'eux pour disparaître dans la vallée suspendue. Ils se relevèrent d'un bond et descendirent au pas de course le sentier à chèvres étroit, risquant à tout moment un faux pas et un plongeon de deux cents mètres dans le vide. En arrivant à une fourche sur la piste, Jowa prit sans hésiter l'embranchement qui se dirigeait vers le sud. Quelques minutes plus tard, ils franchissaient un col étroit. Jowa s'arrêta pour se repérer sur les pics enneigés, puis, face au soleil couchant, ils rejoignirent la crête d'une longue barrière rocheuse qui descendait vers l'ouest.

Jowa ne prononça pas une parole, se contentant d'avancer, sans jamais se retourner pour voir si Shan suivait. Une heure plus tard, le soleil s'était perdu dans les rougeurs de l'horizon. Il s'arrêta pour étudier le terrain et le mémoriser aux dernières lueurs du jour. Au bout d'un quart d'heure, il s'arrêta à nouveau pour allumer la lanterne. Il leur était dorénavant difficile d'avancer vite à la faible lumière de la bougie, et Jowa stoppa pour attendre que la lune se lève. Ils s'assirent sans échanger un mot contre un rocher, en se blottissant pour mieux résister au froid, et mangèrent une poignée de tsampa. Au bout d'une heure, la lune se mit à cligner de ses éclats froids au-dessus des pics à l'est. Jowa étudia les collines environnantes, avant de reprendre sa marche d'un pas vif.

Il éteignit la lanterne quand ils entamèrent la descente dans une vallée étroite. Laissant son compagnon à l'abri d'un énorme rocher rond en bordure de la paroi, il lui tendit une couverture en lui recommandant de ne pas bouger, de ne suivre personne d'autre que lui.

Shan remonta la couverture jusqu'au cou et contempla les étoiles. Gendun et Lokesh disposaient-ils d'un abri contre le vent ? Avaient-ils trouvé quelqu'un pour leur donner de la lumière dans le noir de la nuit ?

Il n'avait pas entendu repartir l'hélicoptère du Nid du Corbeau, mais l'appareil aurait très bien pu prendre la direction opposée, vers la résidence de Ko à Yoktian. Que faisait donc Ko au Nid ? La question lui chamboulait l'esprit comme un défi à son intelligence. Mais elle déclenchait aussi une angoisse presque aussi forte que celle qu'il éprouvait en songeant aux risques encourus par Gendun et Lokesh. Ko n'avait aucune autorité au Tibet. Au Tibet, il était aussi illégal que les moines du Nid. Mais Ko ne ressemblait en rien aux individus en position d'autorité que Shan avait connus. Il était partie prenante de la Chine nouvelle. Il n'aspirait pas à accéder à un poste plus élevé au sein du gouvernement, ce qui avait toujours été la source du pouvoir dans la République du Peuple. Assassiner de jeunes garçons ne l'intéressait pas. Ce qui l'intéressait, c'étaient les affaires. Et peut-être était-ce lui qui était dans le camion cette nuit-là, dans les Kunlun, en charge d'une mission pour la Brigade dont l'objet échappait à l'entendement de Shan. Ko voyait un profit à tirer chez une poignée de vieux moines oubliés de tous, vivant dans l'illégalité au sein d'un gompa perdu au milieu d'une nature sauvage.

Quelque chose bougea dans les ombres. Shan entendit la voix de Jowa dans l'obscurité :

— Par ici.

Deux formes sombres, Jowa et une silhouette vêtue d'une cape à capuchon, le conduisirent au milieu d'un labyrinthe de rochers, en surveillant le clair de lune, comme s'ils craignaient d'être aperçus dans la nuit noire. Ils entrèrent dans une caverne, et le compagnon de Jowa alluma une lampe à beurre. Ils avancèrent sur une dizaine de mètres dans la lumière chiche avant que la lampe s'éteigne brusquement. Retentit un coup à une porte, puis un couinement de gonds, avant que ne claque une syllabe brève que Shan ne comprit pas — un mot de passe. Une main le poussa en avant.

La porte se referma avec un gémissement métallique. Ils venaient de pénétrer dans un nouveau lieu, aux senteurs inattendues de métal, d'encens, de laine de mouton humide et d'oignons. La lampe se ralluma. À sa grande surprise, Shan vit des murs en béton. Jowa et leur guide s'éloignèrent sans attendre. Shan les suivit d'un pas rapide en constatant que le sol lui aussi était en béton. Ils passèrent auprès de formes allongées sur des paillasses d'herbe séchée, puis d'hommes et de femmes silencieux assis en solitaires, le corps raide comme un cierge, aux intersections avec d'autres tunnels, comme autant de sentinelles au milieu d'un vaste labyrinthe. Plusieurs silhouettes saluèrent Jowa d'un signe de tête en jetant à Shan un regard hésitant.

C'était un lieu impossible. Un lieu pour les purbas, mais jamais il n'avait pu être bâti pas les purbas. Ils franchirent une vaste salle centrale avec un réseau de câbles au plafond et des lampadaires froids et sans vie aux murs. Shan vit des chiens et des enfants ainsi que plusieurs tables portant de petites statues de Bouddha et d'autres professeurs.

Ils descendirent un long escalier qui n'avait pas été creusé dans le roc de la montagne, mais fabriqué à partir de tuyaux rouillés, puis ils suivirent un couloir qui donna à Shan l'impression de revenir sur ses pas, comme s'ils avançaient maintenant sous le fond de la vallée. Jowa faisait une tête sinistre. Shan s'apprêtait à lui demander une explication quand ils passèrent une lourde porte métallique marquée de taches de rouille. D'antiques joints en caoutchouc, secs et craquelés, pendaient à l'huisserie. Ils traversèrent à pas pressés une salle circulaire de sept à huit mètres de diamètre. Une rambarde entourait un cercle de trois mètres de diamètre plongé dans l'obscurité. Shan fit un pas en avant et s'y appuya. Un bloc de glace grandit dans son ventre quand il comprit la finalité du lieu : un silo en béton.

— Comment est-ce possible ? lâcha-t-il, souffle coupé, les deux mains sur la rambarde rouillée en essayant de percer les ténèbres.

— La première génération de bases de missiles, dit Jowa. Aujourd'hui, les missiles sont beaucoup plus grands. Avec des têtes nucléaires multiples. Des bases énormes, comme le Bol à Champignons. Mais il y a trente ans, les Chinois construisaient des unités de lancement beaucoup plus petites, aussi proches de l'Inde que possible, avec une demi-douzaine de silos chacune. Les équipes étaient réduites. Dans les vallées plus importantes, certaines ont été aménagées pour accueillir les nouveaux systèmes de lancement. D'autres, comme celle-ci, ont été abandonnées. Les ouvertures ont été scellées, les entrées détruites à l'explosif et remplies de gravats. Ici, un berger a tout vu. Il a coupé le fil du détonateur sur la charge explosive de l'un des tunnels, de manière à pouvoir utiliser l'endroit comme abri pour ses moutons l'hiver. Mais les Chinois l'ont obligé à céder son troupeau à un collectif

— Et donc il l'a dit aux purbas.

— Il est devenu purba. Non pas à cause des moutons. Mais parce qu'ils ont mis son frère en prison, à cause de la farine. Un 6 juillet, il y a quelques années.

Des siècles durant, jeter dans les airs de la farine d'orge grillé avait été une manière de célébrer les liesses tibétaines. Mais les célébrations du 6 juillet, jour de l'anniversaire du Dalaï lama, avaient été interdites. Ceux qui étaient pris à le célébrer avec de la farine, parfois même ceux qui simplement en transportaient ce jour-là, étaient l'objet d'inculpations criminelles.

— Mais il n'y a pas que les purbas à utiliser cet endroit, dit Shan.

Jowa ouvrit une nouvelle lourde porte et fit signe à Shan de suivre.

— J'ai été l'un de ceux qui ont ouvert cet abri. C'est l'un des rares endroits dont nous disposions dans la région. C'est devenu une sorte de sanctuaire, pour les gens en transit. Ils arrivent habituellement à la nuit, avec un guide purba. Peu d'entre eux savent où ils se trouvent. La plupart ne restent que quelques jours avant de poursuivre leur chemin.

— En transit ?

— Il arrive que des gens doivent fuir très vite. Il faut qu'ils franchissent les montagnes avant de se faire arrêter. Parfois ils ne peuvent pas emmener leurs familles. Mais leurs familles sont connues de la Sécurité publique, il faut donc les protéger.

La Sécurité publique n'hésitait pas à prendre les familles en otages jusqu'à ce que le fugitif revienne, ou même à les punir en guise de représailles.

— Toutes ces personnes attendent de traverser la frontière ?

— Certaines. D'autres viennent donner un coup de main. D'autres encore arrivent ici pour se remettre de blessures parce qu'ils ne peuvent être conduits dans un hôpital chinois. Certains viennent pour la tranquillité, pour mettre des plans sur pied.

Ils passaient auprès d'un autre groupe de corps allongés quand une femme s'assit sur sa paillasse et appela Jowa.

— Merci, merci encore, chuchota-t-elle d'une douce voix timide, avant de lever les yeux vers Shan d'un air hésitant.

Elle leva son poignet pansé. Shan la reconnut. Il s'arrêta.

— Ils avaient encore très peur quand nos hommes les ont trouvés, dit Jowa. Ils étaient assis auprès de la tombe du garçon, en agitant le charme. J'ai dit : donnez au moins à cette femme le temps de guérir son poignet, ici, en toute sécurité. Des hommes à nous sont partis surveiller leurs moutons.

C'était l'épouse du dropka, la mère adoptive du petit garçon assassiné, Alta.

Shan enjamba une série de corps endormis pour aller s'agenouiller à côté de la femme.

— J'espère que votre main va mieux.

— Je vais bientôt pouvoir m'en servir, selon le guérisseur qu'il y a ici.

Elle plaça sa main intacte à plat sur quelque chose près d'elle, comme si elle avait besoin d'un soutien. Shan vit qu'elle s'appuyait au charme, la formule sacrée que Gendun avait rédigée le jour de la mort d'Alta.

— Je voulais vous poser une question importante, dit Shan. Je suis désolé si vos souvenirs sont douloureux, mais nous essayons de comprendre. Le jour où vous avez vu le tueur, est-ce qu'il parlait au garçon ? Est-ce qu'il lui posait des questions ?

La femme plissa le front en fouillant dans sa mémoire.

— Rien. Pas de mots. Rien que des bruits.

— Vous avez déclaré qu'il avait été rappelé par un éclair. Vous en êtes sûre ? Les éclairs sont rares dans les montagnes à cette époque de l'année.

— Bien sûr. Il a vu l'éclair et il s'est enfui avec la chaussure de l'enfant.

— Est-ce que vous avez reconnu les bruits qu'il a faits ? lui demanda Jowa en mandarin par-dessus l'épaule de Shan.

La femme observa Jowa, l'œil vide : elle ne comprenait pas le mandarin.

— Il n'a pas parlé, répéta la femme. Ce n'était pas une langue. Rien que des bruits, comme un animal, quand il a vu l'éclair.

— Pouvez-vous vous souvenir du son exact de ces bruits ?

— Je ne les oublierai jamais. Je les entends dans mes cauchemars maintenant. Un de ces aboiements que font les démons. « Kow ni », dit-elle en se tournant vers la pénombre. « Kow ni ma swee. » Quelque chose comme ça.

— *Cao ni ma,* murmura Jowa. Un juron en mandarin. Putain de ta mère. Putain de ta mère, Sui.

Ils remercièrent la femme d'un hochement de tête et s'éloignèrent.

— Nous aurions dû l'emmener à l'autre endroit, dit la femme d'une voix vide derrière eux. Alta voulait y aller. Peut-être qu'il aurait été en sécurité, là-bas.

Shan se retourna.

— L'autre endroit ?

— Là où se retrouvent parfois les clans des ombres. Le Champ du Vieux Lama, c'est comme ça que les enfants l'appellent. Mais il n'y a que les spectres des lamas qui vivent là-bas.

Un endroit que Khitai avait montré à la zheli. C'était la raison pour laquelle Batu avait insisté pour s'y rendre.

— Pourquoi Alta voulait-il aller là-bas ?

La femme secoua la tête avec un sourire triste.

— Lau leur avait donné un travail à faire. Une collection de fleurs d'automne. D'autres garçons ont dit à Alta qu'il y avait plein de fleurs là-bas, et que les fleurs du Champ du Vieux Lama feraient plaisir à Lau. Il savait que Khitai aimait y aller : il avait souvent convaincu ses familles adoptives de l'emmener au Champ du Lama pour la journée. Il y retrouvait le nouvel élève à l'accent étrange et ils jouaient tous les deux dans les rochers.

Elle voulait parler de Micah. Khitai aimait à retrouver le jeune Américain au Champ du Lama. Quand la dropka releva les yeux, Shan crut qu'elle allait éclater en sanglots.

— C'était pour Lau. Ils se sont dit qu'ils devaient faire le dernier devoir qu'elle leur avait donné. Pour qu'elle puisse reposer en paix.

Elle détourna les yeux et laissa retomber la tête sur sa poitrine. Jowa tira Shan à l'écart.

— Les spectres des lamas, répéta-t-il d'une voix hantée.

Il fallut un moment à Shan pour comprendre : le Champ du Vieux Lama abritait maintenant la dépouille d'un autre lama. Celle du Yakde.

— Le soir où Alta a été attaqué, il n'y a pas eu de tempête, soupira-t-il. Nous nous trouvions à quelques kilomètres de là.

— Non, dit lentement Jowa, comme s'il rassemblait les pièces du puzzle tout en parlant. Mais le tueur a vu quelque chose qui ressemblait à un éclair, il a maudi Sui, et il s'est enfui. Ce qui signifie que Sui n'a pas attaqué Alta.

— Elle aurait pu se tromper sur les mots, mais je ne crois pas.

— Moi non plus.

Après avoir franchi une nouvelle lourde porte de sécurité, ils entrèrent dans une petite pièce où quatre hommes étudiaient des cartes à une table de planches. De nouveaux plans. Shan reconnut le jeune purba qui les avait retrouvés sur la piste et avait emmené leur camion. Le jeune homme salua Shan d'un signe de tête, sans rancœur, comme un conspirateur. Les autres se contentèrent de regarder Jowa, et lui seul, l'air agacé et mécontent. Un cinquième homme devant une Thermos pivota à leur entrée. Un Ouighour maigre au nez tordu. Gros Mao.

Expliquant qu'il arrivait de Yoktian, il remplit deux chopes de thé qu'il tendit aux nouveaux venus. Shan examina la pièce. Des câbles pendaient le long du plafond au milieu d'un enchevêtrement de tuyaux, dont plusieurs étaient peints en rouge. Un panneau jaune avertissant des dangers d'une exposition aux radiations était peint au dos de la porte. Les murs étaient recouverts de cartes diverses, dont beaucoup portaient l'intitulé *Nei Lou.* À la surface des cartes s'organisait un réseau de punaises colorées et de morceaux de papier scotchés. À côté des cartes, sur la table, était posé un ordinateur portable.

— Je leur ai dit, à propos des garçons, expliqua Jowa. Et aussi à propos de Lokesh et de Gendun. Ils veulent savoir où les meurtres se sont produits.

Un des Tibétains fit signe à Shan de les rejoindre. Jowa et lui désignèrent l'emplacement du camp de la Pierre rouge, de la route où Alta avait été attaqué, du canyon où Kublai avait été tué, et du Champ du Vieux Lama où était enterré Khitai. Le jeune purba fixa des punaises sur les emplacements numérotés au crayon, une pour Suwan, deux pour Alta, trois pour Kublai, et quatre pour Khitai. Il fit courir la pointe de son crayon au-dessus des punaises comme pour dessiner l'itinéraire du tueur et essayer de lui donner un sens.

Une main se tendit alors.

— Cinq, dit Gros Mao, en enfonçant une punaise à l'entrée d'une vallée à seize kilomètres de Yoktian. Ce n'est pas un meurtre, précisa-t-il aussitôt devant l'expression angoissée de Shan. Jakli et son... Hier soir, Jakli et d'autres sillonnaient la vallée parce qu'ils avaient appris qu'un des garçons de la zheli s'y trouvait, en compagnie d'un clan des ombres. La nuit commençait à tomber quand ils ont entendu un mouton qui bêlait de souffrance.

Ils. Gros Mao parlait de Jakli et de ses cousins. La jeune femme avait rejoint les cavaliers de son clan partis à la recherche des garçons.

— Ils ont inspecté les pentes d'un col et ils ont aperçu un mouton prisonnier d'un fouillis de plantes grimpantes, près d'un arbre. C'était en tout cas ce qu'ils ont cru voir. Ils sont descendus et ont pris leurs jumelles : en fait, le mouton avait été attaché à l'arbre et il était en sang.

Gros Mao toucha la punaise, puis une autre, tout en parlant.

— Soudain, un garçon est apparu. Il courait pour porter de l'aide au mouton. À l'instant où il arrivait sur l'animal, un homme en noir lui a sauté dessus. Le gamin s'est battu. Un des hommes qui accompagnaient Jakli avait une carabine. Quand l'agresseur s'est relevé, il a tiré et l'a touché. L'homme s'est enfui dans la nuit. Quelques instants plus tard, un quatre-quatre est sorti de sous les arbres à toute allure. Le garçon avait été battu, poursuivit le Ouighour, et on lui avait arraché la chemise au col, mais il n'était pas trop mal-en-point. Les tendons des pattes arrière du mouton avaient été sectionnés. Ils ont dû abattre la bête.

— Qui était-ce ? demanda Jowa avec insistance.

Gros Mao, au lieu de répondre, inséra une disquette dans l'ordinateur. Un écran apparut, avec, en en-tête : *Clinique du Peuple de Yoktian.* Il déplaça le curseur. Apparut une liste de patients récents.

— Voyez vous-mêmes. La nuit dernière, trois heures après l'agression, admission pour une blessure par balle bénigne à l'avant-bras.

Shan et Jowa se penchèrent en avant : commandant Bao Kangmei.

— Je croyais que j'allais me sentir mieux quand j'aurais la réponse avec certitude, lâcha péniblement Jowa.

Shan acquiesça en silence. Les nœuds étaient intouchables. Le ministère de la Justice ne mettrait jamais les nœuds en accusation. Ce serait un suicide pour les purbas ou les Maos que de s'attaquer à Bao. Jowa avait raison : l'affaire n'était pas résolue, loin de là. Ils avaient tous l'impression de s'être faufilés dans l'antre de la bête pour s'apercevoir combien la bête était énorme. En outre, Shan était plus que jamais convaincu que Bao n'était qu'une partie de la réponse. Il indiqua la carte.

— Il y a un cadavre de plus, dit-il d'une voix crispée, en montrant les confins du désert, là où il pensait pouvoir situer Karachuk. Lau. Elle a été la première à trouver la mort.

Le jeune purba hésita avant d'inscrire un zéro sur la carte.

— C'est trop facile, pour Bao. La plupart des garçons vivaient dans des unités économiques connues, dit Jowa. Les entreprises d'élevage. Chaque entreprise dispose d'une série de pâturages répertoriés, et d'un nombre de campements connus.

— Connus des nœuds, précisa Gros Mao.

— Et de la Brigade, et de la procureur, et de tous ceux qui ont accès aux listings d'ordinateurs.

— Vous voulez dire qu'à votre avis, il n'y a pas que Bao, demanda Gros Mao.

— Bien sûr que non, intervint Jowa. Il y a des tas de nœuds. Un casernement entier prêt à donner un coup de main à Yoktian.

Shan haussa les épaules.

— Le fait qu'on l'ait vu attaquer un jeune garçon hier soir ne nous indique pas ce qu'il recherche. Mais cela signifie qu'il ne s'est pas arrêté avec Khitai.

Il exprimait sa pensée à mesure qu'elle se formait sans son esprit :

— Cela signifie qu'il n'a pas trouvé le panier de jade. Khitai l'a donné à un autre garçon et le panier est toujours dans la nature. La clé de tout reste la mort de Lau. Une fois Lau découverte, il est devenu possible de retrouver les garçons. Une fois que le tueur a su que Lau était tibétaine, qu'elle était une ani, une nonne, il a compris que le garçon qu'il recherchait faisait partie de la zheli. Ensuite, retrouver les gamins a été facile.

— Pourquoi après tant d'années ? interrogea Jowa. Pourquoi maintenant ? Pourquoi ont-ils soudainement soupçonné Lau ?

— Parce que Lau a participé à une réunion secrète avec un général à Ouroumtsi. Tout s'est déclenché à la suite de cette fameuse réunion : Kaju a été affecté à Yoktian, la fiabilité politique de Lau a été remise en question et Ko a démarré sa campagne de rachat des clans.

— Le Programme d'Éradication de la Pauvreté ? demanda Gros Mao, crachant ces mots telle une malédiction. Ça n'a sûrement aucun rapport.

— Je pense que si. Avez-vous lu le mémo que vous avez pris à Xu ?

Le Ouighour fit signe que oui. Le plus âgé des Tibétains, un homme aux traits durs et marqués de khampa, se leva et se versa du thé.

— Vous connaissez son nom, à ce général à Ouroumtsi ?

— Rongqi, répondit Shan. Il était dans l'armée et il est aujourd'hui le vice-président de la Brigade. Mais on continue à lui donner le titre de général.

L'homme se tourna vers le jeune purba. Celui-ci quitta la pièce. Il revint quelques instants plus tard chargé d'un épais registre de taille démesurée. Il commença à le feuilleter, Jowa lisant par-dessus son épaule.

Shan avait déjà vu des livres de ce genre. Le Livre du Lotus, c'est ainsi que l'appelaient les purbas. La compilation officieuse de tous les crimes commis contre le peuple du Tibet, la chronique sans fin des gens, des lieux et des trésors perdus depuis le début de l'invasion chinoise. Les purbas avaient amassé cette mine de renseignements auprès des survivants, et le livre n'obéissait pas à un ordre chronologique.

Le jeune purba et Jowa balayaient les pages pendant que Shan s'entretenait avec les autres de Gendun et de Lokesh. On lui fit la promesse solennelle qu'il y aurait des veilleurs de chaque côté de la frontière. Il était trop risqué d'envoyer de nouveaux Tibétains au Xinjiang, mais Gros Mao assura qu'il ferait passer le mot après son départ, le lendemain matin. Les lung ma surveillaient toujours des endroits bien précis. Le Camp de la Gloire. Les casernements des nœuds. Et les hôpitaux.

— Comment quittez-vous cet endroit ? interrogea Shan.

Le khampa répondit à sa question. Personne n'était autorisé à laisser un véhicule à proximité du sanctuaire du silo. À deux heures à pied se trouvait une route qui rejoignait celle qui passait par le col de Kerriya. Entre six et sept heures du matin, un camion passerait, avec six barriques en bois et trois moutons à l'arrière. Il s'arrêterait s'il voyait trois rochers disposés en ligne à un endroit déterminé de la route.

— Je partirai également, dit Shan.

Le khampa hocha la tête en silence. Un homme et une femme, vêtus des gilets en laine de mouton des dropkas, apportèrent de la nourriture sur une planche en bois : un grand saladier de tsampa et des légumes au vinaigre. Shan se dépêcha de manger, puis se dirigea vers une des paillasses le long du mur. Il s'assit un moment et chercha Gros Mao. Le Ouighour n'était plus là, mais une porte dans le fond de la pièce était entrouverte. Shan en passa le seuil.

— Non ! s'écria Gros Mao en l'apercevant, levant les deux mains comme s'il voulait le repousser.

Shan battit vite en retraite, suivi par Gros Mao, qui se dépêcha de refermer la porte.

— Une dernière chose, dit Shan. La bride d'argent de Nikki. Quelqu'un l'a donnée à un Mao, pour qu'il la remette à Jakli et à Marco. Pouvez-vous savoir de qui il s'agit ?

Gros Mao haussa les épaules, comme si la question était sans importance, avant de hocher la tête et de retourner vers ses cartes.

Shan revint à sa paillasse. Il ne s'endormit pas immédiatement, car il se rejouait en esprit la scène entrevue dans la pièce adjacente. Quatre silhouettes sur un long banc, en face d'un grand tableau noir rempli de traductions de mots et de lettres. Deux des occupants, un homme et une femme, taillaient des planchettes de bois en biseau. Les deux autres y inscrivaient des mots à l'encre noire. Shan avait découvert par inadvertance l'une des manières dont les Maos communiquaient avec les membres de leurs réseaux : en se servant des textes en kharochthi ancien sur de fausses tablettes. Ingénieux. Les nœuds seraient incapables de traduire la langue disparue et ils avaient un tel mépris pour ces tablettes qu'ils se contenteraient de les détruire s'ils en trouvaient.

Il avait fini par sombrer dans le sommeil quand le jeune purba poussa un cri. Shan se redressa d'un bond. Le Tibétain se mit à lire à haute voix :

— La première fois que le nom de Rongqi apparaît remonte à vingt-cinq ans.

Le purba commença à lire vite, puis il ralentit, s'arrêtant de plus en plus fréquemment à mesure que les mots faisaient leur chemin en lui. Rongqi avait servi trois fois au Tibet, les deux dernières grâce à un dossier établi à Lhassa : il faisait montre d'un patriotisme extraordinaire ; son père avait été tué en 1961 par la guérilla khampa. Rongqi s'était fait un nom et une réputation dans les rangs de l'Armée populaire de libération pour ses techniques d'assujettissement de l'ennemi, au point qu'il était devenu spécialiste du sujet, qu'il enseignait dans une des académies de formation de l'APL. Pendant son premier service, il avait obligé moines et nonnes à des copulations publiques, dans les cours des gompas, avant de faire détruire leurs monastères par ses experts en explosifs. En les forçant ainsi à rompre leurs vœux de célibat, il les contraignait à quitter les rangs de l'Église. Trente-six gompas dans le Tibet central, au nord de Lhassa, avaient été pillés et rasés sur ses ordres, et il se faisait souvent un point d'honneur à assister personnellement aux destructions. Des fragments de deux énormes Bouddhas en bronze provenant de l'un des gompas avaient été vus dans une fonderie à Tiensen, près de Pékin. Pendant son programme de nettoyage par le vide, six cent soixante-six moines et nonnes avaient disparu.

Shan demanda si le couvent de Lau, construit à côté du petit gompa du Yakde lama, près de Chigatse, se trouvait sur la liste des bâtiments détruits par Rongqi. Le purba lut en silence, puis hocha la tête.

— Ce jour-là, à Ouroumtsi, Lau l'a reconnu, dit Shan d'une voix glacée. Le boucher avait resurgi de son passé.

Il frissonna, en songeant à l'horreur qui avait dû secouer Lau — réaction qui l'avait trahie.

Le purba poursuivit sa lecture. À l'issue de son deuxième service au Tibet, Rongqi avait reçu les félicitations personnelles du Président pour une initiative appelée « Stérilisez la semence », fondée sur le principe que l'établissement religieux tibétain tirait sa force de ses lamas réincarnés. La mort de chacun de ces lamas représentait une excellente occasion politique pour le gouvernement du peuple : idéalement, le gouvernement devait s'assurer de l'extinction de la lignée en empêchant par tous les moyens l'identification de la nouvelle réincarnation. Rongqi avait mené cette tâche à bien sur plus de trente cas, en détruisant les objets servant à reconnaître la nouvelle incarnation, en emprisonnant les prêtres qui, traditionnellement, avaient la charge d'identifier les nouveaux lamas, et, dans un cas précis, en dynamitant pour l'assécher définitivement un lac des oracles.

Lors de son troisième service, Rongqi, récemment promu général, avait institutionnalisé sa campagne en établissant un catalogue de tous les lamas réincarnés survivant dans sa zone militaire et de tous les objets servant à l'identification — le gau préféré, la robe spéciale, le rosaire ancien —, manière de « stériliser la semence » en rompant la chaîne des réincarnations, non pas simplement dans le district dont il avait le commandement, mais dans une région de plusieurs centaines de kilomètres carrés au centre du Tibet. Là où l'identification n'avait pu être bloquée, Rongqi s'était emparé de l'enfant réincarné et l'avait envoyé dans une école spéciale du Parti à l'est de la Chine. Le général avait ainsi transformé le Bureau des Affaires religieuses de son district en une organisation paramilitaire dont les membres étaient ses propres soldats. Les quelques lamas locaux qui avaient échappé au processus de « stérilisation » parce qu'on ne pouvait les éliminer avaient été neutralisés par des dons et des avantages très terrestres : affectation de docteurs militaires auprès des paysans, équipement militaire pour l'agriculture, et une augmentation du nombre des licences attribuées aux moines aussi longtemps que le lama acceptait de suivre les cours d'écoles chinoises spéciales pendant quatre ou cinq ans. Les grands dirigeants du Parti avaient accueilli l'idée avec enthousiasme. Un institut spécial d'études tibétaines avait été ouvert à Pékin à cette seule fin.

Finalement, le général avait convaincu Pékin d'une nouvelle tactique à employer pour les cas spéciaux, en particulier quand les lamas jouissaient d'une influence prépondérante : gagner de vitesse la désignation d'un nouveau réincarné en établissant un nouveau lama, choisi par l'État. À la fin de sa mission précédente, douze ans auparavant, seuls quatre lamas avaient tenu bon — parmi ceux-ci, un seul, un lama d'une très ancienne école qui ne disposait que d'une poignée de gompas à travers tout le Tibet, était décédé et se trouvait en cours de réincarnation. Le Yakde lama.

Le Neuvième Yakde était décédé juste avant que Rongqi soit réaffecté au Xinjiang. Celui-ci avait demandé à rester pour terminer le travail et tirer profit de la mort du Yakde, mais sa requête lui avait été refusée parce que ses talents si spéciaux étaient requis au Xinjiang, en plein développement économique. Cependant, il n'avait pas renoncé. Une copie d'un mémorandum adressé par Rongqi au Xinjiang avait été trouvée dans un bureau des nœuds à Lhassa : le général demandait à la Sécurité publique de rechercher toutes les preuves de l'arrivée d'un nouveau Yakde lama, car de vieux informateurs lui avaient signalé qu'une nonne tibétaine nourrissait en secret une nouvelle incarnation.

Shan se rallongea sur sa paillasse, les sens étrangement engourdis. Quelles souffrances Lau avait-elle dû éprouver en se retrouvant devant Rongqi ! Sans y être préparée, en sachant pertinemment que l'implication de Rongqi pourrait signifier le début de la fin. Quel être humain serait capable de masquer sa réaction en reconnaissant un tel boucher ? Il n'aurait pas suffi de grand-chose pour éveiller les soupçons du général. Rongqi pouvait n'être sûr de rien, pas même des liens entre Lau et Khitai. Peut-être avait-il simplement soupçonné Lau d'être une Tibétaine déguisée. Et une Tibétaine déguisée ne pouvait être qu'une nonne secrète. Une nonne qui ferait le lien avec le nouveau Yakde lama.

Lau n'avait éprouvé aucune surprise quand Wangtu l'avait informée qu'on lui avait trouvé un remplaçant. Elle s'était juste contentée de prendre ses dispositions afin de protéger le Yakde lama. Cependant Rongqi avait réagi bien plus promptement qu'elle ne l'avait escompté. Et bien plus rapidement que lui-même ne l'avait escompté. Parce que, comprit Shan, la Brigade était pour Rongqi un potentiel de ressources bien plus efficace que l'armée. Le secret de Lau avait été éventé et le Yakde lama avait été tué, quelques semaines seulement après la rencontre de Lau avec le seul homme à la surface de cette terre à avoir fait le vœu solennel de le détruire.

Néanmoins, Rongqi ne cherchait pas seulement la vengeance. Il mettait en œuvre sa politique : stériliser la semence, éliminer la lignée en détruisant tous les indicateurs de la nouvelle incarnation. Ce qui impliquait que les jeunes garçons continueraient à être pourchassés, car Khitai avait remis à l'un d'eux le panier de jade. Une autre pièce du puzzle avait pris sa place.

À présent, Shan devait découvrir qui, à Yoktian, servait d'instrument à Rongqi. Ko était un homme d'affaires, trop jeune pour partager la haine qu'éprouvait le tueur pour les Tibétains. Était-ce Xu ? Était-ce Bao ? Non. Bao était un nœud, porté par ses ambitions et son arrogance de nœud. Il ne prenait certainement pas ses ordres auprès de la Brigade, ni de son directeur en second. Bao suivait la piste des garçons pour retrouver les Américains, piste qu'il avait reniflée bien avant la mort de Lau. L'agent de Rongqi, lui, suivait les garçons dans le seul but de retrouver le Yakde lama. Une nouvelle pièce du puzzle en place.

Les autres, elles, demeuraient en désordre, plus opaques que jamais. La seule chose que Shan savait avec certitude était que le tueur était toujours à la poursuite des jeunes enfants. Si Gendun et Lokesh se mettaient en travers de son chemin, les deux vieux Tibétains n'avaient pas la moindre chance de survivre.

Il sonda les visages de Jowa et de Gros Mao.

— Micah, lâcha-t-il sur un ton angoissé. L'Américain.

La femme dropka avait dit que Micah se trouvait peut-être au Champ du Lama en compagnie de Khitai. Et Xu en personne avait confirmé qu'un second clan était venu à ce même champ. Micah avait reçu le panier de jade. Bao et les brigades spéciales de démolition cherchaient les Américains. Un autre tueur, envoyé par Rongqi à la recherche du panier de jade, fouillait les montagnes. Les chemins des tueurs avaient convergé. Et le jeune Américain était leur cible.

# 17.

Gros Mao et Shan marchaient aux premières lueurs du jour depuis une heure quand le Ouighour leva la main en signe de danger. Il poussa Shan vers un gros rocher et s'accroupit derrière un autre. Une silhouette solitaire avançait sur la piste derrière eux. C'était Jowa, au pas de course, la tête relevée haut comme s'il cherchait désespérément à repérer quelque chose au loin, ou quelqu'un. Gros Mao se redressa après son passage, juste avant que Jowa ralentisse, en portant instinctivement la main à sa ceinture. Mais sa dague n'était plus là.

— Je croyais que tu restais au Tibet ! s'écria le Ouighour dans son dos. Trop dangereux pour les purbas.

Jowa pivota sur place.

— Je leur ai dit que cette fois c'était différent, haleta-t-il, le souffle court. Il faut que je trouve les lamas.

Shan ne lui demanda pas pour quelle raison il n'avait plus sa dague. Cette fois-ci, c'est différent — voulait-il signifier que, d'une certaine façon, c'était un Jowa différent qui parlait ?

Gros Mao acquiesça, consulta sa montre, et emprunta le sentier d'un pas de plus en plus rapide. Quand les premiers rayons du soleil apparurent au-dessus des montagnes, il se mit à trottiner.

Les trois hommes couraient maintenant dans la plaine, face au vent froid, le dos tourné aux monts Kunlun. Non parce qu'ils étaient en retard, mais parce que des garçonnets se faisaient tuer Parce que l'esprit du jeune Dixième Yakde errait. Parce que Gendun et Lokesh étaient introuvables

Ils couraient, trois petits hommes dans l'immensité du Changtang, avec le vent qui faisait ployer les hautes herbes en vagues tout autour d'eux, sous les pics encapuchonnés de neige miroitant aux lueurs de l'aube éclatante. En passant le sommet d'un tumulus, ils surprirent un troupeau d'antilopes, qui se dispersa dans la vaste plaine. À l'exception d'un animal, petit, avec une corne brisée, qui les fixa comme s'il les reconnaissait, avant de se mettre à courir à leurs côtés, en solitaire, jusqu'à ce qu'ils atteignent la route.

Le camion déposa Shan et Jowa au bord de la route menant à Yoktian à la fin de la matinée. Au bout d'une heure de marche apparut la cabane de Lau. Shan avait décidé la veille qu'il lui fallait revoir une fois encore la salle du gardien des eaux.

Quand ils approchèrent de la clairière, Jowa le retint : quelque chose avait changé. On entendait des voix. Un chien aboya, puis un autre. Un énorme mastiff tibétain les chargea. Jowa se crispa comme s'il s'arc-boutait en prévision de l'attaque. Shan plaça son bras devant le Tibétain, en désignant une silhouette qui revenait du torrent avec un pot à eau. Jakli.

À leur arrivée dans la clairière, quelqu'un cria et le chien s'arrêta. Shan se retourna et vit Akzu et, derrière lui, deux yourtes. Le camp de la Pierre rouge avait changé de lieu de résidence.

Malik était debout à côté d'une file de chevaux attachés par des longes entre les tentes, en compagnie de deux jeunes garçons que Shan n'avait pas rencontrés lors de sa première visite au campement. Une marmite de ragoût de mouton était suspendue audessus du feu, sous la surveillance de l'épouse d'Akzu et d'un autre garçon, qui poussa un cri en voyant approcher Shan. C'était Batu.

— Ils redescendaient, expliqua Batu en courant à la rencontre des trois hommes. Ils s'étaient enfuis au départ, mais ils redescendaient.

Shan examina la clairière. Il compta six garçons, Batu compris, à peu près tous du même âge.

— Ils ont tous eu la même idée. Comme un présage.

— La même idée ?

— Que la seule personne à pouvoir vraiment nous protéger était Tantine Lau. Nous étions obligés de revenir.

La zheli était revenue auprès de Lau. Des huit survivants, six se trouvaient au camp.

Un mouvement dans un arbre près de la cabane accrocha le regard de Shan. Il leva la tête et aperçut un des fils d'Akzu qui montait la garde, assis sur une branche avec une paire de jumelles. Une de ses mains portait un épais pansement.

— Nous ne partons pas, annonça Batu. Pas tant que son

tueur n'aura pas été capturé. Pas tant que nous ne saurons pas qu'elle repose en paix.

Jakli rejoignit Shan, le front soucieux.

— C'est trop dangereux, je le sais. J'en ai trouvé deux qui cherchaient à revenir jusqu'ici. Je leur ai dit de se tenir à l'écart des vallées. Mais Akzu est arrivé avec les autres garçons. Il a dit que le camp de la Pierre rouge avait une dette, parce qu'il avait perdu Khitai. Et Marco a été d'accord pour rester.

Elle fit signe à Shan de reculer, hors de portée d'oreilles indiscrètes.

— Les gamins m'ont appris que Lau était ici le jour de sa mort. En compagnie de deux garçons et d'une des filles. Ils ont monté à cheval. Puis elle leur a demandé d'aller s'asseoir seuls, en signe de respect.

— Ils pourraient venir, insista Jowa. Ils disposent d'hélicoptères.

Shan suivit son regard vers l'homme dans l'arbre avec sa main pansée. Lui revint en mémoire le récit de Xu : un camion de la Brigade avait été volé et brûlé. Il avait failli oublier la première rencontre avec Akzu et Gros Mao, lorsque les deux hommes n'avaient eu de cesse que Jowa leur apprenne comment déjouer les patrouilles de nœuds. Le clan de la Pierre rouge avait peut-être besoin d'un camion, non pour le saboter, mais pour échapper au plan Pauvreté.

— Personne ne viendra, déclara Batu d'un air de défi en mettant la main dans sa chemise. Pas si nous avons ceci, ajouta-t-il en sortant un morceau de papier qu'il déplia en forme de carré. Un charme contre les démons et les tueurs.

Tout excité, Shan reconnut le papier. Plus d'une vingtaine de lignes en tibétain, rédigées d'une main élégante habituée à la rédaction des textes religieux, couvraient le plus gros de la feuille, avec, sur chacun des côtés, les huit symboles sacrés. Ce n'était pas exactement un charme, plutôt une Bannière victorieuse, une forme développée des drapeaux à prière, invoquant une bénédiction spéciale pour les âmes vertueuses qui la déployaient au vent.

— Qui t'a donné ça ? demanda Shan, en observant d'un air angoissé la prairie derrière la cabane.

— Les hommes saints. Ils sont venus hier. Ils sont allés dans la prairie, ils ont parlé aux divinités et ils nous ont écrit ces mots magiques. Ils nous ont dit que les mots nous protégeraient si nous gardions Lau dans nos cœurs.

Lokesh et Gendun étaient donc passés ici. La première fois qu'ils avaient vu cette belle prairie, Lokesh avait fait remarquer que c'était le genre d'endroit où l'âme d'un jeune garçon était susceptible de s'attarder. Gendun et Lokesh cherchaient des traces de l'âme en suspens du Yakde.

L'homme dans l'arbre siffla. Quelques instants plus tard, le mastiff aboya à nouveau. Un homme de haute taille, vêtu d'un blouson rouge de la Brigade, avec un petit sac à dos à l'épaule, s'approchait du camp : Kaju Drogme, le visage inquiet, comme si, à tout instant, il allait tourner les talons et s'enfuir à toutes jambes.

Jowa parut grogner presque aussi fort que le chien à la vue du Tibétain. Il courut auprès de Kaju et lui arracha le sac à dos. Kaju leva les mains et se laissa faire sans protester en contemplant le campement, un sourire de soulagement aux lèvres.

— Un de nos professeurs m'a appris que, l'été, Lau venait dans ce lieu avec la zheli, déclara-t-il gauchement à Jakli. J'ai pensé que les enfants s'en étaient peut-être souvenus.

Il sortit de sa poche un papier : la liste de la zheli.

— Il faut que je les convainque. Il faut que je m'assure qu'ils savent bien que les cours reprennent demain au Lac de Pierre.

— Qu'est-ce que tu cherches dans ce sac ? demanda Jakli.

— Une radio, répondit Jowa avec un regard peu amène à Kaju. Une arme. Une balise radio. Il travaille pour Ko.

— Je travaille pour la Brigade ! protesta Kaju en s'approchant de la jeune femme, une expression douloureuse sur le visage. Je travaille pour les habitants du comté de Yoktian. Tous les habitants.

Le sac ne contenait que de la nourriture — une bouteille d'eau, un fruit et un paquet de tablettes de chocolat. Batu repéra le chocolat et lâcha un cri excité. Les garçons de la zheli fondirent sur Jowa quand ce dernier s'agenouilla en tendant les mains. Kaju sourit.

— Allez-y, dit-il à Jowa.

Mais le purba fit la grimace et jeta le paquet à Kaju.

Une fois les friandises distribuées, Kaju prit sa liste et l'étudia, avant de relever les yeux sur Jakli d'un air gêné.

— Je ne connais pas encore tous les noms.

Jakli secoua la tête. Kaju parut blessé par son geste et s'éloigna.

— Ils l'ont sorti du camp, annonça soudain Jakli à Shan. Le gardien des eaux. Les instructeurs ont déclaré que c'était un élément trop perturbateur, mais qu'ils ne voulaient pas le signaler car ils risquaient d'encourir des critiques. Ils ont déclaré qu'il était malade et l'ont emmené à la clinique près de la ville.

— Est-ce qu'il... est-ce que quelqu'un l'a vu ?

— Une infirmière kazakhe qui nous connaît. Les docteurs lui donnent des médicaments pour le garder endormi. Il est dans un quartier sécurisé, où on met parfois des prisonniers blessés. Il n'y a pas toujours de garde à la porte, mais la porte est verrouillée.

Il était sorti du camp, songea Shan. C'était déjà ça. Ils allaient peut-être pouvoir libérer le gardien des eaux et il aurait ainsi l'occasion de s'entretenir avec le vieux lama.

— Est-ce qu'il est au courant, pour Khitai ?

— Personne ne sait comment, mais apparemment il sait. L'infirmière kazakhe parle un peu le tibétain. Il semble lui faire confiance. Il lui a demandé où se trouvait le Champ du Vieux Lama. Parce que c'était dans cette direction qu'il devait prier dorénavant.

— Dites à l'infirmière de ne pas parler tibétain. Cela pourrait rendre les autres...

Il s'arrêta en voyant que Jakli ne l'écoutait pas. Elle observait Kaju.

— Il y a une chose que vous devez faire pour Kaju, dit Shan après un temps de silence. Et il n'y a que vous à pouvoir le faire.

Jakli se tourna vers lui sans comprendre, puis soupira, comme pour se préparer.

— Il se pourrait bien..., prononça Shan lentement, sans quitter de l'œil Kaju, toujours aussi gêné au milieu des garçons. Il se pourrait bien que ce soit la chose la plus importante que nous puissions faire. Mais je ne la ferai pas. Elle était votre amie, votre enseignante.

— Non, geignit doucement Jakli.

Cependant, il n'y avait plus trace d'incertitude dans son regard. Seulement du chagrin.

— Je ne pourrai pas.

— Il n'acceptera pas l'idée qu'elle a été tuée. Tous ses actes sont fondés sur cette illusion, qu'il entretient sciemment. Peut-être s'apercevra-t-il qu'il a des choses à lui dire...

— Et s'il se précipite à Yoktian et les ramène aussi vite ? Avec tous les garçons ici ? Ce serait exactement ce que désire Xu.

— Je ne suis plus sûr de savoir ce que veut Xu.

— Elle déclarera qu'il s'agit d'une preuve limpide de la conspiration kazakhe. Elle soutiendra que nous avons tué Lau et que nous dissimulons les preuves. Elle emmènera tous les garçons, peut-être toute la zheli. Pour les placer dans une école spéciale. Pour en faire des Chinois.

— Lau choisirait de faire confiance. C'est à vous de décider.

Je ne veux pas le conduire parce que faire cela sans votre consentement serait vous offenser.

Jakli tourna vers lui un regard douloureux avant de s'éloigner lentement. Shan commença à s'écarter du groupe. Arrivé dans l'ombre de la cabane, il se dépêcha de rejoindre la piste. Vingt minutes plus tard, il était à la caverne. Il alluma une torche et entra.

Apparemment, personne n'avait touché à la salle du gardien des eaux. Il marcha autour de la pièce et, près du tunnel, relut les mots qu'il avait laissés pour Gendun. *Le cheminement qui s'enseigne n'est pas le cheminement constant.* Avec joie, il vit que quelqu'un avait ajouté en dessous : *Mais une constante peut se trouver dans la manière de dire.* C'était l'écriture de Gendun.

Shan fouilla à nouveau la salle. Sous la paillasse, près du mur, il découvrit une grande enveloppe tachée bourrée de papiers. Des papiers du gouvernement, des paperasses de routine pour ceux qu'on payait à entretenir les cours d'eau. Il les parcourut rapidement. On les avait séparés en liasses attachées par des trombones, datés à intervalles réguliers. Apparemment, le gardien des eaux s'était rendu en ville toutes les semaines. C'est là qu'il recevait ses formulaires. Rien que de la routine, à l'exception du tout dernier feuillet. Un papier à en-tête au nom du Programme d'Éradication de la Pauvreté, comté de Yoktian, et rédigé par Ko Yonghong. Les gardiens des eaux du district étaient maintenant privatisés et relevaient de la Brigade. En l'honneur de cet événement, la Brigade allait distribuer des cadeaux. Afin de faciliter ce projet, tous les gardiens des eaux devaient tenir un registre précis des mouvements de bergers et d'éleveurs dans les bassins versants auxquels ils étaient affectés. Parce que la Brigade éprouvait à leur égard une compassion particulière, les orphelins devaient être tout spécialement répertoriés, et il leur était demandé de se présenter auprès du directeur Ko de manière à pouvoir les inscrire dans un programme spécial à eux seuls réservé. Continuez à bâtir le socialisme dans l'accomplissement de vos devoirs, concluait Ko.

Jakli avait découvert que Lau se trouvait à la cabane le jour de sa mort. Les élèves de la zheli avaient reçu leur devoir individuel et Lau était partie rendre visite au gardien des eaux. Celui-ci lui avait montré le mémorandum de Ko, et Lau avait compris que c'était le commencement de la fin. Cette nuit-là, elle s'était rendue à Karachuk, chevauchant à bride abattue, pour prévenir Marco que le Yakde et ses protecteurs devaient fuir en compagnie de Jakli et de Nikki.

Shan sortait de la caverne quand deux silhouettes apparurent à l'entrée : Jakli, une torche à la main, accompagnée de Kaju. Elle adressa à Shan un sourire triste.

— Je lui ai dit qu'un vrai professeur voudrait connaître la vérité.

Shan opina du chef en silence et s'écarta pour laisser la jeune femme conduire le Tibétain dans la caverne de glace, jusqu'à Tantine Lau. Il les suivit de loin. À l'entrée de la chambre funéraire, il entendit Kaju gémir avant de le voir tomber à genoux. Shan resta en arrière, près des empreintes de mains figées dans la glace, alors que Jakli montrait l'impact de balle.

Se tenant le ventre comme s'il allait vomir, Kaju éclata en sanglots.

Jakli s'agenouilla à côté de lui, et tous deux contemplèrent la dépouille de Lau en silence.

— Elle m'a laissé des dossiers, finit par déclarer Kaju d'une toute petite voix. Trois jours avant sa disparition, elle a remis à jour toutes les fiches de tous les enfants.

Il parlait lentement, comme s'il bataillait pour trouver ses mots.

— Celle-ci a eu une pneumonie, alors qu'elle garde toujours son chapeau. Celle-là aime observer les oiseaux. Celui-ci est censé voir un dentiste dans trois mois. Comme si elle allait partir. Mais elle n'a pas laissé d'indication, elle ne m'a pas expliqué où trouver les enfants.

— Pourquoi dites-vous une chose pareille ? demanda Jakli d'un ton soupçonneux.

— Le commandant Bao m'a posé la question. Deux fois, en personne. Et il y a trois jours à l'école, le camarade Hu a posé la même question. En disant qu'il fallait compléter les dossiers.

Ses paroles restèrent suspendues au-dessus de leurs têtes comme un nuage sombre. Shan se décida finalement à les rejoindre et se posta tout à côté du Tibétain.

— Il va falloir que vous réfléchissiez sérieusement à l'identité de celui qui vous a menti, déclara-t-il.

— Personne n'a menti, répondit Kaju, d'une voix prête à se briser, l'esprit en pleine confusion. Tout ceci n'est qu'une affreuse tragédie.

Il se tourna vers Jakli, puis revint sur Shan.

— Sauf vous. Vous aviez caché son corps.

— Tout cela faisait partie d'un plan de longue date. Des dispositions avaient été prises pour que vous la remplaciez.

— Pour son départ à la retraite, oui. Elle partait pour Ouroumtsi.

Le Tibétain se laissa glisser sur le côté et s'assit, comme s'il avait soudain perdu l'équilibre.

— Ko vous a-t-il déclaré qu'elle allait en toute certitude partir pour Ouroumtsi ?

— Il a dit qu'il allait faire installer une plaque à son nom à l'école. Elle sera toujours une héroïne de la Brigade.

Il ne quittait plus le visage de Lau des yeux, puis annonça, comme s'il faisait un vœu à la morte.

— Je ne les laisserai pas arrêter ce que j'ai entrepris.

— Qui ça ? demanda Shan en s'asseyant près du Tibétain.

— Ceux qui ont fait ça. Les réactionnaires.

Jakli gémit.

— Ce n'était pas des réactionnaires, objecta calmement Shan. Mais quelqu'un qui cherchait un garçon. Un garçon bien particulier.

Il leur parla alors du Yakde lama. Il prit la précaution de ne pas informer Kaju de l'existence du Nid du Corbeau ni de celle du gardien des eaux, mais il parla du général Rongqi et du fait qu'un des élèves de la zheli était l'incarnation du Yakde, ainsi que du panier de jade.

Jakli poussa un profond soupir, avant de lentement lever la main et de la poser sur l'épaule de Tantine Lau. Le Tibétain, silencieux, ne quittait pas le cadavre des yeux.

— Cela signifierait donc qu'ils mentent tous. Qu'ils travaillent tous la main dans la main : Ko, le général Rongqi et le commandant Bao. Ce n'est pas le cas. Cela, je le sais. Nous n'avons plus affaire à ce genre de gouvernement, désormais. Bao et la Sécurité publique, parfois, ils ne comprennent pas. L'une de nos fonctions prioritaires est de les aider à comprendre les nouvelles techniques de...

Sa voix faiblit, comme s'il avait perdu le fil de ses pensées.

— La Brigade, c'est différent. J'ai reçu une lettre du vice-président Rongqi me félicitant pour ma nomination. C'est le peuple qui m'a envoyé à l'université, ajouta Kaju, comme si c'était l'explication ultime.

— Pour y étudier l'intégration des cultures, fit remarquer Shan. Par leur annihilation.

— Ma formation ! s'écria Kaju.

— Formation pour quoi faire ? le coupa Jakli. Pour tuer des professeurs ? Pour assassiner de jeunes garçons ?

Elle s'arrêta, surprise par sa propre véhémence et contempla Lau une nouvelle fois, le regard douloureux.

— Bien sûr que non, protesta-t-il.

Ils restèrent un long moment silencieux. Jakli bougeait doucement la tête, de haut en bas, paraissant entretenir ainsi une conversation avec la morte.

— C'est un point de départ, soupira Shan. Contentez-vous de croire cela. Que quelqu'un a tué quatre garçons, qu'il continue à traquer les autres, et qu'il n'aura de cesse tant qu'il n'aura pas récupéré le gau. Êtes-vous d'accord sur le fait que le tueur doive être arrêté ? Qui qu'il puisse être ?

Le Tibétain acquiesça avec raideur.

— Et comprenez bien, ajouta Jakli. Pour l'instant, les enfants ne sont pas en sécurité entre les mains de la Brigade. Ni de la Sécurité publique. Pas tant que tout n'est pas terminé.

— Je ne vais..., dit Kaju, troublé. Je ne vais pas prévenir le directeur Ko que les garçons sont ici. Il pourrait ne pas comprendre et en parler par inadvertance à la Sécurité publique. Je ne dirai rien au commandant Bao. Vous pouvez me faire confiance. Je n'ai rien dit des Américains.

— Vous voulez parler du jeune Micah ? interrogea Shan, surpris.

— De Micah et de ses parents. Il y a eu un cours juste après la disparition de Lau. Personne ne savait qu'elle était morte. La plupart des élèves de la zheli étaient là. Micah était présent. Ils ont joué à des jeux américains, ils ont même essayé de prononcer quelques mots d'anglais. L'un d'eux a dit que les parents de Micah venaient parfois rendre visite aux élèves, qu'ils aidaient aussi de temps en temps Lau à faire cours.

— Pourquoi n'avez-vous pas parlé des Américains ? demanda Shan.

Il réfléchit à la séquence des événements. Kaju connaissait l'existence de Deacon et de son épouse depuis presque trois semaines. À quel moment Bao avait-il commencé ses recherches pour retrouver les Américains ?

Kaju se tourna vers lui en haussant les épaules, après avoir visiblement bataillé pour donner sa réponse.

— Je ne sais pas. Ce ne sont pas mes affaires. Ce garçon, Micah, fait partie de la classe, et moi, mes affaires, c'est de les instruire, ces élèves, de les aider. Il...

Nouveau haussement d'épaules.

— Il est comme les autres. Un enfant qui essaie de comprendre le monde. Mais il y a des classes prévues dans l'emploi du temps, au Lac de Pierre. Plusieurs garçons n'ont pas été retrouvés. Je vais là-bas.

Il s'apprêta à partir, mais, au bout de trois pas, il s'arrêta devant les empreintes de mains dans la glace.

— Pour lui rendre hommage, expliqua Jakli. Le mur de glace va sceller la caverne. Et ceux qui lui auront rendu hommage seront avec elle.

Kaju hésita, en les suppliant du regard.

— Ceux qui lui ont rendu hommage de son vivant, précisa Shan. Et ceux qui lui rendront hommage dans sa mort.

Kaju se tourna avec reconnaissance vers Shan et pressa la main dans la glace. Jakli déclara derrière eux, d'une étrange voix désincarnée :

— Vous êtes en train de faire un vœu. Le vœu de sauver la zheli.

— En ce cas, je le fais, ce vœu, dit Kaju d'une toute petite voix en pressant sa main encore plus fort.

Quand il la retira, il examina le creux qu'elle avait imprimé dans la glace, avant de faire face à Shan.

— J'ai donné quelque chose à la Sécurité publique. Plutôt, elle me l'a pris. On m'avait affecté l'ancienne chambre de Lau dans les quartiers des enseignants célibataires. La Sécurité publique était là quand j'ai sorti ses affaires. J'ai trouvé quelque chose sous sa paillasse et un nœud s'en est emparé.

— Un poème, soupira Shan.

— Juste un poème sur un professeur cueillant des fleurs. Je n'ai pas... je ne leur aurais pas donné mais ils étaient là et ils me l'ont pris, tout simplement. Personne ne devrait être mis en danger à cause d'un poème.

Juste un poème, songea Shan. Mais aux yeux de Bao, une preuve de trahison de première grandeur. Kaju n'avait pas parlé des Américains parce qu'il se sentait coupable d'avoir trahi la confiance de Lau — ou peut-être d'avoir laissé violer la beauté d'un poème d'enfant.

Jakli s'avança vers le tunnel de sortie et Kaju commença à la suivre, avant de s'arrêter à nouveau.

— Je n'y avais jamais réfléchi. Mais peut-être bien que... L'emploi du temps... L'emploi du temps de Lau, et tous les détails que je connais sur la zheli. Je n'avais pas l'intention de faire de mal. Ils m'ont dit que la plus grande erreur de Lau était sa manie du secret concernant les enfants.

Shan lut la souffrance sur le visage du Tibétain.

— Et donc vous avez entré tous ces renseignements sur ordinateur.

Kaju acquiesça lentement. Shan ne pouvait pas lui dire que ça n'avait pas d'importance. Kaju poussa un profond soupir et se tourna vers Lau avant de sortir à reculons.

Shan resta un moment dans la salle glacée. Lors de sa première visite à la caverne, Shan l'enquêteur était venu voir Lau l'enseignante. Cette fois il était venu voir Lau l'ani. Il s'agenouilla auprès d'elle. Parle-moi. Quel est celui qui est venu à Karachuk ? Dans le comté de Yoktian, quels étaient ceux qui se contentaient d'exécuter les devoirs de leur fonction avec zèle, et lequel travaillait avec Bao l'assassin ? Il soupira et sortit de sa poche le petit flacon en céramique rempli de sables sacrés et scellé à Lhadrung. Il le tint niché au creux de ses paumes un moment, puis il ôta le sceau de l'ongle du pouce. Il souleva la robe de Lau et déversa les sables sacrés au-dessus de son cœur, en dessinant un petit cercle sur la chemise. Puis il remit la robe en place et posa le flacon vide près de la tête de la nonne. Il se recula, et regarda la glace sur les parois, puis les empreintes de mains. La main de Jakli s'y trouvait, ainsi que celles d'Akzu et de Kaju, et aussi la sienne. Elles pourraient durer mille ans et plus encore, gardant intacte leur honte à tous d'avoir ainsi laissé cette femme sainte mourir d'une balle dans la tête.

À son retour au camp de la Pierre rouge, il se rendit compte que les garçons ne lui avaient pas tout révélé de la visite de Gendun et de Lokesh. Il trouva Batu en compagnie de Sophie, en train d'écouter Marco expliquer fièrement la lignée de l'animal.

— Quand les Tibétains sont partis, demanda Shan une fois que Marco en eut terminé, où sont-ils allés ?

— Ils sont partis hier soir, à dos d'âne. Quelqu'un leur avait donné des ânes, dit Batu en ouvrant de grands yeux. C'est ce qui se fait pour les hommes saints, nous a expliqué Lau. On leur fait des offrandes et les divinités vous regardent avec bienveillance, en souriant. On leur a demandé de rester, mais ils nous ont répondu qu'ils devaient se rendre dans un autre lieu. Ils étaient impatients de partir.

— Quel autre lieu ?

Batu secoua la tête, puis il appela deux autres enfants.

— Dans le désert, dit l'un des garçons. Le vieux qui riait beaucoup a dit qu'il connaissait un endroit dans les sables où les âmes venaient se rassembler.

— Le Puits des Larmes, comprit Shan, le souffle coupé, soudain dévoré d'inquiétude. Là où les âmes sont rassemblées par le vent quand elles se sont perdues.

— Ils sont trop vieux ! s'écria Jakli en portant la main à la bouche. Ils pourraient se perdre facilement. Ils pourraient mourir sous le vent.

— Ils sont venus à l'école. Ils cherchaient quelque chose, intervint Kaju.

— Lokesh ? interrogea Jakli. Le lama ?

— Non, la Sécurité publique. Les nœuds sont venus ce matin. Ils cherchaient deux vieux Tibétains qui s'étaient échappés de prison.

Shan se tourna vers Kaju, mâchoires crispées, luttant contre l'angoisse qui lui nouait l'estomac. Les chemins des tueurs s'étaient bien croisés. Bao cherchait des éléments subversifs étrangers mais il posait maintenant des questions sur des Tibétains. Quelqu'un devait avoir repéré Gendun et Lokesh, et les avait signalés.

— Mère de Dieu ! marmonna Marco, qui commença à sangler Sophie.

— Mais nous devons retrouver les garçons ! s'exclama Jakli avec angoisse, les larmes aux yeux.

— Exactement, dit le grand Eluosi. C'est pourquoi Sophie et moi partons à la recherche des vieux Tibétains. Si les nœuds s'emparent d'eux, ils ne tiendront pas vingt-quatre heures. Parce que ces deux vieillards ne les intéressent en rien. Ils veulent simplement qu'ils disparaissent de la surface de cette terre

Yoktian paraissait en état de siège. La place carrée était silencieuse et vide, à l'exception de quatre escouades de nœuds, une à chaque coin. Les rares habitants qui avaient à faire dans les rues avançaient à pas pressés, les yeux au sol. Des hennissements lointains flottaient dans les airs. Shan et les autres étaient passés près des corrals en entrant dans la ville. Des dizaines de chevaux se trouvaient à présent enfermés derrière les lourdes clôtures, martelant obstinément le sol de leurs sabots, contemplant d'un œil égaré les Kazakhs et les Ouighours qui les observaient de loin d'un air mélancolique sans oser s'approcher des enclos à cause des nœuds qui gardaient les grilles.

Shan, Jowa et Jakli suivirent Gros Mao dans une ruelle parallèle à la place. Les mâchoires serrées, le Ouighour désigna deux quatre-quatre noirs garés près de la place.

— Encore une brigade spéciale de démolition. Il y en deux qui ont débarqué. Une de Kachgar. Et celle-ci d'une base du Tibet.

Il se tourna vers Jakli et fit la grimace.

— Ils ne vont pas tarder à contrôler les commerces et les entreprises.

Jakli soupira, puis réussit à obtenir du Ouighour la promesse qu'il continuerait à rechercher les Tibétains. Elle se tourna alors vers sa fabrique, fit un pas en avant, et s'arrêta.

— Nikki pourrait venir. Dis-lui de retourner dans les montagnes. Dis-lui juste d'être là pour la grande fête équestre.

Sur ces mots, elle s'éloigna d'un pas martial pour s'en aller fabriquer des chapeaux.

Gros Mao conduisit Shan et Jowa jusqu'à un petit restaurant situé dans un vieux bâtiment de briques portant un panneau « Fermé » rédigé en chinois, en anglais et en turc. Après avoir vérifié l'absence de patrouilles, il les mena vers l'arrière, où il traversa les cuisines pour rejoindre la grande salle en façade. Une grosse femme en tablier blanc, les cheveux noués sous un fichu rouge, était à genoux sur un petit tapis de prière près d'une table du fond. Elle leur jeta un œil, grommela quelque chose qui aurait pu passer pour un salut, puis appuya sur un interrupteur derrière elle. Elle le fit basculer deux fois, sans résultat apparent pour les lumières de la salle. Gros Mao leur fit franchir une porte. Ils descendirent un escalier branlant jusqu'à une cave en terre aux relents de moisi. À un mur une série d'étagères était garnie de couvertures, de vêtements et de nombreux modèles de chapeaux et de chaussures. Des déguisements. À une table, sous une unique ampoule électrique nue, étaient assis un homme et une femme de petite taille aux cheveux noués en deux petites couettes devant un écran d'ordinateur portable. Shan reconnut le Kazakh renfrogné au visage épais et osseux. L'homme était dans le camion qui les avait conduits, Jakli et lui, au Camp de la Gloire et il avait ensuite emmené Lokesh et Gendun à Senge Drak. Bœuf Mao. Gros Mao présenta la femme comme étant Hirondelle Mao. Bœuf Mao semblait examiner avec la plus grande attention un objet qu'il masqua d'une feuille de papier en apercevant Shan. N'en resta visible qu'un coin : c'était une des tablettes en bois.

La moitié des détenus de Xu avaient été libérés après interrogatoire, signala Hirondelle Mao, en tendant une feuille de papier. Shan l'étudia avec inquiétude : le gardien des eaux n'était pas parmi eux. Ils ouvrirent une demi-douzaine de disquettes, mais la liste de noms ne changea pas. Shan avait déjà vu Hirondelle Mao : assise devant un écran d'ordinateur au Camp de la Gloire.

— Il vous arrive de faire suivre des gens, dit Shan à Gros Mao. Bao est du nombre ?

— La clinique, où il s'est fait soigner, répondit Hirondelle Mao avec une colère froide. Puis le Camp de la Gloire, où il a parlé à des détenus. Les nœuds ont rassemblé des vieillards pour interrogatoire. Certains ressemblent à des Tibétains des collines.

Elle releva les yeux et vit l'expression douloureuse de Shan.

— J'ai dit quelque chose de mal ?

Shan secoua lentement la tête. Bao cherchait un lama.

— Et Ko ?

— À la clinique hier, dit Bœuf Mao d'une voix grave. Rencontre avec les parents de nouveau-nés. Il a expliqué le nouveau service de dépistage statistique de la Brigade et pourquoi il fallait répondre à certaines questions afin de permettre l'identification de modèles dans les problèmes de santé.

Gros Mao et Shan échangèrent un regard.

— Depuis quand ? demanda le Ouighour. Quand est-ce qu'il a commencé ses questionnaires ?

— Il y a deux jours.

Deux jours. Khitai avait été tué trois jours auparavant.

— Quel genre de questions ? Qu'est-ce qu'il a demandé très précisément sur les nouveau-nés ?

Les yeux de Bœuf Mao allaient et venaient de Shan à Gros Mao : visiblement, il ne comprenait rien à ce qui se passait.

— Je n'étais pas là. J'ai eu ce rapport grâce à l'infirmière kazakhe. Ko a expliqué que le point de départ essentiel était les origines des parents.

— Il faut que j'aille à la clinique, déclara Shan.

Les Maos l'ignorèrent.

— Les origines des nouveaux parents, marmonna lourdement Gros Mao.

Lors de l'identification de la réincarnation du Panchen lama, le gouvernement avait patiemment attendu que naisse un enfant de parents qui étaient tous deux membres du Parti. Les questions de Ko pouvaient ne rien signifier de particulier. Ou elles pouvaient signifier que le général Rongqi était bel et bien impliqué et cherchait déjà le lama apprivoisé de la Brigade, qu'ils allaient pouvoir proclamer Yakde lama dès qu'ils auraient mis la main sur le panier de jade.

— Des noms ! s'exclama Gros Mao avec une urgence soudaine. Il nous faut les noms.

Il expliqua que les Maos devaient obtenir une copie des données amassées par Ko. Shan écouta pendant quelques minutes, puis il remonta prendre l'air.

Il marcha lentement, afin d'éviter d'attirer l'attention, surveillant les fenêtres en quête de reflets d'éventuels suiveurs. Il lui fallut un quart d'heure pour localiser l'accès qu'il cherchait, puis il fit une pause dans une allée sombre et inspecta les environs avant de filer comme une flèche — vers l'entrée arrière du vieux palais abritant le ministère de la Justice.

Dans le couloir sans lumière, il passa devant le battant étroit d'un placard ouvert qui sentait les produits de nettoyage, puis devant une deuxième porte, plus large celle-là, munie d'un verrou. Au bout du couloir, il prit une profonde inspiration, poussa la porte et se retrouva dans le hall d'entrée du bâtiment. Le chauve lisait un journal, assis sur son bureau. Il ouvrit de grands yeux en apercevant Shan et bondit de son perchoir avec une célérité inattendue. Il attrapa Shan par le poignet et le repoussa dans l'ombre. Sans le frapper ni appeler à l'aide.

— Attendez, chuchota-t-il.

Shan opina. L'homme lâcha sa prise avant de quitter le hall d'entrée au pas de course.

Cinq minutes plus tard, il réapparaissait accompagné de la procureur Xu. Il déverrouilla la porte fermée dans le couloir et alluma la lumière. Sans fenêtres, la pièce sentait le rance. Chichement meublée d'une table et de quatre chaises métalliques, elle n'était éclairée que par une ampoule nue protégée par un grillage. Sur une étagère du fond se trouvaient une cuvette en ferblanc, une tapette à mouches, un rouleau d'adhésif grande largeur, et plusieurs longues baguettes plates en bois, de la taille de règles. Une salle d'interrogatoire.

Sur un signe de tête de Xu, le chauve sortit. La porte trembla. L'homme ne l'avait pas verrouillée mais s'appuyait sur elle. Xu s'assit sur la chaise la plus proche de l'entrée, Shan de l'autre côté de la petite table.

— Les ordinateurs de la Sécurité publique disent que Sui est en congé pour convenances personnelles, annonça froidement Xu. Pour raisons familiales.

— Avez-vous demandé à Bao pourquoi il a prétendu que Sui avait été transféré ?

Pour toute réponse, Shan eut droit à un regard irrité. Il comprit immédiatement qu'elle n'avait pas demandé à Bao l'autorisation d'entrer dans son système de fichiers. En outre, elle se cachait : elle ne voulait pas qu'on la voie avec lui. Tout le monde à Yoktian avait des secrets. Tout le monde espionnait tout le monde.

— Bao a ajouté des pièces au dossier de Lau, dit Xu. Deux nouvelles dépositions de témoins.

— Alors c'est désormais l'enquête de Bao ? Une simple affaire de disparition ?

— La Sécurité publique en a le pouvoir si elle le décide. Il y a deux jours, c'est exactement ce que Bao a fait, en arguant du fait que Lau avait occupé des fonctions d'autorité. Nous avons transféré notre dossier et il y a joint deux dépositions de témoins. Plus d'affaire Lau. Elle est classée. Mort accidentelle.

— Tous les détenus concernés par l'affaire peuvent donc être remis en liberté.

Xu l'ignora.

— Bao a pris contact avec son officier des Affaires publiques. Paraîtra dans le journal un long article de louanges sur Lau.

— Qui sont les nouveaux témoins ?

— Le camarade Hu, de l'école. Il nous a rappelé qu'il avait dénoncé Lau parce qu'elle avait fait l'éloge de dissidents en classe. Puis il a signé une déposition. Il se rendait au travail à pied le lendemain du jour où l'accident avait été signalé et il a vu un corps de femme qui flottait dans la rivière.

— Aussi simple que ça. La mémoire lui est revenue d'un coup.

Hu avait précisé qu'il avait une famille à charge.

— Le second est un spécialiste de la police scientifique de Kachgar. Il a certifié que le portefeuille de Lau, récupéré avec ses papiers d'identité, portait des traces de minéraux qui correspondent à ceux qu'on trouve sur la berge de rivière d'où elle est censée être tombée.

— Je ne cesserai jamais d'être ébahi par ce que le gouvernement du peuple est capable d'accomplir quand la motivation est suffisante. Avez-vous vérifié de quelle manière Sui s'était retrouvé en possession des papiers de Lau ?

— Un citoyen responsable, dit-elle, citant le nom utilisé dans les dossiers du gouvernement pour une source anonyme.

— Je ne le pense pas. Je pense que Sui les détenait. En personne.

Xu passa derrière Shan, qui se raidit sans pour autant tourner la tête. Elle réapparut avec une des longues baguettes plates et se rassit.

— J'ai pensé un moment que Bao allait poursuivre l'autre théorie, suggéra Shan, impassible devant les sourcils relevés de Xu. À savoir que Lau et Sui s'étaient enfuis de conserve. Des amants secrets, peut-être. Ou peut-être qu'ils s'étaient noyés tous les deux, en essayant vaillamment de sauver un exemplaire des discours du Président tombé à la rivière.

Le regard de Xu flamboya. Elle se tapota la paume de sa baguette, comme pour en estimer la souplesse.

— Mon premier enquêteur et le lieutenant Sui étaient amis.

Sui venait parfois ici l'attendre au bas des escaliers à la fin de la journée.

Shan jeta un œil à la porte. C'était là que le chauve devait se tenir, dans le hall de l'entrée, et il écoutait ce que Sui lui racontait. Ce chauve tranquille et discret, peut-être était-ce lui, l'enquêteur de Xu.

— Sui se vantait beaucoup, dit Shan. Il avait acheté une nouvelle télévision, une nouvelle radio, un aspirateur japonais. Et il allait bientôt s'acheter une nouvelle voiture. À Yoktian, les rues sont pavées d'or, tout le monde le sait. Inutile d'appartenir à la Brigade pour devenir riche. Mais la Brigade, c'est mieux. Le camarade Ko est tellement riche qu'il peut se permettre de donner sa voiture de sport à Bao.

— Bao ? Impossible. Les deux hommes fonctionnent complètement à l'opposé. C'est tout juste s'ils s'adressent la parole. Je les ai entendus se disputer lors des réunions. Pour Ko, Bao est enraciné dans l'ancienne économie. Pour Bao, Ko n'apprécie pas suffisamment la générosité de l'État à son égard.

— C'est pourtant ce qu'il a fait. Ça devrait être assez facile de vérifier : une voiture rouge vif dans une ville triste et grise.

Xu fixa avec intensité sa baguette de bois, comme si ce simple objet était susceptible de lui expliquer les raisons d'un geste aussi improbable de la part du directeur de la Brigade.

— Ko ne gagnerait pas assez en cinq ans pour s'offrir une telle voiture, dit-elle lentement à sa baguette.

— Mais il annonce aujourd'hui qu'il va bientôt en acheter une neuve. Et emmener Loshi en balade.

— Loshi ?

Puis elle hocha la tête comme si elle se rappelait soudain que Shan s'était entretenu avec Loshi lors de sa première visite au ministère. Ses doigts commencèrent à s'affairer, jouant avec la baguette, la passant de droite à gauche, avant de la poser brusquement sur la table.

— Les gratifications, dit-elle à voix basse.

— Les gratifications ?

— Vous avez lu le mémorandum de Ko. Les incitateurs économiques. C'est le nouveau monde, camarade. L'économie de marché débarque à Yoktian. Fondre le meilleur du capitalisme avec les principes du socialisme.

— Ce sont les caractéristiques chinoises qui me mélangent les idées...

Shan complétait ainsi, à sa manière, le slogan peint, placardé et gravé à travers toute la Chine pendant des années : *Construisez pour un socialisme aux caractéristiques chinoises.*

— Pourtant Ko ne parlait que de lecteurs de disques laser pour les élèves et les professeurs, dit Shan.

— Il n'y a pas que cela. Ils sont tous tellement infectés par le capitalisme, à la Brigade. Il y a des gratifications pour les travailleurs qui ont atteint des objectifs spéciaux.

— Quels objectifs spéciaux ?

— Retrouver des moutons non répertoriés : cinquante renminbi. Retrouver des bergers non répertoriés pour les convertir en bons employés de la Brigade : cinq cents renminbi. Retrouver des pratiquants religieux non licenciés afin qu'ils soient contrôlés avant d'obtenir une licence : trois mille, la moitié en liquide, l'autre en actions de la Brigade.

— Une prime, cracha Shan comme s'il s'agissait d'une insulte.

Trois mille renminbi représentaient plus d'un an de salaire pour de nombreux habitants de la région.

— Des incitateurs économiques. Pour aider à la croissance de l'entreprise, objecta Xu d'une voix creuse, chargée d'amertume.

Shan mit la figure entre ses mains, les coudes sur la table. Qu'avait lancé Marco, ce premier jour à Karachuk ? Le paradis des travailleurs s'améliore de jour en jour.

Il releva la tête.

— Qui a droit à ces honneurs ?

— Au début, uniquement les membres de la Brigade. C'est une compagnie privée, et ils ont le droit de dépenser leur argent comme ils l'entendent.

— Au début ?

— Il y a un mois, les choses ont changé. Le général Rongqi est très influent, il sera très probablement à la tête de la Brigade l'année prochaine. Il a organisé une conférence téléphonique entre Ko, moi et la Sécurité publique. Bao n'a pas pu y participer et il a prié Sui de le représenter. Le général a demandé que les responsables du maintien de l'ordre à Yoktian soient autorisés à participer à ce programme. J'ai refusé. J'ai dit que les employés du ministère de la Justice n'acceptaient pas de pots-de-vin. J'ai eu de la chance que Bao soit absent. Il aurait été furieux.

Sui avait, lui, accepté cette invitation en secret. Et Bao, malgré sa colère devant la suggestion de Rongqi, avait également fini par être partie prenante du programme. Tout le monde a son prix. Dans l'affaire, Bao était non pas le supérieur de Sui, mais son adversaire. Jamais Bao n'aurait enquêté sur le meurtre de Sui s'il était son assassin. Mais cela n'expliquait toujours pas pourquoi Ko avait fait don de sa voiture à Bao.

— Rongqi, soupira Xu, a prétendu que le Programme d'Éradication de la Pauvreté pourrait être appliqué plus vite si nous nous rangions tous à sa proposition. Le gouvernement soutient la Brigade, a-t-il déclaré, et de toute façon, c'est l'argent de la Brigade.

— Dans certains endroits, camarade Procureur, il semble que ce soit la Brigade le gouvernement. Mais sans tous les règlements y afférents.

Xu parut blessée par ce commentaire.

— Vous savez comment marchent ces campagnes, camarade Shan. Deux pas en avant, un pas en arrière.

Elle venait de prononcer son nom... Shan en était tout déconcerté.

— Vous n'avez aucune théorie, poursuivit-elle. Mais vous pensez que tous ceux qui appartiennent au gouvernement sont coupables, n'est-ce pas ?

Elle ne l'accusait pas. Cependant, sa voix était chargée d'amertume.

— À cause de ce que le gouvernement vous a fait, précisa-t-elle.

Ils restèrent un long moment silencieux. De la place de la ville leur parvint la voix d'un haut-parleur public annonçant le couvre-feu.

— Pourquoi êtes-vous ici depuis si longtemps, camarade Procureur ? finit-il par demander. Douze ans à Yoktian, ça compte, dans une vie.

— Je fais la différence, ici. Nous avons accompli des progrès historiques.

Ce n'était plus la même femme quand la flamme de sa colère omniprésente s'était consumée. La Garce de Jade était faite non de pierre, mais de tendons et de nerfs, durs, impossibles à digérer, marqués par les dents qui les avaient mâchonnés des années durant.

— Je veux monter au premier, déclara Shan. Pour consulter vos archives.

— Non ! lâcha Xu sèchement en se levant.

L'audience touchait à sa fin. Elle fit un pas vers la porte, puis se retourna avec un air de regret tout à fait inattendu.

— Cette bande vidéo. Celle que j'ai faite de vous ce jour-là. Elle n'est plus là. Quelqu'un l'a prise.

— Mlle Loshi ? La Brigade détient votre bande ?

— Je ne sais pas. Ko a posé beaucoup de questions à votre sujet. J'ai répondu que vous étiez un secret d'État.

— À combien se monte la prime pour les vidéos secrètes, par les temps qui courent ?

Xu se renfrogna et franchit la porte, sur les talons du chauve, en inspectant le hall d'entrée. Mais avant de disparaître, elle pivota et fit face à Shan, debout sur le seuil.

— Le général a donné plus d'ampleur au programme. Prime de cinq mille à tous ceux qui ramènent des orphelins. Mais uniquement si c'est avant la fin de la semaine.

— La fin de la semaine !

La phrase de Xu résonnait tel un macabre avertissement. Une vente de garçons orphelins.

— Le général Rongqi arrivera à Yoktian à ce moment-là. Pour le banquet de clôture. Pour célébrer la dernière étape du Programme d'Éradication de la Pauvreté.

Elle tourna les talons et s'était engagée dans le hall quand il l'appela.

— Il existe un moyen de comprendre ce qui se passe, dit-il avec difficulté, n'en croyant pas ses propres oreilles.

Elle recula et laissa la porte se refermer.

— Demandez au général. Appelez son bureau pour négocier. Demandez ce que vous pourriez obtenir.

— Obtenir ?

— Demandez à combien se monte la prime pour délivrer en main propre le panier de jade.

Et Shan expliqua à Xu la chasse déclenchée par Rongqi avec le Yakde lama pour gibier.

À l'extérieur, des camions de nœuds descendaient la rue. Des visages soucieux apparaissaient aux fenêtres. Un chien releva le museau au passage d'un véhicule et s'enfuit, la queue entre les jambes. Shan se dépêcha de rejoindre le restaurant, en marchant aussi vite que possible : les nœuds étaient toujours intéressés par les gens qui couraient.

La porte arrière était verrouillée. Il rejoignit la rue, le ventre noué, et essaya la porte d'entrée. Verrouillée. Une voiture noire, peut-être une équipe de surveillance, tourna au coin et s'approcha, à deux blocs de là. Shan se réfugia dans une allée. L'arrière du restaurant était clôturé, une petite cour de terre battue fermée par un mur de briques en torchis de près de deux mètres de haut, avec un poulailler dans le fond et un petit appentis dont la porte était entrouverte. Il s'y dirigea avec précaution, en se rappelant la cave et les Maos qui préféraient les refuges aux sorties cachées.

Il poussait la porte quand il entendit un bruit de course dans son dos. Un coup violent l'atteignit à la tête. Il tomba à genoux. Son environnement immédiat devint flou, juste avant qu'un voile noir le recouvre tout entier.

Il reprit conscience dans une obscurité différente, un lieu sombre qui puait les excréments humains, la tête palpitant de douleur. Il explora l'endroit à tâtons et s'aperçut qu'il gisait sur une dalle de béton glissante, en forme de cuvette, avec un trou de dix centimètres en son milieu. Des toilettes.

Une faible lumière provenait du trou, ce qui signifiait qu'il donnait sur l'extérieur, avec, en dessous, un tonneau qui recueillait les déjections qu'on emportait dans les champs. Shan essaya de se relever, mais, pris de vertiges, il ne parvint qu'à se mettre à genoux. Sa tête palpitait maintenant en deux endroits : à l'arrière du crâne, où on venait de le frapper, et à la tempe, séquelle de sa chute pendant la tempête de sable. Il pressa les mains sur ses oreilles, à genoux, le corps plié en deux, luttant pour trouver un peu d'air dans cette puanteur abominable. Petit à petit, ses vertiges disparurent. Toujours à genoux, il explora le reste de sa cellule : il trouva un unique robinet sur le mur adjacent, juste au-dessus d'un seau en métal, et une porte dans le mur opposé, à un mètre cinquante de lui. Dans un coin près de la porte se trouvait une pile de serviettes qui puaient le moisi. Il en pressa une contre ses narines, préférant encore son odeur à la puanteur presque insupportable des matières fécales.

Il n'était pas prisonnier des nœuds, l'endroit n'ayant rien d'une cellule officielle. Il s'était montré trop négligent. Il était trop absorbé par les questions qui lui tourneboulaient la tête pour payer attention à ses arrières. C'était peut-être des nœuds agissant de manière officieuse. Ou Bao, ou même Xu, qui avait réfléchi aux étranges rapports qu'elle entretenait avec lui. Il resta assis dans l'obscurité, non par peur mais par dégoût. Le dégoût de savoir qu'il était venu si loin et ne savait toujours pas qui était son ennemi véritable.

La porte s'ouvrit devant les Maos. Gros Mao et les deux autres qui étaient dans la cave, avec Jowa un peu plus loin, encore dans la cuisine. La cuisine. Il se trouvait dans un restaurant. On l'avait balancé dans les toilettes d'un restaurant.

On alluma une lampe. Shan leva les mains pour se protéger les yeux quand la douleur revint, fulgurante. Quelque chose repoussa ses mains, et il retomba dans la cuvette. Bœuf Mao, le plus costaud des Maos, se tenait debout au-dessus de lui avec, à la main, un morceau de chevron. Shan se demanda distraitement s'il avait des échardes dans le cuir chevelu.

— Tu es allé voir la procureur, grogna Bœuf Mao. Tu t'es faufilé en douce comme un voleur, pour aller voir ta protectrice. Ton amie han.

Il frappa de sa trique le bras de Shan. Shan se mordit les lèvres quand la douleur l'assaillit à nouveau. Il avait l'impression de ne plus pouvoir tenir la tête droite, que celle-ci voulait à tout crin basculer et s'affaisser sur sa poitrine.

Il avait peut-être eu un traumatisme crânien pendant la tempête de sable. Et maintenant une deuxième. Au goulag, il avait vu des hommes mourir après avoir été passés à tabac de manière répétée. Quelque chose se formait sous leur crâne, grandissait, grandissait, et finissait par exploser. Ils se mettaient alors à gigoter sur le sol, en poussant des cris d'animaux et en se tenant la tête, ensuite, ils mouraient.

Bœuf Mao lança un coup de sa trique mais s'arrêta avant de le toucher. Il se mit à en jouer, en la faisant passer d'une main à l'autre, puis il frappa à nouveau, en se rapprochant. Au troisième coup, Shan attrapa le bout de chevron, le lui arracha des mains avant qu'il ait pu réagir et le balança dans le trou de la cuvette.

— Ma tête ! gronda-t-il avec colère. Ma tête me fait suffisamment mal !

Sa vision périphérique était floue. Il discerna Gros Mao qui posait la main sur le bras de Bœuf Mao, et la femme replète qui s'avançait. Une cuvette d'eau de vaisselle dans les mains, elle se faufila contre Bœuf Mao et la vida à la figure de Shan.

— Vous, les Chinois, siffla-t-elle d'une voix pleine de venin. Vous avez tué mes deux fils.

Shan lécha l'eau qui avait goutté sur ses lèvres. Il avait la gorge tellement sèche qu'il ne pouvait plus avaler. Bœuf Mao avait regagné la cuisine, où il fourrageait parmi les ustensiles. Les Maos, murmura une voix dans le fond de son esprit, avaient été entraînés aux techniques d'interrogatoire par les meilleurs. Les nœuds.

Bœuf Mao réapparut avec un lourd instrument en bois qui devait servir à réduire les légumes en purée.

— Ou tu travailles avec Xu, ou tu es incroyablement stupide. Dans un cas comme dans l'autre, tu représentes un danger pour nous.

— Je suis venu du Tibet.

Shan avait l'impression que ses yeux roulaient dans leurs

orbites, mais quand il essaya de se tourner vers Jowa, ce dernier lui parut peu enclin à croiser son regard.

— Les lamas, ajouta-t-il.

Bœuf Mao ne parut pas l'avoir entendu.

— Xu a tué Sui. Peut-être qu'elle a aussi tué les autres. Tout ça, c'est une question de pouvoir : plus de crimes, donc plus d'arrestations ; plus d'arrestations, donc plus de gloire ; plus de gloire, donc plus de pouvoir.

— Je croyais qu'on vous appelait Bœuf Mao parce que vous êtes très grand et très fort. Mais je constate que c'est parce que vous avez le cerveau d'un bœuf.

Le grand Kazakh jura et leva sa nouvelle arme. Comme au ralenti, Shan plaça ses bras au-dessus de sa tête, quand une autre main apparut et toucha le bras de Bœuf Mao.

— Sa tête lui fait suffisamment mal, expliqua Jowa. Pourquoi êtes-vous allé voir Xu ? demanda-t-il à Shan d'une voix hésitante.

Bœuf Mao poussa un grognement méchant, mais abaissa le bras. Gros Mao intervint :

— Xu et Sui, ils se sont déplacés ensemble les jours qui ont précédé le meurtre de Sui. Ils sont allés au Camp de la Gloire ensemble. Sui n'avait pas de voiture quand il a été tué. Il roulait bien avec quelqu'un. Ça devait être Xu. Elle l'a tué pour fabriquer une raison de nous éliminer, tous autant que nous sommes.

Shan se recroquevilla dans un coin des toilettes, les genoux contre la poitrine.

— Xu ne tue pas les gens, dit-il d'une petite voix, en cherchant l'air à courtes bouffées rapides. Elle les déshonore. Elle les emprisonne. Elle les brise. Le meurtre... — il s'agrippa le ventre, pris par une nausée soudaine — elle n'en a pas besoin.

— Je croyais que tu avais vu le cimetière du Camp de la Gloire, objecta Gros Mao d'une voix glacée.

Shan essaya bien d'acquiescer, mais l'effort déclencha une explosion de douleur.

— Xu ne tue pas les gens avec des armes à feu, concéda-t-il. Sui a été tué par un concurrent.

Alors même que cette idée n'avait pas pris encore forme dans son esprit avant cet instant, il sut qu'il ne se trompait pas.

Personne ne donna l'impression de l'avoir entendu. Bœuf Mao fixait Jowa d'un œil furieux, Gros Mao coulait ses regards vers l'un puis vers l'autre, et Jowa jaugea les deux Maos avant de reculer d'un pas.

Bœuf Mao se retourna avec un rictus satisfait.

— Tu vas tout nous dire sur tes rapports avec Xu.

Il s'avançait sur Shan quand la pointe d'une chaussure apparut dans son entrejambe tandis qu'un bras lui enserrait la gorge. Le grand Kazakh s'effondra en arrière en gémissant, et une silhouette jaillit devant Gros Mao, qui resta là, bouche bée, à essayer de comprendre ce qui s'était passé.

La silhouette se dressa devant Shan, et fit face aux Maos et à Jowa avant de crier :

— C'est tout ce que vous savez faire, pas vrai ? La violence ! La bagarre ! Mais vous ne reconnaissez jamais votre véritable adversaire !

Jakli était de retour de la fabrique de chapeaux. Sa furie était tangible, ses mains se nouaient et se dénouaient, pareilles aux griffes d'une tigresse. La grosse femme réapparut et tira Bœuf Mao dans la cuisine en secouant la tête.

Jakli se pencha sur Shan, puis, se saisissant d'une serviette, la mouilla au robinet et lui essuya le front.

— Jamais je n'aurais dû partir, dit-elle avec remords en l'aidant à se remettre debout. Les grilles étaient fermées.

Elle prit la direction des opérations : elle fit asseoir les Maos d'un côté de la table, trouva un manteau pour Shan, le pria d'ôter ses vêtements souillés et envoya la grosse femme les nettoyer.

Jowa apporta à Shan une tasse d'eau fraîche, puis lui trouva une chope de thé chaud.

— J'allais..., commença-t-il à dire, incapable de terminer sa phrase sous le regard de Jakli. Comment étions-nous censés savoir ? finit-il par lâcher d'une voix crispée par la souffrance.

La voix de Jakli claqua :

— Savoir ? Tu as fait tout ce chemin à cause de Shan et tu ne sais pas quoi faire ?

— Non, dit Shan, qui commençait à y voir un peu plus clair. Jowa est venu à cause des lamas, pas à cause de moi. Ce que nous devons faire n'est écrit nulle part. Il a toutes les raisons du monde pour ne pas savoir. Et moi aussi.

Il tira la chaise la plus proche en invitant le Tibétain à s'y asseoir.

— Mais j'en sais un peu plus qu'avant ma visite à Xu.

— Que voulez-vous dire ? demanda Jakli.

— Il fallait que je parle à la procureur. Il fallait que je comprenne quelle était sa place. Elle m'a appris une chose qui me laisse à penser que Sui a été tué pour une question d'argent, par un concurrent.

— Il n'y a qu'un seul lieutenant affecté à Bao, objecta Gros Mao, le front soucieux. Sui n'avait pas de concurrent.

— Ce n'est pas une question de concurrence pour un poste. Mais pour les primes.

Il avala son thé et raconta ce qu'il avait appris de la bouche de Xu.

— Les salauds ! marmonna Gros Mao quand Shan eut terminé. Ils n'ont de comptes à rendre à personne. Ce n'est même plus une question de socialisme à la chinoise. Mais d'argent, rien de plus.

— Ils peuvent avoir des comptes à rendre. À nous, grommela Bœuf Mao.

Jakli parut reconnaître la lueur qui brillait dans les yeux du gros Kazakh et leva la paume comme pour l'arrêter.

— Rien. Ne faites rien tant que les garçons ne sont pas en sécurité.

— Mais vous l'avez entendu ! s'écria Bœuf Mao avec un signe de tête de conspirateur vers Shan, comme s'il avait décidé d'oublier l'épisode des toilettes. Le général arrive dans quelques jours.

Shan se tourna vers la jeune fille. Le général arrivait. Les garçons étaient toujours traqués. Mais les clans se rassemblaient. Une toute dernière fois. Et Jakli avait droit à une nouvelle vie.

La grosse femme revint avec les vêtements de Shan, toujours humides, et se mit à préparer le repas. Une fois qu'il fut rhabillé, elle l'inspecta d'un air très digne, et, voyant une tache de boue sur sa chaussure, elle la frotta à l'aide de son torchon à vaisselle. C'était sa manière à elle de s'excuser, et Shan accepta son hospitalité par de petits hochements de tête silencieux quand, au début du repas, elle le servit en premier.

Le repas terminé, Gros Mao se leva et sortit d'une veste accrochée au mur des papiers pliés qu'il poussa vers Shan.

— Le conducteur de camion, celui qui a découvert Sui... On s'est aperçus que Sui n'avait pas d'argent sur lui. On avait le numéro de plaque minéralogique du gars, et on a remonté sa trace jusqu'à Kachgar. Après quelques heures de persuasion, il a admis avoir empoché l'argent et l'avoir dépensé dans un bar de Kothan. Une douzaine de verres et une *mai chun nu* particulièrement enthousiaste.

L'expression *mai chun nu* signifiait fille vendeuse de printemps : une prostituée.

— Mais quand il s'est emparé de l'argent liquide, il a aussi emporté des papiers, dont il a été très heureux de se débarrasser, en disant qu'ils lui avaient fichu la trouille quand il les avait lus.

Il n'y avait que deux feuillets. Le premier était la liste de la zheli, un tirage d'imprimante sur l'ordinateur de l'école, avec le nom de Khitai souligné et un petit mot sur la même ligne : *Camp de la Pierre rouge.* Au sommet de la page, on avait écrit le nom de Lau, avec des renseignements personnels sur elle. Le numéro de son bureau à l'école. Une description de son cheval, robe marron, tête blanche. Un autre nom était inscrit, que Shan ne reconnut pas. Entreprise de l'Étoile du Nord.

— Qu'est-ce que c'est ?

— Un garage, répondit Gros Mao. Pas seulement un garage — un maréchal-ferrant, une écurie. C'est là que Lau laissait son cheval. Bœuf Mao est allé vérifier aujourd'hui. L'après-midi qui a précédé sa mort, elle a pris son cheval. Dix minutes après son départ, un homme qui ressemblait à Sui est entré et a loué un cheval. Il était en civil. Il a ramené sa monture le lendemain matin, trempée de sueur, complètement fourbue. Le propriétaire a commencé à hurler, mais Sui s'est contenté de sourire et lui a balancé un petit quelque chose pour qu'il la ferme. De l'or.

— Un Panda ?

— Non. Un Bouddha en or de cinq centimètres.

Jakli poussa un gémissement : ils avaient vu ces petits Bouddhas dans la pièce-sanctuaire de Karachuk où Lau avait trouvé la mort.

Le second feuillet portait des notes manuscrites. Dans un coin se trouvait une série de nombres, des sommes d'argent, soulignées de plusieurs traits. Des calculs de primes, en multiples de cinq mille. Le prix d'un orphelin. Et, au centre, une carte grossière, avec une date. Jakli eut un haut-le-corps.

— C'est demain. La carte représente le Lac de Pierre. Sui se rendait au Lac de Pierre pour les garçons.

— Mais il a été grillé par un concurrent meilleur meurtrier que lui, déclara Gros Mao d'un ton sinistre. Et c'est ce tueur-là qui va y aller à sa place.

## 18.

Le Lac de Pierre était un champ pétrolifère abandonné, aux limites du désert, où l'on trouvait de nombreux fossiles dans les affleurements rocheux. Jakli expliqua tout en conduisant que Lau y emmenait souvent les élèves de la zheli à l'automne, avant les températures extrêmes de l'été et de l'hiver, pour y ramasser les fossiles et imaginer le monde tel qu'il était quand lesdits fossiles vivaient encore. Ils roulaient sur une piste de terre au sol compacté construite pour les équipes d'ouvriers des pétroles trente ans auparavant, au milieu d'une plaine gravillonnée et peu fertile, parsemée de bouquets d'éphédras et autres buissons rustiques qui, pareils en cela à certains clans, avaient appris à survivre là où peu d'autres formes de vie subsistaient. Parfois, au passage des crêtes des collines basses, Shan apercevait au loin les vastes étendues blanches du Taklamakan.

Les buissons commencèrent à disparaître. Un paysage désertique sans la moindre végétation prit le relais. Jakli arrêta le camion que Gros Mao leur avait fourni, en inspectant l'horizon à la recherche de véhicules suiveurs éventuels, puis elle dégonfla légèrement les pneus pour une meilleure adhérence. Elle quitta lentement la route, franchissant la crête de la dune qui courait en parallèle, pour parcourir un peu moins de deux kilomètres dans une trouée et franchir à nouveau une autre dune à l'ombre de laquelle elle s'arrêta.

Abandonnant le camion, elle conduisit Shan le long des sables sur une cinquantaine de mètres avant de gravir une petite montée. Au sommet, ils s'immobilisèrent face à une longue cuvette entre les hautes dunes. Des formations rocheuses s'éparpillaient en bordure avec, à son extrémité sud, un ensemble de fondations bétonnées visibles à l'œil nu, et, ressortant des sables, des poutres blanchies par le soleil : les ruines du camp pétrolifère. Au-delà se dressait l'ossature d'un bâtiment qui oscillait sous les vents, et, plus loin encore, à cinquante mètres, un creux au milieu d'un cercle de dunes, à l'endroit où la route pénétrait dans le camp. Plusieurs bâtisses plus petites, aux allures de cabanes à outillage et d'abris pour machines, étaient dispersées côté sud de la cuvette. La plus grande, assez vaste pour abriter un camion-poubelle, était construite en parpaings avec, en plein centre, deux grandes portes rouillées. Elle avait survécu aux conditions climatiques mieux que le reste. Au-delà, tout contre le flanc de la dune qui fermait le versant opposé de la cuvette, on apercevait une ruine beaucoup plus ancienne, une fondation de pierre dont une partie des murs en torchis était encore intacte, les bois de charpente depuis longtemps pillés pour servir de combustible. Vers le nord s'étendait le désert, que venait briser un unique massif de broussailles à trois cents mètres de l'endroit où ils se tenaient. Shan se tourna plein sud, vers les pics distants des Kunlun, que Jowa était en train de fouiller en compagnie d'un guide Mao : ils rejoignaient le Champ du Vieux Lama, et la tombe de Khitai, au cas où Gendun et Lokesh seraient passés là.

Une petite tornade de poussière tournoyait dans la cuvette. Un grand vautour flottait au-dessus de leurs têtes.

— Personne, dit Jakli.

Elle venait de prononcer ces mots quand Shan la poussa silencieusement au sol : sur la route, un homme et son chien venaient de faire leur apparition.

Shan et Jakli virent l'homme se retourner et faire signe à quelqu'un qui leur restait invisible. Quelques instants plus tard, trois autres silhouettes apparaissaient à leur tour, un homme et deux garçons ayant revêtu les épaisses tenues sombres des bergers.

Les deux gamins descendirent la dune au pas de course vers le garage, la seule bâtisse intacte, suivis par un des hommes.

— C'est Kaju, dit Shan. Mais qui est l'autre ?

— Akzu ! s'exclama Jakli en jaillissant comme un diable de sa boîte pour se précipiter vers lui.

Shan suivit à contrecœur, les yeux fixés sur Akzu et le chien. Akzu venait peut-être les prévenir de l'arrivée éventuelle d'un indésirable. Mais alors, où iraient-ils ? Il n'y avait pas la moindre cachette alentour.

Ils arrivèrent au bâtiment en même temps que les garçons. Quelques instants plus tard, Akzu les rejoignait : il serra Jakli contre lui, puis se tourna vers les gamins. L'un d'eux était Batu, qui regarda Jakli d'un air gêné, avant d'expliquer sobrement qu'il avait rêvé d'un beau cheval : le cheval lui avait dit qu'en tant qu'aîné de la zheli il avait l'obligation de protéger les enfants. Akzu hocha la tête en silence, comme si le pouvoir de ces rêves-là lui était familier. Le second garçon portait un nom aux consonances tibétaines, Jengzi, et il leur sourit d'un air intimidé quand on le leur présenta, avant de balancer une pierre sur les portes métalliques du bâtiment. Il restait auprès de Kaju, comme s'il se méfiait de Shan et de Jakli.

Kaju surveillait la route d'un œil inquiet.

— Quelqu'un d'autre doit venir ? demanda Shan.

— Je ne sais pas. Comme Jengzi nous a rejoints, il ne reste plus qu'un garçon. Dans les montagnes, sur les hauteurs, loin de tout, répondit-il en lançant à Shan un regard entendu : Micah, le jeune Américain, n'était pas venu.

— Je veux dire, de la ville.

— Non. Le directeur Ko a demandé que je les ramène tous dès que j'en aurai terminé, pour qu'il puisse leur offrir leurs cadeaux. J'ai répondu qu'après tout ce qui s'était passé, je ne m'attendais pas que quiconque accepte de me suivre.

Shan acquiesça en observant Jengzi, qui venait, lui, d'un des clans des ombres. Il savait peut-être où se trouvait Micah.

Kaju suivit son regard.

— Il parle tibétain. Il a un vieux rosaire, il dit qu'on le lui a donné quand il était bébé.

— Où l'avez-vous trouvé ?

— Sur la route, à huit kilomètres au sud. Il marchait. C'est comme ça que procède sa famille, a-t-il dit. Son père adoptif refuse de se montrer. Il refuse d'emprunter les routes, il les traite comme s'il s'agissait d'un poison. Il se méfie de tout le monde. Ils sont sortis des hautes montagnes hier soir, pour amener Jengzi, puis ils sont repartis se cacher dans les contreforts des collines. Ils reviennent le prendre au crépuscule.

Shan allait s'avancer quand Kaju lui toucha le bras.

— Ko a ajouté autre chose, comme je partais. Il a dit de demander si les garçons aimeraient faire une balade en hélicoptère. Il a déclaré qu'il pourrait peut-être faire venir l'hélicoptère de la Brigade ici. Ko veut juste nous aider, ajouta-t-il sans grande assurance.

Un des garçons lâcha un cri de surprise. Shan vit Jengzi qui pointait le doigt d'un air tout excité vers l'intérieur du bâtiment. Dans la pénombre, à côté d'une fenêtre aux vitres brisées sur l'arrière, on apercevait les contours d'une silhouette assise sur un baril métallique. Kaju tira Jengzi en arrière.

— Quelqu'un a faim ? s'écria une voix grave. J'ai apporté un peu de cuisine multiculturelle. Du beurre de cacahuètes.

Jacob Deacon s'avança dans la lumière. Shan observa l'Américain que les deux garçons accueillirent chaleureusement, comme s'ils le connaissaient déjà. Ils prirent le pot qu'il tenait à la main avant de l'ouvrir du bout des doigts.

L'Américain serra Jakli dans ses bras et salua Shan d'un signe de tête, avant de tendre la main à Kaju.

— Bien petite classe pour un nouveau professeur, dit-il.

Kaju lui serra la main avec un regard inquiet vers la route.

— Je ne m'attendais pas à voir le père de Micah aujourd'hui. Pas avec tous ces problèmes.

— Des problèmes ? Quels problèmes ? Lau voulait que sa classe entende parler de fouilles archéologiques et de fossiles. Elle me l'avait demandé depuis des semaines. J'ai promis de venir, me voici.

— Mais comment ? Si loin ? demanda Jakli. Et si on vous avait vu ? Les nœuds.

Deacon leva les paumes pour apaiser les protestations de la jeune femme.

— Ce n'est pas loin, si on traverse les sables en ligne droite. Avec une bonne boussole et un bon cheval, pas plus de quatre heures. Je suis parti à minuit. Je serai de retour avant le coucher du soleil.

— Et vous attendez depuis tout ce temps ?

Deacon montra un petit sac à dos au pied du baril.

— J'ai toujours des notes à remettre au propre, déclara-t-il d'un air absent, tout en inspectant les dunes alentour.

Il ne cherchait pas de dangers éventuels, comprit Shan, mais son fils. Deacon était venu pour son fils.

Shan regarda les deux gamins s'asseoir aux pieds de l'Américain, toujours aussi excités devant leur pot de beurre de cacahuètes.

Batu releva les yeux vers Deacon avec un grand sourire.

— Micah prend son beurre de cacahuètes avec du riz, et il en fait des boulettes. Laissez-moi en rapporter un peu. Je le verrai dans les montagnes cette semaine, je le sais. Malik et moi....

Il se tourna vers Shan et Jakli avec un air coupable.

— Nous allons prendre nos chevaux pour aller voir près des glaciers, ajouta-t-il à voix basse.

Il tira la main de l'Américain. Cessant de contempler les

dunes, ce dernier s'agenouilla auprès du garçon et commença à tapoter ses poches, comme s'il cherchait un petit pot de beurre de cacahuètes pour Micah.

Kaju se retourna vers Akzu, assis avec son chien sur la dune surplombant la route.

— Les gens sont effrayés, dit-il à Deacon. La famille dans laquelle il se trouve, elle a tellement peur de tout. La prochaine classe, c'est la pleine lune. Encore quelques jours. Je serai là. Et je viendrai seul.

— Je comprends, répliqua Deacon, visiblement déçu. La prochaine classe. Le jour de la pleine lune, j'ai un rancard, ajouta-t-il à l'adresse de Shan avec un clin d'œil.

Shan lui offrit un petit sourire en retour. Au milieu de toute cette tragédie, il y avait au moins deux choses de bonnes : Jakli entamait une nouvelle vie avec le fils de Marco. Et, à la pleine lune, Deacon et son fils écouteraient leur orchestre d'insectes.

Soudain le chien aboya. Akzu se remit debout et leva la main avant de l'abaisser vers l'arrière de la tête comme pour se gratter.

— C'est le signal ! s'exclama Kaju d'un ton pressant. Quelqu'un arrive. Il représente un danger et Akzu nous prévient.

— Merde ! cracha l'Américain. Merde et double merde !

Il se mit à farfouiller dans les poches de son ample pantalon tandis que Kaju poussait les garçons devant lui à l'intérieur du bâtiment, hors de vue d'Akzu, qui n'avait pas quitté son poste et attendait, face à la route. Le Kazakh restait volontairement sur la dune, de sorte que les arrivants se dirigeraient vers lui et qu'on les distinguerait clairement depuis le bâtiment. Jakli et Kaju se dépêchèrent de fermer les portes, en laissant un jour suffisant pour y voir.

Un homme apparut quelques instants plus tard au côté d'Akzu, plus petit et plus large que le Kazakh. Il s'adressa au chef de clan et pivota vers la cuvette, laissant apparaître son uniforme.

— Bao ! s'écria Jakli.

— Tout va bien, dit Kaju, d'un ton malgré tout peu assuré. Akzu a un plan. Il dira qu'il inspecte les sentiers que vont emprunter les troupeaux de la Brigade pour rejoindre les pâturages d'hiver. Parfois il y a de l'eau par ici. S'il y en a, cela lui permettra de gagner un jour en coupant par les sables. Il veut simplement aider la Brigade, dans la mesure où il sera bientôt un de ses propriétaires. Comme il n'y a pas d'eau en ce moment, il demandera à Bao de regarder ses cartes pour un meilleur itinéraire. Si Bao veut bien l'aider, Akzu ira avec lui. Sinon, Akzu continuera à discuter jusqu'à ce qu'ils repartent tous. Et il reviendra dans quatre heures. Tout est prévu.

Ses paroles ne semblèrent réconforter ni les garçons ni Deacon, dont les visages affichaient des mines sinistres sous la faible lumière. L'Américain tenait dans la main un objet qu'il avait sorti de sa poche — une petite lampe à piles de la taille d'un crayon. Le sac à dos sanglé, il s'approcha de la fenêtre.

Shan fusillait Bao d'un regard glacé en se remémorant leur dernière rencontre et la gifle qui lui avait ouvert la lèvre. Cet homme ressemblait à quelque sombre planète qui l'aurait attiré dans son orbite pour l'y retenir prisonnier. Qui d'autre était là avec lui ? Combien étaient-ils à attendre derrière la dune dans une voiture de patrouille des nœuds ?

Dans la pénombre, Jakli réconfortait les garçons, un bras passé autour de leurs épaules. Quelle est cette terre sur laquelle nous vivons ? songea-t-il. Cette terre où des gamins de dix ans connaissent non seulement la réalité de la Sécurité publique, mais en sont terrifiés. Le regard de Shan passa de Deacon à Jakli : eux aussi pensaient la même chose. Bao pouvait s'emparer d'eux, tous autant qu'ils étaient, et en retirer suffisamment de gloriole pour se faire remarquer par la capitale. Shan le fugitif. Deacon l'Américain clandestin. Les orphelins dont la tête était mise à prix. Jakli, absente de son emploi de prisonnière mise à l'épreuve.

Bao pointa soudain le doigt vers leur bâtiment.

— Il faut qu'on parte, déclara Deacon, qui souleva Batu pour lui faire franchir la fenêtre.

— Partir ? coassa Kaju au désespoir. On n'a nulle part où aller.

— Bien sûr que si. Nous allons devenir invisibles.

Il laissa tomber Batu à l'extérieur et passa la fenêtre à son tour.

Bao commença à descendre la dune à pas lents. Akzu hésita avant de le suivre, agitant en l'air une carte dépliée comme s'il continuait à lui poser des questions. Il fallut moins de dix secondes à Jakli, Jengzi, Shan et Kaju pour franchir la fenêtre à leur tour.

À dix mètres, Deacon se tenait devant les vestiges d'une des petites cahutes dont il arracha le plancher. La cahute, masquée par le garage, était pour l'instant hors du champ de vision de Bao, mais pour combien de temps ? Après avoir arraché trois planches, l'Américain aida les garçons à se glisser dans le conduit ainsi dégagé. Jakli et Kaju les suivirent, puis Deacon y poussa Shan avant de s'y engager en dernier.

— Qu'est-ce que..., commença Shan.

Deacon le bouscula sans ménagement vers les ténèbres sur le flanc nord du puits de deux mètres de profondeur.

— Aussi loin que vous pourrez aller, ordonna Deacon à mi-voix, d'un ton d'urgence, puis il remit les trois planches en place.

Une fois qu'il eut terminé, il s'avança vers les autres, la lampe à la main. Shan vit qu'ils se trouvaient dans un tunnel aux parois en pierre, de un mètre vingt de haut sur un mètre cinquante de large. Jengzi pleurait, tiré par Jakli en tête de colonne. Suivaient Kaju avec Batu.

— Okay, dit Deacon dans le dos de Shan. La leçon d'archéologie d'aujourd'hui est sur le point de commencer.

— L'archéologie ? lâcha Kaju dans un souffle, haletant, comme si l'air lui manquait.

— Encore dix mètres, et nous pourrons parler sans danger, murmura Deacon.

Le bas du tunnel était recouvert d'une couche de sable, sous laquelle on trouvait les mêmes pierres taillées au carré que sur les murs. Tous les deux mètres cinquante, des rondins de boisage, dont beaucoup n'étaient pas écorcés, étayaient le plafond du tunnel, soutenus par de petits poteaux. Le groupe avançait dans la faible lumière de la lampe-stylo, sous le sable qui tombait doucement d'entre les pierres au-dessus de leurs têtes.

— Le karez, dit Deacon quand ils s'arrêtèrent. Les antiques tunnels d'irrigation venant des montagnes, bâtis pour transporter l'eau de fonte des glaciers, comme à la Montagne de Sable.

— Toujours intact ? interrogea Shan.

— Bien sûr. Voyez par vous-même. Par endroits, il court sur des kilomètres. Dans la région de Tourfan, on l'utilise toujours pour l'irrigation, comme certains des anciens aqueducs romains en Italie. Nous avons trouvé une carte à la Montagne de Sable. Elle semblait indiquer qu'il y avait un tunnel ici. J'ai vérifié ce matin.

— Mais c'est impossible ! chuchota Kaju, le souffle court. Ça ne peut pas être stable. Nous allons être...

Il s'interrompit en regardant ses élèves.

— Il existait des accès sur tout le parcours, poursuivit Deacon. Pour l'entretien, pour tirer de l'eau. Exactement comme celui que nous avons emprunté. Il suffit que nous trouvions l'accès suivant, et nous voilà sortis d'affaire. Comme des rongeurs dans leur terrier.

Les constructeurs de l'aqueduc avaient fait de la belle ouvrage. Sur de longs secteurs, les pierres étaient tellement jointives que le karez donnait l'impression d'avoir été fraîchement balayé. Par endroits, stagnaient de petites flaques, ce qui signifiait, s'exclama un Deacon enthousiaste, qu'au cours des fontes de printemps il y avait toujours de l'eau qui parvenait à se faufiler dans les anciens tunnels.

À mesure qu'ils avançaient, Shan commença à reconnaître un modèle répétitif dans les soutènements. À intervalles réguliers, une poutre sur cinq, plus épaisse, était sculptée de motifs de volutes et de plantes, ces mêmes plantes auxquelles le karez jadis donnait vie. Au centre de chacune de ces poutres on trouvait une tête de dragon, face au nord, prêt à défendre le karez si d'aventure des démons essayaient d'envahir les souterrains. Il entendit Jakli, en tête de colonne, pousser un geignement avant de s'écrier qu'il y avait des toiles d'araignée partout. Shan avait lui aussi envie de gémir : il n'y avait plus aucun danger que Bao les découvre, à présent, mais la menace de déranger les fragiles murs et boisements était, elle, bien réelle. Si le toit de la galerie s'effondrait, il n'y aurait pas de sauvetage possible, rien que les ténèbres et suffisamment de temps pour que l'horreur les empoigne en attendant que l'oxygène finisse par s'épuiser.

Il entendit Jakli prononcer des paroles de réconfort. *Kochakhan,* répétait-elle, les mots d'apaisement réservés aux agneaux. Jengzi, juste devant Shan, cessa de geindre. Mais quand ils s'arrêtèrent, le jeune garçon avança doucement pour s'asseoir auprès de Kaju. Shan était sur le point de lui dire que l'espace était trop restreint pour que deux personnes s'asseyent de front dans l'étroit passage, quand le pied du garçon prit appui sur un des poteaux de soutènement. Le bois ne craqua pas : on entendit juste un bruit sec de biscuit qu'on écrase lorsque le bas du boisage céda. Le filet de sable au-dessus de leurs têtes se transforma en coulure régulière, créant un fin rideau de poussière qui s'accumula bien vite au sol.

— Allez-y ! cria Deacon.

Jengzi poussa de l'avant à quatre pattes, suivi par Kaju et Shan. Une pierre tomba sur le dos de Shan quand il franchit la cascade de sable. Avant qu'il ait pu se dégager, une seconde pierre tomba sur sa jambe. Il s'arrêta pour voir si Deacon avait besoin d'aide.

— Allez-y ! répéta l'Américain.

Shan bondit et avança de trois mètres, à l'instant précis où tout le toit autour de la zone affaiblie s'effondrait. Deacon était à moitié passé quand la masse de sable et de pierres se referma sur lui. Shan tendit le bras et se saisit de la torche électrique tandis que son autre main agrippait le poignet de Deacon pour le tracter.

Avec un gros effort, l'Américain se dégagea de l'éboulis. Il resta face au sol, cherchant à reprendre son souffle, puis il reprit la lampe-stylo et éclaira les visages qui lui faisaient face, à l'avant du tunnel.

— Okay, dit-il avec un sourire forcé. Bao ne peut plus nous entendre.

— Où se trouve exactement la sortie dont vous avez parlé ? demanda Jakli lentement.

Elle donnait l'impression que chaque mot sortant de sa bouche exigeait d'elle un effort de maîtrise immense. C'est tout juste si le faisceau de la lampe atteignait son visage. Au-delà, le tunnel se poursuivait sur quelques mètres, en formes indistinctes, puis plus rien. Rien que les ténèbres.

— Il doit y avoir un accès, ce n'est pas possible autrement. Une communauté vivait ici. Vous avez vu les ruines de pierre. Et les citernes. Pratiquement tous les couvercles des citernes ont été scellés, mais il n'y a qu'une cinquantaine de centimètres de sable qui les recouvrent.

— Quand est-ce qu'on y arrive ? demanda Kaju, incapable de masquer sa peur. Où est-ce qu'il y a une citerne ? J'ai du mal à respirer.

Shan intervint :

— M. Deacon nous dit simplement de continuer à avancer.

— Exact. Encore quelques jours, et peut-être que nous sortirons des montagnes du Nord, avec des grenouilles plein les poches, dit-il avec un enthousiasme de façade en illuminant les visages des garçons. On raconte qu'il y a des trésors dans les vieux karez.

Batu sourit. Jengzi observa l'Américain d'un air sceptique, mais les deux gamins se mirent à ramper avec une énergie renouvelée, suivant Jakli qui s'enfonçait dans les ténèbres.

Pas une parole ne fut prononcée pendant plusieurs minutes, comme s'ils craignaient tous qu'un simple bruit pût ébranler un nouveau poteau de soutien.

— Ici ! s'exclama soudain Kaju en s'immobilisant, le doigt pointé sur la poutre au-dessus de sa tête. Nous sommes protégés.

Deacon leva sa lampe. Apparut une inscription en tibétain peinte à l'aide de pigments rouge foncé.

— Le mantra à six syllabes, expliqua Kaju avec un regain d'espoir dans la voix. Le tunnel a été béni.

— Ici aussi ! s'écria Jakli en pointant le doigt vers une poutre au-dessus d'elle.

La même inscription, de la même peinture. Elle avança à quatre pattes, plus vite, comme si c'était la marque d'un accès vers la sortie. Shan la vit disparaître dans l'obscurité, mais il l'entendit qui poursuivait son chemin, avant que retentisse un fracas de pierres qui s'effondraient et un bruit d'éclaboussures. Jengzi appela le nom de Jakli. Sans réponse.

— Que personne ne bouge, les prévint Deacon. Pas un muscle. Pas un cheveu. J'y vais.

— Non. Vous êtes derrière. Passez la lampe à Batu.

Le gamin avait les yeux comme des soucoupes tant il était effrayé, mais il prit la lampe sans protester et s'avança avec précaution. Il parcourut six, dix mètres, puis ils entendirent la voix de Jakli au loin qui résonnait en échos comme dans une salle vide. Leur parvinrent alors les murmures étouffés d'une conversation, puis, chose incroyable, un rire. Kaju et Jengzi se ruèrent en avant, suivis immédiatement par Shan et Deacon.

Shan et l'Américain trouvèrent Kaju et les garçons installés sur un muret de pierre, creusé à sa base pour permettre la poursuite du karez, qui s'incurvait autour d'un énorme trou délimité par des pierres. La citerne conçue pour retenir l'excès de débit du chenal principal avait un diamètre d'au moins quinze mètres sous un dôme de pierres taillées parfaitement jointives. Elle avait été bâtie sur quatre niveaux étagés à plusieurs mètres d'intervalle. Jakli était debout en dessous d'eux, sur le niveau le plus élevé, de l'eau jusqu'à la taille, la tête à un mètre du rebord supérieur.

Deacon poussa un sifflement d'admiration devant ce chef-d'œuvre en jouant de sa lampe sur le plafond et la paroi du fond. Des racines étaient visibles à travers la pierre au sommet de la voûte. Shan se rappela les buissons vigoureux qui poussaient en surface à l'extrémité de la cuvette de sable.

— Avec la permission de Jakli, dit l'Américain, je nomme Batu et Jengzi grands découvreurs. Ils ont résolu un grand mystère.

— Quel mystère ? demanda Kaju.

— Nous venons de découvrir pourquoi cet endroit s'est toujours appelé le Lac de Pierre.

Les sourires des deux enfants leur arrivaient jusqu'aux oreilles, tandis que Jakli en contrebas les éclaboussait d'eau.

— S'il y avait une citerne, suggéra Shan, alors il doit y avoir un accès.

Deacon avançait déjà sur le muret de pierre vers la paroi du fond.

— Il existe probablement un escalier en pierre qui descend au départ d'un établissement de bains, ou quelque chose comme ça.

Il s'immobilisa et éclaira un point juste sous le départ du dôme, à son opposé.

— À peu près là-bas.

Ils virent un énorme linteau en pierre soutenu par deux colonnes en moellons taillés, mais ce qui était jadis un accès n'était plus qu'un amas de cailloux, de sable et de restes de poutres : l'entrée s'était effondrée.

Shan et Kaju tirèrent Jakli sur le muret tandis que Deacon explorait les flancs de la citerne.

— C'est trop fragile par ici, conclut l'Américain. Nous pourrions faire tout dégringoler si nous essayons de dégager ces tas de cailloux. Mais logiquement la citerne a dû être bâtie au centre de la colonie. Il y aura d'autres accès plus loin.

À l'instant où il prononçait ces mots d'espoir, sa lampe vacilla et s'éteignit. Il la secoua et elle se ralluma, mais avec une intensité moindre.

— On y va ! aboya-t-il.

Soixante-dix mètres après la citerne, Jakli, qui ouvrait la marche, demanda la lampe. Quelques instants plus tard, elle décrivait d'une voix tremblante ce qu'elle avait devant les yeux. Mais il était inutile de parler. Le faisceau de lumière leur expliquait tout. Plusieurs poteaux d'étaiement s'étaient libérés de leur logement, trois d'entre eux étaient tombés et bloquaient le passage. Une poutre du plafond gisait au sol, entourée d'un tas de pierres et de sable. Une autre poutre plus petite était pourrie à cœur, ne laissant pour seul soutien que quelques lamelles de bois. Le tunnel paraissait prêt à s'affaisser à tout instant.

Le temps parut se charger d'une qualité toute différente dans ce silence de tombeau. Le petit groupe fixait le destin qui les attendait droit devant, et Shan n'aurait su combien de minutes s'étaient écoulées avant que Deacon reprenne la parole.

— Okay, finit par dire l'Américain d'une voix crispée.

Il respira profondément, comme s'il tentait de se calmer.

— Voici ce que nous allons faire. Jakli garde la lampe. Elle passe en premier, suivie par les garçons. Il nous faut quelqu'un de costaud derrière, au cas où il y aurait à dégager un affaissement, donc Kaju passe ensuite, puis Shan. Criez quand vous atteindrez une zone plus stable, et je passerai à mon tour. Je suis le plus grand, donc le plus dangereux.

Personne ne discuta. Jakli commença doucement à avancer.

— Vous n'aurez pas de lumière ! s'écria Kaju en se retournant vers Deacon.

— J'ai des allumettes, répondit ce dernier d'une voix blanche. Pas de problème.

Shan toucha le Tibétain à la jambe pour lui signifier d'avancer. En tête, tous les quatre continuèrent leur progression. Trois mètres, à une lenteur désespérante, puis six. La lumière se mit rapidement à faiblir, comme si le tunnel s'incurvait.

— Shan, je sais que vous êtes là, nom de Dieu ! lança l'Américain dans l'obscurité. Vous êtes plus petit que Kaju. Vous pouvez y arriver.

— Je pensais qu'il y avait peut-être des criquets. Pourquoi vous réserver tout le plaisir à vous seul ?

S'ensuivit un long silence. En prêtant l'oreille, Shan eut l'impression d'entendre rouler les grains de sable les uns sur les autres.

— Combien vous en reste-t-il ? demanda-t-il. Des allumettes.

— Je viens de les compter. Dix.

— J'en ai peut-être une demi-douzaine.

— Super. On va se trouver quelques marshmallows qu'on fera griller.

— Des marshmallows ?

— Aucune importance.

Nouveau silence.

— J'ai réussi à faire chanter ce Vieux Pattes de fer, annonça Deacon dans les ténèbres. Une belle voix de basse. Je lui ai donné un peu de beurre de cacahuètes.

Ils continuèrent à parler de criquets, ceux que possédait le vieux moine quand Shan était enfant, ceux que Deacon avait ramassés pour son fils.

— C'est tout ce qu'on se contente de faire, alors ? demanda Shan finalement.

Il entendit la tristesse dans sa voix : le tueur allait pouvoir frapper à nouveau, et lui était là, gisant sous le sable, forcé sous terre par les nœuds dans une tombe qu'il n'avait pas choisie.

— Avancer dans le noir..., dit l'Américain d'une voix pressée, comme s'il obligeait les mots à sortir de sa gorge..., c'est du suicide. Une poignée d'allumettes, c'est tout ce que nous avons. Alors nous attendons. Jakli va nous envoyer une armée de petits rongeurs souterrains avec des casques à lampes.

— Nous pourrions revenir sur nos pas.

— Nous n'avons pas plus de chance de nous en sortir. C'est ici que nous lui avons dit que nous serions.

Voulait-il dire par là : c'est ici qu'il allait falloir creuser pour retrouver leurs corps ?

La flamme d'une allumette jaillit dans le noir, éblouissant Shan. Deacon le regardait, la tête en appui, coude au sol, le visage baigné d'une étrange sérénité.

Allons-nous nous contenter de rester allongés ici en attendant de mourir de faim ? songea Shan.

— Non, non, dit Deacon d'une voix parfaitement calme. Il n'y a pas de circulation d'air, ici. Nous mourrons d'asphyxie bien avant.

Shan comprit qu'il s'était exprimé à haute voix.

L'allumette s'éteignit.

Shan s'allongea sur le dos, la tête sur les mains. Il entendait le souffle régulier de l'Américain à côté de lui. Il tendit le bras et laissa courir les doigts sur les pierres en se sentant une étrange affinité pour les bâtisseurs du karez. Des hommes s'étaient trouvés là avant lui, des croyants qui œuvraient à la faible lumière des lampes à huile, mettant pierres et boisements en place, prenant les mesures, calculant les pentes pour que l'eau s'écoule par gravité. Certains s'arrêtaient pour peindre des inscriptions sur les bois, là où personne ne les verrait. Personne, hormis une poignée de hors-la-loi, bien des siècles plus tard.

À quoi ressemblerait-il quand on sortirait son corps de là dans mille ans ? Quelqu'un allait étudier ses vêtements et déclarerait : comme c'est étrange ! Ce Han tout desséché avec un vieux gau tibétain portait des textiles du vingtième siècle et il avait en poche un médaillon du dixième siècle.

— Est-il vrai, demanda Deacon dans l'obscurité, que certains lamas savent parler aux montagnes ?

— Les montagnes ont beaucoup à dire, répondit Shan en souriant.

— Une montagne est pleine d'âge, dit l'Américain, très lentement, en anglais. D'eau, de cristaux, de racines. Je pourrais en apprendre beaucoup, d'une montagne.

Il respira en silence pendant quelques instants : le manque d'oxygène commençait à se faire sentir.

— J'ai beaucoup marché dans les montagnes. Je m'asseyais sous d'énormes arbres et j'absorbais tout. Je m'arrêtais de penser, je me contentais de sentir. Des heures durant.

— Une méditation, dit Shan.

— Je crois. Il existe des gens au Tibet qui font ça pendant des années. Si je faisais cela pendant des années, je serais — je ne sais pas. Je ne serais plus moi. Je serais quelque chose de mieux. Quelque chose de plus que simplement humain.

— J'ai connu des hommes comme cela.

— Alors vous avez de la chance. Moi, je crois que tout ce que j'accomplis, c'est dans l'espoir de faire du bien autour de moi — je me gagne du mérite, vous comprenez — alors, dans ma prochaine vie, je pourrai devenir ermite au Tibet.

Ils se turent à nouveau. Deacon frotta une nouvelle allumette et la tint contre les pierres en examinant leur disposition. On n'entendait rien des autres. Ils étaient peut-être pris dans un éboulement, ils étaient peut-être déjà morts. Cela valait-il mieux que la torture d'une asphyxie lente dans le noir ? Shan sentit quelque chose dans sa main. De l'humidité. Il essuya le sable d'une pierre au sol et y passa le doigt. Son doigt lui revint moite. Il dégagea le sable et colla la joue à la roche. Il y avait là comme un miracle, un grand pouvoir dans cette humidité, une sensation proche de ce qu'il avait ressenti quand il avait touché la momie du pèlerin, comme si cette humidité était elle aussi vieille de mille ans.

Shan reposa sa joue contre la pierre. Il était un jour allé voir, à l'extérieur d'un vieux gompa, un puits où s'abreuvaient les pèlerins. Pendant l'invasion chinoise, une fille khampa s'y était rendue après avoir été forcée par les soldats à tuer ses parents. Elle avait pleuré une semaine durant au bord du puits, dont les moines avaient par la suite fermé l'accès pour empêcher les envahisseurs de le combler. Ils ne l'ouvraient que pour les fidèles. Les moines déclaraient solennellement que les larmes de la fille se trouvaient toujours dans l'eau, car une fois qu'elles s'y étaient mélangées, peu importait le nombre de seaux tirés, il en resterait toujours quelque chose.

Shan sentit la moiteur sur sa joue et se demanda combien de larmes s'y trouvaient mêlées. Tous ceux qui avaient pleuré dans les montagnes, pendant des siècles et des siècles, avaient laissé un peu de leurs larmes dans ces eaux. Alors qu'il avait eu grand soif un peu plus tôt, il se rendit compte que sa soif s'était éteinte. Un souvenir, une bribe de conversation avec Malik, lui revint à l'esprit : C'est comme ça qu'on sait qu'on est mort ? Quand on n'a plus soif ?

— Si les montagnes peuvent parler, demanda Deacon dans les ténèbres, les déserts, qu'est-ce qu'ils ont à dire, eux ?

— La même chose, le chagrin en plus.

— Qu'est-ce que vous voulez dire ?

— Les déserts sont les lieux où vont les montagnes quand elles meurent.

Nouveau silence. Shan se sentit perdre doucement conscience, comme s'il s'endormait. Il posa le bout d'un doigt sur son œil, incapable qu'il était de dire s'il avait fermé les paupières. Il entendit quelque chose. De la musique, et une voix de fausset. Si des particules d'eau pouvaient subsister pendant des siècles, songea-t-il, peut-être que des bribes de sons, rassemblés dans le karez par des vents anciens, pouvaient faire de même. Peut-être était-ce là justement le travail des démons du vent, qui rassemblaient des fragments d'existences humaines avant de les déposer en des lieux d'ombre et de silence.

Il sentit une odeur de gingembre et entendit une voix qui était incontestablement celle de son père. Pas vraiment des mots, mais des tonalités, comme si son père fredonnait pour le réconforter. Puis son père se mit à parler, dans une langue qu'il n'avait jamais connue. *Kochakhan*, disait-il à son fils. *Kochakhan*.

Un filet de sable lui tomba dans la bouche. Shan s'étrangla et se mit à tousser.

— Le Lac de Pierre, dit-il d'une voix lasse. À l'époque où c'était une oasis, ça devait être un bon endroit pour les criquets.

Un semblant de rire étouffé lui répondit.

— La semaine dernière, nous avons découvert un parchemin. Un essai sur le régime alimentaire à respecter pour les criquets chanteurs. Dynastie Ming. Je vais le montrer à Micah. Nous allons mélanger quelques-unes des anciennes recettes et nous verrons bien le résultat.

— À la pleine lune.

— Ouais, dit l'Américain, avant d'ajouter après un temps de silence : mais ça va être difficile.

— Qu'est-ce qui va être difficile ?

— Quand il apprendra la nouvelle pour Khitai. Les Maos nous ont appris ce qui s'était passé.

— Ils étaient amis ?

— Khitai est le meilleur ami que Micah se soit fait ici. Ils ont fait des tas de bêtises ensemble. Nous étions tout excités à l'idée que Micah allait avoir un frère. Warp agrandissait déjà la maison dans sa tête. Elle leur achetait des vélos.

— Je ne comprends pas...

Il se rendit compte que Deacon parlait de l'avenir. Il roula sur le côté, pressa le dos contre la moiteur du sol, et étendit les doigts dans l'obscurité. Rien de tel que d'être aveugle pour que l'homme voie. Marco ignorait où Lau avait envisagé d'emmener le Yakde lama. Mais Deacon savait.

— Khitai... Je comprends maintenant. Vous aviez l'intention de l'emmener avec vous en Amérique. Après la pleine lune.

Shan éprouvait un sentiment étrange à parler ainsi de l'avenir, comme s'il s'en trouvait déconnecté, comme si les deux hommes évoquaient des existences qui n'étaient pas les leurs.

Deacon ne répondit pas.

— Je suis au courant. Le Panda. Les médaillons. La seule chose que je ne savais pas, c'est jusqu'où il allait.

— Quelqu'un m'a dit un jour qu'il ne fallait pas mourir avec des secrets. Alors je pense que je peux vous raconter les miens, et que vous pouvez me raconter les vôtres.

Deacon s'interrompit, et prit plusieurs inspirations rapides, comme si le fait de parler devenait une épreuve.

— Micah et Khitai avaient émis l'idée d'être ensemble bien avant les tragédies. Le mois dernier, Lau est venue nous voir, complètement retournée, en nous expliquant qui était en réalité le jeune garçon. Elle a déclaré que la situation avait changé, qu'elle aurait peut-être à lui trouver un nouveau foyer, qu'elle allait être obligée de lui faire quitter le pays. Accepterions-nous de le faire passer pour notre nouveau fils adoptif chinois ? Warp a réagi comme si c'était là un signe prédestiné, la chose parfaite à faire. Marco peut nous faire sortir du pays. Marco connaît des gens à l'extérieur, il a plein d'argent, dans des banques à l'étranger. Il a fait faire de faux papiers, d'excellente facture. Des passeports américains qu'il a achetés au Pakistan.

Il poussa un soupir et parut sombrer à nouveau dans ses réflexions.

Le silence de la tombe. Qui pesait à présent sur l'Américain. Un silence qui criait presque. Un silence physique, qui les écrasait de tout son poids, exactement comme si le tunnel se rétrécissait à leur entour. Shan leva lentement la main, jusqu'à ce que ses doigts soient en contact avec le plafond du tunnel.

— Je ne comprends pas, dit-il.

— Quoi ? demanda Deacon.

Même le son donnait l'impression de s'être ralenti, des siècles paraissant s'être écoulés entre la phrase de Shan et la question de l'Américain.

— Je ne sais pas. Vous. La raison pour laquelle votre épouse et vous êtes venus au Xinjiang. Pourquoi vous avez envoyé votre fils auprès de clans dont vous connaissez à peine les membres.

Deacon resta si longtemps silencieux que Shan se demanda s'il avait cessé de respirer.

— Une écharde. Tout ça, c'est à cause d'une écharde, finit-il par répondre. Nous étions dans la jungle amazonienne. La blessure s'est infectée, méchamment infectée. Warp était avec moi, ainsi que deux guides indiens. Nous écrivions un article sur les techniques de tissage d'une tribu en voie de disparition. J'avais des moments de délire, j'allais mourir, je savais que j'allais mourir. La fièvre. J'avais des pertes de conscience. Warp est restée auprès de moi, elle m'épongeait le front, elle me parlait pendant que les Indiens cherchaient dans la jungle des herbes pour me guérir. J'ai fait le vœu que, si je survivais, les choses allaient être différentes. Tous les deux, nous allions faire la différence.

Lentement, s'arrêtant de temps à autre pour prendre une profonde inspiration d'un air de plus en plus rare, Deacon expliqua qu'il avait passé la majeure part de sa jeunesse à parcourir le monde en quête d'aventure, en dépensant la plus grosse partie de l'argent que son père, marchand de voitures, lui avait laissé.

— Un mois de kayak en Tasmanie. J'ai escaladé quatre montagnes en Alaska et au Népal. J'ai fait du saut de bungee en Nouvelle-Zélande. Les Andes. Un mois au Pérou. Un mois en Patagonie.

— À faire des recherches ?

— Bon Dieu, non. En tout cas, pas souvent. Une fois que nous avons été mariés, Warp m'accompagnait de temps à autre dans mes aventures et payait son écot en rédigeant un article. Moi, tout ce qui m'intéressait, c'était le grand frisson. Grâce à elle, je me suis assagi, elle m'a expliqué que je devais grandir un peu. J'ai trouvé un poste à l'université, un excellent poste. Micah est né. Et un jour, nous sommes allés dans un centre commercial, un endroit où il y a plein de magasins les uns sur les autres, un labyrinthe de béton et de verre. Nous tenions un grand panier, plein de jouets, et nous faisions la queue en attendant notre tour. Soudain je vois Warp qui pleure, de grosses larmes lui coulent sur les joues. Elle me dit : Et voilà, nous sommes là à jouer le jeu bien sagement, comme tous les autres. C'est ainsi que les gens mesurent leur existence. Quand on a de jeunes enfants, on va dans les gigantesques magasins de jouets, et on achète des objets en plastique qui coûtent des fortunes. Les enfants grandissent, et on leur achète des objets électriques dans d'autres magasins. Ensuite, c'est des vêtements de prix. Quand on a vraiment réussi, c'est des voitures de prix, des chaussures de prix. On appelle ça l'évolution occidentale. On marque son existence, et sa place dans le troupeau, par les magasins dans lesquels on fait ses achats. J'ai répondu à Warp qu'il ne s'agissait que de quelques jouets. Mais quand est arrivé le moment de payer et qu'elle a fouillé dans son sac, ses mains se sont mises à trembler au point qu'elle n'arrivait plus à tenir son portefeuille. Elle était incapable de bouger. Elle pleurait, des tonnes de larmes. La police est arrivée, puis une ambulance. Elle a été placée dans une espèce d'hôpital pendant une semaine. Un imbécile quelconque a eu vent de ce qui s'était passé et il a dit à Micah que sa mère avait eu une dépression nerveuse dans un magasin de jouets. Le petit est venu vers moi — il avait cinq ans — avec tous ses jouets dans une grosse caisse et il a dit qu'il voulait les donner tous, qu'il n'aurait plus jamais de jouets, si on lui rendait sa maman. Je suis parti à l'hôpital, j'ai fait sortir Warp, et je leur ai dit à tous que les cinglés, c'étaient eux, nom de Dieu, pas mon épouse. Nous nous sommes mis d'accord : nous allions accepter toutes les propositions de recherche qui nous seraient faites, pour nous éloigner du monde le plus possible.

» Trois mois plus tard, j'agonisais en Amazonie. J'ai dit à Warp : J'ai épousé la femme la plus sage du monde. Tu avais raison, ce jour-là, au magasin de jouets. Plus personne ne rend de comptes. Les gens s'assoient dans leur fauteuil et ils laissent des atrocités se commettre. On rase des forêts entières. On détruit des cultures, on jette au panier des traditions simplement parce qu'elles ne sont pas compatibles avec Internet. On élève les enfants en leur laissant croire que regarder la télévision est nécessaire à leur survie, et la seule culture qu'ils possèdent leur vient de la publicité. Nous nous sommes fait le serment que si nous nous en sortions, nous allions faire différemment, pour Micah et pour nous. Nous allions rendre des comptes, et nous allions nous trouver un endroit où nous pourrions faire la différence.

— Et aujourd'hui, vous voici dans un tunnel de l'antiquité sous une cité de l'antiquité, à attendre...

— Pas de regrets ! rétorqua sèchement l'Américain comme s'il ne voulait pas que Shan poursuive. Notre gouvernement et le gouvernement chinois ne veulent pas de nous ici. Qu'ils aillent se faire foutre. C'est ici que ça se passe. C'est ici que nous faisons la différence.

Faire la différence. Bizarrement, la procureur avait utilisé la même expression la veille pour expliquer pourquoi elle se trouvait à Yoktian.

— Tous ces gens, Pékin croit qu'ils sont brisés. Ce n'est pas vrai. Ils se contentent d'attendre. Tout ce que nous faisons, c'est ce que vous faites. Nous les aidons à trouver les vérités.

— Mais votre fils..., dit Shan, en essayant de se convaincre qu'il était simplement allongé sur un rocher sous le ciel et s'adressait à la nuit.

— Il y a deux siècles de cela, en Amérique, les garçons de dix ans chassaient pour alimenter leurs familles en gibier. Ils apprenaient la manière de survivre. Comment construire des granges et des cabanes, comment monter à cheval, comment soigner une bête malade, comme tondre un mouton. C'est exactement ce que notre fils apprend : l'essentiel. Les choses premières, les appelle Warp. Bon Dieu, je serai même incapable d'en enseigner certaines, parce que je ne les connais pas. Mais les vieux Kazakhs et les vieux Tibétains, eux, ils les connaissent. Nous avons confiance en eux, comme si c'était notre famille. Au bout de deux semaines, Micah a dit qu'il voulait changer de famille d'accueil, que son clan des ombres ne possédait pas de chevaux et que lui voulait être avec des chevaux, comme les Kazakhs, comme les ancêtres de sa mère. Nous lui avons dit de rester là où il était, d'apprendre pour l'instant tout ce qu'il y avait à apprendre sur les moutons. Lau a promis qu'elle s'assurerait que Micah n'échange pas sa famille contre celle d'un autre garçon de la zheli. Il est plus en sûreté là-bas que partout ailleurs.

Shan comprit ce que Deacon avait en tête : il louait le ciel que l'enfant ne soit pas venu au Lac de Pierre, pour mourir comme son père.

Shan se trouvait juste au-dessous d'un des poteaux de soutènement, et il en suivait le détail des sculptures du bout des doigts. Une tête de dragon. Une fleur. Il rompit le silence quelques instants plus tard.

— Quel genre d'animal néo-zélandais est un bungee ? demanda-t-il en songeant qu'après une vie passée en questions, il ne lui en restait peut-être plus qu'une poignée. Et pourquoi doit-on sauter par-dessus ?

Le bruit qui s'échappa de la gorge de l'Américain ressembla à un sifflement rauque d'asthmatique, mais Shan comprit que c'était un rire.

— Okay, dit Deacon après lui avoir expliqué en quoi consistait un saut à l'élastique. Et vous alors ? Un secret ?

— J'ai été un mauvais père.

— Allons ! Quel homme ne l'a pas été ? Tous ceux qui ont eu des enfants ont été de bons et de mauvais pères, c'est une question de moment.

— Je n'ai pas été un travailleur loyal.

— Je l'espère bien. Vous avez travaillé pour la République du Peuple, pour l'amour du ciel ! Ce n'est pas suffisant.

— J'ai constamment la douleur au cœur. Parce que je suis chinois, et que la Chine m'a abandonné.

Sa lucidité sembla vaciller. Il se demanda s'il n'avait pas sombré dans l'inconscience. Il prononça le nom de Deacon, auquel ce dernier répondit par un petit gémissement. Il avança tout doucement, parfaitement éveillé maintenant, et toucha la première des poutres pourries. Il appela l'Américain.

— Si nous parvenions à enflammer la poutre qui est tombée, nous pourrions nous en servir comme d'une torche, et voir ce qui nous attend dans le tunnel.

— En consumant ce qui reste d'oxygène. Et si nous faisons le moindre faux mouvement, tout pourrait s'effondrer.

— Peut-être que c'est préférable à une mort lente au cours des heures qui vont suivre.

Il entendit Deacon qui se rapprochait, trouva sa main dans le noir et la posa sur la poutre, dont il essaya d'enflammer une extrémité à l'aide d'une allumette. Le bois se mit à fumer sans flamber.

— La température de la flamme n'est pas assez élevée, dit Deacon. Faites un petit tas de débris de bois pourri, qui nous servira de premier feu.

Ils essayèrent, sans résultat. Deacon n'avait plus que trois allumettes. Ils les placèrent sur le tas de petit bois et craquèrent une des quatre qui restaient à Shan. Les éclats de bois pourri crachotèrent, s'embrasèrent, mais les flammes finirent par s'éteindre. Shan sortit alors tous les papiers qu'il avait dans les poches, notes, preuves et documents, les roula en boule et présenta une allumette. Apparut une flamme orange, petite mais stable, qu'il alimenta par quelques débris de bois tandis que Deacon y plaçait l'extrémité de la poutre cassée. Deux minutes plus tard, ils disposaient d'une torche et s'avançaient dans le fragile tunnel.

Une poutre fléchit au passage de l'Américain, puis se brisa derrière lui. Ils rampaient comme deux serpents sur un tas de gravats qui s'élevait à mi-hauteur du passage. Shan avançait à la vitesse d'un escargot, sachant que chacun de ses mouvements pouvait être le dernier. Leur progression était d'une lenteur désespérante. À une occasion, la paroi céda et recouvrit le bras de Deacon. Lentement l'Américain se dégagea avant de faire signe à Shan de poursuivre. À deux reprises, la flamme de la torche vacilla dangereusement, comme si elle allait s'éteindre, mais Shan la poussa devant lui aussi loin qu'il put jusqu'à ce qu'elle trouve un peu d'oxygène et flamboie à nouveau.

— Le mur ! lâcha soudain Deacon d'une voix étouffée.

De chaque côté, le mur était constitué de pierres taillées énormes et massives, soutenant un toit de longues dalles plates.

— Une fondation de maison ! coassa Deacon tout excité. Elle doit logiquement disposer d'un accès, pour prendre l'eau du karez.

Ils avancèrent plus vite. Huit mètres plus loin, Shan s'immobilisa : un esprit flottait cinq mètres devant lui, une forme brillante qui miroitait de lumière. Deacon la vit lui aussi et jura. Shan rampa plus avant et son cœur bondit dans sa poitrine : c'était de la lumière, un petit rai de lumière du jour, que laissait filtrer une étroite fissure entre les pierres.

Ils suivaient une courbe du tunnel quand Shan aperçut soudain une flamme avec un visage en son beau milieu, une vision qui l'effraya tellement qu'il en lâcha sa torche. Le visage se mit alors à parler, d'une voix de femme : c'était Jakli, une torche enflammée sous le menton.

— Shan !

Cinq minutes plus tard, ils sortaient, avalant de grandes goulées d'air pur tandis qu'Akzu et Kaju les tractaient par un trou de soixante centimètres dans le plafond du tunnel vers la belle lumière d'un soleil aveuglant. Ils se trouvaient dans une ruine sur le flanc de la dune, à l'extrémité nord de la cuvette.

— La lampe était presque éteinte, expliqua Kaju en tendant une bouteille d'eau. Impossible de s'en servir pour redescendre dans le tunnel. Nous avons passé tout ce temps à trouver du bois pour fabriquer une torche.

Ils burent à longues gorgées tandis que Jakli et les deux garçons expliquaient à Akzu le calvaire qu'ils avaient subi dans l'obscurité et l'apparition miraculeuse de Shan et de Deacon.

Mais Shan n'avait pas le cœur à se réjouir. Il recherchait les papiers qu'il n'avait pas brûlés, ceux qui étaient restés dans ses poches. Le petit feuillet couvert d'abréviations trouvé sur l'Américain décédé était toujours là. Il le replia et le fourra dans sa poche de chemise. Le seul autre papier intact était la carte qu'il avait dessinée à Karachuk. Il la retourna. Il avait ramassé dans la poubelle le morceau de papier qui avait servi au Tadjik à envelopper la balle de base-ball qu'il avait volée. Shan avait pensé alors que ce n'était rien, quelques gribouillages au crayon, d'étranges lignes plus ou moins ombrées.

Deacon s'approcha et lui tendit la bouteille.

— J'ai réfléchi, Shan, dit-il en s'accroupissant à côté de lui. Vous devriez venir. La semaine prochaine. Sous la lune, avec mon fils et moi. Je veux que vous veniez. J'étais perdu là-dessous. Vous m'avez sauvé la vie.

Mais Shan ne l'écoutait qu'à moitié. Il observait Jakli, qui le regardait de ses grands yeux chargés d'angoisse. Elle s'écarta d'Akzu et le rejoignit.

— Bao n'est pas parti à cause de ce qu'Akzu lui a raconté.

Mais parce qu'il a reçu un appel radio comme quoi deux vieux Tibétains avaient été vus sur la grand-route.

Shan se sentit sombrer. Il fixa d'un air absent le papier qu'il tenait entre les mains, en luttant contre une vague de désespoir. Quand, tout à coup, sans prévenir, l'Américain se saisit du haut du feuillet et le tira vers lui.

— Par tous les diables ! s'exclama Deacon en se penchant pour examiner la ligne de petits caractères en haut de la page.

— C'est le Tadjik qui l'avait en sa possession, dit Shan, celui de Karachuk. Vous savez ce que c'est ?

— Bien sûr. Des séquences de codage génétique. Une copie de nos résultats de laboratoire. Et alors ? Quel est le problème ?

Shan réfléchit un instant.

— Ce Tadjik était beaucoup plus malin que je ne le pensais. Ce n'est pas cette petite balle blanche qu'il essayait de voler. La balle était une couverture, un prétexte au cas où il se serait fait prendre. C'est ça qu'il voulait voler, pour l'apporter à quelqu'un.

— Seigneur Jésus !

Deacon se laissa tomber lourdement dans le sable et indiqua le texte imprimé en en-tête.

— Un numéro d'enregistrement de laboratoire, pour notre labo aux États-Unis. C'est un grand secret, jusqu'à la publication de nos résultats. Si le code du labo est connu, tout s'arrête. Les nœuds sauront qui nous sommes. Et Washington et Pékin vont nous tomber dessus à bras raccourcis.

Deacon avala le reste d'eau et resserra les sangles de son sac à dos.

Il restait une allumette à Shan. Il s'en servit pour brûler le morceau de papier, puis, rongé par la culpabilité, il suivit l'Américain qui rejoignait son cheval au pas de course. Il n'avait pas révélé à Deacon le pire de tout : son fils, le dernier élève de la zheli cachée, était désormais, sans l'ombre d'un doute, la prochaine cible des tueurs.

Il y aurait peut-être eu des avantages à être enseveli dans le désert : le dilemme qui se présentait à lui imposait de prendre une décision douloureuse. Il pouvait essayer de sauver Gendun et Lokesh. Il pouvait essayer d'arrêter les meurtres des enfants de la zheli. Mais il ne pouvait pas faire l'un et l'autre.

# 19.

Tous avaient l'impression qu'il s'était écoulé des jours et des jours à l'intérieur du karez, mais à leur arrivée à la jonction avec la grand-route, l'après-midi commençait à peine. Akzu serra Jakli dans ses bras à plusieurs reprises au moment des adieux, en lui faisant promettre chaque fois qu'elle serait au nadam de bonne heure. La jeune femme commença par sourire, puis elle se mit à rire doucement. Ses tantes lui avaient confectionné une robe de mariée, lui révéla-t-il, et donc il fallait qu'elle soit là de bon matin, mais en feignant la surprise. Avant le départ du Kazakh, Shan demanda à Jakli si elle connaissait la route permettant de rejoindre le campement dans lequel Marco avait expédié le Tadjik voleur — à la Montagne de l'Ours sauvage, près du gué du Torrent aux Eaux fragiles. Elle s'entretint brièvement avec son oncle. Ils ne connaissaient pas le campement mais ils savaient où trouver un guide qui saurait.

— J'ai cru qu'un démon de poussière vous avait emportés, dit Akzu d'une voix lointaine au moment où ils se séparaient. C'est parfois ce qu'ils font.

Il avait écouté, apparemment incrédule, le récit de leur passage dans les tunnels. En observant le sable sur leurs vêtements, leur peau, leurs cheveux, il hocha solennellement la tête, comme si ce détail venait confirmer ses soupçons.

— Parfois, ils vous ramènent tout aussi vite. Mais vous n'en auriez aucun souvenir, conclut-il avec solennité.

Kaju étudiait le paysage d'un air indécis, comme s'il cherchait d'autres itinéraires de fuite. Il allait devoir revenir dans cinq jours, pour le prochain cours. Il l'avait promis à l'Américain, car c'était la date prévue pour le retour du fils de Deacon auprès de ses parents.

Jakli parut lire dans les pensées de Shan alors qu'ils s'éloignaient du désert en roulant plein ouest.

— Marco est là-bas, avec Sophie, le rassura-t-elle. Il les retrouvera, vos deux amis. Il n'y a pas meilleur. Il les conduira en lieu sûr. Ils sont probablement en route vers son chalet à l'heure qu'il est, et ils chantent des chansons d'amour russes avec lui.

Une demi-heure plus tard, Jakli s'arrêta à une intersection encombrée de monde. Près du croisement se trouvait une cahute avec une clôture grillagée sur l'arrière, enfermant un troupeau de chèvres. Ils s'avancèrent vers le rassemblement. Il y avait là deux bonnes douzaines d'individus, certains avec des pierres dans les mains, d'autres assis respectueusement devant un cairn qui grandissait. D'autres encore écoutaient un homme qui parlait avec animation, assis sur un gros rondin faisant office de poteau de coin à la clôture. Un cavalier arriva et demanda où se trouvait le lieu sacré. L'homme sur son rondin montra les pierres et le cavalier mit pied à terre. L'aile d'un grand oiseau était attachée derrière sa selle. Il en défit les liens et la déposa au sommet du cairn.

C'était un mausolée. Pour le miracle qui s'était produit. Les gens s'agenouillèrent. Les pierres étaient disposées en une étroite pyramide qui atteignait presque deux mètres cinquante. Entre un bâton fixé à son sommet et un pieu fiché en terre à cinq mètres de là était tendue une corde portant attaché un fragment de tissu avec une inscription en tibétain. Un drapeau à prière. Des bouddhistes descendus des montagnes installaient des drapeaux à prière. Les Kazakhs et les Ouighours ajoutaient des plumes, des morceaux de fourrure, et une aile d'oiseau.

Shan traversa l'attroupement en posant des questions. Les deux hommes saints tibétains étaient arrivés la veille, en fin d'après-midi, et ils avaient fait reposer leurs ânes au croisement. Ils n'étaient pas seuls. Une dizaine de personnes les accompagnaient, des femmes âgées, de jeunes enfants, un berger qui traînait la jambe, certains à dos de cheval ou d'âne, d'autres simplement à pied. Comme un pèlerinage des temps jadis, avait dit une femme aux cheveux gris.

Un des hommes saints, celui qui portait une robe bouddhiste, avait parlé à chacune des personnes qui les suivaient, même les enfants. Le second, dont les yeux scintillaient quand il s'adressait à quelqu'un, les avait écoutés. Il n'avait pas écouté les mots, mais les corps, trouvant les paroles que lui adressaient bras, jambes et ventres, et que personne d'autre ne savait entendre. Il avait donné des herbes à certains, et des conseils à d'autres pour qu'ils exercent leurs membres. Une femme dropka était arrivée au galop avec un bébé, en demandant au maigre en robe rouge de donner un nom à son enfant. Autrefois, les Tibétains demandaient toujours aux lamas le nom à donner à leur progéniture. Puis celui qui portait la robe avait donné des pénitences sous forme de voyages à accomplir. Cette femme-ci devait aller voir le frère auquel elle n'avait pas adressé la parole depuis dix ans parce qu'il lui avait donné un cheval boiteux. Celle-là devait se rendre auprès d'un lac de montagne et en boire les eaux, puis bâtir un abri que les animaux sauvages pourraient utiliser en hiver. L'invalide avait été envoyé méditer là où dormaient les poulains.

— Un synshy, avait dit le cavalier d'un air entendu. L'homme en robe savait parler aux chevaux.

Plusieurs personnes dans la foule avaient acquiescé avec assurance.

Mais ce n'était pas ça, le miracle, ajouta l'homme sur son poteau. Le miracle s'était produit plus tard, quand les nœuds étaient arrivés. Shan redressa aussitôt la tête, tandis qu'un frisson glacé se répandait dans son ventre. Les nœuds n'étaient que trois, ils étaient jeunes, dans un petit camion. Apparemment, ils étaient à la recherche des hommes saints : deux montaient la garde, l'arme à la main, pendant que le troisième, une femme, parlait vite et fort dans une radio.

Les gens s'étaient mis en colère en criant aux nœuds qu'ils feraient mieux de rechercher les tueurs d'enfants, pas les vieillards. Les nœuds avaient alors sorti des menottes et des chaînes. Quelqu'un leur avait lancé une pierre. Les nœuds avaient alors sorti leurs armes et l'un d'eux avait tiré une rafale en l'air. L'homme en robe — Gendun — s'était alors bouché les oreilles, et quand les coups de feu s'étaient interrompus, il avait baissé les mains et demandé au soldat s'il avait terminé. Avec le plus grand sérieux, il avait déclaré qu'on ne s'entendait plus avec tout ce boucan, et le Chinois qui avait tiré l'avait regardé avec perplexité avant de s'excuser.

Puis Gendun s'était posté devant le jeune nœud touché par la pierre en demandant à la foule rassemblée de ne plus faire de mal aux soldats. Il s'était adressé à Lokesh, qui avait refermé les menottes chaînées aux poignets de Gendun, lequel, à son tour, avait menotté Lokesh. Le lama avait alors demandé aux nœuds de s'asseoir un moment avec eux et de partager leur maigre pitance. Deux des nœuds s'étaient exécutés, et Gendun avait dit une prière pendant qu'un berger distribuait des morceaux de pain nan. Gendun avait demandé leurs noms aux nœuds. Il avait dit à la femme soldat qu'elle avait un visage solide et qu'elle ferait une excellente épouse pour un berger. Les gens avaient ri.

Mais ce n'était pas encore cela, le miracle, annonça d'un ton dramatique l'homme sur son poteau. Le miracle est venu ensuite, quand une limousine est arrivée et que la Garce de Jade en est sortie. Les gens s'étaient mis à trembler, certains se sont même enfuis. La procureur n'avait pas prononcé un mot, elle s'était contentée de regarder les Tibétains et les nœuds. Gendun s'était alors avancé, les poignets enchaînés, pour se poster devant elle avec un grand sourire. Elle l'avait fixé un long moment, comme en transe. Puis elle avait parlé dans sa radio et ordonné aux nœuds de partir, de libérer les deux hommes de leurs entraves et de partir. La femme avait voulu discuter, mais la procureur avait élevé la voix. Avant que les nœuds s'en aillent, elle s'est fait remettre les menottes chaînées. Les gens avaient cru qu'elle allait les mettre elle-même aux deux Tibétains, pour emmener ceux-ci dans son camp-prison au pied des montagnes. Mais la Garce de Jade s'était avancée vers Gendun et Lokesh, elle avait déposé les chaînes à leurs pieds et elle était repartie. C'était ça, le miracle.

Les chaînes se trouvaient sous le cairn, là où elle les avait laissées tomber.

Shan contempla en silence la pyramide de pierres, puis il se tourna vers Jakli.

— Elle ne veut pas les partager avec les nœuds, c'est tout, dit Jakli. Elle les veut pour elle toute seule, sans que les nœuds le sachent.

— Je ne sais pas. Parfois, de vrais miracles se produisent.

Il s'éloigna pour trouver une pierre à ajouter au cairn, puis il demanda à l'homme sur le poteau ce qui s'était passé ensuite. La nuit était tombée, dit-il, et ils avaient fait un feu, bavardé sous les étoiles. Au lever du soleil, les hommes saints n'étaient plus là.

Shan se tourna vers le désert. Dans quelques heures, la nuit tomberait à nouveau, et il ferait froid.

— Ils n'ont même pas de boussole, murmura Jakli d'une voix angoissée.

— Si, la rassura Shan. Mais c'est le genre de boussole que nous sommes incapables de lire, vous comme moi.

— Marco et Sophie doivent se trouver au Puits à l'heure qu'il est. Sophie pourrait les trouver. Sophie pourrait flairer leurs traces. Marco est probablement parti pour Karachuk. Peut-être qu'Osman lui donne un coup de main. Et Nikki aussi, ajouta-t-elle d'une voix douce.

Mais une demi-heure plus tard, alors qu'ils entraient dans le village suivant, ils aperçurent Marco et Sophie au milieu de la rue, entourés par les troupes de la Sécurité publique.

Jakli rangea discrètement le camion derrière un bâtiment et ils observèrent la situation : les nœuds avaient investi le village et installé un point de contrôle sur la place. Ils vérifiaient les papiers de tous ceux qui se trouvaient là ainsi que des gens de passage sur la grand-route. Plus d'une centaine de personnes faisaient la queue devant une table où trois officiers examinaient les papiers et tamponnaient les mains de ceux qui avaient été contrôlés. Deux nœuds équipés d'armes d'automatiques se tenaient à la porte d'un bus gris à l'avant carré et aux fenêtres barrées d'épais grillage derrière lesquelles apparaissaient une demi-douzaine de visages désespérés. À côté du bus se trouvait un camion gris de transport de troupes, et, quatre-vingts mètres plus loin, un camion rouge avec deux hommes sur le siège avant. La Brigade n'en perdait pas une miette. Elle surveillait, non pas la foule, mais les nœuds.

Jakli essayait désespérément de reconnaître des visages dans la queue. Elle tourna vers Shan un regard lourd d'inquiétude, puis reprit son examen et finit par pousser un soupir de soulagement en voyant passer une adolescente. Elle tira la jeune fille à l'abri du bâtiment et lui parla à voix basse d'un ton d'urgence, avant de lui prendre la main et d'examiner le tampon des nœuds. Cinq étoiles en cercle, à l'encre rouge. Elle lui lâcha la main et poursuivit son conciliabule quelques instants encore, avant de la laisser repartir et de tirer Shan dans la queue.

Elle demanda à l'homme qui était devant elle ce qu'avait fait l'Eluosi qui avait ce merveilleux chameau. C'est Marco Myagov, expliqua l'homme d'un ton admiratif, avec sa bête de course argentée. Marco n'avait rien fait, hormis de refuser de laisser l'animal en prenant sa place dans la file en attente, et donc un officier lui avait ordonné d'attendre que tout le monde soit passé. Au même instant, Sophie s'ébroua, regarda Shan et Jakli et inclina la tête comme si elle allait leur parler. Marco suivit la direction de son regard, fronça le sourcil en reconnaissant ses deux amis et se détourna immédiatement.

Shan observa la manière de procéder des officiers au contrôle. Ils examinaient d'abord les visages, puis les papiers. Femmes et enfants passaient après un bref coup d'œil à leurs pièces d'identité et un hochement de tête. Un vieil homme passa lui aussi sans qu'on lui accorde un intérêt particulier, puis un autre après lui. Les nœuds cherchaient quelqu'un. Pas un Chinois han. Un homme, mais pas un vieillard. Le seul espoir de Shan était qu'ils trouvent celui qu'ils cherchaient le plus vite possible, sinon il allait finir lui aussi dans le bus, comme clandestin sans papiers.

En tête de queue se produisit tout à coup un grand brouhaha. Un des officiers s'était levé et ordonnait à un homme d'ôter son chapeau. Il tira l'homme sur le côté et l'interrogea pendant que les deux autres officiers examinaient avec soin les pièces d'identité.

— Qui est-ce ? interrogea discrètement Shan.

Jakli s'adressa à nouveau à celui qui la précédait.

— Il ne sait pas, dit-elle. Un Tadjik. C'est bien. Ce répit est le bienvenu.

À quoi ce répit servira-t-il ? songea Shan. À provoquer un nouveau miracle ?

Ils étaient arrivés au niveau de Marco, qui chantait une de ses chansons en langue turque. Les paroles déclenchaient les rires chez beaucoup de ceux qui se trouvaient à portée d'oreille.

Shan pria Jakli de lui expliquer. Elle écouta un moment avant de rougir.

— Ça parle de chameaux. De chameaux qui font l'amour et qui ont des problèmes à cause de leurs bosses.

Elle poussa un profond soupir de soulagement : une silhouette venait d'apparaître dans la pénombre d'une allée qui donnait dans la rue, à trois mètres de l'endroit où attendait Marco. Marco l'avait également vue : il fit un clin d'œil rapide à Jakli, puis se tourna vers Sophie et lui murmura quelques mots à l'oreille en lui lâchant les rênes.

La chamelle argentée poussa un cri à tout casser et fonça droit sur la file d'attente, éparpillant ceux qui attendaient alentour. Marco essaya de rappeler Sophie, demanda qu'on arrête l'animal. Une vingtaine de personnes se lancèrent à la poursuite de la chamelle, y compris la silhouette dans l'allée : elle piqua droit sur Shan et Jakli, les faisant tomber au sol tous les deux sans pour autant cesser de crier contre l'animal en fuite. Plusieurs mains agrippèrent Shan. Quelque chose d'humide lui toucha la main, et on lui enfonça un chapeau sur le crâne. À l'instant où il se remettait debout, Jakli le tira dans la foule qui poursuivait Sophie. Un moment plus tard, la chamelle se calmait sous les paroles d'un vieux Kazakh qui la ramena à Marco. Jakli poussa Shan dans l'embrasure d'une porte. Il examina sa main : elle était tamponnée d'un anneau de cinq étoiles rouges. Ils se promenèrent autour de la place, en montrant leur main aux nœuds qu'ils croisaient comme si de rien n'était.

Un autre homme attira l'attention des officiers à la table.

— Demandez à quelqu'un s'il s'agit là aussi d'un Tadjik, murmura Shan.

C'était en effet un Tadjik, leur apprit une vieille femme édentée. Shan se sentit une fois de plus glacé. En dépit des efforts précipités de Bao pour retrouver les éléments subversifs, la Sécurité publique voulait un Tadjik.

— Ces imbéciles ne sont pas au courant, ajouta la vieille. Les Tadjiks sont tous partis pour Yoktian. Le directeur Ko leur offre de nouveaux vêtements, des blue-jeans américains. Un cadeau spécial pour la contribution des Tadjiks à la société.

Tandis que Jakli le poussait dans les ombres en bordure de rue, Shan fixait la vieille d'un air perplexe. La Brigade surveillait les nœuds pour savoir quels Tadjiks ils allaient prendre dans leurs filets, mais en même temps, et sans en souffler mot, elle tentait d'attirer les Tadjiks en ville. Pour pouvoir les remettre aux nœuds ? Ou pour empêcher les nœuds de trouver des Tadjiks ? Ou, à tout le moins, un Tadjik bien précis.

Jakli acheta deux bouteilles d'orangeade à un vendeur des rues installé devant son tapis à un coin de la place, et ils s'assirent contre le mur d'un bâtiment, en contemplant les nœuds en plein travail, comme pratiquement tous les habitants du village. Une demi-heure plus tard, la queue s'était résorbée, et Marco et Sophie furent conduits devant la table. Le village commença à se rapprocher, dans l'attente d'un spectacle divertissant. Mais Marco regarda droit devant lui et s'adressa aux nœuds d'une voix pleine de respect. Il avait ses papiers d'identité. Quand l'officier en eut terminé avec lui, cependant, Marco se posta devant sa chamelle, le visage à quarante centimètres de son museau, et entama une harangue à voix basse sur le manque de discipline dont elle avait fait preuve : les animaux qui travaillaient pour le peuple se devaient de montrer du respect au peuple, alors qu'elle, elle gaspillait le temps précieux du Bureau de la Sécurité publique. Shan avait un jour assisté à une séance de tamzing conduite contre un cheval par un Garde rouge absolument furieux d'avoir été retardé, au cours de la traversée d'un pont, par ledit cheval trop lent qui tirait une charrette.

L'officier s'approcha à son tour en lançant à l'animal un regard noir. Sophie inclina la tête, rapprocha le museau, et lâcha un bruit, moitié ricanement, moitié braiment, en aspergeant le bonhomme de salive.

Tout le monde éclata de rire, sauf Marco et l'officier. Marco se mit en demeure d'éloigner Sophie au plus vite, mais l'officier dégaina son pistolet et le pointa sur la tête de l'animal. Avec un frisson glacé, Shan vit Marco glisser la main sous sa veste. La foule se calma instantanément, la peur au ventre.

Lorsque retentit la détonation, Shan rejeta la tête en arrière, en geste réflexe, tout entier dans l'horreur qu'avaient instillée en lui les pistolets des nœuds qu'il avait entendus claquer tant de fois par le passé : lors des exécutions publiques à Pékin, ceux qui étaient assis dans les premiers rangs se retrouvaient aspergés de sang et de débris de cervelle. Ainsi qu'au goulag, où, par trois fois, il avait vu des nœuds abattre à bout portant des moines qui les défiaient calmement en récitant leurs mantras.

Cependant, la détonation avait retenti derrière lui. Près du bus, où un autre officier tenait son pistolet, canon en l'air. Le nœud près de Sophie abaissa son arme, en observant celui qui avait fait feu. L'homme s'approcha. Il avait les mêmes yeux que tous les autres, aussi inertes et sans vie, mais ses cheveux étaient plus gris. Il fixa Marco un long moment, puis, solennellement, prit le tampon encreur sur la table et déposa un cercle de cinq étoiles rouges sur le museau du chameau.

Les nœuds remontèrent dans leur camion. En l'espace de cinq minutes, ils étaient partis, escortant le bus gris sur la grand-route de Kachgar. À son tour le camion de la Brigade quitta la place pour suivre les nœuds.

Jakli et Shan rejoignirent Marco devant l'abreuvoir du village où Sophie buvait à longues goulées tandis que son maître lavait la marque à l'encre rouge.

— Quatre heures. Quatre heures de foutues ! rouspétait-il.

Shan éprouva un pincement d'envie quand il vit Marco diriger Sophie au petit trot vers le Taklamakan, puis il se tourna vers Jakli, une urgence toute nouvelle dans la voix.

— Hoof le Tadjik est la clé de tout. Il faut le retrouver avant Ko et les nœuds.

Leurs solides petits chevaux grimpèrent des heures durant, derrière une jeune adolescente du camp où ils avaient laissé le camion. Ils avançaient bon train, toujours au trot, leurs montures peinant dans ce terrain difficile, sans que jamais la jeune fille ne quitte la piste des yeux, surveillant les carrés de glace qui pouvaient les faire trébucher, ou le ciel, où des hélicoptères pouvaient se matérialiser avec des résultats bien pires. Par deux fois, ils s'arrêtèrent à de petits campements d'éleveurs, où Jakli et Shan reçurent des bêtes fraîches. Personne ne protesta. Au premier camp, la jeune fille expliqua que c'était pour les garçons de la zheli qui mouraient les uns après les autres, et les nouvelles montures furent offertes immédiatement, accompagnées d'une tasse de thé. Au second, un berger était en train de parler des hommes saints, et quand Jakli annonça que Shan était leur compagnon de route, on leur proposa des chevaux frais sans même qu'ils le demandent.

Ils arrivèrent à une yourte solitaire installée à une altitude telle que l'eau dont ses occupants se servaient provenait d'un champ de glace à quelques centaines de mètres du campement. Une femme entre deux âges portant un tablier rouge sale était assise près d'un feu devant la yourte, occupée à enfiler des ronds de fromage durcis au soleil sur une ficelle. Un jeune garçon, âgé d'à peine plus de six ans, était posté tout contre le feutre de la tente, à l'abri du vent, où il barattait méthodiquement. La femme les accueillit par des hochements de tête, puis elle cassa le coin d'une brique de thé noir qu'elle laissa tomber dans une bouilloire posée en bordure du feu. C'était le campement de l'oncle d'Osman, où un fils était mort de fièvre récemment.

La femme versa le thé et dit que les bergers seraient de retour au coucher du soleil, puis elle leur montra les coussins et couvertures empilés haut à l'arrière de la yourte. Shan se sentait épuisé, et il savait que cela se voyait sur son visage.

Il fut réveillé par un chœur de bêlements. Un fond de rose foncé, sur les pics à l'ouest, était tout ce qui restait de la lumière du jour. Le feu flamboyait. Un homme aux cheveux gris était accroupi devant les flammes, une chope de thé à la main. Les bêtes étaient partout, et la yourte donnait l'impression d'être un îlot au milieu d'une mer de moutons. Shan entrevit deux autres silhouettes vêtues de lourds chubas sombres au milieu du troupeau. L'une, une femme âgée, avançait vers le feu. L'autre, coiffée d'une casquette en feutre noir, resta en arrière et s'assit sur un rocher, en compagnie d'un gros mastiff.

Ce n'était pas le seul chien du campement. Deux autres mastiffs étaient allongés près du feu, la tête du premier posée sur le dos de l'autre. Tous deux jetaient des regards soupçonneux à Shan qui cherchait un peu de chaleur. Un chien blanc, plus petit celui-là, sortit en rampant de sous les moutons, et fila dans la yourte. Lorsque Jakli et leur jeune guide se réveillèrent, ils mangèrent tous de grands bols de yoghourt avec du pain nan et de la viande séchée, sous les hochements de tête polis de leurs hôtes qui parlaient plus facilement à leurs chiens qu'à leurs invités. Jakli sortit de son sac un paquet de bonbons durs et ronds qui furent acceptés avec enthousiasme quand elle les fit passer à la ronde. Finalement, sa faim prenant le pas sur sa peur, la silhouette à la casquette noire s'approcha.

Dès que l'homme apparut devant le cercle de flammes, Shan se souvint de la manière dont il lui avait sauté dessus. Il reconnut les yeux, animés d'une fureur sauvage quand le Tadjik lui avait martelé la poitrine de ses poings.

— Nous sommes venus te parler, Hoof, déclara Jakli.

Le Tadjik répondit par un grognement, et accepta le bol de yoghourt que lui offrait la femme.

— Il connaît les moutons, dit celle-ci, comme si Hoof avait besoin d'être défendu. Et les chiens l'aiment.

De nouveaux chiens avaient fait leur apparition au début du repas. Shan en compta sept et se demanda combien il en restait dans les ombres de la nuit. S'ils ne parvenaient pas à avoir des enfants pour fonder une famille, les bergers savaient assurément se faire une famille de leurs chiens.

Quand Hoof s'assit à côté de lui, Shan ne vit pas dans son geste de signification particulière. Puis il remarqua les regards inquiets qu'il lançait à Jakli pendant qu'il engloutissait la nourriture. La femme servit le reste de thé. Cinq minutes plus tard, quand Shan se retourna après avoir contemplé la lune qui se levait, il s'aperçut qu'il ne restait que Jakli et Hoof auprès du feu.

— C'est bien loin de partout, ici, observa-t-il.

— Ils ont une radio, pour écouter de la musique, dit Hoof. Mais, la plupart du temps, elle ne fonctionne pas.

Jakli se leva pour remettre un rondin dans le feu. Hoof se crispa, comme si elle allait le frapper.

— Ça paraît bien loin, la fois où on s'est vus à Karachuk, dit Shan.

— Oui, bien loin, confirma Hoof avec un soupir, avant de relever la tête et d'ajouter bien vite : je suis venu ici immédiatement. Comme Marco me l'a dit.

— Nous ne sommes pas ici pour Marco.

Ces paroles plongèrent Hoof dans la perplexité. Il plissa le front et fixa les flammes en marmonnant une syllabe que Shan ne comprit pas. Un des mastiffs s'approcha et s'assit auprès de lui, en surveillant Shan et Jakli.

— Le Xinjiang, c'est dur, soupira Shan. Les gens sont obligés de faire des tas de choses dont ils n'ont aucune envie. Si nous avions le choix, nous ne ferions rien qui puisse blesser les autres.

— Quand j'étais jeune, dit Hoof d'une voix aiguë et inquiète, mon père possédait un troupeau de moutons. Mais le gouvernement les lui a pris, parce que personne n'avait le droit d'être propriétaire privé. Aujourd'hui, on peut avoir des choses bien à soi, des propriétés privées, mais moi, je n'ai plus mes moutons. C'est un autre qui les a. Je les ai cherchés, mes moutons, mais je ne les ai vus nulle part.

Il parlait lentement, comme s'il n'avait pas les idées claires. Ce n'était plus l'homme insolent que Shan avait rencontré à Karachuk.

— J'ai posé la question à un Chinois de la ville. Il a ri, et il m'a répondu que mes bêtes avaient probablement été expédiées à Pékin pour nourrir le Président.

Un cri de chouette perça la nuit.

— Ma mère est morte l'année dernière, mais elle vivait au Tadjikistan — la république indépendante des Tadjiks, anciennement membre de l'URSS. On m'a refusé les papiers pour aller l'enterrer.

Des papiers. Hoof parlait de passeport, pour passer la frontière.

— Tu veux dire que tu es sorti du pays avec Marco.

— Pas moi, mon frère. Mais pas avec Marco. Avec le petit Marco. J'ai proposé de payer pour qu'il y aille, mais c'est Petit Marco qui l'a payé, tellement il était bon avec les bêtes.

— Nikki, dit Jakli, d'une voix étouffée, chargée d'émotion, en offrant un sourire à Shan.

— C'est ça, acquiesça Hoof. Nikki.

Il se tourna vers Jakli, la tête de côté, comme si un souvenir lui revenait.

— Il a payé mon frère pour participer à d'autres caravanes. Je l'aime bien, ce Nikki. Il rigole bien.

Jakli sourit à nouveau et caressa la tête du chien de Hoof.

— Mais quelqu'un t'a posé des questions par la suite, dit Shan. Quelqu'un qui portait un uniforme.

Si Hoof volait des renseignements relatifs aux Américains à Karachuk, ce ne pouvait être que pour Bao.

— Pas d'uniforme, répliqua Hoof, comme s'il ne voulait en aucun cas commettre la moindre erreur. Pas au début. Je ne l'aurais pas fait si j'avais su qui c'était la première fois. Je l'ai pris pour un acheteur, qui cherchait des marchandises américaines. J'étais au marché de Yoktian, et lui voulait juste avoir des renseignements sur la façon la plus sûre de sortir du pays, parce que des amis à lui voulaient passer la frontière. Il m'a offert à boire. On s'est promenés dans le marché. Il m'a donné de nouvelles chaussures, juste parce que je les avais vues et qu'elles me plaisaient. Il a dit que si on devenait bons amis, il pourrait peut-être me trouver des moutons. Et aussi un boulot. Je n'ai jamais eu d'ami han. J'ai pensé que je devrais peut-être en avoir un.

Il se tourna vers Shan pour quémander son approbation.

— Je crois qu'il faut en avoir un, si on veut réussir dans notre monde.

Shan se rappela leur première rencontre, lorsque Hoof s'était vanté d'avoir des amis chinois pour l'impressionner.

— Et tu t'es aperçu ensuite que ce n'était qu'un nœud déguisé, avança Shan.

Hoof hocha la tête avec un visage de spectre.

— Et pas un petit. Un officier. Je ne l'ai pas su tout de suite. C'est un jour qu'on s'est retrouvés sur la grand-route et qu'il avait mis son uniforme.

— Bao Kangmei ?

— Pas ce salopard-là ! s'écria Hoof d'un air surpris. L'autre. Le maigre avec plein de boutons.

Sui. Hoof avait été recruté par Sui.

— J'avais connu un nœud par le passé, poursuivit Hoof à l'adresse des flammes. Il était propriétaire d'une station-service, quand on a autorisé la propriété privée. Il a ordonné à toutes les voitures des nœuds de venir s'approvisionner chez lui.

— Mais par la suite, cet officier a voulu autre chose. Des renseignements sur Lau et les gens qui lui étaient proches. Sur les étrangers au pays.

— Il a expliqué qu'il allait quitter les nœuds. Il voulait monter une affaire. Les affaires, c'est international. Bien sûr qu'il voulait rencontrer des étrangers. Il voulait vraiment voir des Américains et les choses que faisaient les Américains. Je lui ai donné un jour une boîte vide de soda américain que j'avais trouvée à Karachuk, et il m'a payé. Il m'a donné plus d'argent que ce que je gagne en un mois à surveiller les moutons. Tout ça pour une boîte vide !

Les moutons dormaient, en bordure du campement, comme un grand tapis gris sous la lune. Un peu plus loin, un des mastiffs était assis sur un rocher, face aux ténèbres.

— Et donc tu lui as apporté d'autres choses venant des Américains.

— Pas beaucoup. Vous m'avez arrêté.

— Après ça, tu as dû quitter Karachuk. Ce fameux soir. Mais tu avais déjà l'intention de partir, quand Marco t'a expédié ici. Tu avais l'intention de retrouver ton ami des nœuds.

— Ils étaient deux, cette fois, confirma Hoof d'un hochement de tête. Le nœud et un autre, qui portait des lunettes sombres alors que le soleil était déjà couché. Ils étaient assis dans une voiture rouge et ils m'attendaient en buvant de la bière.

L'homme aux lunettes m'a emmené faire un tour pendant que le nœud s'installait sur un rocher pour continuer à boire. Tout en roulant, il m'a dit qu'il pourrait m'aider. Qu'il allait être mon nouvel ami. Il m'a donné de l'argent, pour rien. Il m'a demandé ce que je désirais le plus, et je lui ai répondu : Des moutons. Il a dit : Pas de problème. S'il réussit à me trouver des moutons, mon frère et moi, on pourra démarrer notre propre camp au printemps. Il faut que mon frère rencontre mon nouvel ami. Ne travaille pas pour les nœuds, j'ai dit à mon frère. Ils ne paient pas aussi bien.

Ainsi, Hoof travaillait pour la Brigade. La température avait fraîchi et Shan se rapprocha du feu.

— Le soir où tu es parti, tu les as vus, tous les deux. Ton ami qui conduit la voiture rouge. Près de la grand-route. Tard.

— Mon nouvel ami a dit qu'il n'avait pas beaucoup de temps. Il a dit : Voici ce qui arrive aux gens qui essaient de vous voler votre commerce. Le nœud plein de boutons, il était là, avec un grand sourire, comme si c'était une plaisanterie, quand il a vu le pistolet pointé sur lui. Mais alors, *bang*, le conducteur du camion rouge a pressé la détente. En plein cœur, deux balles. J'ai couru. Je suis venu ici, parce que Marco l'avait dit.

Shan plongea les yeux dans les braises. Hoof avait été témoin : il avait vu Ko Yonghong abattre l'homme au visage marqué par la petite vérole, le lieutenant Sui. Ensuite il avait disparu, ce qui avait inquiété Ko. Parce que Ko voulait Hoof. Mais Bao le voulait également. Avec Hoof dans son camp, Bao allait pouvoir détruire le directeur de la Brigade. Mais comment Bao avait-il découvert toute l'affaire ?

Soudain, le chien bondit et se mit à aboyer vers les ténèbres côté nord du campement. Jakli gémit et pointa le bras. Au loin, sur l'horizon, deux zébrures de lumière blanche et brillante illuminèrent le ciel.

— Des fusées éclairantes, marmonna Hoof. On en a vu beaucoup ces temps-ci.

— Des fusées éclairantes ? demanda Shan. Et qui les lance ?

— Les nœuds. Ils aiment venir fouiller la nuit, pour prendre les gens par surprise.

Shan contempla les traînées lumineuses qui disparaissaient lentement. Il se rappela les paroles de la femme dropka : le démon avait cessé d'attaquer Alta parce qu'il avait été rappelé par un éclair de tonnerre. C'est ainsi que les démons communiquent entre eux, avait-elle déclaré. Elle avait raison. C'était bien ainsi que les démons communiquaient entre eux. Mais si le tueur d'Alta avait été rappelé par Sui, s'il travaillait pour Sui, pourquoi avoir insulté le lieutenant des nœuds quand il avait vu les fusées éclairantes ? Parce qu'il n'avait pas terminé le travail. Parce que le jeune garçon était encore vivant.

Les deux hommes restèrent un long moment silencieux, les yeux plongés dans les ténèbres où avaient éclaté les fusées.

— Avant de venir ici, tu as vu ton frère, n'est-ce pas ?

— Sur le chemin pour venir. Je lui ai dit que je serais absent un long moment, dans un endroit secret. Je voulais aussi lui parler de notre entreprise, des moutons qu'on allait avoir. Du bon argent, quand j'en aurai fini ici. Contente-toi de coopérer, j'ai dit à mon frère, sinon tu vas te retrouver comme ce Chinois. Mort.

Shan comprit alors avec désespoir que Bao était déjà en affaires avec le frère de Hoof. Ne travaille pas pour les nœuds, lui avait dit Hoof. Parce qu'ils ne paient pas aussi bien. C'est ainsi que Bao avait découvert que Ko était l'assassin de Sui. C'est ainsi que Bao avait obtenu une voiture neuve rutilante des mains de Ko, en révélant au directeur de la Brigade ce qu'il avait appris sur le meurtre de Sui. Bao commençait à apprendre les arcanes de la nouvelle économie, et Ko avait un nouveau concurrent. Et si Bao réussissait à mettre la main sur Hoof, s'il parvenait à présenter le témoin du meurtre de Sui, il aurait le moyen de détruire Ko et de s'emparer du commerce de primes de chasse si lucratif du directeur de la Brigade.

— C'est dur, les affaires, soupira Hoof, en se tournant un instant vers Jakli, avant de s'adresser aux flammes : moi, je voulais juste enterrer ma mère.

Au petit matin, Jakli n'était plus là. Elle n'avait averti personne, se contentant de dire à leur guide qu'elle verrait Shan au nadam. Tout le monde savait que Jakli irait au nadam, dit la jeune fille kazakhe tout excitée, parce son mariage était l'événement principal des festivités. Mais personne ne savait qu'à l'issue du nadam elle allait partir pour démarrer une nouvelle vie. Les commencements ne se bâtissaient que sur des fins, avait dit un lama à Shan.

Il décrivit à la jeune fille un lieu avec une grande falaise et une prairie de l'autre côté de la route, en lui demandant si elle pouvait le conduire là-bas.

— Ce n'est pas loin. Peut-être deux heures.

Ils chevauchèrent d'un bon pas jusqu'à la route, puis mirent pied à terre pour rejoindre l'endroit où Jakli avait laissé les fleurs le jour où elle l'avait conduit à Senge Drak.

Shan remercia la fille, puis emprunta une piste qui remontait vers la haute crête et arriva, une demi-heure plus tard, sur un petit replat qui surplombait la route. Il descendit de cheval et attacha l'animal à un arbre.

Jakli était là, agenouillée devant un large monticule de terre sur lequel fleurissaient des asters d'automne. Il arracha un brin de bruyère rougeâtre et le laissa tomber sur le monticule.

— Le grand inspecteur, dit Jakli en l'accueillant par un sourire entre ses larmes.

— Je me faisais du souci pour vous.

— Avec vous et Marco qui veillent sur moi, comment voulez-vous qu'il m'arrive quelque chose ? demanda-t-elle en ôtant les feuilles mortes d'entre les fleurs. Mon grand-oncle, le synshy, celui qui parlait aux chevaux, disait que l'esprit des chevaux erre après leur mort. Et que cet esprit peut se réinstaller dans un autre cheval, même très loin de là.

— Aussi loin qu'en Amérique, compléta Shan, qui avait compris ce qui la tracassait.

Jakli acquiesça et continua le nettoyage de la tombe de son cheval, celui qui avait été tué par les soldats bien des années auparavant. Elle n'avait personne d'autre à qui dire au revoir, ni d'autre manière de le faire. Son père avait disparu, son clan s'en allait. C'était sa manière à elle de mettre un terme au passé, de laisser son ancienne vie derrière elle.

— Mon oncle, le synshy, a monté un étalon jusqu'à l'âge de quatre-vingt-dix ans, et son cheval en avait trente-cinq. Quand son cheval est mort, il a insisté pour l'enterrer de ses mains, tout seul. Il a creusé pendant deux jours, un énorme trou, à côté de la bête, exactement comme j'ai fait ici, pour pouvoir y faire glisser le corps de l'animal. Au dernier moment, la terre s'est affaissée et le cheval a dégringolé sur mon oncle. Il l'a tué. Ma tante a dit de le laisser là, que c'était bien que tous les deux, l'animal et l'homme, soient dans la même tombe. Au cours de l'enterrement, mon père a dit que Zhylkhyshy Ata, la divinité des chevaux, avait rappelé mon oncle à elle pour qu'il s'occupe de ses troupeaux au ciel.

Shan s'aperçut qu'elle était rongée plus par le doute que par le chagrin.

— J'ai l'impression que je les abandonne tous. Comme si je ne pensais qu'à moi-même.

— Le clan de la Pierre rouge s'en va, lui aussi.

— Je veux parler des Kazakhs. Je veux parler des Maos et des purbas. Regardez tout ce que les Américains ont sacrifié pour venir ici et nous aider, et moi j'ai le sentiment que je fais tout le contraire.

— Vous ne fuyez pas.

Jakli resta muette. Il s'agenouilla et l'aida à nettoyer la tombe.

Elle le remercia une fois qu'ils eurent terminé, puis le pria de partir. Ce qu'il fit, non sans qu'elle lui eût promis d'aller voir sa robe de mariée.

— Seulement si vous me promettez d'être là vous aussi. Allez en ville. Trouvez Bœuf Mao, il vous emmènera au nadam, c'est un bon Kazakh.

— Je ne peux pas. Je dois m'entretenir avec les garçons au sujet de Micah. Nous devons le trouver, nous assurer qu'il est sain et sauf.

— Il est en sécurité. Si sa famille dropka se cache, pas un nœud ne le trouvera. Et Marco, ajouta-t-elle avec sérieux, Marco sera au nadam avec Lokesh et votre lama. Ou alors il saura où nous devons aller en compagnie des Maos pour les secourir.

Shan trouva le Kazakh au restaurant de la ville, mais il ne lui demanda pas tout de suite de le conduire aux festivités équestres. Il demanda au Mao de lui dessiner une carte et se dirigea vers les abords de la ville, en restant dans l'ombre, se méfiant des brigades de démolition, s'abritant dans les embrasures de porte quand le vent chargé de sable lui fouettait les joues avec une telle violence qu'il avait mal.

La Clinique du Peuple de Yoktian occupait un bâtiment de plain-pied tout délabré, au toit de tôle ondulée et aux murs de torchis, avec, pour seul signe distinctif, un camion devant l'entrée portant les emblèmes défraîchis d'une ambulance. Le véhicule avait l'air abandonné : ses pneus étaient à plat, ses flancs corrodés et rouillés. À l'avant, une jeune fille qui jouait avec le volant se coucha sur le siège à son approche.

À l'intérieur, la première impression de Shan fut que la clinique était elle aussi abandonnée. Le sable volait dans le hall quand il y pénétra, et un chien décharné couché sur le sol releva la tête avant de reprendre son somme. Des couloirs partaient de droite et de gauche. Celui de gauche était fermé par une large porte avec joint en caoutchouc.

L'odeur âcre de l'ammoniac le frappa de plein fouet quand il poussa les battants. La seule occupante du couloir, une femme âgée aux cheveux gris qui passait une serpillière, releva les yeux et agrippa son manche à balai à deux mains comme s'il allait le lui prendre. Il s'avança précautionneusement en inspectant chaque chambre pour en trouver une qui fermait à clé. Des dix chambres de cette aile, six étaient occupées, dont une par une infirmière assoupie, mais aucune ne possédait de verrou.

Il trouva ce qu'il cherchait dans le second couloir : une porte avec verrou qui ouvrait sur un quartier d'une demi-douzaine de lits. Il poussa et la porte battit sur ses gonds. Seul un lit était occupé, dans le fond. Le vieux gardien des eaux y était attaché. L'une des extrémités d'un long bandage — de ceux qu'on utilisait pour immobiliser une entorse — avait été nouée à un pied du lit, l'autre autour des poignets du lama. Le vieil homme avait étiré le lien suffisamment pour pouvoir s'asseoir sur le sol, où il se tenait dans la position du lotus. Il ne méditait pas, mais fixait d'un œil curieux une fenêtre à deux mètres de lui. Un verrou la bloquait.

Le vieil homme se contenta de saluer Shan d'un signe de tête quand ce dernier s'assit auprès de lui, comme s'il l'attendait, puis il indiqua de ses mains ligotées la fenêtre.

— Quand le vent souffle dans la bonne direction, déclara-t-il d'une voix râpeuse, un minuscule filet de sable se glisse dans le coin supérieur.

Il contempla la fenêtre en hochant la tête.

— Si personne n'y touchait, au bout de quelques mois il y aurait une dune en travers de mon lit.

Il semblait impressionné, comme si ce filet de sable était d'une beauté insigne et que son lit était prédestiné à être enseveli.

— Rinpoché, est-ce qu'il y a un garde ?

Baissant les yeux, il vit que les doigts du vieil homme étaient bleus, et il commença à défaire le bandage.

— Je peux vous ramener au Nid du Corbeau, expliqua-t-il doucement.

— Il faut qu'il y ait une ouverture, sinon rien ne peut entrer, dit le vieux lama avec sérénité.

Des bruits de pas résonnèrent : on courait dans le couloir. Gros Mao apparut, haletant, suivi par Bœuf Mao, qui referma la porte et s'y appuya, bloquant ainsi l'entrée à d'éventuels intrus. Gros Mao, sans saluer les deux hommes, se précipita vers la fenêtre, un tournevis à la main, et arracha le moraillon qui fermait le verrou. Il l'ouvrit et fit signe à Shan. Avant que celui-ci réagisse, Bœuf Mao l'avait saisi à bras-le-corps et le traînait. Les deux hommes le soulevèrent et le jetèrent à l'extérieur, sur le sable, puis sautèrent à leur tour. Gros Mao ferma la fenêtre et entraîna Shan vers l'extrémité du bâtiment, où les attendait une infirmière devant une chambre inoccupée.

Quelques instants plus tard, ils virent les nœuds emmener le gardien des eaux : le vieil homme n'avait plus de bandage pour lui tenir les poignets, mais des entraves d'acier.

Une silhouette trapue apparut derrière le vieux lama, un sourire satisfait sur le visage. Bao Kangmei. Il lâcha un ordre, et les deux soldats s'arrêtèrent. Bao se mit à tourner autour du vieil homme, dont le regard ne manifestait pas la moindre crainte. Il se contentait de fixer Bao d'un air curieux et intéressé.

— Bao ne sait rien, dit Gros Mao, mais il soupçonne quelque chose. Il va l'enfermer dans le quartier de détention des nœuds, au Camp de la Gloire.

Il n'allait pas falloir longtemps à Bao pour comprendre lequel des vieillards placés en détention était un lama, lequel avait été le sujet du poème tibétain subversif.

Les poings sur les hanches, Bao resta un instant planté devant l'entrée de la clinique comme s'il espérait voir apparaître un public plus nombreux, puis, d'un geste sec, il fit signe à ses hommes de poursuivre. Ceux-ci fourrèrent le vieux lama à l'arrière de leur camion. Shan, le cœur lourd, regarda le véhicule disparaître, avec, en mémoire, les paroles du vieux sage. Il faut qu'il y ait une ouverture, sinon rien ne peut entrer. Au cours d'un enseignement dans les baraquements du camp de travail, il avait entendu ces mêmes mots de la bouche d'un lama. Le gardien des eaux ne parlait pas de sable, mais d'illumination. Seule l'illumination nous sauvera. L'illumination qui atteint aux sombres profondeurs par une ouverture qui n'existait pas auparavant.

En s'éloignant, le camion des nœuds avait laissé apparaître une voiture rouge garée un peu plus loin. Bao alluma une cigarette et inspecta les environs, un sourire satisfait aux lèvres. Il tourna le visage vers la ville, puis vers la clinique, qu'il fixa si longtemps que l'infirmière s'aplatit de peur contre le mur. Finalement, il s'approcha de la portière du conducteur et s'arrêta. Un scarabée traversait la route. Bao s'avança d'un pas martial, se pencha pour examiner l'insecte, puis, se redressant, il sourit et écrasa le scarabée d'un coup violent de sa botte.

La fin de la matinée approchait quand Shan et Bœuf Mao mirent pied à terre sur le replat d'une haute crête où les courants ascendants laissaient flotter dans les airs des feuilles d'automne sèches, comme autant de fragments de pigments colorés sur la palette du ciel. Le Kazakh lui avait indiqué un cavalier qui approchait au sommet de la crête. Shan reconnut Akzu, vêtu d'un gilet rouge brodé de motifs de chevaux et de fleurs.

— C'est fini ! s'écria le chef de clan avec un large sourire en descendant de selle. Tous les garçons de la zheli sont sains et saufs. Nous avons reçu un message du dernier clan des ombres, un petit mot apporté par un chien. Leur garçon de la zheli est protégé. Ils viendront au Lac de Pierre dans trois jours. Quelques Maos sont restés dans les hautes montagnes. Ils abattent des arbres et causent de petites avalanches pour bloquer les routes et empêcher les patrouilles de nœuds de passer. Les Maos sont toujours là-haut, ils surveillent. Le dernier garçon est en sûreté jusqu'à notre rencontre. Nous pouvons faire la fête.

Le vieux Kazakh avait sincèrement l'air heureux, non pas simplement parce que les garçons étaient sauvés, mais aussi, soupçonna Shan, parce que le clan de la Pierre rouge avait trouvé un moyen de combattre le programme Pauvreté de la Brigade.

Akzu fit plusieurs fois le tour de Shan, avant de lui tendre un bonnet dépenaillé en fourrure de renard et une vieille paire de lunettes de soleil rayées.

— Le nadam, c'est spécial pour les Kazakhs. Un jour des visiteurs d'Ouroumtsi ont débarqué, un secrétaire du Parti. Il a failli y avoir une émeute.

Il vérifia l'allure de Shan et lui enfonça le bonnet de fourrure sur les yeux.

— Votre peau. Il faudrait la foncer.

Akzu prit une poignée de boue et se mit à lui en frotter les joues, sous les rires de Bœuf Mao. Shan regarda d'où venait la boue, un carré de terre humide où un des chevaux venait d'uriner.

— Au moins, vous sentirez comme un vrai cavalier, fit remarquer Akzu avec ironie.

Avec un soupir résigné, Shan finit le travail et, suivant l'exemple d'Akzu, s'essuya les mains dans la queue de son cheval.

Le chef de clan les mena sur l'autre versant de la crête jusqu'à une vire surplombant la longue et haute vallée. Vers le sud et le nord, elle était fermée par une vaste paroi de pierre noire qui se dressait à plusieurs centaines de mètres. Au nord, s'étalait un lac turquoise, entouré sur trois de ses côtés par des résineux et des peupliers. On avait l'impression d'être devant une énorme salle creusée dans les montagnes, au sol tapissé d'herbes sèches d'un marron olivâtre et meublée d'une cinquantaine de gros coussins dans un assortiment de noir, de beige, de brun et de blanc.

Shan ôta ses lunettes de soleil pour mieux s'imprégner du panorama. Les coussins étaient des yourtes, disposées en groupes de trois ou quatre, avec, au centre de chaque regroupement, des corrals fermés de cordes pour les chameaux et les chevaux. Bœuf

Mao lâcha un Youpi ! et, les laissant là, bondit sur son cheval pour gagner le fond de vallée au galop.

Vingt minutes plus tard, Akzu guidait Shan dans le nadam, menant leurs chevaux vers un camp de trois yourtes. Un garçon poussa un cri. Malik et Batu coururent au-devant de Shan pour le saluer. Ils l'aidèrent à ôter sa selle et à attacher son cheval, puis Malik, un doigt sur les lèvres, le conduisit discrètement, en contournant une rangée de chevaux, jusqu'à un endroit d'où ils pouvaient voir entre les deux premières tentes. Un groupe de six femmes papotaient joyeusement, riant et chantant. À une corde entre les tentes, une robe était suspendue. Deux des femmes se préoccupaient d'un détail des manches tandis qu'une troisième, agenouillée, s'intéressait à l'ourlet. La robe était blanche et belle, brodée de dizaines de fleurs et de chevaux. Mais la mariée resta invisible.

Les autres garçons de la zheli étaient rassemblés en petit groupe resserré autour d'une silhouette accroupie. Shan entendit une voix familière expliquer la façon de fabriquer un sifflet à l'aide d'une baguette de saule. C'était Jowa, qui se releva en le voyant et le salua de la tête. Il n'avait pas retrouvé Gendun et Lokesh. Et il n'y avait pas le moindre signe de Marco.

Le nadam était une ville kazakhe ambulante, et les deux garçons se révélèrent des guides parfaits. Vêtu d'un vaste gilet en feutre trop grand pour lui, le bonnet en fourrure sur la tête et des lunettes de soleil sur le nez, Shan déambulait au long des rues de la ville. Au centre des camps on avait organisé un marché. Des anneaux de pâte sucrée frits à l'huile vendus par de vieilles femmes pendaient à des plantes grimpantes ; pour un fen supplémentaire, elles les roulaient dans le sucre. Une montagne de melons verts se dressait devant un vieil homme borgne, qui, de toute évidence, ne vendait guère de ses marchandises, car il en distribuait allégrement d'épaisses tranches à tous ceux qui passaient. La moitié des vendeurs proposaient des harnais, des fouets de crin de cheval, ou des bottes, produits de longues nuits de travail solitaire sous des tentes à peine éclairées. Shan s'assit et observa les Kazakhs, qui affichaient de petits sourires mélancoliques. C'était un jour de fête, mais tous connaissaient la triste vérité qu'on taisait : c'était la dernière grande fête, la dernière fois que les clans de la région se retrouvaient ensemble.

On avait cloué une planche à un arbre près du centre du campement. S'y trouvaient accrochés des messages manuscrits et des formulaires officiels annonçant les nouvelles affectations de nombreux Kazakhs, désormais employés de la Brigade. De petits groupes de deux ou trois personnes y passaient de temps à autre. Certains poussaient des soupirs de soulagement en lisant le panneau d'affichage improvisé, et serraient les mains de leurs amis. D'autres, le visage sombre et mélancolique, s'en allaient s'asseoir sur les rochers. Shan vit Batu qui surveillait l'horizon d'un air inquiet. Lui aussi savait que les tueurs ne s'étaient pas arrêtés.

Au-delà du campement s'étendait un vaste champ. Au cours des autres nadams, dit Malik avec tristesse, il y avait toujours eu un corral commun, avec deux ou trois cents chevaux. Mais la Brigade n'avait autorisé aux éleveurs que leur monture personnelle. Des centaines de bêtes avaient été rassemblées par la Brigade à Yoktian, avant leur expédition vers l'est.

Dans le champ, dix ou douze jeunes galopaient à bride abattue vers l'extrémité nord de la vallée. *Khez khuwar*, expliquèrent les garçons, un antique jeu des clans. Les filles partaient avec une avance de huit ou dix mètres sur les garçons, et tous faisaient la course jusqu'au repère à l'extrémité du champ. Si un garçon rattrapait une fille, celle-ci devait se laisser embrasser par lui, toujours à dos de cheval. Mais une fois que les filles avaient atteint le bout du champ, elles étaient autorisées à pourchasser les garçons jusqu'au point de départ, et à frapper à coups de cravache tous ceux qu'elles dépassaient.

Ils furent interrompus par des clameurs et des coups de sifflet qui saluaient l'arrivée d'un cavalier sur le chemin de terre remontant de la vallée. Malik se mit debout sur un rondin. Son visage s'illumina.

— Jakli ! s'exclama-t-il.

Shan monta à son tour sur le rondin à côté du gamin et vit la jeune femme approcher du campement. Son cheval était fourbu, l'écume aux lèvres.

Ils se rasseyaient pour admirer les cavaliers dans le champ, quand un bras agita devant eux un anneau de pâte frite. Les garçons se mirent à rire et à tirer sur les morceaux de pâte avant même que leur bienfaiteur pût les saluer. C'était Jacob Deacon. Il était venu enregistrer les événements du nadam, et avait apporté avec lui de nouvelles tablettes en bois pour les distribuer aux membres des clans afin qu'ils les gardent avec eux une fois qu'ils seraient dispersés par la Brigade. Mais aussi, comprit Shan, parce qu'il avait espéré que Micah serait sorti de sa cache pour assister à la fête.

— Ils ont reçu un message, dit-il d'un air joyeux, comme s'il lisait dans les pensées de Shan. Encore trois jours.

L'Américain s'apprêtait à s'asseoir à côté de lui quand une

nouvelle salve de cris retentit dans les campements. Deacon se mit à rire et pointa le doigt vers le nord : Marco descendait par la piste du lac, déjà tellement proche qu'on distinguait la coiffure outrancière qu'il arborait, un chapeau de feutre garni d'une foison de hautes fleurs et de plumes. Il tenait par la bride un chameau lourdement chargé.

— Des cadeaux de la part de la famille du marié, expliqua Deacon. Une vieille tradition kazakhe.

Les clameurs grandirent à l'approche de Marco, puis, une minute plus tard, un nouveau murmure excité balaya les campements quand deux nouveaux cavaliers sortirent du couvert des arbres. Pas d'acclamations cette fois, mais un chuchotis bruissant de nouvelles d'importance, sur un ton plein de respect : deux hommes âgés, dont l'un portait une robe bordeaux, suivaient Marco.

C'est tout juste si on échangea quelques paroles. Shan remonta la piste pour accueillir les Tibétains et prit en silence la bride du cheval de Gendun pour conduire le lama au camp de la Pierre rouge. Marco confirma qu'il les avait bien trouvés au Puits des Larmes, où ils attachaient de minuscules drapeaux à prière rouges dans les rochers. Shan regarda la robe du vieux lama. L'ourlet en avait été arraché et le tissu déchiré. Gendun lui-même donnait l'impression qu'on avait arraché quelque chose à son être. Ses yeux, voilés de fatigue et de tristesse, saluèrent brièvement Shan, avant de reprendre leur regard de cent lieues.

— Les hélicoptères ont commencé à fouiller le désert, annonça Lokesh d'une voix épuisée. Marco a dit que les âmes errantes allaient fuir en entendant le bruit des pales, parce qu'il résonne comme le bruit des démons.

Le vieux Tibétain soupira.

— Et sa chamelle n'a pas arrêté de nous pousser avec son museau. Gendun a déclaré que le Russe et sa chamelle connaissent bien les esprits, alors nous avons accepté de les suivre.

Il regarda au-delà des montagnes en direction du désert.

— À un moment, nous avons eu l'impression d'être tout près du Yakde lama. Mais nous retournerons là-bas bientôt. Il y a tellement d'âmes égarées, dit-il avec tristesse, en laissant Shan le conduire dans l'une des yourtes, où Jowa préparait déjà une paillasse pour Gendun.

Shan resta assis auprès d'eux jusqu'à ce qu'ils s'endorment. Il vit que Marco était là lui aussi, et contemplait en silence les deux vieillards dans leur sommeil. Il parut vouloir parler, sans parvenir à trouver les mots, et s'agenouilla pour tirer la couverture sur les épaules de Gendun.

— La première fois que je les ai rencontrés, j'ai d'abord cru que c'étaient deux vieux imbéciles. Mais maintenant...

Il hocha la tête et haussa les épaules.

— Quand on les a retrouvés, Sophie a commencé par leur tourner autour, plusieurs fois de suite, comme si elle ne reconnaissait pas le genre de créatures qu'ils étaient. Au début, ils n'ont pas voulu partir, et je ne savais pas ce qu'il fallait faire. J'ai fait semblant de m'en aller, mais Sophie est allée s'asseoir à côté d'eux. Elle a refusé de bouger. Elle était prête à me voir partir, mais elle allait rester auprès d'eux.

Marco se gratta la tête et fronça ses sourcils broussailleux, comme s'il s'interrogeait toujours sur le comportement de sa chamelle.

— Ensuite elle a entendu un bruit d'hélicoptère au loin et elle a commencé à pousser les deux Tibétains vers moi.

Il observa les deux hommes endormis, intimidé.

— Il est important qu'ils soient ici, n'est-ce pas ? Je ne veux pas dire ici, je veux dire... Je ne sais pas.

— Il est important qu'ils soient dans le monde.

Tout en parlant, Shan perçut un mouvement dans les ombres au fond de la tente. La femme aux yeux farouches était là, celle qui lui avait lancé des pierres. Elle se balançait d'avant en arrière, une couverture roulée dans les bras, ne donnant aucun signe de les avoir vus.

Quand Marco se leva, Shan aperçut Jowa, debout devant l'abattant de l'entrée. Qu'avait dit Jowa, ce premier soir, il y avait si longtemps ? Si les lamas ne survivent pas, à quoi cela sert-il de continuer ? Cette idée lui fit mal : elle lui rappelait qu'il y avait encore un autre lama sans protection, au Camp de la Gloire, entre les mains des nœuds.

C'était un jour de célébration, un jour de joie. Les clans arrivaient en flux régulier au camp de la Pierre rouge pour voir les cadeaux apportés à la famille de la mariée et pour présenter les leurs. On porta des toasts à Nikki, le petit plaisantin dont on pouvait être sûr qu'il serait en retard, rien que pour se faire remarquer. Il y eut des courses de chevaux, par deux ou par quatre, et même jusqu'à vingt à une occasion, tandis que passaient et repassaient entre les mains des badauds ravis des gourdes de kumiss.

Après les courses, Batu tira Deacon dans le champ. Un gamin de la zheli lança une balle à l'Américain, une balle de base-ball. Marco apparut avec une batte, qu'il avait prise dans la chambre de

Nikki, et les jeunes du camp se mirent à jouer. Jakli apparut à son tour, et, après une révérence exagérée devant Shan, courut rejoindre les joueurs, qu'elle gronda les uns après les autres en leur disant que Nikki enverrait leur balle jusque dans les montagnes dès son arrivée. Deacon et Marco s'étaient nommés entraîneurs. L'air était rempli de cris et de rires au son des « premier but », « deuxième but » et « sortie » tandis que Shan, un peu somnolent sous le soleil, s'appuyait dos au rondin et contemplait la partie. La moitié du camp vint assister au match de base-ball, jusqu'à ce qu'on entende un cri sur les arrières, avant un silence étouffé. La foule se scinda en deux quand un magnifique cheval blanc apparut dans le champ, au pas de parade, mené par Wangtu, le chauffeur kazakh auquel Shan avait parlé au Camp de la Gloire.

Marco poussa Jakli dans le dos et, avec un sourire timide, Wangtu offrit à la jeune femme la longe du cheval blanc.

— Je sais que quand Nikki arrivera, dit-il à haute voix afin que la foule puisse entendre, il en apportera cinq comme celui-là. Mais, au moins, j'aurai été le premier.

Shan était sûr que le cheval était celui qu'il avait vu au camp de prisonniers. La créature de feu observa Jakli. Ses yeux se radoucirent et elle s'approcha quand la jeune femme tendit la main. Lorsque le cheval vint nicher son museau au creux de la paume offerte, les Kazakhs applaudirent. Malik partit comme une flèche et revint quelques instants plus tard avec la bride en argent. Pendant l'heure qui suivit, nombreux furent les invités du camp à regarder Jakli galoper d'un bout à l'autre du champ sur sa monture blanche, accompagnée par d'autres cavaliers qui chevauchaient à ses côtés. Elle finit par consentir à se prêter au jeu de khez khuwar, et, malgré leur nombre, pas un des jeunes gens qui galopaient derrière elle pour gagner un baiser ne réussit à la rattraper.

Shan trouva Malik assis sous un arbre à l'extrémité nord du champ, en compagnie d'un chien qui avait posé la tête sur ses jambes. Tous deux observèrent les cavaliers en silence.

— Je n'arrête pas de penser au jour où tu l'as trouvé, finit par lâcher Shan. Je n'arrête pas de penser : et s'il y avait un autre objet ?

Un objet que Malik avait décidé de garder, et qu'il n'aurait pas remis dans la tombe. Ce serait triste, car Malik finirait par comprendre que, même s'il avait simplement voulu conserver un souvenir de Khitai, il ne s'était pas bien comporté. Et le souvenir de son ami en serait entaché.

— Il s'est passé tellement de choses, dit Malik en regardant le chien. C'est difficile à comprendre.

Il soupira. La douleur se lisait sur son visage.

— Je voulais un souvenir parce que nous étions amis. Je n'ai presque jamais eu d'amis. C'était juste un garçon. Et il était tellement gentil avec les agneaux.

Malik déboutonna le haut de sa chemise et ôta l'objet qu'il portait autour du cou : un grand gau en argent, au couvercle portant un filigrane tissé.

— Je ne vous ai pas menti. Vous avez demandé s'il avait quelque chose sur lui. Ceci se trouvait par terre, près des rochers. Je n'ai jamais regardé ce qui se trouvait à l'intérieur.

Il tendit le gau à Shan, se leva avec un sourire, comme s'il était heureux de s'être libéré de cet objet, et repartit avec le chien en direction du lac.

Shan apporta le gau à Lokesh, assis droit comme un cierge et veillant sur la forme endormie de Gendun. Le vieux Tibétain examina le gau avec respect, avant de secouer la tête et de le rendre. Ce n'était pas le panier de jade.

— Peut-être que Khitai gardait le panier dans un endroit spécial, pour le protéger, dit Lokesh, avant de faire la grimace en levant les yeux vers Shan. C'est pour cette raison qu'il á donné le panier au garçon américain, n'est-ce pas ? Pour le protéger.

Shan fit signe que oui. Il n'existait plus d'autre possibilité. La procureur Xu avait été la première à le confirmer. Deux clans étaient passés au Champ du Vieux Lama, deux amis de la zheli s'y étaient retrouvés, pour chercher des fleurs. Khitai, sentant le danger et connaissant l'importance du gau, avait confié le panier de jade à Micah pour qu'il soit en sûreté. Rien que pour quelques jours, avait-il probablement dit au fils de Deacon, car ils seraient bientôt ensemble, en route pour l'Amérique.

Lokesh tordait la tête en tous sens pendant qu'il examinait le gau que tenait Shan, cherchant l'angle précis sous lequel étudier ce mystère.

— Le dernier garçon, le petit Américain. C'est lui qui a le panier de jade, répéta-t-il comme s'il éprouvait le besoin de s'en persuader.

Et le tueur le sait, faillit ajouter Shan. Il se rappela les fusées éclairantes dans les montagnes. Les patrouilles de Bao étaient de sortie : elles cherchaient toujours. Akzu s'était trompé sur une chose. Micah n'était pas en sécurité, ou, en tout cas, il ne le serait pas quand il quitterait les montagnes pour se rendre au Lac de Pierre.

Lokesh releva la tête, les yeux voilés, au bord des larmes.

— Comment ces choses-là se produisent-elles ?

On alluma des feux quand le soleil se coucha. Des représentants des autres clans continuèrent à affluer au camp de la Pierre rouge, chargés d'outres de kumiss à boire près des flammes. Ils mangèrent du ragoût de mouton et du fromage sec, et chantèrent des chansons, certaines des femmes âgées venant danser les danses rituelles que personne ne connaissait parmi les nouvelles générations. Marco et Deacon ne se privèrent pas du liquide fermenté et s'apprirent mutuellement de nouvelles chansons. À l'intérieur d'une tente, Shan trouva Bœuf Mao en compagnie d'Hirondelle Mao, qui tenait sur les genoux un petit ordinateur. Elle salua Shan d'un signe de tête et continua à pianoter furieusement tandis qu'il s'asseyait à côté d'elle.

— C'est le programme des nouveau-nés. J'ai chargé les dossiers de la Brigade sur une disquette. Ce n'est pas uniquement une opération locale, elle couvre tout le sud du Xinjiang. Ko n'est pas le responsable. Ça vient de plus haut dans la hiérarchie. Deux cents bébés ont été enregistrés jusqu'ici, avec le détail de toutes leurs marques de naissance. On demande à certains parents de passer des examens.

— Quels examens ?

— Élaborés par des officiers politiques, chuchota Bœuf Mao malgré sa colère, comme si le fait de prononcer ces mots à haute voix allait violer le côté sacré de la fête.

La lune était haute dans le ciel quand les sentinelles descendirent des collines pour être aussitôt remplacées.

— Ne tirez sur personne qui amène des chevaux blancs ! s'écria Marco aux nouveaux partants, et tout le monde rit.

Jakli s'excusa pour aller sous sa tente, mais Shan la vit qui contournait la yourte pour aller s'installer sous la lune à côté de son nouveau cheval, qui frotta ses naseaux contre elle avec des hennissements satisfaits. Elle tenait à la main un morceau de papier : la lettre de Nikki qu'elle portait toujours sur elle, presque en lambeaux après avoir été si souvent pliée et dépliée.

Un grondement de tonnerre les réveilla à l'aube, suivi par des cris de jubilation. Sous la tente, tous les Kazakhs parurent reconnaître le bruit et se précipitèrent au-dehors, laissant Deacon, Shan et les Tibétains seuls, assis sur leurs couvertures, en train de se frotter les yeux.

Des chevaux, par dizaines, galopaient à travers le camp. Plus de chevaux que Shan n'en avait jamais vu. Il avait aperçu ces animaux à Yoktian : les troupeaux des Kazakhs avaient été libérés, les grilles de Yoktian ouvertes en dépit des gardes, et les chevaux étaient rentrés au bercail.

L'excitation était palpable. Les enfants sautaient en l'air. Les chiens jappaient. On tirait des coups de feu vers le ciel. Les gens s'embrassaient. Finalement, la Brigade n'avait pas gagné ! s'exclamait-on. C'était Zhylkhyshy Ata, s'écria une voix, la divinité des chevaux n'avait pas oublié les Kazakhs du Sud.

— Ce jour restera inscrit dans l'histoire de notre peuple, entonna une vieille femme dont les yeux brillaient, aussi excitée qu'une gamine.

La fête dura toute la matinée. Shan surveillait les garçons de la zheli, qui rayonnaient de bonheur en se promenant au milieu du troupeau. Gendun lui toucha le bras en montrant le sommet de la colline : Lokesh leur faisait signe depuis un gros rocher, sur la pente au-dessus du camp. Quand ils le rejoignirent, il leur montra avec enthousiasme un superbe motif circulaire de lichen sur une face rocheuse : c'était un mandala, fabriqué par la divinité qui vivait dans la montagne.

Les deux Tibétains admiraient la pierre au lichen pendant que Shan se perchait sur un gros rocher au bas de l'arête. Sur son cheval blanc, Jakli riait en galopant dans un sens puis dans l'autre sur la piste de la vallée. Il sortit le morceau de papier qu'il avait pris sur le cadavre du Camp de la Gloire et tenta une fois de plus de déchiffrer les étranges abréviations.

Il s'appuyait contre la roche au soleil quand il entendit prononcer son nom.

— Il y a une grande fête ce soir, dit Jakli d'une voix étonnamment timide. J'aimerais que vous veniez vous asseoir avec ma famille.

— Vous m'honorez, dit Shan en acquiesçant.

Elle s'agenouilla près de lui.

— Ce n'est pas terminé, n'est-ce pas ?

— Le général arrive. Le tueur est en liberté. Le dernier garçon est sans protection. Les Américains...

Il s'interrompit devant son expression inquiète : Jakli se sentait coupable d'abandonner son peuple à un tel moment.

— Nous pourrons vous joindre par l'intermédiaire de Marco, lui assura-t-il. Il sera au courant. Tout va bien se passer.

Il fit de son mieux pour mettre de l'espoir dans sa voix, en balayant du geste les troupeaux en pâture au-delà des tentes.

— Les chevaux sont libres à présent.

— Marco va se sentir seul. Tout le monde sera parti. Il vous aime bien. Jamais il ne l'avouerait, mais je le sais. Vous pourriez lui écrire, de là où vous serez.

— Bien sûr, dit Shan avec un filet de sourire. Lui écrire.

C'était impossible : les parias et les fugitifs ne correspondaient pas.

— J'aimerais...

Elle s'interrompit tout à coup : on entendait des coups de carabine, non pas les volées des fêtards du nadam, mais des coups régulièrement espacés, à quelques secondes d'intervalle. Chaque nouvelle détonation plus forte que la précédente. La dernière leur parvint depuis le sommet de l'arête rocheuse au-dessus du camp.

— Les sentinelles ! s'exclama Jakli en se relevant. Des coups de feu d'avertissement !

Le camp plongea brutalement dans une activité frénétique : on emmenait les enfants vers les arbres au-delà du pâturage ; un groupe de jeunes garçons, la zheli, sous la garde de deux Kazakhs armés de fusils, s'enfuyait du camp de la Pierre rouge ; des hommes se rassemblaient par petits groupes à l'entrée de chaque campement.

Shan leva la tête vers le haut du versant. Lokesh, debout au côté de Gendun, agitait la main vers eux. Shan leur fit signe de se baisser et les deux Tibétains disparurent derrière leur rocher. Jakli laissa échapper un gémissement de souffrance quand apparut un quatre-quatre noir aux lignes effilées suivi par un camion de transport de troupes. Lorsque les véhicules s'arrêtèrent devant le premier cercle de tentes afin de débarquer les soldats, le poing qui serrait l'estomac de Shan se changea en glace. Des nœuds. Une brigade spéciale de démolition. Il poussa Jakli à l'abri du gros rocher.

— Peut-être ne s'agit-il que d'un contrôle de sécurité, dit-il sans conviction.

La jeune femme se contenta de hocher la tête.

Les nœuds, armés de mitraillettes compactes antiémeutes, couvraient leurs officiers, comme s'ils s'attendaient à une résistance. Ils avancèrent en criant aux habitants du premier camp de présenter leurs papiers. Une file se forma, mais personne ne contrôla de papiers. Un des officiers quitta le reste de la troupe et se dirigea seul vers la file, étudiant attentivement les visages. Il ne marchait pas. Il se pavanait. C'était Bao. Il fit un geste et on ordonna au premier groupe de Kazakhs de rentrer dans leur tente.

Les nœuds répétèrent la même opération dans deux, puis trois campements. L'esprit de Shan fonctionnait en accéléré. Cela pourrait prendre une heure ou deux. Jakli et lui devaient rester cachés sur la colline jusqu'à ce que ce soit terminé. Il regarda vers le haut de la pente, se demandant s'il parviendrait à se glisser jusqu'à Gendun et Lokesh.

— Marco s'est enfui, murmura Jakli d'une voix blanche. J'ai vu Sophie se faufiler dans les arbres.

Les nœuds n'allèrent pas plus loin que le sixième campement, celui de la Pierre rouge. Ils ne contrôlèrent pas les papiers et se contentèrent de faire avancer Akzu, son épouse et Malik vers le centre, à une centaine de mètres de leurs camions. Bao se mit à tourner autour du trio en hurlant. Shan se tourna vers Jakli, qui se mordait une phalange avec un telle énergie qu'elle semblait vouloir la sectionner.

Bao aboya un ordre. Un soldat grimpa dans le camion pour en ressortir avec des chaînes.

Jakli se tourna vers les montagnes à l'ouest, les yeux pleins de larmes. Les nœuds commencèrent à pousser sa famille vers les camions.

La jeune femme se releva lentement, toujours tournée vers les montagnes, comme si Nikki risquait d'apparaître à tout instant au sommet d'une crête.

— La journée sera bonne pour les courses plus tard, déclara-t-elle comme si elle bavardait devant une tasse de thé.

Ses larmes avaient disparu, cédant place à une froide détermination. Shan se leva à son tour, la peur au ventre.

Jakli s'engagea sur le sentier qui descendait aux camps. Shan resta là, sans bouger, avant de se décider à la rattraper.

— Vous avez été comme un grand-frère pour moi, Shan, murmura-t-elle. Vous m'avez enseigné des choses.

— Nous devrions rester en arrière.

Les énormes rochers qui les masquaient aux regards commençaient à s'amenuiser. Encore cinquante mètres, et ils seraient dans le fond de la vallée, à découvert, au vu et au su de tout le monde.

Jakli indiqua un rocher.

— Voici une cachette. Les nœuds seront bientôt partis.

Elle prit la main de Shan et y laissa tomber quelque chose, avant de le pousser vers le rocher.

— Servez-vous-en. Partez d'ici. Partez pour votre nouvelle vie.

Elle sortit un papier de sa poche et le laissa tomber à ses pieds.

— Nikki et moi, c'était comme dans un rêve. Ça n'aurait jamais pu faire partie de ce monde-ci. Il faudra attendre une prochaine fois.

Elle fit un pas, s'arrêta, puis chuchota quelques mots en se retournant vers les hauteurs de la pente, là où se trouvaient les Tibétains.

— *Lha gyal lo !* Puissent les dieux être victorieux.

Shan se précipita à l'abri du rocher. Quand il releva les yeux, Jakli n'était plus là. Elle s'avançait vers son cheval blanc. Si elle le menait vite et fort, si elle remontait l'arête que les camions ne pouvaient pas emprunter, elle réussirait.

Mais, quelques instants plus tard, elle dessellait sa monture, ôtait sa bride et lui claquait le flanc sans ménagement. L'animal s'enfuit en direction de l'arête. Enfin, elle se dirigea vers les nœuds. Shan sentit un mouvement derrière lui. Gros Mao apparut, hors d'haleine, tremblant d'épuisement.

— Je lui avais dit de ne pas le faire ! lâcha-t-il dans un souffle. Les nœuds sont partout à Yoktian. Certains, à l'école, sont déguisés en professeurs et attendent la zheli. D'autres surveillaient en secret les chevaux, dans l'espoir que les élèves de la zheli allaient venir chercher leurs récompenses et que Bao allait les prendre au piège. Mais elle l'a fait quand même. Elle a dit qu'elle n'avait pas vu de nœuds, qu'elle ferait passer ça pour un accident, du genre une grille qui serait restée ouverte. Je lui ai dit qu'il s'agissait de brigades de démolition, qu'ils disposaient de techniques spéciales, qu'ils pouvaient tout suivre de loin. Par surveillance électronique. Et tu as déjà tes trois gamelles. S'ils te prennent, tu disparais, direction Kachgar, dans une mine de charbon. Dès le lendemain. Pour les années à venir.

Jakli était arrivée en retard, sa monture épuisée, l'écume au mors. Elle avait prononcé certaines paroles devant la tombe de son cheval : elle voulait trouver un moyen de faire ses adieux, d'offrir un dernier cadeau aux Kazakhs, et à son oncle, celui qui parlait aux chevaux. C'était elle qui avait libéré la horde.

— Jakli ! s'écria Shan, la douleur au cœur maintenant qu'il avait compris.

Il se redressa, mais Jakli avait été aperçue par deux nœuds, qui coururent vers elle. Ils étaient venus pour elle, parce qu'elle les avait défiés ouvertement à Yoktian. Si Jakli ne se livrait pas, sa famille irait en prison.

Les soldats agrippèrent la jeune femme par les bras et la conduisirent sans ménagement vers Bao.

— Jakli ! cria une autre voix.

Wangtu sortit de la foule et courut vers elle. Un nœud lui enfonça la crosse de son arme dans le ventre et le Kazakh s'effondra en gémissant.

La rumeur courut dans le campement, telle une décharge d'électricité. Hommes, femmes, enfants, certains à cheval, se mirent à converger vers les camions des nœuds. Une centaine de Kazakhs, puis deux cents, entourèrent les soldats, debout, arme au poing, tandis que Bao se pavanait en tournant autour de Jakli sans se soucier des cris de colère. Les nœuds relâchèrent sa famille. Malik bondit sur le dos d'un soldat et le frappa de ses petits poings. Le soldat l'envoya valdinguer au sol et l'immobilisa sous sa botte jusqu'à ce que deux membres du clan traînent le gamin en arrière. À ce moment, Akzu pointa le doigt. Le cheval blanc se tenait fièrement au sommet de la crête, sur une vire rocheuse qui surplombait le campement. Il donnait l'impression de surveiller le déroulement des opérations.

— Niya ! hurla quelqu'un. Niya Gazuli !

Les nœuds mirent les chaînes à Jakli, entravant poignets et chevilles. À genoux, haletant, en larmes, Wangtu serrait son ventre à deux mains.

Les soldats voulurent contraindre Jakli à avancer en tirant sur les entraves, mais elle leur résista en criant d'un air de défi. Les nœuds laissèrent tomber les chaînes. Elle les ramassa et se dirigea de son propre chef, la tête haute, vers le camion qui l'attendait.

Le nom de Niya se répandit comme une traînée de poudre dans les clans. Ils formèrent une longue file le long de la route qui sortait du campement. D'autres cavaliers firent leur apparition sur les pentes, là où ils s'étaient cachés. À l'extrémité nord de la vallée, sous le lac, Shan entrevit une silhouette solitaire montée sur un chameau.

— Niya ! Niya Gazuli ! psalmodia la foule, jusqu'à ce que tous les Kazakhs reprennent le cri qui se répercuta dans toute la vallée.

Bao contempla la foule d'un œil furieux, puis il jeta un regard venimeux au cheval blanc. Le camion qui emmenait Jakli démarra. Bao monta dans le véhicule noir et suivit.

— Niya ! Niya !

Les cavaliers se dressaient sur leurs étriers et levaient le poing au ciel, leurs cris de défi résonnant en échos jusque dans les montagnes à mesure que le camion s'éloignait.

Le véhicule de Bao s'arrêta à une centaine de mètres de la foule. Le commandant se posta devant le capot. Il se mit en position de tir et, de sa carabine à longue portée, visa la crête. Il tira deux fois. La psalmodie s'interrompit. Une femme poussa un hurlement de douleur et le majestueux cheval blanc vacilla sur ses pattes avant de s'effondrer. Son corps bascula, tomba de la crête et se mit à rouler sur la pente.

Le commandant Bao beugla un ordre : la tête de Jakli fut sortie de force de l'arrière de l'autre camion, sous la poigne d'un nœud qui lui serrait la chevelure, l'obligeant ainsi à voir le cadavre du cheval glisser sur le versant. Puis Bao retourna à son véhicule, fier comme un paon, et les nœuds s'en furent.

Shan se retrouva à genoux, tandis que la sage et joyeuse Jakli disparaissait dans les entrailles du goulag.

## 20.

Marco ne revint pas au campement. Il avait disparu avec Sophie en amont de la vallée. Une heure plus tard, quelqu'un avait crié en montrant un point qui avançait sur l'arête de la haute chaîne montagneuse, vers l'ouest. Marco rentrait chez lui.

Gendun et Lokesh avaient suivi Jowa jusqu'au camp de la Pierre rouge tandis que Shan contemplait le nuage de poussière laissé par les camions des nœuds. Dix minutes plus tard, les trois Tibétains faisaient leur apparition, en tirant des chevaux. Shan vit, sans l'entendre, Malik donner l'itinéraire à Jowa en indiquant l'arête que Marco avait franchie. À la dernière minute, alors que les quatre hommes approchaient du lac, un autre cavalier les rejoignit au galop. Gros Mao.

Lorsqu'ils atteignirent la dernière vallée, Shan avait pris la tête de la colonne. Ils n'aperçurent pas le moindre signe de Marco quand ils attaquèrent le dernier lacet pentu, ni même quand ils arrivèrent au plateau d'altitude. Mais Sophie les accueillit par un cri. Shan ôtait sa selle quand Jowa lui désigna Marco, assis près de la cascade à l'extrémité opposée de la prairie.

Lokesh prit Gendun par le bras.

— Nous pouvons préparer à manger, annonça-t-il.

Les deux lamas disparurent dans le chalet. Apercevant Shan et Jowa, Marco traversa la prairie d'un pas lourd, tel un vieux singe très fatigué.

— Il devait y avoir des courses aujourd'hui, dit-il d'une voix blanche à Shan. Je suis sûr que tu aurais aimé ça.

— Il fallait que nous venions. Nous devons nous assurer que les plans se déroulent comme prévu.

Le regard las de Marco passa de Shan à Jowa puis à Gros Mao, comme s'il cherchait une explication.

— Les Américains doivent quitter le pays, dit le Ouighour. Nikki peut partir. Ce qui donnera à Jakli un espoir, une raison de vivre. Nous pouvons veiller sur elle, trouver dans quelle prison elle a été envoyée. Et nous lui ferons passer le message. Ça la gardera en vie.

Marco resta un long moment silencieux.

— D'accord. Le lendemain de la pleine lune, on démarre. Nous avons du temps devant nous.

Shan suivit Marco dans la maison. Le Russe emprunta le couloir du fond, non pas vers sa chambre, mais vers celle de son fils. Shan sortit de sa poche l'enveloppe que Jakli avait laissée tomber au sol à l'arrivée des nœuds et la posa près du samovar. Une lettre de Nikki, il en était sûr, qu'elle lisait chaque fois qu'elle se sentait seule, une lettre qu'elle n'aurait jamais laissé voir aux nœuds. Il entendit Gendun demander à Jowa de l'accompagner, et les deux Tibétains sortirent. Depuis le seuil, il les observa qui s'aventuraient dans la prairie, s'arrêtant, se penchant pour ramasser des objets. Comprenant ce que faisait Gendun, il alla jusqu'à la mare au pied de la cascade et en rapporta un pot en terre plein d'eau.

Shan s'assit en compagnie des trois Tibétains devant le chalet, sous les derniers rayons du couchant, face à la collection de pierres que Jowa et le lama avaient ramassées. Gendun en prit une sur la pile, la contempla avec attention, et la passa aux membres du petit cercle. C'était une petite chose laide, encroûtée de terre et de ce qui ressemblait à une déjection de chameau. Jowa accepta sans commentaire la pierre des mains de Shan et l'examina avant de la rendre à Gendun. Celui-ci prit de l'eau dans la coupe de ses mains et la versa sur le caillou. Une fois lavée, la roche devint brillante, laissant apparaître des volutes d'orange et de brun mêlés, et une minuscule veine un peu verte. Le lama tendit le caillou alentour. Shan comme Lokesh étudièrent sa beauté complexe. Dès qu'il l'eut en main, Jowa le repassa vite à Gendun. Mais celui-ci le rendit au purba, qui l'examina quelques secondes avant de le rendre au lama. Une nouvelle fois, celui-ci le lui tendit, et Jowa le reprit. Comprenant de moins en moins, il se mit à étudier le grain de la pierre avec la plus grande attention.

C'était un exercice que Shan avait souvent vu au goulag. La croûte de la vie, tel est le nom que lui avait donné un moine emprisonné. Parfois, au cours des brèves pauses qu'on leur accordait pour manger, ils s'asseyaient, et, utilisant leur unique ration d'eau de la journée, lavaient des cailloux. En ôtant la croûte accumulée sur la pierre après sa vie dans le monde, ils atteignaient à sa vraie nature.

Ils mangèrent un ragoût de légumes en silence. Ensuite, Jowa et Gros Mao allèrent discuter comme deux conspirateurs au-dehors, devant la porte. La nuit froide et claire tomba rapidement. Lokesh et Gendun restèrent dans la cuisine, assis par terre, à égrener leurs chapelets. Shan s'appuya contre un arbre et contempla longuement les étoiles, laissant le vent glacé délaver sa croûte. Il tenait à la main le papier aux abréviations étranges qu'il fixait intensément, alors qu'il ne pouvait rien lire dans l'obscurité.

La maison était silencieuse quand il y rentra pour se diriger vers la tour où se tenait Marco, dans le noir, silencieux, à ressasser des pensées sombres.

Shan parla de tout et de rien, du ciel et du bruit d'un animal au loin. Marco se joignit à la conversation.

— Ce sont des coques vides, dit soudain l'Eluosi, les salopards qui ont mis Jakli en prison. Leur monde est un désert bien plus cruel que le Taklamakan, avec encore moins de cœur. Et toi, tu penses que tu es comme les vieux moines qui vivaient à la Montagne de Sable, essayant de faire arriver l'eau dans le désert. Mais tout ce que l'on plante dans la terre où vivent ces hommes se rabougrit et meurt.

— Alors nous devons garder les semences en vie, répondit Shan au bout d'un moment. Parfois, quand la sécheresse dure des années, tout ce que l'on peut faire, c'est de préserver les semences. C'est ce que fait Jakli. Elle préserve les semences. Elle survivra. La sécheresse ne sera pas éternelle.

— Tu veux dire que le gouvernement ne sera pas éternel... Mon garçon, il lit plein de trucs. Un jour il a lu qu'un groupe d'écrivains occidentaux dans l'esprit de la révolution a prétendu que la meilleure forme de gouvernement était pas de gouvernement du tout, là où les gens pourraient être libres. Il a ri en me racontant ça, et il a ajouté qu'il avait trouvé la forme de gouvernement la plus élevée, ici même, sur notre montagne.

Marco se tut un long moment avant de poursuivre :

— Tente le coup, Johnny. Nous pouvons attendre ici pendant que Nikki ira à l'université en Amérique. Il faut qu'il parte. Jakli voudra qu'il parte, qu'il aille là-bas et lui fasse une place quand le jour sera venu. Il nous enverra un télescope et nous resterons ici à regarder les étoiles.

— Non, dit Shan d'une voix brisée par la souffrance.

— C'est à toi de choisir.

— Non. Je veux dire que Nikki ne vous enverra pas de télescope.

La peur s'empara des traits de Marco, une peur que le grand gaillard se dépêcha de masquer par un ricanement.

— Tu verras. Je donnerai son nom à une étoile. Il parle anglais comme le président.

Shan voyait, effectivement. Il voyait avec une clarté impossible, dans une empathie absolue, l'angoisse qui montait depuis si longtemps chez Marco. Ce n'était pas le danger que représentaient la caravane, et les risques qui y étaient associés — Marco vivait depuis des années avec ces réalités. Mais l'angoisse, elle, était étrangère à son esprit toujours en ébullition. Pareille à un ver doué d'un appétit insatiable, elle le rongeait de l'intérieur pour essayer d'atteindre son âme. Shan cherchait ses mots, quand Marco descendit la volée de marches quatre à quatre.

Shan le retrouva dans la chambre de Nikki, en train de remettre distraitement des livres sur une étagère.

— C'est un vrai foutoir ! Nikki aime que les choses soient nettes et bien rangées. Ça ne lui vient pas de moi. Ça doit être sa mère.

— Je sais où se trouve votre Nikki.

Marco interrompit son ouvrage un bref instant, sans regarder Shan.

— Il est avec sa caravane. Il sera de retour bientôt, dit-il faiblement. Tu as vu la bride en argent.

— Il a été pris par les nœuds.

— Non ! s'écria Marco en laissant tomber une pile de livres qu'il tenait entre les bras.

Il s'agenouilla pour les ramasser.

— J'ai vu Nikki.

Marco donna l'impression de bouger au ralenti, abaissant le livre qu'il tenait à la main comme s'il était devenu trop lourd.

— Tu ne me l'as jamais dit ! lâcha-t-il en relevant vers Shan un visage pétrifié.

— Je n'avais pas compris. Mais la balle de base-ball, au nadam, m'a fait voir clair. Et les pièces du puzzle ont commencé à se mettre en place. J'avais vu Nikki. Il pelletait du charbon dans la chaudière du Camp de la Gloire.

— Je ne pense pas..., chuchota Marco d'une voix effrayée, une voix qui savait, bien malgré elle.

— Il a été capturé et on l'a emmené au Camp de la Gloire. Il y avait un cheval blanc, là-bas, celui que Nikki avait ramené du Ladakh pour Jakli. Le cheval dont Wangtu lui a fait cadeau.

Le ver qui dévorait lentement Marco de l'intérieur s'approchait de la surface. Le visage du grand Russe commença à se tordre de souffrance.

— Je l'ai revu ensuite, poursuivit Shan d'une voix très douce. Il porte une cicatrice à l'épaule droite.

— La balle d'une patrouille des frontières, pendant sa première caravane, dit Marco d'une voix qui n'était plus qu'un chuchotis. Je lui avais dit de ne pas marcher de jour si près de la frontière.

— La deuxième fois que je l'ai vu...

Shan serra les mâchoires jusqu'à en avoir mal.

— Il avait un morceau de papier dans la poche, avec des inscriptions en alphabet latin. C'était de l'anglais. J'ai d'abord cru que c'était un code, et j'ai pensé que l'homme qui m'avait parlé était américain, parce qu'il s'était adressé à moi dans un anglais parfait. Mais le papier ne concernait que le base-ball. Premier but, deuxième but, troisième but, en abrégé, pour qu'il se souvienne des emplacements sur le terrain.

C'est la partie de base-ball du nadam qui avait déchiffré le code à sa place. Shan s'était trompé dans sa lecture des abréviations — il ne s'agissait pas de rangées de lettres, mais de groupements d'abréviations disposés en colonnes. *FB* pour *first base*, premier but, *SB* pour *second base*, deuxième but, *SS* pour *shorstop*, bloqueur. Il mit la main dans sa poche et en sortit le papier.

— En Amérique... Il croit qu'on lui posera des questions sur le base-ball pour l'obtention de la citoyenneté américaine. Il essaie de jouer chaque fois qu'il peut, pour ne pas se tromper.

— La deuxième fois, c'était ce fameux soir au Camp de la Gloire. J'ai essuyé ses cheveux, qu'il avait noircis au cirage. Il était blond. J'ai vu une marque de naissance sur sa hanche. Il était mort, Marco.

— Non ! s'écria Marco avec un éclair de colère. Ça, tu ne peux pas le savoir. Il revient ici, et il part en Amérique pour faire des enfants avec Jakli...

Sa voix mourut d'elle-même.

Jakli avait su, elle aussi, Shan en avait la certitude. Les mots qu'elle avait prononcés quand ils s'étaient séparés l'avaient hanté pendant tout le trajet jusqu'au chalet de Marco. Nikki et moi, c'était comme dans un rêve. Il faudra attendre une prochaine fois, avait-elle déclaré, comme si elle voulait parler d'une autre vie, d'une autre incarnation. Et ses yeux, juste avant qu'elle décide de se rendre à Bao : ils n'exprimaient ni la peur ni la haine, rien que du vide. Car, au fond de son cœur, Jakli avait déjà découvert la vérité. D'une certaine manière, Shan la lui avait montrée lorsqu'ils avaient rejoint le campement des Tadjiks. Quand Hoof avait admis que son frère, qui accompagnait Nikki, travaillait pour les nœuds, Jakli n'avait pas réagi. Elle s'était contentée de gagner son lieu privé, là où elle pouvait donner libre cours à son chagrin,

— Bao l'a tué. J'étais sûr qu'il était américain. Des cheveux blonds et des yeux bleus. Je n'ai pas compris.

Shan paraissait incapable de s'exprimer autrement qu'en petites échappées de mots, brèves et définitives. Mais c'était son cœur, pas ses poumons, qui était à bout de souffle.

— L'étau commençait à se resserrer. Bao avait senti la piste des Américains, et il aurait tout donné pour se saisir d'eux. Ç'aurait été pour lui une promotion assurée. Il a mis sur pied un plan pour les surprendre au moment de leur départ, un piège pour s'emparer d'eux en même temps que de la caravane qu'ils empruntaient. Il a piégé Nikki quand Nikki a amené le cheval blanc et la bride en argent. Il fallait qu'il s'assure que les éléments subversifs n'empruntent qu'une seule et unique caravane vers la frontière, afin qu'il puisse la suivre et la capturer avec ses hélicoptères. Il a payé un des hommes de Nikki, le Tadjik qui a apporté la bride à Yoktian, pour s'assurer que vous n'auriez pas de soupçons devant l'absence prolongée de Nikki.

— Non ! Va au diable ! cria Marco, le visage défait. Non ! — mais il n'y avait plus de colère dans sa voix. Il sera bientôt de retour... J'aime mon garçon.

— Beaucoup de bons garçons sont morts cette année, dit Shan d'une voix tremblante.

Il sortit la bague d'acier de sa poche, où il la conservait depuis ce soir au Camp de la Gloire, et la posa sur la table en rondins à côté de Marco. Puis il quitta la pièce.

Il grimpa dans la tour, au cœur de la nuit. Cinq minutes plus tard lui parvint un bruit déchirant qu'il espéra ne plus jamais entendre de sa vie : le ver venait de percer la frêle coque pour s'enfouir dans l'âme de l'homme. Une furie brute. Un malheur absolu, confusion et désespoir mêlés, tout ensemble, en un long hurlement qui n'avait rien d'humain. Le son d'une complète et entière désespérance.

Shan se surprit à essayer de compter les étoiles au travers de ses larmes, cherchant désespérément quelque chose qui viendrait le distraire de sa souffrance. Le son horrible qu'il venait d'entendre résonnait dans son esprit en échos qui lui donnaient la chair de poule. Un bref instant, il aspira à pouvoir hurler ce même cri pour enfin libérer la douleur atroce qu'il avait dans le cœur.

Il resta dans la tour jusqu'après minuit, essayant de ne pas penser, de ne pas sentir. Aux petites heures du matin, il trouva Marco assis dans un coin de la chambre de Nikki. Le grand gaillard donnait l'impression de s'être battu toute la nuit, et, pour la première fois de son existence, il avait été vaincu. Il laissa Shan l'aider à regagner son lit, aussi faible qu'une vieille femme.

Les autres étaient réveillés, dans la cuisine, assis par terre autour du poêle. Un tas de pierres sales se dressait au milieu de leur cercle, un pot d'eau était posé à côté de Gendun. Mais ils avaient interrompu leur exercice depuis longtemps. Gendun et Lokesh priaient. Jowa contemplait ses mains. Gros Mao était en colère. Il se tourna vers Shan.

— C'est juste cette chose, cet affreux nuage qui grandit de jour en jour. Et vous savez qu'on ne peut pas l'arrêter. Et qu'est-ce que vous faites, vous ? Vous le rendez juste plus douloureux.

— Le Yakde lama. Nous sommes venus aider le Yakde lama, dit doucement Shan en fixant les pierres.

— Au diable le Yakde lama ! Un petit garçon, et c'est là tout ce qui vous préoccupe ? Nikki était un de mes amis, et Jakli aussi. Et qu'est-ce que vous faites des clans qui vont se dissoudre ? Le grand enquêteur ! Mais vous ne faites rien de bien, rien du tout ! Vous n'avez pas sauvé le Yakde lama, il est mort. Le sorcier de Lhadrung, qui est venu tout résoudre ! Quatre jeunes garçons tués. Vous ne les avez pas sauvés. Tout ce que vous faites, c'est de vous mêler de tout. Tout ce que vous faites, c'est de mettre au jour de mauvaises nouvelles.

La fureur faisait vibrer la voix du Ouighour.

— Vous n'avez pas de règles. Vous n'avez pas de logique !

Des éclairs dans le regard, le Ouighour se pencha en avant, muscles bandés, prêt à sauter sur Shan. Puis il se rappela qu'il n'était pas seul et se tut.

Shan affronta un instant la furie de Gros Mao, puis il se plongea dans l'examen de ses paumes de mains, à nouveau envahi par une vague de tristesse infinie.

Ils restèrent là en silence, dans le chalet, en pleine montagne, tandis que le vent gémissait à l'entour des murs de pierre, et que les bûches du feu craquaient sous les flammes. Après un long moment, le lama se leva et prit une louche d'eau qu'il fit couler sur le tas de pierres.

— Voici ce que sont les règles de Shan, déclara Gendun d'une voix sombre devant l'eau qui lavait la saleté. Il est comme l'eau, il en a les propriétés.

Ils partirent dès que la lumière fut suffisante pour distinguer la piste, sans prévenir Marco. Une heure plus tard, Shan fut le premier à apercevoir la fumée. Il appela les autres et pressa sa monture pour faire demi-tour, mais Lokesh leva la main. Marco était en train d'incendier son chalet. Le temps manquait pour en sauver quelque chose, le temps manquait pour aller voir si le Russe s'était donné la mort dans les flammes. Impuissant, Shan regarda l'incendie franchir la crête, avec, en toile de fond, la tour de pierre. Même à une telle distance, il entendait les craquements des rondins et des poutres qui alimentaient le brasier infernal. Il crut entrevoir une silhouette contre la rambarde supérieure. Puis le vent changea de direction, les flammes et la fumée engloutirent l'antique tour. Marco n'était plus là.

Au restaurant de la ville, la grosse femme cuisait une tête de mouton. À la table de la cuisine, Gros Mao pianotait sur l'ordinateur en hurlant avec colère contre Hirondelle Mao parce que celle-ci ne disposait pas de la liste des dernières incarcérations au Camp de la Gloire. Aucune importance, lui expliqua-t-elle. On avait aperçu Jakli à deux reprises sur la route de Kachgar. La brigade de démolition la conduisait au greffe spécial de Kachgar, placé sous la responsabilité des nœuds. Après cela, c'était direction lao gai. Le Camp de la Gloire était un hôtel comparé à l'endroit où ils conduiraient Jakli ensuite, poursuivit la jeune Kazakhe, comme si elle cherchait délibérément à aiguillonner Gros Mao.

Gros Mao lui lançait un regard venimeux quand, soudain, on frappa violemment à la porte. Les Maos se dépêchèrent de rejoindre leur cachette dans la cave. La femme fit entrer Bœuf Mao et un autre homme, qui en tiraient sans ménagement un troisième, un sac en toile de jute noué sur la tête.

Ils conduisirent l'homme en silence dans la cave, passant devant Gendun et Lokesh qui méditaient, assis dans une flaque de lumière près de la fenêtre. Shan suivit tandis que Jowa disparaissait dans l'escalier. Les Maos firent asseoir l'homme sur une chaise et lui arrachèrent sa cagoule de fortune. Le prisonnier avait un côté du visage en piteux état et un filet de sang coulait de son nez dans sa moustache et sur son menton. C'était Wangtu.

Gros Mao fit les cent pas autour de la table sans prononcer une parole.

— J'ai été relâché, se dépêcha de dire Wangtu, d'une voix effrayée en dévisageant l'une après l'autre les personnes qui l'entouraient. La procureur m'a interrogé sur Lau et j'ai été relâché du Camp de la Gloire. Je n'avais pas de moyen de locomotion pour rejoindre la ville, mais je savais qu'ils rassemblaient les chevaux. J'ai dit : laissez-moi monter ce cheval jusqu'aux écuries, je le laisserai là-bas.

— Non ! grogna Gros Mao. Ils t'ont donné ce cheval en échange de quelque chose. Tu as payé un prix. Tu leur as donné des renseignements.

Wangtu baissa les yeux au sol.

— Je les hais, déclara-t-il d'une voix blanche. Ce sont mes ennemis. J'allais essayer de vous retrouver, de retrouver les lung ma. Je peux vous aider. J'entends des choses quand je fais le chauffeur.

Shan s'attendait que Gros Mao, ou l'un de ses comparses, lui ordonne de sortir, mais le Ouighour se tourna vers Wangtu.

— Où est le mensonge ? aboya-t-il. Tu n'as pas coopéré avec eux, ou tu veux nous aider ?

Shan se leva, prit une serviette d'une pile dans le coin et essuya le sang du visage du prisonnier. Personne, pas même Wangtu, blême, ne parut remarquer son geste.

— Parfois, je sais quand des gens viennent par la grand-route. Des gens importants, ajouta-t-il d'une voix geignarde. Je pourrais me débrouiller pour que des voitures tombent en panne. Ce cheval était magnifique. Jakli l'a adoré. Je voulais juste qu'elle l'ait. Dans le temps, quand j'étais gamin, les amis amenaient des chevaux aux mariages. Vous ne comprenez pas ? C'était le dernier nadam. Est-ce que vous avez vu le visage de Jakli quand je lui ai présenté le cheval ? Comme dans le temps...

Il retroussa les lèvres comme pour sourire, mais il ne parvint qu'à faire une grimace douloureuse.

— D'abord, il me le donne et, après, il l'abat d'un coup de fusil !

Shan intervint :

— Je ne pense pas que vous ayez dit quoi que ce soit à Bao, parce que vous ne saviez rien. Mais vous avez accepté de faire quelque chose pour lui.

— Une chose stupide. Un petit truc de rien. Un mensonge à la procureur. Bao a fait comme si c'était une bonne plaisanterie.

Nouvelle tentative de sourire, nouvelle grimace.

— Quelle sorte de mensonge ? demanda Gros Mao.

— Un mensonge à propos des garçons, répondit Wangtu en se tournant vers Shan. Faire en sorte que Xu apprenne ce soir qu'un autre garçon avait été tué, dans les montagnes.

— Quel garçon ? lâcha Jowa.

— Ç'avait pas d'importance. Pas un vrai garçon. Suffisait juste de le dire, pour qu'elle aille dans les montagnes.

— Une embuscade contre Xu ? suggéra Gros Mao.

— Est-ce que Bao vous a précisé où cela devait se passer ?

— Non. N'importe où. Quelque part dans les Kunlun, sur une de ces mauvaises routes où on est obligé de rouler lentement. À deux ou trois heures d'ici. Bao se fichait de l'endroit.

— Pas une embuscade, dit Jowa. Mais un moyen de détourner son attention.

— Parce que, conclut Shan avec un frisson, Bao ne veut pas la voir débarquer au Lac de Pierre.

Les bâtiments de la Brigade, au sud de Yoktian, ressemblaient à un club privé comparé au reste de la ville. Les murs en stuc étaient fraîchement peints en blanc et la cour était couverte de cet élément occidental si particulier : une pelouse. Les véhicules rouges ne manquaient pas, et tous arboraient l'emblème doré de la prospérité.

Gros Mao avait refusé de venir, il avait refusé d'engager des Maos dans une aventure aussi risquée.

— Rentrez chez vous, lança-t-il à Shan d'une voix crispée. Vous avez retrouvé vos vieillards. Vous êtes toujours en vie. Vous avez mieux réussi que nous. Laissez tomber avant que les nœuds vous reprennent.

Gros Mao n'était pas simplement furieux après l'arrestation de Jakli, comprit Shan tandis que Lokesh et Jowa se joignaient à lui sous l'œil du Ouighour. Il était humilié.

Les bâtiments paraissaient déserts. Shan passa devant la guérite de l'entrée, convaincu qu'il se jetait dans la gueule du loup, mais incapable de s'arrêter. Il se tourna vers Lokesh et le pria d'attendre avec Jowa de l'autre côté de la rue. Le vieux Tibétain hocha la tête en signe d'assentiment. Cependant, quand Shan posa la main sur une des portes à double battant qui ouvraient sur le bâtiment des bureaux, un bras l'ouvrit à sa place : Lokesh était debout à côté de lui.

Un bruit inattendu jaillit à proximité. Des cris. Des acclamations. Un bruit de foule, toujours sans personne en vue. Ils avancèrent dans l'entrée et virent une Chinoise déjà âgée assise raide comme un cierge à la réception. À leur passage, elle sourit et hocha la tête à plusieurs reprises. Elle portait un bleu de travail, un seau et un balai trônaient derrière elle.

Il n'y avait pas à se tromper sur le bureau de Ko : on y accédait par une imitation de porte vitrée à double battant, flamboyante, des grilles de plastique rouge sur des panneaux de plastique transparent. Sur l'une des chaises près de l'entrée était posée une pile de revues américaines, sous une affiche de ciel de nuit avec gratte-ciel au-dessus de laquelle on lisait les mots *New York, New York,* en anglais. Sur le mur opposé pendait une bannière qui devait en toute logique offrir un slogan politique. Jusqu'à ce que, après un examen plus attentif, on se rende compte qu'elle proclamait : *Enrichissez-vous avec la Brigade.*

La pièce était vide. Shan passa en vitesse devant un poste de secrétaire et entra dans une vaste salle meublée d'un bureau luisant en verre et chromes. Rien n'y était posé, hormis un téléphone rouge et la photographie d'une voiture de sport rouge.

Lokesh, posté devant la grande baie vitrée derrière le bureau, gloussait doucement. Shan le tira au centre de la pièce et regarda à son tour. La fenêtre donnait sur une cour entourée de bâtiments sur trois côtés, où se déroulait une partie de base-ball. On avait dégagé les véhicules et au moins deux douzaines de spectateurs étaient assis sur les capots et les toits des voitures pour admirer le spectacle. Ko était là, courant à la manière de Deacon lors du nadam, dirigeant les joueurs en leur commandant de se placer à tel ou tel poste, ou leur montrant comment tenir la batte en bois.

Shan revint à sa fouille du bureau quand le batteur toucha la balle sous les applaudissements des spectateurs. Ko, malgré ses ambitions de jeune loup, ne semblait pas s'intéresser au détail de ses entreprises. Les deux tiroirs supérieurs de l'étroite table sous la fenêtre ne contenaient que des trombones et des crayons. Sur les étagères, Shan trouva un assortiment de mémentos et de livres de gestion, dont plusieurs étaient en anglais. L'un d'eux s'intitulait *Chaos et prospérité.* Les mémentos étaient pour la plupart des opuscules politiques. Un buste de Mao Tsé-toung. Un morceau de bois sur lequel étaient gravés les mots *Persister avec persévérance,* formule abrégée d'un des grands slogans de la décennie passée. Deux briquets montés sur des pierres polies ornées de plaques de bronze commémorant des conférences du Parti. Plusieurs stylos et des séries de crayons. Et une ficelle munie de grains en plastique minable, qu'il prit dans sa main. Un mala. Se rappelant que le démon qui avait tué Alta avait volé le rosaire du petit garçon, il glissa le mala dans sa poche.

Il n'y avait pas de listes de noms d'enfants ni de calculs de primes. Il n'y avait pas de notes sur Lau. Sur le mur était accrochée une photographie de Ko, debout sous une bannière annonçant le Programme d'Éradication de la Pauvreté, qui serrait la main d'un homme presque chauve au visage épais taillé à la hache. Shan étudia l'individu de près. Sur la veste il distingua un gros insigne en forme de drapeau chinois, au-dessus d'un tank. Ce qu'on remettait aux soldats qui prenaient leur retraite.

Shan retourna auprès du bureau de la secrétaire. S'y trouvait posée une grande enveloppe, avec, comme adresse d'expéditeur, le quartier général de la Brigade à Ouroumtsi, et comme destinataire Ko. Sous le nom de Ko, on avait rédigé une note : *J'aimerais que tous mes directeurs comprennent la nouvelle économie chinoise aussi bien que vous, camarade. Ce sera notre projet modèle, qui expliquera en quoi consiste réellement une économie de marché avec des caractéristiques chinoises.* Elle était signée *Rongqi.*

À l'intérieur de l'enveloppe Shan trouva une étiquette sur papier brillant avec une image de montagnes et du Potala de Lhassa, la résidence traditionnelle du Dalaï lama, aujourd'hui convertie par Pékin en un mausolée pour touristes. En surimpression on lisait le mot *Oracle,* avec un symbole commercial. *Droit sortie de la source sacrée,* était-il écrit en dessous, puis, tout en bas : *dix onces.* Sur les côtés, d'autres termes vantaient la marchandise. *Guérit. Fortifie. Les Rêves sont plus Beaux. Goûtez la Magie du Tibet.*

Un nœud serra la gorge de Shan quand il relut le texte d'accompagnement. Le lac aux oracles du Nid du Corbeau. Le Programme d'Éradication de la Pauvreté. La haine de Rongqi pour les Tibétains. L'assimilation de minorités perdues dans le processus économique. L'entreprise de subversion du choix du Yakde lama... Ko et son général avaient trouvé le projet parfait. Le modèle de leur nouvelle économie : distribuer les eaux sacrées du Nid du Corbeau aux villes chinoises et à leurs nouveaux riches, à l'est du pays. Rongqi était un homme qui avait évolué avec l'économie, mais pas complètement : il tenait avant tout à sa vengeance sur le Yakde lama. Il payait de riches primes pour la mort de jeunes garçons et pour l'obtention du panier de jade. Il irait même jusqu'à consacrer son propre Yakde lama avant d'étaler son éclatante victoire à la figure des lamas survivants.

La main de Shan tremblait quand il souleva le projet d'étiquette qui masquait une série de cartes. Sur la première carte, quelqu'un avait écrit d'une main ambitieuse : *Slogans publicitaires suggérés.* Image : *femme sexy en nuisette.* Légende : *« Pssst ! J'ai un secret sexuel tibétain pour vous ! »* La seconde disait : Image : *Moine levant une bouteille avec un grand sourire.* Légende : *« Au Tibet, nous disons, lha gyal lo ! Que les dieux soient victorieux ! Aujourd'hui, je dis : Que la Victoire soit avec vous ! »*

Il y en avait d'autres, mais Shan ne put supporter de les regarder.

Il entendit soudain corner les avertisseurs des voitures rangées autour du terrain de base-ball. Il lâcha l'enveloppe et poussa Lokesh vers la porte.

— Ne cours pas ! lui chuchota-t-il d'une voix pressante.

N'aie pas l'air tibétain, faillit-il ajouter. Il attrapa un lourd manteau accroché au dos de la porte et une batte de base-ball posée dans le coin. Il jeta le manteau sur les épaules de Lokesh, qui l'enfila, en tirant le capuchon sur sa tête. Ils empruntèrent le couloir et passèrent devant la gardienne souriante à la réception, Shan ouvrant la marche, la batte à l'épaule. La femme leur fit au revoir de la main. Ils arrivaient à la porte quand entra un groupe d'hommes. Celui qui était au milieu de la troupe, un grand gaillard large d'épaules, commentait d'un ton bravache la partie qu'ils venaient de jouer. Shan lui jeta un œil au passage avant de se détourner, en prêtant néanmoins l'oreille à sa voix grave. Il connaissait cet homme : il l'avait vu dans la nuit, sur les monts Kunlun, au beau milieu d'une route, vêtu d'une chemise blanche qui brillait à la lueur des phares.

Vingt minutes plus tard, ils avaient rejoint la cave du restaurant Mao. Lokesh sourit quand il offrit le manteau pour compléter la garde-robe des Maos. Prenant son temps, il exhiba les gants et le bonnet rangés dans la poche, et la superbe doublure, une fourrure synthétique imitation léopard. Shan sourit à son ami, se sentant en dette à l'égard des divinités qui protégeaient le vieux Tibétain, puis il expliqua aux Maos ce qu'il avait appris. Wangtu, affalé sur sa chaise dans le coin, se redressa et écouta lui aussi.

Quelques instants plus tard, Lokesh poussa un cri : le manteau étant réversible, il l'avait enfilé, peau de léopard à l'extérieur, gants marron aux mains. Sur son visage une cagoule marron ne laissait voir que la bouche et les yeux. Il tenait la batte de base-ball, non pas comme un batteur, mais d'une main, levée au-dessus de la tête. Son autre main était refermée sur un long objet mince, que Gros Mao lui prit pour l'examiner. Le Ouighour appuya sur un bouton et, avec un déclic sonore, une longue lame jaillit. Un couteau à cran d'arrêt automatique.

Lokesh avait découvert le démon en forme de léopard qui avait attaqué le garçon réfugié auprès des dropkas. Le démon sans visage. Le démon avait des griffes et un bâton brillant, comme un bras d'homme, avait déclaré la femme, sans les doigts. Il examina la batte, élargie à son sommet, qui se terminait en un semblant de poignet à l'autre. Jowa poussa un grognement : lui aussi avait compris. Le jeune garçon avait croisé sur sa route un démon sous sa forme de léopard. Shan devait à présent affronter le démon sous la forme de Ko.

Il se tourna vers Wangtu, renfrogné sur sa chaise.

— Débrouillez-vous pour que les choses se passent comme prévues par Bao. Faites passer le mensonge à Xu.

Il expliqua rapidement la marche à suivre, puis il appela le bureau de la procureur de la cabine de la poste, à trois pâtés de maisons de là, en présence de Bœuf Mao. Il demanda à parler à Mlle Loshi, à laquelle il expliqua qu'il se rendait sur la place de la ville, où il voulait rencontrer la procureur afin de lui transmettre d'importantes informations sur le directeur Ko. Une minute plus tard, Bœuf Mao partait avec un message à remettre au gardien chauve du ministère de la Justice, tandis que Gros Mao donnait leurs instructions aux autres.

Les sirènes retentirent cinq minutes plus tard tandis que les nœuds convergeaient vers la place. Loshi avait-elle pris la peine de prévenir d'abord Ko ? s'interrogea Shan. Ou avait-elle contacté Bao directement ? Bœuf Mao se trouvait à son poste, derrière le palais du ministère, et surveillait la limousine Red Flag. Hirondelle Mao se tenait dans une allée, à un pâté de maisons de distance, d'où elle pouvait voir Bœuf Mao. Pour sa part, Jowa était assis sur un banc de la rue à l'opposé de Shan, d'où il apercevait Hirondelle Mao. Le signal ne tarda pas. Jowa laissa tomber le journal qu'il lisait et leva les bras comme pour s'étirer. Shan avança lentement jusqu'à ce qu'apparaisse l'ombre de la grosse voiture dans l'allée.

Il descendit sur la chaussée pour se mettre sur sa trajectoire et grimpa à bord sans qu'une parole soit échangée. Le chauve quitta la ville à vive allure, tandis que Xu surveillait les rues par la vitre. Cinq minutes plus tard, ils arrivaient à un chemin empierré qui les conduisit en haut d'une petite colline, en bordure du désert, face à l'ouest et au soleil couchant. Xu monta lentement jusqu'au sommet et descendit l'autre versant. Shan la suivit, et découvrit une courte volée de marches de bois en piteux état. Xu s'assit sur un banc délabré au bas de la colline, à côté d'un panneau appuyé contre le pied du poteau duquel il s'était apparemment détaché. Il portait une inscription en turco-mongol, pas en chinois.

— Le vieux cimetière musulman, dit-elle.

Son regard se perdait au fil des rangées de tombes cuites et recuites par le soleil, longs monticules cylindriques de boue et de béton qui s'alignaient en courbe jusqu'à un point de la crête opposée. On se serait cru devant les dizaines de colonnes d'un temple effondré. Ici et là, on apercevait des monticules grands comme des ruches de torchis abritant les cendres d'un disparu, et des ruches plus grandes, où les corps avaient été enterrés assis, les genoux repliés contre la poitrine.

Shan expliqua rapidement les preuves qui établissaient le lien entre Ko et l'attaque sur le garçon dropka.

— Des preuves indirectes, objecta Xu.

— Ko a dû entrer au Tibet dans un camion de la Brigade ce jour-là, et il n'était pas seul, tout comme le lendemain soir quand nous les avons vus. Il ne devrait pas être trop difficile de retrouver certains de ses compagnons. Vous pourriez les interroger. Obtenir des dépositions. C'est une de vos spécialités, ai-je entendu.

Elle ne mordit pas à l'hameçon.

— Bao a trouvé le corps de Lau.

Shan redressa la tête.

— C'est ce qu'il prétend, en tout cas. Nous l'avons appelé, pour faire une autopsie. Il a déclaré que le Bureau en avait déjà fait une, la mort par noyade a été confirmée. Le corps a été incinéré à Kothan.

— Le corps ?

— Il avait un corps à sa disposition. Mais il ignorait que mes services utilisent également le crématorium de Kothan. Nous avons téléphoné. Le technicien m'a appris qu'ils étaient en retard et s'apprêtaient seulement à procéder à l'incinération. J'ai précisé que nous avions besoin d'une dernière vérification concernant l'identité de la femme. Il a rappelé cinq minutes plus tard, complètement retourné. Le corps n'était pas celui d'une femme. C'était celui d'un jeune homme, qui ne s'était pas noyé, mais avait été abattu de deux balles dans la poitrine. Les erreurs, ça arrive, lui ai-je dit. Placez le corps à la morgue. Nous vous re-contacterons.

— Le lieutenant Sui, déclara Shan aux tombes, comme si leurs occupants méritaient de le savoir.

— Étrange manière de couvrir des impairs. Si Bao avait abattu Sui, il se serait montré plus prudent, et personne n'aurait vu de cadavre. Il est en train de rectifier les erreurs d'un autre. Quelqu'un qu'il ne veut pas poursuivre.

— Ko. Ko a abattu Sui. J'ai rencontré un témoin de la scène. Bao a découvert la chose, et Ko lui a donné sa voiture pour le faire taire. Maintenant ils sont associés en affaires, grâce à Rongqi. Bao protège Ko, en tout cas pour l'instant.

— Ridicule. Bao et Ko, c'est le jour et la nuit. Ils n'ont jamais été amis. Je les connais depuis leur arrivée à Yoktian.

— J'ai vu une bannière en l'honneur du Programme d'Éradication de la Pauvreté. *L'unité pour le succès économique.* Je pense que Rongqi a créé entre les deux hommes un lien, un intérêt mutuel.

— Comme retrouver votre garçon lama ? interrogea Xu, sceptique. Vous parlez là de la Brigade, une des plus grosses compagnies de Chine, et du Bureau de la Sécurité publique.

— Non. Pas le Bureau, juste deux officiers renégats. Sui a caché ce qu'il faisait à son supérieur. Sui a tué Lau et obtenu une piste menant à Ko en essayant de trouver le jeune garçon. Ko l'a tué, parce que Sui s'approchait de trop près du gros lot. Par la suite, quand Bao a découvert ce qui s'était passé, il a endossé le rôle de Sui. L'unité pour un maximum de primes. Ko et Bao peuvent en amasser plus s'ils travaillent main dans la main. Rongqi a augmenté les tarifs, et les sommes sont devenues trop importantes pour que quelqu'un comme Bao s'en désintéresse. Bao, coincé à Yoktian, avec un salaire de nœud. Créer de toutes pièces un faux dossier dans l'enquête sur Lau, ce n'est rien pour quelqu'un qui tue des enfants contre argent comptant. Arrêtez-les tous les deux. Vous serez une héroïne.

— Il n'y a toujours pas de preuves concrètes, grimaça Xu.

— Un cadavre dans une morgue est un bon départ. Et le témoin du meurtre de Sui — il se cache dans les montagnes. Mais ce que vous voulez dire, c'est qu'il n'y a pas d'explication politique.

Xu resta silencieuse, contemplant les alignements de tombes autour desquelles s'entassait le sable soufflé par le vent.

— La corruption est politique, suggéra Shan. Faites tomber Rongqi, et vous pourrez quitter le Xinjiang.

Nouvelle grimace.

— Il me faut des livres, des registres, des preuves matérielles. Offrir des incitateurs économiques sous forme d'argent privé n'est pas un crime.

— Mais offrir une prime pour tuer un garçon en est un.

Xu secoua la tête.

— Un seul mot de Rongqi à une brigade spéciale de démolition, et nous nous retrouvons tous au lao gai. Vous ne pensez quand même pas que je peux toucher le général.

Shan la fixa en silence. Les traits de Xu avaient la dureté de la pierre, mais elle refusa de croiser son regard.

— Vous le pouvez. Mais vous avez peur.

— Bien sûr que j'ai peur. Bientôt la tête des procureurs non coopératifs va elle aussi être mise à prix.

— Non. Vous n'avez pas peur de Rongqi. Je pense qu'il n'y a qu'une seule chose qui vous fasse réellement peur.

Elle se tourna vers lui.

— Devenir comme moi.

Le bruit qui sortit de la gorge de Xu ressembla d'abord à un rire, pour se terminer en gémissement.

— Il est tout à fait possible de leur tenir tête, poursuivit Shan. Mais si vous le faites, il est également possible que vous finissiez comme moi.

Il prononça ces mots d'une voix banale, comme s'il parlait de quelque forme de vie inférieure, pas de lui-même.

Xu se leva et s'avança sans prévenir entre deux allées de tombes. Le vent se mit à souffler quand le soleil commença à sombrer derrière les montagnes. Il changea de direction, plein des odeurs âcres des buissons d'éphédra qui poussaient en limite du désert. Il faisait frais, presque froid, signe que la saison allait changer.

Shan la suivit, sans la rejoindre. Il s'arrêta à deux mètres d'elle pour se pencher sur une tombe, qu'il entreprit de débarrasser des feuilles accumulées contre le bord. Une des traditions aujourd'hui perdues en Chine moderne était Gheng Ming, le jour de fête où l'on balayait les tombes des ancêtres avant de placer une branche de saule sur la porte pour éloigner les mauvais esprits. Quand le gouvernement avait déclaré les tombes hors la loi, il avait de fait déclaré ce jour de fête hors la loi. Un jour, Shan avait trouvé son père qui essayait de nouer une minuscule brindille de saule au cadre de leur porte : son père avait fait une plaisanterie maladroite et s'était éloigné. Le soir, la brindille avait fait sa réapparition sur le linteau.

— Au cours des prochaines heures, on vous annoncera qu'un nouveau crime a été commis, déclara-t-il tout en poursuivant son nettoyage. C'est Bao qui a arrangé ça. Quelqu'un vous préviendra qu'un autre garçon a été attaqué, peut-être même tué. Dans les montagnes. C'est le genre de coup de fil auquel le bureau de la procureur se doit de répondre. Il vous faudra partir immédiatement, ou, sinon, au matin, de bonne heure.

Xu ne parut pas avoir entendu. Elle s'éloigna, pour réapparaître quelques minutes plus tard à côté de la tombe que Shan nettoyait.

— Vous voulez parler d'un piège ?

— Un moyen de détourner votre attention, plutôt. Parce que demain matin Bao et Ko ont l'intention de capturer le dernier garçon de la zheli. Celui qui détient le panier de jade. C'est parfaitement minuté, juste pour la visite du général. Le gros lot, enfin, qu'on lui présentera à son arrivée.

— Il est déjà là. Il est arrivé cet après-midi, il est installé dans une maison d'hôtes spéciale de la Brigade. Avec des gardes de sa brigade de démolition.

— Parfait, soupira Shan. Arrêtez-les tous.

— C'est de la folie. Vous avez perdu tout sens du lien qui unit le gouvernement et les citoyens !

Shan se contenta de la dévisager.

— Il y a trop longtemps que vous êtes au Tibet, l'accusa-t-elle.

— J'ai lu quelque chose sur le lien qui unit le gouvernement et ses citoyens. Ça s'appelle le Livre du Lotus.

Les mots eurent un étrange effet sur la procureur, qui, un instant, sembla cesser de respirer, le regard perdu au-delà des tombes.

— Ce n'est pas comme ça, finit-elle par dire d'une voix tendue à se rompre.

— Lorsque vous êtes en prison, vous vous réveillez toujours sans faire le moindre bruit. Les prisonniers apprennent à avoir des cauchemars dont les cris sont silencieux, à cause de ce que font les gardes quand il y a du bruit.

La femme qui le regardait maintenant n'était pas la procureur. C'était une personne inconnue de Shan. La pierre qui lui tenait lieu de visage semblait avoir volé en morceaux.

— Un jour, je me suis réveillé au son d'une merveilleuse cloche. Pas très forte, mais vraie et harmonieuse, qui résonnait jusque dans mes os, un son parfait. Un peu plus tard, j'ai demandé à un lama qui avait sonné la cloche. Le lama m'a répondu qu'il n'y avait pas de cloche, mais qu'au lever du jour il avait contemplé une unique goutte d'eau tomber du toit dans ma chope en fer-blanc. Il m'a dit que c'était la façon dont mon âme avait besoin de l'entendre.

— Je ne comprends pas, murmura Xu aux tombes.

— Simplement, le Tibet vous change un homme. Il vous fait voir des choses, vous imprime des choses dans l'âme comme un tison. Parfois, ça vous brûle l'âme au point de la transpercer.

Xu se tourna pour recevoir le vent du crépuscule en plein visage.

— Dans ce livre..., commença-t-elle, comme pour s'expliquer.

— Je n'ai rien lu sur vous dans ce livre.

Mais il se souvint de son étrange expression quand elle s'était tournée vers les Kunlun, et de cette façon qu'elle avait d'être tellement dérangée par les Tibétains.

Un instant, elle parut soulagée, et retourna s'asseoir sur le banc. Shan travailla encore quelques minutes sur la tombe, jusqu'à ce qu'elle soit nettoyée. Tout ce temps, elle resta simplement assise, les yeux fixés au-delà des herbes folles qui délimitaient le cimetière.

Shan avait quitté l'allée et gravi la première marche quand Xu chuchota :

— Il y a trois cent quarante-sept tombes ici. Je les ai comptées.

Un grand oiseau plana au-dessus du cimetière et vint se poser sur une tombe au loin. Une chouette. La gardienne des morts.

— Je n'avais que seize ans, lâcha-t-elle soudain, avec un sanglot dans la voix. Nous avons constitué un convoi de camions au départ de Shanghai, en rassemblant de plus en plus de responsables au fil du trajet. On m'a élue officier. Je n'avais rien demandé, mais on m'a dit que j'étais capable de réciter plus de versets du Président que n'importe qui d'autre dans mon unité. Nous avons roulé pendant des semaines. Nous avons brisé les clôtures pour libérer le bétail. Nous avons brûlé des écoles pour libérer les élèves. Nous avons brûlé des bibliothèques pour libérer le savoir.

Les Gardes rouges. Elle parlait des Gardes rouges et de la Révolution culturelle.

— Lorsque nous sommes arrivés au Tibet, j'ai été affectée à un district. On m'a donné un quota à respecter. Dix pour cent des citoyens étaient déclarés mauvais éléments. J'avais pour devoir d'identifier mes dix pour cent afin de les soumettre à des séances de débat idéologique et de critique publique. De critique violente. Parfois même fatale. Les gompas devaient être éliminés. Les réactionnaires, punis. Quatorze fois, notre unité a obligé des enfants à abattre leurs parents.

Elle s'interrompit et balaya les tombes du regard comme si elle voulait les compter une nouvelle fois.

— Nous n'étions nous-mêmes que des enfants. Parfois, ils obligeaient les lamas à se dévêtir et à danser nus sur la place de la ville.

— Ils ?

Xu ne répondit pas. Elle passa la main sur ses lèvres, qui tremblaient.

— Nous, murmura-t-elle enfin en se mordant une phalange

Elle sortit son doigt de la bouche et l'examina, comme si elle ne comprenait pas son geste.

— Je voulais arrêter. Je voulais rentrer à la maison. J'étais fatiguée de cette brutalité. Je me faisais du souci pour ma famille. Mais si on parlait de sa famille, on était critiqué. Un signe réactionnaire, un signe d'addiction à la tradition de l'oppression. Tout ce que je pouvais faire, c'était de continuer. Nous avons reçu des récompenses. Une unité modèle, voilà ce que nous étions. Je n'ai pas cessé de recevoir des promotions. Il existait un gompa loin dans les collines, un grand gompa au-delà de Chigatse. Le comité révolutionnaire est arrivé avec des photographes de Lhassa pour assister à notre travail. Nous avons encerclé les bâtiments et chanté des chants révolutionnaires. J'ai donné l'ordre de brûler le gompa. J'ai cru que les moines allaient sortir, ils avaient largement le temps. Mais ils n'en ont rien fait. Certains se sont plantés sur les seuils des portes en nous regardant pendant qu'ils brûlaient. Mais la plupart sont restés à l'intérieur, en récitant leurs mantras. Longtemps, nous avons pu les entendre, leurs voix montaient plus haut que le rugissement des flammes. Nous avons retrouvé les corps alignés en rangs. Ils s'étaient assis au sein de leur sanctuaire, bien en face de leurs lamas. Des rangées et des rangées de corps, comme un cimetière. Nous avons célébré l'événement en chantant à nouveau des chants révolutionnaires. Trois cent quarante-neuf. Le Président m'a adressé une lettre de félicitations. C'est ainsi que j'ai pu obtenir mon premier emploi au ministère. Parce que j'avais une lettre du Président. Elle disait simplement que j'avais bien fait mon travail, que j'étais une travailleuse modèle. Elle ne disait pas que c'était parce que j'avais tué trois cent quarante-neuf moines.

Les mots manquèrent à Shan. Un professeur d'histoire lui avait expliqué un jour que le seul problème de la Chine moderne était qu'on y vivait trop vieux, que des millions de personnes arrivées à la vieillesse se mettaient à avoir une conscience et à la cultiver. Pour Xu, les cauchemars étaient venus de bonne heure. Sa conscience l'avait prise au piège. Ce n'est pas comme ça, avait-elle dit du Livre du Lotus. Sous-entendant, c'était bien comme ça, mais je suis aujourd'hui une personne différente. Elle était autant une prisonnière que ceux qu'elle expédiait derrière les barbelés, exilée délibérée dans les terres frontières où elle pensait qu'elle pouvait faire la différence.

Elle parut ne pas le remarquer quand il se leva et gravit l'escalier. Il passa à côté de la limousine sans un regard au chauve au volant et retourna en ville, par la route balayée par le sable des bourrasques, l'âme tellement lourde qu'il songea qu'il ne pourrait peut-être plus jamais entendre la cloche.

## 21.

Le sable balayait les rues de Yoktian, masquant les bordures de trottoirs cassées, brouillant les craquelures sur les murs. Exactement comme si la ville entière avait été passée à la soufflette du compresseur pour donner une image plus saine et plus propre. Peut-être sur les ordres du général. Mais Shan ne s'y laissa pas prendre : on pouvait toujours se briser la cheville dans les ornières de la chaussée et les rats restaient tapis dans les fissures.

Un camion de transport à plateau était garé à l'arrière du restaurant. Gendun et Lokesh dormaient dans la pièce de devant, sous deux tables poussées l'une contre l'autre, comme si les Maos s'attendaient à subir un tremblement de terre. Jowa était assis à côté d'eux, dans la position du lotus : il les veillait. La grosse femme tendait à Shan une chope de thé et un bol de nouilles quand il entendit démarrer le camion.

— Le camp, dit-elle, en réponse à son air interrogateur.

Il sortit immédiatement et bondit à l'arrière du véhicule tellement vite qu'il s'aperçut une fois assis qu'il tenait encore sa chope de thé à la main.

Gros Mao, dans l'ombre à l'arrière de la cabine, ne fut guère heureux de le voir. Juste un voyage rapide, expliqua-t-il, les commandes de nourriture pour la semaine à venir. Shan ne fut pas dupe. Ils allaient au Camp de la Gloire à cause du clan de la Pierre rouge : le lendemain, le clan serait dissous. Gros Mao et Akzu avaient un plan qu'ils ne voulaient pas dévoiler, mais il ne s'y intéressait pas. Lui se rendait au Camp pour le gardien des eaux. Que pouvait-il faire d'autre, sinon attendre l'aube ? Attendre la réunion au Lac de Pierre, la confrontation finale, lorsque les tueurs viendraient encaisser leur dernière prime. Le Lac de Pierre où il devait précéder les nœuds, enlever le dernier garçon et le mettre à l'abri, si celui-ci et les bergers qui l'accompagnaient ne croisaient pas la route des Maos en chemin.

L'ensemble administratif du Camp de la Gloire était vide. La guérite à l'entrée était elle aussi vide, et la grille fermée. Bœuf Mao descendit de son poste de chauffeur et ouvrit le cadenas. Ils se garèrent près de l'entrepôt. Une femme sortit à son tour de la cabine et suivit le grand Kazakh : Hirondelle Mao, vêtue d'un complet de femme d'affaires très strict, une grande enveloppe à la main. Elle se dirigea vers le bâtiment administratif d'un pas martial.

Posté près de la clôture intérieure, Shan examina les baraquements avec leurs cellules de détention, à l'intérieur du carré des prisonniers. Il n'avait pas de plan, pas d'idée, pas même de certitude que le lama se trouvait là. Même si Hirondelle Mao parvenait à trouver la cahute qu'on lui avait affectée, les Maos ne courraient pas le risque de franchir la seconde enceinte grillagée, beaucoup mieux surveillée. Il se pencha vers un bouquet d'asters qui avaient réussi à survivre dans le sol sableux. Il en arracha plusieurs tiges, qu'il attacha au grillage, au plus près du quartier de détention. Peut-être était-il juste venu dire au revoir, songea-t-il avec tristesse. Le vieux Tibétain ne survivrait pas longtemps une fois que Bao, ou Rongqi, découvrirait que c'était un lama.

Shan pivota vers le bâtiment administratif et lentement, à contrecœur, se dirigea vers la petite cahute où il avait trouvé Nikki. Il marcha sans en avoir conscience, et se retrouva sous le toit de la chaufferie. Il sentit la chaleur du fourneau à quelques mètres de distance et s'immobilisa, l'image du jeune gars devant la porte de la chaudière gravée dans sa mémoire au fer rouge. Jeune. Plein d'énergie. Guère plus âgé que son propre fils. Il avança jusqu'en bordure du cimetière. Dans la lumière chiche d'une lune masquée par des nuages, les tombes paraissaient s'étirer à l'infini. À petits pas mal assurés, il se dirigea vers les monticules les plus distants, à la terre fraîchement foisonnée.

Il aperçut alors l'animal. Une forme basse, trapue et massive, qui se déplaçait entre les tombes comme guidée par une odeur particulière. Shan chercha une pelle, un bâton, une arme quelconque. La créature s'attarda devant un des tas de terre fraîchement remuée. Cherchait-elle à déterrer un cadavre ? La peur au ventre, il se demanda ce qu'il devait faire. Les charognards préféraient la chair décomposée. Il avança doucement. La bête ne lui prêta aucune attention. Elle dégageait une impression de puissance inébranlable, griffant distraitement la terre en longues ornières.

Puis elle se pencha en arrière et s'accroupit sur les talons. La lune apparut entre deux nuages et Shan faillit s'étrangler. Marco Myagov.

Il resta un long moment silencieux avant d'oser faire un pas. Marco se crispa et se prépara à bondir sur lui, avant de se laisser retomber en arrière : il l'avait reconnu. Shan ne salua pas le Russe mais s'engagea entre les tombes, inspectant les monticules de terre, essayant de se souvenir de l'aspect qu'avait le cimetière lors de sa première visite. Au bout de quelques minutes, il s'arrêta devant trois tombes fraîchement comblées.

— Ici. C'est ici qu'il devrait être.

Marco fit un effort énorme pour se lever, s'essuya les mains, pleines de suie et de terre, et rejoignit Shan.

— Il est... — Shan avait du mal à trouver ses mots — il est en compagnie de bien des hommes valeureux.

En dépit de leur mort misérable, loin de tout, dans un pays désert et oublié, nombre des hommes qui gisaient là avaient défié les dictateurs. Ils étaient restés fidèles à eux-mêmes.

Marco ne sembla pas avoir entendu les paroles de Shan.

— J'ai cru que vous étiez..., commença Shan d'une voix hésitante. J'ai vu les flammes. J'ai cru que vous aviez péri dans l'incendie.

Et si ce n'était pas Marco ? Si ce n'était que son ombre frêle, le spectre qu'il avait laissé derrière lui après avoir perdu son âme ce soir-là ?

Mais l'homme se mit à parler, et Shan poussa un soupir de soulagement.

— Ç'a brûlé. Par le souffle de Dieu, ç'a bien brûlé.

— Mais pourquoi êtes-vous...

— J'avais des choses à dire à mon Nikki.

— Et ensuite ?

— Je te l'ai déjà dit. Les salopards, je les chope. C'est ça que je fais.

— On a besoin de vous. Il faut que les Américains quittent le pays. Ils sont en grand danger.

Marco le dévisagea d'un air déconcerté, comme s'il n'avait pas pensé à cela.

— Ici, vous vous ferez tuer, reprit Shan. Ce sont des soldats. Vous n'aurez pas une chance.

Marco ne répondit pas. Il s'assit entre deux tombes puis tapota le sol à côté de lui pour signifier à Shan de le rejoindre. Celui-ci s'agenouilla à la tête du monticule.

— Je n'aurais pas peur de rester ici avec Nikki, dit l'Eluosi d'un ton presque joyeux. Il ne me reste plus rien. Plus de pays. Plus de famille. Plus de maison.

— Et que ferait Sophie sans vous ?

Le regard de Marco se posa sur un carré de ténèbres, dans les ombres du tertre près du camp. Il poussa un profond soupir et sortit quelque chose de sa poche. La médaille russe que Shan avait vue dans la chambre de Nikki. La médaille du tsar.

Marco dégagea un peu de terre à la tête de la tombe et enfouit la médaille, puis il se mit à parler en russe, longuement, au monticule de terre d'abord, puis au ciel.

Une fois qu'il eut terminé, il se tourna vers les bâtiments, le regard affûté comme celui d'un guerrier avant la bataille. Il se remit debout soudainement et partit au petit trot vers la chaufferie.

Shan le retrouva devant la chaudière ouverte qu'il remplissait de charbon à pelletées rapides. Il montra la brouette pleine devant la cahute, et Shan la poussa jusqu'à lui. La chaudière fut bientôt pleine au ras de la gueule, au point que le charbon en débordait. La chaleur était insupportable. Marco referma la porte et se précipita vers l'établi pour en revenir avec une longue barre et une paire de pinces. Il enfonça la barre dans les trous qui tenaient le cadenas, et en recourba les deux extrémités pour empêcher l'ouverture du vantail. Il examina rapidement les systèmes de contrôle primitifs sur la chaudière, ferma la soupape de décharge, ouvrit l'entrée d'air au maximum, et écrasa la jauge de température. Il était sur le point de repartir quand il fit demi-tour et sortit de sa poche un petit objet qu'il plaça sur le haut de la porte de la chaudière : l'anneau d'acier de Nikki.

Il ne servait à rien de protester. Impossible d'arrêter Marco en pleine action. Et impossible de demander aux Maos de rester sur place pour trouver le gardien des eaux au milieu du chaos qui allait s'ensuivre. Si on les trouvait aux abords du camp, ils seraient immédiatement placés en détention, si on ne les abattait pas, purement et simplement, pour sabotage.

Shan se tourna une dernière fois vers la clôture intérieure et soupira.

— Je suis désolé, Johnny, dit Marco. C'est ça que je fais. Et maintenant, va. Dépêche.

Les Maos l'attendaient près du camion. Il ne parla de la chaudière qu'une fois la grille franchie. Gros Mao l'écouta et Bœuf Mao ralentit. Au moment où il baissait sa vitre, une explosion secoua la vallée avec une telle violence que le camion se mit à tanguer. Un gros rocher délogé de la pente roula devant eux sur la route. Bœuf Mao accéléra et gravit la colline en bout de vallée, où il arrêta le camion. Ils apercevaient clairement le camp, à cinq kilomètres à peine. D'énormes flammes montaient dans le ciel de nuit. La chaufferie ainsi que l'entrepôt n'étaient plus qu'un brasier. Des débris enflammés volaient à travers tout le camp, et le bâtiment administratif commençait à brûler.

Trente minutes plus tard, les Maos arpentaient d'un pas inquiet la cave qui leur servait de refuge. Ils discutaient avec énergie, proposant des plans pour les rejeter aussitôt, essayant de savoir ce que la Brigade et les nœuds allaient faire. Chaque nouvelle suggestion ne faisait qu'augmenter leurs inquiétudes. Gros Mao ne cessait de leur répéter que le clan de la Pierre rouge était en cours de dissolution et que leur plan était désormais irréalisable. Bœuf Mao proposa de faire la fête. Hirondelle Mao était assise à la table, face à un écran d'ordinateur vide.

Shan, installé sur une marche des escaliers, resta simple spectateur un quart d'heure durant avant de prendre un tabouret à la table.

— Si votre plan est irréalisable, alors expliquez-moi en quoi il consistait. Je sais qu'il concerne des camions. Comme celui que la Pierre rouge a essayé de voler.

Gros Mao fronça le sourcil, haussa les épaules et obtempéra. On allait expédier les troupeaux vers le nord, dans quatre énormes camions de transport d'animaux. Les affectations des éleveurs étaient terminées — les Kazakhs devaient rejoindre les villes, et les usines de la Brigade, essentiellement. C'étaient des Maos qui seraient au volant des camions.

— Mais l'astuce était la suivante : la Brigade vend depuis longtemps des cargaisons de bétail au Kazakhstan. Il est prévu qu'une douzaine de véhicules franchissent la frontière cette semaine, direction ouest, sur la grand-route de Alma Ata. Hirondelle a les numéros des bordereaux de transport, les numéros des permis de passage, tous approuvés et enregistrés. Les gardes de la frontière ont ces numéros, pour pouvoir vérifier. Jowa nous a aidés à tout mettre sur pied. Ce soir, Hirondelle a introduit une nouvelle disquette de données, qui s'affichera lors de l'ouverture des bureaux demain. Le nom d'Hirondelle n'apparaîtra nulle part. Un employé prendra le dossier et transmettra les confirmations de transit au quartier général de la Brigade. Les quatre camions de la Pierre rouge seront autorisés par les ordinateurs à passer au Kazakhstan. Ils débarqueront leur chargement au dépôt qui doit recevoir les moutons du clan, parce que les chauffeurs sont des Maos.

— Et quand les camions partiront avec leur chargement de moutons, les Kazakhs seront avec leurs bêtes.

— Le clan est petit. Il y a des terres au Kazakhstan pour les gens qui fuient la Chine. Ils obtiendront de nouveaux pâturages, avec d'autres Kazakhs.

— Mais les camions, ça s'inspecte. D'abord les papiers, ensuite la cargaison.

— C'est la raison pour laquelle l'heure de passage est si importante. Les gardes frontière se laissent constamment soudoyer. À un moment précis, dans deux jours exactement, un certain sergent de garde sera de service. C'est lui qui procédera à l'inspection des quatre camions, avant de délivrer les autorisations de passage. Les papiers ne poseront pas de problème, et il ne vérifiera pas la cargaison. C'est Marco qui nous l'a recommandé.

— Sauf que maintenant les données ne seront pas transmises, parce que la disquette a brûlé dans l'incendie, dit Shan.

— Tout ce que peuvent faire les membres du clan, pour l'instant, c'est accepter leurs boulots en usine et espérer que nous trouverons un autre moyen plus tard.

Shan étudia les visages des Maos. L'excitation qui les faisait briller aux premières flammes de l'incendie du Camp de la Gloire avait cédé la place à des expressions défaites. Il se tourna vers Hirondelle Mao.

— Est-ce que vous avez les dossiers des morts du cimetière ?

La mince jeune femme hocha lentement la tête.

— Pouvez-vous trouver de l'argent ? demanda Shan à Gros Mao. Quatre Pandas d'or ?

— C'est ce que nous utilisons quand les gens passent la frontière, confirma le Ouighour. Tous préfèrent l'or.

Shan leur esquissa rapidement son plan.

— Le seul problème, conclut-il sans joie, c'est qu'Akzu et les autres vont devoir mourir.

Marco ferait sortir les Kazakhs en compagnie des Américains, quatre Pandas d'or pour quatre barques supplémentaires. Le problème était que la Brigade ne devait jamais l'apprendre. Rongqi ne pouvait permettre à quiconque de penser que les Kazakhs avaient défié le Programme d'Éradication de la Pauvreté. D'où la nécessité d'échanger les noms et numéros d'identité des Kazakhs avec ceux de prisonniers depuis longtemps décédés. Après l'incendie, la tenue des registres et des dossiers serait un véritable chaos. On installerait un centre d'opérations d'urgence, auquel Hirondelle Mao serait affectée, ce qui lui donnerait l'occasion de remplacer les dossiers du cimetière par une nouvelle disquette avec de fausses données. Les Kazakhs auraient ainsi officiellement disparu. Les archives seraient modifiées, afin de spécifier que le nombre d'individus transférés dans le cadre du programme de Rongqi correspondait au décompte d'ouvriers nouvellement affectés aux usines de la Brigade.

Au cours de sa carrière pékinoise, Shan avait enquêté plus d'une fois sur le système des usines gouvernementales. Les faveurs s'y distribuaient sous forme de numéros d'identité sur les feuilles de paie d'employés qui n'existaient pas, et dont les directeurs pouvaient ainsi encaisser les salaires sans que personne y trouve à redire. En toute logique, Rongqi avait lui aussi déjà distribué de petits cadeaux du même genre, sous forme de fantômes très rentables.

Les Maos débattirent des risques encourus pendant presque une heure, avant d'être remis à leur place par Hirondelle.

— C'est moi qui vais courir les plus gros risques, annonça-t-elle en s'installant devant l'ordinateur avec une nouvelle série de disquettes.

Quelques instants plus tard, apparaissaient la liste du cimetière du Camp de la Gloire, puis la liste des membres du clan de la Pierre rouge affectés au Programme d'Éradication de la Pauvreté. Elle pianota sur son clavier, et, un à un, les membres du clan se retrouvèrent enterrés au Camp de la Gloire.

En arrivant au Lac de Pierre juste après l'aube, ils tombèrent sur une chamelle argentée debout à l'ombre de la grande dune parallèle au bord ouest de la cuvette, à côté d'une forme imposante allongée sous une couverture. Ils laissèrent Marco dormir et s'installèrent quelques mètres plus loin, près du sommet de la dune, à trois cents mètres du départ de la route. Gros Mao, qui les avait emmenés, leur proposa de rester. Plein de colère rentrée, il ne quittait pas de l'œil la caisse à outils à l'arrière du camion. Shan le soupçonna d'avoir apporté des armes, et il le pria de partir.

— Il vous faut un plan, au cas où le garçon arriverait jusqu'ici et que les nœuds débarquent ! protesta Gros Mao.

Shan le fixa en silence pendant un long moment.

— Le garçon ne viendra pas, parce que les Maos l'auront intercepté en cours de route.

— Impossible de savoir où il est. Les dropkas qui l'accompagnent sont comme des animaux sauvages. Invisibles. Il se peut qu'on ne les intercepte pas.

— Alors, tout le monde s'enfuira avec le garçon et le panier de jade, soupira Shan, d'une voix si basse que seul le Ouighour put l'entendre. J'attirerai l'attention des nœuds qui seront là.

— Attirer leur attention ?

— Hormis le gau et les Américains, Bao veut mettre la main sur autre chose...

— Tout le monde n'est pas obligé de finir en victime. Pas chaque fois, dit Gros Mao, le front soucieux, d'une voix pleine de frustration et, fait étrange, de quelque chose qui ressemblait à des excuses.

— Donnez-vous encore une heure pour trouver le garçon, lui dit Shan. Ensuite, allez au camp de la Pierre rouge. Ils ont aussi besoin de vous là-bas, aujourd'hui.

C'était le dernier jour. Le jour dont Rongqi et Ko avaient rêvé, la touche finale du Programme d'Éradication de la Pauvreté. Il fallait trouver Akzu et l'informer du nouveau plan pour quitter le pays. Les troupeaux de la Pierre rouge devaient être livrés, sans compter les tentes et tout ce qui devenait du ressort de la Brigade. Car la seule manière pour les membres du clan d'être libres, et toujours ensemble, était d'abandonner tout ce qui avait fait la valeur de leur existence. Mais pas leur vie.

Gendun s'allongea sur le sable et s'émerveilla de la forme des nuages. Lokesh étala au sol les maigres objets du Yakde lama, et les étudia l'un après l'autre. Tous, ils avaient fait leur sac, prêts à partir pour le Tibet. Shan sortit la vieille paire de jumelles, nettoya les lentilles avec sa chemise, puis la tendit à Jowa, qui rampa jusqu'à la crête de la dune et se mit à observer.

Une heure plus tard, il siffla. Kaju avançait seul sur la route. Il s'arrêta devant le squelette de bâtiment qui vacillait sous les rafales de vent, alla à un poteau en coin, y noua une corde, qu'il tira jusqu'à l'autre poteau, déployant ainsi une série de drapeaux de prières bouddhistes, qu'il avait certainement trouvés dans le bureau de Lau.

Le Tibétain se recula pour admirer les drapeaux comme s'il n'en avait jamais vu, puis, tournant les talons, descendit lentement vers le garage. Shan se redressa, lui fit signe de la main. Kaju les rejoignit.

C'est en tibétain, pas en mandarin, qu'il les salua, et, pour la première fois depuis leur rencontre, il continua la conversation dans sa langue natale. Aucun signe de Micah, leur apprit-il, donc aucun moyen de le prévenir de rester caché. Mais la nuit précédente, on avait entendu beaucoup de sirènes et de nombreux nœuds avaient quitté la ville précipitamment. Peut-être étaient-ils partis, ou, en tout cas, leur attention s'était portée ailleurs. Peut-être Bao allait-il oublier le petit garçon devant la nouvelle urgence à laquelle la Sécurité publique était confrontée.

Ils étaient assis en cercle et écoutaient Kaju leur expliquer qu'il avait la ferme intention de revenir avec tous les élèves de la zheli et de vraiment aller voir les fossiles, quand une main jeta un sachet en plastique plein de raisins au milieu d'eux. Ils levèrent la tête et virent le large visage de Marco, l'air sinistre mais déterminé.

Il s'accroupit au côté de Shan avec une poignée de raisins.

— Il leur a fallu une heure avant de se décider à relâcher les prisonniers pour qu'ils aident à éteindre l'incendie, déclara-t-il sans la moindre émotion. Imbéciles ! Ils n'ont pu que jeter du sable sur les braises. Il ne reste que des sacs de riz fumants là où se trouvait l'entrepôt. Plus de bâtiment administratif. Même la guérite à l'entrée, disparue.

Il n'y avait pas trace de victoire dans sa voix, mais quand il se tourna vers Shan, une étrange lueur éclairait son regard.

— Nikki m'a approuvé, poursuivit-il à voix basse, en hochant la tête comme s'il reconnaissait que ce n'était pas une victoire, mais un geste qu'il lui fallait accomplir.

Kaju s'avança sur la crête de la dune, cherchant Micah, tandis que Lokesh faisait passer le sachet de raisins qui leur servirait de petit déjeuner.

— Vous verrez ! s'écria Kaju à l'adresse de Shan. C'est Bao. Et lui seul. S'il vient essayer de s'emparer du garçon, ce sera la preuve dont j'ai besoin. J'irai voir Ko, conclut-il en s'éloignant hors de portée de voix. Ko saura ce qu'il faut faire.

Shan et Jowa échangèrent un regard : Kaju refusait toujours d'accepter la vérité.

Marco mangea ses raisins pendant que Shan lui expliquait le nouveau plan pour le clan de la Pierre rouge. L'Eluosi ne discuta pas.

— Le vieux chasseur tibétain à la frontière, celui qui a les coracles, les barques en osier, n'acceptera que s'il me voit avec eux. J'aurai besoin d'un coup de main.

Les paroles de Marco n'étaient pas spontanées. Il les avait longuement ruminées, et sa décision était prise.

— Viens avec moi, Johnny, reprit Marco en anglais. Je quitte cette terre oubliée des dieux. C'est ce que tu devrais faire, toi aussi. J'ai des tonnes d'argent dans les banques à l'étranger. On ira en Alaska. On attrapera d'énormes poissons. On construira un chalet au bord de l'océan.

Shan se tourna vers Gendun et Lokesh et leur expliqua le projet. Les deux hommes se contentèrent de sourire sereinement en hochant la tête.

— Ce n'est pas terminé, objecta Shan. Le temps manque pour...

Comme si ses mots étaient un signal, il entendit le cri de Kaju. Deux cavaliers venaient d'apparaître, sortant du désert, au bout de la dune sur laquelle ils s'étaient installés, tirant derrière eux un cheval de bât lourdement chargé et un cheval de selle.

— Les Américains ! annonça joyeusement Kaju, comme si l'arrivée de Deacon et de son épouse était une garantie de succès.

Inconsciemment, Shan avait espéré qu'ils ne viendraient pas.

L'épouse de Deacon semblait déborder d'énergie, tant elle était excitée. Elle avait apporté un grand pot de beurre de cacahuètes, dont Kaju expliqua la nature à Gendun et Lokesh, avant de leur en offrir : les deux Tibétains examinèrent l'étrange substance avec une curiosité d'écoliers. Warp s'adressa à Marco, pour s'assurer que les sacs du cheval de bât n'étaient pas trop lourds, puis elle lissa un carré de sable et y étendit une serviette pour y disposer divers objets. Un gant en cuir pour le base-ball. Un petit camion jouet vert. Un paquet de chewing-gum. Et une boîte métallique rouge, cabossée par les voyages, une boîte de soda américain intacte. Puis, sous le regard perplexe de son mari qui contemplait la cuvette, elle dénoua une étroite boîte en bois posée sur le haut du chargement et creusa le sable pour l'y déposer à l'ombre. Elle en ôta le couvercle, perforé de trous : l'habitat des insectes chanteurs de Deacon.

Marco prit la direction des opérations, pareil à un officier devant ses troupes, qu'il fit descendre à l'ombre de la dune, de l'autre côté de la cuvette. Personne ne devait se montrer sur la crête, excepté Kaju. Il expédia Jowa avec Gendun et Lokesh deux cents mètres plus au nord, où un petit affleurement rocheux offrait une maigre protection. Si quelqu'un cherchait à s'emparer du garçon, dit Marco, Sophie et lui l'emmèneraient dans les sables mous du désert, là où les camions ne pourraient pas suivre.

Vingt minutes plus tard, à l'autre bout de la cuvette, là où elle s'aplatissait pour s'ouvrir sur le désert, apparurent trois cavaliers, à moins de deux kilomètres de distance. Allongé à plat ventre sur la crête de la dune, Shan vit aux jumelles qu'il s'agissait de deux hommes en tenue de berger, qui encadraient un garçon monté sur un poney. Deux énormes mastiffs couraient de chaque côté de la petite troupe.

— Micah ! s'écria l'Américaine, en se dressant comme pour courir au-devant des silhouettes.

— Warp ! Non ! hurla son mari, en tirant sa femme à l'abri de la crête.

Au même instant, sur la dune opposée, apparut un véhicule. Pas un camion rouge de la Brigade, comme s'y attendait Shan, mais un de ces engins noirs tout terrain aux lignes effilées qu'utilisaient les brigades spéciales de démolition. Une silhouette en blouson de nylon rouge descendit du siège conducteur. Même sans ses jumelles, Shan reconnut Ko Yonghong.

— Les salauds ! cracha Marco à côté de lui.

Les autres portières s'ouvrirent et deux hommes en uniforme gris, armés de mitraillettes, en jaillirent. Ils se placèrent à une douzaine de pas de chaque côté de la voiture, un genou en terre, arme en position de tir, comme s'ils se préparaient au combat. Un troisième homme, la poitrine en barrique, à la démarche de fanfaron, s'approcha de Ko. Le commandant Bao.

Kaju laissa échapper un cri étouffé et fixa Shan avec une expression incrédule. Une troisième silhouette sortit du quatre-quatre, un homme mince, de haute taille, plus âgé, au maintien arrogant. Ko lui tendit avec solennité une paire de jumelles. L'homme examina les trois cavaliers qui approchaient et remercia Ko par une tape sur l'épaule. Shan étudia le nouveau venu à la jumelle : il l'avait déjà vu, sur la photographie dans le bureau de Ko.

— Rongqi ! entendit-il Kaju lâcher dans un souffle.

Le général en personne, venu assister à son triomphe ultime sur les Tibétains.

— Nom de Dieu ! Non ! entendit-il Deacon murmurer derrière lui.

Il se retourna et vit Lokesh et Gendun qui s'avançaient vers l'extrémité de la dune, en faisant signe aux cavaliers de se diriger vers l'affleurement rocheux, comme si celui-ci allait pouvoir les masquer à la vue des hommes du camion noir. Shan sentit une main se poser sur son bras : Marco lui signalait l'arrivée d'une autre voiture à l'entrée du camp pétrolifère, une limousine Red Flag. Elle s'arrêta et repartit en marche arrière pour se mettre hors de vue. La procureur Xu en sortit, seule, dirigeant une paire de jumelles vers le quatre-quatre noir.

Bao concentrait toute son attention sur les cavaliers. Il leva la main et, sèchement, aboya un ordre. Les deux nœuds remontèrent dans le véhicule.

— Non ! gémit Kaju.

Il s'avança en trébuchant, le visage tordu par la douleur. Il regarda les cavaliers puis le quatre-quatre, et enfin le creux de la cuvette, où poussait un seul et unique buisson entre lui et le véhicule. Il le fixa d'un air curieux, puis se mit à déchirer l'encolure de sa chemise pour en dégager une chaîne alourdie par un gros gau en argent.

Il leva le gau au-dessus de sa tête et bondit, descendant le flanc de la dune à grandes enjambées, en criant le nom de Ko et celui du commandant Bao. Il courait à perdre haleine vers le centre de la cuvette comme s'il voulait y retrouver le quatre-quatre noir. Les hommes à proximité du véhicule l'observèrent un moment, puis ils sautèrent à bord, les soldats sur les marchepieds, arme prête à tirer, Ko au volant. Le quatre-quatre s'engagea dans la descente

Sans s'arrêter de courir, avec de grands gestes énergiques, Kaju enjoignait à ces hommes de le rejoindre de toute urgence. Il agitait son gau tel un objet de ralliement. Comme si c'était le panier de jade. Il ralentit sa course et s'arrêta à trente mètres du buisson. Puis il repartit plus lentement, en continuant à faire signe au camion de le rejoindre.

Tout à coup, Shan comprit.

— Non ! hurla-t-il.

Il voulut se redresser, mais la grosse main de Marco se posa sur son épaule, l'obligeant à se coller au sol.

— Il se souvient de ce buisson ! Il en a vu les racines ! Dans le tunnel ! Deacon ! cria Shan avec désespoir.

Kaju avait atteint le buisson et s'était arrêté au milieu de la cuvette, en agitant toujours désespérément les bras à l'adresse du véhicule qui s'avançait vers lui. Un instant, il se retourna et regarda derrière lui, comme s'il cherchait Shan. Puis il s'assit en position du lotus, le gau serré contre sa poitrine, la tête relevée, non vers le camion, mais vers les cieux.

— Seigneur Jésus ! gueula Deacon qui venait d'arriver au côté de Shan. Non ! La citerne !

Le camion des nœuds s'arrêta en dérapage à côté du Tibétain et les soldats sautèrent au sol. Les portières s'ouvraient quand le camion commença à sombrer. Les soldats hurlèrent en direction des hommes encore assis à l'intérieur. L'un d'eux se précipita tant bien que mal vers la portière du général. Puis ils furent engloutis : le sable venait de les avaler.

La scène ne se déroula pas au ralenti, mais en accéléré, les images venant se brouiller les unes les autres. Le désert s'ouvrit telle une gueule béante pour engloutir le camion dans les profondeurs de l'antique citerne. Le sable de la cuvette et des dunes avoisinantes se creusa et glissa comme une immense houle. Enfin, un gigantesque cratère apparut à l'endroit où l'on avait bâti la citerne des siècles auparavant. L'espace d'un instant, Shan crut entrevoir un fouillis de bras et de jambes qui nageaient au milieu des sables et des débris de pierres. Puis le désert remplit le cratère, les dunes se mouvant et glissant dans un sifflement sinistre tandis que des tonnes de sable se précipitaient dans les profondeurs.

Soudain ne resta plus qu'un grand silence. Plus rien ne bougea.

Deacon était debout à côté de Shan, encore à genoux. Xu était toujours sur la route, bras ballants, jumelles pendantes, puis elle disparut lentement, à reculons, toujours face à la cuvette vide. Quelques instants plus tard, ils entendirent le moteur de la voiture qui s'éloignait.

Choqués, les deux hommes s'avancèrent vers le creux peu profond qui marquait l'emplacement de la citerne. Warp dévala la dune à toute allure.

— Il faut creuser ! cria-t-elle avant de se mettre à écoper le sable à mains nues.

— Il y a au moins quinze mètres de sable au-dessus d'eux, Warp, dit doucement son mari. Des milliers de tonnes de sable. Pas la moindre chance.

Ils restèrent là, paralysés, devant Warp, toujours à genoux, qui martelait le sable d'un air misérable. Le désert avait réclamé de nouveaux morts, et le karez avait fini, au bout du compte, par devenir une tombe. Ko qui adorait l'argent. Rongqi qui adorait le pouvoir. Bao qui adorait la force. Et un Tibétain que la vie avait détruit mais qui n'avait pas cillé devant sa mort.

Un cheval hennit. Ils levèrent tous les yeux pour voir les cavaliers debout à côté de leurs montures, en compagnie de Lokesh et de Gendun. Ils n'avancèrent pas, restant deux cents mètres en arrière, comme s'ils étaient effrayés.

— Micah !

L'Américaine se redressa d'un bond pour se diriger vers les silhouettes. Deacon se lança derrière elle. Il s'arrêta soudain avec un regard perplexe derrière lui quand il entendit Shan appeler son nom.

Honteux de sa propre faiblesse, Shan remit à l'Américain le gau qu'il avait pris à Malik, le gau qui venait de la tombe du Champ du Vieux Lama. Le visage de Deacon se figea d'un bloc, et c'est un bras ballant, toute énergie disparue, qu'il tendit. Shan déposa le gau presque de force au creux de sa main et se recula.

Une douleur violente lui avait poignardé le cœur quand il avait ouvert le couvercle, le lendemain du jour où Malik lui avait donné le gau. À l'intérieur il n'y avait pas de panier de jade, ni de prière secrète. Rien que les restes desséchés d'un petit criquet marron.

L'Américaine continuait tant bien que mal à avancer dans le sable mou, en appelant le nom de son fils. Deacon resta un moment immobile à fixer Shan, puis la petite silhouette en compagnie des bergers. Son visage s'obscurcit, comme si un voile était tombé sur ses traits. Avec un cri de gorge pareil à un sanglot, comme s'il suffoquait à nouveau dans le karez, il avança, appelant son épouse d'une voix que nul ne put entendre d'abord, puis plus fort, encore plus fort, jusqu'à ce qu'il la rejoigne, à genoux dans le sable.

Jacob Deacon avait compris. Depuis un moment, l'Américain entrevoyait un autre des cauchemars qui hantaient Shan depuis le nadam. Deux garçons malicieux avaient trompé leurs parents d'adoption, leurs gardiens des clans des ombres. Parce que l'un voulait rejoindre les prairies basses pour être avec les chevaux, et l'autre les hauteurs des Kunlun, la terre du Champ du Lama. Khitai avait déjà joué le même jeu innocent en faisant un échange avec Suwan au camp de la Pierre rouge. Pour quelques jours seulement, avaient dû se dire Micah et Khitai. Puisque tout le monde devait se retrouver au Lac de Pierre le jour de la pleine lune.

Malik avait été absolument certain que c'était Khitai qu'on avait tué au Champ du Vieux Lama. Mais Malik n'avait vu qu'un jeune garçon aux cheveux sombres, le visage martelé de coups, déjà dans son linceul. Le jeune mort avait en sa possession les affaires de Khitai. Et il se trouvait à l'endroit où Khitai était censé se trouver.

— Micah ! cria une nouvelle fois l'Américaine en se remettant debout avec l'aide de son mari. Notre petit garçon ! hurla-t-elle à Deacon comme si celui-ci ne comprenait pas.

Mais Deacon l'immobilisait en lui serrant les deux bras dans le dos, face aux cavaliers. Marco et Shan les dépassèrent, d'un pas de plus en plus lourd à mesure qu'ils avançaient. Les deux bergers, tenant les chevaux, regardaient les Américains d'un air farouche.

Lokesh était assis sur le sable en compagnie d'un frêle garçon tibétain. Il psalmodiait avec lui un mantra en montrant à l'enfant les objets qu'il avait récupérés pour lui au Champ du Lama. Des larmes coulaient sur les joues du vieux Tibétain.

Gendun se releva avec de grands yeux tristes. Il regarda Shan, Khitai, puis les Américains, avant de murmurer d'une voix brisée :

— Merci, ami Shan, pour avoir fait se relever notre Yakde lama d'entre les morts.

# 22.

Personne ne discuta. La décision fut unanime. Ils restèrent au Lac de Pierre, des heures durant. Shan fixait le creux de sable qui marquait le tombeau. Deacon et son épouse étaient seuls avec leur chagrin. Marco présenta le garçon lama à Sophie avant de lui offrir une balade à dos de chameau. Gros Mao vint trouver Marco et repartit après avoir discuté avec Jowa : il emmenait les Américains sur la tombe de leur fils au Champ du Vieux Lama. Vers le milieu de la journée, des gens commencèrent à arriver par le chemin qui partait de la grand-route. Des Kazakhs et des Ouighours pour la plupart, certains à cheval, d'autres à pied. Le visage perplexe, ils se rassemblèrent autour de la dépression dans les sables. Quelqu'un remarqua l'homme saint en robe. Shan vit des hochements de tête dans la foule, comme si la présence de Gendun expliquait tout. Ils se mirent à dresser un cairn à l'endroit où la citerne s'était effondrée, en se servant de morceaux des bâtiments du camp pétrolifère et de pierres des vieilles ruines. Shan et Jowa détachèrent les drapeaux de prière des poutres où les avait fixés Kaju et les nouèrent au cairn.

Au début, le jeune lama évita Shan. Finalement, il vint s'asseoir à côté de lui et contempla la cuvette de sable devenue le tombeau de Kaju. Il parut sur le point de parler, et Shan se pencha en avant comme pour dire lui aussi quelque chose, mais leurs langues ne trouvèrent pas les mots. Au bout d'une heure de silence, le garçon se plaça devant Shan et lui prit la main. Il la leva lentement et en écarta doucement les doigts pour ouvrir la paume qu'il posa sur son cœur.

Quand le jeune garçon leva sa main, Shan sortit son gau de sous sa chemise.

— J'ai rencontré un des anciens à la Montagne de Sable, dit-il en ouvrant le petit boîtier. Avant de retourner dans les sables, il m'a donné ceci.

Il sortit la plume qu'il contempla dans le creux de sa paume.

— Je lui en ai donné une nouvelle. Pour qu'il l'emporte avec lui.

Le garçon lama contemplait la plume avec dévotion. Shan la lui offrit :

— Je veux que vous la preniez.

Le futur lama ôta le gau qu'il portait au cou et en souleva le couvercle délicatement ouvragé d'un filigrane d'argent qui masquait un filigrane similaire, en jade, celui-là. Shan déposa la plume à l'intérieur du panier de jade.

Le Yakde fixa la plume, le regard plein d'émotion.

— Micah adorait les chouettes, dit-il d'une voix douce. Quand nous étions ensemble, on restait tard le soir pour écouter les chouettes. Son clan des ombres lui avait appris comment les appeler. Un soir, il est devenu complètement immobile et il m'a dit qu'une vieille chouette était en train de l'appeler. Il avait l'impression qu'elle essayait de le conduire quelque part.

Le Yakde hocha lentement la tête, puis il leva délicatement le petit boîtier près de son visage pour examiner la plume.

— Elle deviendra un de nos trésors.

Il fallut un moment à Shan pour comprendre que la plume allait être un élément dans la chaîne de l'existence du Yakde lama, un des trésors qui seraient à l'avenir un indicateur de ses incarnations futures.

En fin d'après-midi, les Maos arrivèrent avec deux camions et se mirent à discuter à voix basse avec Jowa. Ils aidèrent Shan et les Tibétains à grimper dans le premier véhicule avant de charger Sophie dans l'autre. À la dernière minute, Shan sortit de son camion et monta dans celui de Marco et de Sophie. Les deux hommes s'observèrent en silence tout en caressant Sophie au rythme des ornières de la route.

— Où allez-vous la laisser ? demanda Shan. Quand vous franchirez l'océan.

Le visage de Marco paraissait avoir recouvré une certaine sérénité.

— La laisser ? grogna l'Eluosi. Sophie ne me quitte jamais. Là où elle va, je vais.

— En Alaska ? Mais il n'y a pas de chameaux en Alaska.

— Eh bien, maintenant, il y en aura, déclara Marco d'une

voix tonitruante. On va l'emmener sur un grand bateau, là où elle pourra se promener sur le pont. Toi et moi.

La chose lui parut tellement incongrue que Shan eut envie de rire. Mais si incongrue qu'elle fût, il était merveilleux de l'entendre. Shan était assez jeune pour se refaire une vie. Jakli lui avait donné le médaillon, son passeport pour le passage, parce qu'elle voulait qu'il parte. Le Tibet, lui répétaient toujours les lamas, était le point de départ de sa nouvelle incarnation, mais personne ne pouvait savoir où celle-ci allait le mener. Il avait raté son voyage au Népal, et une nouvelle existence en Angleterre, mais un nouveau chemin s'ouvrait devant lui.

Ils se rapprochaient de Yoktian et longeaient la série de petits monticules familiers qui bordaient la ville. Au sommet de la colline, Shan aperçut une lourde voiture noire. Il cogna à la vitre du camion et demanda à s'arrêter. Puis il remonta la pente au petit trot en passant à côté de la Red Flag.

Il repéra Xu au milieu du cimetière, occupée à balayer une tombe à l'aide d'un balai qui ne méritait plus son nom, les vêtements pleins de poussière. Elle ressemblait à un employée d'entretien ou à une femme en deuil venue pleurer sur une tombe.

La procureur n'afficha aucune surprise en le voyant et continua à balayer, pliée en deux sur son manche.

— Le Camp de la Gloire est mort, dit-elle. Inutilisable après l'accident, pendant au moins des semaines. Il ne rouvrira probablement pas avant le printemps.

Tous les prisonniers condamnés à au moins six mois avaient été transférés dans d'autres camps, et les autres, libérés.

— Et ceux qui y ont été envoyés par Bao ? demanda Shan.

Ceux-là aussi, confirma la procureur sans relever les yeux. Elle s'avança alors jusqu'à un sac posé près d'une autre tombe. Elle en sortit une cassette vidéo qu'elle balança vers Shan.

— J'ai ordonné à Loshi de la récupérer. Qu'elle se débrouille. Sinon, elle est virée. Parce qu'elle a modifié le contenu d'un dossier officiel. Et elle peut dire adieu à sa mutation dans l'Est. J'allais l'enterrer, cette cassette.

Elle la chassa vers lui d'un coup de pied, puis, agacée par les hésitations de Shan qui refusait de toucher l'objet, l'écrasa d'un coup de talon. Un bout de la bande vidéo se libéra du plastique, et le vent s'en saisit, la déroulant avec une telle violence qu'elle s'arracha de son logement. La bande magnétique glissa entre les tombes tel un serpent, avant de disparaître dans le désert.

— Ils ont tous été portés disparus par leurs bureaux respectifs, reprit Xu avec raideur. Quelqu'un a déclaré qu'il avait vu Bao passer prendre Ko et le général au bâtiment de la Brigade, dans un des quatre-quatre de la brigade spéciale de démolition. Mais plus personne ne les a revus ensuite. Cet après-midi, les nœuds de Kachgar ont fouillé les bureaux de la Brigade. Ils ont découvert un stock de marchandises de contrebande. Arrivées là en fraude. J'ai entendu quelqu'un dire que c'était peut-être eux qui avaient organisé l'accident du Camp de la Gloire. Pour effacer les traces.

Les marchandises de Nikki. Les marchandises volées à Nikki étaient autant de pièces à conviction contre ceux qui s'étaient emparés de la caravane.

— On pourrait convaincre les gens qu'ils ont pris la fuite, suggéra-t-il. Qu'ils étaient corrompus et qu'ils ont fui parce qu'ils craignaient d'être démasqués.

— Il y a des campagnes pour ça aussi, soupira-t-elle avec un long hochement de tête.

Elle s'appuyait toujours à son manche à balai, comme si c'était là la seule chose qui l'empêchait d'être emportée par une bourrasque.

— Ils ont probablement fui en Amérique, ajouta-t-elle. Tout le monde sait que Ko aimait les voitures américaines.

Xu paraissait beaucoup plus vieille, des poches marquaient ses yeux, comme si elle n'avait pas dormi.

— Le Programme d'Éradication de la Pauvreté ne s'arrêtera pas, ajouta-t-elle sur un ton d'excuse.

— Je sais.

— Mais tous ces chevaux, c'est vraiment trop de tracas. Nous n'allons plus rassembler les chevaux.

Elle se plia en deux et se remit à balayer.

— Il y avait une jeune femme qui fabriquait des chapeaux, dit Shan au dos de Xu, la gorge sèche et nouée. Une ouvrière qui les aimait, ces chevaux.

Xu arrêta son ouvrage et fit lentement demi-tour.

— J'ai lu les rapports, répondit-elle, le front plissé. Apparemment, elle est dans le Nord. On l'a expédiée dans une mine de charbon.

— Peut-être qu'une erreur a été commise. Peut-être était-elle en train de vous aider dans votre enquête anti-corruption. En essayant de prouver que Bao avait tué Sui pour de l'argent. Vous avez toujours le corps de Sui comme preuve et justification, et la morgue peut témoigner que Bao avait falsifié les registres.

Ce serait une solution acceptable. Pas parfaite, bien sûr, mais Shan n'avait jamais vu de justice parfaite. Sui pourrait devenir un héros posthume, tué par ceux sur lesquels il menait une enquête pour corruption.

— Rien qu'une ouvrière qui fabrique des chapeaux, murmura-t-elle, le regard toujours lointain. Qu'est-ce qu'une fabricante de chapeaux connaît à l'abattage du charbon ?

Elle plissa à nouveau le front, avant de soupirer :

— Je ne pourrais pas ordonner qu'on la libère. Elle a enfreint sa mise à l'épreuve. On peut envisager un transfert dans un camp lao jiao. Pour quelques mois.

Shan hocha la tête, et Xu fit la grimace, avant d'opiner du chef à son tour comme pour conclure un pacte.

Elle reprit son balayage sans rien ajouter et il la regarda travailler. Il avait l'impression qu'elle avait diminué de taille.

— Si je recevais une lettre du Président, dit-il au bout d'un moment, une lettre pour avoir tué des moines, je crois que je saurais ce que je dois en faire.

Xu s'arrêta et se tourna vers Shan.

— Je rédigerais peut-être une réponse au bas de la page, poursuivit-il. J'y expliquerais que ce que j'ai fait était mal, et que c'était mal de votre part, camarade Président, de prétendre qu'il était juste de tuer des moines. Et peut-être qu'un soir, je me rendrais là où le Tibétain est mort aujourd'hui. J'allumerais un feu de bois parfumés. Je brûlerais la lettre pour la réexpédier au Président, et je regarderais ses cendres s'envoler jusqu'aux cieux.

— Ce n'était pas la faute de Kaju...

Xu reprit son ouvrage avant d'ajouter, après un long moment :

— Il y a une petite valise. Nous l'avons trouvée dans la chambre de Rongqi. Il se préparait à l'emporter à Ouroumtsi.

Elle montra le banc sur la colline au-dessus du cimetière, et n'ajouta plus un mot.

Lorsque Shan lui dit au revoir, elle se contenta de hocher la tête sans relever les yeux. Il s'arrêta en haut de la colline et la contempla qui avançait lentement dans ce morne paysage sans vie, sa frêle silhouette ployée parmi les tombes négligées et le désert vide au-delà.

Il trouva la valise à côté du banc. C'était une mallette en cuir noir de marque italienne. À l'intérieur, il découvrit les trophées de Rongqi, la preuve qu'il avait exigée pour le paiement de ses primes : quatre petites chaussures sales, en piteux état.

Les Maos roulaient plein sud, sur la grand-route qui s'enfonçait dans les Kunlun. Marco parla à Sophie du long voyage qu'ils allaient entreprendre tous les deux, puis il discuta avec Shan des façons de préparer tout le poisson qu'ils pêcheraient. Ils s'arrêtèrent de manière imprévue, derrière le premier camion qui s'était rangé sur le bord de la route. Jowa et Gros Mao discutaient avec un groupe de Ouighours à cheval. Ils avaient croisé en chemin des prisonniers du Camp de la Gloire qui rentraient chez eux. Ce serait la fête, ce soir, pour les retrouvailles dans les campements des collines. Les prisonniers kazakhs se dépêchaient de rejoindre les clans dispersés par le programme Pauvreté. Les Maos s'assureraient qu'ils retrouvent leurs familles.

Un vieil homme du camp remontait la route en direction des montagnes, ajouta un des cavaliers. On lui avait offert de le prendre en camion, mais il avait décliné la proposition, expliqua l'homme en riant : il avait dit qu'il devait suivre un papillon.

— Où ça ? demanda Jowa en se précipitant vers le bonhomme. Où ça ? insista-t-il.

Le Ouighour secoua la tête avec un large sourire, puis il se dressa sur sa selle et pointa le bras. Sur une crête rocheuse à huit cents mètres de là, on apercevait une minuscule silhouette, qui se dépêchait dans les hautes herbes brunes.

— Espèce de vieux cinglé..., commença le Ouighour, avant de s'interrompre, mâchoire tombante.

Jowa n'était plus là, il bondissait dans les herbes vers la silhouette lointaine. À l'arrière de son camion, Lokesh se mit à rire. Gros Mao leur cria qu'il renverrait un des camions avant le crépuscule.

Ils arrivèrent en fin d'après-midi à un petit chalet à cent mètres de la route, entouré par des peupliers. Il y régnait une agitation étonnante, pleine des bruits joyeux de garçons en train de jouer. La moitié du clan de la Pierre rouge était déjà passée, expliqua Gros Mao, et arriverait au silo-sanctuaire à la nuit tombée. Ils y retrouveraient Marco et le reste du clan le lendemain. Six des garçons de la zheli, Jengzi, le Tibétain, et les cinq Kazakhs survivants, étaient restés au chalet en compagnie d'Akzu et des autres. Les garçons écoutaient attentivement Malik, qui essayait d'organiser une partie de base-ball.

Gros Mao se tourna vers Jengzi, avant de déclarer à Shan :

— Je connais deux dropkas au silo. Ils ont enterré un jeune garçon du nom d'Alta.

Shan sourit, se rappelant les paroles mélancoliques du berger le jour où l'homme les avait découverts dans les rochers. Tout ce qu'ils avaient voulu, c'était avoir un fils, et vivre en paix. Ils avaient besoin d'un fils, et Jengzi, de parents.

Shan s'attarda sur le spectacle de la clairière et de sa population en joie. La grosse femme de la ville était là, en train de cuisiner une énorme marmite de ragoût, et de cuire des piles de nan, assistée par l'épouse d'Akzu. Le Yakde lama, le regard sombre, contemplait la scène de liesse depuis les arbres : il fixait l'extrémité opposée de la clairière, là où partait un sentier. Shan s'y engagea, longeant le ruisseau qui courait près du chalet, et rejoignit une vire surplombante avec vue dégagée sur le désert. Il voulut y monter quand il aperçut les deux Américains serrés l'un contre l'autre, Warp en larmes. Il battit en retraite.

Au cours du repas, avant qu'on serve la nourriture, les deux cuisinières demandèrent la parole. Elles avaient décidé que les survivants de la zheli accompagneraient la Pierre rouge, avec la grosse femme qui aidait les Maos. Celle-ci hocha la tête en direction de Shan en faisant son annonce, comme si elle s'excusait à nouveau pour ce qu'elle lui avait fait en ville. Il lui offrit un sourire en retour, se souvenant de ce qu'elle avait dit : elle avait perdu deux fils, tués par les Chinois. Akzu se rapprocha du feu, les traits tirés, comme sous le coup d'une grande douleur, depuis que Jakli avait été emmenée par les nœuds. La surprise envahit le visage du vieux Kazakh : son épouse ne l'avait pas consulté. Le vieux chef laissa filer son regard de garçon en garçon.

— C'est trop dangereux de venir avec nous. Et la vie sera difficile ensuite. J'ai enterré suffisamment d'enfants. Ils peuvent aller à l'école chinoise. Au moins ils resteront en vie.

— Avec autant de nouveaux fils, rétorqua son épouse d'une voix forte et fière, la Pierre rouge peut redevenir un clan.

Akzu lui adressa un regard peu amène et secoua à nouveau la tête.

— Femme..., commença-t-il.

Il s'interrompit : sur le chemin en bordure du ruisseau, deux silhouettes venaient d'apparaître, une femme et un jeune garçon. Il les observa d'un air perplexe. Les deux arrivants lui étaient inconnus, mais ils avaient un air familier. Le garçon, le visage barré par un énorme sourire, conduisit la femme jusque devant Akzu. Celle-ci se plaça derrière le gamin et se mit à lui caresser les cheveux, avec l'affection sereine d'une mère.

Akzu en eut le souffle coupé. Il pivota vers son épouse, puis se détourna pour discrètement s'essuyer l'œil. Shan reconnut Batu, habillé de frais, propre, heureux, et la folle qui lui avait lancé des pierres. Sauf qu'elle n'avait plus rien d'une folle. Elle s'était lavé les cheveux, qu'elle avait coiffés en deux nattes bien proprettes, et sa robe était brossée — plus aucun débris ni poussière ne s'y accrochaient. Ses yeux n'avaient plus rien de sauvage : pleins d'espoir, ils rayonnaient d'amour pour son nouveau fils. N'en croyant pas ses yeux, Malik laissa tomber la balle de base-ball qu'il tenait à la main. La femme la ramassa et la lança à Batu, qui l'attrapa en riant. Un petit rire, une petite chose toute simple, un petit bruit de rien, mais il résonna dans toute la clairière comme une explosion de joie, attirant l'attention de chacun. Un cri de bonheur qui sortait de la bouche d'un jeune garçon. Ce n'était plus le cri d'effroi d'un gamin tourmenté poursuivi par des tueurs, mais un bruit d'enfant, le bruit de tout un clan qui réapprenait la joie.

La clairière fit silence. Tous les visages se tournèrent vers le chef de clan, qui fixa solennellement chacun des orphelins.

— Ça va demander beaucoup de nouvelles selles, finit-il par déclarer, et son épouse se précipita pour le serrer dans ses bras.

Le repas terminé, deux heures après le coucher du soleil, alors que le camp dormait, Shan retourna vers la vire qui surplombait le désert. Deacon s'y trouvait seul, sous la pleine lune. Pas vraiment seul : ses chanteurs étaient disposés en demi-cercle devant lui. Shan ne le rejoignit pas immédiatement mais revint au chalet pour s'entretenir un instant avec le Yakde lama. Puis il repartit dans la nuit.

L'Américain ne prononça pas une parole en le voyant arriver, mais il se bougea de côté pour lui faire de la place.

La pleine lune brillait d'une telle intensité que le désert était illuminé sur des kilomètres. Un ou deux des criquets chantèrent, en bruissements incertains, effrayés peut-être.

— Il y avait une boussole, dit doucement Shan. Une boussole en métal noir.

Il tendit l'objet à l'Américain. Deacon mit si longtemps à répondre que Shan crut qu'il ne l'avait pas entendu.

— C'est moi qui la lui ai donnée. Il était brave et indépendant, mais ce premier jour, quand il est parti avec la zheli, il a demandé où nous serions.

La voix de Deacon se brisa et il s'interrompit pendant plusieurs minutes.

— Je lui ai dit : « Prends ma boussole », et je lui ai montré sur une carte où se situait la Montagne de Sable. S'il voulait nous parler ou nous crier bonne nuit, il saurait dans quelle direction il devait se tourner.

Shan lutta pour chasser de son esprit l'image du garçon terrifié, devant Ko qui avançait sur lui, armé d'une batte et d'un couteau. Il le voyait sortir de sa poche la boussole, pour savoir dans quelle direction se trouvaient ses parents. Dans quelle direction il devait fuir pour être en sécurité.

Ils retombèrent dans le silence, un long moment. D'autres criquets se mirent à chanter.

— Pattes de fer refuse de parler, déclara Deacon d'un ton absent. Il n'a plus jamais chanté.

La lune était plus haute dans le ciel, et plus brillante. On entendit le cri d'une chouette. Puis une brindille se brisa derrière eux. Le Yakde lama s'avança au clair de lune, les yeux baissés, un sourire triste et timide aux lèvres.

— Je veux vous présenter quelqu'un, dit Shan.

— Je connais Khitai, répondit Deacon d'une voix enrouée.

Le garçon se rapprocha.

— Je veux vous présenter quelqu'un, répéta Shan.

Le garçon avança encore d'un pas.

— Vous aviez dit que vous lui achèteriez un vélo, poursuivit Shan.

Un son étranglé jaillit de la gorge de Deacon avant qu'un sanglot déchire ses larges épaules. Il ouvrit les bras, et le jeune garçon s'y précipita. L'Américain laissa enfin couler ses larmes. Il pleura en longs sanglots, il gémit, le garçon accroché à ses bras, pleurant lui aussi. Jusqu'à ce que, finalement, l'homme et l'enfant commencent à s'apaiser. Parce que tous les criquets chantaient.

Shan fut réveillé par une main qui se posa délicatement sur son épaule, au lever du soleil.

— Est-il vrai que le Yakde souhaite toujours aller en Amérique ? murmura Gendun.

Shan se contenta de hocher la tête. Gendun rejoignit un petit groupe près des arbres. Shan rejeta sa couverture et se leva à son tour. Personne n'était encore debout à l'exception des deux Maos qui avaient monté la garde toute la nuit. Shan se dirigea vers les arbres, où Gendun, Lokesh et un vieux Tibétain presque chauve écoutaient Jowa pendant que celui-ci dessinait d'un doigt dans le sable une carte indiquant comment rejoindre le Nid du Corbeau à partir de Senge Drak. Shan se tourna face à l'inconnu et se figea sur place.

Le gardien des eaux. Le vieux lama releva la tête avec un sourire, et salua Shan avec chaleur en tapotant le sol entre Lokesh et lui, l'invitant ainsi à s'asseoir. Shan lui retourna son sourire. « Il faut qu'il y ait une ouverture, sinon rien ne peut entrer. » Au bout du compte, c'était tout ce que Shan avait été capable de faire. Il avait aidé à garder les failles ouvertes, d'abord chez Kaju, puis dans la coquille dure mais fragile qui enfermait la procureur Xu.

Lokesh se pencha vers Shan et lui expliqua que Gendun allait emmener le gardien des eaux à Senge Drak, d'où celui-ci allait le conduire jusqu'au gompa caché.

Gendun rayonnait littéralement en relevant les yeux vers Shan.

— Au Nid, il y a un vieux professeur qui a connu mon père.

— Mais, Rinpoché, qui accompagnera le jeune garçon ? Il faut un professeur au Yakde jusqu'à son retour.

— Il y a trop longtemps que le gompa n'a pas revu son père abbé, répondit Gendun en posant la main sur l'épaule du gardien des eaux.

— Ce dont nous avons besoin, expliqua l'abbé du Nid du Corbeau de sa voix rauque, c'est de quelqu'un de plus jeune et de plus fort. Quelqu'un qui aurait reçu une formation de moine mais qui soit également au fait des choses de ce monde.

— Les Américains m'ont parlé avant d'aller se coucher, ajouta Jowa. Ils partent avec l'Eluosi, pour l'aider à acheter de la terre et à bâtir son chalet au bord de l'océan. C'est là que vivra Khitai. Ils peuvent faire leur travail sur place pendant un an ou deux au moins. Ce serait un endroit tranquille et un Mao pourrait s'y rendre en visite. Quand il y aura de nouveaux échantillons du désert à leur apporter.

— Ce pourrait être difficile de naviguer d'un gompa vers le monde, fit remarquer Gendun d'un ton énigmatique. Mais peut-être plus encore de repartir du monde pour rejoindre la vie d'un gompa.

Lokesh gloussa. Jowa lui lança un regard perplexe.

— Le matin, dit le gardien des eaux avec un soupir satisfait, le garçon est toujours distrait jusqu'à ce qu'il mange. Rien qu'un bol de porridge, ensuite il étudie ses sutras.

Jowa tourna la tête vers la clairière, comme s'il s'attendait à tout instant à voir arriver un nouveau moine.

— Mais s'il travaille bien, une de ses récompenses, c'est la poursuite de papillons. Un jour il a suivi un papillon pendant trois heures. Quelqu'un de jeune, avec des jambes plus solides que les miennes, pourrait faire ça pendant six heures.

Lokesh gloussa à nouveau. Jowa se retourna vers lui, puis vers Shan.

— Il déteste laver ses chaussettes, continua le vieil abbé, en touchant Jowa à la jambe. Obligez-le à laver ses chaussettes.

Jowa se changea en statue, les mains sur les cuisses, les doigts du gardien des eaux posés sur lui.

— Rinpoché, chuchota-t-il. Je ne suis pas...

Il fut incapable de terminer sa phrase. Le gardien des eaux plaça ses deux mains sur celles de Jowa.

— L'Alaska est un endroit humide, dit-il en agitant leurs mains nouées ensemble, avec force, comme pour s'assurer que Jowa comprenait. Séchez-le de temps à autre.

Le vieil homme et le purba s'observèrent un long moment.

— Lorsqu'il sera prêt, dit finalement le père abbé du Nid du Corbeau, ramenez-le-nous. Il aura beaucoup à faire dans le nouveau Tibet. Nous surveillerons le lac aux oracles pour y lire les signes.

Jowa se tourna vers Shan, une esquisse de sourire aux lèvres. Une nuit lointaine, sous la lune, dans les monts Kunlun, le purba avait évoqué avec désespoir des lamas qui finiraient par disparaître. Sans les lamas, il ne servait à rien de continuer, avait-il dit. Et lui ne pourrait jamais plus devenir lama à cause de ce que les Chinois avaient fait de lui. Cependant, une nouvelle génération de lamas allait naître, et Jowa serait leur père nourricier.

Le Yakde se tenait debout près du feu. Gros Mao fit un signe de tête à Gendun.

— Nous partons maintenant, annonça Gendun à Shan.

Les Tibétains se levèrent. Le gardien des eaux serra le Yakde dans ses bras, puis il fit signe à Jowa, et serra également contre lui le nouveau professeur du Yakde.

Les lamas suivirent Gros Mao sur la piste. Shan les accompagna sur les cent premiers mètres. Gros Mao se posta à côté de lui, et, d'un air gauche et solennel, laissa tomber quelque chose dans le creux de sa main avant de détaler. Gendun, puis le gardien des eaux, s'arrêtèrent face à Shan, le visage barré chacun d'un grand sourire et, tour à tour, placèrent la paume de leur main sur son cœur. Shan les remercia d'un signe de tête et les regarda disparaître avant de baisser les yeux au creux de sa paume. Gros Mao lui avait fait cadeau d'une petite pierre aux couleurs brillantes, fraîchement lavée.

Une heure encore, et le reste de la troupe attendait sur la route le camion qui emmenait Lokesh au Tibet. Lokesh, tout sourire, serrait son sac contre sa poitrine. Plus que n'importe lequel d'entre eux, lui était sûr de savoir où il allait et ce qu'il faisait. Il allait au Kailas, achever un pèlerinage entamé mille ans auparavant pour honorer une mère et sa fille mortes.

— Il va faire froid, dit maladroitement Shan.

Lokesh se contenta de sourire.

— Il y a des endroits dangereux, où on peut perdre l'équilibre.

Lokesh continua simplement à sourire de son petit sourire de guingois et serra Shan dans ses bras, avant de rejoindre la route quand les Maos l'appelèrent.

Sophie broutait l'herbe du talus de la route, là où Marco lézardait au soleil. Lorsque Shan s'assit, l'Eluosi l'examina en détail, comme s'il prenait ses mesures.

— Je t'achèterai un manteau en Alaska. Un de ces gros manteaux d'hiver en fourrure, que la Russie envoie là-bas. Et un bonnet en fourrure. Un ushanka. Tu auras l'air d'un petit ours. Johnny l'Ours.

Il sourit, le premier sourire que Shan lui voyait depuis cette abominable nuit. Une nouvelle idée illumina le regard de Marco.

— On construira une cabane de sudation pour l'hiver. On enlève ses vêtements et on se fait rôtir comme un désert sous le soleil. Ensuite on sort dehors et on se roule dans la neige. Johnny Tout Nu.

Marco lâcha un petit gloussement, et s'arrêta, surpris, comme s'il ne s'attendait pas à pouvoir rire à nouveau. Son gloussement retentit à nouveau, jusqu'à ce que le Russe se tienne le ventre à deux mains. Et que Shan rie lui aussi, encore, et encore, émerveillé par son propre rire, d'une qualité qu'il n'avait pas ressentie depuis des années. Et il en comprit la raison : Marco n'était pas un professeur, il n'était ni un prisonnier, ni un étudiant, ni un guerrier. Marco était simplement un ami.

Shan observa Jowa qui lançait une balle à Deacon et au jeune lama. Le regard du purba brillait avec un éclat que Shan ne lui avait encore jamais vu. Sophie vint nicher le museau contre son oreille et Marco reparla du chalet qu'il allait bâtir. Un papillon passa et Shan se retourna pour voir Jowa qui le montrait au jeune garçon lama.

Le bruit d'un moteur qui peinait lui arriva aux oreilles. Quelques instants plus tard apparaissait un véhicule délabré, un camion de transport de marchandises vieux de plusieurs décennies. Le plateau arrière, couvert d'une toile de bâche sale et déchirée, était pratiquement rempli de cageots de poulets. Lokesh rit quand les Maos l'aidèrent à se glisser à bord, dans un petit espace entre deux cageots.

Shan ne parvenait pas à s'arracher à la vision du vieux Tibétain à l'arrière du camion, au milieu de ses poules. Le vieil homme partait en solitaire vers les Himalayas si inhospitaliers. Il se rendit compte que ses mains tremblaient. Sa bouche s'ouvrait, puis se fermait, sans qu'aucun mot n'en sorte.

À côté de lui Marco poussa un soupir pesant et se leva pour tripoter la selle de Sophie, où leurs sacs étaient attachés.

— D'un autre côté, lâcha Marco d'une voix de stentor, pleine d'effet dramatique, il peut pleuvoir des semaines d'affilée en Alaska. C'est un pays dur, quand on a l'habitude de regarder le ciel.

Quelque chose atterrit aux pieds de Shan. Son sac.

Lokesh était en train de s'installer. Les poulets caquetaient et battaient des ailes d'être ainsi dérangés. Les Maos saluaient le vieux Tibétain du geste avec des sourires attendris. Le moteur crachota, reprit vie, et, avec un gémissement, le camion recommença à gravir la montagne.

— Ça fait beaucoup de poulets pour un seul homme, dit Marco d'une voix grave.

Quelque chose sembla se nouer dans sa gorge. Il agrippa la main de Shan et la serra avec force un instant, avant de lui tendre son sac. Shan se contenta de hocher la tête. Il fit un petit pas, puis un autre, et se mit à courir. Quand il sauta sur le pare-chocs du camion en marche, son épaule partit en arrière sous le poids de son sac. À l'instant où il perdait l'équilibre, une petite main, marquée de taches de vieillesse, se tendit vers lui et le tira à l'intérieur.

# *Glossaire de termes étrangers*

***Aksai Chin.*** Région frontière au croisement des monts Kunlun et de la chaîne des Karakorum, à l'extrême sud-est du Xinjiang, aux frontières nord-ouest du Tibet. La possession de l'Aksai Chin est disputée par l'Inde et la Chine, bien que les Chinois l'occupent.

***Ani.*** Tibétain. Nonne bouddhiste.

***Ashamai.*** Turco-mongol ou altaïque. Selle douce spéciale offerte aux enfants kazakhs quand ils atteignent l'âge de cinq ans : ils cessent alors de monter en compagnie de leurs parents et commencent à chevaucher seuls.

***Bumpa.*** Tibétain. Un vase au trésor, ou pot à eau cérémoniel, utilisé lors du rituel bouddhiste.

***Besik zhyry.*** Turco-mongol. Berceuse.

***Changtang.*** Tibétain. Vaste haut plateau qui domine le centre-nord du Tibet.

***Chuba.*** Tibétain. Manteau-cape lourd et épais en peau de mouton ou en laine.

***Dombra.*** Turco-mongol. Instrument à deux cordes semblable à un luth.

***Dopa.*** Turco-mongol. Bonnet sans visière que portent souvent les musulmans fervents.

***Dorje.*** Tibétain. Du sanscrit « vajre », instrument rituel en forme de sceptre qui symbolise le pouvoir de compassion, reconnu pour être « aussi dur que le diamant » et « aussi puissant qu'un éclair de tonnerre ».

*Cloche dorje*. Tibétain. Cloche ou clochette avec un manche dorje.

*Dropka*. Tibétain. Nomade du Changtang, littéralement « habitant de la tente noire ».

*Eluosi*. Mandarin. Russe, terme utilisé pour décrire les émigrés russes qui vivent au Xinjiang.

*Gau*. Tibétain. « Mausolée portatif », petite boîte métallique avec couvercle monté sur charnières, qui se porte autour du cou et dans lequel on a placé une prière.

*Gompa*. Tibétain. Monastère, littéralement : « lieu de méditation ».

*Jinni*. Turco-mongol. Esprit malfaisant.

*Karaburan*. Turco-mongol. Tempête de sable, terme utilisé plus précisément pour les « tornades noires » fréquentes dans le désert du Taklamakan.

*Karez*. Turco-mongol. Système d'adduction d'eau souterrain, comprenant des tunnels, des citernes et des puits d'accès, dans lequel l'eau circule par gravité depuis les sources montagneuses jusqu'aux fermes et communautés éloignées. Certains éléments du système de karez au Xinjiang remontent à deux mille ans.

*Khampa*. Tibétain. Natif de la région de Kham, qui était traditionnellement à l'est du Tibet.

*Kharochthi*. Langue de la famille de l'araméen remontant au cinquième siècle avant Jésus-Christ, utilisée aux premiers temps de la Route de la Soie.

*Khata*. Tibétain. Foulard de prière, traditionnellement en soie ou en coton blancs, souvent offert au lama à la fin d'un rituel.

*Khez khuwar*. Turco-mongol. Jeu équestre kazakh, qui se pratiquait traditionnellement entre filles et garçons représentant les deux camps.

*Khochakhan*. Turco-mongol. Mot destiné à calmer les agneaux.

*Kumiss*. Turco-mongol. Lait de jument fermenté, souvent transporté dans une outre en peau.

*Kunlun*. Turco-mongol. Longues chaînes montagneuses d'altitude qui délimitent la frontière nord du plateau tibétain, s'étendant depuis le Pamir et les chaînes du Karakorum à la frontière pakistanaise sur plusieurs centaines de kilomètres vers l'est.

*Lama*. Tibétain. Traduction tibétaine du sanscrit « guru », terme utilisé traditionnellement pour un moine âgé ordonné devenu maître et professeur.

***Lao jiao.*** Mandarin. Littéralement : « rééducation par le travail », se référant à un système pénitentiaire où les détenus ont droit à une intense rééducation politique.

***Lao gai.*** Mandarin. Littéralement : « réforme par le travail », se référant à un camp-prison de travaux forcés.

***Lha gyal lo.*** Tibétain. Expression tibétaine traditionnelle de réjouissance, littéralement : « que les dieux soient victorieux ».

***Lung ma.*** Mandarin. Traditionnellement, « dragon cheval », animal mythique, mi-dragon, mi-cheval, qui faisait justice au nom du petit peuple.

***Mala.*** Tibétain. Rosaire bouddhiste, qui comprend traditionnellement 108 grains.

***Pierre mani.*** Tibétain. Pierre sur laquelle a été peinte ou gravée une prière bouddhiste, invoquant traditionnellement le mantra *Om Mani Padme Hum.*

***Mur mani.*** Tibétain. Mur bâti de ces mêmes pierres. Traditionnellement, les pèlerins visitant un mausolée ajoutaient une pierre mani à un de ces murs en gage de geste méritant.

***Mei Guo.*** Mandarin. L'Amérique, littéralement : « Beau Pays. »

***Mudra.*** Tibétain. Geste symbolique fait en disposant les mains et les doigts selon des modèles déterminés et destiné à représenter une prière spécifique, une offrande ou un état d'esprit.

***Nadam.*** Turco-mongol. Traditionnellement, festival équestre kazakh, au cours duquel les clans kazakhs participaient plusieurs jours durant à des courses de chevaux et autres compétitions.

***Nan.*** Turco-mongol. Pain sans levain, traditionnellement cuit sur la pierre.

***Nei lou.*** Mandarin. Secret d'État. Littéralement : « uniquement à usage gouvernemental ».

***Ouroumtsi.*** Mandarin. Capitale du Xinjiang.

***Pecha.*** Tibétain. Livre d'écritures tibétaines traditionnel, non relié, sous forme de longs et étroits feuillets enveloppés de toile, souvent conservés entre deux couvertures en bois gravé.

***Purba.*** Tibétain. Littéralement : « clou » ou « pointe », petite dague à lame triangulaire utilisée lors du rituel bouddhiste.

***Rinpoche***. Tibétain. Terme de respect utilisé pour s'adresser à un professeur révéré, littéralement : « béni » ou « joyau ».

***Sekset Ata***. Turco-mongol. Divinité protectrice des chèvres.

***Sundet***. Turco-mongol. Dans la tradition kazakhe, un garçon est circoncis entre cinq et sept ans, au cours d'une cérémonie appelée *sundet toi*. Souvent un poney est offert au jeune garçon par sa famille à cette occasion. Plus tard, on s'y réfère sous le nom de cheval *sundet*.

***Synshy***. Turco-mongol. « Celui qui connaît les chevaux » ou « celui qui parle aux chevaux », dont il est dit qu'il possède des talents spéciaux pour communiquer avec un cheval et discerner sa personnalité, ses qualités et ses maladies.

***Taklamakan***. Turco-mongol. Vaste désert au centre-sud du Xinjiang, entre les montagnes Tian Shan au nord et les chaînes du Kunlun au sud, célèbre pour ses températures extrêmes et ses sables mouvants perfides.

***Tamzing***. Mandarin. Littéralement « session de lutte », séance de critique publique d'un individu au cours de laquelle humiliation, mauvais traitements physiques et insultes sont monnaie courante afin de parfaire l'éducation politique de l'accusé.

***Thangka***. Tibétain. Peinture sur tissu, de nature religieuse et souvent considérée comme sacrée.

***Torma***. Tibétain. Offrande rituelle, à l'origine beurre et farine d'orge, de tailles variées, mise en forme et teinte pour représenter les effigies des divinités bouddhistes.

***Tsampa***. Tibétain. Farine d'orge rôtie, plat emblématique du Tibet.

***Xinjiang***. Mandarin. La Région autonome du Xinjiang, nom donné par la République du Peuple de Chine à l'énorme région limitée au nord-est par la Mongolie, à l'est par les provinces chinoises de Gansu et de Qinghai, au sud, par le Tibet, à l'ouest, par le Kazakhstan, le Kirghizstan, le Tadjikistan, l'Afghanistan, le Pakistan et l'Inde

***Zheli***. Turco-mongol. Corde nouée entre deux pieux ou deux arbres à laquelle on attache de jeunes animaux.

***Zhylkhyshy Ata***. Turco-mongol. Divinité protectrice des chevaux, également nommée Khambar Ata.

## *Note de l'auteur*

La plupart des personnages et des lieux décrits dans ce livre sont imaginaires, mais la lutte des peuple tibétain, kazakh et ouïghour pour maintenir leur culture et leur identité est, elle, très réelle. De nombreux éléments de ce récit s'inspirent de cette lutte maintenant vieille d'un demi-siècle, et du riche et fascinant héritage de la Route de la Soie. Il est un fait que les sables du désert de Taklamakan s'entrouvrent parfois pour remettre au jour cités et tombes perdues de la Route de la Soie. Comme il est un fait que de nombreux archéologues de nombreux pays travaillent au milieu des ruines, et découvrent des momies et des textiles très anciens, malgré les tempêtes politiques qui font rage autour de leur travail. Les recherches génétiques dans cette région et même l'évaluation par des experts et des spécialistes de fragments de tissus ont attiré de telles controverses politiques que la simple quête du savoir dans ces terres éloignées peut devenir un véritable acte d'héroïsme. Détail plus triste encore : au Tibet, le gouvernement de la Chine moderne est intervenu de manière répétée dans l'identification de lamas réincarnés.

# *Remerciements*

Pour tout ce qui relève de la précision de détail comme des informations et de l'inspiration relatifs à la vie dans les terres aujourd'hui parties intégrantes de la Chine moderne, je suis en dette à l'égard des nombreux Tibétains, Kazakhs, Ouighours et Chinois qui partagent en toute sérénité leurs histoires avec moi depuis deux décennies. Pour des raisons évidentes, ces personnes doivent rester anonymes. Pour leur soutien sans faille et leurs sages conseils qui m'ont évité de m'égarer dans mon parcours de navigateur solitaire au milieu du labyrinthe des publications, je suis reconnaissant à Natasha Kern, Michael Denneny, et Kate Parkin. Des remerciements tout particuliers aussi à Christina Prestia, au Dr Scott Pattison et à Ed Stackler.

La photocomposition de cet ouvrage
a été réalisée paar
GRAPHIC HAINAUT
59163 Condé-sur-l'Escaut

*Impression réalisée sur CAMERON par*

BUSSIÈRE CAMEDAN IMPRIMERIES

GROUPE CPI

*à Saint-Amand-Montrond (Cher)*
*pour le compte des Éditions Robert Laffont*
*en avril 2003*

N° d'édition : 43781. — N° d'impression : 032116/4.
Dépôt légal : mai 2003.

*Imprimé en France*